Alexey Pehov
Elena Bychkova
Natalya Turchaninova
Tag der Geister

Alexey Pehov
Elena Bychkova
Natalya Turchaninova

TAG DER GEISTER

Die Beschwörer 1

Aus dem Russischen von
Christiane Pöhlmann

PIPER

Entdecke die Welt der Piper Fantasy:

Piper Fantasy.de

Von Alexey Pehov liegen im Piper Verlag vor:
Tag der Geister. Die Beschwörer 1
Die Chroniken von Siala (Serie)
Die Chroniken von Hara (Serie)
Chroniken der Seelenfänger (Serie)
Dunkeljäger
Schattendieb
Das Siegel von Rapgar

FSC www.fsc.org
MIX
Papier aus verantwortungsvollen Quellen
FSC® C083411

Deutsche Erstausgabe
ISBN 978-3-492-70424-3
2. Auflage 2020

Titel der russischen Originalausgabe: »Zaklinateli« bei Al'fa-kniga, Moskau 2011

Satz: Kösel Media GmbH, Krugzell
Gesetzt aus der Minion
Druck und Bindung: CPI books GmbH, Leck
Printed in the EU

1

Tag der Geister

»Wenn ihr mich fragt, werden wir Beschwörer bald gar nicht mehr nötig sein«, sagte Kazumi, der auf einer Schilfmatte hockte und ein Räucherstäbchen langsam von links nach rechts schwenkte. »Angeblich sollen nämlich Maschinen entwickelt worden sein, die irgendwelche besonderen Wellen erzeugen. Sobald du die einschaltest, suchen sämtliche Geister im Umkreis das Weite.«

»Allen Ernstes *sämtliche?*«, hakte Rekar nach, ohne jedoch in seinem Tun innezuhalten: Er polierte gerade sein neues Schwert auf Hochglanz.

»Sämtliche«, versicherte Kazumi.

»Das kann ich nicht glauben!«, stieß Grizzly fassungslos aus. Auf seinem breiten, runden Gesicht spiegelte sich unverfälschtes Entsetzen wider. »Wie sollte das klappen?! Und was würde aus uns? Wer bräuchte uns denn dann noch? Oder willst du etwa behaupten, wir hätten all die Jahre umsonst Zaubersprüche gebüffelt?!«

Ray hatte sich auf dem Rücken ausgestreckt und verfolgte das Gespräch nur mit halbem Ohr. Seine ganze Aufmerksamkeit galt den Blättern des Bambus, der in einer Ecke des Raumes stand. Der Abendwind, der aus dem Garten hereinwehte, bewegte sanft seine Blätter. Er brachte auch diesen angenehmen Geruch von jungem Grün, Apfelbäumen und geschmolzenem Wachs mit. Bereits seit dem frühen Morgen ließen die Menschen in Warra bunte Kerzen niederbrennen, um die Geister zu besänftigen, die morgen die Stadt heimsuchen würden.

»Glaub diesen Unsinn bloß nicht, Grizzly«, riet Sayunaro dem Gefährten, wobei sein Blick allerdings unverändert auf den Seiten eines Buches haften blieb, in dem er gerade las. »Eine Maschine wird uns bei der Vertreibung von Geistern niemals ersetzen können.«

Er war der Einzige unter ihnen, der keinen Hehl aus seiner Abneigung gegenüber Kazumi machte.

Wenn er sich da mal nicht im Ton vergriffen hat, schoss es Ray denn auch sogleich durch den Kopf. Er linste zu dem jungen Mann hinüber, der heute ein golden schimmerndes, mit himbeerroten Blüten besticktes Gewand trug. Diese Stinkratte vergisst es nie, wenn jemand sie beleidigt, die nimmt es ja sogar krumm, wenn man mal nicht ihrer Meinung ist.

»Du solltest diese Maschinen nicht auf die leichte Schulter nehmen, mein Freund«, säuselte Kazumi, wobei in seinen dunklen Augen ein gefährliches Feuer aufleuchtete, das Sayunaro, versunken, wie er in seine Lektüre war, jedoch überhaupt nicht bemerkte. »Warum sollten die Menschen uns noch Geld zahlen, wenn sie auch eine Maschine kaufen können, die sie bei Bedarf nur einzuschalten brauchen? Vergiss auch die zahllosen Scharlatane nicht, die sich für echte Beschwörer ausgeben ...«

»Da du gerade Scharlatane erwähnst«, mischte Rekar sich ein, dem der Anblick seiner funkelnden Waffe ein zufriedenes Grinsen entlockte. »Stell dir vor, zwei dieser Burschen wollten neulich einen Hurii aus einem Schweinestall am Stadtrand vertreiben.«

»Und?«, fragte Kazumi in arrogantem Ton. »Wie ist es ausgegangen?«

»Oh, es ist schon jemand verjagt worden«, sagte Rekar. »Allerdings waren das die beiden Scharlatane. Die sind im hohen Bogen über den Zaun des Grundstücks geflogen. Die können noch von Glück sagen, dass der Hurii sie nicht in Stücke gerissen hat.«

Er war der Älteste von ihnen allen, ein hochgewachsener Mann mit breiten Schultern und finsterem Blick. Genauso musste nach allgemeiner Ansicht ein echter Gebieter über Geister aussehen. Rekar hatte auch als Einziger bereits kleinere Aufträge angenommen, beispielsweise Segrimis von den Saatfeldern vertrieben. Ihr Lehrer hatte nichts dagegen einzuwenden, andererseits lobte er diesen Eifer nicht. Anscheinend wertete er alle Erfolge eines Schülers, der die Ausbildung noch nicht abgeschlossen hatte, als reinen Zufall.

»Was meinst du denn zu diesen Maschinen?«, wollte Grizzly von Ray wissen.

»Für mich bleiben schon noch genug Geister übrig«, antwortete dieser sorglos.

In dieser Sekunde schlug Sayunaro mit lautem Knall sein Buch zu und drehte sich zur Tür um. Wie stets hatte er als Erster das Nahen ihres Lehrers gespürt.

Zunächst trat jedoch Kanrinin ein, der noch fehlende sechste Schüler Meister Hyeons.

»Er kommt«, verkündete er und nahm rasch seinen Platz ein.

Stille senkte sich im Raum herab, nur das Plätschern des Wassers draußen im Hof war zu hören, das sich von einem Becken des steinernen Bachs ins nächste ergoss. Außerdem war da ein Frosch, der etwas unentschlossen quakte. Nach einer Weile verstummte er wie auf Befehl. Der Wind fuhr abermals durch die Blätter des Bambus.

Rays Blick wanderte von einem seiner Mitstreiter zum nächsten. Plötzlich meinte er, sie zum ersten Mal zu sehen. Was verband ihn eigentlich mit ihnen? Ein Beschwörer hat keinen Freund, das hatte Meister Hyeon ihnen immer wieder eingeschärft. Ein Beschwörer ist ein Einzelgänger. Er darf nicht auf Hilfe von anderen hoffen. Niemals.

Grizzly saß vor Ray und bot ihm seinen Stiernacken zur Ansicht dar. Wie kann ein solcher Bulle überhaupt Beschwörer sein?, fragte sich Ray. Ihm steht doch ins Gesicht geschrieben, dass er nur eins im Leben will: schlafen, essen und in der Unmigasse ins Freudenhaus gehen, weil Beschwörer dort gern umsonst empfangen werden.

Sayunaro hatte sich bereits wieder über sein Buch gebeugt. Er erinnerte Ray stets ein wenig an Meister Hyeon, war er doch ebenso schlank und feingliedrig. Von seinem Äußeren sollte man sich allerdings nicht täuschen lassen. Dieser Beschwörer hörte nicht umsonst auf den Namen Sayunaro, *Leb wohl*. Wenn er wollte, nahm jeder Geist vor ihm Reißaus.

Kanrinin drehte sich kurz zu Ray um, schnitt eine Grimasse, grinste und wandte sich wieder ab. Bei seiner Neigung zu Albernheiten und dummen Scherzen hätte man es kaum für möglich gehalten, dass er ein ausgesprochen starker Beschwörer war. Leider auch ein höchst selbstgefälliger. Insgeheim lauerten daher alle darauf, dass er einmal richtig auf die Nase fiel, doch der Mann mit dem gewitzten Gesichtsausdruck, dem strubbligen Haar und den schrägen Augen war ein unglaublicher Glückspilz und ging selbst aus gefährlichen Kämpfen als Sieger hervor. Sogar eine Begegnung mit einem Manmo hatte er schon überstanden. Gut, Meister Hyeon hatte dieser Kreatur mit einem Zauber einen ersten Schlag versetzt, doch selbst in diesem Zustand blieb der Geist gefährlich …

Schließlich waren erneut Schritte zu hören, diesmal sehr leise, und der Meister betrat den Raum. Bei seinem Anblick fragte sich Ray jedes Mal, wie dieser hagere Mann über eine derart gewaltige magische Kraft gebieten konnte.

Er schien alterslos, vielleicht fünfundzwanzig, vielleicht aber auch vierzig. Die glatten weißen Haare fielen über sein Obergewand von nahezu gleicher Farbe. Das schmale Gesicht mit der feinen Nase, dem scharf geschnittenen Kinn und den blassen Lippen gab wie gewöhnlich keinen Gedanken des Meisters preis. Ray hatte es in all den Jahren seiner Ausbildung nicht einmal erlebt, dass sein Lehrer die Beherrschung verlor, mochten sich seine Schüler auch noch so ungeschickt anstellen. Überhaupt schien er keine starken Gefühlsregungen zu kennen. Niemand wusste etwas Genaues über seine Vergangenheit, Gerüchte machten jedoch zuhauf die Runde.

Meister Hyeon stellte sich auf ein kleines Podest und ließ den Blick seiner hellen, durchdringenden Augen über seine Schüler schweifen.

»Eure Ausbildung ist nun abgeschlossen«, richtete er das Wort an sie.

Die Stille im Raum verdichtete sich derart, dass sie fast greifbar schien. Ray war sich sicher, dass seinen Gefährten in dieser Sekunde derselbe Gedanke durch den Kopf schoss wie ihm: Was soll das heißen – die Ausbildung ist beendet?! Es bleibt doch noch ein ganzer Monat …

»Jeder von euch hat von mir das Wissen erhalten, das er für seine künftige Aufgabe braucht. Nun ist die Zeit gekommen, dass ihr euch beweist. Zunächst bei einer letzten Prüfung.«

»Wie sieht die aus, Meister?«, wollte Rekar wissen. Ausnahmsweise wurde er nicht für seine vorwitzige Frage getadelt.

»Wie ihr alle wisst«, antwortete ihm Hyeon leise, jedoch voller Nachdruck, »liegt der Haupttempel unseres Ordens im Zentrum Warras, inmitten der Hundertjährigen Gärten. Morgen muss jeder von euch in seinem Fuhrwerk dorthin gelangen. Wer bis Sonnenuntergang an die Tempeltür klopft, darf sich mit Fug und Recht Beschwörer nennen und erhält das offizielle Zertifikat des Ordens.«

»Aber morgen begehen wir den Tag der Geister«, murmelte Grizzly, und in seinen hellbraunen Augen blitzte kurz Unverständnis auf. »Da sollte niemand das Haus verlassen, das könnte diesen Geschöpfen missfallen.«

»Wenn ich mich nicht täusche, seid ihr Beschwörer oder wollt zumindest als solche gelten«, erwiderte Meister Hyeon lächelnd. »Eure Arbeit besteht darin, Geistern zu missfallen.«

Seine Schüler sahen sich bloß ratlos an. Erlaubte sich ihr Lehrer da einen Scherz mit ihnen? Gedämpftes Murmeln kam auf. Nur Sayunaro schwieg und hatte den Blick fest auf ihrer aller Meister gerichtet. Ein Schwert, bereit, jederzeit aus der Scheide zu fahren.

»Das wäre Frevel«, brachte Rekar mit gesenktem Blick, aber fester, wenn auch kaum hörbarer Stimme heraus. Sofort breitete sich wieder Stille im Raum aus. »Damit brächen wir das Gesetz der jenseitigen Welt. Ihre Bewohner würden es uns nie verzeihen, wenn wir uns an diesem Tag in ihrer Mitte zeigten.«

»Wenn ihr glaubt, einem Gesetz folgen zu müssen, dann einzig und allein dem, das ihr selbst aufgestellt habt«, erwiderte Hyeon streng. »Andere bestehen für euch nicht.«

Kazumi, der neben Ray saß, spannte sich merklich an. Er besaß ein hervorragendes Näschen für heraufziehende Unannehmlichkeiten jeder Art.

»Das ist doch Wahnsinn«, bemerkte Rekar denn auch stur und maß Meister Hyeon mit finsterem Blick. »Jeder von uns … wir könnten alle sterben.«

»Ihr verfügt über das Wissen und die Fähigkeit, diese Aufgabe zu bewältigen«, entgegnete ihr Lehrer und schob die Hände unter die weiten Ärmel seines Gewandes.

»Halt bloß den Mund!«, zischte Ray seinen aufsässigen Mitstreiter an.

»Mir ist völlig schleierhaft«, fuhr dieser jedoch schon fort, »warum wir ein solches Risiko eingehen und unser Leben ohne Sinn und Verstand aufs Spiel …«

»Unsere Arbeit birgt stets ein Risiko«, antwortete Hyeon überraschend sanft. »Das wirst du doch nicht vergessen haben, oder?«

»Halt jetzt endlich deinen Mund!«, fauchte Ray etwas lauter, doch auch diesmal vergebens.

»Das habe ich nicht«, erwiderte Rekar. »Aber ich glaube, wir sollten nur dann ein Risiko eingehen, wenn es einen guten Grund dafür gibt. Schlicht jede Regel der Vorsicht außer Acht zu lassen wäre töricht.«

Nach diesen Worten schwieg Meister Hyeon. Alle anderen im Raum meinten, eine eisige Welle woge über sie hinweg. Selbst der Bambus schien, nach einem letzten aufbäumenden Rascheln, zu Eis erstarrt.

Ray ballte die Hände zu Fäusten. Was nun kam, wusste er. Grizzly schnaubte laut. Kazumi dagegen strahlte vor Freude, weil gleich jemand eine saftige Niederlage würde einstecken müssen.

»Es stimmt ja, Meister Hyeon, Ihr habt uns vorzüglich ausgebildet«, fuhr Rekar fort. »Dafür bin ich Euch dankbar. Dennoch werde ich diese Prüfung nicht ablegen. Ich bin ein guter Beschwörer, das weiß ich auch ohne sie.«

»Rekar«, brachte ihr Lehrer sanft hervor. »Steh auf.«

Nach kurzem Zögern kam Rekar der Aufforderung nach. Da er seinen Lehrer nun überragte, musste er auf ihn hinabschauen.

»Du kannst nun gehen«, teilte Hyeon ihm freundlich mit. »Und lass dich nie wieder in diesem Tempel blicken.«

Rekar suchte den Blick seiner Gefährten. Binnen eines Wimpernschlages hatte er sich von einem selbstsicheren Beschwörer in einen hilflosen kleinen Jungen verwandelt, den man aus dem Haus jagt. Ebenso rasch gewann er jedoch die Kontrolle über sich zurück. Als er sein Schwert aufnehmen wollte, gebot Hyeon ihm mit einer Handbewegung Einhalt.

»Nein«, sagte der, »diese Klinge wirst du nicht länger tragen.«

Rekar runzelte die Stirn, stiefelte jedoch ohne ein Wort des Widerspruchs zur Tür. Dort drehte er sich noch einmal zu den anderen um.

»Wenn ihr nicht durch eure eigene Dummheit sterben wollt«, sagte er, »solltet ihr mich begleiten. Noch ist es nicht zu spät.«

Grizzly rutschte nervös hin und her, blieb am Ende jedoch sitzen, Kanrinin schüttelte missbilligend den Kopf, Kazumi schnaubte leise.

»Du begehst einen Fehler«, sagte Sayunaro zu Rekar.

Dieser verzog jedoch nur verächtlich das Gesicht, winkte ab, murmelte: »Dumme Jungen!«, und verließ den Raum.

»Möchte noch einer von euch gehen?«, erkundigte sich Meister Hyeon, wobei seine Stimme auch bei diesen Worten täuschend sanft klang.

Ray beobachtete die anderen. Sie alle saßen reglos da. Niemand sonst hegte den Wunsch, den Raum zu verlassen.

Schließlich nickte Meister Hyeon gleichsam sich selbst zu.

»Gut«, fuhr er fort. »Eure Aufgabe ist es also, morgen bis Sonnenuntergang im Haupttempel zu erscheinen. Ich werde euch dort treffen. Jeder von euch verfügt über ausreichend

Kenntnisse, Talent und Kühnheit, um das zu schaffen. Enttäuscht mich also bitte nicht.«

Der Blick Meister Hyeons wanderte langsam von einem zum anderen, fast als wollte er seinen Schülern damit zu verstehen geben, wie fest er an sie glaubte.

»Begebt euch jetzt auf eure Zimmer. Die Türen wird man bis zum Morgen geschlossen halten, damit niemand von euch sich dazu verleiten lässt, den Weg bereits vor der Zeit anzutreten. Schlaft euch gut aus. Wir sehen uns morgen im Tempel.«

»Bis morgen, Lehrer«, antworteten die Schüler wie aus einem Munde.

Hyeon drehte sich um und verließ gemessenen Schrittes den Raum, die Tür leise hinter sich zuziehend. Eine Weile hing ehrfürchtige Stille im Saal, dann sprang Kanrinin mit einer katzenhaft geschmeidigen Bewegung auf. »Was war das denn eben?«, fragte er, ohne sich an jemand Bestimmtes zu wenden.

»Rekar konnte seine Zunge leider nie im Zaum halten«, bemerkte Kazumi – und in seinen Augen lag das Funkeln des Siegers.

Du frohlockst natürlich, dachte Ray. Kein Wunder, ein Konkurrent weniger.

»Wie kann man so töricht sein, den Tempel kurz vor Abschluss der Ausbildung zu verlassen«, fuhr Kazumi fort.

»Und wenn er der Einzige von uns ist, der mit Köpfchen handelt?«, brummelte Grizzly. »Am Tag der Geister durch die halbe Stadt zu streifen ...« Er verstummte und schüttelte nur vielsagend den Kopf.

»Wenn ihr mich fragt, ist er schlicht ein Feigling«, warf Kanrinin ein, während er das Schwert aufnahm, das Rekar hatte zurücklassen müssen. Er ließ die Klinge über seinem Kopf kreisen und richtete sie dann mit einem wenn auch gedämpften Kampfschrei auf Sayunaro.

Leicht befremdet schob dieser die Waffe zur Seite.

»Rekar war nie ein Feigling«, widersprach Sayunaro. »Nur ...« Er schien nach einer passenden Erklärung zu suchen. »... Nur wollte er sein kleines Gemüsebeet nicht für einen großen Garten riskieren«, mischte Ray sich ein, erhob sich, nahm Kanrinin die Waffe ab und legte sie auf Hyeons Podest.

»Bitte?«, knurrte Grizzly. »Kannst du dich nicht etwas klarer ausdrücken? Ohne diese merkwürdigen Vergleiche?«

»Was Ray sagen will«, ergriff Sayunaro mit herzhaftem Lachen das Wort, »ist, dass Rekar sich bereits für einen echten Beschwörer hält und seine Gabe und gegenwärtigen Einkünfte, mögen diese auch noch so bescheiden sein, nicht aufs Spiel setzen will. Seiner Ansicht nach wird er nämlich ohnehin nicht mehr erreichen.«

»Das hätte er auch gleich sagen können«, stieß Grizzly aus und fuhr sich durch die kurzen grauen Haare. »Ob die Frauen aus dem Südtempel sich wohl auch auf den Weg zum Haupttempel machen?«

»Oh, bestimmt nicht. Ganz sicher warten sie auf dich, damit du sie dorthin trägst«, bemerkte Kanrinin lachend, um dann überraschend ernst hinzuzufügen: »Aber in gewisser Weise hat Rekar recht. Warum riskiert Hyeon das Leben von uns Schülern, auf deren Ausbildung er doch eine Menge Zeit und Kraft verwendet hat?«

»Als ob das nicht auf der Hand liegt«, bemerkte Kazumi und bedachte Kanrinin mit einem abschätzigen Blick. »Wir sind zu viele. Allein wir sechs … genauer gesagt fünf, dazu noch zwei Schüler aus dem Nord- und vier aus dem Südtempel. Nicht zu vergessen, die Beschwörer, die ihre Ausbildung im letzten Jahr abgeschlossen haben. In der Stadt dürfte es kaum Arbeit für uns alle geben.«

»Nicht nur Warra braucht Beschwörer«, hielt Ray dagegen, während er in seinem auf Hochglanz polierten Schwert sein Spiegelbild musterte – das nicht ganz dem üblichen entsprach.

Eine magische Waffe zeigt einen Beschwörer in der Gestalt, in der die Geister ihn sehen. Rays graue Augen leuchteten fast schwarz, die Pupillen waren riesig, die Augenbrauen fehlten. Die hellen Haare, die ihm eigentlich stets in die Stirn fielen, erinnerten nun an Borsten, die nach allen Richtungen abstanden. Die kurze Nase ließ an eine Katze denken …

»Nur habe ich nicht die geringste Absicht, mich in die Provinz zu verkrauchen. Ich bleibe in Warra«, verkündete Kazumi. »Da die Meister jedoch nur einen, allerhöchstens zwei junge Beschwörer behalten, verlangt uns Hyeon diese Prüfung ab. Er weiß ganz genau, dass die Hälfte von uns auf dem Weg zum Tempel stirbt. Dafür weiß er danach auch, wer der stärkste, begabteste und erfolgreichste Beschwörer von uns ist.«

Kazumi salbaderte noch weiter, doch Ray hörte nicht mehr zu, drehte sein Schwert jedoch so, dass die Klinge das Bild des Redners einfing. Der hochgewachsene junge Mann mit dem akkurat geschnittenen aschgrauen Haar glich nun einem krummbeinigen Zwerg mit spitzem Rattengesicht, der das Maul mit den gesträubten Barthaaren aufriss und wild mit den kurzen Pfoten durch die Luft fuhr.

Ray musste einen Lachanfall unterdrücken und legte die Waffe zu Boden.

»Haltet ihr es, wie ihr wollt, ich aber werde diese Prüfung auf alle Fälle antreten«, schloss Kazumi, stand auf und strich sein Gewand glatt. »Möget ihr alle den morgigen Tag überstehen.«

»Du auch«, erwiderte Kanrinin bloß. Sobald sich die Tür hinter Kazumi schloss, drehte er sich zu den anderen um. »Hoffentlich wird dieser Iltis morgen von den Geistern verschlungen! Na ja, vermutlich brauchen wir auf dieses Geschenk des Schicksals nicht zu hoffen. Trotzdem ... Euch aber viel Glück!«

Er nickte seinen Freunden zu und zog sich mit einem fröhlichen Pfeifen auf sein Zimmer zurück.

Die anderen drei schwiegen kurz, dann stand Grizzly auf. Ray und Sayunaro folgten seinem Beispiel.

Im Gang hatte man bereits Laternen angezündet. Ihr warmes Licht warf vollendete Kreise auf den steinernen Fußboden und die Gemälde, die an den Wänden hingen. Die Porträts der großen Beschwörer aus der Vergangenheit schienen golddurchwirkt zu sein.

Grizzly rollte mit den Schultern, bis er einen Entschluss fasste und sich nach den beiden anderen umsah.

»Hört mal, ich hab mir gedacht ...« Er spähte links und rechts den Gang hinunter, entdeckte aber niemanden und fuhr fort: »Es wäre doch nicht schlecht, wenn wir morgen alle zusammenbleiben würden.«

»Wie stellst du dir das vor?«, erwiderte Sayunaro. »Wir haben das noch nie geübt. Da wir aber vermutlich starke Zauber einsetzen müssen, die weit im Umkreis wirken, könnten wir uns leicht gegenseitig in Gefahr bringen ...«

»Das ist mir ja klar, aber trotzdem ...« Grizzly verstummte jäh. Er begriff, dass er einen dummen Vorschlag vorgebracht hatte. »Na gut, vergessen wir das! Euch beiden morgen viel Glück!«

»Dir auch«, sagte Ray.

Sayunaro nickte bloß, denn seine Gedanken wandelten bereits wieder auf ihren eigenen Pfaden.

Am Ende des Ganges trennten sich die drei, und jeder begab sich auf sein Zimmer.

Ohne ein Licht in seinem Zimmer anzuzünden, ließ Ray sich auf die schmale Liege fallen und starrte zum Fenster hinüber, hinter dem sich die Zweige eines Apfelbaums abzeichneten. Die weißen Blüten schienen im undurchdringlichen Dunkel zu leuchten. Weiter hinten brannten Kerzen, die zu einem schmalen Streifen Lichts verschmolzen.

Dicke Käfer und weiße Nachtfalter huschten durch den Garten. Einer der Luftbewohner landete sogar auf dem Rahmen und schlug ein paarmal mit den hauchzarten Flügeln. Ray versuchte, den nächtlichen Gast allein mit seinem Willen davonzujagen, scheiterte jedoch. Früher sollten Beschwörer ja imstande gewesen, auch Tieren ihren Willen aufzuzwingen, Vögeln, Fischen und Insekten. Aber gut, die Zeiten waren längst vorbei.

Ray schloss die Augen und dachte an die morgige Prüfung. In dir steckt ein starker Beschwörer, das hatte ihm Meister Hyeon immer wieder versichert. Deine Behäbigkeit verhindert jedoch dessen Entfaltung. Deshalb hoffe ich inständig, den Magier in dir eines Tages hervorzulocken.

Offenbar hatte er nun einen Weg gefunden, dachte Ray mit verzagtem Lächeln.

Mit dem Tag der Geister war nicht zu spaßen. Dass Geschöpfe aus der jenseitigen Welt die Erde heimsuchten, war gang und gäbe. Gute und böse Geister, übermütige Spaßvögel und erfahrene Weise, schüchterne und grausame Wesen tobten sich hier aus. Einige dieser Kreaturen waren winzig wie Ameisen, andere riesig wie ein Fels. Manche halfen den Menschen, andere hassten die Erdbewohner, und die nächsten scherten sich kein bisschen um sie. Geister tummelten sich im Wasser oder Feuer, unter der Erde, in den Bergen, im Wald und in Häusern, ja, manchmal nisteten sie sich sogar in einem Menschen ein. Die Aufgabe eines Beschwörers bestand nun darin, freundliche und hilfsbereite Geister anzulocken, die weniger wohlgesinnten und gefährlichen unter ihnen jedoch zu vertreiben.

Das gelang ihnen in der Regel ganz gut, freilich mit der Ausnahme jenes einen Tages im Frühjahr, an dem die Geister geradezu auf der Erde einfielen. Die Menschen verschanzten sich dann in ihren Häusern, zündeten Kerzen an und warteten ab, bis wieder Ruhe einkehrte.

Und ausgerechnet an diesem Tag sollten sie sich diesen Geschöpfen stellen. Ray lief ein Schauder über den Rücken. Statt in Panik zu geraten, rief er sich daher sofort alle Zauber in Erinnerung, mit denen er diese Prüfung meistern würde.

Im Garten plätscherte das Wasser des Brunnens, die Frösche quakten munter, die Schwirlen sangen ihr Lied heute besonders forsch. Die Tiere spürten ebenfalls, dass morgen ein besonderer Tag heraufziehen würde, doch im Unterschied zu den Menschen freuten sie sich darauf. Vielleicht fühlten sie sich jenen unirdischen Wesen ja verwandt oder hielten sie für ihre Beschützer …

In Rays Heimatdorf in der Provinz Sinora ließ man am Tag der Geister sogar die Türen der Scheunen und Hühnerställe auf, damit die guten Geschöpfe aus der jenseitigen Welt zu den Haustieren gelangen und ihnen Gesundheit, Kraft und Zähigkeit verleihen konnten.

Die Schwirlen verstummten kurz, um ihr Lied danach noch lauter wieder anzustimmen. Über dem Gezwitscher schlummerte Ray ein. Im Halbschlaf hörte er noch einen weichen, dumpfen Aufprall, fast als wäre ein großer, reifer Apfel vom Baum gefallen.

Da wird ein Grai durch den Garten gehüpft sein, dachte er. Ja, er meinte sogar, das dunkle, gehörnte Wesen würde kurz durchs Fenster hereinspähen und dabei die Luft tief durch sein einziges Nasenloch einsaugen. Als Ray jedoch zum Fenster hinüberlugte, sah er lediglich die weißen Blüten des Apfelbaums, die im Mondlicht silbern schimmerten. Daraufhin drehte er sich um und schlief sofort ein, hörte und sah nichts mehr …

Am Morgen fuhr Ray jäh aus dem Schlaf. Hatte sich da etwa jemand an sein Bett geschlichen und ihn gerüttelt? Irgendein Geist …? Durchs Fenster fiel warmes Licht, die Sonne war gerade eben aufgegangen. Aus dem Garten drang munteres Vogelgezwitscher herein, vermischt mit dem fröhlichen Lachen einer Frau, das plötzlich einem Lied ohne Worte wich, welches erstaunlich schön und betörend klang.

Über eine solche Stimme verfügte kein Mensch. Das musste eine Sayna sein, ein Geschöpf, das auch als Landsirene bekannt war. Einzig diese Geister vermochten solch zauberische Töne hervorzubringen. Im Unterschied zu ihren Schwestern auf dem Meer töteten sie Menschen jedoch nicht, sondern lockten sie lediglich in den Wald und überließen sie dort ihrem Schicksal. Am heutigen Tag stellten jedoch auch diese Geister eine Gefahr dar. Dann standen sie selbst den nimmersatten Mornas in nichts nach.

Als Ray aufstand, fing sein Herz sofort an zu hämmern. Rasch kleidete er sich an. Heute wählte er nicht sein alltägliches Gewand mit den weiten Ärmeln und den locker sitzenden Hosen, das zwar beim Stockkampf oder beim Einüben neuer Zaubersprüche äußerst praktisch war, für eine Begegnung mit Geistern, von denen etliche mit spitzen Zähnen und scharfen Krallen aufwarteten, allerdings kaum taugte.

Er schlüpfte in eine Hose aus derbem, aber geschmeidigem

Leder und streifte sich ein robustes weißes Hemd über. Stiefel mit flacher Sohle und ein Gürtel vollendeten seine Aufmachung. Danach noch etwas Wasser ins Gesicht – und fertig war er. Die Tür ließ sich nun ohne jede Mühe öffnen, der Zauber zu ihrer Verriegelung war längst aufgehoben.

Schnurstracks begab er sich zu dem Raum mit seiner magischen Ausrüstung. Er durchquerte einen langen, schmalen Gang, in dem es keine einzige Tür gab. Durch kleine Luken in der Decke schickte die Sonne rechteckige Lichtflecken auf den Boden.

Was die anderen jetzt wohl machen?, überlegte Ray. Ob schon jemand aufgebrochen ist? Herauskriegen konnte er das nicht ohne Weiteres, denn ihre Zimmer lagen weit auseinander, und jedes hatte einen eigenen Ausgang aus dem Tempel. Selbst ihre jeweiligen Aufbewahrungsräume waren voneinander getrennt.

In Sayunaros Privatspeicher stapelten sich natürlich jede Menge Bücher, alte und neue Werke über Geister, aber auch Romane und Gedichtbände. Rekar bewahrte in seinem Raum ausschließlich Waffen auf. Grizzly hortete Amulette und Gegenstände mit magischer Kraft. Kazumi verschloss in seiner Kammer kostbare Gewänder und seltene Duftöle. Kanrinin machte um seinen Raum ein großes Geheimnis. Ob er dort irgendeinen Geist hielt, den er für den nächsten harmlosen Streich brauchte?

Ray schloss die Tür am Ende des Ganges auf, trat ein und sperrte hinter sich mit einem Zauber wieder ab.

Bis auf seinen Wagen war der Raum völlig leer – wobei es etwas gewagt war, bei diesem Vehikel von einem Wagen zu sprechen, erinnerte es mit seinen Streben doch eher an einen verbogenen Schirm. Im Licht der Laterne unter der Decke schimmerte es bläulich.

Jeder Beschwörer besaß ein vergleichbares Gefährt, denn einige Geister waren so flink, dass man sie zu Fuß nicht einholte. Nach Rays Dafürhalten war allerdings kein anderes Gefährt so schnell und zuverlässig wie seines. Stunden hatte er aufgewandt, um es zu vervollkommnen.

Er trat an es heran und zitierte einen Zauberspruch. Sofort begann sich das Ding vor ihm um die eigene Achse zu drehen. Ein leises Knistern war zu hören. Kurz darauf stand eine riesige bläulich schwarze Kugel vor Ray, aus der etliche spitze Klingen herausragten. Eine fragile und todbringende Konstruktion, in deren Innern es in allen Regenbogenfarben leuchtete.

Das Ganze ließ an jene Früchte denken, die ihr verletzliches Mark mit Dornen vor hungrigen Affen schützten. Ebenso gut geschützt fand sich Ray in seinem Wagen, sollten ihn blutdürstige Geister angreifen.

Ray berührte das Gebilde mit dem Handteller. Daraufhin gaben die Streben kurz einen Einstieg frei und schlossen sich dann wieder. Die Elemente innerhalb dieser martialischen Konstruktion bildeten einen erstaunlich bequemen Sitz. Als Ray einmal eine Nacht in dem Fuhrwerk hatte verbringen müssen, um auf Geheiß Hyeons einen hungrigen Hurii zu verfolgen, hatte er sich keineswegs den Hintern wund gesessen, sondern war sogar eingeschlummert – zur unsagbaren Enttäuschung Kanrinins, der sich schon auf den Anblick des durch das eigene Fortbewegungsgerät gemarterten Ray gefreut hatte.

Mit einem Zauber sorgte Ray dafür, dass die Streben vor ihm etwas auseinanderwichen, damit er freie Sicht hatte, und gab in Gedanken den Befehl zur Abfahrt. Die Tür zum Garten öffnete sich, und der Wagen schwebte vorwärts, getragen von einem überirdischen Wind.

Ein breiter, sauber gefegter Weg führte durch die weitläufige Anlage. Bienen schwirrten um die blühenden Kirschbäume, am klaren blauen Himmel stand nicht eine Wolke. Die Luft hatte sich unter den Strahlen der Morgensonne noch nicht erwärmt, sondern trug nach wie vor den Geruch der kühlen Nacht mit sich, gemischt mit dem von Frühlingsgrün und Minze. Letzterer war so stark, dass er Ray in der Nase kitzelte.

Als er nun zum Tempel zurückspähte, versperrten ihm bereits Alatanen die Sicht, hohe Bäume mit dicken Zweigen und silbrig grünen Blättern, die das Gebäude gegen den Blick allzu neugieriger Mitmenschen abschirmten.

Aus dem Gras kam eine Maus gehuscht und lief schnurstracks auf Ray zu. Kurz darauf sprang ein Wesen von der Größe eines Hermelins auf eine der Klingen. In seiner Schnauze blitzten scharfe Zähne, über ihr saßen große gelbe Augen. Mit bekrallten kräftigen Pfoten klammerte sich das Geschöpf an die Klinge, doch ein schwacher Zauber genügte, damit es fiepend zu Boden fiel. Unter wütendem Gefauche jagte es der Maus nach, die bereits wieder im Gras verschwunden war.

Das war nur ein Bib, ein harmloser Schutzgeist von kleinem Getier wie Wühlmäusen und Fröschen. Ganz in der Nähe schnaufte jedoch hinter den Bäumen ein Gast aus der jenseitigen Welt, der mühelos Äste zerknackte, also deutlich größer und ungeduldiger sein dürfte.

Ray trieb seinen Wagen mit einem Befehl an. Diesem Wesen wollte er lieber nicht begegnen. Ist doch dumm, redete er sich selbst zu, sich auf eine Schlägerei einzulassen, wenn man sie vermeiden und damit die eigenen Kräfte schonen kann. Er richtete sich ein wenig im Sitz auf, um abzuschätzen, wie weit es noch bis zum Tor war.

Hyeon hätte diese Vorsicht vermutlich nicht gebilligt. Aber er muss ja auch nicht die halbe Stadt durchqueren, wenn es darin von Geistern nur so wimmelt, höhnte Ray innerlich, während sein Gefährt das letzte Stück zum Tor hinter sich brachte, vorbei an der Lichtung, über der ein verdächtiger Schwarm von Schmetterlingen kreiste.

Schon machte Ray die breite Straße aus. Sobald er die Tempelanlage verlassen hatte, erfasste ihn unerschütterliche Gelassenheit. Konzentriert sah er sich um.

Die ebenerdigen Häuser mit den winzigen Gärten schienen verlassen, die Fenster waren allesamt mit Läden verrammelt, auf den Stufen hoch zur Haustür und den Veranden standen kleine Schalen, in denen zarte Flammen züngelten, und um jede Pforte wanden sich Blumengirlanden.

Jene Furcht, die Beschwörern die Nähe von Geistern verrät, schwängerte die Luft. Heute war sie freilich noch greifbarer als sonst. Nicht eine Stimme erklang, kein Kinderlachen, kein

Gepolter von Karren und nicht einmal ferne Schritte. Bloß die Vögel sangen.

Rays Wagen glitt dahin und wirbelte Staubwolken auf. Als der Beschwörer die Straße hinunterspähte, machte er in einem der Fenster das Gesicht eines kleinen Kindes aus, das durch einen Spalt im Vorhang lugte. In seinem Blick mischten sich Panik und Neugier. Schon in der nächsten Sekunde tauchte seine Mutter auf, nahm es auf den Arm und zog den Vorhang fest zu.

Lächelnd lauschte Ray der Standpauke, die dem neugierigen Kleinen gehalten wurde, der nun beleidigt losweinte. Gleich darauf meldete sich jedoch Rays Konzentration zurück. Am nächsten Haus lauerte die erste wirkliche Gefahr.

Ein kräftiger Aruxin trieb sich dort herum, ein Wesen, das an eine Kröte mit Fell und langem Schwanz erinnerte. Der Geist knabberte gedankenverloren an einer der Blumengirlanden am Zaun und war unter all den gelben Blütenblättern kaum noch zu erkennen. Im Grunde war sein Anblick sogar zum Lachen – doch leider kannte Ray diesen Geist nur zu gut.

Obwohl er den Zauber zur Vertreibung sofort zu wirken begann, handelte er zu spät: Der Aruxin spürte den Menschen, der sich ihm näherte, sprang auf, spuckte die Girlande aus, hechtete auf Ray zu, riss das Maul sperrangelweit auf und spie Ray einen Strahl sengender Luft samt Blütenblättern entgegen.

Dieser umklammerte mit einer Hand die Streben seines Fuhrwerks, mit der anderen schützte er sich gegen den Hitzeschwall. Zugleich zitierte er unverdrossen seinen Zauberspruch weiter.

Sobald der Aruxin den Wagen erreicht hatte, peitschte er mit seinem Schwanz in nackter Vernichtungswut auf ihn ein. Ray schleuderte ihm völlig kalt seinen endlich fertigen Zauber entgegen, woraufhin das Maul des Geistes in einer Mausefalle gefangen schien. Der Aruxin schüttelte wild den Kopf, stellte sich auf die Hinterbeine – und fand sich in einem unsichtbaren Netz wieder. Noch in der nächsten Sekunde beförderte ihn Ray zurück in die jenseitige Welt.

Ray wischte sich den Schweiß von der Stirn und streifte die

Blütenblätter von seinem Gewand. Zum Glück hatte der Aruxin sich bloß mit ihnen vollgestopft. Hätte dieser Geist sich über eine weniger angenehme Speise hergemacht, wäre Ray nicht so glimpflich davongekommen …

Schon bald wurde die Straße merklich breiter. Nun ragten zu beiden Seiten höhere Häuser auf, mit ein oder zwei Stockwerken. Oben lebten die Hausbesitzer oder niedrigere Beamte, unten lagen Läden und Speiselokale, die heute selbstverständlich allesamt geschlossen waren. An jeder der grün gestrichenen Türen hing ein beeindruckendes Vorhängeschloss, das ebenfalls mit Blumen geschmückt war.

Gärten gab es hier zwar keine mehr, doch vor jedem Haus standen hohe Alatanen. Obwohl sie nicht so alt waren wie die am Tempel, wirkten sie recht imposant. Ohne diese Bäume ließe sich der glutheiße Sommer in der Stadt kaum überstehen. Obendrein vertrieben die Bäume auch kleine Geister und Stechmücken. Letztere ertrugen den Geruch, der von den langen silbergrünen Blättern aufstieg, nämlich nicht.

Als Ray die menschenleere Straße durchquerte, atmete er die frische und zugleich würzige Luft tief ein. Sein Blick wanderte die Häuser entlang – bis plötzlich eine Pfütze aufblitzte.

Wie kam die bitte hierher? Ray drosselte sein Gefährt und kramte in seinem Gedächtnis nach einem vergleichbaren Phänomen, doch vergeblich. Als er die Lache daraufhin beherzt umfahren wollte, schoss hinter einem der Häuser eine dichte, bunt schillernde Wolke hervor und hielt fauchend auf ihn zu.

Winzige Biester mit äußerst scharfen Zähnen und Krallen griffen ihn an, benagten die Streben seines Vehikels und wollten zu Ray vordringen. Piwis, Schutzgeister aller Insekten, die häufig im Schwarm auftraten. So wütend hatte Ray sie freilich noch nie erlebt.

Er riss den Wagen irrsinnig schnell herum. Da die Geister nicht mit diesem Manöver gerechnet hatten, konnten die meisten von ihnen sich nicht an dem Gefährt halten. Zwei Biester schafften es allerdings dennoch, zu Ray vorzustoßen. Den ersten Burschen erledigte er mühelos, seinen Kumpan ereilte dies

Schicksal ein paar Sekunden später – die dem Piwi jedoch gereicht hatten, um Ray in die Hand zu beißen.

Das war schlecht. Der Geruch von Blut würde weitere Geister anziehen. Obendrein sammelten sich die Piwis bereits wieder zum Schwarm und planten ihren nächsten Angriff.

»Vorwärts«, rief Ray, woraufhin das Gefährt die Straße hinunterschoss und in vollem Lauf durch die Pfütze jagte, sodass das Wasser hochspritzte.

Nach einem letzten Blick zurück stellte Ray fest, dass die kleinen Biester fiepend auseinanderstoben. Aus gutem Grund: Das Wesen, das sich in der Pfütze versteckt hatte, rührte sich, der spitze Kopf zeigte sich über dem Wasser – und die lange Zunge schnappte sich gerade den ersten Piwi.

Ray versorgte rasch seine Wunde, blieb dabei aber die ganze Zeit wachsam. Vor der Bibliothek am Ende der Straße huschten graue Schatten umher, aus einem offenen Fenster flogen herausgerissene Seiten. Der Bibliothekar hatte das Gebäude offenbar nicht sicher genug verrammelt …

Ein Blatt blieb an einer Klinge von Rays Wagen hängen, sodass er einige Wörter zu erkennen vermochte: »… alles Seiende voller Leben …« Wahrscheinlich eine alte Handschrift. Morgen musste sich da jemand auf eine gewaltige Standpauke gefasst machen …

Als Ray endlich den Platz am Ende der Straße erreichte, stürzten sich graue Segrimis mit wildem Gebrüll auf ihn und wollten sein Vehikel mit ihren sechs krallenbesetzten Pfoten auseinandernehmen. Die Fahrt verlangsamte sich dadurch ungemein. Schon vernahm Ray in seinem Rücken ein bedrohliches Knacken. Sofort wirkte er einen Zauber. Diesen hatte er eigentlich für den äußersten Notfall aufheben wollen. Die Klingen am Wagen erstrahlten nun jedenfalls in einem violetten Licht, und nadelfeine Blitze schlugen auf die angriffslustigen Geister ein, sodass diese in alle Himmelsrichtungen fortgeschleudert wurden. Das Gefährt preschte wieder mit voller Kraft die Straße hinunter. Mit weiteren Zaubern schaltete Ray die Segrimis vollends aus.

Die Mitte des Platzes nahm ein Teich ein, diesen säumten Bäume, in deren Kronen Vögel tschilpten. Über die Zweige huschten außerdem leuchtende Wesen, die ein wenig an regenbogenfarbene Drosseln erinnerten. Auch im Wasser trieb sich ein Gast aus der jenseitigen Welt herum und schnaubte laut. Zu guter Letzt nahmen ein paar Steine – oder zumindest das, was Ray bis dahin für Steine gehalten hatte – Reißaus und kullerten kreischend an eine andere Stelle.

Als Ray an einer Kreuzung abbog, fing um ihn herum plötzlich alles zu vibrieren an: Mehr und mehr jenseitige Wesen drangen in seine Welt vor. Ein schwarzer Schatten stürzte von oben auf ihn zu – vor dem er sich buchstäblich in letzter Sekunde in Sicherheit bringen konnte. Die weißen Türme der Sommerresidenz der Kaiserin lagen heute hinter glühendem Rauch verborgen, ja, das aparte Bauwerk schien sich in der kochenden Luft geradezu aufzulösen.

Wie die Menschen in den Häusern hier das nur aushalten, überlegte Ray. Bestimmt kriegen sie vor Hitze kaum noch Luft und beten darum, dass dieser Tag möglichst schnell vorüber ist.

»Aber mir kommt dieser Feuergeist ganz gelegen«, murmelte er dann.

Beim Anblick der aufgeheizten Straße war ihm nämlich eine Idee gekommen. Er hielt kurz inne und zitierte einen Zauberspruch. Daraufhin schoss der Yuumo aus einer schmalen Gasse heraus, ein kleiner Vogel, der nicht größer als ein Fliegenschnäpper war, jedoch funkelte wie ein Edelstein.

Sofort raste Ray weiter. Der Fahrtwind rauschte in seinen Ohren, der Yuumo setzte ihm fröhlich nach. Bei diesem Geist musste man sich etwas einfallen lassen, denn vertreiben konnte man ihn letztlich nicht. Theoretisch war es zwar möglich, und in der Vergangenheit hatten, falls das nicht bloß Legenden waren, einige Beschwörer diese Aufgabe wohl auch gemeistert.

Für Ray bedeutete der Feuergeist in seinem Schlepptau im Moment allerdings, dass alle anderen Wesen aus dem Jenseits vor ihm Reißaus nahmen, verspürten sie doch nicht den geringsten Wunsch, vom Atem des Yuumo versengt zu werden.

Freilich litt auch Ray unter der Hitze. Der Schweiß rann ihm in die Augen, der glühend heiße Atem des Geistes versengte seine Haut, die Streben des Wagens knisterten bereits besorgniserregend. Immerhin sah Ray inzwischen die breite Allee vor sich, die zum Haupttempel führte.

Er hielt auf den großen runden Platz davor zu, den Schreine säumten, die allerlei Schutzgeistern gewidmet waren. Sobald der Yuumo sich in der Platzmitte befand, wirkte Ray einen weiteren Zauber, der dem Geist vorübergehend die Sicht auf ihn nahm, sodass er ziellos von einer Seite zur anderen durch die Luft irrte, Ray aber nicht mehr entdeckte.

Dieser zögerte keine Sekunde und nutzte die Gelegenheit zu entkommen. Nach all den Zaubern drohte sein Kopf inzwischen zu platzen. Vor seinen Augen tanzten blutrote Flecken. Zum Glück hatte er sein Ziel fast erreicht. Gleich ist es geschafft, sprach er sich beim Anblick des offenen Tempeltores Mut zu. Wie aus dem Nichts tauchte da vor ihm ein gewaltiger Felsblock auf. Vielmehr ein vermeintlicher Felsblock …

»Halt!«, schrie Ray.

Der folgsame Wagen drosselte sofort das Tempo, streifte den Marmuch – denn genau darum handelte es sich – aber trotzdem. Ein lautes Bersten war zu vernehmen, etliche Streben und Klingen prasselten zu Boden. Auch Ray wäre beinahe in die Luft katapultiert worden.

Der Geist drehte Ray in aller Gemächlichkeit sein flaches, ausdrucksloses Gesicht zu, das zwei schwarze Kuhlen anstelle von Augen aufwies. Dann knackte es plötzlich, und spitze Steinschuppen hagelten auf Ray. Die meisten prallten zwar an dem unversehrt gebliebenen Teil des Fuhrwerks ab, doch einige fanden den Weg durch die aufgerissene Stelle, trafen Ray und schlitzten ihm sogar die Haut auf.

Im Gegenzug überzog er den Marmuch mit einem nicht minder schmerzhaften Zauber, wobei er auf die Kuhlenaugen seines Gegners zielte. Dieser duckte sich jedoch überraschend geschickt weg. Erst als Ray ein zweites Mal zuschlug und in diesen Angriff all seine verbliebene Kraft legte, knirschte der Koloss, schwankte und zerfiel zu einem Berg schwarzer Steine, in dem einige Saphire funkelten. Nur durfte Ray an einem Tag wie diesem nicht einmal daran denken, aus dem Wagen zu klettern und die Edelsteine aufzuklauben.

Sofort schoss er weiter die Straße entlang. Der Tempel kam immer näher. Ray scheuchte noch einige Dutzend Bibs auf, die mit ein paar Mäusen herumtollten, setzte über einen Bach, wich in letzter Sekunde einem Grai aus und knallte geradezu gegen die Veranda des Tempels.

Er konnte sein Glück kaum fassen: Er hatte es geschafft. In aller Eile stieg Ray aus dem Wagen und stolperte die drei Stufen hinauf. Ein leichtes Bambusdach spannte sich über den breiten Holzboden, auf dem golden schimmernde Schilfmatten mit unterschiedlichen Mustern lagen. Irgendwo läuteten friedvoll einige Glöckchen. Der Wind spielte mit den breiten himbeerroten Bändern, die an den Dachträgern befestigt waren …

Bevor Ray den Tempel betrat, ließ er seinen Blick noch einmal durch den Garten wandern, der in strahlendem Sonnenlicht dalag. Der anheimelnde Vorraum war lichtdurchflutet – und völlig leer.

Bin ich wirklich der Erste?, fragte sich Ray erstaunt, während er sich auf einer Schilfmatte niederließ. Einen weiteren Wagen habe ich ja nicht gesehen … Ob die anderen es vielleicht von der rückwärtigen Seite her versuchen?

Obwohl sich mit einem Mal all seine Verletzungen bemerkbar machten, galt seine ganze Aufmerksamkeit dem etwaigen Geräusch von Schritten. Bestimmt kommen sie gleich, sprach er sich selbst Mut zu. Meister Hyeon hat schließlich gesagt, uns stünde der ganze Tag zur Verfügung, um den Tempel zu erreichen. Da bleibt noch genug Zeit …

Aus dem Garten drang das friedliche Gebimmel der Glöckchen heran, das Rauschen des Windes und das Fiepen der Mäuse. In zwei großen Wasserschalen vor der Wand schwammen Blüten und tanzten Sonnenstrahlen. Auch an den Wänden spielten sie Haschen …

Sayunaro ist sicher der Nächste, sinnierte Ray. Er ist viel

begabter als ich. Kanrinin hat immer Glück. Kazumi ist clever und gewitzt ... Und Grizzly mag zwar ein echter Tollpatsch sein, aber wenn ihn die Wut packt, wird er mit jedem Geist fertig.

Er merkte nicht einmal, wie er in seiner Sorge immer stärker mit der Faust auf seinen Schenkel trommelte. Um sich abzulenken, ging er in Gedanken noch einmal den Weg durch, den er gewählt hatte, und klopfte ihn auf Fehler ab. Dass der Piwi ihn gebissen hatte, wäre mit Sicherheit zu vermeiden gewesen. Mit den Segrimis hatte er sich auch viel zu lange abgemüht. Obendrein hätte er nicht seinen Notfallzauber an sie vergeuden dürfen. Was, wenn er danach weiteren angriffslustigen Geistern begegnet wäre ...?

Mit einem Mal hörte Ray etwas. Sofort wirbelte er herum.

Die zweite Eingangstür, die in seinem Rücken, glitt lautlos zur Seite. Eine zerzauste, blutüberströmte junge Frau trat ein. Ihr helles Gewand sprenkelten braune und grüne Flecken, ihre Knie waren aufgeschürft. Sie hielt eine kurze Lanze in der Hand, die allerdings ein auffällig langes Blatt besaß. In ihrem schönen, im Moment jedoch blassen Gesicht spiegelte sich Erleichterung. Als der Blick ihrer blassveilchenfarbenen Augen jedoch durch den Raum huschte, flackerte Panik darin auf. Sie ließ sich auf die Schilfmatte neben Ray fallen, atmete tief durch, strich sich das dunkelblonde Haar zurück und starrte ausdruckslos auf einen Punkt vor sich.

Schweigend saßen die beiden eine Weile da und lauschten angespannt auf die Stille, die den Tempel einhüllte. Nichts ...

»Ein Gayuur?«, fragte Ray irgendwann und nickte in Richtung der grünen Flecken auf dem Hemd der Frau.

»Was?«, fragte sie gedankenversunken zurück, begriff dann jedoch, was Ray meinte, und nickte. »Ja. Zwar nur ein kleiner, aber trotzdem ... Du hast nicht zufällig eine ... war hier niemand, als du eingetroffen bist?«

»Nein. Ist dir unterwegs jemand begegnet?«

Die Frau schüttelte den Kopf.

»Warum sind sie noch nicht da ...?«, flüsterte sie. »Sorano ist eine so starke Beschwörerin, sie wird spielend mit jedem Geist fertig. Ima besteht alle Prüfungen als Beste, und Yuriis Talent ist …«

Sie stockte. Ray lächelte nur traurig. Die Gedanken der Frau glichen seinen eigenen.

»Wir hatten wohl viel Glück.«

Ein schwacher Trost, gewiss, doch irgendetwas hatte er sagen müssen.

»Glück hat damit nichts zu tun«, erwiderte die junge Frau fast tonlos. »Ich habe gelesen, dass Beschwörer … dass ein echter Beschwörer unbewusst stets genau weiß, wann er wie zum Ziel gelangt. Wahrscheinlich bist du eher aufgewacht als deine Mitprüflinge oder hast die beste Strecke gewählt, oder deine innere Stimme hat dir geraten, an einer bestimmten Stelle zu warten oder, ganz im Gegenteil, das Tempo anzuziehen … Bei mir war es jedenfalls so.«

Die Frau wandte sich ab, sodass Ray nur noch das wirre Haar vor sich sah. Gerade als er etwas zu ihr sagen wollte, bemerkte er ein Loch in ihrem Gewand. Blut netzte den Stoff.

»Du bist verletzt.«

»Die Wunde heilt schon«, erwiderte sie, ohne sich zu ihm zu drehen. »Yurii hat gesagt, sie würde hier …« Sie verstummte erneut.

Ray sprach nun den Gedanken aus, mit dem er sich eben selbst hatte Trost spenden wollen: »Bis zum Abend bleibt noch viel Zeit.«

Die Frau setzte zu einer Erwiderung an, doch da ließ sich vor der Tür, durch die sie selbst eingetreten war, das Geräusch sachter Schritte vernehmen. Voller Hoffnung blickten beide auf. Die Tür wurde zur Seite geschoben – und die beiden lächelten einander traurig zu.

Zum ersten Mal in seinem Leben verspürte Ray beim Anblick seines Lehrers eine gewisse Enttäuschung, in die sich zudem eine Portion Wut mischte: Wie konnte er derart zufrieden dreinschauen, wenn seine Schüler noch irgendwo in der Stadt herumirrten, in der es heute von durchgedrehten Geistern nur so wimmelte?!

»Ray und Nara«, begrüßte Hyeon sie und nickte zufrieden. »Ihr habt mich nicht enttäuscht. Es freut mich, euch mitteilen zu können, dass die erste Phase eurer Ausbildung nun abgeschlossen ist und ihr somit die zweite Phase in Angriff nehmen könnt.«

Der eigene Erfolg interessierte Ray im Moment freilich nicht im Geringsten. Nara erging es offenbar genauso.

»Meister Hyeon«, brachte sie leise, aber nachdrücklich heraus. »Wisst Ihr, was mit den anderen ist?«

»Sie sind an der Aufgabe gescheitert«, antwortete der Meister ruhig.

»Aber Ihr habt doch gesagt, wir hätten bis zum Abend Zeit«, warf Ray empört ein. »Sie können also immer noch kommen.«

»Deshalb werde ich auch hier im Tempel auf sie warten«, erwiderte Hyeon. »Tief in meinem Herzen gehe ich jedoch nicht davon aus, dass noch einer von ihnen erscheint. Ich brauche dir wohl nicht zu wiederholen, welches Risiko ein Beschwörer eingeht, wenn er sich bei der Vertreibung eines Geistes zu viel Zeit lässt. Kazumi hatte recht. Ich brauche begabte, starke und erfolgreiche Schüler. Ihr zwei habt euch als solche erwiesen.«

Meister Hyeon hat seine Ohren wirklich überall und hört, was in einem Raum gesprochen wird, selbst wenn er sich nicht darin aufhält, stellte Ray einmal mehr für sich fest. Doch Kazumis Worte, zum Lob des Meister Hyeon geworden, gaben Ray heute keinen Anlass zur Freude.

»Und ich bin froh«, fuhr sein Lehrer fort, »dass ausgerechnet ihr beide es geschafft habt. Von heute an seid ihr nicht länger meine Schüler, von heute an seid ihr meine Gehilfen. Auf euch wartet eine ganz besondere Aufgabe …«

Nara seufzte, doch Ray hörte aus diesem Laut weder Erleichterung noch Freude heraus.

»Ihr glaubt also, dass die anderen tot sind?«, fragte Ray und ballte die Hände zu Fäusten.

»Etwas anderes scheint mir kaum wahrscheinlich.«

»Aber sicher seid Ihr nicht?«, hakte Ray nach. »Was, wenn

noch einer von ihnen lebt?! Da müssen wir ihnen doch helfen! Herausfinden, was mit ihnen geschehen ist!«

»Du kennst unsere Gesetze. Jeder ist für sich selbst verantwortlich.«

»Seid nicht ungerecht!«, brauste Ray auf, sehr zu Naras Sorge. »Ihr habt uns eingeschärft, uns einzig auf uns selbst zu verlassen. Niemand von uns darf auf Hilfe von anderen hoffen! Das stimmt – aber Ihr habt uns auch noch etwas anderes beigebracht. Wir müssen alle Menschen gegen Geister verteidigen. Und Eure anderen Schüler sind doch nicht nur Beschwörer – sie sind auch Menschen.«

»Ray«, brachte Meister Hyeon in sehr leisem, dafür umso bedrohlicherem Ton hervor, »dreh mir bitte nicht das Wort im Mund um.«

»Hast du einen Wagen?«, überging Ray ihn und wandte sich stattdessen an Nara.

»Bitte?« Sie sah ihn geradezu entsetzt aus ihren großen Augen mit den langen Wimpern an.

»Wie bist du hergekommen?«

»Selbstverständlich mit dem Wagen, aber …«

»Leihst du ihn mir? Meiner ist kaputt.«

»Ray«, fuhr Meister Hyeon ihn daraufhin an. »Ich verbiete es dir, den Tempel zu verlassen.«

»Aber, Meister, ich …« Für den Bruchteil einer Sekunde fühlte er sich wie Rekar, der sich geweigert hatte, die letzte Prüfung zu absolvieren. »Ich komme ja wieder, das verspreche ich. Aber ich muss den anderen helfen, sonst …«

Er vermochte nicht zu erklären, wie er sich vorkommen würde, wenn er seine Freunde jetzt im Stich lassen würde. Deshalb machte er bloß eine wegwerfende Handbewegung und tat, was er sich bisher im Traum nicht ausgemalt hätte: Er verweigerte seinem Lehrer den Gehorsam. Ohne Hyeon anzusehen, ging er zur Tür hinaus.

Über die Veranda tanzten Sonnenstrahlen. Ray lauschte noch einmal in sich hinein. Nein, es gab keinen Zweifel. Er handelte richtig, auch wenn dieser Schritt an Wahnsinn grenzte.

Da wurde die Tür hinter ihm noch einmal zur Seite geschoben.

»Ray, warte!«, bat Nara aufgeregt. Humpelnd und eine Hand gegen die Seite gepresst, trat sie an ihn heran, um ihm ihre Lanze in die Hand zu drücken. »Nimm die mit!«

»Ich kann mit einer Yari nicht umgehen«, gestand er mit einem Blick auf die Klinge, die mit magischer Hilfe geschaffen worden war.

»Das ist ein Kinderspiel«, versicherte ihm Nara rasch. »Du schickst den Zauber durch sie hindurch. Dann kannst du einen Geist sogar aus sicherer Entfernung ausschalten.«

»Hört sich wirklich einfach an. Danke …«

»Im Gegenzug möchte ich dich um etwas bitten«, brachte Nara heraus. »Wenn du eine meiner Freundinnen siehst … Rette sie!«

Ray nickte, sah Nara dabei aber nicht in die Augen. Auf seinem Weg würde er kaum einer der Frauen begegnen, denn sie mussten aus einer anderen Richtung kommen … Er lief die Stufen hinunter. Als er sich noch einmal zurückdrehte, war Nara bereits verschwunden.

Ohne sich dessen eigentlich bewusst zu sein, strich Ray über seinen demolierten Wagen, der die Wärme der Sonne gespeichert hatte. Die Klingen bohrten sich ihm zur Begrüßung sanft in die Haut. Ray packte die Yari fester und stiefelte den schmalen Weg zur Rückseite des Tempels hinunter, wo Naras Fuhrwerk stand.

Mit einem Mal drang ein lauter Schmerzensschrei an sein Ohr.

Ray folgte ihm, spähte in die Büsche und scheuchte zwei Bibs auf, die sich prompt auf ihn stürzen wollten. Sofort wirkte er einen Zauber. Aus den Augenwinkeln heraus nahm er noch wahr, wie dieser durch Naras Lanze verstärkt wurde.

Endlich machte er denjenigen aus, der da wie irr durch die Gegend schwankte. Ray erschauerte: Der Mann war über und über mit grauen, sich windenden Geschöpfen bedeckt. Die Geister hatten ihn bereits blutig gekratzt und gebissen. Wild schreiend versuchte er sie abzuschütteln, doch sie verbissen sich dadurch nur noch fester in ihn.

Blindlings mit den Armen durch die Luft fahrend, schwankte der arme Kerl noch etwas weiter und fiel schließlich zu Boden.

Umgehend setzte Ray den nächsten Zauber ein. Möglicherweise übertrieb er es ein wenig, denn die Geister wurden wie von einem Orkan in alle Himmelsrichtungen davongefegt, einige verdampften sogar auf der Stelle. Immerhin rappelte sich der Mann vom Boden hoch. Auf allen vieren kauerte er blutüberströmt da und schnaufte schwer.

Ray eilte zu ihm. Erst jetzt erkannte er in ihm den hochnäsigen Kazumi. Dieser klammerte sich zitternd an seinen Retter.

»Du ... du hast ...«, murmelte er benommen. »Du hast es geschafft ... Ich wäre auch ... zum Tempel gekommen ... wenn nicht ... diese Biester.«

»Nun hast du es ja geschafft«, beruhigte Ray ihn, während er ihn zurück zum Tempel begleitete.

»Du hättest mir ... nicht ... helfen dürfen«, stammelte Kazumi, der am liebsten auf einen Felsblock am Wegesrand gesunken wäre. Das jedoch verhinderte Ray. Erst auf der Veranda durfte Kazumi sich auf eine Schilfmatte plumpsen lassen.

»Ich hätte nicht ... gedacht ... dass du es schaffst«, flüsterte Kazumi, bevor er seinen Kopf in eine Schale mit schwimmenden Blüten steckte.

Ray packte ihn von hinten und zog ihn zurück.

»Weißt du etwas von den anderen?«, fragte er.

»Kanrinin habe ich nicht gesehen«, antwortete Kazumi nun schon ruhiger und wischte sich mit dem Ärmel das nasse Gesicht ab. »Er hat irgendeinen besonders ausgeklügelten Plan verfolgt. Bestimmt trifft unser Glückspilz bald ein. Grizzly hat es mit einer ganzen Horde von Gayuuren zu tun bekommen, hält sich aber tapfer. Sayunaro hatte allerdings Pech. Sein Wagen ist hinüber.« Kazumi bleckte die Zähne zu einem süffisanten Lächeln. »Anscheinend haben Shiisans unserem Schlaukopf tüchtig eins hinter die Löffel gegeben.«

»Bitte?!«, rief Ray. »Bist du sicher, dass es Shiisans waren?!

Die sind doch nur nachts unterwegs! Und haben sie ihn wirklich angegriffen?«

»Das haben sie«, erwiderte Kazumi schulterzuckend, während er sich Wasser aus der Schale über die geschundenen Beine goss. »Ich habe mit eigenen Augen gesehen, wie sie zum entscheidenden Schlag ausgeholt haben. Sayunaro hat sich allerdings hervorragend gehalten«, räumte Kazumi mit seltener Großmut ein.

»Du hättest ihm helfen müssen!«, fuhr Ray ihn in einem Ton an, der ihn selbst überraschte.

»Verlangst du allen Ernstes von mir, mich mit diesen Geschöpfen anzulegen, die selbst wir Beschwörer nicht vertreiben können?«, entgegnete Kazumi ehrlich erstaunt. »Hältst du mich für lebensmüde?«

»Ganz bestimmt nicht«, sagte Ray. »Was du bist, habe ich eben gesehen: Hirudifutter! Die Biester haben sich schließlich nicht ohne Grund über dich hergemacht!«

Angewidert wandte Ray sich ab und stapfte davon.

»He!«, schrie Kazumi mit einer gewissen Verzögerung: Er musste diese Beleidigung erst einmal verdauen. »Wo willst du hin? Etwa zu Sayunaro?! Ihn retten?! Dabei verreckst du doch selbst!«

Ray verkniff sich jede Antwort. Ihn berührte nicht, was Kazumi von sich gab.

Schon von Weitem machte er Naras Wagen neben den Jasminbüschen aus, die an der Ostwand des Tempels wuchsen. Bei seinem Anblick schnaufte er verärgert. Seine schlimmsten Befürchtungen hatten sich bewahrheitet. Das war kein Wagen, sondern eine türkisfarbene Libelle mit langen, durchscheinenden Flügeln und einer Art filigraner Laube auf dem Rücken.

Mit dem Ding komme ich nicht weit, dachte er wütend, obwohl er wusste, wie ungerecht das war. Das Äußere ihrer Fuhrwerke spielte nicht die geringste Rolle, außerdem war Nara mit ihm bis zum Tempel gelangt, ohne dass das Vehikel Schaden genommen hätte.

Er spielte mit dem Gedanken, etwas von dem Wagen abzumontieren und damit seinen eigenen zu reparieren, verwarf die Idee aber. Das würde nie im Leben klappen. Außerdem erkannte er nun, dass die Konstruktion deutlich solider war, als es auf den ersten Blick den Anschein gehabt hatte. Der hintere Teil in Form eines Stachels bestand aus scharfkantigen Platten. Bei den Flügeln handelte es sich um Klingen, und in dem Körper wäre er ebenso sicher wie in seinem eigenen Gefährt. Anerkennend nickte er und berührte das Gehäuse mit der Lanzenspitze. Nur einen Wimpernschlag später öffnete es sich und gab den Blick auf einen bequemen Sitz frei.

Beim Einsteigen strich Ray über den Wagen, der mit einer zähen roten Flüssigkeit bedeckt war. Blut, schoss es ihm durch den Kopf. Er wischte sich die Hand am Ärmel ab und nahm Platz. Der Sitz hätte breiter sein können, aber gut. Weitaus mehr beschäftigte Ray die Tatsache, dass die Libelle sich nur widerwillig in die Luft erhob und voller Mühe an der Außenseite des Tempels entlangbewegte.

»Trotzdem bin ich damit schneller als zu Fuß«, murmelte Ray.

Der Wagen hielt langsam aufs Tor zu.

Ray legte sich Naras Lanze über die Schenkel und spähte angespannt umher. Die Sorge um seine Freunde wich zunehmend dem Gefühl, selbst in Gefahr zu schweben.

Er hielt noch einmal inne und lauschte. Trotz der zunehmenden Hitze tschilpten die Vögel immer lauter. Vom anderen Ende des Gartens ließ sich das fröhliche Gebell eines Hundes vernehmen. Über den Bäumen schwirrten mit zufriedenem Gebrumm Bienen. Ein Fensterladen quietschte, die Glöckchen läuteten fröhlich, ganz leise rauschte auch irgendwo Wasser …

»Das könnte ein Ausweg sein«, stieß Ray aus und befahl dem Fuhrwerk, den Pfad zu verlassen.

Nachdem er durch die Ginsterbüsche geglitten war, fand er sich am Rand einer kleineren Lichtung wieder, in deren Mitte einige graue Steine aufragten. Über den obersten plätscherte Wasser in ein kleines Marmorbecken am Boden, ein künstlich angelegter Teich, den silbriges Riedgras säumte. In der Luft schwirrte ein kleiner Geist, dem ein langes grünes Gewand um den Leib schlackerte. Er schien gleichsam mit dem Wasserfall zu verschmelzen. Ohne die purpurnen Flecken um die dunklen Augen sowie ohne die tiefen Falten um die fleischlosen Lippen hätte man das Geschöpf durchaus als reizend bezeichnen können. Ein Ohnlitz. Gefährlich, wenn er hungrig war, noch gefährlicher aber, wenn er satt war.

Dieser Geist vergötterte – warum auch immer – Wasser, fügte sich nie einem fremden Willen, ließ aber mit sich reden. Eben darauf hoffte Ray.

Er stieg aus dem Wagen und näherte sich gemessenen Schrittes dem Geist, die Lanze dabei fest umklammernd.

»Ich suche meine Freunde«, sagte er.

Der Ohnlitz hob den Kopf und maß ihn mit einem Blick, als müsste er sich darüber klar werden, wie er mit diesem Störenfried verfahren sollte.

»Hilf mir, sie zu finden«, fuhr Ray fort, bevor der Ohnlitz seine Entscheidung traf.

Nun spiegelte sich unverhohlene Neugier in seinem Blick wider.

»Und wie gedenkst du mich für meine Hilfe zu entlohnen?«, las Ray darin.

»Mit der Kraft all der Geister, die ich heute vernichte.«

Der Ohnlitz grinste zufrieden, nickte, hob die Hand in dem viel zu weiten Gewand, zeigte auf den Wagen und sah Ray anschließend fragend an.

»Einverstanden«, erklärte dieser und nahm den Schutzzauber von dem Gefährt. »Aber ich behalte dich im Auge!«

Der Ohnlitz bedachte ihn erneut mit einem hochzufriedenen Grinsen und hielt auf den Wagen zu, wobei er sich in einen dünnen Rauchfaden verwandelte, der sich mühelos in das Fuhrwerk schlängelte und mit diesem als seinem vorübergehenden Zuhause verschmolz. Naras Gefährt vibrierte daraufhin allerdings wild, die Klingenflügel fuhren mit bedrohlichem Zischen durch die Luft, das Türkis des Wagens färbte sich purpurrot.

Auf einen Handel mit einem Ohnlitz hatte sich Ray bisher

noch nie eingelassen. Meister Hyeon behauptete stets, diese Geister seien besonders bissig und stark. Nun durfte er sich selbst davon überzeugen …

Er hatte sich kaum gesetzt, da drängte das Gefährt schon mit erstaunlicher Geschicklichkeit vorwärts. Rays Befürchtungen, zu viel Zeit verloren zu haben, legte sich damit ein wenig.

Dafür stellten sich neue Gründe zur Sorge ein.

Vor dem Tor lagen noch die Steine, in die der Marmuch sich aufgelöst hatte. Um sie herum wuselten einige Hirudis. Beim Anblick des Wagens, der da um die Ecke geschossen kam, fauchten sie jedoch nur empört und stoben wild auseinander.

Die schattige Allee wirkte ruhig und friedlich. Rays innere Stimme warnte ihn dennoch vor einer Gefahr, sodass er dem Fuhrwerk befahl, die Geschwindigkeit zu drosseln. Eine sanfte Brise wirbelte ein paar trockene Blätter auf und ließ sie in einem lautlosen Reigen tanzen.

Nach einer Weile beschleunigte Ray wieder. Schon im nächsten Augenblick hüllte ihn dann aber eine Duftwolke ein.

Der Wagen blieb so ruckartig stehen, dass Ray heftig zur Seite geschleudert wurde. Unmittelbar vor sich erblickte er nun das Gesicht einer wunderschönen Frau mit großen blauen Augen und blutroten Lippen. Ihre weißen Hände pressten sich gegen die metallene Wand, ihr weißer Busen hob und senkte sich im Rhythmus keuchender Atemzüge.

Eine Sayna. Sie musste er mit einem starken Zauber angreifen, das wusste er – nur bannte ihn ihr Anblick vollständig.

»Endlich«, brachte die Unbekannte mit tiefer, betörender Stimme heraus. »Du ahnst nicht, wie lange ich auf dich gewartet habe!«

Sie berührte Ray. Dieser meinte, die Hand versengte ihm durch das Hemd hindurch die Haut, gleichzeitig schwappte eine Woge der Schwäche über ihn hinweg.

»Lass mich frei«, hauchte die Sayna und schmiegte sich noch fester gegen das Fuhrwerk. »Dein Wagen verbrennt mich.«

In der Tat machte Ray auf ihrem Körper feine rote Streifen aus. Die Schöne achtete indes gar nicht auf den Schmerz, sie kannte nur noch ein Ziel: zu Ray vorzudringen. In ihrem Gesicht spiegelte sich wilde Leidenschaft, ihre Stimme bezauberte Ray mit unverständlichem Gemurmel.

Gerade als er tun wollte, was die Sayna verlangte, entdeckte er die langen Krallen an der schmalen Hand. Sogar Naras Wagen versuchte nun, die Geistererscheinung abzuschütteln. Erschaudernd gewann Ray die Kontrolle über sich zurück. Die Sayna löste im Kampf mit dem Fuhrwerk den Blick von Ray, der sie daraufhin sofort mit einem Zauber angriff. Unbarmherzig zielte er auf ihren weißen, ungeschützten Hals.

Mit einem markerschütternden Schrei auf den Lippen zerfloss die Sayna. Ihre Kraft ergoss sich in den Ohnlitz. Seine Zufriedenheit und Schadenfreude nahm Ray noch zur Kenntnis, ehe das Gefährt sich gleichsam streckte und weiterfuhr.

»Dreh eine Runde um den Platz!«, befahl Ray ihm.

Wenige Blicke genügten Ray, um zu erkennen, dass es in der Stadt von Geistern nur so wimmelte. Er konnte von Glück sagen, auf seinem Weg zum Haupttempel des Ordens lediglich harmloseren Vertretern begegnet zu sein.

In einer schmalen Gasse mit alten Weiden zu beiden Seiten erspähte Ray ein kleines Mädchen, das auf einer aus Zweigen gefertigten Schaukel durch die Luft sauste. Als die Kleine das kaum wahrnehmbare Geräusch hörte, mit dem sich der magische Wagen näherte, hielt sie in der Bewegung inne und drehte langsam den Kopf in Rays Richtung. Erst da gewahrte er, dass sie überhaupt kein Gesicht besaß, nur einen nebelartigen Fleck, der von goldenen Locken gerahmt war.

»*Töte sie!*«, flüsterte der Ohnlitz, und seine Stimme drang gleichsam aus dem Fuhrwerk selbst heraus. »*Töte sie, bevor sie dich angreift.*«

Ray meinte den forschenden Blick des Geistes auf sich gerichtet zu spüren.

»*Ich helfe dir.*«

»Aber sie will mich doch gar nicht angreifen«, erwiderte Ray.

»*Dummkopf*«, zischte der Ohnlitz erbost. »*Sie hat bereits zum tödlichen Schlag angesetzt.*«

Als Ray daraufhin den weißen Fleck des nicht vorhandenen Gesichts betrachtete, schoss ihm ein stechender Schmerz in die Schläfen. Er richtete Naras Lanze auf die Geistererscheinung und griff sie mit einem Zauber an. Völlig wirkungslos, obwohl er getroffen hatte. Der zweite Zauber riss die Kleine immerhin von der Schaukel, doch erst der dritte vernichtete sie.

»Das ist eine Korrhi«, erklärte der Ohnlitz, nachdem er auch deren Kraft verschlungen hatte. Seine Stimme klang bereits voller. *»Die vernichtet dich, ohne dich zu berühren.«*

»Ich weiß«, erwiderte Ray und wischte sich mit dem Ärmel den Schweiß von der Stirn. »Aber ich bin noch nie zuvor einer begegnet ...«

»Jetzt nach rechts«, befahl der Ohnlitz. *»Da ist ein Mensch.«*

Doch noch ehe sich Ray über diese Mitteilung freuen konnte, machte er die nächste Gefahr aus: Einige Gutgreise streiften vor ihm durch die Straße, monströse und behäbige Wesen, die ein wenig an einen zusammengeschnürten prallen Sack erinnerten. Normalerweise traten sie nur zu zweit auf, doch heute kam Ray gleich ein gutes Dutzend dieser hungrigen Geschöpfe entgegen.

»Vorwärts!«, befahl er dem Wagen.

Er überlegte fieberhaft, wie er am besten an diesen wütenden Burschen vorbeikäme. Mit einem Mal bemerkte er im Schatten zwischen den Häusern einen dunkelvioletten Flügel und noch etwas ... Fetzen bunten Stoffes.

Obwohl er sich diesen Anblick nicht zu erklären vermochte, erteilte er dem Gefährt den Befehl zum Angriff auf die Gutgreise. Gierig bohrte sich das Fuhrwerk in die Geister, zerhackte sie mit den Klingenflügeln und spießte sie mit dem Stachel am Hinterleib auf. Ray selbst schickte in einem fort Zauber durch die Yari. Die Gutgreise lösten sich in Rauch auf, der in einem dünnen Faden in den Boden sickerte. Der Ohnlitz verleibte sich ihre Kraft bis auf den letzten Tropfen ein.

Sobald er die Gutgreise vernichtet hatte, gebot Ray dem Wagen durch einen sanften Schlag mit Naras Lanze anzuhalten, stieg aus und ging zu den Stofffetzen. Kanrinin. Der findigste

Schüler Meister Hyeons lag am Boden. Seiner ausgestreckten, blutigen Hand war eine kunstvoll angefertigte Maske entglitten, die von einem wundervollen Gesicht abgenommen war, das sowohl einem Mann als auch einer Frau gehören konnte. Kanrinins Arme und Beine schienen deutlich verlängert, in seinem Rücken ragten die Stümpfe von Flügeln auf.

Es dauerte eine Weile, bis Ray dahinterkam, warum Kanrinin so verändert aussah: Er hatte sich als Iume ausgeben wollen, als jener geflügelte Geist, der unfähig war, sich in die Luft zu erheben. Selbst Ray hätte ihn in dieser Tarnung nicht erkannt. Was für ein cleverer Plan …

Dennoch hatte der ewige Glückspilz diesmal Pech gehabt. Im Unterschied zu Ray hatten sich die Geister nicht täuschen lassen.

»Dabei war er doch schon fast am Ziel …«

Der Ohnlitz stimmte daraufhin mit leiser Stimme ein Liedchen an:

»Wir sind die, die das Feuer in eurem Ofen löschen
Wir sind die, die in alten Häusern auf Dielen dreschen
Wir hausen in Astlöchern und fiepen gern wie kleine Mäuschen
und späh'n zu den eingeschlag'nen Fenstern der Tempeln heraus
Wir sind die, die jede Lüge erkennen und Spott nicht dulden.«

Ray verkniff sich jede Bemerkung. Stattdessen betrachtete er das Fuhrwerk genauer: Jetzt, wo der Ohnlitz sich mit fremder Kraft vollgepumpt hatte, war Naras Wagen noch weiter angewachsen, wirkte kräftiger und solider.

»Wir müssen weiter«, drängte Ray mit einem letzten Blick auf Kanrinins totes Gesicht.

»Hast du immer noch Hoffnung?«, fragte der Ohnlitz, und Ray sah sein Grinsen förmlich vor sich.

Grund zur Hoffnung gab es in der Tat kaum. Trotzdem brachte Ray es nicht fertig, unverrichteter Dinge umzukehren.

Er jagte erneut durch die in Sonnenlicht getauchte Stadt. Von überall her drangen feindliche Stimmen an sein Ohr. Selbst durch die fest verschlossenen Haustüren hindurch spürte er die Angst der Menschen. Der Wind rauschte leise, die Hunde bellten. Ray vernichtete Geister, bahnte sich mit aller Gewalt den Weg, den der Ohnlitz ihm mit knappen Worten wies.

»*Vorwärts … hinter den Bäumen … der lebt noch.*«

Noch im selben Moment vernahm Ray einen Schrei, der von Wut und Schmerz gesättigt war.

»Grizzly!«, rief Ray aus und schoss um die Ecke.

Der Wagen drohte bei diesem Manöver fast auf die Seite zu kippen. Kaum war er wieder in der Spur, schlug er einen grauen Schatten in die Flucht und setzte über den nächsten Geist kurzerhand hinweg.

Ray tötete noch ein paar zottlige Geschöpfe, dann endlich machte er seinen Freund aus.

Grizzly setzte sich gegen etliche Gayuuren zur Wehr – und schien dabei den Kürzeren zu ziehen. Die Geister, die wie Heuballen auf winzigen Beinchen aussahen, warfen sich diesen Bären von Mann zu, als wäre er ein Ball. Seine Arme hatten sie zuvor mit ihrem grünen Speichel fest an den Körper geklebt, sodass Grizzly nur noch fluchen und nach einem Geist schnappen konnte, der über ihm schwirrte. Letzteres im Übrigen vergeblich.

In seiner Freude, dass Grizzly noch unter den Lebenden weilte, hätte Ray beinahe einen Lachanfall bekommen. Aber wenn sich Gayuuren mit einem Menschen einen Scherz erlauben, kann das schnell ein übles Ende nehmen. Er durfte also nicht zögern.

Als er einen Zauberspruch zitierte, fing das Gefährt leicht zu vibrieren an. Ob der stechende Atem der Menschenmagie den Ohnlitz streifte? Vermutlich … Ray preschte auf die Feinde zu. Die Gayuuren stürzten sich sofort auf das neue Spielzeug, und Grizzly krachte zu Boden. Kümmern konnte Ray sich jedoch nicht um ihn, denn die Geister verlangten seine volle Aufmerksamkeit.

Bei diesen Zottelbiestern durfte man nicht auf das plumpe Äußere hereinfallen. Ray entkam nur mit großer Mühe ihrem

Speichel, mit dem sie ihn fesseln wollten. Der Wagen flog vorwärts und vollführte seine Manöver. Ray vernichtete etliche Gegner. Naras Lanze leistete ihm dabei gute Dienste. Mit ihr schaltete er seine Feinde sogar auf beachtliche Entfernung aus. Nur gelegentlich landete noch ein stinkender Flatschen grünen Speichels auf dem Wagen. Der Ohnlitz fauchte dann jedes Mal wütend.

»Pass auf!«, schrie Grizzly da. »Hinter dir!«

Ray riss das Gefährt herum und bohrte die Yari einem Gayuur mit aller Wucht in den Bauch. Noch während der Geist sich auflöste, erledigten die Klingenflügel den nächsten Angreifer. In der unmittelbaren Umgebung war nun alles ruhig. Bloß Grizzly versuchte schnaufend und schimpfend wieder auf die Beine zu kommen.

Ray kletterte aus dem Wagen. Erst jetzt fiel ihm auf, wie stark dieser mittlerweile angewachsen war. Von der Kraft, die der Ohnlitz aufgenommen hatte, profitierte offenbar auch das Vehikel, mit dem er verschmolzen war.

»Ray?!«, rief Grizzly. »Was machst du denn hier?! Und was ist das für ein Wagen?! ... Schlagen wir uns jetzt gemeinsam zum Tempel durch?«

»Ich war schon da«, gab Ray widerwillig zu und half Grizzly auf.

»Du hast den Tempel erreicht – und ihn wieder verlassen?«, hakte Grizzly so ungläubig nach, als wollte Ray ihm irgendein Märchen auftischen.

»Halt mal still!«, befahl dieser und hieb mit der Lanze den Speichel des Gayuuren ab, der schon beinah hart war.

»Aber wir dürfen uns doch nicht gegenseitig helfen«, fuhr Grizzly fort und versuchte mit aller Gewalt, seine am Körper klebende Hand freizubekommen. »Nie im Leben hätte ich damit gerechnet, dass einer von euch hier auftaucht ... Dass du mich überhaupt gefunden hast ...«

»Du hattest recht«, unterbrach Ray ihn, der die ganze Zeit die Straße im Auge behielt. »Wir hätten alle zusammenbleiben sollen.«

»Aber Meister Hyeon hat doch gesagt …«

»Dann hat Meister Hyeon sich eben geirrt«, entgegnete Ray barsch.

Grizzly verkniff sich daraufhin jeden Kommentar und setzte alles daran, die angeklebten Hände vom Körper zu lösen. Als er es endlich geschafft hatte, atmete er erleichtert durch.

»Diese Biester haben hier auf mich gelauert. Ohne dich … Danke, Ray!«

»Keine Ursache«, sagte dieser abwesend. Am Ende der Straße hatte er eine Bewegung wahrgenommen. »Und jetzt lass uns schnellstens von hier verschwinden. Ist dein Wagen noch in Ordnung?«

»Du stellst Fragen!«, polterte Grizzly. »Der war hinüber, kaum dass diese Biester über mich hergefallen sind. Aber wir passen ja beide in dein Vehikel …«

Als Ray daraufhin zu Naras Wagen hinübersah, stellte er fest, dass er inzwischen auf das Doppelte seiner ursprünglichen Größe angeschwollen war und geradezu bedrohlich wirkte.

»Wo hast du denn den her?«, erkundigte sich Grizzly mit unverhohlener Begeisterung, während er einstieg.

»Den habe ich mir geborgt«, gab Ray zu und befahl dem Wagen, sich wieder in Bewegung zu setzen.

»Sag mal, wo willst du eigentlich hin?!«, fragte Grizzly und riss den Kopf herum, als Ray nicht zurückfuhr. »Zum Tempel geht's in die andere Richtung.«

»Sayunaro braucht unsere Hilfe«, erklärte Ray. »Kazumi hat gesagt, Shiisans hätten ihn angegriffen.«

»Shiisans?«, echote der Ohnlitz, dessen Stimme nun wesentlich voller und schärfer klang als bisher. *»Hast du eben Shiisans gesagt?«*

Grizzly starrte Ray nur fassungslos an.

»Hast du etwa vor, gegen Geschöpfe zu kämpfen, die niemand vertreibt?«, nahm der Ohnlitz Ray völlig ungerührt weiter ins Verhör.

»Kann dir das nicht einerlei sein?«, hielt Ray dagegen. »Kraft bekommst du so oder so.«

»Dein Freund hat den Verstand verloren«, teilte der Geist nun Grizzly mit.

»Darf ich vorstellen?«, mischte sich Ray ein. »Ein Ohnlitz.«

»Das ist mir klar«, brummte Grizzly. »Scheint ein kluger Kopf zu sein. Denn du bist völlig wahnsinnig! Reicht dir nicht, dass du dich mit einem Ohnlitz eingelassen hast?! Musst du nun auch noch gegen Shiisans kämpfen?! Hat sich möglicherweise auch in deinem Hirn ein Geist eingenistet?«

»Wenn du mich nicht begleiten willst, bleib hier«, sagte Ray und schickte mit der Lanze einen Zauber zu einem verschwommenen grauen Schatten hinüber, der gerade um die Ecke eines Hauses geschnellt war.

»Unsinn«, maulte Grizzly und vertrieb den zweiten Geist, der unter der Vortreppe des Hauses hervorgekrochen kam. »Selbstverständlich komme ich mit.«

»Nach links«, befahl der Ohnlitz.

Sie fuhren durch ein niedriges Tor und gelangten in die Armenviertel.

Diesen Teil der Stadt suchten Geister gern heim. Hier schmiegten sich dunkle, winzige Hütten dicht aneinander und beobachteten die Welt mit klitzekleinen Fensterchen. Heute war auch hier alles verrammelt. Hinter den niedrigen, windschiefen Zäunen grünte scheu Gemüse. Zwischen längst nachgedunkelten Pfosten war eine Leine gespannt, an der Wäsche zum Trocknen hing, die ihre graue Farbe beim besten Willen nicht mehr verlieren wollte ...

Wie zum Hohn auf die Armut der Menschen in diesem Viertel blühten allerdings vor nahezu jedem Haus prachtvolle Goldsilven. Ihre aromatisch duftenden Blüten berührten fast den Boden, um sie herum gaukelten bunte Schmetterlinge, schwirrten Bienen.

Wellen von Honigduft wogten durch die Luft, und Ray atmete ihn tief ein.

»Was hat Sayunaro denn in dieser Gegend verloren?«, murmelte Grizzly und machte Ray auf zwei Katzen aufmerksam.

Dieser drosselte den Wagen, damit die Tiere die Straße überqueren konnten. Eine weitere saß am Straßenrand, schnurrte zufrieden und behielt die Menschen aufmerksam im Auge.

»*Euer Freund ist gezwungen worden, hierherzukommen*«, antwortete der Ohnlitz auf Grizzlys Frage.

»Gezwungen?«, wiederholte Grizzly. »Von wem?«

In dieser Sekunde deutete Ray allerdings auf eine bucklige Alte, die in einem Gemüsebeet zu ihrer Linken wirtschaftete.

»He, Frau!«, schrie Grizzly. »Verschwinde lieber ins Haus, ehe dich die Segrimis verschmausen! Und verrammel alles gut hinter dir!«

»Die Warnung kannst du dir sparen«, bemerkte Ray. »Sie ist ein Geist.«

»Ich spüre aber nicht das Geringste«, gestand Grizzly, als sie an der Alten vorbeifuhren.

»Eine Hega«, erklärte Ray.

»Ich habe gehört, dass sie wissen, wo Schätze vergraben sind, und es dir manchmal sogar verraten«, erwiderte Grizzly, und in seiner Stimme schwang die pure Abenteuerlust mit. »Dafür musst du dich nur an sie anschleichen, sie überrumpeln …«

»*Vor euch!*«, unterbrach der Ohnlitz ihn.

Die beiden Beschwörer hatten die regenbogenfarbigen Glimmerteilchen, die vor ihnen schimmerten, bereits selbst erspäht. Sie stammten von Sayunaros Wagen. Offenbar hatte auch sein Gefährt die Begegnung mit einigen Geistern nicht überstanden. Sayunaro hatte sein Gefährt als Igelfisch gestaltet, sodass es über und über mit spitzen Nadeln bedeckt, dabei aber äußerst wendig war, der Inbegriff von Stärke.

Ray hatte einmal mit Sayunaro gewettet, dass er ihn demolieren könne. Doch sämtliche Zauber, die er dafür eingesetzt hatte, waren an dem Fuhrwerk abgeprallt. Danach war sich Ray sicher gewesen, dass keine Kraft der Welt diesem Vehikel etwas anhaben könnte. Nun aber war Sayunaro verschwunden …

»Ich sehe weder Blut noch sonstige Kampfspuren«, bemerkte Ray leise.

»*Er lebt noch*«, mischte sich der Ohnlitz ein. »*Die Shiisans haben ihn mitgenommen.*«

»Weshalb sollten die so etwas tun?«, fragte Grizzly in scharfem Ton.

Doch der Ohnlitz antwortete ihm nicht. Auch Ray hüllte sich in Schweigen. Er wollte sich lieber nicht daran erinnern, was zu den Gepflogenheiten dieser Geister gehörte – aber zum ersten Mal, seit er den Tempel verlassen hatte, packte ihn nackte Angst.

»Hinter den Bäumen da drüben«, fuhr der Ohnlitz fort. *»Das alte Haus hat einen Eingang in ihre Welt.«*

»Aber da willst du doch wohl nicht rein?«, wandte sich Grizzly an Ray.

»Doch«, sagte dieser und stellte sich seiner inneren Stimme gegenüber taub.

»Das ist Selbstmord! Warum tust du das?!«

»Wenn mich mal jemand ruft, damit ich ein paar Shiisans vertreibe«, presste Ray heraus und lenkte den Wagen auf das Haus zu, »kann ich auch nicht kneifen.«

Daraufhin schnaufte Grizzly nur schicksalsergeben. Sie hielten neben den paar durchgetretenen Stufen, die zur Tür hochführten. Das Haus schien seine Besucher verschlingen zu wollen.

»Ich wusste überhaupt nicht, dass man hier zu denen kommt«, flüsterte Grizzly.

»Das klappt ja auch nur an einem Tag im Jahr«, erklärte der Ohnlitz. *»Nämlich heute.«*

Ray stieg tapfer aus, Naras Lanze fest umklammernd. Nach kurzem Zögern schloss Grizzly sich ihm an.

»Mit denen werden wir doch nie fertig, und das weißt du genau«, brummte er. »Schon gar nicht in ihrer eigenen Welt!«

Das war Ray in der Tat auch klar. Schweigend starrte er in den schwarzen Schlund hinter der offenen Tür. Hier begann das Reich der Shiisans. Es zu betreten bedeutete den Tod. Einen raschen, wenn einem das Glück lachte, einen sehr langsamen, wenn das nicht der Fall war. Das Schlimmste, was einem jedoch widerfahren konnte, war, als Gefangener der Shiisans zu enden …

»Man kann auch Shiisans töten«, bemerkte der Ohnlitz. *»Nicht nur vorübergehend lähmen, sondern tatsächlich vernichten.«*

»Das könnte nur ein Geist«, widersprach Ray. »Einer, der ihnen ebenbürtig ist.«

»*Ich zum Beispiel*«, trumpfte der Ohnlitz auf. »*Jetzt.*«

»Gut, einverstanden. Komm mit!«

Der Ohnlitz entströmte dem Wagen in Gestalt einer Wolke. Er brauchte nur wenige Sekunden, um sich wieder einen Körper zuzulegen. Nun war er einen Kopf größer und in den Schultern deutlich breiter als vorhin. Seine Kleidung schlackerte nicht mehr an ihm, sondern umspannte ihn wie ein solider Harnisch. In seinen Augen loderten zwei gelbe Feuer.

»Du hilfst mir also?«

»*Wenn ich dafür ihre Kraft bekomme.*«

»Hast du denn keine Angst«, fragte Grizzly, »dass sich die werten Freunde dieser Shiisans an dir rächen?«

Der Ohnlitz drehte sich sehr langsam zu dem Beschwörer um und verzog den Mund zu einem breiten Grinsen.

»*Shiisans haben keine Freunde*«, presste er zwischen seinen unzähligen scharfen Zähnen heraus.

Anschließend wandte er sich wieder Ray zu und deutete auf Naras Lanze. Er hob die Yari etwas höher, damit der Ohnlitz in sein neues Zuhause schlüpfen konnte. Sofort kam Ray die Waffe schwerer vor. Über das Blatt lief ein blutroter Blitz.

»Und du glaubst wirklich, dass diese Rechnung aufgeht?«, wollte Grizzly von ihm wissen, während er die Lanze nicht aus den Augen ließ.

»Unbedingt«, versicherte Ray, ehe er hinzufügte: »Sayunaro hat mir einmal erzählt, dass er in einer alten Abhandlung etwas über Möglichkeiten, einen Shiisan zu vernichten, gelesen hat.«

»Seine Belesenheit hat ihm aber bisher nicht viel geholfen«, brummte Grizzly, während er sich die Blätter einer jungen Alatane in die Taschen stopfte. Der Baum stand zum Glück ganz in der Nähe. »Dieser ganze alte Kram …«

»Dann würde ich mir von dem Grünzeug noch weniger versprechen«, hielt Ray dagegen.

»Hast ja recht«, murmelte Grizzly, stopfte seinem Freund aber dennoch ein paar Blätter in den Ausschnitt und die Ärmel.

Danach klopfte er sich selbst ab, um das Grün gleichmäßig unter seiner eigenen Kleidung zu verteilen. »Trotzdem fühle ich mich damit etwas sicherer. Wie sieht's aus – gehen wir?«

Aus der Tiefe des Hauses schlug ihnen kalter Atem entgegen. Etwas raschelte leise …

Wir hausen in Astlöchern und fiepen gern wie kleine Mäuschen und späh'n zu den eingeschlag'nen Fenstern der Tempel heraus, fielen Ray die Worte des Ohnlitz ein. Die Waffe in seiner Hand versengte ihn geradezu mit Kälte.

Die beiden Beschwörer liefen durch einen verdreckten, langen Gang. Von der Decke hingen die Fäden eines Spinnennetzes. Es roch nach verfaultem Holz und Staub. Der Weg in sämtliche Zimmer war mit Müll versperrt. Schon spürte Ray die Anwesenheit der Geister. Als lauerte jemand im Zwielicht …

Grizzly schnaufte hinter ihm und murmelte etwas Unverständliches. Auch er witterte die Gefahr.

Am Ende des Ganges lag eine Treppe, die in den Keller führte. Einige Stufen waren bereits durchgetreten. Sie endeten vor einer schmalen Tür, die aus Brettern gezimmert war. Normalerweise fanden sich solche Türen auf Dachböden.

»*Weiter!*«, befahl der Ohnlitz.

Die Lanze zitterte bereits vor Verlangen. Auch sie spürte das nahe Ziel.

Ray ging vor. Jede Stufe quietschte unter seinen Füßen. Grizzly zögerte kurz, folgte seinem Freund dann aber. Selbst das unzufriedene Grunzen erfreute Rays Ohr nun. Alles war besser als allein hier hinunterzustiefeln.

»Du musst mich nicht begleiten«, sagte Ray, ohne sich nach seinem Freund umzudrehen. »Du kannst ruhig oben auf mich warten.«

»Ich kneife nicht«, erklärte Grizzly. »Außerdem hast du mir das Leben gerettet. Ich bin dir also noch was schuldig.«

»Wie du meinst«, erwiderte Ray. Er hatte die Tür erreicht, holte noch einmal tief Luft und drehte sich zu Grizzly um. »Bist du bereit?«

Sobald dieser nickte, drückte Ray mit der Lanzenspitze gegen die Tür. Sie ging sehr langsam auf. Ray bildete abermals die Vorhut…

…bis ein Strudel sie erfasste und ihnen den Boden unter den Füßen wegzog. Grizzly suchte Halt bei Ray und fluchte halblaut. Beide hatten entweder mit finsteren Gängen gerechnet, durch die sie sich hindurchzwängen müssten, jede Sekunde der Gefahr eines Angriffs ausgesetzt, oder aber mit den schaurigen Sälen eines jenseitigen Reichs voller schwarzer Granitsäulen. Stattdessen standen sie in einem kleineren Raum ohne jedes Fenster, mit Holzwänden, an denen Fetzen alter Schriftrollen in der Zugluft flatterten, und mit niedrigen Schränken in den Ecken. All das war jedoch harmlos verglichen damit, dass Boden und Decke die Lage getauscht hatten.

Ray stand auf der Zimmerdecke und starrte verblüfft den Fußboden an, der sich über seinem Kopf befand. Dort lagen eine Schilfmatte mit einem braunen Fleck, ein zerbrochener Fächer, ein Schal und Papierfetzen. Grizzly griff nach einem Kerzenhalter, der mit einer langen Kette an der Decke unter seinen Füßen befestigt war, und hob ihn hoch. Es quietschte leise.

»Entweder wir hängen Hals über Kopf wie die Fliegen an der Decke oder den Shiisans muss das Hirn schief sitzen«, knurrte Grizzly.

»*Vorwärts!*«, befahl der Ohnlitz.

Ray machte einen Schritt, dann gleich darauf noch einen. Erstaunlicherweise fiel ihm nichts auf den Kopf. Er hielt auf die Tür zum nächsten Zimmer zu.

»Pass auf«, murrte Grizzly, als er seinem Freund folgte, »wir fallen bestimmt runter… also nach oben… oder wohin auch immer! He, Ray, warte! Willst du wirklich durch diese Tür? Die ist am Boden – aber wir kleben an der Decke!«

Unvermittelt fing er zu kichern an. Ray warf ihm einen strengen Blick zu, doch Grizzly wieherte längst aus vollem Hals. Sein rundes Gesicht rötete sich, in seinen Augen tanzten seltsame Feuerchen.

»*Erschlag ihn!*«, befahl der Ohnlitz.

»Grizzly! Komm zur Besinnung!«, verlangte Ray.

Sein Freund dachte jedoch gar nicht daran, sondern lachte nur noch lauter und hielt sich den Bauch. Einige Alatanenblätter fielen aus seiner Tasche und segelten, sich sanft drehend, durch die Luft.

»*Schlag zu!*«, schrie der Ohnlitz.

Die Yari in Rays Hand erzitterte, und er zog Grizzly den Holzschaft über den Oberarm.

Dieser schrie auf, verstummte und starrte Ray entsetzt an. In diesem Augenblick berührte das erste Blatt die Schilfmatte auf dem Boden. Etwas raschelte – und plötzlich waren sie nicht mehr allein im Raum.

Ein ausgemergelter Mann in einem langen Gewand, das zur Hälfte blutrot, zur Hälfte kreideweiß war, stand neben einem der Schränke. Nach einer Weile hob der Shiisan den kahlen Kopf und betrachtete seine Besucher an der Decke. Auch sein Gesicht war zur Hälfte blass, zur Hälfte purpurrot. Darin loderten zwei runde Eulenaugen. Die schmalen Lippen verzogen sich zu einem hungrigen Grinsen. Der Geist ging in die Hocke, katapultierte sich in die Luft und wollte sich die beiden Beschwörer greifen. In dieser Sekunde schlug Ray auf ihn ein.

Die Yari bohrte sich in die Schulter des Shiisans und trat an der Seite wieder aus. Das Gesicht des Geistes spiegelte noch schieren Unglauben wider, ehe er in Tausende von Fetzen zerfiel, die an vertrocknetes Laub erinnerten.

»Tut mir leid«, brachte Grizzly fassungslos hervor. »Ich weiß auch nicht, was da in mich gefahren ist.«

»Gehen wir weiter!«, verlangte Ray nur. »Sonst verlieren wir in diesem Raum am Ende alle den Verstand.«

Er arbeitete sich zur Tür vor, die sich für ihn, der sich über die Zimmerdecke bewegte, wie alles andere über seinem Kopf befand. Die Wände waren sehr hoch, sodass er sich zum Rahmen hinunterhangeln musste. Dann sprang er durch die Tür und landete in einem Zimmer, das auf der Seite lag. Der Boden bildete die eine Wand, die Decke die gegenüberliegende.

Ray rieb sich die Schläfen. Die neuerliche Raumverschiebung

hatte ihm ein leichtes Schwindelgefühl beschert. Doch schon musste er weghechten, um nicht unter Grizzly begraben zu werden …

Sein Freund setzte an, ihn etwas zu fragen, überlegte es sich aber anders und schüttelte bloß den Kopf.

Sie bahnten sich ihren Weg zwischen Teetischen hindurch, die aus den Wänden herausragten, und kletterten über Bücherregale am Boden. Angespannt lauschten sie auf jedes Geräusch und sahen sich immer wieder ängstlich um. Doch alles blieb ruhig.

Bei der nächsten Tür handelte es sich um eine Luke im Boden. Sie öffneten sie und sprangen erneut in die Tiefe. Danach schienen sie durch eine gewaltige Spirale zu krauchen. Über Rays Verstand legte sich ein grauer Schleier. Ohne die Yari wäre er wohl verloren gewesen, doch die Lanze schickte ihr Feuer in seine Hand, bis er wieder klar denken konnte.

Grizzly erging es nicht besser. Er bekam weitere Lachanfälle, verpasste sich jedoch jedes Mal eine Ohrfeige, sodass er sich umgehend wieder beruhigte.

»*Weiter, weiter!*«, trieb der Ohnlitz sie durch das Reich der Shiisans. »*Bleibt ja nicht stehen!*«

»Hier ist doch niemand«, keuchte Grizzly. »Wir haben uns verlaufen. Dein hilfreicher Geist hat uns übers Ohr gehauen, Ray.«

»*Ich höre den Menschen*«, sagte der Ohnlitz, als Boden und Decke abermals die Plätze tauschten.

»Wo?«, fragte Ray, der schon wieder eine schläfrige Benommenheit abschütteln musste.

»*Ganz in der Nähe … Er lebt.*«

Ray wollte ihn schon fragen, wie nahe, als er am Boden einen Blutfleck erspähte. Er war noch nicht getrocknet.

»Weiter!«, verlangte er von Grizzly. »Rasch!«

Als er die nächste Tür öffnete, blieb ihm vor Überraschung fast der Atem weg, denn Decke und Fußboden befanden sich an der richtigen Stelle.

Ray trat in die Mitte des weiträumigen Saals, der in ein seltsames graues Licht getaucht dalag. Wie aus dem Nichts eilten einige Shiisans auf ihn zu. Im Unterschied zum ersten Angreifer trugen diese Geister gestreifte Gewänder.

Der hölzerne Lanzenschaft versengte Rays Hand, als er den ersten Angreifer abwehrte. Gleich darauf erschlug er den zweiten. Grizzly lähmte den dritten, Ray vernichtete ihn endgültig. Als er den nächsten Gegner von den Beinen holte, entkam er nur knapp dessen langen Krallen. Mit einem Kampfschrei ging Grizzly auf weitere Shiisans los, Ray fegte mit einem Streich gleich zwei Feinde hinweg. Kurz darauf fuhr ihm jedoch ein stechender Schmerz in den Rücken, fast als hätte ihm jemand ein Dutzend spitzer Dornen in den Körper gerammt. Er schwankte, und vor seinen Augen senkte sich ein grauer Schleier herab. Zum Glück schaltete die Yari den nächsten Shiisan eigenmächtig aus. Danach unterblieben weitere Angriffe.

Ray stützte sich auf die Lanze, bis der Schmerz abgeklungen war.

»Der Kerl hat dir ein kleines Andenken hinterlassen«, stellte Grizzly besorgt fest. »Warte, ich helfe dir.«

»Was für ein Andenken?«

»Ihre Krallen sind spitz wie Pfeile. Bisher hatte ich allerdings nicht gewusst, dass sie die Dinger auch durch die Luft schleudern können … So, das war die letzte, jetzt ist der Mist wieder draußen.« Er ließ einige beinerne Dornen zu Boden segeln, an denen Blut glänzte. »Meinst du, du schaffst es weiter?«

»Ja, es geht schon wieder.«

»Nach rechts«, trieb der Ohnlitz sie an. *»Er ist ganz in der Nähe.«*

Als sie an einigen rot-weiß gestreiften Säulen vorbeiliefen, stieg Ray ein vertrauter Geruch in die Nase. Blut.

»Wenn das bloß nicht von Sayunaro stammt«, flüsterte er.

»Was?«, wollte Grizzly wissen.

»Ach, nichts weiter.«

Rechter Hand lag die nächste Tür, die in den Nebensaal führte. Er war genauso groß und grau wie der, aus dem sie kamen. Auf den ersten Blick schien er völlig leer zu sein. Doch als sie weiter vordrangen, stieß Grizzly einen unterdrückten Schrei aus, während Ray die Lanze so fest packte, dass es ihn schmerzte.

Zwischen zwei Säulen hing wie in einem unsichtbaren Spinnennetz reglos ein Menschenkörper in der Luft. Das lange weiße Gewand des Mannes war mit roten Streifen bemalt, weshalb Ray ihn für einen weiteren Shiisan hielt. Schon hob er die Lanze höher …

»Sayunaro!«, stieß Grizzly da aus und stürzte auf ihren Freund zu. »Er lebt noch! Ray, wir müssen ihn sofort von hier wegbringen!«

Ray eilte zu ihm. Sayunaros Kopf hing auf die Brust, das Haar war ganz verklebt. Die roten Streifen stammten von eingetrocknetem Blut.

»Steh dir nicht die Beine in den Bauch, Ray!«, rief Grizzly. »Hilf mir!«

Er packte Sayunaro schon, zog seine Hand aber sofort zurück und stierte sie verwundert an. Danach richtete er den Blick wieder auf die reglose Gestalt, wich unwillkürlich einen Schritt nach hinten und murmelte: »Irgendetwas ist hier faul. Sayunaro …«

Der Magier in ihm warnte Grizzly, der Mensch in ihm weigerte sich jedoch, diese Warnung zu hören.

»… ist immer noch ein Mensch«, vollendete Ray den Satz, trat beherzt an ihn heran und kappte mit der Lanze die unsichtbaren Fäden, die Sayunaro in der Luft hielten. »Du wolltest doch wissen, warum Shiisans Gefangene machen. Die Antwort ist, dass ein Mensch mit magischer Gabe zum Shiisan wird, wenn er diesen Geistern in die Hände fällt und sie ihr Ritual vollziehen.«

Als Ray den letzten Faden durchtrennte, sackte Sayunaro zu Boden, doch ehe er aufschlug, fing Grizzly ihn ab und bettete ihn sanft auf dem kalten Stein. Getrocknetes Blut bildete eine feste Kruste auf Sayunaros Gesicht, die Hände zierten blutige Striemen, die wie Armreife an seinen Gelenken wirkten.

»Das war gerade noch rechtzeitig«, sagte Ray und löste den

Blick von den Wunden. »Wir müssen hier weg. Kannst du ihn tragen?«

Doch Grizzly hüllte sich in Schweigen.

»He, ich habe dich etwas gefragt!«

Erst als Ray sich nach seinem Freund umdrehte, sah er, dass dieser wie versteinert dastand und mit weit aufgerissenen Augen hoch zur Decke stierte.

Er legte den Kopf in den Nacken – und eine eisige Welle brandete über sein Genick.

An der Decke hingen spinnengleich etliche Shiisans. Mindestens zwei Dutzend. Sie funkelten mit gelben Eulenaugen und rissen ihre Mäuler auf.

Einmal entdeckt, sprangen sie anmutig in die Tiefe. Ihre weißen Gewänder zeigten schwarze Streifen.

Grizzly wich zurück, wäre dabei fast gestrauchelt, ballte die Fäuste und behielt die Feinde unverwandt im Blick. Er sammelte all seine magische Kraft. Die Shiisans rückten geradezu gemächlich gegen sie vor. Für sie bestand nicht der geringste Zweifel daran, dass ihre Opfer ihnen nicht entkommen konnten.

»Er hat uns sogar noch zwei geschickt«, stellte einer von ihnen mit monotoner Stimme fest und sah Grizzly genüsslich an.

»Bitte?!«, brachte dieser heraus und sah sich Hilfe suchend nach Ray um.

»Euer Freund … Er hat euch doch zu uns geschickt, oder?«, erwiderte der Shiisan. Seine Lippen bewegten sich zwar, die Worte schienen jedoch nicht aus seinem Mund zu kommen. Eine Marionette … »Was für ein starker Magier! Hat gleich neun junge Diener getötet! Den können wir gut brauchen. Der andere ist schwächer, aber auch nicht zu verachten.«

»Wovon redet der, Ray?«, schrie Grizzly, der offenbar vergessen hatte, wo sie sich befanden und wer da mit ihnen sprach. »Wer ist schwächer?«

Der Shiisan hielt weiter auf sie zu, sodass Ray und Grizzly den Gestank von Moder und Blut wahrnahmen, den er verströmte.

»Euer Freund wollte zu gern leben. Für uns war das gut.«

»Von wem spricht er überhaupt?!«, brüllte Grizzly, der allmählich in Panik geriet.

»Von Kazumi«, brachte Sayunaro da mit brüchiger Stimme heraus.

Er hatte sich hochgerappelt und stand gegen eine der Säulen gelehnt, zwischen denen er gehangen hatte. In seinen Augen machte Ray einen Schatten aus, der sich jedoch rasch auflöste, sodass sein Blick die gewohnte Klarheit zurückerlangte.

»Kazumi hat mich an die Shiisans verkauft, um seine eigene Haut zu retten«, fuhr Sayunaro fort, während er sich das Blut von der Wange wischte. »Er hat behauptet, sein Wagen sei im Armenviertel stehen geblieben, und mich gebeten, ihn dorthin zu begleiten. Ich habe ihm geglaubt, aber er hat die Shiisans auf mich gehetzt. Er war ihnen selbst in die Hände gefallen. Damit sie ihn laufen lassen, hat er versprochen, ihnen einen noch stärkeren Magier zu schicken.«

»Dieser doppelzüngige Widerling!«, schimpfte Grizzly und lief vor Wut rot an.

»Mir hat er erzählt, dass die Shiisans dich angegriffen hätten«, berichtete Ray.

»Und natürlich wolltest du mir zu Hilfe kommen«, bemerkte Sayunaro mit unfrohem Lächeln. »Grizzly hast du auch noch mitgebracht. Kazumi dürfte zufrieden sein.«

»Deshalb stand die Tür schon offen«, hauchte Ray. »Die haben auf uns gewartet.«

»Ihr werdet ja wohl nicht so dumm sein und Widerstand leisten«, brachte ein Shiisan überraschend sanft heraus.

»Die ahnen nicht, wie stark ich bin«, frohlockte der Ohnlitz.

Ray blickte Sayunaro fest an. Dieser verstand die unausgesprochene Frage und nickte: Er würde ihnen im Kampf beistehen können.

Der Wortführer der Shiisans streckte die Hand aus und deutete auf die Yari.

»Gib sie mir!«, befahl er. »Du brauchst sie nicht mehr.«

Wie zur Antwort färbte sich das Lanzenblatt rot ein, drehte

sich gierig dem Feind zu und bohrte sich in den Shiisan. Bevor dieser überhaupt begriff, wie ihm geschah, zerfiel er zu trockenen Fetzen. Hitze durchströmte Ray, der sofort auf das nächste Ziel einschlug.

Nun stürzten sich die Shiisans wie ein Mann auf die drei Beschwörer. Dabei geschah etwas Seltsames mit ihren linken Armen: Sie verlängerten sich und verwandelten sich in spitze graue Klingen.

»Die Dinger dürften nicht so harmlos wie die Krallenpfeile sein!«, bemerkte Grizzly, der sich sofort hinter Ray und seine Yari in Deckung brachte und einen Verteidigungszauber wirkte.

Dieser lähmte die Geister durchaus, wenn auch lediglich für wenige Sekunden.

Bei jedem Aufeinandertreffen von Lanze und Schwert trieb der Gestank Ray in den Wahnsinn. Mit angehaltenem Atem stach er nahezu blind auf seinen Gegner ein. Ging der Schlag daneben, wich er zurück und duckte sich weg. Dann wirkte Grizzly einen Zauber, und die nächste Runde begann …

Unermüdlich stürmten die Shiisans auf die drei ein. Einmal streifte Ray das graue, fast beinern anmutende Schwert seines Gegners, aber er spürte keinen Schmerz. Doch unabhängig davon, wie viele Geister er vernichtete, ihre Zahl wollte nicht abnehmen …

Aus den Augenwinkeln heraus sah er, dass Sayunaro sich wacker hielt. Er kämpfte mit einer Art verschwommenem, halb durchscheinendem Stab, der an beiden Enden in lange Klingen auslief. Ray kannte den Zauber, der diese Waffe schuf nicht einmal. Als er aber sah, wie die Feinde von der magischen Waffe niedergemäht wurden, musste er ihre Wirksamkeit neidlos anerkennen.

»Er ist einer von ihnen«, warnte der Ohnlitz ihn. *»Töte die Shiisans! Töte ihn!«*

»Die schalte ich niemals aus!«, schrie Ray, der sich nur in letzter Sekunde vor einem Angreifer hatte wegducken können. »Es sind zu viele!«

Und ein weiterer Treffer… Ray wäre beinahe zu Boden gegangen.

»Pass auf!«, brüllte Grizzly, stieß seinen Freund zur Seite und schleuderte einem Shiisan eine Handvoll Alatanenblätter ins Gesicht.

Dieser fuhrwerkte verärgert mit den Händen herum, was Ray die Möglichkeit gab, seine Lanze sprechen zu lassen. Ein weiterer Geist zerfiel zu schwarzem Staub.

»Ray!«, rief Sayunaro da. »Wirke den Zauber der Vertreibung! Dritten Grades!«

»Wen willst du denn vertreiben?«, fragte er eilig zurück, während er dem nächsten Shiisan die Lanze in den Leib bohrte.

»Uns! Aus dieser Welt!«

»Das klappt doch nie im Leben!«, keuchte Ray.

Noch nie hatte er davon gehört, dass der Vertreibungszauber auf Menschen angewendet worden wäre. Allerdings musste er zugeben, dass nach den Gesetzen dieser jenseitigen Welt in der Tat sie die Störenfriede waren, die es rauszuschmeißen galt.

»Mit vereinten Kräften sollte es gelingen!«, hielt Sayunaro dagegen. »Grizzly!«

»Schon verstanden!«

Mit einer Garbe von Zaubern lähmten sie die Shiisans in den ersten Reihen. Anschließend wirkten die drei den Vertreibungszauber. Ray meinte, bei all der freigesetzten Magie würden sich ihm die Härchen im Nacken aufstellen. Der Raum zerfloss vor seinen Augen, die Lanze glühte in seiner Hand. Schon hielten die Geister wieder auf sie zu – doch bevor sie angreifen konnten, sprachen die drei das letzte Wort des Zauberspruchs.

Sie wurden erst in die Luft katapultiert, anschließend nach unten gedrückt und danach ein weiteres Mal hochgeworfen. Beinahe erstickten sie dabei. Das ohnehin trübe Licht verlosch gänzlich, Wind pfiff ihnen in den Ohren, und Hals über Kopf wurden sie aus der Welt der Shiisans hinausgeschleudert.

Der Flug endete jäh mit einem harten, schmerzhaften Aufprall.

Als Ray sich am Boden wiederfand, hatte er jedes Zeitgefühl verloren. Seine Stirn war feucht von Tau, der vom hohen Gras tropfte. Alles um ihn herum war grau, offenbar war die Nacht hereingebrochen. Der Wind flüsterte in den Zweigen, die sanft schaukelten.

Neben ihm stöhnten die beiden anderen.

Er sah sich um. Sie befanden sich im Brachland am Stadtrand. Der Tag der Geister war mittlerweile vorüber, eine gewöhnliche dunkle Nacht angebrochen.

»Ich hätte es zwar nie für möglich gehalten«, bemerkte Grizzly mit gedämpfter Stimme, »aber wenn die Geister bei einer Vertreibung das Gleiche durchmachen wie wir gerade, dann tun sie mir echt leid.«

Diese Worte entlockten Sayunaro ein leises Lachen, das jedoch sogleich in einen Hustenanfall überging. Ray drehte sich zu ihm. Sein Freund saß gegen einen Baum gelehnt und stierte vor sich hin.

»Wie geht es dir?«, erkundigte er sich.

»So weit ganz gut«, antwortete Sayunaro. »Diese Biester haben zum Glück nur den ersten Teil des Rituals an mir vorgenommen. Deshalb bin ich immer noch ein Mensch … zumindest fühle ich mich als solcher.«

»Das meine ich gar nicht«, erklärte Ray lächelnd. »Bist du verletzt?«

»Nein, bloß müde«, gestand Sayunaro und sah zum Himmel hinauf. »Die Sonne ist bereits untergegangen. Wir haben unsere Prüfung offenbar nicht bestanden.«

»Soll ich euch mal sagen, was mich diese Prüfung kann?!«, polterte Grizzly. »Der Tempel soll mir doch so was von gestohlen bleiben!«

»Mir nicht«, bemerkte Sayunaro leise. Dennoch hörte Ray aus den Worten seines Freundes eine Drohung heraus. »Ich muss da nämlich noch ein Wörtchen mit jemandem reden.«

»Du meinst mit Kazumi?«, hakte Grizzly nach. »Vergiss das! Was willst du dir Ärger mit diesem Aas einhandeln?«

»Also, ich gehe auf alle Fälle noch in den Tempel«, erklärte Ray und tastete im Gras nach Naras Lanze. »Schließlich habe ich mir eine Yari und einen Wagen geborgt.«

»Na dann«, murrte Grizzly. »Gehen wir!«

Doch im Tempel war niemand mehr. Die Glöckchen bimmelten wie stets, der Bach rauschte, das Licht der Laternen vergoldete Wände und Boden, aber sie entdeckten weder Meister Hyeon noch Kazumi oder Nara.

»Die sind davongeflattert«, brummte Grizzly und stieß mit dem Fuß gegen eine ausgerollte Schilfmatte. »Irgendwie hatte ich gehofft, Meister Hyeon würde unseren Sieg über die Shiisans anerkennen.«

»Ob er das tut oder nicht – wir haben alles gelernt, was ein echter Beschwörer wissen muss«, sagte Sayunaro. »Bei guten Lehrern.«

Daraufhin wanderte Grizzlys Blick weiter zu Ray, der sich jedoch in Schweigen hüllte.

»Was machst du jetzt mit ihm?«, wollte Sayunaro mit einem Blick auf die Lanze wissen. »Lässt du ihn frei? Übrigens habe ich gehört, wie er dir geraten hat, mich zu töten.«

»Wir wollen doch nichts überstürzen«, antwortete Ray.

»Und was genau wäre überstürzt? Mich zu ermorden? Oder den Geist fortzujagen?«

In Sayunaros Augen flackerte jener Schatten auf, der Ray bereits in der Welt der Shiisans aufgefallen war.

»Der Mord«, erklärte er ernst. »Den Geist werde ich aber auch erst später freilassen.«

»Dann nichts wie weg hier!«, stieß Grizzly erleichtert aus. »Und ich weiß auch schon, wohin!«

Er eilte die Stufen hinunter, die in den Garten führten. Sayunaro ließ seinen Blick noch einmal durch den Tempelraum wandern. Tief in Gedanken versunken, lächelte er still.

»Danke, dass du umgekehrt bist«, wandte er sich dann an Ray. »Und uns geholfen hast.«

Als dieser gerade zu einer Erwiderung ansetzte, glühte die Lanze in seiner Hand auf. Das Blatt loderte und versengte Ray förmlich die Hand. Schmerzgepeinigt ließ er die Yari fallen. Der Schaft barst, kleine Holzsplitter flogen durch die Luft.

Der Ohnlitz schüttelte Späne von sich ab, verzog den Mund zu einem verschlagenen Grinsen und sah Ray an. Während des Tages der Geister hatte er sich so viel Kraft einverleibt, dass er sich von einem hageren, fast schwerelosen Geist zu einem unförmigen Monster voller Beulen und Zacken ausgewachsen hatte. Das Gesicht, das zuvor eine gewisse Anmut ausgestrahlt hatte, glich nun einer grauenvollen Fratze.

»*Wir haben ausgemacht*«, stellte der Ohnlitz klar, »*dass du mir die Kraft aller überlässt, die du tötest.*«

»Daran habe ich mich auch gehalten«, erwiderte Ray, der ahnte, was kommen würde, und deshalb bereits einen Zauber vorbereitete. »Du kannst jetzt gehen.«

»*O nein*«, konterte der Geist grinsend. »*Ich will die Kraft aller, die du getötet hast – und deine.*«

Obwohl Ray mit einem Angriff gerechnet hatte, wäre er beinahe überrumpelt worden. Sein Zauber schränkte den Geist nicht im Mindesten ein. Zu viel Kraft hatte dieser den ausgelöschten Geistern abgesaugt … Ray schlug abermals zu, diesmal mit einem unsichtbaren Netz – das jedoch zu kläglichen Fetzen zerfiel. Als Ray daraufhin ganz langsam zurückwich, achtete er penibel darauf, sich seine Ratlosigkeit nicht anmerken zu lassen. Die Worte des nächsten Zauberspruchs entlockten dem Ohnlitz bloß ein noch verschlageneres Grinsen. Er täuschte einen Ausfall vor. Kaum wollte Ray den vermeintlichen Schlag abwehren, da setzte der Geist nach, diesmal mit vollem Erfolg.

Eine raue Pranke schleuderte Ray zu Boden und riss ihn sofort wieder hoch. Er sah in kleine lodernde Augen und ein weit aufgerissenes Maul voller spitzer Zähne.

Aus, dachte Ray. Was für ein dummes Ende! Wie hatte er nur annehmen können, mit dem Ohnlitz fertig zu werden, wenn dieser mit Kraft vollgepumpt war? Nun wartete auf ihn, was auf jeden Beschwörer wartete, der sich überschätzt hatte: der Tod.

Ray presste die Zähne aufeinander und leistete verzweifelt Widerstand. Vergeblich. Ich habe die Prüfung wirklich nicht bestanden, dachte er, als er in das aufgerissene Maul starrte.

Da schwankte der Ohnlitz plötzlich. Alle Luft schien aus ihm zu weichen. Er ruderte hilflos mit den Armen und drehte sich zu seinem Angreifer zurück. Noch bevor er ihn sah, löste er sich in grauen Rauch auf...

Ray krachte zu Boden, sprang aber sogleich wieder auf. Über die Wangen seines Freundes rann Blut und tropfte auf sein Gewand. Das Gesicht war zu einer wütenden Fratze verzerrt. Die linke Hand – oder vielmehr das, was einmal die linke Hand gewesen war – hatte sich in ein langes graues Knochenschwert verwandelt, um das noch der Rauch wölkte, in den der Ohnlitz sich aufgelöst hatte.

Als Sayunaro den Blick Rays auffing, erschauderte er. In den Augen seines Freundes hatte er sein eigenes Spiegelbild gesehen. Entsetzt linste er auf seine Hand, die jedoch bereits wieder ihre eigentliche Form angenommen hatte.

»Wo bleibt ihr denn?«, erklang von draußen Grizzlys Stimme. »Ist alles in Ordnung?«

»Ja«, versicherte Ray. »Ich habe nur noch schnell den Ohnlitz freigelassen. Wir können jetzt gehen.«

Sayunaro rieb sich wieder und wieder über das linke Handgelenk.

»Ich dachte schon, alles wäre aus«, flüsterte er. »Ich wusste nicht, dass ich zu so etwas... Ob ich doch einer von ihnen geworden bin?!«

»Nein«, sagte Ray, trat an ihn heran und packte ihn fest bei der Schulter. »Du bist ein Beschwörer, genau wie ich. Wir sind bereits mit unserer Gabe auf die Welt gekommen. Der einzige Unterschied zwischen dir und mir oder Grizzly ist der, dass du dich nun noch ein wenig weiter von den Menschen entfernt hast.«

Bestürzung spiegelte sich in Sayunaros Gesicht wider, aber auch der Wunsch, seinem Freund zu glauben. Und so, wie es aussah, hatte Ray eine recht überzeugende Erklärung gefunden.

»Verzichtest du nach wie vor darauf, mich zu töten?«, fragte Sayunaro mit zaghaftem Lächeln.

»Ich wüsste nicht, warum ich dich umbringen sollte«, antwortete Ray ernst. »Und wer weiß, vielleicht nutzen uns deine neuen Fähigkeiten am Ende sogar ...«

Sayunaro nickte, betrachtete ein letztes Mal seine Hand, ballte sie zur Faust und trat endlich in den Garten hinaus. Er warf Grizzly ein paar Worte zu, woraufhin dieser unbeschwert lachte.

Ray hob die Lanzenspitze auf, steckte sie sich hinter den Gürtel und folgte seinen Freunden. Die Tür zum Tempel zog er fest hinter sich zu.

2

Katzen

In dem kleinen Teehaus gab es zu dieser Zeit kaum Gäste. Das Frühstück hatte man längst eingenommen, das Mittagessen musste noch warten. Die Sonne bahnte sich ihren Weg durch die schmalen Fenster, tauchte die quadratischen Tische samt den Vasen mit den Blausternen in ihr goldenes Licht und tupfte mit ihren Strahlen die Bilder an den Wänden.

Draußen zwitscherten Vögel. Ein kurzer Morgenschauer hatte kühlere Waldluft mitgebracht. Das Straßenpflaster glitzerte nun, die frisch gewaschenen Bäume spreizten ihre Zweige, die Stimmen der Menschen klangen wieder fröhlich. Den Tag der Geister hatten sie unbeschadet überstanden, bis zum nächsten Jahr brauchten sie keine Angst mehr zu haben.

Na ja, fast keine, dachte Ray, der ein Wandbild betrachtete, das die legendäre Wette zwischen einem ausgefuchsten Greis und einem Maor aufgriff, bei der es darum ging, wessen Stock länger sei. Der Geist hatte seinen Stock in bestem Glauben auf den Boden gelegt, der Bauer daraufhin eine Latte aus dem Zaun gebrochen: Selbstverständlich war sie doppelt so lang. Der Maor hatte verloren und musste das Feld des Bauern pflügen …

Ray und Grizzly litten an diesem Morgen unter gewaltigen Kopfschmerzen.

»Was genau haben wir gestern eigentlich gefeiert?«, brummte Grizzly, der bereits die fünfte Schale eines Kräuteraufgusses trank, den ihm die freundliche Wirtin eingeschenkt hatte.

»Dass wir überlebt haben«, antwortete Ray und massierte sich seinen schmerzenden Nacken. Dabei stierte er die ganze

Zeit auf den Maor, der sich ratlos seinen gehörnten Kopf kratzte und den zufrieden grinsenden Alten anlinste. »Dass mir jede Sekunde der Schädel zu platzen droht, ist mir also letzten Endes ein willkommenes Zeichen dafür, dass ich noch lebe.«

Sayunaro bekam einen Lachanfall und schenkte sich Tee nach. Von einer Sekunde zur nächsten wurde er jedoch wieder ernst.

»Dann zur Sache«, sagte er. »Wie geht es jetzt weiter?«

»Hast du einen Vorschlag?«, fragte Grizzly hoffnungsvoll.

»Was auch immer Meister Hyeon behauptet – wir sind bestens ausgebildet«, bemerkte Ray. »Deshalb muss der Orden uns ein Zertifikat ausstellen.«

Sayunaro nickte, Grizzly allerdings verzog verächtlich das Gesicht.

»Hast du Einwände?«, fragte Sayunaro.

»Die gleichen wie gestern Abend«, antwortete Grizzly mürrisch und fuhr sich durch seine kurzen Haare. »Mir hängen sämtliche Gayuuren, Shiisans und andere Mistviecher zum Hals raus. Ich habe sowieso nie Beschwörer werden wollen, meine Familie hat mich einfach in den Tempel gesteckt. Jetzt bin ich endlich ein freier Mann – da werde ich mich nicht darum reißen, weiter Geister in ihre Schranken zu weisen!«

Rays ratloser Blick huschte zu Sayunaro. Wollte Grizzly allen Ernstes darauf verzichten, als Beschwörer zu arbeiten? Keinen Gebrauch von seiner magischen Gabe machen?

»Und wie willst du dein Geld verdienen?«

»Macht euch um mich bloß keine Sorgen!«, erwiderte Grizzly in einem Ton, der keinen Widerspruch duldete. »Mir fällt schon was ein.«

»Ich will auf alle Fälle noch einmal mit Meister Hyeon sprechen«, verkündete Sayunaro. »Er schuldet mir noch einige Antworten. Und Kazumi ebenfalls.«

In seinen Worten schwang eine offene Drohung mit. Unwillkürlich malte sich Ray das Aufeinandertreffen von Kazumi und Sayunaro aus.

»Ich habe noch Naras Yari …«, murmelte Ray und betrachtete die Klinge, die an seinem Gürtel baumelte. »Jedenfalls das, was davon übrig ist. Außerdem muss ich meine Sachen noch packen ... Was ist, Grizzly, begleitest du uns?«

»Lieber nicht«, entschied er. »Ich habe da nichts mehr verloren.«

Ray holte seinen Geldbeutel heraus.

»Wie viel schulden wir Euch?«, fragte er die Wirtin.

»Ich bitte Euch!«, winkte diese lächelnd ab. »Für Beschwörer haben wir doch immer einen Tee übrig.« Sie beugte sich zu den dreien vor. »Die Geister sollen diesmal ja noch schlimmer gefuhrwerkt haben als sonst. Schon allein beim Gedanken daran bekomme ich eine Gänsehaut ...« Sie sah sich nach den anderen Gästen um und flüsterte kaum hörbar: »Es sollen sogar Shiisans dabei gewesen sein ...«

»Was man nicht alles hört«, murmelte Ray und schielte zu Sayunaro hinüber, dessen Blick seine linke Hand durchbohrte.

»Wenn wir noch ruhig schlafen, dann nur, weil wir wissen, dass Ihr uns beschützt«, fuhr die Wirtin fort. Nach diesen Worten sammelte sie das schmutzige Geschirr ein und ging.

»Ob es mir immer so unangenehm sein wird, eingeladen zu werden?«, fragte Sayunaro finster.

»Nun hör aber auf!«, polterte Grizzly und klopfte seinem Freund zum Abschied auf die Schulter. »Solange wir keine Arbeit haben, müssen wir doch sehen, wo wir bleiben.«

Die Sonne stand inzwischen hoch am Himmel. In den Straßen wimmelte es von Menschen, die ihre Geschäfte erledigen wollten, bevor die mittägliche Hitze ihnen zusetzte. Warra lag in einem Tal, umgeben von hohen Bergen, sodass es mittags an eine Schüssel mit dampfender Suppe erinnerte, in der träge Händler und Bettler, Hunde und Vögel schwammen.

Noch aber entlockte die strahlende Morgensonne samt ihren treuen Gefährten – dem Vogelgesang und dem Blumenduft – allen Menschen ein zufriedenes Lächeln. Munter polterten Wagen voller Obst über das Straßenpflaster. Ein Verkäufer von Singinsekten schlurfte in Sandalen dahin. Er hatte sich über und über mit winzigen Käfigen behängt, in denen Grillen und allerlei andere Tierchen hockten. Die Münzpräger trugen hohe Kupfergefäße auf den Köpfen, in denen ihrer Hände Arbeit klimperte, die sie nun zum Markt brachten. An jeder Ecke wurden frische Blumengirlanden feilgeboten. Auch heute wurde dieser Schmuck gern gekauft, denn die Menschen feierten ihr gleichsam neu gewonnenes Leben.

Ray und Sayunaro lächelten beim Anblick dieses heiteren Gewusels in sich hinein. Sayunaro schritt immer beschwingter aus und sog die friedlichen Bilder geradezu in sich ein. Als ob sie alle Erinnerungen an die Welt der Shiisans vertreiben könnten …

Ihrer beider Stimmung schlug jedoch um, als sie in eine der schattigen Gassen linsten. Zwei Soldaten von der Stadtwache trugen eine Bahre, über die ein schneeweißes, reich besticktes Tuch gebreitet war, ein Zeichen der Ehrerbietung, das Beschwörern vorbehalten war, die im Kampf gegen Geister den Tod gefunden hatten. Unter dem Tuch lugte eine zarte Frauenhand hervor, die tiefe Wunden aufwies. Aus ihnen tropfte längst kein Blut mehr. Ein hochgewachsener, dunkelhaariger Mann schritt neben der Bahre einher. Er trug das weiße Gewand eines Beschwörers und hielt eine rote Laterne mit einer schmalen Kerze darin in Händen. Leise murmelte er einen Zauberspruch, mit dem er böse Geister vertrieb.

Die beiden Freunde ließen den kleinen Trauerzug an sich vorbeiziehen. Der Beschwörer sah sie eindringlich an, ohne aber sein Gemurmel zu unterbrechen. Die Soldaten liefen gebeugt, obwohl ihre Last eigentlich nicht besonders schwer sein dürfte.

»Wie viele er wohl auf dem Gewissen hat?«, brachte Sayunaro heraus.

»Wer?«, hakte Ray nach.

»Hyeon«, spie Sayunaro aus. »Ohne dich müssten die Soldaten heute auch noch Grizzly und mich fortschaffen. Falls es da noch etwas gegeben hätte, was sie auf ihre Bahre hätten packen können … Das werde ich ihm nie verzeihen!«

»Lass uns erst einmal zum Tempel gehen«, schlug Ray vor. »Dort sehen wir weiter.«

Schweigend setzten die beiden ihren Weg fort. Jeder von ihnen hing seinen eigenen Gedanken nach.

Das Tempelgelände empfing sie mit Lärm, Kinderstimmen und Gelächter.

»Die neuen Schüler sind eingetroffen«, bemerkte Sayunaro.

Rund ein Dutzend Kinder wirbelte durch die Anlage. Sie alle trugen weite Hosen und graue Hemden, die mit roten Symbolen zum Schutze gegen dunkle Geister bestickt waren. Barfuß liefen sie mit ihren Sachen hin und her. Ihre Ausrufe rissen nicht ab.

»Das ist mein Zimmer!«

»Nein, das nehme ich! Siehst du nicht, dass ich schon meine Taschen hereingebracht habe?!«

»Aber ich war zuerst da!«

Sie alle waren außer sich vor Freude, die Provinz nach einem Jahr verlassen zu haben und ihre Ausbildung nun in Warra fortsetzen zu können. Ray kannte dieses Gefühl nur zu gut. Auch er war damals glücklich gewesen, als er in diesen Tempel hatte einziehen dürfen. Und seine zwar nicht armen, aber auch nicht gerade reichen Eltern waren ebenfalls zufrieden, dass ihrem Sohn ein Leben als geachteter Mann bevorstünde, der sich um sein Auskommen keine Sorgen zu machen brauchte …

Ein gedrungener Alter mit langem weißem Bart beaufsichtigte die neuen Schützlinge. Die feine Nase mit dem ausgeprägten Höcker und die eng beieinanderliegenden blauen Augen wiesen ihn als einen Mann aus der Provinz Welessa aus. Aus dieser Gegend sollten im Übrigen die meisten Kinder mit magischer Gabe stammen. Ray selbst hatte bisher jedoch noch nie einen welessitischen Beschwörer getroffen.

Nachdem die zwei den Mann begrüßt hatten, wartete dieser schweigend auf eine Erklärung für ihren Besuch.

»Ist Meister Hyeon anwesend?«, erkundigte sich Ray höflich.

»Nein«, antwortete er. »Er hat uns verlassen.«

»Wisst Ihr zufällig, wohin er sich begeben hat?«, hakte Ray nach, während er einen Schritt zur Seite trat, um einen Jungen mit einem Reisesack vorbeizulassen, der größer war als er selbst.

»Das hat er mir nicht verraten.«

»Bitte«, mischte sich nun Sayunaro ein, »es ist sehr wichtig für uns, mit dem Meister zu sprechen. Irgendjemand muss doch wissen, wo er zu finden ist.«

»Du bist doch der Sohn des Herrn Akeno?«, fragte der Beschwörer und tastete Sayunaros Gesicht förmlich mit seinem Blick ab.

Dieser zuckte nur vage mit der Schulter, eine Geste, die alles und nichts besagen konnte.

»Aber ja, die familiäre Ähnlichkeit ist gar nicht zu übersehen. Wie geht es deinem verehrten Vater?«

»Ich bin schon lange nicht mehr zu Hause gewesen.«

»Verstehe«, erwiderte der Lehrer und nickte bedeutsam, ehe er den Blick auf Ray richtete. »Meister Hyeon hat euch beide ausgebildet, stimmt's? Ich kann euch leider wirklich nicht weiterhelfen ...«

»Wunderbar!«, stieß Sayunaro aus. »Er hetzt uns am Tag der Geister durch die halbe Stadt zum Haupttempel, wartet dann aber nicht auf uns. Wir haben unsere Aufgabe erfüllt – er aber hat uns im Stich gelassen! Und jetzt ist er wie vom Erdboden verschluckt!«

Bei den lauten Worten unterbrachen sogar die jungen Schützlinge ihr geschäftiges Gerenne.

»Habt Dank für Eure Hilfe, Lehrer«, sagte Ray daher rasch. »Verzeiht uns, dass wir Eure Zeit in Anspruch genommen haben. Dürfen wir noch unsere Sachen zusammenpacken?«

»Aber sicher«, antwortete der Lehrer mit einem Lächeln, das jedoch nicht die Traurigkeit aus seinem Blick vertrieb, als er Sayunaro ansah. »Wir haben sie schon zusammengetragen.« Er rief einen der jungen Schüler und befahl: »Hottaku, bringe unsere Gäste bitte zum allgemeinen Lager!«

Ray wollte bereits einwenden, dass er den Weg ja genau kenne, doch da fiel ihm ein, dass er im Tempel nicht mehr zu Hause war. Er galt nun als Fremder, den man besser im Auge behielt. Ein unangenehmes Gefühl bemächtigte sich seiner, als er dem schmächtigen, schwarzhaarigen Schüler folgte. Dieser schielte immer wieder neugierig zu Ray hoch, traute sich jedoch nicht, dem fertig ausgebildeten Beschwörer eine Frage zu stellen.

»Reiß dich zusammen!«, raunte Ray seinem Freund zu, während sie einen langen Gang durchquerten. »Wenn du wirklich vorhast …«

»Was habe ich denn vor?«, fiel ihm Sayunaro ins Wort, ließ aber gleichzeitig zwei Schüler vorbei, die eine Strohpuppe in Gestalt eines Segrimis in einen der Übungssäle brachten. »Wenn ich vorhabe, hier lebend herauszugehen?«

»Wenn du vorhast, ein Mensch zu bleiben.«

Daraufhin hüllte sich Sayunaro in Schweigen. Ihm war anzumerken, dass er um Fassung rang.

»Du hast ja recht«, räumte er nach einer Weile ein. »Aber irgendjemand muss doch etwas über den Verbleib von Meister Hyeon wissen. Vielleicht sollten wir in einem der anderen Tempel nachfragen.«

»Davon verspreche ich mir nicht viel … Sag mal, gehörst du wirklich der Ishiro-Familie an?«

»Ja.« Sayunaro verzog das Gesicht. »Aber was bedeutet das schon? Ein Beschwörer hat schließlich keine Familie mehr …«

Er ließ den Satz in der Luft hängen. Ray versuchte, sich an alles zu erinnern, was er über Sayunaros Familie gehört hatte. Sein Vater war Statthalter in der reichen Provinz Yugora, die unmittelbar an Warra angrenzte. Die Ishiros hatten stets die kaiserliche Familie unterstützt, im Gegenzug hatte die Herrscherdynastie ihnen großzügige Privilegien eingeräumt.

Einmal hatte Ray Herrn Akeno sogar gesehen, das war an jenem Tag, als in Warra die eingeholte Ernte gefeiert wurde. Ray und seine Freunde hatten zusätzlich eine bestandene Prüfung gefeiert. Eine prachtvolle Prozession war durch die Stadt gezogen. In ihrer Mitte ritt auf einem Schimmel ein breitschultriger Mann im Paradeharnisch. Sein dunkelrotes ledernes Obergewand war bis zur Brust mit goldenen Platten besetzt, die in der Sonne funkelten. An einem breiten Gürtel hingen ein Krummsäbel in einer reich verzierten Scheide sowie einige Wurfmesser.

Die eng anliegenden Hosen steckten in hohen Stiefeln mit schweren, beschlagenen Sohlen. Drei Dutzend mit Lanzen bewaffneter Krieger begleiteten den Mann. Ihre Schilde schmückten zwei Drachen, ein roter und ein weißer.

Es folgte eine breite purpurrote Sänfte, hinter der abermals Soldaten liefen.

»Das ist der Statthalter von Yugora«, hatte Kanrinin voller Respekt, aber auch mit leichtem Neid in der Stimme verkündet. Sein Blick hatte geradezu an dem Mann im Harnisch geklebt ...

Auf Ray hatte der Herrscher der Nachbarprovinz eher den Eindruck eines Soldaten denn eines Politikers gemacht. Sein Profil ließ an die Darstellungen auf alten Münzen denken. Jetzt aber wurde Ray klar, dass das weizenblonde Haar die gleiche Farbe zeigte wie das Sayunaros. Ansonsten ähnelten Vater und Sohn einander allerdings nicht.

Der Mann hatte einen gelangweilten Blick über die Schüler wandern lassen, jedoch nicht eine Sekunde innegehalten. Sayunaros Miene hatte sich schlagartig verfinstert, jede Lust zu feiern war ihm vergangen. Auch ihm war der Blick seines Vaters nicht entgangen ...

»Ich würde trotzdem noch ganz gern in einem anderen Tempel vorbeischauen«, nahm Sayunaro jetzt den Faden wieder auf.

»Wozu?«, entgegnete Ray. »Vergiss Kazumi! Zumindest fürs Erste. Wir sollten uns lieber Gedanken darüber machen, wie es weitergeht. Was hältst du davon, wenn wir uns an den Turm des Ordens wenden und darlegen, wie sich alles abgespielt hat? Bestimmt lässt man uns die Prüfung wiederholen. Jedenfalls habe ich gehört, dass jemand vom Turm Prüfungen abnimmt, wenn ein Lehrer stirbt, bevor sein Schüler sein Examen abgelegt hat.«

»Nur erfreut sich unser Lehrer bester Gesundheit«, hielt Sayunaro mit finsterem Grinsen dagegen. »Da wird uns niemand vom Turm prüfen.«

»Könntest du nicht deinen Vater um Hilfe bitten?«

»Wenn ich etwas mit Sicherheit nicht tun werde, dann das«, zischte Sayunaro und funkelte Ray wütend an. »Niemals.«

»Gut«, lenkte Ray sofort ein und wartete, bis der Junge ihnen die Tür zum Lager aufgeschlossen hatte, »dann eben nicht.«

In dem Raum stapelte sich alter Plunder, es fanden sich jedoch auch neuere Stücke. All das meinte man, noch irgendwann zu Übungszwecken gebrauchen zu können. Zielscheiben, Kampfstöcke, Schriftrollen, alte magische Tafeln, zerbrochene Teetische und, und, und.

Beim Anblick dieser Dinge begriff Ray vollends, dass er – ein Nichtsnutz, der durch das Examen gerauscht war – nichts mehr im Tempel verloren hatte. Sein Reisesack wartete bereits in einem Regal zwischen zwei eingestaubten, fadenscheinigen Stoffpuppen, die Yurgi darstellten. Nutzloser Ramsch, genau wie er selbst. Kurz darauf machte er die Habseligkeiten Kanrinins aus. Achtlos hatte man sie in eine Ecke gestopft.

»O nein«, murmelte Ray, »so leicht gebe ich nicht klein bei.«

Er schulterte seinen Reisesack und stapfte zur Tür hinaus.

Sayunaro blickte genauso mürrisch drein wie er, doch ihre Wut würde ihren Magen in den nächsten Tagen nicht füllen. Weiter in der Stadt zu bleiben wäre pure Zeitverschwendung …

Drei Tage später stand Ray in der Straße der Blumen vor dem Teehaus *Azalee*.

Das Dach des ebenerdigen Gebäudes erinnerte an einen Zedernzapfen, die Fensterrahmen hatten erst kürzlich einen neuen Anstrich erhalten, die Tür war ausgetauscht worden. Den Eingang flankierten zwei Keramiktöpfe, in denen kleine Bäumchen wuchsen.

Die beiden Längsseiten des Hauses waren mit goldgestreiften, purpurroten Papierbändern geschmückt, die Fensterläden zum Schutz gegen die sengende Sonne geschlossen.

Genau wie alle Häuser in dieser schmalen Gasse war es weder besonders arm noch besonders reich. Dieses Teehaus besuchten Damen, nachdem sie durch verschiedene Läden geschlendert waren, aber auch Händler, die eine Schale Tee mit einem Kunden genießen wollten. Verliebte Pärchen kehrten hier ebenso ein wie Menschen, die es rein zufällig in diese Gegend verschlagen hatte.

Sobald Ray eingetreten war, stieß er einen erleichterten Seufzer aus und wischte sich den Schweiß von der Stirn. Die Hitze, die sich in den Straßen Warras breitgemacht hatte, musste sich hier drinnen einer angenehmen Kühle geschlagen geben, das matte Licht gönnte den Augen, die von der blendenden Mittagssonne bereits erschöpft waren, eine Erholung. Ein Aquarium an der Wand verstärkte den Eindruck von Frische. Zwischen sanft schlingernden Algen glitten darin winzige bunte Fische umher.

Das Teehaus wartete nicht mit schlichten Tischen auf, sondern mit besonderen halbrunden Konstruktionen, in die ein Kohlebecken eingelassen war. Auf sechs hohen Stühlen konnten die Gäste so der Zubereitung ihres Essens beiwohnen. Es roch bereits angenehm, allerdings nach Blumen, ein Duft, den Ray nie mit einer Speise in Verbindung gebracht hätte.

Sayunaro saß am ersten Tisch neben dem Eingang und ließ nachdenklich die Essstäbchen zwischen seinen Fingern kreisen. Sein Blick ruhte irgendwo im Nichts. Ihm gegenüber hatte ein Pärchen Platz genommen, das sich über die Vorspeisen und einander hermachte. An der hinteren Wand gönnte sich eine ältere Dame einen Tee, während sie sich mit einem Fächer kühle Luft zuwedelte. Zu ihren Füßen lagen in buntes Papier eingeschlagene Bündel. Ihre Einkäufe. Weitere Gäste gab es nicht.

»Und?«, brachte Ray heraus, nachdem er sich zu Sayunaro gesetzt hatte. »Wie sieht es aus?«

Im Grunde hätte er diese Frage nicht stellen müssen. Sayunaros Miene war beredt genug.

»Der Orden hat mir keine Audienz gewährt«, sagte er. »Ich soll mich in Geduld üben, da er gerade dringende Angelegenheiten zu klären hat und sich nicht um einen Jungen kümmern kann, der durchs Examen gerasselt ist. Frühestens in einer Woche soll ich noch einmal vorsprechen.«

»Das ist doch gar nicht schlecht«, erwiderte Ray. »Ich weiß von Bittstellern, die müssen einen Monat warten, um vorgelassen zu werden. Was meinst du – sollen wir uns ohne Zertifikat durchschlagen? Schließlich wissen wir, wie man Geister vertreibt.«

Seine Gedanken wanderten kurz zum Turm des Ordens. Wut kochte in ihm hoch.

»Ich bin in allen Tempeln gewesen«, fuhr er dann fort. »Von den Lehrern kannte ich niemanden. Aber alle behaupten, Meister Hyeon habe Warra zusammen mit zwei Schülern verlassen. Wohin er wollte, weiß jedoch niemand.«

»Da war doch diese Beschwörerin«, wechselte Sayunaro überraschend das Thema. »Die dir ihren Wagen und die Lanze geliehen hat …«

Rays Miene verfinsterte sich. Nara. Nur dank ihrer Hilfe hatte er Sayunaro und Grizzly retten können. Danach hatte er sie nicht wiedergesehen …

»Hast du etwas von ihren Freundinnen gehört?«

»Ja. Sie sind tot.«

»Das ist nicht deine Schuld«, versicherte Sayunaro sofort.

»Ich weiß, aber …«

»Vielleicht sollten auch wir Warra verlassen«, sagte Sayunaro. »Es gibt keinen Grund, länger in der Stadt zu bleiben, denn hier finden wir keine anständige Arbeit. Wenn du mich fragst, wäre es wesentlich klüger, etwas Zeit verstreichen zu lassen und es dann abermals beim Orden zu versuchen.«

Ray steckte eine Münze in die Laterne des Glücks, die neben ihrem Tisch stand, drehte sie einmal und zog ein zusammengerolltes Papierchen heraus. Er rollte es auf und las den Spruch. *Gelassenheit im Angesicht von Sorgen ist das schönste Geschenk, das einem das Schicksal machen kann.*

»Und?«, fragte Sayunaro. »Welche Weisheit wurde dir zuteil?«

»Keine neue«, antwortete Ray und stopfte den Zettel in seine Tasche. »Wo ist eigentlich der Dritte in unserem Bunde abgeblieben?«

»Der wird gleich auftauchen«, versicherte Sayunaro grinsend und deutete mit dem Blick zu dem Pärchen ihnen gegenüber. »Die beiden haben gebratenes Huhn mit Reis bestellt.«

»Dann verzichtet Grizzly wirklich darauf, als Beschwörer zu arbeiten?«, fragte Ray und klaubte eine weitere Münze aus seiner Tasche, um noch ein Briefchen aus der Laterne zu ziehen.

»Ganz offenbar«, antwortete Sayunaro und ließ die Essstäbchen erneut zwischen seinen Fingern kreisen. »Er behauptet steif und fest, die Nase gestrichen voll zu haben von Geistern. Vor allem von Shiisans. Nun will er wie ein Mensch ohne Gabe leben.«

»Daraus wird doch nichts!«, ereiferte sich Ray. »Das vermag er genauso wenig wie du oder ich. Überhaupt ist das eine Schnapsidee! Seine Gabe in den Wind zu schießen und sich stattdessen in einem Teehaus abzuplagen!«

»Wenn das aber sein Wunsch ist«, hielt Sayunaro dagegen. »Schließlich ist es sein Leben …«

In diesem Augenblick eilte eine junge Kellnerin in einem purpurroten Gewand mit weiten Ärmeln an ihren Tisch. Sie schenkte Sayunaro Tee nach und reichte Ray lächelnd eine kunstvolle Pappe, auf der die Gerichte des Tages aufgelistet waren.

»Den Fisch kann ich heute nur empfehlen«, sagte sie. »Er wurde erst vor einer Stunde gefangen und uns sofort geliefert. Es wäre unserem meisterlichen Koch eine Freude, ihn für Euch zuzubereiten. Die beiden jungen Leute hier beehren uns immer wieder, weil sie so zufrieden mit uns sind. Stimmt es nicht?«, wandte sie sich an das Pärchen. Die beiden nickten und beäugten die zwei Freunde mit scheuer Neugier.

Sayunaro senkte den Kopf, um das Grinsen zu verbergen, das sich bei Erwähnung des Kochs auf seinem Gesicht abgezeichnet hatte. Ray gab der Frau die Karte zurück.

»Dann nehmen wir den Fisch«, entschied Ray.

Sie strahlte ihn an und eilte raschen Schrittes in die Küche.

»Seid ihr wirklich zum ersten Mal hier?«, erkundigte sich die junge Frau, die ein feines weißes Gewand trug. Ohne Zweifel veranlasste sie nicht allein Höflichkeit dazu, ein Gespräch mit ihren Tischnachbarn zu beginnen. »Dann wisst Ihr noch gar nicht, was geschehen ist? Dies Teehaus hat früher Herrn Hitari gehört. Wir waren schon seine Gäste.« Ihr Blick huschte zu ihrem Gefährten, der eifrig nickte. »Angeblich hat in seinem Keller ein böser Geist gehaust.« An dieser Stelle senkte die Frau verschwörerisch die Stimme und sah sich nach allen Seiten um, als fürchtete sie, jemand würde sie belauschen. »Zunächst verhielt er sich völlig ruhig. Mit der Zeit wurde er jedoch immer tolldreister, bis er eines Nachts das ganze Wirtshaus zerlegt hat. Daraufhin hat Herr Hitari selbstverständlich sofort einen Beschwörer zu Hilfe gerufen. Doch obwohl dieser den Geist vertrieben hat, wollte Herr Hitari sein Speiselokal lieber verkaufen. Für uns hat sich dadurch aber nichts geändert, wir kommen immer noch gern her.«

»Das glaube ich sofort«, erwiderte Sayunaro. »Wisst Ihr zufällig, was das für ein Geist war?«

»Leider nein«, antwortete die Frau. »Herr Hitari hat uns nur erzählt, der Geist habe Essen aus der Küche gestohlen, das Geschirr zerschlagen und die Gäste erschreckt. Einmal hat er sogar fast das ganze Lokal in Brand gesteckt ...«

»Das hört sich nach einem Fugoru an«, raunte Ray seinem Freund zu. »Wenn das stimmt, taucht er mit Sicherheit wieder auf.«

Sayunaro erwiderte jedoch nichts, sondern hing seinen Gedanken nach.

Gerade als Ray ihm sagen wollte, er solle die Arbeit doch einmal vergessen, erschien Grizzly in der Türfüllung. Aus der Tasche seiner rot-schwarzen Schürze ragte ein gewaltiges Messer heraus. Die hohe Kopfbedeckung hatte er tief in die Stirn gezogen, das lange Hemd und die Hosen waren prachtvoll mit Schutzgeistern bestickt.

Der Herr Meisterkoch schob mit nahezu majestätischer Miene einen kleinen Wagen vor sich her, auf dem Schalen mit Gewürzen und Soßen, Schüsseln mit Eiern sowie Teller mit rohem Fleisch und Fisch standen.

Beim Anblick von Ray und Sayunaro verfinsterte sich Grizzlys rundes Gesicht allerdings, in dem sich bis eben noch das Wissen um die eigene Bedeutsamkeit gespiegelt hatte.

Dennoch nahm er mit großer Ruhe seinen Platz vorm Tisch ein, verbeugte sich vor seinen Gästen und stocherte in den Kohlen. »Was wollt ihr denn hier?«, raunte er seinen Freunden zu. »Verfolgt ihr mich etwa?«

»Wir wollen deinen Erfolg feiern«, erklärte Ray mit einem strahlenden Lächeln. »Nicht jeder Beschwörer findet Arbeit in einem derart feinen Haus. Wie nennst du dich jetzt? Meisterkoch?«

»Schrei nicht so!«, fuhr Grizzly ihn an. »Die Gäste brauchen nicht zu wissen, wer ich bin. Im Übrigen bin ich ja auch gar kein Beschwörer. Esst also, und dann zieht ab, ich ersticke nämlich in Arbeit.«

»Also, wir stören dich bestimmt nicht«, beruhigte Ray ihn.

Grizzly verzog das Gesicht. Konnten seine Freunde seiner Arbeit nicht etwas mehr Respekt entgegenbringen? Er nahm zwei Pfannenwender an sich, warf sie in die Luft, fing sie geschickt auf, warf sie ein zweites Mal in die Höhe, fing sie auch diesmal wieder gekonnt auf, und trommelte dann mit ihnen auf das Kohlebecken, wozu er die Miene eines wahrhaft inspirierten Musikers aufsetzte.

Eine ganze Weile erfüllten einzig diese Töne den Raum.

»Ohne dieses Brimborium bekommen wir wohl nichts zu essen?«, erkundigte sich Sayunaro.

Ray bedachte das Tun Grizzlys jedoch mit wieherndem Gelächter, das Pärchen folgte dem Spektakel mit leuchtenden Augen, der Meisterkoch verkniff sich jede Antwort.

Schließlich schob Grizzly die Wender hinter seinen Gürtel, gab ein paar Tropfen Öl in den Tiegel, verschmierte es sorgsam und verteilte eine Handvoll Reis darin. Die schlichte Tätigkeit wurde vom Geklapper mit den Schalen begleitet, aus denen Grizzly Salz und Soßen hinzugab. Nach einer Weile zog er die Wender wieder hervor und trommelte auf den Rand des Rostes, obendrein stampfte er mit einem Fuß auf.

Es folgte der Höhepunkt dieser Darbietung. Grizzly begann mit Hühnerkeulen zu jonglieren, die sich in seinen Pranken wie Wachtelbeinchen ausnahmen. Zum Finale landete ein Bein in seiner Haube, das zweite spießte der Meisterkoch mit dem Messer auf, das dritte rollte über seinen Unterarm sanft zurück in den Korb auf dem Wagen.

Tosender Beifall brach aus.

»Wie hat er dieses Talent nur so lange geheim halten können?«, staunte Ray, während er Grizzly weiterhin wie gebannt beobachtete, der nun Ei und Reis im Tiegel vermengte und das Gemisch anschließend auf die Teller des Pärchens gab.

»Er braucht sich um seine Zukunft wahrlich keine Sorgen zu machen«, erwiderte Sayunaro und trank seinen Tee aus.

»Bestimmt nicht«, pflichtete Ray ihm bei. Grizzly putzte bereits den Tiegel aus und legte Fleisch und Fisch hinein. »Er hat geradezu goldene Hände.«

»Möchtest du den Fisch mit Soße?«, wollte Grizzly von Ray wissen.

»Ja«, antwortete dieser. Allmählich war ihm klar, was mit der Essenszubereitung vor den Augen des Gastes bezweckt werden sollte: Ihr Hunger wurde geschürt.

Grizzly gab noch einige Kunststücke zum Besten, trommelte mit dem einen Wender und zerschnitt das Fleisch in kleine Stücke. Schließlich linste er zu seinen Freunden, goss etwas in den Tiegel, zog einen feinen Stab hinter seinem Gürtel hervor und hielt ihn an den Rost, worauf eine dünne blaue Flamme gleichmäßig aufzüngelte.

Das Pärchen spendete abermals Beifall. Ray wich erschrocken zurück, den Blick auf das bereits verglimmende Feuer gerichtet. In dieser Sekunde bekam er unterm Tisch einen Tritt versetzt: Sayunaro stierte zur Tür. Als Ray dem Blick seines Freundes folgte, wurde ihm klar, was diesen so beunruhigte. Ein neuer Gast hatte den Raum betreten.

Er setzte sich an den Tisch der älteren Dame. Ein hagerer Mann in grauer Kleidung, der selbst grau und zerzaust wirkte. Zu dem Tiegel mit Essen schickte er gierige Blicke hinüber, wobei seine winzigen Äuglein unter den buschigen Brauen ungut funkelten. Der Fugoru, den man angeblich vertrieben hatte, war zurück.

Grizzly war so mit der Zubereitung des Fisches beschäftigt, dass er den Geist gar nicht bemerkte. Den übrigen Gästen erging es nicht anders.

Ray ballte unter dem Tisch die Hand zur Faust und rief sich den Zauber zur Vertreibung in Erinnerung. Sayunaros Gesicht schien kurz zu erzittern, seine Züge zu entgleiten. Die junge Frau schrie auf und starrte zur Abzugshaube an der Decke hoch. In ihrer glatten Oberfläche spiegelte sich Sayunaro wider. Die Frau richtete ihre weit aufgerissenen Augen auf den hübschen Mann mit den breiten Schultern, dann schnellte ihr Blick wieder zu dem merkwürdigen Spiegelbild hoch. Sie wimmerte lauter. Als ihr Gefährte ihrem Blick folgte, ließ er seine Essstäbchen fallen. Grizzly starrte seine Gäste entgeistert an.

Da stürzte sich der Fugoru auf sie. Ray warf ihm ein unsichtbares Netz über, Sayunaro sprang auf. Der Fugoru ließ am ganzen Körper lange spitze Stacheln aufblitzen.

Grizzly kippte den Wagen um, die Gäste flohen panisch. Die Kellnerin, die auf das Geschrei hin herbeigeeilt war, zog sich kreischend wieder in die Küche zurück.

»Umzingelt ihn!«, schrie Ray, der bereits ein zweites unsichtbares Netz wirkte, doch der Geist zerfetzte das feine Gewebe mit seinen Stacheln auf der Stelle.

»Es halten sich alle von ihm fern!«, brüllte Grizzly und warf eine Schale mit Sojasoße gegen den Fugoru. Sie zersprang, ihr Inhalt ergoss sich auf den Boden.

Obwohl der Geist in der Soße ausglitt, schaffte er es, sich auf Sayunaro zu stürzen und diesen beinahe umzureißen. Anschließend brachte er sich geschickt vor dem nächsten Zauber in Sicherheit, warf einen Tisch um, der ihm den Weg zum Aquarium versperrte, und rammte seine Stacheln mit aller Wucht in das Glas. Ein gewaltiger Schwall Wasser flutete durch den Raum und ließ an den Füßen sämtlicher Anwesenden Algen zurück. Die Fische flogen wie bunte Steine durch die Luft, fielen aber nicht zu Boden, sondern verwandelten sich in dornenbesetzte Kugeln, die auf die Beschwörer zuschossen.

Wie sollten sie da noch den Fugoru ausschalten? Abgesehen

davon war der Geist nach der ersten Vertreibung aus dem Teehaus derart verstimmt, dass er nun einen möglichst großen Schaden anrichten wollte. Er schmiss Tische um, zerschlug Stühle, zerfetzte Schilfmatten, all dies mit atemberaubender Schnelligkeit.

»Lasst ihn auf keinen Fall in die Küche!«, schrie Grizzly, doch die Warnung erfolgte zu spät.

Der Fugoru rempelte Ray an, stapfte unverdrossen weiter und marschierte in die Küche ein.

Dort ging der Spaß für ihn erst richtig los.

Auf alle Küchenhilfen hagelte es Salatblätter, Reis und rohen Fisch. Der zweite Koch ging zwar tapfer mit einem Messer auf den Eindringling los, wurde von diesem aber umgehend mit Öl übergossen. Danach schaffte er es kaum noch, sich vor einem Teller in Sicherheit zu bringen, und zog es vor, unter den Tisch zu fliehen.

Während Ray und Sayunaro die fliegenden Fische ausschalteten, trieb Grizzly den Geist in die Ecke zwischen Herd und Spülbecken und ratterte den Zauberspruch zur Vertreibung herunter. Als seine Gefährten zu ihm geeilt kamen, löste sich der Fugoru gerade in Luft auf. Einzig der Geruch von eingelegtem Ingwer zeugte danach noch von dem neuerlichen Besuch des Geistes in diesem Lokal.

»Hattest du den Beruf des Beschwörers nicht an den Nagel gehängt?«, stichelte Ray, der sich erst einmal klein gehackten Kohl aus dem Haar schüttelte. »Um das Leben eines Menschen ohne Gabe zu führen? Ehrlich, Grizzly, nicht einmal jeder erfahrene Beschwörer vernichtet im ersten Anlauf einen Fugoru.«

»Nun übertreib nicht«, brummte Grizzly, der bei dem Lob aber über beide Wangen strahlte. »Ich war einfach stocksauer. Sieh dir doch nur mal an, was der Kerl angerichtet hat!«

Überall auf dem Fußboden hatten sich Lachen von Soßen unterschiedlicher Farbe gebildet, türmten sich Berge zerschlagenen Geschirrs und zerlegter Regale. Der zweite Koch kroch ängstlich unterm Tisch hervor und sah sich die Bescherung entsetzt an.

Dann betrat eine junge Frau in einem leuchtenden, mit Blumen bedruckten Gewand die Küche. Eine ungeheuer schöne und ungeheuer wütende Frau.

Bei ihrem Anblick wusste Ray, dass es für sie nur noch eines geben konnte: schnellstens das Weite zu suchen. Ein Blick auf Sayunaro bestätigte ihn in dieser Auffassung. Grizzly dagegen drehte sich ihr mit stolzgeschwellter Brust zu, offenbar erwartete er von ihr stürmische Worte des Dankes.

»Stell dir vor, Akemi, das war ein Fugoru!«, erklärte er. »Dieser Nichtsnutz von Beschwörer, den dein Onkel angeheuert hat, war zu dumm, ihn zu vernichten. Zusammen mit meinen Freunden habe ich das aber erledigt. Den siehst du nie wieder.«

Doch statt sich über die Austreibung des hinterhältigen Geistes zu freuen, ließ die Frau nur noch einmal ihren Blick durch die zu Kleinholz zerlegte Küche wandern. In ihrer Wut lief sie puterrot an, ballte die Fäuste und stieß einen unterdrückten Grunzlaut aus.

»Sieh dich doch bitte mal um!«, fauchte sie dann. »Was habt ihr aus meinem Lokal gemacht?!«

»Akemi«, presste Grizzly heraus. »Mach dir deswegen keine Gedanken …«

»Hast du vielleicht vergessen, weshalb ich dich eingestellt habe?!«, fuhr sie ihn an. Als sie vor ihn trat, schienen selbst die langen Nadeln in ihrem Haarknoten vor Zorn zu zittern. »Ich habe einen Koch gesucht – keinen Beschwörer! Jetzt darf ich hier alles neu kaufen! Außerdem hast du die Gäste verschreckt! Wer wird nun noch bei mir essen wollen?!«

»Akemi, beruhige dich erst …«

»Macht bloß, dass ihr fortkommt! Auf der Stelle! Alle drei!« Sie schnappte sich eine Pfanne und schleuderte sie auf Grizzly, der es nur in letzter Sekunde schaffte, sich noch wegzuducken. »Dass du mir ja nie wieder unter die Augen trittst!«

»Wir sollten wohl wirklich besser gehen«, bemerkte Ray fröhlich und packte Grizzly beim Oberarm, um ihn von der resoluten Dame fortzuziehen. »Gib ihr Zeit, ihre Wut runterzuschlucken!«

»Darauf braucht ihr gar nicht zu hoffen!«, schrie die Frau. »Wenn ihr noch einmal einen Fuß über die Schwelle meines Hauses setzt, rufe ich die Stadtwache!«

»Dein Onkel hätte eben einen anständigen Beschwörer mit der Vertreibung beauftragen müssen, nicht den erstbesten Scharlatan!«, brüllte Grizzly wütend.

Da stieß Sayunaro ihn von hinten weiter, und die drei verließen das Lokal. Eine ganze Weile klangen ihnen die beleidigenden Rufe der erbosten jungen Frau noch im Ohr.

»Nicht mal eine Woche hat sie mich behalten«, grummelte Grizzly, sobald sie außer Hörweite waren. Er riss sich die Schürze ab, knüllte sie zusammen und warf sie auf den Boden. »Und wem habe ich das alles zu verdanken?! Euch!«

»Nun beruhige dich doch«, bat Sayunaro und setzte sich unter einer weitverzweigten Alatane auf eine Bank. »Deine wahre Berufung ist halt nicht das Kochen.«

»Da hat er recht, Grizzly«, sagte Ray und klopfte seinem Freund aufmunternd auf die Schulter. »Und du wirst auch nie ein richtiger Koch sein. Du bist ein Beschwörer, ob du es nun willst oder nicht.«

Grizzly blickte nur mürrisch geradeaus vor sich hin. Irgendwann musste er sich allerdings eingestehen, dass es auf der unter der Mittagsglut leidenden Straße rein gar nichts zu entdecken gab.

»Habt ihr das ausgeheckt?«, wollte er schließlich wissen. »Mit dem Fugoru, meine ich. Habt ihr den absichtlich herbeigerufen?«

»Ganz bestimmt nicht«, antwortete Ray lachend. »Glaub mir, dich hat deine Beschwörernase in dieses Teehaus geführt. Und daran wird sich auch nie etwas ändern. Du kannst dir noch so sehr wünschen, einen großen Bogen um die Geschöpfe aus der jenseitigen Welt zu machen, sie werden dich immer anziehen.«

Grizzly warf einen letzten Blick zur *Azalee* hinüber. Die ältere Dame kam mit ihren unzähligen Einkäufen auf sie zu.

»Meine Herren«, sprach sie die Freunde mit tiefer, wohlklingender Stimme an. »Hättet Ihr kurz Zeit für mich?«

»Aber sicher«, antwortete Ray.

»Nehmt erst einmal Platz«, sagte Grizzly.

Die Dame setzte sich und stellte ihre Einkäufe rund um ihre Füße. Aufmerksam musterte sie die drei nacheinander.

»Ihr seid Beschwörer, nicht wahr?«, fragte sie.

»Ja«, bestätigte Ray. »Habt Ihr vielleicht auch Schwierigkeiten mit einem Geist?«

»Das ist eine längere Geschichte«, warnte die Frau sie und holte einen papiernen Fächer heraus, der mit bunten Vögeln bemalt war. »Ich bin die Herrin Orino und lebe recht weit von Warra entfernt ...«

Das hätte sie uns nicht eigens zu sagen brauchen, dachte Ray bei sich. Schließlich ist der breite Gürtel ihres Kleides mit Kieferzweigen bestickt. Damit kann sie nur aus der Provinz Hakata sein.

»... aus dem Dorf Hoshi. Es ist dort sehr ruhig und schön. Uns hat noch nie irgendeine Gefahr gedroht, und selbst die Geister lassen uns weitgehend in Frieden. In letzter Zeit aber ereignen sich merkwürdige Dinge.«

Sie stockte, ließ den Fächer dafür aber doppelt so schnell durch die Luft flattern. Sayunaro bekam bereits eine Gänsehaut.

»Was für Dinge genau?«, erkundigte er sich und rückte ein Stück von der Dame ab.

»Meine Katze ist verschwunden«, antwortete diese. Ihr Unterkiefer zitterte kurz, doch sie bezwang ihre innere Erregung. »Schon seit einer Woche.«

»Vielleicht ist sie fortgelaufen«, sagte Grizzly, der Katzen fest in sein Herz geschlossen hatte. »Bestimmt kommt sie bald zurück.«

»Meine Kazuko würde mir so etwas nie antun«, versicherte die Frau im Brustton der Überzeugung. »Nein, sie muss entführt worden sein. Und nicht nur sie. Auch unser Dorfvorsteher, der Herr Nachira, vermisst seinen Kater, ebenso Herr Goro, der Besitzer unserer kleinen Herberge. Dann ist da noch unser Fleischer ...«

»Eine echte Verschwörung«, murmelte Sayunaro.

»Aber was können wir für Euch tun?«, erkundigte sich Ray.

»Findet den Schurken, der sich unsere Lieblinge geholt hat, und bringt uns die Kleinen zurück. Ich habe mich bereits an Euren Orden gewandt«, erklärte sie mit vor Entrüstung bebender Stimme und presste die Hand noch fester um den Fächer. »Dort wollte man meiner Bitte aber nicht nachkommen. Man hat mir mitgeteilt, man könne nichts für mich tun, da Beschwörer Wichtigeres zu tun hätten, als verschwundenen Katzen nachzujagen.«

Ganz von der Hand zu weisen ist das nicht, ging es Ray durch den Kopf.

»In der Tat haben wir damit wenig Erfahrung«, stellte er klar.

»Wenn Ihr einen Fugoru vertreiben konntet, dann werdet Ihr auch unsere Katzen finden«, entgegnete sie unerschütterlich. »Und wir werden euch gut für eure Arbeit entlohnen.«

Daraufhin stieß Grizzly einen schweren Seufzer aus und sah seine Freunde an.

»Meine Kollegen und ich müssen uns kurz beraten«, teilte er der Dame dann mit.

Die drei sonderten sich etwas ab.

»Ich will ganz offen sein«, sagte Grizzly. »Das Geld könnten wir gut brauchen. Und die Katzen tun mir auch leid. Trotzdem glaube ich nicht, dass wir dieser Dame und den anderen Menschen aus ihrem Dorf irgendwie helfen können. Oder seht ihr das anders?«

»Etwas an dieser Geschichte schmeckt mir nicht«, gestand Ray.

»Mir geht es ebenso«, gab Sayunaro zur Überraschung der beiden anderen zu. »Es könnte tatsächlich mehr dahinterstecken, schließlich verschwinden nicht aus einem ganzen Dorf ohne ersichtlichen Grund die Katzen. Daher würde ich diesen Auftrag gern annehmen.«

»Aber was sollte denn bitte hinter dem Verschwinden von ein paar Katzen stecken?«, fragte Grizzly leicht genervt zurück. Er sah zu der Dame hinüber, die sie voller Ungeduld im Auge behielt. »Selbst wenn jemand die Tiere eingefangen hat, um ihnen das Fell über die Ohren zu ziehen und dieses als Eichhörnchenpelz zu verkaufen – was haben wir damit zu tun?«

»Katzen sind gleichsam magische Tiere«, sagte Ray, der bereits in seinem Gedächtnis nach allem kramte, was er je über diese Vierbeiner gelesen hatte.

»Sie treten ohne Mühe mit Geistern in Verbindung«, sprang Sayunaro ihm bei. »Ich habe sogar gehört, dass sie Zugang zu deren Welt haben.«

»Wenn das so ist …« Grizzly schaute noch einmal zum Teehaus hinüber. »Gut, sagen wir der Dame, dass wir einverstanden sind.«

Als sie auf die Bank zuhielten, erhob sich die Herrin Orino in Erwartung ihrer Entscheidung bereits.

»Wir nehmen Euer Angebot an«, teilte Ray ihr mit.

»Eines solltet Ihr jedoch wissen«, warnte Sayunaro sie. »Wir haben kein Zertifikat. Wenn Euch das nicht abschreckt …«

»Mich treibt einzig die Sorge um meine Kazuko.« Sie sammelte ihre Bündel ein und drückte sie Grizzly in die Arme. »Und nun sollten wir schnellstens nach Hoshi.«

Vor den Viersitzer war ein träger brauner Ochse gespannt, der gemächlich die schmale Landstraße hinunterstapfte. Die Kiefern am Wegesrand wogten mit ihren knorrigen Zweigen, der Duft von Harz schwängerte die Luft.

Über ebendie Straße, sinnierte Ray, hat mein langer Weg zu den Beschwörern geführt.

Man hatte ihn aus seinem Heimatdorf in den Ordenstempel eines kleinen Dorfes gebracht, zusammen mit anderen Kindern, bei denen sich die Gabe gezeigt hatte. Der Orden war einst recht arm gewesen, doch seit der Ururgroßvater der heute herrschenden Kaiserin ihm reiche, fruchtbare Ländereien im Westen Akanes sowie einige Tempel geschenkt hatte, stand es deutlich besser um ihn.

Allerdings hieß es heute, die Arbeit der Beschwörer lasse zu wünschen übrig. Die werten Geistervertreiber würden nur noch ans Essen denken, zu viel Wert auf edle Kleidung legen und ständig nach seltenen Schriftrollen schielen, mit denen sie ihre Bibliotheken vollstopften. Früher dagegen, als sie noch in Lumpen und mit ewig knurrendem Magen herumgelaufen seien, wäre stets auf sie Verlass gewesen, da hätten sie sich auch nicht gescheut, einen Auftrag für geringen Lohn anzunehmen.

Ray wusste, dass all das nur leeres Geschwätz war, denn mit leerem Magen vertrieb man keine Geister. Die Bibliothek des Ordens konnte sich jedoch in der Tat sehen lassen, selbst die Gelehrten der Kaiserin baten gelegentlich darum, die Schriftrollen dort einsehen zu dürfen. Und ganz bestimmt würde kein Beschwörer je die Hände in den Schoß legen. Faulheit trieb man ihnen von der ersten Stunde ihrer Ausbildung an aus.

Zunächst lebten die Kinder mit Gabe in den Tempeln kleiner Dörfer, wo sie sich zwar noch nicht mit Magie beschäftigten, dafür aber im Gemüsegarten arbeiteten, sich um die Hühner und Enten kümmerten, Körbe und Hüte flochten. Zudem drückten sie die Schulbank, denn die meisten von ihnen konnten weder lesen noch schreiben.

Die Gabe eines Beschwörers flackerte zuweilen bloß einmal in der Kindheit auf, lag dann aber für lange Jahre brach oder versiegte sogar ganz, ohne dass jemand dies verhindern konnte.

Ray hatte in dem Dorftempel einige Jahre zugebracht, gemeinsam mit Kindern unterschiedlichen Alters, darunter sogar ein bereits achtzehnjähriger Bursche. Er hörte auf den Namen Jasu, strotzte vor Kraft und erinnerte ein wenig an Grizzly. Obwohl sich seine Gabe nach dem ersten Auflodern kein zweites Mal gezeigt hatte, wollte er den Tempel nicht verlassen. Dafür leistete er sogar freiwillig Dienst in der Küche. Den kleineren Kindern, die sich nach Hause sehnten, steckte er heimlich gewürzte Reisbällchen oder Sojabonbons zu, an Streithammel verteilte er dagegen ab und an ein paar Ohrfeigen.

Dieser Jasu hatte Ray unzählige Geschichten über Geister erzählt. Jeden Abend hatte der kleine Ray damals auf neue Abenteuer gehofft. Einmal im Jahr allerdings igelte Jasu sich bereits am frühen Abend in eine dunkle Kammer hinten im

Gang ein, und ihr Lehrer legte den schweren Türriegel vor. Am nächsten Morgen ließ man ihn wieder heraus, und er nahm seinen Küchendienst wieder auf.

Ray brachte dieses merkwürdige Verhalten damals nicht mit dem Tag der Geister in Verbindung, an dem selbst gutmütige Geister sich in blutdürstige Raubtiere verwandeln. Er ahnte damals auch nicht, dass der freundliche und bärenstarke Jasu eigentlich ein Geist war, ein Annosu. Einer der älteren Lehrer hatten diesen Beschützer der Kinder herbeizitiert, damit er auf die jungen Schützlinge achtete.

Lange Zeit hatte Ray als unbegabt gegolten. Das änderte sich erst, als er den Iltis fing, der im Hühnerstall wütete. Er hätte im Traum nicht daran gedacht, dass es ein Gahorn war, ein Geist, der in Gestalt unterschiedlicher kleiner Tiere auftritt und nicht gerade ein Freund der Menschen ist, spielt er ihnen doch schlimme Streiche und stiehlt gern Hühnereier.

Später hatte Ray dann den Mythos gelesen, der das Auftauchen der Basilisken erklärte. Auch daran trugen die Gahornen Schuld. Als einer dieser Geister mal wieder ein Ei gestohlen hatte, aß er es nicht, sondern brütete es aus. Dafür schlüpfte er in die Gestalt einer Kröte. Das Ergebnis war dann dieses schreckliche Untier. Ray hatte dieser Geschichte zwar keinen Glauben geschenkt, aber dennoch Gefallen an ihr gefunden.

Nachdem Ray den Gahorn geschnappt hatte, schickte man ihn tags darauf nach Warra, zu Meister Hyeon. Anfangs hatte er sich nach seinem alten Tempel und auch nach Jasu zurückgesehnt, dann jedoch hatte der Unterrichtsstoff ihn gepackt, hatte ihn die neue Welt der Geister, die sich vor ihm auftat, in ihren Bann geschlagen …

Ray blinzelte, als wollte er aus den Erinnerungen zurück ins Jetzt finden. Abermals schaute er zum Fenster hinaus. Welche Hoffnungen er doch in seine Zukunft als Beschwörer gesetzt hatte … Nun hatte ihm Meister Hyeon einen Strich durch die Rechnung gemacht, und ihm war völlig schleierhaft, wie es mit ihm weitergehen sollte. Sollte er tatsächlich niemals Arbeit finden? Von allen verachtet werden? Müsste er sich wie Rekar mit

Gelegenheitsaufträgen durchschlagen? Oder stellte der Orden ihm am Ende doch noch ein Zertifikat aus?

Selbst ein alberner Auftrag ist besser als der Tod, rief Ray sich zur Ordnung. Irgendwie wird es schon weitergehen. Wir haben die Ausbildung erfolgreich gemeistert und die Abschlussprüfung geschafft. Das muss der Orden einfach einsehen …

Er linste zu seinen Freunden. Sayunaro war in ein Gespräch mit der Herrin Orino vertieft. Nichts schien ihn in dieser Sekunde mehr zu beschäftigen als die Feinheiten der Rosenzucht. Grizzly war schon vor einer ganzen Weile eingeschlummert. Sein Kinn war ihm auf die Brust gesackt, und er schnaufte friedlich. Bei diesem Anblick konnte Ray selbst ein Gähnen kaum unterdrücken. Der ruhige, heiße Tag lud förmlich dazu ein, ein Nickerchen zu machen.

»Das war's, die Herrschaften«, rief da der Kutscher. »Wir müssen erst mal halten. Mein Ochse braucht ein Päuschen.«

Und schon hielt der Wagen an.

»Du Nichtsnutz!«, schimpfte die Herrin Orino. »Du hast mir versprochen, uns noch vor Einbruch der Nacht in mein Dorf zu bringen.«

»Das schaffen wir spielend«, versicherte der Kutscher.

»Vertreten wir uns also ruhig ein wenig die Füße«, mischte sich Ray ein und sprang als Erster aus dem Wagen.

Der Kutscher hatte an einem Fluss angehalten. Das klare Wasser floss sanft über den steinigen Grund. Wahre Fischschwärme tummelten sich darin, und über dem grünen Schilf am Ufer flirrten blaue Libellen.

»Was für ein herrliches Plätzchen!«, rief Grizzly und stürzte sich ins Wasser.

Sayunaro und Ray folgten seinem Beispiel. Die nächste halbe Stunde schwommen sie, tauchten und bespritzten sich unter lautem Gejuchze gegenseitig.

Die Herrin Orino beobachtete sie eine Weile, dann breitete sie im Schatten eines Gebüschs eine Decke aus, ließ sich darauf nieder und verteilte um sich herum alle ihre Körbe und Bündel mit Proviant.

»Meine Herren«, rief sie den dreien freudig zu, als sie wieder aus dem Wasser kamen. »Greift zu!«

Das musste man ihnen nicht zweimal sagen.

Als die Herrin Orino die Beschwörer nun näher betrachtete, spielte ein Lächeln um ihre Lippen. Diese Männer hätten unterschiedlicher nicht sein können – und doch gab es da etwas, das sie miteinander verband. Der eine, dieser Grizzly, überragte seine Gefährten um einen Kopf. Mit seinen breiten Schultern und seinen Pranken schien er geschaffen, Fischernetze einzuholen oder einen Pflug zu führen, nicht aber Geister zu vertreiben. Die derbe Kleidung aus Leinen und Leder spannte ein wenig, war aber ohne Frage das Werk eines guten Schneiders. Dieser junge Mann blickte voll Vertrauen, wenn auch etwas verschlafen in die Welt, aus hellbraunen Augen, in denen unablässig ein kleines Feuer loderte.

Der zweite, Sayunaro, war ein schlanker junger Mann mit langem, weizenblondem Haar und feinen Gesichtszügen, über die jedoch immer wieder ein finsterer Schatten huschte, der das Feuer in seinen hellblauen Augen löschte und eine scharfe Falte in seine Mundwinkel grub. Äußerlich wirkte er ruhig und gelassen, doch in seinem Innern schien eine Feder gespannt, die jeden Moment hochschnellen könnte. Das helle Hemd und die Hosen aus grauem Leder verliehen ihm eine elegante Schlichtheit, wie man sie sich niemals aneignen konnte – damit wurde man geboren.

Der Dritte im Bunde war ein braun gebrannter, muskulöser Mann, der vor Energie brodelte, obwohl er etwas träge auftrat. Ein Kater, der auf eine Maus wartet, dachte die Herrin Orino. Die kaum fassbare Kraft schimmerte in seinen von der Sonne ausgeblichenen, nun flachsfarbenen Haar und spiegelte sich in seinen grauen Augen, deren Blick die Dame nicht immer standhielt.

Obwohl alle drei noch blutjung waren, hatte sich ihnen das Siegel der Selbstbeherrschung bereits eingeprägt, das alle Beschwörer trugen. Anders konnten sie im Kampf gegen Geister nicht bestehen.

»Wie mir zu Ohren gekommen ist, hat euer Orden mit gewissen Vorbehalten zu kämpfen«, bemerkte die Frau, während die drei sich über ihre Vorräte hermachten.

»Was für Vorbehalte?«, hakte Sayunaro nach. Nicht einmal mehr das Reisküchlein fand da noch den Weg in seinen Mund.

»Etlichen Menschen passt die Rolle nicht, die der Orden heute spielt. Ihrer Ansicht nach hat er zu viel Einfluss. Man munkelt, es soll ihm deswegen sogar die Hälfte seiner Besitztümer abgesprochen werden.«

Die Herrin Orino behielt die Beschwörer aufmerksam im Auge. Deshalb entging ihr nicht, wie sich feine Fältchen um Sayunaros Augen bildeten und Rays Hand mitten in der Bewegung erstarrte.

»Das kann uns egal sein«, erklärte Grizzly leichthin und langte nach dem Körbchen mit dem eingelegten Ingwer. »Der Orden wollte uns ja nicht.«

Sayunaro und Ray wechselten einen vielsagenden Blick, was der Herrin Orino ebenfalls nicht entging.

»Habt Dank für das Mahl«, sagte Ray und erhob sich. Sayunaro tat es ihm nach. Beiden war der Appetit vergangen. »Das war köstlich.«

»Es freut mich, wenn es euch geschmeckt hat«, erwiderte diese und lächelte Grizzly an, der begehrliche Blicke auf die überreichen Reste warf. »Ihr esst ruhig noch weiter, junger Mann. Greift tüchtig zu!«

Dieser Aufforderung leistete Grizzly nur zu gern Folge. Schon steckte er sich den nächsten Bissen in den Mund. Sayunaro und Ray hingegen wanderten wieder zum Fluss hinunter.

»Die Geschichte wäre nicht neu«, eröffnete Ray das Gespräch, setzte sich auf einen Felsbrocken und blickte zum Kutscher hinüber, der friedlich hinter einem Gebüsch in der Nähe schnarchte. »Anfangs verleibt sich die Regierung die Hälfte des Besitzes ein, nach einer Weile den Rest, und am Ende erklärt sie den ehemaligen Besitzer für vogelfrei. Aber wer wird dann die Geister vertreiben?«

»Niemand«, erwiderte Sayunaro, der eine Libelle beobachtete. »Aber das ist auch nicht nötig, weil in einem solchen Fall alle behaupten würden, es gäbe gar keine Geister. Wenn deine jungen Triebe über Nacht niedergetrampelt wurden, hat kein Shiyu auf dem Feld gewütet, dann hat es bloß ein Gewitter gegeben. Wenn eine Korrhi ein Kind schwächt, heißt es, das Kleine leide unter einer schweren Krankheit. Die Ärzte können es nicht heilen? Nun ja, die Herren sind auch nicht allmächtig.« Sayunaro beugte sich vor, klaubte einen Stein auf und ließ ihn übers Wasser hüpfen. »Und in den Bergen gibt es selbstverständlich auch keine Geister mehr. Jeder Tote im Gebirge ist abgestürzt …«

»Und wie würde man dann den Tag der Geister erklären?«

»Da wird man sich ganz gewiss auch etwas einfallen lassen«, erklärte Sayunaro geradezu beiläufig. »Dann darf man das Haus halt nicht mehr verlassen, weil die Kaiserin es verboten hat und bei Ungehorsam jedem der Kopf abgeschlagen wird. Oder man verteilt am Vorabend Tabletten an alle, sodass die Menschen in tiefen Schlaf fallen …«

Er verstummte und streckte den Arm aus. Auf seinem Zeigefinger landete eine türkisfarbene Libelle, irgendein kleiner Flussgeist.

»Das sind doch alles bloß Gerüchte«, sagte Ray und trat an seinen Freund heran, um den kleinen Geist mit den durchscheinenden Flügeln genauer zu betrachten. »Dein Vater ist doch im Hohen Rat. Wende dich doch einmal an ihn, er wird uns sagen können …«

»Mein Vater hasst uns Beschwörer«, erwiderte Sayunaro. »Er hatte noch nie viel für sie übrig, aber seit sich meine Gabe gezeigt hat …« Er fuchtelte mit der Hand, worauf der kleine Geist sich wieder in die Luft erhob. »Du malst dir nicht aus, wie wütend er deshalb war. Sein Sohn und Erbe sollte zu einem anständigen Mann heranwachsen, zu einem Soldaten oder Wissenschaftler. Und dann steckt man mich in einen Tempel. Wenn es nach ihm ginge, wären Beschwörer längst vom Gesetz verboten.«

Sayunaros Blick schoss hoch zu Ray.

»Nun zerbrich dir mal nicht den Kopf über den Orden«,

munterte er ihn auf. »Letzten Endes hat Grizzly ja recht. Wir haben kein Zertifikat, diese Auseinandersetzungen gehen uns nichts an.«

Eine Weile beobachtete er sein verschwommenes Spiegelbild auf dem Flusswasser.

»Wenn du wüsstest, was ich für einen Hunger habe!«, stieß er plötzlich aus.

»Du hast doch gerade erst eine Schüssel mit Fisch und Reis verschlungen, die fast so groß war wie die von Grizzly.«

»Ich weiß«, knurrte Sayunaro und funkelte Ray an. »Aber das ist doch kein Essen …« Er verstummte. »Genauer gesagt, nicht das Essen, das ich … Also …«

»Willst du … Blut?«

»Fleisch«, brummte Sayunaro. »Ich will rohes Fleisch.«

Er schluckte seinen Speichel so laut hinunter, dass Ray es hörte. Ohne Zweifel sah er in Gedanken gerade saftiges, frisches Fleisch vor sich.

»Aber doch sicher kein Menschenfleisch?«, brachte Ray in möglichst scherzhaftem Ton heraus.

»Du verstehst nicht, wie das ist«, erwiderte Sayunaro ernst. »Wenn du in den Spiegel blickst und erwartest, ein Ungeheuer zu sehen. Oder wie es ist, jede Nacht schweißgebadet aufzuwachen und dann stocksteif dazuliegen, weil du fürchtest, deine Hände könnten voller Blut sein. Ständig in dir diese unbändige Wut zu unterdrücken …«

»Ich wusste nicht, dass es so schlimm um dich steht«, entschuldigte sich Ray. »Aber wenn wir in aller Ruhe nachdenken, wie wir dir helfen können, finden wir bestimmt einen Ausweg. Es muss doch eine Möglichkeit geben, um …«

Doch noch ehe er den Satz beendet hatte, stürzte Sayunaro auf die Büsche zu.

»Siehst du das?«, fragte er. »Da drüben …«

Ray spähte ins Blattdickicht. Er machte zwei funkelnde Augen und ein spitzes Ohr aus.

»Wenn das keine Katze ist«, meinte er. »Eine gewöhnliche, grau getigerte Katze.«

»Was hat die Herrin Orino gesagt? Wie sieht ihre Katze aus?«

»Genau so ... Glaubst du, das ist sie?«

Das Tier beäugte sie ebenfalls.

»Miez, miez, miez«, rief Ray sie. »Wie hieß die Katze doch gleich?«

»Kazuko«, flüsterte Sayunaro.

»Komm, Kazuko, komm her! Keine Angst! Na, komm her!«

Doch die Katze rührte sich nicht vom Fleck. Jede abrupte Bewegung vermeidend, näherte Ray sich ihr. Genau in dieser Sekunde stieß der Kutscher ein lautes Schnarchen aus. Sofort war das Tier verschwunden. Allerdings huschte es nicht unter den Büschen davon, sondern löste sich schlicht und ergreifend in Luft auf, noch dazu in einer Weise, dass nicht ein Zweig ins Wippen geriet.

»Seltsam«, murmelte Ray. »Was war das denn?«

Ray ließ die Büsche nicht aus den Augen, doch die Katze – oder was immer das für ein Geschöpf gewesen war – tauchte nicht wieder auf.

»Das weiß ich auch nicht«, gestand Sayunaro. »Komm, sehen wir uns die Sache mal näher an!«

Sie untersuchten jeden Zweig und jedes Blatt, fanden jedoch keinen einzigen Hinweis. Nur einige weiße Muscheln lagen am Boden.

»He!«, hörten sie nach einer Weile Grizzlys Stimme. »Habt ihr etwas verloren? Wir wollen jetzt eigentlich weiter ...«

»Dann lassen wir die Herrin Orino besser nicht warten«, sagte Sayunaro zu Ray. »Spuren habe ich eh keine entdecken können. Weder von einem Tier noch von Magie. Fast könnte man glauben, dass wir einen Hitzschlag erhalten und uns die Katze nur eingebildet hätten.«

»Du weißt, dass wir das nicht haben«, erwiderte dieser.

»Was habt ihr nicht?«, fragte da Grizzly. Die letzten Worte hatte er bereits gehört.

»Das erzählen wir dir später«, versprach Sayunaro und warf einen beredten Blick auf die Herrin Orino, die gerade in den Wagen stieg.

»Wenigstens eine Andeutung, was ...«

»Nicht jetzt«, fiel Ray ihm ins Wort.

Obwohl Grizzly vor Neugier fast platzte, drang er nicht weiter in seine Freunde.

Gegen Abend erreichten sie die Provinz Hakata. Viel änderte sich dadurch nicht. Nach wie vor führte die Straße an Feldern, Gärten und hellen Kieferwäldern vorbei. Und die wenigen Grenzsteine am Wegesrand übersah man leicht ...

Der fruchtbare Landstrich gehörte dem Sohn der Kaiserin, der jedoch den größten Teil seiner Zeit mit Gelagen, Jagd und anderen Annehmlichkeiten verbrachte, während seine Mutter mit feiner, aber harter Hand für ihn regierte.

Es machten allerdings Gerüchte die Runde, der Sohn laufe nicht unbedingt frohen Herzens am Gängelband seiner Mutter. Er hätte wohl gern etwas mehr Entscheidungsfreiheit gehabt. Da die Kaiserin ihn jedoch längst mit ihr treu ergebenen Menschen umgeben hatte, wusste sie über jeden seiner Schritte Bescheid und traf stets Vorkehrungen, um ihn von politischen Dummheiten abzuhalten.

Erst als sich die Dämmerung bereits herabgesenkt hatte, trafen sie in Hoshi ein. Die Straße säumten gepflegte Häuschen samt ihren Gärten. Auf den breiten Veranden brannten zur Nacht Laternen mit zarter Flamme. An kleinen Teichen trugen Frösche ihr Konzert vor. Der beruhigende Duft von Geißblatt schwängerte die Luft. In fast allen Häusern hatte man das Licht bereits gelöscht. Man legte sich hier früh schlafen, wie fast überall auf dem Lande.

Der Kutscher hielt vor einem größeren Anwesen, das die Nachbarhäuser deutlich überragte und sich wie ein Segelschiff inmitten von Ruderbooten ausnahm. Durch das Geäst der Bäume schimmerte das orangefarbene Licht hinter seinen Fenstern.

Über einen mit weißem Flusssand geschaffenen Weg stapften die erschöpften Reisenden zum Eingang. Auf der geräumigen Veranda brannte ebenfalls eine Laterne. Um sie herum schwirrten Nachtfalter, deren Flügel gigantische Schatten warfen.

»Herzlich willkommen in meinem Heim«, sagte die Herrin Orino, bevor sie die Stufen hoch zur Eingangstür nahm. »Fühlt euch bei mir wie zu Hause!«

Die Beschwörer folgten ihr. Aus dem Haus eilte ihnen eine besorgte junge Dienerin entgegen, deren langes, kastanienbraunes Haar zu einem Knoten im Nacken gebunden war.

»Fast hätte ich nicht mehr mit Euch gerechnet«, stieß sie aus und nahm Grizzly sämtliche Einkäufe ihrer Herrin ab. »Ich habe mir solche Sorgen gemacht. An Schlaf war überhaupt nicht zu denken, die ganze Zeit habe ich zum Fenster hinausgelugt. Irgendwann habe ich vermutet, Ihr würdet erst morgen zurückkommen. Die jungen Herren gehören zu Euch?«

»Ja, sie werden eine Weile bei uns bleiben.« Die Herrin Orino strich sich mit den Fingerspitzen über die Schläfen, als wollte sie ihre Müdigkeit wegreiben. »Eine erholsame Nacht, meine Herren«, wandte sie sich wieder an die drei Beschwörer. »Ich ziehe mich gleich zurück. Der Tag hat mich arg erschöpft. Morgen besprechen wir alles Weitere. Minako, zeig unseren Gästen ihre Zimmer.«

Damit verschwand sie.

Sayunaro schickte ihr einen besorgten Blick hinterher, sagte jedoch kein Wort und folgte zusammen mit den beiden anderen der jungen Dienerin, die ihnen des Langen und Breiten berichtete, wie ihre Herrin aufgebrochen sei, um aus der Stadt einen Beschwörer zu holen. Und nun habe sie gleich drei Geisterjäger mitgebracht. Wenn das kein gutes Zeichen sei …

»Was ist denn eigentlich mit der Katze der Herrin Orino geschehen?«, fragte Ray, nachdem er seinen Sack vor der Wand auf den Boden gestellt hatte.

»Wenn wir das wüssten«, antwortete die Dienerin und rollte drei Matratzen aus.

Mehr war aus ihr nicht herauszukriegen. Sie versicherte, nicht den blassesten Schimmer zu haben, warf dabei aber Sayunaro kokette Blicke zu.

Schließlich ging sie und schloss die Tür fest hinter sich. Ray löschte die Laterne, die Minako ihnen dagelassen hatte, und streckte sich auf dem Futon aus. Durch die breiten Fenster spähte er hinaus in den Garten.

»Ihr wolltet mir erzählen, was am Fluss geschehen ist«, brachte Grizzly das Thema zur Sprache, das ihn seit ihrer Rast quälte.

Nachdem die beiden anderen es ihm geschildert hatten, lag er eine Weile schweigend da und lauschte dem Quaken der Frösche.

»Ihr vermutet, die Katze ist in die Welt der Geister verschwunden«, hielt er fest. »Das können sie ja …«

»Aber warum hat sie sich so weit von ihrem Zuhause entfernt?«, fragte Sayunaro, der sich mit dem Ellbogen auf sein flaches Kissen stützte.

»Vielleicht hat sie sich verlaufen?«, schlug Grizzly vor und wälzte sich auf die andere Seite. »Deshalb müssen wir sie nun wieder einfangen …«

»Wenn sie sich verlaufen hätte, warum ist sie dann nicht näher gekommen?«, hielt Sayunaro weiter dagegen. »Sie wirkte weder verängstigt noch hungrig. Sie hat uns lediglich beobachtet.«

»Das kann ich dir auch nicht erklären … He, Ray, was tust du da?«

Dieser war hochgeschnellt und bedeutete den beiden anderen mit einer Bewegung, still zu sein. Er schlich zur Tür und schob sie mit einer einzigen Bewegung zur Seite.

Lässt sich im schwärzesten Schwarz eine Katze ausmachen? Und stockfinster war es in dem Gang vor ihrem Zimmer. Die Nacht hatte jedes Fleckchen erobert, doch selbst das schien ihr nicht zu genügen, weshalb sie noch in die Vorhänge gefahren war und die Holzbalken quietschen ließ.

Ray spähte in diese nächtliche Schwärze hinaus. Eben hatte er das Tappen von Pfoten gehört, nun jedoch blieb alles still. Plötzlich rieselte ihm eine Gänsehaut über den Rücken. Er erschauderte.

Für den Bruchteil einer Sekunde fühlte er sich wie damals als kleiner Junge. Eines Nachts hatte er sich in die Küche geschlichen, um einen Keks zu stibitzen. Dabei hatte er zum ersten Mal einen Geist gesehen. Oder vielmehr seine Existenz wahrgenommen. Ein grauer Schemen war an ihm vorbeigehuscht, Flügel hatten sein Gesicht gestreift. Sein panischer Aufschrei hatte damals das ganze Haus geweckt. Niemand hatte begriffen, was ihn in einen solchen Schrecken versetzt hatte, dass er sich erst gegen Morgen wieder beruhigt hatte. Bis heute erinnerte er sich an diese Berührung der jenseitigen Welt.

Heute Nacht empfand er etwas Ähnliches. In diesem Gang war niemand. Sollte hier eben tatsächlich noch ein Wesen aus der jenseitigen Welt durchgestreift sein, war es jetzt verschwunden.

Sayunaro tauchte neben ihm auf.

»Was ist?«, wollte er wissen.

Ray schüttelte nur den Kopf. Fast war er enttäuscht.

»Offenbar habe ich mir ein Geräusch eingebildet«, gab er nach einer Weile zu.

»Was ihr euch in letzter Zeit alles einbildet«, murmelte Grizzly und drehte sich erneut um. »Passt ja auf, sonst nimmt das noch ein böses Ende! Denkt bloß mal an all die Beschwörer, die im Alter nur noch Geister sehen! Wir sollten uns damit aber auf alle Fälle noch etwas Zeit lassen.«

Ray antwortete ihm nicht. Nachdem er sich wieder ausgestreckt hatte, vernahm er in der neuerlichen Stille das Gezwitscher der Rurivögel hinterm Haus und das Rauschen des Windes in den Zweigen der Bäume.

Beim Einschlafen dachte er noch lange über Katzen nach, die aus dem Nichts auftauchten und offenbar wieder darin verschwanden. Und natürlich träumte er von ihnen. Von flauschigen, beschwänzten Plüschbällen, die sich im Zimmer tummelten, die Wände hochkletterten und auf den schnarchenden Grizzly sprangen. Er versuchte, die Tiere einzufangen und sie in einen Korb zu setzen, doch die eigensinnigen Plagegeister krochen immer wieder heraus und tollten weiter herum.

Am nächsten Morgen fühlte er sich wie erschlagen. Die Sonne blendete ihn, Minakos Stimme erklang im Zimmer.

»Ich bringe das Frühstück«, verkündete sie. »Der Morgen ist bereits da. Stehen Beschwörer denn nicht immer mit dem ersten Sonnenstrahl auf?«

»Das tun sie«, murmelte Grizzly. »Allerdings nur, wenn sie gut geschlafen und ausreichend gegessen haben.«

Die junge Frau kicherte, winkte Sayunaro neckisch mit dem langen, von einem breiten blauen Band zusammengehaltenen Zopf zu und ging wieder hinaus.

»Mit euch beiden schlafe ich nie wieder in einem Raum«, erklärte Grizzly mürrisch, reckte sich und gähnte herzhaft. »Der eine wälzt sich ständig herum, der andere palavert in einem unverständlichen Kauderwelsch mit sich selbst.«

»Ich bin die ganze Nacht auf Katzenjagd gewesen«, rechtfertigte sich Ray, während er sein zerzaustes Haar glatt strich. »Was hast du geträumt, Sayunaro?«

»Das Gleiche wie gestern Nacht«, knurrte er. Er lag immer noch auf dem Rücken und starrte hoch zur Decke. »Dabei hätte ich mir durchaus etwas Abwechslung gewünscht.«

Ray hakte nicht nach, wovon der Traum gehandelt hatte. Er wusste auch so, dass es um die Flucht vor den Shiisans und den verzweifelten Widerstand gegen sie ging.

»Haben wir einen Plan?«, wollte Grizzly wissen, der bereits nach dem Tablett mit dem Frühstück langte. »Ich denke, wir sollten erst mal alle Leute aufsuchen, denen ihre Katze abhandengekommen ist.«

»Am besten teilen wir uns auf«, sagte Sayunaro. »Ansonsten dauert diese Fragerei zu lange. Ich werde mir den Fleischer vornehmen.« Er schielte zu Ray hinüber und fügte hinzu: »Falls niemand etwas dagegen hat.«

Ray zuckte bloß mit den Schultern. Ihm war das völlig einerlei, auch wenn er nach dem gestrigen Gespräch am Fluss nur allzu gut begriff, warum sein Freund diese Adresse bevorzugte.

»Einverstanden«, sagte er. »Dann nehme ich mir den Dorfvorsteher vor, diesen Herrn Nachira.«

»Damit bleibt für mich der Besitzer der Herberge«, hielt Grizzly fest.

Nach einem raschen Frühstück verließen sie das Haus.

Minako fegte die Veranda, Staub wirbelte durch die Luft, dabei sang sie leise ein Lied vor sich hin.

»Die Katze ist wohl nicht zufällig zurückgekommen?«, fragte Ray sie. Sofort hielt sie in ihrem Tun inne. Hier bot sich die Gelegenheit zu einer Plauderei …

»Nein, leider nicht.«

»Wie geht es der Herrin Orino heute?«, erkundigte sich Grizzly.

»Sie war so erschöpft, dass sie noch schläft«, antwortete Minako. »Sie ist ja kein junges Mädchen mehr, außerdem macht sie sich wegen Kazuko furchtbare Sorgen.«

»Lebt sie allein hier?«, fragte Sayunaro und sah sich aufmerksam um.

Sein Blick blieb an einer vertrockneten Girlande hängen, die noch von der Verandabrüstung hing. Anscheinend seit dem Tag der Geister.

»Sie lebt mit mir hier«, entgegnete Minako empört. »Aber sonst gibt es niemanden mehr im Haus. Ihre Verwandten sind im ganzen Land verstreut …«

Sie hätte sicher gern noch weiter mit ihnen geschwatzt, doch die Beschwörer hatten andere Pläne. Sie fragten Minako, wo die drei anderen Besitzer entlaufener Katzen lebten, dann verabschiedeten sie sich von ihr.

Auf dem Weg zum Tor bemerkte Ray, dass der Garten ebenfalls nicht besonders gepflegt war. In dem runden Teich schlingerten Gräser, die Hecke um das Grundstück hätte längst gestutzt werden müssen.

Ohne weiter darüber nachzudenken, zog Ray einen blattlosen Stängel des Flohkampfs aus den verwilderten Hortensien. Dieses Unkraut lockte Hirudis an, giftige kleine Geister.

»Wenn das mit den Katzen nicht klappt«, sagte Grizzly, der gesehen hatte, wie Ray das Unkraut herausgerissen hatte, »können wir uns immer noch als Gärtner durchschlagen. Allein auf dem Anwesen der Herrin Orino dürften wir bis ins hohe Alter genug Arbeit finden.«

Sobald sie durchs Tor getreten waren, trennten sie sich.

Auf seinem Weg sah sich Ray aufmerksam um. Der Karren des Postillons, ein lachendes Kind in einem Garten, eine quietschende Schaukel … Gehämmer kündete vom Bau eines neuen Hauses, aus der offenen Tür des Dorfladens wogte Zimtduft heran, vermischt mit den heiteren Stimmen von Frauen.

Eine Schar Kinder eilte zur Schule. Das hinderte sie jedoch nicht daran, Ray anzustarren, zu tuscheln und zu kichern.

Am Brunnen streifte eine rote Henne herum und gackerte verzweifelt.

Ein durch und durch gewöhnliches Dorf mit den üblichen Geräuschen und den vertrauten Tätigkeiten.

Ray bog in eine schattige Gasse ein. Hier gab es nur wenige Häuser, elegante Bauten mit spitzem Dach und weißen, erst kürzlich verputzten Mauern. Und dann war da plötzlich wieder diese eigenartige Gänsehaut. Ray wirbelte herum und erblickte eine Katze. Das grau gestromte Tier spähte durch ein Loch in einem Zaun zu ihm herüber.

Ray ging in die Hocke.

»Was ist? Kann ich etwas für dich tun? Oder willst du mich einfach nur beobachten?«

Die Katze blinzelte und schien schon durch das Loch kriechen zu wollen, überlegte es sich im letzten Moment aber anders, zog sich wieder zurück – und verschwand genauso spurlos wie die Katze am Fluss.

Allmählich reichte es Ray. Er trat dicht an den Zaun heran und suchte die Umgebung ab. Nirgends eine Spur von einer Katze. Keine grau gestromte, keine andere. Er versuchte es mit verschiedenen Zaubersprüchen der Herbeirufung, doch auch das brachte nichts.

»Nun gut«, bemerkte Ray. »Wenn du etwas von mir willst, komm einfach noch mal!«

Er setzte seinen Weg fort, kurz darauf erreichte er das Haus des Dorfvorstehers.

Herr Nachira stand gerade am Tor und redete auf einige Arbeiter ein, die bei seinen Worten eifrig nickten. Ray betrachtete die kleine Gruppe aus gebührendem Abstand. Die Menschen in Hakata hatten dunkle Haut, schwarzes Haar und schwarze Augen sowie volle Lippen und waren durchweg sehr schlank. Der Dorfvorsteher jedoch, ein kräftiger Mann mittleren Alters mit flachsfarbener Mähne, war zwar braun gebrannt, seine Haut zeigte aber einen wesentlich helleren Ton als die der Arbeiter. Obendrein war er einen halben Kopf kleiner als die Arbeiter, weshalb das ganze Gespräch beinah komisch anmutete, denn die hochgewachsenen Burschen schienen sich in einem fort ehrfürchtig zu verneigen, damit sie den Dorfvorsteher ja nicht überragten.

Sobald dieser Ray bemerkte, beendete er seine Ausführungen zum Bau eines neuen Brunnens.

»Was gibt's?«, fragte er. »Wenn du für Feldarbeiten anheuern willst – da habe ich ausreichend Männer. Aber wenn du hier im Garten das Gras mähen willst, nur zu.«

»Herr Nachira, seid gegrüßt«, erwiderte Ray freundlich. »Mein Name ist Ray. Ich bin Beschwörer. Die Herrin Orino schickt mich …«

»Du bist reichlich jung für einen Beschwörer«, bemerkte der Dorfvorsteher.

»Beschwörer kann sich heutzutage ja jeder nennen«, murmelte einer der Arbeiter. »Liefere uns mal einen Beweis für dein Können!«

»Besser noch, zeig uns dein Zertifikat!«, sagte der Dorfvorsteher.

»Ich habe keines«, gab Ray zu.

Ohne diesen Wisch, dachte er verärgert, verdiene ich in diesem Dorf mein Geld wahrscheinlich eher mit Feldarbeit. Für eine Geistervertreibung zahlt mir hier doch niemand etwas.

»Du hast also kein Zertifikat«, hielt der Dorfvorsteher missbilligend fest.

»Hast du überhaupt schon mal einen Geist gesehen?«, fragte ein anderer Arbeiter grinsend.

Seine Gefährten brachen prompt in schallendes Gelächter aus.

»O ja, das habe ich, sogar schon mehr als einen«, antwortete Ray ruhig. »Und um jeden Zweifel an meiner Person auszuräumen …«

Er wirkte in Gedanken einen schlichten Zauber. Sofort tauchte aus dem Gras ein kleines, grün bepelztes Geschöpf auf, das ein Stück Reisbrot zwischen den Zähnen hielt. Es baute sich vor dem Dorfvorsteher auf und schaute ihn mit runden smaragdfarbenen Augen an.

»Das ist ein Anagato, ein Schutzgeist der Felder«, stellte Ray das Geschöpf vor.

»Den kenne ich«, erwiderte der Dorfvorsteher, nun allerdings in respektvollem Ton. »Wir haben ihn selbst angelockt.«

»Sieh dir das an!«, rief ein Arbeiter begeistert aus und stieß den Mann neben sich mit dem Ellbogen an. »Er hat sich unsere Gabe geholt! Anscheinend haben wir seinen Geschmack getroffen.«

»Doch nun, Herr Ray, würde ich Euch bitten, den Geist wieder aufs Feld zu schicken«, wandte sich der Dorfvorsteher an den Beschwörer. »Sonst nimmt er uns womöglich übel, dass wir ihn aufgeschreckt haben, und verlässt uns. Dann aber würden unsere Felder verkümmern.«

»Er wird euch nicht im Stich lassen«, versicherte Ray lächelnd. »Es gefällt ihm nämlich bei euch.«

Der Anagato schluckte das Brot mit leuchtenden Augen hinunter – und löste sich in Luft auf.

»Kommt doch bitte ins Haus«, sagte Herr Nachira, der seine bisherigen Vorbehalte gegen Ray völlig vergessen hatte.

Die Arbeiter verabschiedeten sich ebenfalls mit ausgesuchter Höflichkeit von Ray, warfen ihm jedoch weiterhin scheue Blicke zu.

An dem Teetisch auf der schattigen Veranda wartete Ray ab, bis eine ältere Dienerin ihnen ein Tablett mit kleinen Naschereien gebracht hatte, dann erzählte er dem Dorfvorsteher, was der Grund seines Besuchs in Hoshi war.

»Das habe ich bereits vermutet«, erklärte Herr Nachira. »Die Herrin Orino hat es sich in den Kopf gesetzt, dass es im Dorf eine grauenvolle Verschwörung gebe. Aber das ist völlig aus der Luft gegriffen.«

»Dann ist Euer Kater nicht abhandengekommen?«

»Doch, das ist er«, gab Herr Nachira seufzend zu. »Aber das heißt nichts. Der werte Herr geht gut zwei Dutzend Mal pro Jahr stiften. Meine kleine Tochter weint sich dann stets die Augen aus ... Ah, da kommt sie gerade!«

Ein etwa sechsjähriges Mädchen mit schwarzen Locken und einer Strohpuppe unter dem Arm trat aus dem Haus. Die Kleine blickte Ray finster an und zog die Nase hoch. Sie trug ein rosafarbenes Seidenkleid mit Rüschen, das sich für einen gewöhnlichen Wochentag etwas unpassend ausnahm. Vermutlich war es ihr Lieblingskleid, mit dem sie sich in ihrem Kummer trösten wollte.

»Stell dir nur vor, May«, sagte ihr Vater mit übertriebener Fröhlichkeit, »dieser Herr ist aus Warra zu uns gekommen. Er wird deinen Hotaru ganz bestimmt finden.«

Als die Kleine näherkam, um Ray genauer zu mustern, fiel diesem auf, dass sie hinkte.

»Dann ist er bald wieder da?«, fragte sie ernst.

»Das hoffe ich«, erwiderte Ray, der mit einem Mal ein starkes Mitleid mit der Kleinen empfand. »Erzähl mir ein wenig von ihm! Wie sieht er aus? Wo hat er am liebsten geschlafen und was hat er besonders gern gegessen?«

May nahm ihn kurz entschlossen bei der Hand und führte ihn durchs Haus und den Garten. Dabei berichtete sie ihm jede noch so winzige Kleinigkeit von ihrem Liebling. Bei diesem Rundgang entdeckte Ray nicht den geringsten Hinweis auf irgendeine Gefahr. May war nicht von Geistern heimgesucht worden ...

»Ist dir in letzter Zeit vielleicht etwas Ungewöhnliches aufgefallen?«, fragte Ray, während sie das Plätzchen für die Katze aufsuchten, das May unter einem Baum im Gras hergerichtet hatte.

Die Kleine grub angestrengt in ihrem Gedächtnis. Nach einer Weile schüttelte sie den Kopf.

»Hotaru war einfach weg«, sagte sie. »Mehr war da nicht.«

Nachdem Ray noch ein Weilchen vergeblich versucht hatte, etwas aus dem Mädchen herauszubekommen, verabschiedete er sich.

Doch als er das Haus des Dorfvorstehers verließ, spürte er plötzlich eine seltsame Unruhe.

Er begab sich zum Fleischer, denn er hoffte, Sayunaro noch dort anzutreffen. Unterwegs rief er sich alles in Erinnerung, was er gehört und gesehen hatte. Diese Einzelheiten fügten sich zu keinem Gesamtbild. Hoshi war ein friedliches Dorf, in dem alle fleißig ihrer Arbeit nachgingen. Als Ray den Dorfvorsteher gefragt hatte, ob jemand den Kater gestohlen haben könnte, um sich an ihm zu rächen, hatte dieser nur abgewinkt.

»Hier wissen alle alles voneinander, und niemand will dem anderen etwas Böses. Nimmt doch einer seinem Nachbarn mal etwas übel, sagt er ihm das offen ins Gesicht. Bei uns geht es nicht zu wie in der Hauptstadt«, hatte er sich einen kleinen Seitenhieb nicht verkneifen können.

»Einen Beschwörer habt ihr aber nicht?«

»Wozu bräuchten wir den? Bei Bedarf würden wir den Beschwörer aus dem Nachbardorf holen. Ich weiß auch nicht, was sich die Herrin Orino dabei gedacht hat, Euch aus der Hauptstadt mitzubringen ...«

Mehr hatte der Dorfvorsteher nicht zu berichten gehabt. Keinen Schritt weiter bin ich gekommen, hielt Ray enttäuscht für sich fest. In dieser Sekunde erblickte er Sayunaro, der in aufgeräumter Stimmung die Straße hinunterschlenderte.

»Und?«, fragte Ray ihn hoffnungsvoll.

»Nichts«, antwortete er. »Der Fleischer ist stumm. Seinen merkwürdigen Erklärungen konnte ich nur entnehmen, dass sein Kater vor drei Tagen verschwunden ist. Kaum hatte er seine Leber aufgefuttert, war er weg.«

Sayunaro grinste, doch als er Rays strengen Blick auffing, wurde er sofort wieder ernst.

»In dem Haus konnte ich nichts Auffälliges feststellen, obwohl das Blut der geschlachteten Tiere doch eigentlich etliche Geister anlocken müsste. Was hast du herausgefunden?«

»Auch nichts.«

Auf dem Weg zum Haus der Herrin Orino berichtete Ray trotzdem noch genauer von seinem Besuch beim Dorfvorsteher.

»Verschwinden Katzen eigentlich«, wollte er irgendwann wissen, »wenn sie Unheil oder dergleichen spüren?«

»Nein. Wenn sie vor etwas Angst haben, verstecken sie sich, tauchen aber nach einer Weile wieder auf. Sie hängen an ihren Menschen, sofern ...« Sayunaro verstummte jäh und starrte vor sich hin. »Hast du nicht gesagt, das Mädchen humple? Und der Fleischer ist stumm... Beiden ist die Katze abhandengekommen. Findest du das nicht seltsam?«

»Klingt für mich eher wie ein Zufall«, erwiderte Ray. »Die Herrin Orino ist schließlich wohlauf.«

»Dafür ist sie alt«, gab Sayunaro zu bedenken. »Vielleicht spielt das alles gar keine Rolle, nur ...«

»Nur was?«, hakte Ray ungeduldig nach, erhielt jedoch keine Antwort.

Kurz vorm Haus der Herrin Orino holte sie Grizzly schnaufend ein. Sein Hemd klebte an seinem Körper, die grauen Haare waren klitschnass. Hatte er etwa ein unfreiwilliges Bad genommen und noch keine Gelegenheit gefunden, sich abzutrocknen?

»Seid ihr taub? Ich schreie mir die Seele aus dem Leib ...!«

»Wir haben gerade etwas besprochen«, antwortete Ray. »Was ist denn dir passiert?«

»Ich habe etwas Geld verdient«, prahlte Grizzly und klopfte gegen seine Hosentasche. »Der Besitzer der Herberge hat mir erst einmal in den Ohren gelegen, dass jemand im Badehäuschen Algen in sein Wasser gekippt hat. Stellt euch vor, da hatte sich ein Mashugg eingenistet. Den habe ich vertrieben«, beendete er seinen Bericht.

»Dann hatte wenigstens einer etwas von unserem Besuch«,

meinte Ray. »Hat der Mann dich nach deinem Zertifikat gefragt?«

»Ja«, antwortete Grizzly. »Aber da habe ich das Gespräch sofort in eine andere Richtung gelenkt.«

Das ist Grizzly, wie er leibt und lebt, dachte Ray. Sieht aus, als könnte er kein Wässerchen trüben, wickelt aber alle um den kleinen Finger.

»Und was hast du über die Katzen herausgefunden?«

»Nichts«, gab Grizzly zu, und seine gute Laune war im Nu verflogen. »Der Herbergsbesitzer leidet allerdings sehr unter dem Verschwinden seines Katers, denn das Tier hat ihm abends immer die Füße gewärmt. Die sind krank.«

»Wusst' ich's doch«, stieß Sayunaro in vielsagendem Ton aus.

»Erklärst du uns jetzt endlich, was Sache ist?«, fuhr Ray ihn an. »Was wusstest du?«

»Nun ja, ganz sicher bin ich mir nicht, aber ich denke ...«

Was genau er dachte, vermochte er nicht mehr darzulegen, denn aus dem Fenster der Herrin Orino erklang ein verzweifelter Schrei. Alle drei stürzten zum Eingang. Sie hatten die Veranda noch nicht erreicht, als eine kreidebleiche Minako aus der Tür herausgerast kam. Sie stolperte und suchte mit beiden Händen bei Sayunaro Halt. Die arme Frau schluchzte in einem fort und zitterte am ganzen Körper.

»Was ist geschehen?«, wollten die drei wie aus einem Munde wissen. »Was hast du?«

»Die Herrin! Sie ...«, stieß Minako aus, und weitere Tränen strömten über ihre Wangen. »Was für ein Grauen!«

»Ins Haus!«, befahl Ray und stürmte voran. »Rasch!«

Am Ende des Ganges führte eine schmale Treppe hinauf in den ersten Stock. Ray eilte nach oben und hetzte durch die bereits zur Seite geschobene Tür in einen hellen Raum mit offenen Fenstern. Erschaudernd blieb er stehen.

Im ersten Schreck hatte Ray die Herrin Orino gar nicht wiedererkannt. Die lebensfreudige und recht kräftige Dame erinnerte, grau und schrumpelig, wie sie nun war, eher an eine vertrocknete Bohnenschote. Eine unbekannte Gewalt hatte sie in eine runzlige Mumie verwandelt.

»Es ist ja schon spät, da bin ich zu ihr gegangen«, hörte Ray in seinem Rücken die Stimme Minakos. »Ich dachte, sie schläft noch. Ich habe geklopft, aber nichts. Dann habe ich ins Zimmer geguckt, und sie …«

»Das sieht mir nach einer Korrhi aus«, meinte Grizzly. »Ihre Lebenskraft scheint bis auf den letzten Tropfen ausgesaugt worden zu sein. Oder vielleicht …«

»Das war keine Korrhi«, fiel Sayunaro ihm ins Wort und drehte sich Minako zu. »Ist die Katze wieder da?«

»Ja«, antwortete sie. »Schon seit dem frühen Morgen. Kaum dass Ihr aufgebrochen wart. Sie war völlig verdreckt und die ganze Zeit über unruhig. Irgendwann hat sie ohne jeden Grund wie wild losgeschrien und ist nach oben gestürmt. Sie hat mich sogar gekratzt. Hier.«

Minako hob ihr Kleid etwas an und zeigte die Kratzer an ihren Fesseln.

»Und wo ist die Katze jetzt?«

»Sie ist in den Garten gerannt«, antwortete Minako.

Sie klaubte ein Taschentuch hervor und trocknete sich die tränenfeuchten Augen.

»Wir müssen sie unbedingt finden.«

»Jetzt?!«, rief Minako entsetzt aus. »Sollten wir uns nicht besser erst …?«

»Die Katze hat etwas mit dem Tod deiner Herrin zu tun«, erklärte Ray und verständigte sich mit Grizzly durch einen Blick.

»Soll ich nicht besser gleich dem Bruder meiner Herrin Bescheid geben?«, fragte Minako und knetete ihr Taschentuch. »Oder den Dorfvorsteher rufen? Schließlich muss ein Beschwörer vom Orden die Totenfeier durchführen …« Sie sah die jungen Männer voller Hoffnung an. »Oder könnt ihr das?«

»Das Nötige regeln wir«, beruhigte Ray die Frau und wandte sich dann seinen Freunden zu. »Ich übernehme das Totenritual, ihr sucht die Katze.«

»Schaffst du das auch wirklich allein?«, hakte Sayunaro nach.

»Ja, an diesen Zauberspruch erinnere ich mich gut. Seht ihr zu, dass ihr die Katze schnellstens findet!«

»Der Tod verlangt nach der sorgfältigen Arbeit eines Beschwörers«, das hatte Meister Hyeon ihnen immer wieder eingeschärft. »Vor allem dann, wenn er auf einen Geist zurückgeht. Ihr müsst alles dafür tun, damit der Verstorbene seine Ruhe und seinen Frieden findet. Wenn euch irgendein Fehler unterläuft, besteht die Gefahr, dass ein Geist auftaucht, der höchst grimmig sein kann. Die meisten Menschen sterben jedoch zum Glück nicht durch das Tun eines Geistes.«

Rays Wut auf seinen einstigen Lehrer mochte noch so groß sein, dennoch war er ihm dankbar für die solide Ausbildung.

Nachdem Ray das Fenster geschlossen und die Tür zugeschoben hatte, zündete er ein Räucherstäbchen an und streute eine Handvoll trockenen Wacholder, den er in einem kleinen Beutel stets um den Hals trug, auf den Fußboden. Danach trat er an die Tote heran.

Grizzly hatte recht, aus dem Körper war alle Lebenskraft herausgesaugt worden. Bis auf den letzten Tropfen. Das vollbrachte nur ein sehr starker Geist. Nach wie vor nahm Ray in diesem Haus allerdings nicht den geringsten Hinweis auf ein Geschöpf aus der jenseitigen Welt wahr.

Während er einen Verteidigungszauber wirkte, lauschte er den Geräuschen, die selbst durch die geschlossenen Fenster zu ihm hereindrangen.

»Kazuko, wo bist du? Komm her! Miez, miez, miez«, rief Minako mit zärtlicher Stimme die Katze ihrer Herrin, bis sie plötzlich die Geduld verlor. »Nun komm endlich her, du nichtsnutziges Biest!«

»Sie ist kein nichtsnutziges Biest. Nur wenn wir die Katze fangen, wissen wir, woran deine Herrin gestorben ist«, erklärte Sayunaro geduldig. »Außerdem hat die Herrin Orino sich doch sehr gewünscht, dass ihre Katze zurückkehrt.«

Laub raschelte, und Zweige knackten, als die beiden Beschwörer die Sträucher durchkämmten.

Ray blickte die Tote auf dem Futon an und zitierte die nötigen Zaubersprüche, brachte dabei jedes Wort möglichst klar heraus. Das Echo hallte zunehmend stärker in ihm nach. Schließlich seufzte es in seinem Rücken leise, dann schluchzte jemand kaum hörbar auf.

»Es tut mir sehr leid«, sagte er aufrichtig.

Das Seufzen hinter ihm verstummte, nun kroch eine bedrohliche Stille an ihn heran.

»Ich habe Euch nicht helfen können, Herrin Orino«, fuhr er fort. Er durfte sich jetzt auf gar keinen Fall umdrehen. »Verzeiht mir, dass ich Euch nicht beschützen konnte. Aber ich werde nichts unversucht lassen, um denjenigen zu finden, der Euch das angetan hat.«

Der Schatten hinter ihm, der bis vor Kurzem noch die Herrin Orino gewesen war, verharrte, denn dieser Schatten begriff nicht, warum jemand sich mit derart unverfälschtem Mitleid an ihn wandte.

»Wir haben Eure Katze gefunden. Meine Freunde bringen sie Euch gleich.«

Der Geist, der sich jederzeit auf ihn stürzen konnte, lauschte nun darauf, was sich im Garten tat.

Plötzlich wurde die Tür zurückgeschoben, und Grizzly trat ein, die Katze im Arm. Das Tier war in seine Jacke eingewickelt, sodass nur der Kopf mit den funkelnden Augen und den wütend gesträubten Barthaaren hervorlugte. Grizzly sah Ray an, dann entdeckte er das Geschöpf im Rücken seines Freundes. Er erbleichte, sagte jedoch kein Wort. Sobald er Ray das Tier in die Hand gedrückt hatte, verschwand er wieder.

Die Anwesenheit des Geistes ließ Kazuko erstarren. Erst nach einer Weile stieß sie ein leises, trauriges Mauzen aus.

Der Geist seufzte erleichtert und strich der Katze mit unsichtbarer Hand über den Kopf. Danach löste er sich in Luft auf. Im Zimmer gab es jetzt nur noch die Leiche der Herrin Orino. Ihre Seele hatte sich dank Ray nicht in einen bösen Geist verwandelt, sondern war zu ihrem neuen Zuhause davongeflogen. Frei und ruhig. Der letzte Wunsch der Herrin Orino, der sie lange hätte an diese Welt binden können, war in Erfüllung gegangen, sie hatte ihre Kazuko zurück.

Die Katze gab einen leisen Klagelaut von sich, als verstünde sie, was sich soeben vollzogen hatte.

Und vermutlich begriff sie es in der Tat. Ray strich ihr über den Kopf, während er mit ihr hinunterging.

Seine beiden Freunde saßen auf der Veranda. Ihnen leistete der Dorfvorsteher Gesellschaft, den Minako inzwischen geholt hatte. Der Mann wirkte eingeschüchtert, fast als wäre auch er von einem Geist gestreift worden.

»Das Ritual ist vollzogen«, teilte Ray ihnen mit. »Der Geist der Herrin Orino wollte sich schon in eine ruhelose Kreatur verwandeln, doch das habe ich damit verhindert. Danke dir, Grizzly, du hast die Katze genau im rechten Moment gebracht.«

Er setzte Kazuko ab, die sofort in eine Ecke rannte und sich das Fell leckte.

»Was ist der Herrin Orino geschehen?«, wollte der Dorfvorsteher wissen.

»Sie wurde mithilfe eines sehr starken Geistes ermordet«, antwortete Ray und ließ sich erschöpft auf eine Schilfmatte sacken. »Bisher können wir leider noch nicht sagen, von welchem.«

»Dann müssen wir also mit weiteren Todesfällen rechnen?«, fragte Herr Nachira aufgewühlt. »Wie können wir uns schützen, bis Ihr Licht in das Dunkel dieser Angelegenheit gebracht habt?«

»Schließt sämtliche Fenster und Türen und lasst niemanden zur Leiche vor«, schärfte Grizzly ihm ein, während er die Katze streichelte, die sich in einem Sonnenfleck auf dem Boden eingerollt hatte. »Der Beschwörer aus dem Nachbardorf soll schnellstens die Totenfeier vornehmen.«

»Dergleichen hat es bei uns noch nie gegeben«, brummte Herr Nachira und stand auf. »Diese Schwierigkeiten sind erst mit euch gekommen. Ich habe der Herrin Orino ja gesagt, sie soll nicht in die Hauptstadt fahren, aber sie wollte nicht auf mich hören. Spielen denn die verschwundenen Katzen, deretwegen sie euch geholt hat, überhaupt irgendeine Rolle in dieser ganzen Geschichte?«

»Das wissen wir noch nicht«, antwortete Sayunaro und betrachtete die Kratzer an seiner Hand. »Aber das wird sich bald ändern.«

Vor sich hin brummend verließ der Dorfvorsteher daraufhin das Haus.

Die drei Beschwörer blieben eine Weile schweigend sitzen. Irgendwann ging Sayunaro zu Kazuko, hockte sich neben sie und betrachtete ihre Pfoten. Die Katze erhob keinen Einspruch, ja, sie schien viel zu erschöpft, um überhaupt jemanden wahrzunehmen.

»Das hast du gut gemacht«, sagte Grizzly leise zu Ray.

Dieser nickte bloß schweigend und versuchte jene Mattigkeit zu überwinden, die ihn stets nach einem Kontakt mit einem Geist befiel.

»Die Herrin Orino hat dir nicht zufällig verraten, wer sie so zugerichtet hat?«

»Leider nicht«, antwortete Ray. »Das Einzige, was sie noch interessiert hat, war das Schicksal ihrer Katze.«

»Schon merkwürdig, dass Kazuko ausgerechnet an dem Tag nach Hause zurückgekehrt ist, an dem ihre Herrin getötet wird«, überlegte Grizzly laut. »Kann das Zufall sein?«

»Nein«, erklärte Sayunaro. »Ihr wisst genau, dass es in unserem Metier keine Zufälle gibt.«

»Du hast dir doch schon etwas zusammengereimt«, sagte Ray. »Dann weihe uns mal ein!«

»Zunächst habe ich angenommen, jemand habe die Katzen gestohlen, um einen Geist in sie zu pflanzen«, holte Sayunaro aus. »Eine Katze hätte seine Kraft vervielfacht. Aber im Haus konnte ich keinen Hinweis auf einen Geist feststellen. An dem Tier übrigens auch nicht.«

»Wann genau ist die Herrin Orino eigentlich gestorben?«, hakte Grizzly nach.

»Gestern Abend hat sie noch gelebt. Als Minako sie heute wecken wollte, war sie schon tot. Sie muss also in der Nacht oder bei Tagesanbruch gestorben sein«, sagte Ray und sah sich um. »Wo ist Minako eigentlich?«

»Sie hat gesagt, dass sie vorerst bei Verwandten wohnen wird«, antwortete Sayunaro und sah seinen Freund an. »Was hast du da gestern Abend gespürt? Im Gang, meine ich.«

»Ich weiß es nicht«, gestand Ray. Unwillkürlich rieb er die Hände gegeneinander, als fröstelte er. »Aber das war eindeutig kein Geist. Eher Zugluft oder der Wind.«

»Wie mir all diese ungeklärten Fragen zum Hals raushängen!«, knurrte Grizzly. »Unsere Arbeit ist es, Geister zu vertreiben oder anzulocken, nicht, dumme Rätsel zu lösen!«

»Diese Katze ist zweimal aufgetaucht. Zuerst am Fluss«, hielt Ray fest, »dann in der Nähe des Hauses von Herrn Nachira. Aber wozu?«

»Nicht noch mehr Fragen«, stöhnte Grizzly und streichelte die schlafende Kazuko.

»Ich glaube, wir sollten zum Fleischer gehen«, bemerkte Sayunaro nachdenklich.

»Hast du etwa schon wieder Hunger?«, fuhr Ray ihn an.

Doch Sayunaro gab vor, die Frage seines Freundes nicht gehört zu haben.

»Wir müssen dorthin«, versicherte er. »Das habe ich im Gefühl. Das ist wichtig! Kommt!«

Er sprang abrupt auf und eilte im Laufschritt die Stufen der Veranda hinunter. Ray und Grizzly wechselten einen verständnislosen Blick, folgten ihm aber sofort.

Auf dem Pfad zum Tor lagen überall die Sterne des verblühten Jasmins. Staub wirbelte unter ihren Füßen auf.

Als sie durchs Tor eilten, hätten sie beinahe einen Bauern mit einem breitkrempigen Hut umgerannt. Ray murmelte sofort eine Entschuldigung. Dabei fing er den bohrenden Blick des Mannes auf. Ein schmaler grauer Bart zierte dessen Gesicht, das von der Sonne fast schwarz gefärbt worden war.

Die Fleischerei machte einen verlassenen Eindruck. Die Fenster waren hinter Läden verborgen, an der Tür baumelte ein beeindruckendes Schloss.

Trotzdem drückte Grizzly die kupferne Klinke und hämmerte gegen die Tür. Eine Antwort blieb aus.

»Er hat schon geschlossen«, teilte ihnen eine junge Frau in einem dunkelblauen Gewand mit, die gerade die Straße herunterkam. Sie hatte einen etwa zweijährigen Jungen an der Hand. »Seit rund einer halben Stunde.«

Sayunaro nickte ihr einen Dank zu.

»Versuchen wir es durch den Garten«, wandte er sich dann an seine Freunde. »Vielleicht haben wir am Hintereingang mehr Glück. Den schließt er normalerweise nicht ab.«

»Woher weißt du das denn?«, fragte Grizzly.

Sayunaro sah ihn schweigend an. Grizzly schien bei diesen Worten jedoch keine Hintergedanken gehabt zu haben.

»Das weiß ich von ihm selbst«, antwortete er deshalb ruhig. »Manchmal kommen nach Ladenschluss noch Kunden.«

Im Garten standen zahllose Steine, die mit Schutzzeichen versehen waren, meist schlichte Kreise, die in weiße Platten geritzt waren. In der Mitte der Wiese erhob sich eine kleine Statue, die einen Schutzgeist darstellte: Ein behäbiger, freundlich lächelnder Greis saß im Schneidersitz da und betrachtete alle Ankömmlinge mit verschmitzt blitzenden Augen.

Diese Vorkehrungen hatten ihren guten Grund, denn etliche böse Geister wurden durch den Geruch von frischem Fleisch und Blut angezogen.

Sayunaro, der bisher vorausgeeilt war, verlangsamte nun seinen Schritt und pirschte sich nur noch vorsichtig weiter.

Auf der langen, schmalen Veranda, die den hinteren Teil des Hauses säumte, baumelten einige ausgeblichene rote Laternen. Eine hing direkt über der Tür.

Ray lauschte, hörte jedoch nichts Verdächtiges. Daraufhin betrat er das Haus. Prompt schoss ein Kater an ihm vorbei hinaus in den Garten. Ray wollte ihm sofort hinterherrennen, doch Sayunaro packte ihn am Ärmel und schüttelte den Kopf. Indem er den Finger an die Lippen legte, bedeutete er den beiden anderen, leise zu sein. Seine Augen funkelten hell in der Dunkelheit des Ganges, seine Nasenflügel waren gebläht. Gierig sog er die

Luft ein. Dabei ging es nicht um den Geruch von Fleisch, das begriff Ray sofort.

Auf einem schmalen Tisch, auf dem der Fleischer sonst Aufträge der Kunden sammelte, lag im Moment kein einziger Zettel. Durch die offene Tür ließen sich der Rand einer Schilfmatte und ein umgekippter Tisch erkennen. Mit einem Mal erklang ein seltsam gedämpftes Geräusch, eine Art Kratzen, fast als zöge jemand ein Holzstäbchen über Reispapier.

Die drei Beschwörer vermieden jede abrupte Bewegung und tasteten sich möglichst lautlos weiter vor.

Der Fleischer lag am Boden, das kleine Beil zum Zerhacken der Knochen noch immer fest umklammernd. Auf seiner Brust saß ein seltsames Wesen, das lang wie eine Schlange war, allerdings vier Extremitäten aufwies, mit denen es den Leib des Mannes umschlang. Wie ein gigantischer Blutegel saugte es das Leben aus seinem Opfer heraus. Das war kein Geist, das wussten die drei genau, aber was es stattdessen war, hätten auch sie nicht zu sagen vermocht.

Ray griff das Wesen mit einem Zauber an und fegte es damit von dem Mann. Das Biest klatschte auf den Boden, drehte dem Beschwörer die blinde Visage zu – und katapultierte sich durchs Fenster ins Freie.

»Grizzly!«, schrie Sayunaro und setzte bereits übers Fensterbrett. »Ihm nach!«

Grizzly war im Nu an seiner Seite. Auch er wirkte einen Zauber.

Ray kümmerte sich derweil um den Fleischer, der zum Glück noch lebte. Sobald das Geschöpf von ihm abgelassen hatte, schlug er die Augen auf. Sein Blick war leicht getrübt.

»Seid Ihr wohlauf?«, erkundigte sich Ray und half ihm auf die Beine.

Der Fleischer ließ das Beil los, um sich mit beiden Händen das bleiche Gesicht abzuwischen. Auf Rays Schulter gestützt, schleppte er sich zu seinem Bett in der Zimmerecke.

»Wir haben diesen Widerling vertrieben«, teilte Ray ihm mit. »Habt Ihr zufällig gesehen, woher er kam?«

Der Fleischer zeigte mit dem Finger auf die Tür und versuchte dann mit weiteren Gesten zu erklären, wie dieses Wesen ihn angesprungen und gewürgt hatte. Offenbar war es zu stark gewesen, um sich seiner zu erwehren.

Plötzlich kam der Kater durch die offene Tür hereingestürmt. Mit lautem Mauzen schoss er auf seinen Herrn zu, sprang ihm in den Schoß, schnurrte und rieb sich an der Hand des Mannes. Dieser streichelte das Tier mit einem gerührten Lächeln, das sich in seinem finsteren Gesicht mit der schiefen Nase äußerst merkwürdig ausnahm.

Ray wirkte einige Verteidigungszauber, um den geschwächten Mann gegen böse Geister zu schützen.

Anscheinend begriff der Kater, was der Beschwörer tat, denn er sah ihn lobend an und schnurrte lauter.

»He, Ray, ist bei euch alles in Ordnung?«, erkundigte sich Grizzly und schob sein verschwitztes Gesicht durchs Fenster. »Das Biest ist uns entwischt«, berichtete er. »Es hat sich genauso in Luft aufgelöst wie die Katze, von der ihr gesprochen habt.«

»Wo ist Sayunaro?«

»Er hat irgendeine Idee. Du sollst mal zu ihm kommen.«

»Erholt Euch jetzt«, riet Ray dem Fleischer. »Wir bleiben in der Nähe.«

Der Mann nickte und presste den zufriedenen Kater fest an sich.

Sayunaro kroch auf Knien durch den Garten und zeichnete komplizierte Symbole in den sorgfältig geglätteten Sand.

»Der Fleischer lebt noch«, teilte Ray ihm mit und betrachtete das Kunstwerk seines Freundes. »Er ist ein wenig verwirrt, aber anscheinend hat dieses Biest sein Werk nicht vollenden können. Der Kater ist übrigens auch wieder da.«

»Kein Wunder, den hat man laufen lassen«, erwiderte Sayunaro und sah Ray mit Augen an, in denen die Begeisterung für seine Idee funkelte. »Man brauchte ihn nämlich nicht mehr.«

»Und wofür brauchte man ihn nicht mehr?«, fragten Ray und Grizzly wie aus einem Munde.

»Katzen lieben ihr Zuhause«, setzte Sayunaro zu einer weitschweifigen Antwort an. »Die Menschen behaupten ja gern, diese Tiere würden sie heilen, indem sie sich zu ihnen legten, schnurrten und sie wärmten. Eigentlich ziehen sie aber die negative Kraft aus dem Körper des Menschen heraus und verleiben sie sich selbst ein.« Er hielt kurz inne. Eine tiefe Falte bildete sich auf seiner Stirn. Nach einer Weile wischte er mit einer entschlossenen Bewegung ein Symbol weg. »Auf diese negative Energie war meiner Ansicht nach irgendjemand äußerst erpicht. Deshalb hat er die Katzen entführt. Die gewonnene Energie wurde dann in dieses sonderbare Wesen gepumpt, damit es die Herrin Orino angreift und alles Leben aus ihr heraussaugt. Dem Fleischer wäre es nicht anders ergangen, wenn wir dieser Kreatur nicht ins Handwerk gepfuscht hätten.«

»Wie kommst du denn auf diese irrwitzige Idee?«, fragte Ray, nachdem er die Worte verdaut hatte.

»In einem alten Traktat habe ich einmal etwas über die Heilung eines Kranken mithilfe von Kriechtieren gelesen. In diese Tiere hat man gute Energie geleitet, die sie dann an den Menschen abgegeben haben. Bei der Herrin Orino und dieser Kreatur war es letzten Endes genauso, nur mit umgekehrten Vorzeichen.«

»Aber wer könnte dahinterstecken?«, fragte Grizzly und sah unwillkürlich zum Haus zurück. »Und warum sollte jemand so etwas tun?«

»Ich vermute, der Grund war, dass sich der Kopf hinter alldem das Leben der Katzenbesitzer einverleiben wollte.«

»Dann muss es sich bei diesem Kopf um einen großen Meister handeln«, erklärte Ray. »Der sich bestens mit dunklen Geistern auskennt. Glaubst du wirklich, dass es unter den Dorfbewohnern einen solchen Magier gibt? Und dass er sein Talent bislang vor allen verheimlichen konnte? Der Dorfvorsteher hat behauptet, hier sei noch nie etwas Merkwürdiges geschehen. Sie brauchen noch nicht einmal einen eigenen Beschwörer, sondern holen gegebenenfalls den aus dem Nachbardorf.«

»Schalten wir zunächst dieses sonderbare Geschöpf aus,

danach zerbrechen wir uns den Kopf darüber, wer es geschaffen hat«, sagte Sayunaro, erhob sich und klopfte seine Hosen ab.

»Und wenn das Biest zurückkommt?«, gab Grizzly zu bedenken und deutete zum offenen Fenster, wo das Gesicht des Fleischers aufgetaucht war, der noch immer seinen Kater an sich presste. »Immerhin hat es noch nicht alle Kraft aus dem Fleischer herausgesogen. Vielleicht sollte einer von uns hierbleiben und Wache schieben?«

»Wenn diese Kreatur auch nur einen Funken Verstand besitzt, wird sie uns aus irgendeinem Versteck heraus beobachten«, hielt Ray dagegen, dem der Gedanke zusetzte, dass ein Beschwörer einem Menschen nicht etwa half, sondern einen Geist oder sonst ein widerwärtiges Geschöpf auf ihn hetzte.

Meister Hyeon hätte dergleichen nie geduldet.

Er winkte dem Fleischer zu, der sie voller Sorge im Auge behielt, und bedeutete ihm, dass alles in bester Ordnung sei.

»Ich glaube, diese Katze, die sich in Luft aufgelöst hat, das war gar keine Katze«, wandte er sich dann wieder an seine Freunde. »Das war diese Kreatur von eben, die uns ausspioniert hat.«

»Was meint ihr«, sagte Grizzly, »wird sie sich noch ein Opfer suchen?«

»Mhm«, brummte Ray und spähte durch die Zweige der Bäume zur Straße hinüber. »Wenn, dann May oder den Besitzer der Herberge. Oder am Ende doch den Fleischer ... Wir müssen uns wohl wieder aufteilen.«

»Vielleicht«, murmelte Grizzly, »sollten wir diese drei Menschen an einem Ort zusammentrommeln, damit wir sie im Auge haben.«

»Das würde diese Kreatur doch sofort durchschauen«, entgegnete Sayunaro und fügte seiner Zeichnung ein weiteres Symbol hinzu.

Zum zweiten Mal an diesem Tag eilte Ray daher zum Dorfvorsteher. Seine innere Stimme sagte ihm, dass die Zeit drängte. Wenn Meister Hyeon uns doch bloß beigebracht hätte zusammenzuarbeiten, ärgerte er sich. Dann wären wir jetzt bestimmt schon weiter.

Als er das Grundstück des Herrn Nachira betrat, spielte May im Garten. Ihre alte Kinderfrau schlief auf einer Schilfmatte im Schatten eines Gebüsch, das Strickzeug auf den Knien.

»Hast du Hotaru gefunden?«, fragte das Mädchen im Flüsterton, um die alte Frau nicht zu wecken.

»Noch nicht, aber lange wird es nicht mehr dauern«, antwortete Ray ebenso leise.

Das ist gut, dachte er beruhigt. Wenn der Kater noch nicht zurückgekehrt ist, droht dem Mädchen keine Gefahr.

»Wo ist denn dein Vater?«

»Weg«, berichtete May und deutete zur Straße. »Er hat gesagt, Herr Makoto würde auf ihn warten. Das ist der Beschwörer aus dem Nachbardorf«, erklärte sie Ray, als er sich neben ihr auf den Boden setzte. »Sie wollen beide zur Herrin Orino. Die soll tot sein. Stimmt das?«

Der durchdringende Blick der Kleinen verunsicherte Ray ebenso wie die Frage, die sie ihm gestellt hatte.

»Ja, das stimmt«, hielt er sich trotzdem an die Wahrheit. »Sie ist tot.«

»Mein Vater hat gesagt, dass sich in der Katze der Herrin Orino ein böser Geist eingenistet hat. Der hat sie umgebracht. Und mit meinem Hotaru ist das genauso. Deshalb müssen wir ihn finden, bevor er mir etwas antut.«

»Das stimmt aber nicht«, erwiderte Ray im Brustton der Überzeugung, damit May ihm auch ja glaubte. »Mit den Katzen ist alles in Ordnung, auch mit deinem Hotaru. Vielleicht taucht der Geist aber trotzdem hier auf, doch ich bin ja da, um dich zu beschützen.«

Als May hörte, dass ihr von ihrem Liebling keine Gefahr drohte, strahlte sie vor Freude.

»Mich beschützt schon Ajouni«, teilte sie Ray dann ernst mit und zeigte ihm ihre Strohpuppe.

Während Ray die Kleine beim Spielen beobachtete, grübelte er weiter über diese vertrackte Geschichte nach. Wenn Sayunaro recht hatte – und dafür sprach einiges –, dann hatte Ray mit eigenen Augen das Wesen gesehen, das aus fremdem Leid geschaffen worden war, um Menschen ihr Leben zu stehlen. Nun wüsste er allerdings noch gern, welcher Beschwörer dazu imstande war.

Während ihrer Ausbildung waren Ray immer wieder Gerüchte über Beschwörer zu Ohren gekommen, die gegen die Regeln des Ordens verstoßen hatten. Worin genau ihr Vergehen bestand, erfuhr er nie, ebenso wenig wie ihre Strafe ausgesehen hatte. Trotzdem konnte sich Ray nicht vorstellen, dass ein Beschwörer einen bösen Geist erschaffen würde, um mit ihm einen Menschen zu töten – schon allein deshalb nicht, weil es in Warra genug Meuchelmörder gab, die ihm diese Arbeit abnehmen würden.

Aber was weiß ich schon vom Leben, sinnierte Ray weiter, während er auf das beruhigende Gebimmel der Glöckchen im Wind lauschte. Was habe ich im Tempel des Ordens denn von der Welt mitbekommen? Ich habe doch nur ständig Zaubersprüche gebimst und mich an Geistern geübt …

Es wurde immer heißer. Die Sonne schickte blendende Strahlen aus, vor denen nicht einmal das dichte Grün des Gartens schützte. May hatte sich im warmen Gras ausgestreckt und war eingeschlummert, ihre Puppe im Arm.

Ray hätte es ihr am liebten gleichgetan, schüttelte die Müdigkeit jedoch tapfer ab. Er ging zu dem kleinen Teich, um sich Wasser ins Gesicht zu spritzen. Das Mädchen ließ er nicht aus den Augen. Als er zurückkam und die schlafende Kleine betrachtete, musste er unwillkürlich an Nara denken, denn sie hatte die gleiche Haarfarbe. Er hatte nicht die geringste Ahnung, wo sie jetzt war und was Meister Hyeon ihr noch beibringen wollte.

»Hoffentlich nicht, den Menschen das Leben abzuzapfen«, murmelte Ray, der mit einer schlaffen Handbewegung eine Fliege verscheuchte, die vor seinem Gesicht herumschwirrte.

Die Lanze, die ihm Nara geliehen hatte – oder vielmehr das, was von der Klinge übrig geblieben war –, trug er immer noch bei sich. Er hatte sogar schon mit dem Gedanken gespielt, für das Blatt einen neuen Schaft anzufertigen.

»Dafür müsste ich nur das richtige Holz finden«, flüsterte er.

Mit einem Mal machte er zwei Männer aus, die aufs Haus zuhielten. Bei dem einen handelte es sich um den Dorfvorsteher, in dem anderen erkannte Ray jenen Bauern, den er im Haus der Herrin Orino beinahe umgerannt hätte.

»Eure Dienste werden nicht länger benötigt«, teilte der Dorfvorsteher Ray mit, der sich bereits erhoben hatte. »Unser Herr Makoto hier ist ein richtiger Beschwörer und wird nun für Ordnung sorgen.«

»Ihr habt Euch nicht schlecht geschlagen, junger Mann«, bemerkte Herr Makoto von oben herab. »Im Haus der alten Dame, meine ich. Respekt! Wäret Ihr mein Schüler, ich würde diese Leistung zu würdigen wissen.«

»Vielen Dank, aber …«

»Kehrt nun ruhig nach Warra zurück«, unterbrach er Ray. »Ich werde schon allein mit allem fertig. Man hätte mich ohnehin sofort rufen sollen«, wandte er sich in strengem Ton an den Dorfvorsteher, »und nicht auf diese jungen Heißsporne vertrauen dürfen.«

Mays Vater verbeugte sich und betonte mit dieser Geste, wie sehr er den Beschwörer aus dem Nachbardorf schätzte und dass ihm sein Fehler wohl bewusst war. Ray gab vor, die *Heißsporne* überhört zu traben.

»Hier sind Dinge im Gange, die weitaus bedrohlicher sind, als Ihr es Euch ausmalt«, sagte er. »Deshalb werde ich Hoshi nicht verlassen, bevor sie nicht vollständig aufgeklärt sind. Die Herrin Orino hat mich um Hilfe gebeten und …«

»Die Herrin Orino ist tot«, schnitt ihm Herr Makoto das Wort ab. »Gut möglich, dass Ihr die Schuld daran tragt. Fahrt also besser nach Hause, junger Mann, bevor ich dem Orden von Eurem Tun Bericht erstatte.«

May, von dem lauten Wortgefecht geweckt, setzte sich im Gras auf, behielt die Erwachsenen aufmerksam im Auge und lauschte ihrem Streit.

»Ihr solltet Euch wenigstens anhören«, beharrte Ray, »was bisher geschehen ist!«

»Was in diesem Dorf geschieht, ist mir durchaus bekannt«, entgegnete Herr Makoto. »Hier führen junge Beschwörer ohne Zertifikat die Menschen an der Nase herum, um aus ihrem Leid möglichst großen Gewinn zu schlagen. Dergleichen erlebe ich nicht zum ersten Mal.«

»Das stimmt nicht! Wir wollen nur helfen! Die Katzen ...«

»In diese Katzen hat sich ein Geist eingenistet, ein Kago, um genau zu sein. Aber von dem habt Ihr ja offenkundig noch nie gehört«, höhnte der Beschwörer und fuchtelte mit dem weiten Ärmel seiner langen Jacke. »Dieser Geist saugt Menschen das Leben aus und wechselt mühelos sein Zuhause, denn er kann sich in jedem Tier einnisten. Wenn Ihr auch nur etwas von Eurer Sache verstehen würdet, hättet Ihr an der Katze der Herrin Orino das nötige Ritual zur Vertreibung dieses Geistes durchgeführt. Dann wäre die Dame heute noch am Leben. Behauptet Ihr jetzt immer noch, hier von Nutzen zu sein?«

Für den Bruchteil einer Sekunde wusste Ray nicht, was er tun sollte. Was, wenn Herr Makoto recht hatte? Seine beiden Freunde und er besaßen wirklich noch nicht viel Erfahrung. Was, wenn sie den Kago tatsächlich nicht ausgemacht hatten? Doch dann rief er sich zur Ordnung: Er durfte nicht an seinem Wissen und seinen Fähigkeiten zweifeln. Beim Fleischer hatte er diese Kreatur gesehen – und das war kein Geist gewesen. Und sie drei hatten die Katzen nach ihrer Rückkehr gesehen, nicht Herr Makoto.

»Bringt May ins Haus«, befahl dieser. »Sie sollte das nicht miterleben.«

»Ich will nicht, dass Ray weggeht!«, schrie May sofort los und klammerte sich mit beiden Händen am Gras fest. »Er hat versprochen, dass er mich vor dem bösen Geist beschützt.«

»Dich beschützt nun Herr Makoto«, beruhigte sie ihr Vater. »Er ist ein richtiger Beschwörer und kann uns wirklich helfen.«

»Er hat gesagt, dass Hotaru ein böser Kater ist! Aber das stimmt nicht, er ist ein guter Kater!«

Die alte Kinderfrau eilte zu ihr, schnappte sie sich kurzerhand und schleifte die Kleine ungeachtet ihres hohen Alters mühelos ins Haus.

»Herr Makoto!«, stieß Ray aus, der in dieser Sekunde sämtliche Lehrer hasste, die trotz ihrer Weisheit und Erfahrung blind waren. »Ihr begeht einen Fehler! Hört mich wenigstens an!«

Doch noch ehe dieser zu einer weiteren Standpauke ansetzen konnte, erklang aus dem Garten empörtes Miauen.

»Hab ich dich!«, rief ein Mann aus. »Diesmal entkommst du mir nicht!«

Einer der Arbeiter des Dorfvorstehers kämpfte sich aus den Sträuchern heraus. Den bedrohlich fauchenden Kater hielt er im Nacken gepackt. Es war ein weißes Tier mit roten Flecken.

»Da wäre er wieder, Herr Nachira«, stieß der Mann zufrieden aus. »Soll ich ihn gleich in seinen Käfig setzen? Sonst kratzt er mir noch den ganzen Arm auf…«

Was Herr Nachira entschied, bekam Ray nicht mehr mit: Eine eisige Gänsehaut in seinem Nacken trieb ihn ins Haus.

Drinnen war es kühl und gemütlich. Ein Duft von aromatischen Kräutern hing in der Luft. Zwei junge Dienerinnen eilten gerade hinaus. Offenbar wollten sie unbedingt der Geisteraustreibung im Garten beiwohnen.

Im ersten Zimmer, das er rasch durchquerte, sah er einen halb gedeckten Tisch. Die Tassen und Schalen standen noch ineinandergestapelt darauf, eingerollte Platzdecken aus Bambus ergänzten das Bild.

Im nächsten Zimmer stand ein Schreibtisch mit allerlei Papieren.

Rasch ging Ray weiter ins dritte Zimmer.

May saß auf einer Schilfmatte und hielt ihre Strohpuppe mit beiden Händen vor sich. In dieser spürte Ray einen schwachen Schutzgeist – der jedoch völlig machtlos war gegen die Kreatur, die ins Zimmer eingedrungen war.

Die alte Kinderfrau lag auf dem Boden, ihre grauen Haare hatten sich gelöst, die kraftlos ausgebreiteten Arme fuhren über die Schilfmatte, als suchten sie etwas. Das grausame Untier hatte sich in ihren Hals verbissen. Das Biest musste einem Albtraum entsprungen schien.

Ray fegte die Kreatur mit einem Zauber zu Boden und trieb ihr danach die Lanzenspitze wie ein Messer in den Leib. Die ölige Masse schien aufzukochen.

Dennoch huschte das Biest unverletzt davon, da half kein Vertreibungszauber. Diese Kreatur war kein Geist, folglich vermochte dieser Zauber ihr nichts anzuhaben. Daraufhin versuchte Ray es mit einem Spiegelzauber. Abermals ging dieser Widerling zu Boden. Ray griff mit einem weiteren Zauber an, sehr zum Verdruss dieses Wesens.

Es rollte sich zusammen, gab einen Laut von sich, der mit menschlichem Ohr kaum wahrzunehmen war, stürzte sich auf Ray und brachte ihn zu Fall. Sengend heiße Tentakel wanden sich um seine Handgelenke, drückten seine Schultern nach unten und schnürten ihm die Luft ab. Ray wollte es noch einmal mit der Yari versuchen, doch ein weiterer Tentakel schlug ihm die Klinge aus der Hand.

Eine tonnenschwere Steinplatte schien auf Rays Schultern und seiner Kehle zu lasten. Er bekam kaum noch Luft. Der Wunsch, Widerstand zu leisten, schmolz beängstigend schnell dahin.

Noch einmal wirkte er einen Zauber, noch einmal musste er eine Niederlage einstecken. Vor Rays Augen tanzten bereits rote Flecken.

Da endlich explodierte in seinem Kopf die rettende Idee.

Er bohrte seine Finger in den Körper dieses Widerlings, presste sie mit aller Kraft zusammen und leitete die gesamte Energie, die er den Menschen geraubt hatte, in sich. Das Untier erschauderte und versuchte, sich dem Griff zu entwinden, doch Ray war längst zu stark. Eine mächtige Welle von Energie hatte seine Schwäche weggespült. In seinem Kopf herrschte wieder Klarheit, sein Herz schlug wieder im gewohnten Takt. Seine Muskeln barsten vor Kraft, er atmete tief und frei. Das Wesen auf ihm wurde dagegen immer leichter und körperloser. Immer hilfloser.

Gerade als er sich erheben und das Geschöpf endgültig vernichten wollte, kam Herr Makoto ins Zimmer gepoltert. Mit einer gebieterischen Handbewegung löschte er die bereits unschädlich gemachte Kreatur aus. Ihm auf dem Fuße folgte Herr Nachira, der sich sofort Mays annahm. Das war im Grunde nicht nötig, denn ihre Kinderfrau hielt sie längst im Arm. Beide sahen Ray voller Bewunderung an.

»Wäre auch das erledigt«, tönte Herr Makoto. »Wie ich Euch bereits versichert habe, lässt sich diese Kreatur mühelos unschädlich machen.«

»Nachdem ich sie all ihrer Kraft beraubt hatte, stellte das in der Tat kein Problem mehr da«, murmelte Ray und erhob sich.

»Sobald ich den Kago aus dem Körper des Katers getrieben hatte«, wandte sich Herr Makoto an den Dorfvorsteher, »hat er sich im Haus zu verschanzen versucht. Hätte ich ihn nicht rechtzeitig erledigt, wäre unser junger Freund womöglich zu Schaden gekommen.«

Herr Nachira streichelte seiner Tochter den Kopf und nickte ernst zu all diesem Unsinn.

»So war das nicht«, platzte Ray der Kragen.

»Das Untier hat uns angegriffen«, rief May, »und beinahe getötet! Aber Ray hat mit ihm gekämpft und gewonnen!«

»Davon verstehst du noch nichts, May«, ermahnte ihr Vater sie streng. »Danke lieber Herrn Makoto dafür, dass er uns geholfen und den Burschen aus dem Haus vertrieben hat.«

Doch May verzog das Gesicht und wandte sich ab. Die alte Kinderfrau lächelte Ray matt zu.

»Wie fühlt Ihr Euch?«, erkundigte sich dieser bei ihr.

»Danke, gut«, antwortete die Frau. »Ich lege mich vielleicht ein wenig hin, ich bin sehr müde.«

»Tut das«, sagte Herr Nachira. Dann sah er Ray an. »Und Ihr, mein junger Beschwörer, geht nun auch besser. Wir kommen hervorragend ohne Euch zurecht, davon habt Ihr Euch gerade überzeugen können.«

»Lassen wir dem Jungen Gerechtigkeit widerfahren«, mischte

sich Herr Makoto ein. »Er hat sich alle Mühe gegeben. Es ist nicht seine Schuld, dass er nur unreichend ausgebildet ist.«

Daraufhin drehte sich Ray auf dem Absatz um und stapfte aus dem Zimmer.

Wütend wie tausend Manmos raste er die Stufen in den Garten hinunter. Wie mir diese Besserwisser zum Hals heraushängen!, zeterte er innerlich. Neben ihnen kann ein Mensch sterben, Hauptsache, ihnen selbst wird kein Härchen gekrümmt.

Kurz vorm Tor hörte er eilige Schritte hinter sich. Als er sich umdrehte, erblickte er May.

»Ich wollte dir noch danken, Ray«, sagte sie ernst. »Ohne dich wären wir alle jetzt tot. Die ist für dich.« Sie streckte ihm ihre Strohpuppe entgegen. »Ajouni beschützt dich jetzt.«

Selbst in seiner Wut musste Ray lächeln.

»Danke, May! Aber ich kann doch nicht deine Puppe mitnehmen. Wer passt denn dann auf dich auf?«

»Nimm sie nur«, entgegnete May. »Sora macht mir eine neue.«

»Sora?«

»Meine Kinderfrau. Als Hotaru verschwunden ist, hat sie mir als Erstes Ajouni gemacht.«

Nun nahm Ray die Puppe an sich und betrachtete sie nachdenklich. Ein lächelndes Gesicht, eine aufwendige Frisur und ein Kleid, das aus dem gleichen Stoff gemacht war wie das rosafarbene von May. Er kehrte um.

Diesmal suchte er die Räume der Dienstboten auf.

Sora lag in ihrem Zimmer auf einer Schilfmatte und hatte die Augen halb geschlossen. Als Ray eintrat, drehte sie ihm den Kopf zu und sah ihn fragend an. Ihr Gesicht mit dem Netz aus feinen Fältchen erinnerte ihn an eine getrocknete Feige. Das dünne graue Haar spannte sich wie ein Spinnennetz um ihren Kopf, die Hände auf der Decke durchzog ein ganzes Gebirge von Adern. Die Frau schien völlig ausgelaugt, nur in den dunklen Augen funkelte ein unbändiger Lebenswillen.

»Ihr habt diese Strohpuppe für May angefertigt«, sagte Ray leise. »Aber Ihr verfügt nicht über die Gabe einer Beschwörerin,

Ihr könnt lediglich Beschützer für Kinder schaffen.« Ray nickte in Richtung der Puppe. Die Frau folgte seinem Blick, hüllte sich aber nach wie vor in Schweigen. »Warum war das nötig?«

Sora stierte an Ray vorbei ins Leere.

»Ihr wart Euch sicher, dass May eine Gefahr droht ...«

Nun schloss Sora die Augen und seufzte schwer.

»Wer wollte der Kleinen etwas anhaben?«, bohrte Ray weiter. Sicher, Sora war müde, aber er brauchte Antworten. »Fürchtet Euch nicht, mir die Wahrheit zu sagen! Vor wem musste May beschützt werden?«

»Vor ihr«, erklang es da in Rays Rücken.

Er fuhr herum. Sayunaro behielt die alte Kinderfrau fest im Blick. Er war kreidebleich, sein helles Haar zerzaust, seine Kleidung von weißem Staub überzogen. Hinter ihm stand Grizzly, die Schulter gegen den Türrahmen gelehnt, die Hände vor der Brust verschränkt. Ein wortloser Schatten Sayunaros.

»Ihr Geschöpf ist zunächst über die Herrin Orino hergefallen«, fuhr Sayunaro fort. In seinem Blick war zwar zu lesen, dass er Sora am liebsten den Hals umgedreht hätte, seine Stimme klang jedoch unverändert ruhig. »Dann wollte es sich den Fleischer vornehmen, aber das haben wir verhindert.«

»Warte mal«, verlangte Ray, »wie kommst du denn darauf, dass sie hinter allem steckt?«

»Weil dieses Wesen die gleiche magische Spur hinterlässt wie diese werte Dame.«

Ray setzte bereits an, eine weitere Frage zu stellen, doch Sayunaro bedeutete ihm mit einem Kopfnicken zu schweigen.

»Weil das rasende Untier nicht bekommen hat, was es wollte, kehrte es hierher, in sein Zuhause, zurück und fiel seine Schöpferin an. Ich weiß, dass Ihr den Fleischer nicht leiden konntet, und er ist in der Tat kein besonders umgänglicher Mann, davon habe ich mich selbst überzeugen dürfen. Der Besitzer der Herberge hat in seiner Jugend sogar jemanden ermordet ... Aber was hat Euch die Herrin Orino getan?«

»Sie war alt«, sagte Sora mit überraschend angenehmer Stimme. »Und sie hat ständig unter ihren Kopfschmerzen gelitten.«

»Und das gibt Euch das Recht, ihr das Leben zu nehmen, um Euer eigenes zu verlängern?«, fragte Sayunaro mit einem Lächeln, das nichts Gutes versprach.

Ein Ausdruck des Jammers entstellte Soras Gesicht. Da fügte sich für Ray endlich alles zusammen.

»Nein«, rief er und behielt die alte Dienerin fest im Blick. »Sie wollte nicht ihr Leben verlängern.« Er setzte sich neben sie und rief sich alles in Erinnerung, was er in den letzten Tagen beobachtet hatte. »Das habt Ihr für May getan, nicht wahr? Die Kleine ist krank?«

»Genau wie ihre Mutter«, hauchte Sora. Ihre geschundenen Hände zuckten wie von selbst. »Sie konnte ich nicht retten, bei May wollte ich daher nicht versagen.«

»Deshalb habt Ihr also die Lebenskraft anderer Menschen gestohlen ... Nur ist Eure Kreatur mit einem Mal aufsässig geworden«, fuhr Ray fort und spähte aus den Augenwinkeln zu seinen Freunden hinüber. Grizzly war zutiefst erschüttert, Sayunaro lauschte mit finsterer Miene.

»Es ging nicht nur um das Leben anderer Menschen«, antwortete Sora noch leiser als eben. »Ich wollte May auch meines geben. Was soll ich alte Frau noch damit? Wenn nur meine Kleine gesund ist ... Du hast verhindert, dass ich mein Werk vollende. Du hast den Soyuro getötet und dir alle Kraft einverleibt, die für mein Mädchen bestimmt war.«

Von Schmerz überwältigt, schloss sie die Augen. Sie konnte den Anblick des Beschwörers nicht ertragen. Ihre Hände erstarrten und rührten sich kein einziges Mal mehr.

»Um das Kind tut es mir sehr leid«, sagte Grizzly ernst. »Aber man darf einem Menschen nicht die Lebenskraft absaugen, nur damit ein anderer sie erhält. Nicht einmal wenn es die eigene ist.«

»Wo habt Ihr gelernt, einen Soyuro zu schaffen?«, wollte Sayunaro wissen.

»Meine Mutter hat es mir beigebracht«, antwortete Sora. »Und sie hat es von ihrer Mutter. Es ist altes Wissen, das immer im Besitz unserer Familie war.«

»Warum habt Ihr Euch nicht an einen Beschwörer gewandt?«, nahm Sayunaro die Frau weiter ins Verhör. »Er hätte May doch geholfen.«

Bei diesen Worten musste Ray unwillkürlich grinsen. Sora, die ihn beobachtete, lächelte ebenfalls, allerdings war es ein bitteres Lächeln.

»Herr Makoto kann einen Geist nicht von einer Weinbergschnecke unterscheiden«, sagte Ray. »Trotzdem vertraut Mays Vater ihm vorbehaltlos. Er hat mir noch nicht einmal zuhören wollen, als ich ihm meine Version der Geschichte vortragen wollte.«

»Ich habe für May immer nur das Beste gewollt«, beteuerte Sora. »Ich hätte alles für sie getan.«

»Ich werde in ihre Puppe einen Geist pflanzen, der die Kleine in Zukunft kräftigt«, versprach Ray und hob die Strohpuppe ein wenig. »Achtet darauf, dass sie die Puppe nicht verliert.«

Die blutleeren Wangen der alten Dienerin röteten sich ein wenig, ihre Augen leuchteten für den Bruchteil einer Sekunde auf.

»Ich habe aber kein Geld, schon gar nicht so viel. Und ihr Vater wird Euch nicht bezahlen. Er hat auch nie glauben wollen, dass seine Frau krank ist.«

»Diese Kleinigkeit kostet doch nichts«, erwiderte Ray.

Grizzly schnaufte, erhob jedoch keinen Einspruch.

»Sollte mir allerdings zu Ohren kommen, dass in diesem Dorf wieder Katzen verschwinden«, bemerkte Sayunaro sanft, auch wenn über sein Gesicht der flüchtige Schatten eines Raubtiers glitt, »dann kommen wir wieder.«

3

Die magische Quelle

»Unserer Quelle werden seit sehr langer Zeit Heilkräfte zugeschrieben«, brüstete sich der beleibte Wirt der Herberge, genauer des Kanrins. Er trug ein fadenscheiniges Gewand und ausgetretene Sandalen. »In ihr hat nämlich einst ein guter Geist, ein Takeo, gebadet, danach war das Wasser wie verwandelt.«

Ray hörte nur mit halbem Ohr hin und sah sich aufmerksam um. Selbstverständlich hatte in diesem Wasser kein Geist gebadet, dennoch bezauberte die Gegend.

Die natürliche heiße Quelle strömte mit beruhigendem Geplätscher von einem künstlichen Becken ins nächste. Über der Anlage stieg Dampf in die kühle Abendluft auf, stockte und bildete federleichte, durchscheinende Figuren. Wer wäre da nicht auf den Gedanken gekommen, dieser Quelle magische Kräfte zuzuschreiben?

Malerische kleine Brücken verbanden die einzelnen Becken. Der Duft von Bäumen, von feuchten Steinen und jungem Grün schwängerte die Luft.

Den Weg säumten Ahornbäume. Im Herbst würden ihre Blätter in Flammen stehen, einen purpurnen Teppich auf den Boden werfen und träge im Wasser kreiseln.

Im Osten ragten Berge auf. Die Strahlen der untergehenden Sonne färbten ihre Gipfel rosarot.

Davor zeichneten sich mit feinen schwarzen Linien die Dächer in einem kleinen Dorf mit all seinen Gärten ab.

Das Kanrin allerdings, etwas abseits gelegen, hätte durchaus einer Überholung bedurft. Ein Bretterzaun grenzte das weitläufige Gelände der Herberge ein, zwischen Kiefern lagen Felsbrocken.

Eine Szenerie, wie sie unauffälliger nicht sein konnte – und dennoch beschwor sie in Ray ein merkwürdiges Gefühl herauf.

»Was ist das da?«, fragte er den Mann, der ungeduldig neben ihm herumtrippelte.

»Was soll das schon sein? Nichts«, antwortete er. »Oder meint Ihr den Zugang zu den alten Katakomben hinterm Zaun? Früher hat man da Schwefel abgebaut, aber das ist längst vorbei. Jetzt hausen dort nur noch Affen.«

»Affen?«

»Ja, wilde, bösartige Meerkatzen«, spie der Mann aus. »Diese Biester wärmen sich liebend gern in meiner Quelle auf. Und es will mir beim besten Willen nicht gelingen, sie fortzujagen. Aber Ihr, Herr Beschwörer, vertreibt sie doch, oder?«

Seine Stimme klang jetzt sehr süß und geschmeidig, nur fiel Ray nicht darauf herein.

»Woher wisst Ihr, dass ich ein Beschwörer bin?«, fragte er barsch. »Das habe ich überhaupt nicht erwähnt.«

»Das steht Euch doch auf der Stirn geschrieben«, erwiderte der Mann treuherzig. »Mir macht niemand etwas vor. Einen Magier erkenne ich am Blick. Außerdem habt Ihr sofort zur linken Ecke hinübergelinst, als Ihr mein Haus betreten habt. Ein einfacher Mann hätte im Leben nicht gewusst, dass da mein Schutzgeist versteckt ist, aber Ihr … Was ist nun, wollt Ihr ein Zimmer?«

»Ja«, stieß Ray seufzend aus und kramte seine schmales Geldsäckelchen hervor.

Bei der Geschichte mit den Katzen hatten sie nichts verdient, von Grizzlys paar Münzen für die Mashuggvertreibung abgesehen. Etwas Anständigeres konnten sie sich daher nicht leisten.

Von Hakata bis zur Provinz Rayun mit Akanes Hauptstadt Warra waren es zwei Tage. Teils hatten die drei Beschwörer den Weg zu Fuß bewältigt, teils hatten Bauern sie auf ihren Karren mitgenommen. Heute Nacht würden sie noch einmal in einem Kanrin schlafen, morgen würden sie ihr Ziel erreichen.

Das frugale Abendessen nahmen sie in einem schummrigen Saal ein, in dem die einzige Lichtquelle eine kleine Laterne auf ihrem Tisch war. Grizzly maulte in einem fort und warf Ray einmal mehr sein Verhalten gegenüber der Dienerin Sora vor.

»Wenn du weiter die Geister umsonst vertreibst, sobald ein krankes Mädchen ins Spiel kommt, ziehen wir bald barfuß durch die Lande und kriegen nur noch ungekochten Reis zu futtern. Mir hat May ja auch leidgetan, aber …«

»Hör schon auf, Grizzly«, bemerkte Sayunaro lachend. Sein Profil zeichnete sich scharf gegen die Wand ab und schien aus Reispapier geschnitten, wobei zwei tiefschwarze Abgründe die Augen bildeten. Fast könnte man meinen, einen Schauspieler aus dem Theater vor sich zu haben, bei dem alle Figuren durch Schatten dargestellt wurden. »Ray hat nur getan, was er für richtig hielt.«

Wenn uns jemand sieht, ging es diesem durch den Kopf, hält er uns glatt für die Helden aus einem alten Märchen. Grizzly, ein Kerl voller Kraft, der mit seinem gigantischen Schatten wie einer dieser Geister aus Ton wirkt. Sayunaro, stets in Gedanken versunken, gibt den Weisen, der Antwort noch auf die kniffligste Frage parat hat. Mir bleibt die Rolle des Schelmen, der ständig in die unwahrscheinlichsten Situationen gerät, sich aber jedes Mal glücklich daraus befreit.

Kazumi, wanderten seine Gedanken weiter, der sich ja gern als Aristokrat ausgibt und daher jedes angeblich schlichte Vergnügen verabscheut, liebt solche Theaterabende. Um eine packende Aufführung mitzuerleben, ist er bereit, in fernste Fernen zu ziehen.

»Ich sag ja schon gar nichts mehr«, versprach Grizzly und schob die leere Schale von sich. »Aber glaub mir, das liegt allein an deinem schlechten Gewissen. Weil du dieser Nara und ihren Freundinnen nicht helfen konntest. Aber nur weil du dir ihretwegen Vorwürfe machst, darfst du nicht allen umsonst helfen, sonst knurrt uns nämlich am Ende andauernd der Magen.«

»Ich habe überhaupt keine Gewissensbisse«, bemerkte Ray in scharfem Ton. Dieses Gespräch ging ihm gewaltig gegen den

Strich. »Ich sehe nur nicht gern zu, wie jemand stirbt, wenn ich es verhindern kann.«

»Genau das meine ich«, trumpfte Grizzly auf und schaute Sayunaro Beifall heischend an. »Er besteht nur noch aus Reue und Mitleid.«

»Als ob du die kleine May im Stich gelassen hättest!«, giftete Ray.

»Es geht hier nicht um die kleine May, sondern ums Prinzip«, tönte Grizzly und lehnte sich so schwungvoll zurück, dass der Stuhl unter ihm verdächtig knarzte.

»Haltet ihr es wirklich für eine gute Idee, nach Warra zurückzukehren?«, wechselte Ray das Thema. »Was, wenn wir auch diesmal beim Orden nichts erreichen?«

»Dann krauchen wir bei einem Zirkus unter«, entgegnete Sayunaro. »Wir setzen einfach einen Uddo in einen Luftballon – mit der Nummer machen wir garantiert Furore.«

»Warum nicht gleich in einen Elefanten?«, brachte Grizzly lachend hervor. »Ein fliegender Elefant – das wäre doch mal was!«

Wiehernd malte er seinen Freunden aus, wie das Tier mit den großen Ohren und dem langen Rüssel unter der Kuppel schwebte. Als er jedoch bemerkte, dass die beiden nicht in sein Lachen einstimmten, verstummte er jäh.

»Sayunaro könnte natürlich auch seinen Vater um Geld anpumpen. Bei den horrenden Steuern, die der Hohe Rat dieses Jahr allen abgeknöpft hat, muss er seinem Sohn doch spielend unter die Arme greifen können. Womöglich kann er uns sogar das Zertifikat ausstellen.«

Sayunaro sagte zwar kein Wort, sein Blick schnellte jedoch sofort zu Ray hinüber.

»Ich habe ihm nicht gesagt, wer dein Vater ist«, versicherte dieser sofort.

»Stimmt«, bestätigte Grizzly und schaute in die leere Teekanne. »Das war Kazumi, der alte Neidhammel.«

»Der kann gern mal ein Weilchen mit mir tauschen!«, platzte es aus Sayunaro heraus, als er den Namen des Verräters hörte.

Er wollte schon über Kazumi schimpfen, unterließ es dann aber. »Jedenfalls werde ich niemanden um Geld bitten.«

Er stand so ungehalten auf, dass er beinahe den Tisch umgestoßen hätte. Raschen Schrittes verließ er den Raum.

»Was ist denn in den gefahren?«, fragte Grizzly.

»Nichts, nur die alte Geschichte«, antwortete Ray und erhob sich ebenfalls. »Ich wage mich mal in die hiesige Quelle. Mal sehen, ob das Wasser wirklich Heilkräfte besitzt.«

»Lass dich nicht aufhalten«, erwiderte Grizzly. »Von dem Fisch willst du wohl nichts mehr?« Er deutete mit einem Nicken auf die große Schale, in der sich noch einige Aalstücke befanden.

»Bedien dich ruhig!«

Grizzly zog die Schale mit leuchtenden Augen zu sich heran, Ray verließ den schummrigen Raum mit den zerschlissenen Schilfmatten, die nach billigem Essen rochen.

Die frische Luft berauschte ihn geradezu. Die Zikaden zirpten, irgendwo schrie ein Nachtvogel. In der sich herabsenkenden Abenddämmerung machte Ray die massive Figur des Besitzers aus, der ohne jede Hast von einer Laterne zur nächsten ging und sie entzündete.

An einem der Becken kauerte reglos eine kleine Gestalt. Ein Affe, wie Ray bei genauerem Hinsehen feststellte. Das Tier hatte ihn mittlerweile ebenfalls bemerkt. Es stellte sich auf die Hinterbeine und schnitt Ray eine Grimasse. Dabei blitzten kurz seine beeindruckenden Eckzähne auf. Schon in der nächsten Sekunde stürzte es davon.

»Den hält der Wirt wohl für einen Takeo«, murmelte Ray. »Von wegen Heilkräfte …«

Er zog sich aus, legte seine Kleidung am Rand eines Beckens ab und glitt ins Wasser. Dies war angenehm warm und umsprudelte seinen Körper mit sanften Wellen.

Ray lehnte den Nacken gegen den kühlen Stein und schloss die Augen. Er sehnte sich nach ein paar angenehmen Gedanken, noch willkommener wäre ihm freilich völlige Leere gewesen. Wie von selbst stellten sich aber erneut finstere Überlegungen ein.

Mit ihrer Reise in das Dorf der Herrin Orino hatten sie im Grunde nur auf ziemlich dämliche Weise versucht, ihren Schwierigkeiten für eine Weile davonzulaufen. Auf leicht verdientes Geld hatten sie gehofft, doch wie sie schmerzlich hatten lernen müssen, galten sie in den Augen der Menschen trotz ihrer vorzüglichen Ausbildung ohne Zertifikat nichts. Sie mussten also unbedingt diese Audienz beim Orden erwirken …

»Der Orden wird mich schon empfangen«, sprach Ray sich selbst Mut zu. »Und wenn ich mein Lager auf dem Platz vor dem Tempel aufschlagen muss.«

Er fasste tatsächlich neue Zuversicht. Das Plätschern des Wassers und seine Wärme hatten zudem eine erstaunlich beruhigende Wirkung auf ihn. Am Himmel schossen funkelnde Glühwürmchen hin und her. Über der Beobachtung ihres Fluges schlummerte Ray ein.

Er träumte von Nara, an die er in der letzten Zeit so oft gedacht hatte. Im Traum befand sie sich ebenfalls in diesem Becken. Ihre dunkelblonden Haare trieben auf dem Wasser, ihren nackten Körper hüllte eine Dampfwolke ein. Lächelnd streckte sie Ray die benetzten Arme entgegen, und ihre Augen, betörend wie die einer Sayna, glitzerten im Halbdunkel. Ray berührte mit seinen Fingerspitzen ihre warmen Hände, und eine Art Funken zuckte auf. Als Nara leise lachte, umhüllte Dampf ihr Gesicht. Sobald der weiße Nebel sich wieder gelichtet hatte, sah Ray ein totes Gesicht vor sich. Die Frau, die ihn da mit einem verführerischen Lächeln bedachte, war tot. Ihre Augen schienen aus Glas, die blauen Lippen erstarrt, die Finger eisig.

Ray fuhr erschrocken zusammen und wachte auf. Er begriff nicht auf Anhieb, was sich verändert hatte. Tausende glühender Nadeln durchbohrten seinen Körper, gleichzeitig umschloss ihn Eis. Er bekam keine Luft mehr, denn Dampf presste ihm die Kehle zusammen. Ohne etwas dagegen tun zu können, tauchte er immer weiter unter. Da packte ihn im letzten Moment eine Hand bei den Haaren und zog ihn aus dem Becken.

Die Steinplatten, die das Becken säumten, kamen Eisquadern

gleich, die Luft schien in Frost erstarrt. Nur seine Haut brannte. Sobald sie mit etwas in Berührung kam, durchfuhr Ray unerträglicher Schmerz. Das Wasser, bis eben noch wohltuend warm, brodelte mittlerweile schreckgebietend und spie eine Wolke sengenden Dampfes aus.

»Es hätte nicht viel gefehlt, und du wärst gesotten worden«, stellte Sayunaro in völlig gelassenem Ton fest. »Warum hältst du ein Nickerchen in kochendem Wasser?«

»Als ich ins Wasser gestiegen bin, war es angenehm lau«, erwiderte Ray. »Weshalb es jetzt kocht, weiß ich nicht, eben weil ich eingeschlafen bin ... Wie kommst du eigentlich hierher?«

»Ich habe mir ein wenig die Füße vertreten«, sagte Sayunaro. »Dir dürfte eine wenig erholsame Nacht bevorstehen. Wir sollten den Wirt fragen, ob er ein Mittel gegen Verbrennungen im Haus hat.«

In der Tat sollte Ray keinen Schlaf finden. Der Besitzer des Kanrins entschuldigte sich wortreich bei ihm dafür, dass die Quelle sich einen solchen Streich erlaubt hatte, vermutete aber, eigentlich trügen die Meerkatzen die Schuld an dem Missgeschick. Dann eilte jedoch seine nicht mehr junge, aber immer noch schöne Frau herbei, deren Haar unter Zuhilfenahme etlicher Nadeln und Blumen zu einer altmodischen Frisur aufgesteckt war. Sie schickte ihren salbadernden Gatten kurzerhand hinaus, krempelte die Ärmel ihres geblümten Gewandes hoch und rieb den leidenden Ray mit einer stinkenden gelben Salbe ein, die seine Beschwerden jedoch sofort linderte.

Grizzly saß neben dem stöhnenden Ray und unterhielt ihn mit Geschichten von Wunden und Kratzern, die sich Beschwörer bei der Vertreibung von Geistern ja immer wieder zuziehen. Sinn und Zweck der Übung bestand ohne Frage darin, Ray einzulullen – doch am Ende sackte nur Grizzly selbst gegen die Wand und schlief ein.

»Ich habe die gesamte Umgebung durchkämmt«, teilte Sayunaro, der regelmäßig nach Ray schaute, diesem mit. »Unmittelbar um das Haus herum wimmelt es zwar von kleinen Geistern, aber von ihnen geht keine Gefahr aus.«

»Und jenseits des Grundstücks?«

»Da sieht es schon anders aus«, antwortete Sayunaro. »Du hast mir doch von den Katakomben erzählt…«

»Ja«, sagte Ray und verzog vor Schmerz das Gesicht. »Der Wirt hat sie erwähnt.«

»Dort hausen Ombragi«, bemerkte Sayunaro so beiläufig, als spräche er über ein Spatzennest, das er in einem Baum erspäht hatte.

»Bitte?!« Ohne sich um seine Wunden zu scheren, setzte Ray sich jäh auf. »Bist du dir da sicher?«

»Absolut.«

»Und warum sind sie dann nicht längst hier im Haus aufgetaucht?«

»Weil der Zaun mit überhaus starken Schutzzaubern belegt ist. Sie verhindern, dass diese Biester aufs Grundstück gelangen.«

»Das muss ich mir anschauen«, sagte Ray und stand auf, obwohl sein Körper nach wie vor zu lodern schien.

»Du bleibst schön hier liegen«, widersprach Sayunaro. »Auf die Zauber ist Verlass.«

»Du willst mir doch nicht weismachen, dass die Ombragi deswegen nicht auf die Barrikaden gehen?«

»Nun«, sagte Sayunaro, der sich nie von Geistern aus der Ruhe bringen ließ, »sie stehen da und glotzen.«

»Wie nah warst du denn an den Burschen dran, dass du das erkennen konntest?«

»Nah genug.«

»Und sie haben dich nicht angefallen?«

»Sie haben mich wohl für einen der ihren gehalten«, erklärte Sayunaro grinsend. Ray war nicht ganz klar, ob sich sein Freund da gerade einen Scherz erlaubte oder nicht.

In dieser Sekunde fuhr Grizzly aus dem Schlaf auf.

»Was ich für krauses Zeug zusammengeträumt habe«, brummte er. »Ist mir lange nicht passiert. Als ob ich…« Er verstummte und starrte Ray an, der gerade nach seinem Hemd griff. »Wo willst du denn bitte hin? Du gehörst ins Bett!«

»Sayunaro hat am Zaun ein paar Ombragi entdeckt. Und das Wasser in meinem Becken hat bestimmt nicht ohne Grund plötzlich angefangen zu kochen … Ich wette, da besteht ein Zusammenhang.«

Daraufhin verzichtete sogar Grizzly auf kluge Ratschläge und sprang auf. Wenn, dann würden sie alle zusammen zu diesen Biestern gehen.

Inzwischen war es stockdunkel. Im Haus brannte nur noch in wenigen Fenstern Licht. Durch eines davon machten sie den Wirt aus, der auf einem Kissen saß und mit einem Ausdruck uneingeschränkter Zufriedenheit Tee trank. Irgendwann trat seine Frau ein, sagte ihm etwas, setzte sich neben ihn und drehte den Kopf mit einem Lächeln auf den Lippen zum Fenster.

»Komisch«, bemerkte Sayunaro, während er diese friedliche Szene im familiären Leben beobachtete. »Wir sehen sie, sie uns aber nicht, ja, sie ahnen nicht einmal etwas von uns.«

Diese Worte, so gewöhnlich sie auch sein mochten, klangen aus Sayunaros Munde fast, als zitierte er einen alten magischen Text. Ray stieß ihm sanft den Ellbogen in die Seite. Sein Freund fuhr zusammen und wandte sich vom Fenster ab. Er schien förmlich aus einer anderen Welt aufzutauchen …

Die Laternen warfen scheue Schatten auf die mit Stein ausgelegten Wege. Der Dampf über den Becken verdichtete sich nun zu noch bizarreren Figuren. Die Sterne am klaren Himmel funkelten mit unterschiedlichen Lichtern. Die Glühwürmchen – ihre lebenden Spiegelbilder – schwirrten in Schwärmen durch die kühle Luft.

Grizzly, der ihre kleine Prozession anführte, spähte unablässig umher. Seine innere Stimme warnte ihn. An dem verhängnisvollen Becken beugte sich Sayunaro etwas vor und tauchte einen Finger ins Wasser, zuckte dann aber bloß mit den Achseln: Das Wasser war angenehm warm, nicht kochend heiß, schien dies auch nie gewesen zu sein.

Unweit der letzten Brücke ragte der Zaun auf, dahinter bewegten sich langsam schwarze Schatten, die schwärzer noch als die Nacht waren. Nur die weißen Feuer der Augen loderten darin.

Ombragi. Konturlose Kreaturen, die in der Dunkelheit leben und nie ein Wort von sich geben. Geister, die in verlassenen Minen, versiegten Brunnen, zerstörten Tempeln und Häusern hausen. Sie verschmelzen mit menschlichen Schatten und saugen ihren Opfern sämtliche Lebenskraft ab.

Schweigend beobachteten die drei, wie die Ombragi an der unsichtbaren Grenze entlangglitten.

»Bist du sicher, dass sie nicht auf das Grundstück vordringen können?«, fragte Grizzly.

»Ja«, erklang da zu ihrer aller Überraschung eine weibliche Stimme.

Alle drei fuhren herum. Auf der Brücke hinter ihnen stand eine kleinere Frau. Das weiße Gewand schien aus Nebel gewirkt und schlackerte um ihre vermeintlich körperlose Gestalt. Die bloßen Arme waren mit Blumengirlanden geschmückt. Blasse Blüten ragten inmitten scharfkantiger dunkelgrüner Blätter auf. Ihre nackten Füße umwogte Dunst, sodass man hätte glauben können, die Unbekannte schwebte in einer Nebelwolke.

Die Frau sah die drei Beschwörer an, lächelte und strich sich eine schwarze Locke aus der Stirn.

Sie kann nur ein Geist sein, vermutete Ray. Und zwar einer, der den Menschen wohlgesinnt ist. Daraufhin besah er sich die Arme der Frau noch einmal genauer. Bei den Blumen handelte es sich um Brennnesseln, das brachte ihn aber auch nicht weiter …

»Einen guten Abend wünsche ich, Ruya«, begrüßte Sayunaro die Frau in seinem respektvollsten Ton. »Wir werden dich doch nicht aufgestört haben?«

Doch die Ruya hatte nur Augen für die Ombragi. Sie ist es, die das Kanrin beschützt, schoss es Ray durch den Kopf. Sie bannt diese dunklen Wesen. Er ließ seinen Blick noch einmal schweifen. Da endlich entdeckte er die Silberakazie, die mit ihrer ausladenden Krone das Zuhause der Ruya bildete. Um den Baum herum wuchsen Brennnesseln …

»Beschützt du das Haus vor den Ombragi?«, erkundigte sich Ray.

»Ja, schon seit sehr langer Zeit«, antwortete die Ruya, zupfte von ihren Girlanden Blätter und warf sie ins Wasser. Sofort bildeten sich an ihrem Armschmuck neue Blätter nach. »Seit man mich an diesen Ort gerufen hat.« Sie richtete den Blick auf Ray, der darin einen sehnlichen Wunsch zu lesen meinte. »Ihr seid Beschwörer?«

»Ja«, sagte Ray.

»Dann befreit mich«, bat die Ruya und zerrte an den Brennnesseln um ihre Handgelenke. »Ich will fort von hier.«

»Aber wenn du gehst, erobern die Ombragi erst diese Herberge und anschließend das ganze Dorf«, erklärte ihr Grizzly. »Dann würden alle Menschen, die hier leben, sterben.«

Die Ruya zuckte nur die Achseln und löste sich auf, verwandelte sich in einen Nebelschweif.

»He! Hiergeblieben!«, rief Grizzly. »Ich habe noch eine Frage! Weißt du, wer das Wasser zum Kochen gebracht hat?«

Doch die Ruya war bereits verschwunden. Einzig die Brennnesseln um die Akazie wiegten sich noch sanft.

»Ich kann Geister, die mit Bäumen verbunden sind, nicht ausstehen«, stöhnte Sayunaro, legte den Kopf in den Nacken und sah zum Himmel hinauf. »Sie sind selbst wie Pflanzen.«

»Wenigstens können wir jetzt sicher sein, dass kein ungefragter Gast im Haus auftaucht«, hielt Grizzly dagegen.

»Schön wär's«, erwiderte Sayunaro bloß.

»Was ich nicht verstehe«, sagte Ray und schaute zur Akazie hinüber, die sich hell in der Dunkelheit abzeichnete, »ist, warum sie sich uns gezeigt hat.«

»Liegt das nicht auf der Hand?«, erwiderte Sayunaro und beugte sich über das Wasser, um einige Brennnesselblätter herauszufischen, sie ein wenig trocken zu schütteln und in seine Tasche zu stecken. »Sie wollte etwas von uns.«

»Über die Dame werden wir uns ja wohl nicht den Kopf zerbrechen«, warf Grizzly ein, der die ganze Zeit die Ombragi hinterm Zaun im Auge behielt. »Hauptsache, die Burschen da drüben krauchen nicht zu uns. Und jetzt lasst uns wieder reingehen! Sonst kriegen wir heute Nacht überhaupt keinen Schlaf mehr ab.«

Sie begaben sich auf ihre Zimmer, hingen jedoch alle drei ihren Gedanken nach, die um Ombragi, Gespenster und Geister kreisten.

Ray lauschte angespannt auf die Geräusche im Haus. Ein paar späte Reisende baten um ein Nachtlager. Selbst zu dieser Stunde verzichtete der Wirt nicht darauf, die heilenden Eigenschaften seiner Quelle zu preisen, während er seine neuen Gäste zu ihren Zimmern geleitete. Immerhin bot er auch noch ein Mahl an. Das unterdrückte Lachen einer Frau war zu hören, irgendwo brummte jemand, irgendwo war ein Streit im Gange.

Als dann endlich Stille einkehrte, wurde Ray gewahr, dass sich jemand zu ihm gesellt hatte.

In einer Ecke saß eine bleiche Gestalt, von der ein starker Geruch nach Brennnesseln und Akazie ausging.

»Beschwörer«, flüsterte die Ruya. »Befreie mich!«

»Das kann ich nicht«, antwortete er ebenfalls im Flüsterton und setzte sich auf. »Glaub mir, das übersteigt meine Kräfte.«

»Diese Nesseln brennen!« Die Ruya zerrte an den Pflanzenfesseln und stöhnte kläglich. »Den Menschen, die leiden, hilfst du doch auch. Ich bin kein Mensch, aber auch ich empfinde Schmerz. Befreie mich!«

»So leid es mir tut, aber das kann ich wirklich nicht«, versicherte Ray.

Hoffentlich gibt sie jetzt Ruhe, wünschte er sich innerlich.

Noch nie hatte ein Geist ihn um Hilfe gebeten. Mit eigenen Augen anzusehen, wie dieses freundliche Geschöpf litt, setzte ihm zu. Helfen konnte er der Ruya aber wirklich nicht.

Diese kam näher. Im Halbdunkel funkelten ihre großen grünen Augen.

»Wenn du mich freilässt«, flüsterte sie, »werde ich meine Schuld bei dir zu begleichen wissen.«

»Und wie?«

»Geld habe ich natürlich nicht, doch kann ich dir meinen

Schutz angedeihen lassen, meine Magie. Du trägst eine Waffe …« Ihr Blick wanderte zu der Lanzenspitze, die auf Rays Kleidung lag. »Wenn du aus dem Holz meines Baumes einen Schaft für die Klinge anfertigst, wäre ich stets bei dir. Andere Geister mögen mich, ich könnte für dich hinter ihre Geheimnisse kommen und …«

Sie brach mitten in ihrer leidenschaftlichen Rede ab, näherte sich Ray und sah ihn flehentlich an.

Das war ein großzügiges Angebot. Ray kannte genug Geschichten von Geistern, die Beschwörern aus Dankbarkeit lange Jahre gute Dienste geleistet hatten. Sie ließen sich in keiner Weise mit jenem kleinen Handel vergleichen, wie ihn Ray am Tag der Geister mit dem Ohnlitz geschlossen hatte. Dennoch musste er diesen Vorschlag ablehnen: Hätte er ihn angenommen, stünden das Kanrin und das Dorf ohne Schutz gegen die Ombragi da.

Er könnte die Ruya allerdings befreien – wenn er die Ombragi vertreiben würde, denn dann wäre sie gar nicht mehr nötig. Aber wenn Ray von einer Sache überzeugt war, dann von der, dass er an dieser Aufgabe scheitern würde.

»Tut mir leid«, sagte er voller Mitgefühl, aber dennoch unnachgiebig. »Ich kann dir nicht helfen.«

Ohne noch ein Wort von sich zu geben, löste sich die weiße Gestalt daraufhin auf. Einzig der Geruch von jungem Grün zeugte danach noch von ihrem Besuch. Zum Abschied hatte sie Ray allerdings einen Blick zugeworfen, der ihn Schlimmes befürchten ließ.

Seine Gedanken wanderten zu jenem unbekannten Beschwörer, der für die Sicherheit des Kanrins gesorgt hatte. Den Menschen drohte nun keine Gefahr mehr, aber die Ruya litt. Von einem solchen Vorgehen hatte Ray noch nie gehört. Dabei drängte es sich geradezu auf. Der Beschwörer hatte bloß einen dienstbaren Geist herbeirufen müssen, danach war alles wie am Schnürchen gelaufen. Dass ein Geschöpf aus der jenseitigen Welt bei Erfüllung seiner Aufgabe Qualen ausstehen könnte, hatte Ray bis eben nicht einmal geahnt.

Er drehte sich auf die Seite und schaute zum Fenster hinaus. Beschwörer haben Menschen zu helfen, sinnierte er weiter. Dafür ist jedes Mittel recht … Eigentlich.

Nun, nach der Begegnung mit der Ruya setzte ihm deswegen zum ersten Mal sein Gewissen zu. Er wälzte sich unablässig von einer Seite auf die andere. Zwar fand er immer wieder kurz Linderung, wenn sein Kopf völlig leer war, dann aber fing er von Neuem zu grübeln an. Obwohl er meinte, es wären bereits Stunden vergangen, hatte der Halbmond, der ins Zimmer lugte, sich seit Rays letztem Blick zu ihm hinauf kaum von der Stelle gerührt. Völlig unvermittelt ließ schließlich der Schmerz seiner Brandwunden nach, und er sank in tiefen Schlaf.

Er träumte von vagen Schatten, schwarzen Schächten und kaum noch auszumachenden Pfaden. Laute Stimmen waren zu hören.

Als eine formlose Gestalt mit weißen lodernden Punkten anstelle der Augen durchs Fenster spähte, warnte seine innere Stimme ihn nicht. Auch als ein dunkler Fleck durch den Spalt im Rahmen glitt, wachte er nicht auf. Der Eindringling musterte den schlafenden Menschen eine Weile, ehe er lautlos auf ihn zuwaberte. Sobald sich der Beschwörer rührte, hielt der Geist inne. Als er sein Ziel endlich erreicht hatte, streckte er seine Knochenhand aus. Die langen, gebogenen Finger erinnerten an vertrocknete Zweige. Sie krallten sich in den kaum erkennbaren Schatten auf der Schilfmatte, verschmolzen mit ihm.

Ray fuhr aus dem Schlaf hoch. Benommen sah er sich um. Warum hatte er plötzlich zwei Körper? Und warum zog der eine den anderen gegen dessen Willen hinter sich her? Obendrein quälte ihn ein Hunger, wie er ihn noch nie im Leben verspürt hatte. Er verlangte nach frischem, warmem Fleisch. Nach einer Beute, die sich ganz in seiner Nähe befand …

Schon nahm er einen Körper vor der geschlossenen Tür wahr. Gierig hielt er darauf zu. Sein zweiter Körper folgte ihm.

Durch die Tür drangen Schreie an sein Ohr – und Ray frohlockte.

Mit einem einzigen Ruck schob er die Tür zur Seite. Sayunaro stand vor ihm, über und über mit Blut beschmiert. Rote Tropfen liefen ihm aus dem Haar und zogen auf Wangen und Hals lange Streifen. Ohne ein Wort zu sagen, stieß er Ray nach hinten, sodass dieser fast zu Boden gegangen wäre. In blinder Wut stürzte er sich daraufhin auf Sayunaro, um ihn zu erwürgen, doch dieser duckte sich geschickt zur Seite. In derselben Sekunde funkelte in seiner Hand ein graues Schwert auf – genauer gesagt, seine Hand hatte sich in ein Schwert verwandelt. Mit aller Kraft bohrte er die Klinge in den Schatten zu Rays Füßen.

Ein scharfer Schmerz verbrannte Rays Körper, vor seinen Augen flirrte ein roter Streifen. Da endlich kam er zu sich.

Am Boden krümmte sich ein schwarzes Geschöpf, das schwarzes Blut verspritzte. Doch noch ehe dieses in die Schilfmatte sickern konnte, verdampfte es, verwandelte sich in eine feine dunkle Rauchsäule.

»Was war das?«, stammelte Ray. Nach und nach verließ ihn das ekelhafte Gefühl, in zwei Körper aufgespalten zu sein.

»Die Ombragi …«, brachte Sayunaro heiser hervor. »Sie sind ins Haus eingedrungen.«

Seine Hand hatte wieder die übliche Form angenommen. So, wie er sie massierte, hätte man meinen können, sie wäre ihm nur eben kurz eingeschlafen …

»Sie sind bereits mit den Schatten einiger Menschen verschmolzen«, berichtete er weiter, zog hinter seinem Gürtel ein Tuch hervor und tupfte sich das Blut von der Stirn. »Mit mindestens zwanzig, würde ich vermuten. Und sie alle sind jetzt sehr hungrig …«

»Dann bin also auch ich …«

»Nein. Aber es hätte nicht viel gefehlt, und du wärst in der Tat zum blutdürstigen Untier geworden, das Menschenfleisch verschlingen will.«

»Ich habe überhaupt nichts mitbekommen. Ehrlich gesagt, habe ich die Gefahr nicht einmal gewittert.«

Ray zog sich rasch an. Seine Brandwunden schmerzten kaum

noch. Der Ombrago mochte seinen Verstand kontrolliert haben, den Körper jedoch nicht. Der hatte sich geheilt.

»Das wundert mich kaum«, erwiderte Sayunaro und warf Ray von der Tür aus die Stiefel zu. »Ombragi schlagen zu, wenn alle schlafen. Dann verschmelzen sie mit den Schatten.«

Ray war immer noch ein wenig benommen, sodass er das Offensichtliche zunächst übersah.

»Warum haben die dich nicht angerührt?«, fragte er dann aber doch.

»Weil sie den Shiisan in mir gespürt haben«, antwortete Sayunaro und schickte Ray einen giftigen Blick zu. »Den fürchten sogar Ombragi.«

»Und wie sind sie hereingekommen?«, wechselte Ray rasch das Thema.

»Jemand hat den Baum der Ruya gefällt. Jetzt ist sie frei und fühlt sich nicht länger für diesen Ort verantwortlich.«

»Was ist mit Grizzly?«, fiel es Ray siedend heiß ein. »Ist ihm etwas zugestoßen?«

»Bisher nicht. Aber er braucht Hilfe.«

»Wer wohl die Ruya befreit hat?«, murmelte Ray, schnappte sich die Lanzenspitze und eilte aus dem Zimmer.

»Das würde ich auch gern wissen«, versicherte Sayunaro, warf das blutige Tuch zu Boden und folgte Ray.

»Bist du ernsthaft verletzt?«

»Nein. Aber ich würde liebend gern auf einen weiteren Gebrauch meiner neuen Waffe verzichten.«

Der Gang lag dunkel, still und verlassen da. Sämtliche Türen waren zu. Wie konnte sich in diesem friedvollen Kanrin ein solches Grauen zutragen? Wieso schrie niemand? Ray lauschte angespannt. Da vernahm er ein Flüstern, ein Rascheln, Knarzen und Kratzen, als ob eine Horde Ratten im Haus ihr Unwesen triebe.

Mit einem Mal wurde es sehr heiß, fast als wäre die Heilquelle ins Haus umgeleitet worden. Rays Hemd klebte bereits an seinem Rücken, über seine Schläfen rannen Schweißperlen.

Sayunaro blieb vor der Tür zu Grizzlys Zimmer stehen, nickte

Ray zu und schob sie mit einem einzigen Ruck zurück. Seite an Seite stürmten sie vorwärts.

Grizzly bemerkte sie nicht einmal, so sehr war er in den Kampf verstrickt. Allerdings war nicht auf Anhieb klar, wer eigentlich sein Gegner war. Er schien gegen sich selbst zu wüten … In einem fort griff er an, warf das Netz eines unsichtbaren Zaubers aus, wich zurück, ging zur nächsten Attacke über, all das gänzlich lautlos. Es war furchtbar, diesem grausamen Tanz beizuwohnen. In Grizzlys kreideweißem Gesicht klafften anstelle der Augen schwarze Abgründe, die völlig ausdruckslos waren. Der entstellte Körper gehorchte nicht mehr ihm, sondern führte die Befehle eines anderen aus. Grizzly leistete jedoch tapfer Widerstand und setzte alles daran, den Ombrago abzuschütteln, bevor dieser seinen Willen endgültig gebrochen hatte.

Als Sayunaro einen Zauber wirkte, schien dieser die Luft noch weiter aufzuheizen. In seinem Wahn wollte Grizzly sich schon auf ihn stürzen, doch ein unsichtbares Netz vereitelte dieses Vorhaben.

Sofort attackierte Ray den Ombrago, der sich mit dem Schatten seines Freundes verbunden hatte, mit einem Zauber, jedoch vergebens. Der Geist war durch Grizzlys Kraft bereits zu stark geworden. Eine unsichtbare Hand wollte Ray niederstrecken, doch auch sein Gegner musste eine Niederlage hinnehmen. Daraufhin umschlossen brennende Schraubstöcke eines von Rays Beinen und zogen ihn zu Boden. Sengende Dunkelheit umhüllte ihn und raubte ihm den Atem. Der hungrige Ombrago kroch an ihn heran, um ihn sich einzuverleiben, doch Ray rammte die Yari in diese Schwärze und schlitzte sie wie einen fadenscheinigen Lappen auf. Für den Bruchteil einer Sekunde war der Ombrago außer Gefecht gesetzt. Sayunaro wirkte einen Vertreibungszauber und schaltete das Biest damit endgültig aus. Feine schwarze Rauchsäulen drifteten zum Fenster hinaus.

»Danke«, presste Grizzly kaum hörbar heraus. »Das Viech hätte mir beinahe die Kerzen ausgepustet.«

»Red nicht, du hast dich gut gehalten«, erwiderte Ray und half seinem Freund hoch.

»Nie im Leben hätte ich gedacht, dass Ombragi sich an Beschwörer heranwagen«, gestand Grizzly und wischte sich das Gesicht mit dem Saum seines Gewandes ab. »Wie sind die überhaupt hier reingekommen?«

»Jemand hat den Baum der Ruya gefällt«, setzte Sayunaro ihn ins Bild. »Wenn wir uns beeilen, können wir wenigstens noch verhindern, dass sie ins Dorf vordringen.«

»Na wunderbar«, murmelte Grizzly. »Arbeiten wir also schon wieder umsonst.«

Das Erste, was die drei sahen, als sie in den Gang hinaustraten, war ein Mann, der vor der offenen Tür gegenüber auf dem Boden lag. Sein langes schwarzes Haar rahmte seinen Kopf wie zerflossene Tusche, die weißen, gleichsam mit Mehl bestäubten nackten Arme und Beine zuckten leicht. Das Badekostüm schimmerte noch feucht und spannte sich fest um den Körper.

»Sicher ein Gast«, flüsterte Grizzly.

Obwohl Ray in dem Mann keinen Ombrago spürte, wollte er kein Risiko eingehen, weshalb er sich ihm nur Schritt für Schritt näherte und ihn keine Sekunde aus den Augen ließ. Der Mann stöhnte leise, sein rechter Arm zuckte jetzt heftiger.

Mit einem Mal packte Sayunaro seinen Freund bei der Hand und zitierte fast lautlos einen Zauber. Daraufhin schlingerten die Haare des Mannes über den Boden und zogen den willenlosen Körper hinter sich her.

Ray schickte einen Zauber durch die Yari, genau wie damals, als die Lanzenspitze noch einen Schaft besessen hatte. Was dann geschah, hätte er selbst nicht erwartet. Der Zauber bohrte sich in den Mann, riss den schwarzen Schatten von seinem Kopf und fraß den Ombrago förmlich. Nicht einmal mehr eine Rauchsäule zeugte von ihm. Rays Hand war verbrannt, Grizzly, der in seiner Nähe gestanden hatte, war zur Seite geschleudert worden und japste jetzt vor Schmerz. Der Zauber musste ihn gestreift haben.

»Du solltest dir einen Schaft für diese Klinge besorgen«, riet Sayunaro ihm. Der Mann lag nun reglos am Boden. »Er ist tot. Anscheinend durch unsere Schuld. Das heißt, eigentlich nicht durch unsere Schuld ...«, stellte er gleich klar, als er Rays Blick auffing. »Der Ombrago hat alle Lebenskraft aus ihm herausgesaugt und dabei auch das Blut nicht verschmäht. Der Faden, der diesen Mann noch mit dem Leben verbunden hat, war bereits sehr dünn. Wir haben ihn dann gekappt ... unabsichtlich.«

»Du meinst, *ich* habe ihn gekappt?«, krächzte Ray und starrte auf den reglosen Körper.

»Nein«, antwortete Sayunaro ernst. »Dieser Mann war nicht mehr zu retten. Du hast dir also nichts vorzuwerfen.«

Grizzly drehte den leblosen Körper um. Als er das völlig blutleere Gesicht sah, zischte er wütend.

»Ich wüsste zu gern, wer die Ruya freigelassen hat ...«, murmelte er, wandte sich zu seinen Freunden zurück und schwang bedrohlich die Fäuste.

»Sie hat mich darum gebeten«, sagte Ray, während er sich die Hand massierte, die nach dem Rückstoß des Zaubers noch schmerzte.

»Bitte?!«, stieß Sayunaro aus, der bereits den Zauber zum Schutze der Leiche wirkte.

»Ja, weil ihr die Brennnesseln zugesetzt haben.«

»Und mit Sicherheit hast du eingewilligt, oder?«, höhnte Grizzly. »Weil du mal wieder Mitleid hattest ...«

»Nein!«, empörte sich Ray. »Für wen hältst du mich denn?! Niemals würde ich ein ganzes Dorf dem Tod ausliefern.«

»Wer war es dann?«

»Ich habe keinen blassen Schimmer.«

»Das war's«, erklärte Sayunaro. »Jetzt fällt uns bestimmt niemand von hinten an. Gehen wir!«

»Am besten kontrollieren wir alle Räume«, schlug Ray vor. »Aber wir sollten zusammenbleiben.«

Die beiden anderen nickten.

Das nächste Zimmer war leer, ebenso das dritte.

»Wo stecken die bloß alle?«, stieß Grizzly aus.

»Keine Sorge, die finden wir schon«, sagte Sayunaro. »Oder sie uns.«

Daraufhin schnaubte Grizzly bloß, schob entschlossen die nächste Tür zurück und betrat den Raum – in dem ihm übel mitgespielt worden wäre, hätte er sich nicht in letzter Sekunde geduckt. Etwas fegte durch die Luft und knallte gegen die Wand. Dem Aufprall nach musste es sich um einen Holzgegenstand handeln. Der Angreifer hatte neben der Tür gelauert. Grizzly packte seine Hand, drehte sie auf den Rücken und zwang ihren Feind, den Ast fallen zu lassen, den er umklammert hielt. Sayunaro wirkte bereits einen Zauber zur Vertreibung.

»Halt!«, rief Ray da. »Hier waren die Ombragi noch nicht am Werk.«

»Ist mir inzwischen auch klar«, erwiderte Sayunaro und schob die Tür hinter sich zu.

»Keine Bange«, wandte sich Ray an Grizzlys Gefangenen, der sich verzweifelt zu befreien versuchte. »Wir sind Beschwörer und wollen dir helfen.«

Der Unbekannte hörte tatsächlich auf herumzuzappeln, wich aber sofort zurück, als Grizzly ihn freigab. Im matten Mondlicht, das durchs Fenster hereinfiel, erkannten sie nun endlich, mit wem sie es zu tun hatten: Der magere, etwa dreizehnjährige Junge mit dem schwarzen Haar kämpfte tapfer gegen seine Angst. Er ist bestimmt aus Hakata, schoss es Ray durch den Kopf, als er das braune Gesicht mit den dunklen Augen, der breiten Nase und den vollen Lippen musterte.

»Was wollt Ihr von mir?«, fragte der Junge. »Was geht hier überhaupt vor?«

»Bist du allein?«, erkundigte sich Grizzly.

»Nein. Meine Schwester ist auch noch da, aber sie …« Er biss sich auf die Zunge und spähte zum Badezimmer hinüber, ehe er aufgeregt fortfuhr: »Mit ihr stimmt etwas nicht. Sie ist plötzlich auf mich … Ich wollte sie nicht fragen, aber sie … Und als ich Hilfe holen wollte, hat jemand im Gang ganz grauenvoll geschrien, deshalb bin ich nicht …«

»Deshalb bist du nicht rausgegangen«, übernahm Ray für

ihn. »Das war sehr klug von dir. Bleib jetzt bitte hier, wir werden deiner Schwester helfen.«

»Sind das Geister?«, hauchte der Junge. »Die über etwas wütend sind und deshalb jetzt alle angreifen?«

»Sie sind nicht wütend, aber leider ausgesprochen hungrig«, sagte Sayunaro und ging zum Bad.

Er lauschte an der Tür, entriegelte sie, öffnete sie lautlos und nickte Ray zu. Dieser huschte sofort in den kleinen Nebenraum.

Die Schwester des Kleinen, eine noch blutjunge Frau, musste bis vor Kurzem bildschön gewesen sein. Jetzt allerdings torkelte sie wie irr von Wand zu Wand, tastete alles ab, stieß immer wieder gegen die Waschschüssel und einen umgefallenen Beistelltisch. Vor allem aber zerflossen ihre Gesichtszüge gleichsam, denn sie war im Begriff, sich in einen Ombrago mit leeren Augen zu verwandeln. Zu ihren Füßen lauerte ein dichter schwarzer Fleck, eine Art Teerlache, in der nur zwei Lichter funkelten.

Ein Gutes hatte das immerhin: Dadurch, dass der Ombrago mit dem Schatten der jungen Frau verschmolzen war, konnte er nicht mehr durch Wände gehen. Entschlüpfen würde er ihnen so schnell also nicht …

Als die Frau den Beschwörer in ihrem Rücken wahrnahm, wirbelte sie herum und stierte Ray mit blinden Augen an. Die schwarze Masse zu ihren Füßen fing zu brodeln an und schob sich vorwärts. Diesmal wollte Ray nichts überstürzen. Er achtete darauf, dass sein unsichtbares Netz nur über der Frau niederging. Grizzly stürmte bereits herein und griff den Ombrago mit einem Zauber an. Er wollte ihn nicht gefangen nehmen, sondern zum Rückzug zwingen. In dieser Sekunde jedoch betrat Sayunaro den Raum – und der Ombrago stürzte davon.

Allerdings zog er die Frau hinter sich her. Sie fiel und schlug mit der Schläfe gegen das Waschbecken. Reglos blieb sie liegen. Die teerschwarze Dunkelheit zu ihren Füßen richtete sich daraufhin zu voller Größe auf. Eine schwarze, glänzende Gestalt, die sogar eine Art Kopf besaß. Mit weißen Feuern brannten darin winzige Augen, den Mund bildete ein schmaler, schiefer Spalt. Die Arme waren mit langen, spitzen Nadeln gespickt.

»Wie gesagt«, bemerkte Sayunaro gelassen, »Ombragi fürchten mich. Oder besser gesagt, den Shiisan in mir.«

Das hinderte den Geist leider nicht, zum Angriff überzugehen, zunächst noch zögernd, dann immer dreister. Als er mit dem Arm ausholte, rammte Ray die Yari in diesen. Die Klinge blieb in einer zähen Masse stecken. Sofort wandte sich der Ombrago dem neuen Feind zu. Ray jagte ihm den Vertreibungszauber mitten in die Visage und zog seine Klinge aus dem schwarzen Körper. Sayunaro kam ihm bereits mit einem weiteren Zauber zu Hilfe.

Der Ombrago schwankte und erbleichte, die junge Frau, die am Boden lag und sich fast schon selbst in einen Ombrago verwandelt hatte, stöhnte allerdings ebenfalls kläglich.

»Vorsicht!«, brüllte Grizzly. »Du tötest sie ja!«

»Das sehe ich selbst«, presste Ray heraus und trat vor den Ombrago, der langsam aus dem Bad kroch.

Als der Junge diese Kreatur sah, schrie er auf, duckte sich hinter einem Sessel und presste den Rücken gegen die Wand.

»Wir nehmen das Biest gefangen«, sagte Sayunaro und warf ein weiteres Netz auf den Ombrago, »töten es aber nicht!«

»Wieso das denn?«, hielt Grizzly unwirsch dagegen, unterstützte Sayunaro aber umgehend mit einem Zauber.

»Weil wir Zeit brauchen.«

Der Ombrago erstarrte tatsächlich kurz, stürzte sich dann aber wieder auf die Beschwörer.

Als die drei zurückwichen, stolperte Ray über den Ast, mit dem der Junge vorhin Grizzly hatte eins überziehen wollen. Das helle Holz schien in der Dunkelheit fast zu schimmern. Ray hob den Ast auf und betrachtete nachdenklich die glatte Rinde.

»Wäre es eigentlich zu viel verlangt«, fuhr Grizzly ihn an, »mir zu helfen?«

»Nein, natürlich nicht«, erwiderte Ray rasch.

Und er wusste auch, wie.

Er trat einen Schritt vor und richtete die Yari sowie den Akazienzweig auf den Ombrago. Durch die Klinge jagte er den Vertreibungszauber, durch das Holz den zum Schutz der Frau.

Ein Zauber, der geradezu mit Händen greifbar war, schoss durchs Zimmer und bohrte sich in den Ombrago. Danach zeugten nur noch Rauchflocken von dem Geist. Die Frau lag wimmernd am Boden. Sie schien gerade aus einem Albtraum zu erwachen. Als sie vergeblich aufzustehen versuchte, eilte ihr Bruder zu ihr, umarmte sie und flüsterte ihr Worte des Trosts zu.

»Eine interessante Kombination«, sagte Sayunaro und klaubte sich einige Holzspäne aus dem Haar. »Auch die Verbindung der beiden Materialien ist außergewöhnlich …«

Als Ray den Ast genauer betrachtete, sah er, dass der mächtige Zauber das Ende völlig zerfasert hatte.

»Der ist von der Akazie der Ruya, oder?«, fragte Grizzly. »Aber sie steckt doch gar nicht mehr da drin. Na, Hauptsache, gegen die Ombragi hat der Ast geholfen. Wie kommt er eigentlich hierher?« Er drehte sich dem Jungen zu, der seine Schwester fürsorglich auf die Matratze bettete.

»Wir sind gestern Abend noch draußen herumspaziert«, antwortete er. »Bis zum Zaun. Der Ast lag neben dem Baum. Ich habe ihn mitgenommen, denn ich wollte damit einen Affen von der Quelle vertreiben. Und weil er wirklich gut in der Hand liegt, habe ich ihn behalten.«

»Hast du den Ast vom Boden aufgesammelt oder abgebrochen?«, hakte Sayunaro nach, trat ans Fenster und versicherte sich, dass es gut verriegelt war.

»Aufgehoben … Wird mit ihr wieder alles gut?«, fragte der Junge und warf einen ängstlichen Blick auf seine Schwester. Für den Akazienzweig hatte er nun wirklich nicht den Kopf frei.

»Sie braucht nur etwas Schlaf«, erklärte Ray und beugte sich über die junge Frau. Allmählich kehrte die Farbe in ihr Gesicht zurück. Die vollen Lippen, die genau denen ihres Bruders entsprachen, schimmerten bereits rosenrot, die Schatten um die länglichen Augen wichen wieder. »Wir gehen jetzt. Schließ die Tür gut hinter uns ab und lass niemanden rein! Sobald wir die anderen Geister erledigt haben, schauen wir noch einmal bei euch vorbei.«

Der entschlossene Ton des Beschwörers beruhigte den Jungen. Er nickte ernst. In seinen Augen spiegelte sich nun nicht länger Furcht, sondern einzig verantwortungsbewusste Konzentration.

»Aber die … die kommen nicht zurück?«

»Nein. Ich werde für euer Zimmer noch einen Schutzzauber wirken. Von draußen. Der verhindert, dass die Geister bei euch eindringen. Außerdem …« Ray pulte einen feinen Rindenstreifen vom Ast und band ihn um das Handgelenk des Jungen. »Mach das ja nicht ab! Tust du das, geschieht dir am Ende womöglich das Gleiche wie deiner Schwester.«

»Diese Rinde soll mir allen Ernstes helfen?«

»Ja.«

»Dann habt vielen Dank!«

Ray nickte schweigend, ging hinaus und lauschte, ob der Junge wieder abriegelte.

»Und?«, stichelte Grizzly. »Was für einen Zauber wirkst du jetzt?«

»Gar keinen, und das weißt du auch ganz genau«, zischte Ray. »Aber ich kann doch nicht die ganze Zeit bei den beiden im Zimmer hocken, wir müssen uns schließlich um die Ombragi kümmern. Zu dumm, dass wir nicht wissen, wie viele dieser Biester eigentlich durchs Haus streifen.«

»Wir können ja sämtliche Gäste töten«, warf Sayunaro ein. »Das würde unsere Arbeit erheblich vereinfachen.«

»Glaubst du wirklich«, überging Grizzly die spöttischen Worte seines Freundes, »dass der Junge ungeschoren davongekommen ist, weil er diesen Akazienast geschwungen hat?«

»Sie spüren die Ruya bestimmt noch«, behauptete Ray im Brustton der Überzeugung und legte sich den hellen Ast bequem in die Hand.

»Und wenn einige von ihnen nicht ganz so empfindsam sind?«

»Egal, immerhin wissen wir jetzt, wie wir die Biester ausschalten, ohne den Menschen Schaden zuzufügen«, sagte Ray. »Wenn wir rasch handeln, dürfte niemandem mehr etwas zustoßen ...«

Die Leiche des Mannes lag nach wir vor im Gang vor der Tür. Grizzly schielte missbilligend zu ihr hinüber, verkniff sich aber jeden Kommentar. Sayunaro sog mit einem Mal geräuschvoll die Luft durch die Nase ein und eilte anschließend den Gang hinunter, ohne noch in die anderen Zimmer hineinzuschauen.

»Da ist niemand mehr«, teilte er seinen beiden Freunden mit.

»Woher weißt du das denn?«, fragte Grizzly.

»Das wittere ich«, antwortete Sayunaro nach kurzem Schweigen.

Grizzly nahm es mit einem Achselzucken zur Kenntnis, sah Ray, der neben ihm herlief, aber vielsagend an. Dieser schüttelte jedoch bloß den Kopf, um die unausgesprochenen Zweifel abzuschmettern. Daraufhin zuckte Grizzly noch einmal mit den Achseln, als wollte er sagen: Du musst es ja wissen.

Sayunaro, der von dieser wortlosen Verständigung überhaupt nichts mitbekommen hatte, stürmte weiter den Gang hinunter, vorbei an Bildern, die alle eine Akazie zeigten, mal in voller Blüte, mal mit mattsilbrigem Herbstlaub, mal unter einer schweren Schneehaube. Dieser Baum war ohne Frage das Symbol des Kanrins.

Die beiden anderen folgten Sayunaro. Ihre Schritte hallten so klar und gleichmäßig von den Wänden wider, als marschierten sie. Doch selbst sie konnten nicht übertönen, was Sayunaro mit seinem momentan überscharfen Gehör erlauschte. Er nahm seine Umwelt nicht länger wie ein Mensch wahr und auch nicht wie ein gewöhnlicher Magier: Er war vorübergehend erblindet, wollte das vor den beiden anderen aber um jeden Preis verheimlichen. Dergleichen hatte er schon öfter erlebt, deshalb wusste er, dass es rasch vorbeiging. Heilen ließ sich das nicht. Worauf es daher ankam, war, nicht in Panik zu geraten.

Die Welt setzte sich für ihn in diesem Moment aus Gerüchen, Geräuschen, Wärme oder Kälte zusammen. Alles um ihn herum verströmte eigene Aromen, der rohe Putz, die alten Schilfmatten, die rissige Wandfarbe, eine an den Rändern bereits eingetrocknete Blutlache …

Die Gäste brachten ihren Geruch mit: den von alten Truhen, von getrocknetem Lavendel zum Schutz der Wäsche gegen Motten, von gebratenem Fisch, nassem Haar, Stroh, Fell Schweiß und eingeseifter Haut. Am stärksten war jedoch der bittere Geruch von Angst, von warmem Blut und frischem, rohem Fleisch. Die Ombragi wiederum hatten eine eisige Schneise des Hungers und der Gier hinterlassen, die den Shiisan in Sayunaro frohlocken und dem nächsten Mord entgegenfiebern ließ.

Die Blicke, die sich ihm in den Nacken bohrten, legten nahe, dass seine Freunde zwar begriffen, dass er jetzt wesentlich mehr wahrnahm als sie – allerdings nicht einmal ahnten, wie viel mehr.

Sayunaro drehte sich zu Ray um. Statt des vertrauten Gesichts nahm er bloß eine verschwommene rote Kugel mit einem weißen Zentrum wahr, aus der grelle Flammen der Magie züngelten. Ein grauenvoller Anblick, der ihn jedoch längst nicht mehr erschreckte. Das kannte er bereits.

Sayunaro blinzelte. Sein Sehvermögen stellte sich nach und nach wieder ein.

»Hier«, sagte er und blieb vor der Tür zum Speisesaal stehen. »Sie sind hier drinnen.« In seinen Augen loderte eine völlig unangemessene Heiterkeit. »Seid ihr bereit?«

Ray umfasste den Ast fester, Grizzly nickte schweigend. Seine Lippen bewegten sich bereits, denn er zitierte lautlos den Zauberspruch.

»Dann los!«

Sayunaro schob die Tür mit einem einzigen Ruck zur Seite. Alle drei betraten den Raum.

Auch diese Gäste taumelten von Wand zu Wand, stießen gegen die Tische, fielen und standen wieder auf. Sofort warfen die Beschwörer einen Blick zu Boden. Unwillkürlich erschauderten sie.

Dort wimmelte es von schwarzen Ombragi. Die Biester krochen übereinander hinweg, verbissen sich im Kampf um Menschen in ihren Artgenossen und stießen sich gegenseitig von der begehrten Beute weg. In dieser lebenden Schwärze funkelten lediglich die Lichter hungriger Augen.

Ray verständigte sich wortlos mit Grizzly, zerbrach den Ast über seinem Schenkel in zwei Teile und warf seinem Freund die eine Hälfte zu. Das Knacken des Holzes klang in der Stille ohrenbetäubend, Dutzende wilder Blicke richteten sich auf die drei Beschwörer – und auf die helle Akazie in den Händen zweier dieser Menschen.

Sayunaro schickte einen Vertreibungszauber durch den ganzen Saal. Die beiden anderen sandten Verteidigungszauber hinterher, und alle Magie verflocht sich. Die schwarze Masse am Boden brodelte, Rauchflocken zerplatzten in der Luft, feine Holzspäne flogen durch den Raum.

Dennoch fanden noch einige Ombragi den Weg zu Ray und umzingelten ihn. Ihre bekrallten Pfoten grapschten nach seinem Schatten. Er schickte Zauber um Zauber gegen sie. Obendrein schreckte der Akazienzweig sie ab. Doch wenn sie leben wollten, blieb ihnen nur ein Ausweg: Ray zu töten.

Wie aus dem Nichts stand die Frau des Wirts neben Ray. Mit wahnsinnigen Augen und verzerrtem Mund gierte sie nach ihm, und auch der Ombrago in ihrem Schlepptau stürzte sich auf Ray. Sofort jagte dieser einen Zauber durch die Yari, einen zweiten durch den Akazienast. Die Frau ging zu Boden, und sämtliche Ombragi um ihn herum stoben auseinander. Selbst in dieser abgeschwächten Form war ihnen die Kraft der Ruya ein Gräuel.

Den nächsten Ombrago erledigte Ray ebenfalls mit der bewährten Kombination aus Metall und Holz. Kochender Dampf schlug ihm ins Gesicht, sodass er kaum noch Luft bekam. Irgendwann erhaschte er einen Blick auf Sayunaro und Grizzly. Deren Kleidung war schweißgetränkt, ihre Gesichter und Haare dunkler als sonst, fast als hätten die vertriebenen Ombragi sie mit Ruß gebrandmarkt.

Die meisten Menschen waren ihre unerwünschten Schatten

inzwischen wieder los, die wenigen, die sich noch in der Gewalt von Ombragi befanden, leisteten allerdings nach wie vor erbitterten Widerstand. Und einer versuchte, sich aus dem Saal zu stehlen.

»Ray«, schrie Sayunaro. »Da haut einer ab!«

Ray wirbelte herum.

»Schnapp ihn dir! Wir schaffen das schon ohne dich!«

Da die Haustür verschlossen war, musste der Mann sein Glück in einem schmalen Nebengang versuchen. Noch ehe Ray ihn eingeholt hatte, hörte er, wie Glas zersprang. Als er das zerschlagene Fenster erreichte, sprang er kurz entschlossen hindurch.

Das Licht der Laternen warf einen roten Widerschein auf die winzigen Scherben, sodass diese mit Blut überzogen zu sein schienen. Für den Bruchteil einer Sekunde machte Ray den fliehenden Mann aus. Sofort stürmte er ihm auf hinterher.

Weißer Dampf wölkte über dem Wasser und schien menschliche Figuren formen zu wollen. Einmal wäre Ray beinahe über einen Affen gestolpert. Der empörte Schrei der Meerkatze klang ihm noch lange in den Ohren.

Der Mann vor ihm flüchtete mit immer größeren Schritten. Jedes Mal, wenn Ray ihn mit einem Zauber angreifen wollte, war er wie vom Erdboden verschluckt, nur um danach in noch größerem Abstand vor ihm wieder aufzutauchen.

Die hölzernen Brücken über den Becken hallten unter Rays Füßen wider. Irgendwann meinte er im Wasser eine Bewegung auszumachen, achtete jedoch nicht darauf.

Als das weiße Gewand des Mannes an der letzten Brücke aufblitzte, rannte Ray noch schneller. Der Ombrago im Kielwasser des Mannes würde in die Katakomben entschwinden wollen. Dort würde Ray ihn nie im Leben finden …

Schon erreichte der Mann die Brennnesseln um die gefällte Akazie herum, deren Krone im Wasser gelandet war. Bei ihrem Anblick hielt er kurz inne. Da endlich konnte Ray seinen doppelten Zauber abfeuern. Der Mann drehte sich langsam um, der dunkle Fleck zu seinen Füßen wogte noch einmal, doch mit dem nächsten Schlag vernichtete Ray den Ombrago endgültig. Der Mann sackte zu Boden und rührte sich nicht mehr.

Ray wischte sich den Schweiß von der Stirn, atmete tief durch und trat an den Mann heran, um sich zu überzeugen, dass er wirklich noch lebte. Doch als er mit dem Ellbogen die Brennnesseln wegdrückte, bewegte sich auf einmal der Boden unter seinen Füßen. Von allen Seiten fielen die Pflanzen über ihn her, wanden sich um seine Arme und Beine, zogen ihn nach unten und schnürten ihm die Brust ab. Jede Magie, die Ray einsetzte, versagte bei diesen wahnsinnig gewordenen Nesseln, die ihn nur immer fester und fester zusammenpressten.

So was Dummes!, schoss es Ray durch den Kopf. Von Pflanzen gefangen!

»Lieg still!«, vernahm er da eine knarrende und gleichzeitig klirrende Stimme. »Aus diesen Schlingen befreist du dich ohnehin nicht.«

Als Ray den Kopf drehte, sah er ein Wesen vor sich, das ihn an einen Hund erinnerte. Das rauchig-weiße, halb durchscheinende Geschöpf besaß ein langes Fell, bei dem jedes einzelne Haar wie eine spitze Nadel aufragte. Auf einem langen Hals schaukelte ein dreieckiger Kopf hin und her. Ein einzelnes Blatt am Stängel … Die dunkelgrünen Augen wirkten wie ungeschliffene Smaragde, der Blick war unverwandt auf Ray gerichtet.

Ein Giin, der Geist der Brennnesseln.

»Ich habe mich schon gefragt, wann du endlich auftauchst«, krächzte er und schüttelte sein pikendes Fell. »Du hast dir mächtig Zeit gelassen.«

»Nimm mir die Fesseln ab, und wir unterhalten uns in aller Ruhe«, schlug Ray in freundlichem Ton vor, obwohl die brennenden Schlingen sich immer enger um seine Handgelenke zusammenzogen.

Als er einen Vertreibungszauber zu wirken versuchte, grinste der Giin nur breit. Für ein derart kleines Wesen wies er eine beachtliche Anzahl von Zähnen auf, lauter kleine, spitze Waffen.

»Du kannst mich nicht vertreiben. Du bist zwar stark, aber sie ist stärker.«

»Sie?«

»Diese trübe Tasse von Ruya hat mir schon lange zum Hals herausgehangen«, fuhr der Giin fort und streckte seine schmalen Beine aus, von denen jedes in einer Pfote mit der Form eines Brennnesselblatts endete. »Aber ich bin sie einfach nicht losgeworden. Da hat *sie* mir geholfen.«

»Von wem sprichst du eigentlich?«

»Von deiner Freundin. Nara«, antwortete der Giin grinsend. »Die wirst du doch nicht vergessen haben, oder?«

Hätte der Giin ihm gerade einen Akazienast über den Schädel gezogen, hätte Ray nicht benommener sein können.

»Woher kennst du sie?«

»Ich wachse schließlich überall«, rief der Giin ihm genüsslich in Erinnerung. »Auf einsamen Friedhöfen und alten Gräbern, in Ruinen, an Straßenkreuzungen und in Gemüsegärten. Einfach überall. Nara wusste, dass sie schwerlich einen zuverlässigeren Beobachter finden würde als mich.« Er stand auf und schüttelte sich wie ein Hund. Seine grünen Augen funkelten. »Auf mich achtet ja niemand, nicht einmal ihr Beschwörer.« Er legte sich wieder hin. Sein Fell berührte nun fast Rays Haut. »Die Ruya wollte dir ihre Kraft zur Verfügung stellen, wenn du sie befreist, aber du Narr hast dieses Angebot abgelehnt. Die schlaue Nara hat mir einen Teil ihrer Magie überlassen. *Ich* konnte mich danach selbst befreien.«

»Sie spioniert mir also nach?« Ray vermochte das alles kaum zu glauben, aber die Brennnesseln, die ihn gefangen hielten, stellten einen recht untrüglichen Beweis dar. »Die ganze Zeit?«

»Ich wachse überall«, wiederholte der Giin. »Sobald du in meine Nähe gekommen bist…« Er rekelte sich, und sein Fell streifte Rays Haut. Schmerz versengte ihn.

»Warum tut sie das?«

»Sie will Rache.«

»Bitte?!«

»Sie hat mir alles erzählt«, sagte der Giin und präsentierte einmal mehr seine scharfen Zähne. »Sonst hat sie ja niemanden mehr. Und du malst dir nicht aus, wie sie leidet. Du hast ihre

Waffe und ihren Wagen genommen – aber ihre Freundinnen gerettet, das hast du nicht. Elendig verrecken hast du sie lassen.«

»Ich konnte sie nicht retten«, ereiferte sich Ray. Was war bloß in ihn gefahren, diese Geschichte mit einem Geist zu erörtern? »Es … das alles tut mir sehr leid. Ich wollte ihr die Waffe ja zurückgeben, aber ich habe Nara nirgends gefunden.«

»Dafür hat sie ja nun dich gefunden«, stellte der Giin kichernd fest. »Und sie hat einen höchst raffinierten Plan, wie sie mit dir abrechnet. Bisher hattest du Glück. Im Becken bist du ungeachtet meiner Bemühungen nicht verkocht …«

»Auch den Ombragi bin ich entgangen …«, ergänzte Ray, der ob der brennenden Fesseln erneut erschauderte. »Um ihre offene Rechnung mit mir zu begleichen, ist sie also bereit, Menschen zu opfern, die sich ihr gegenüber nicht das Geringste haben zuschulden kommen lassen, ja? Was war mit der Akazie?«

»Das habe ich erledigt«, trumpfte der Giin auf. »Wie gesagt, die Ruya hatte ich satt. Sobald ich stark genug war, habe ich sie in den Wind geschossen. Ich habe äußerst scharfe Zähne, musst du wissen. Im Übrigen hatte sie selbst gar nichts gegen mein Vorhaben einzuwenden. Wir haben uns lange genug gegenseitig das Leben schwer gemacht.«

Er richtete sich auf.

»Ihr Menschen seid doch wirklich einfältig. Das gilt sogar für Beschwörer. Bringt man euch denn nicht bei, Geistern zu misstrauen, mögen diese sich auch noch so dienstbar geben?«

»Was hast du jetzt mit mir vor?«, fragte Ray, den die grünen Schlingen langsam in die Erde hineinzogen.

»Dünger aus dir machen«, antwortete der Giin im selbstverständlichsten Ton der Welt. »Vor langer Zeit hat mich ein Beschwörer wie du an diese Ruya gefesselt, nur damit wir uns gegenseitig magisch aufladen. Nun gönne ich mir das kleine Vergnügen, mich an dir stellvertretend dafür zu rächen.«

Die Brennnesselschlingen bohrten sich unaufhaltsam in Rays Haut. Für ihn gab es nicht die geringste Möglichkeit, diese Fesseln zu durchreißen.

Dennoch leistete er dem Schmerz Widerstand, schloss die Augen und rief sich den hellen Stamm der Akazie in Erinnerung. Ihre Krone lag im Becken, die langen Äste trieben im Wasser. Endlich spürte er den Nachhall der Ruya.

Es wird gelingen, machte Ray sich Mut.

Und dann schickte er zwei Zauber durch den Stamm, einen zum Angriff, einen zum Schutz. Die Magie jagte in die Krone im Wasser, in der sich noch ein wenig Kraft der Ruya befand, und ergoss sich über die Brennnesseln. Der Giin schrie auf, ein heißer Strom riss die Pflanzen mit sich. Ray sprang auf. Hustend und spuckend sah er sich um. Der Giin war verschwunden. Die Brennnesseln waren niedergetrampelt, der Akazienstamm klaffte auseinander, die kleinen silbrigen Blätter wirbelten durch die Luft, sanken aber bereits kreiselnd und im Licht der Laternen funkelnd zu Boden.

Der Mann kam ebenfalls zu sich, war aber noch benommen. Um ihn herum brodelte trübes Wasser, das nun zurück ins Becken strömte.

»Ich habe gar nicht gemerkt, dass es geregnet hat«, murmelte er. »Noch dazu muss es heißer Regen gewesen sein ... Und was ist mit meiner Quelle? Wieso ist sie plötzlich so trüb?«

Erst jetzt erkannte Ray in dem durchweichten Mann den Wirt.

»Ich bringe Euch zurück ins Haus«, sagte er. »Schafft Ihr es aufzustehen?«

»Ja, sicher«, sagte der Mann, der auf dem glitschigen Boden aber ständig ausrutschte. »Was ist hier bloß geschehen?«

»Keine Sorge, es ist alles in Ordnung«, beruhigte ihn Ray und sah zum Haus hinüber. Grizzly kam mit erschöpftem, aber hochzufriedenem Gesichtsausdruck über eine Brücke auf ihn zu. »In Eure Herberge waren einige Ombragi eingedrungen ...«

Das Frühstück war höchst beeindruckend und mundete den dreien wesentlich besser als das bescheidene gestrige Abendbrot. All die Teller, Schalen und Schüsseln wollten auf dem

Tisch kaum Platz finden. Einzig das Gejammer des Wirts dämpfte das allgemeine Wohlbehagen etwas.

»Ombragi! In meinem Kanrin!«, jaulte er in einem fort, während er durch den Raum wuselte. »Die Geschäfte gehen ohnehin schon schlecht. Jetzt wird erst recht niemand mehr bei uns einkehren! Was, wenn diese Biester uns noch einmal heimsuchen?! Und die Akazie ist gefällt! Die Brennnesseln sind völlig platt! Alle unsere Beschützer haben uns im Stich gelassen!«

Die Beschwörer hatten dem Wirt noch in der Nacht erzählt, was vorgefallen war, dabei die schlimmsten Einzelheiten aber ausgelassen.

»Wegen der Ombragi braucht Ihr Euch keine Sorgen zu machen«, versicherte der geduldige Grizzly ihm zum wiederholten Mal. »Wir haben sie alle vertrieben. Sollten dennoch wieder welche beim Grundstück auftauchen, besteht ebenfalls kein Grund, die Beine in die Hand zu nehmen. Das Wasser in Euren Becken ist jetzt tatsächlich mit Magie aufgeladen, deshalb wird es die Geister aufhalten. Rays Zauber ist durch die Akazie gegangen, und das Wasser, im Übrigen ein äußerst unbeständiges und empfängliches Element, hat diese Magie aufgenommen. Es wird daher …«

»Diese magischen Einzelheiten begreife ich nicht!«, fiel der Wirt ihm ins Wort. »Aber was mich das alles kostet! Ausgerechnet jetzt! Doch wie heißt es so treffend: Die Geister kommen erst mit den Beschwörern!«

»Irgendwie hat er da recht«, raunte Ray Sayunaro zu. »Ohne mich wären die Ombragi nicht im Kanrin aufgetaucht.«

Statt zu antworten, rückte Sayunaro vom Tisch ab und maß den Wirt mit ernstem Blick. Dieser stellte sein Gejammer prompt ein und nahm auf einer Bank Platz. Grizzly ging zu ihm und redete mit halblauter Stimme auf ihn ein.

»Nara hat dich also verfolgt?«, wandte sich Sayunaro schließlich an Ray. »Auf höchst originelle Weise, muss ich zugeben.«

»Sie hat wohl gehofft, dass ich ihre Freundinnen retten würde … und ich hätte das wirklich versuchen müssen …«

»Mal wieder die berüchtigten Gewissensbisse«, erwiderte

Sayunaro und linste grinsend zu Grizzly. »Aber wenn du mich fragst, hatte sie ihre Rache eigentlich schon, als du aus dem Orden geflogen bist.«

»Bestimmt bedauert sie längst, was sie hier eingefädelt hat. Nachdem der Giin über die Stränge geschlagen hat und fast alle Menschen im Kanrin gestorben wären …«

Sayunaro schüttelte den Kopf. Diese Worte überzeugten ihn nicht.

»Das wär auch geklärt«, verkündete Grizzly, der das Gespräch mit dem Wirt gerade beendet hatte. »Ich habe ihm alles erklärt. Selbstverständlich kann er uns nicht den vollen Preis für die Geistervertreibung zahlen, schließlich muss er erst einmal das Kanrin wieder auf Vordermann bringen …« Grizzly deutete mit einer ausholenden Handbewegung auf die traurigen Spuren, die vom Wüten der Ombragi zeugten. »Aber eine kleine Anerkennung erhalten wir schon. Wir kehren also nicht mit leeren Händen nach Warra zurück. Unsere Reise hat sich letzten Endes doch gelohnt … Reicht mir mal bitte den Käse.«

»Nur gut«, bemerkte Sayunaro, als er Grizzly die flache Schüssel zuschob, »dass wenigstens einer von uns immer das Gute sieht.«

Als die Beschwörer nach dem Frühstück das Kanrin verließen, hörten sie von den Becken her die Stimme des Wirtes tönen.

»In dieser Zauberquelle lebt der Geist einer Ruya«, erklärte er einem neuen Gast. »Deshalb besitzt mein Wasser nicht nur Heilkraft, sondern schützt auch gegen alle bösen Geschöpfe aus der jenseitigen Welt …«

4

Unter der Kuppel

Das abendliche Warra lag in den Schein bunter Laternen getaucht. Gelbe, rote und goldene Lichtstreifen entrissen die Straßen, Plätze und Gassen dem Halbdunkel. Die Wipfel der hohen Alatanen zeichneten sich als ausgefranste schwarze Flecken gegen den dunkler werdenden Himmel ab.

Um den Palast der Kaiserin herum brannten die Laternen besonders hell, sodass die Bauten geradezu purpurn zu lodern schienen. Der Turm der Beschwörer dagegen war in tiefe Finsternis getaucht.

»Was für ein Anblick!«, rief Ray begeistert aus.

Sie standen auf dem Gipfel eines Berges. Von hier oben hatten sie freie Sicht auf das Tal, in dem die Hauptstadt lag.

»Stimmt, der kann sich sehen lassen«, sagte Grizzly und schob den Riemen seines Reisesacks von einer Schulter auf die andere. »Obwohl mir ja kleine Dörfer eigentlich besser gefallen, ohne dies ewige Gewusel, den Lärm und das Geschubse.«

»Man könnte fast glauben, einen Irrgleiter vor sich zu haben«, bemerkte Sayunaro. »Der sieht ja auch aus wie eine riesige Qualle, die bunt leuchtet und lange glitzernde Tentakel hat. Ein atemberaubend schöner, aber gefährlicher Geist.«

»Nun mach mal halblang«, brachte Grizzly lachend heraus und klopfte seinem Freund auf die Schulter. »Eine Stadt mag gefährlich sein, aber sie ist doch kein Geist. Und der Orden ist kein Nest von Ombragi. Mit dem werden wir spielend fertig.«

»Darüber kann man streiten«, erwiderte Sayunaro und machte sich an den Abstieg.

Nach einer Stunde erreichten sie tief in der Nacht Warra.

In einer höchst bescheidenen Herberge am Stadtrand fanden sie ein Zimmer, ein winziges zwar nur, dafür aber ein billiges. Der sparsame Grizzly meinte, es wäre töricht, sofort ihre gesamten Ersparnisse auszugeben, und hielt auch seine Freunde zum strikten Haushalten an.

»Wenn wir erst mal unser Zertifikat in Händen haben«, erläuterte er, während sein Blick durch den Raum mit der zerschlissenen Schilfmatte, dem schmalen Fenster und dem zerkratzten Teetisch in einer Ecke schweifte, »verdienen wir gutes Geld und leisten uns etwas Besseres. Sollte sich an unserer Lage aber nichts ändern, müssen wir unsere Münzen erst recht zusammenhalten.«

»Hast du dir nicht geschworen, nie wieder mit uns im selben Raum zu schlafen?«, konnte sich Ray die kleine Spitze nicht verkneifen. »Weil wir dich ja ach so sehr mit unserem Gewälze und Gemurmel stören.«

»Daran werd ich mich schon noch gewöhnen«, entgegnete Grizzly. »Bis dahin tröste ich mich mit dem Gedanken, dass ich euch bald los bin.«

Dem war wohl nichts hinzuzufügen, denn auch Ray hoffte darauf, dass sie beim Orden alles nach ihren Wünschen würden regeln können.

Am Ende sollte auch in dieser Nacht keiner von ihnen Schlaf finden. Die Wände der Herberge mussten aus Karton bestehen, denn jedes Geräusch hallte donnernd in allen Räumen wider. Schwere Schritte im Gang und das Gegröle eines Betrunkenen, das Gegreine eines Kindes, heiserer Husten und lautes Schnarchen … Obendrein war es im Zimmer stickig, und ein kleiner Geist trieb sich auch noch darin herum. Keiner der drei kümmerte sich jedoch um ihn, obwohl sein Geraschel sie zusätzlich am Einschlafen hinderte.

Da es im Zimmer keinen Abtritt gab, musste sich Ray irgendwann aus der dünnen Decke schälen und in den Hof stapfen.

In dem schmalen Gang roch es nach verbranntem Essen und

altem Holz. Zwei kleine Leuchter warfen ihr trübes Licht auf die grauen Wände und den abgewetzten Holzboden. Vor allen Türen standen ausgelatschte Schuhe von unterschiedlicher Größe. Hier lebten meist Arbeiter aus den Dörfern um Warra herum, die in der Hauptstadt ihr täglich Brot verdienten.

An einem solchen Ort möchte ich mein Leben nicht verbringen, schoss es Ray durch den Kopf. Und sich alles vom Mund absparen – das würde mir auch nicht gefallen.

Er schob die Hintertür auf und trat in den Hof hinaus. Sofort löste sich die unsichtbare Manschette, die seinen Kopf umspannte. Der kühle Wind trug von den Bergen den frischen Duft von Gras und Tannen heran. Die langen Zweige einiger gewaltiger Alatanen, die um die Herberge herum wuchsen, schaukelten sanft im Wind. In den dunklen Wipfeln der Bäume leuchteten die hellen Flecke der Blüten. Diese Blüten würden abfallen und auf die Wege rieseln, sobald die Sonne morgen früh mit ihren Strahlen über das Geäst tasten würde.

Die Zikaden zirpten, von jedem einzelnen Baum drang ein kräftiger Triller an Rays Ohr.

Er atmete noch einmal tief die Nachtluft ein, ehe er sich zu den Bretterverschlägen am anderen Ende des Hofes begab. Nach wenigen Schritten erspähte er einen dunklen Schatten, der zwischen den Bäumen umherhuschte. Ein seltsamer Schatten war das, einer, bei dem man besser auf der Hut blieb. Kein Geist, aber offenbar auch kein Mensch.

Sofort vergegenwärtigte sich Ray alle Zauber, die in diesem Fall infrage kämen. Es war recht dunkel, durch die Baumkronen drang nur spärliches Mondlicht. Trotzdem erkannte Ray nun endlich, wen er vor sich hatte.

Sayunaro saß in sich zusammengekrümmt am Boden, mit dem Rücken gegen eine Alatane gelehnt. Er schien am Ende seiner Kräfte.

»Ist mit dir alles in Ordnung?«, fragte Ray leise.

»Ja«, antwortete dieser, ohne den Kopf zu heben. Seine Stimme klang dumpf unter dem zerzausten hellen Haar hervor. »Ich wollte mir nur noch ein wenig die Füße vertreten.«

»Sieht irgendwie nicht nach einem harmlosen Abendspaziergang aus.«

Ray trat näher an seinen Freund heran. Sayunaro zitterte, als litte er an Schüttelfrost.

»Bist du wirklich in Ordnung?«, erkundigte er sich erneut.

Nun blickte Sayunaro zu ihm hoch. Ein roter Schatten schien über sein Gesicht zu huschen.

»Ich werde nicht beim Orden vorsprechen. Bis zum Turm begleite ich euch, aber ich komme nicht mit rein.«

»Warum das nicht?«

»Begreifst du das wirklich nicht?« Er sah Ray amüsiert an. »Jeder erfahrene Beschwörer erkennt mit einem Blick, dass ich ...« Er brach ab und fügte dann aber hinzu: »... was mit mir nicht stimmt.«

»Nun stell dich nicht dümmer, als du bist«, erwiderte Ray so gelassen wie möglich und hockte sich neben Sayunaro, um ihm eine Zuversicht zu vermitteln, die er selbst keineswegs empfand. »Niemand wird dir auf die Schliche kommen, weil es da nämlich gar nichts gibt, was du verbergen müsstest. Ich bin auch ein Beschwörer, aber ich spüre nichts.«

»Du bist daran gewöhnt«, antwortete Sayunaro leise, während er seine Hände betrachtete.

Nach einer Weile fuhr er sich mit ihnen übers Gesicht und durch die Haare.

»Lass mich hier noch ein bisschen sitzen«, bat er. »In unsere Bruchbude zieht es mich nicht.«

»Wenn du meinst«, willigte Ray ein.

Sayunaro musste jetzt allein sein, das wusste er. Dass ihm der Zustand seines Freundes nicht gefiel, stand auf einem anderen Blatt.

Am nächsten Morgen rissen Ray die Geräusche der erwachenden Stadt aus dem Schlaf. Der Lärm der Menschen, das Rumpeln der Karren über dem Steinpflaster, das Gezwitscher der Trori, kleiner grauer Vögel, die in einer ganzen Schar auf einem Baum gelandet waren.

»He!«, dröhnte da auch noch Grizzly. »Raus mit euch aus der Koje! Wir haben was zu erledigen!«

Sayunaro drehte sich daraufhin nur auf seiner Matratze um.

»Wenn du vom Frühstück sprichst«, murmelte Ray, »darauf verzichte ich!«

»Während ihr hier geratzt habt«, fuhr Grizzly gewichtig fort, »hat manch anderer den Tag schon genutzt und beim Orden um eine Audienz gebeten. Stellt euch vor, wir werden vorgelassen!«

»Ernsthaft?«, rief Ray aus. Er konnte ihr Glück kaum fassen. »Wie hast du das angestellt?«

»Nichts leichter als das«, antwortete Grizzly hochzufrieden und strahlte sein Spiegelbild an. »Bei meinem gewinnenden Äußeren flöße ich allen Vertrauen ein. Ganz im Gegensatz zu euch beiden. Sage ich euch nicht immer wieder, dass ihr ohne mich vor die Hunde gehen würdet? Also nichts wie hin zum Orden, bevor es sich da noch irgendjemand anders überlegt ...«

Die beiden anderen zogen sich rasch an, kurz darauf verließen alle drei das Haus. Schnellen Schrittes durchquerten sie die schmalen Gassen.

In den ärmeren Vierteln am Stadtrand gab es nichts zu sehen. Selbst die alte Tempelanlage am Ufer der Bagmana vermochte das Auge nicht zu erfreuen. Die Bauten, die fast hinter den Bäumen verschwanden, zogen sich hinunter zum trüben Fluss. Längst waren die weißen Steinmauern dunkel und rissig geworden, teils hatten Flechten sie erobert. Doch selbst heute ließen sich noch an verschiedenen Stellen die Reliefs erkennen, die sie schmückten, meist Darstellungen von Geistern. Heute baute man nicht mehr in dieser Weise, heute sahen die Tempel schlichter aus.

Auf den hohen Kuppeln, die an die zapfenartigen Blüten des wilden Hopfens erinnerten, hockten Tauben ...

Einst hatte sich diese Gegend freilich großer Wertschätzung erfreut, natürlich wegen der Tempelanlage. Doch die Nähe zum Fluss, die ständige Feuchtigkeit und die Mücken, die Fieber übertrugen, waren der Gesundheit nicht gerade förderlich.

Gegen diese Biester richteten nicht einmal die stärksten Schutzgeister etwas aus. Irgendwann strichen die Beschwörer die Segel und zogen fort.

Nun hatten, wie Rekar ihnen erzählt hatte, Flussgeister den Ort erobert. Und wenn sie den Menschen einmal etwas abgeknöpft hatten, gaben sie es nicht mehr her …

Auf den breiten, ausgetretenen Stufen, die zum Wasser hinunterführten, saßen einige Bettler in dreckigen Lumpen mit ihren Schüsseln für Almosen. Wie hatten diese armen Menschen bloß den Tag der Geister überlebt? Sie mussten sichere Verstecke haben … In der Regel starben Menschen wie sie nämlich als Erstes.

Unweit von ihnen wuschen die Frauen aus den Armenvierteln ihre Wäsche, wobei sie sich laut unterhielten und lachten. Ihre Kinder planschten derweil im Wasser. Eine Schar Krähen machte sich über Aas her, zwei schmutzig weiße, ausgemergelte Ochsen mit Glöckchen um den Hals stapften durchs Schilf.

Am anderen Ufer drängten sich ein paar armselige Hütten mit schiefen Wänden und flachen Dächern dicht aneinander.

Der Geruch von Fäulnis und Algen hing in der Luft. Die drei atmeten daher erst wieder tief durch, als sie eine Brücke hinter sich gebracht und ein solideres Viertel erreicht hatten.

Obwohl sie Warra nur für wenige Tage verlassen hatten, meinte Ray, mindestens einen Monat fort gewesen zu sein. Einerseits schien zwar alles beim Alten – die im Wind flatternden Fahnen auf den Türmen des Palasts, die Menschenmengen in den Straßen und die flachen Häuser der Armen –, gleichzeitig kam ihm die ganze Stadt völlig verändert vor, greller und schöner.

Die schmalen Gassen und die Hütten am Stadtrand wichen nach und nach den hohen Bauten in der Straße des Handels. Sie zog sich durch ganz Warra und mündete in einen runden Platz, auf dem häufig Feste veranstaltet wurden, bei denen man Feuerwerk abbrannte und Drachen in die Luft aufsteigen ließ. Während seiner Ausbildung hatte Ray diese Vergnügungen geliebt.

Auf den flachen Dächern der Häuser wuchsen in Kübeln Blumen, Sträucher und sogar kleine Bäume. Die Türen der Läden standen offen. Händler lieferten in ihren Karren Obst, die Verkäufer von Wasser rollten ihre Fässer polternd durch die Straßen. Kräftige Arbeiter – wie die meisten Fuhrleute Männer aus Datido – zogen zweirädrige Handkarren, sogenannte Jirikis, und bahnten sich mit kehligen Schreien ihren Weg durch die Menge.

Das Gewusel wurde immer dichter. Die Menschen gingen ihren Geschäften nach, plauderten miteinander, blieben vor den Auslagen stehen, begutachteten Stoffe, bestickte Taschen und Geschirr.

Irgendwann nahm Ray das Gewimmel gar nicht mehr wahr. Seine Gedanken kreisten nun ausschließlich um die Audienz beim Orden. Er hoffte inständig, dass die Verantwortlichen vernünftige Menschen waren und Verständnis für sie haben würden. Wir haben diese letzte Prüfung doch bestanden, rief er sich in Erinnerung, während er drei vollbepackten Frauen den Vortritt ließ, die ihren bunten Gewändern nach zu urteilen aus Takati kamen. Ihr strahlendes Lächeln ließ ihn ebenfalls lächeln, ehe er sich wieder in seinen finsteren Gedanken verfing. Wenn sie das nicht einsehen, wiederholen wir die Prüfung einfach, sie brauchen uns bloß eine neue Aufgabe zu geben. Nach den Ombragi und dem Soyuro kann mich sowieso nichts mehr schrecken.

»Was«, fragte Grizzly, der geschickt einem Wagen mit Obst auswich, »wenn sie uns vorschlagen, unsere Ausbildung noch einmal von vorn anzufangen?«

»Dann willige ich ein«, antwortete Ray. »Selbst wenn ich ein paar Jahre verliere. Aber danach kann mich niemand mehr als Versager abtun. Wie sieht es mit dir aus, Sayunaro?«

Sein Freund starrte jedoch wie gebannt in die entgegengesetzte Richtung. Vor einem Laden mit edlen Stoffen stand eine prachtvolle Sänfte, die mit zwei Drachen, einem weißen und einem roten, bemalt war. Die Träger saßen am Boden, warteten auf ihren Herrn und schwatzten miteinander.

»Kennst du die?«, erkundigte sich Grizzly.

»Ja«, antwortete Sayunaro und wandte sich jäh wieder ab.

Grizzly warf Ray einen beredten Blick zu und zuckte mit den Achseln, drang aber nicht weiter in Sayunaro. Dazu fehlte im Übrigen auch die Zeit.

Rechter Hand lag zwischen zwei Läden eine schmale Gasse, an deren Ende ein Gitter einen Garten abgrenzte: das Gelände vom Turm des Ordens. Über dichten Bäumen ragte die schwarze Spitze mit den zahllosen Zinken auf.

Angeblich führte jede Straße in Warra zu diesem Gebäude, von dem sogar behauptet wurde, es könne sich frei in der Stadt bewegen und in jedem Viertel auftauchen – und zwar weil die Geister, die im Keller eingeschlossen waren, diese Steinfestung auf Geheiß der Beschwörer binnen weniger Sekunden überall hinschleppen würden.

Ray glaubte all diese Märchen zwar nicht, doch die massive Festung beeindruckte auch ihn stets aufs Neue. Seinen beiden Freunden erging es offenbar nicht anders, wie ihm ein Blick in ihre Gesichter verriet.

Wer durch das Tor zum Grundstück schritt, gelangte zu einem kleinen Haus. Vor ihm drängten sich bereits etliche Menschen. Die Bewohner Warras, aber auch Besucher von außerhalb warteten darauf, ihre Anliegen beim Orden vorzubringen. Manche wollten, dass ein mutwilliger Geist vertrieben wurde, andere baten um die Hilfe eines wohlgesinnten. Hier standen Arme ebenso an wie wohlhabende Händler, Frauen wie Männer, Alt wie Jung. Etwas abseits hatten sich einige in mit goldenen Wappen bestickte Hemden gewandete Diener aus sehr reichen Häusern zusammengefunden.

Die Menschen saßen auf Bänken oder auf dem Boden und unterhielten sich im Flüsterton, fast als fürchteten sie, in der Nähe des Turms ihre Stimme zu erheben.

»Wie hast du es bloß geschafft, ein Treffen für uns auszuhandeln?«, wollte Ray von Grizzly wissen, als sie an der Menge vorbeiliefen. »Ohne dich würden wir uns hier die Beine in den Bauch stehen …«

»Ich hab's halt geschafft«, antwortete Grizzly und starrte zu dem klotzigen schwarzen Bau hinüber, dessen Anblick ihm offenkundig den Wunsch nahm, sich mit seinem Erfolg zu brüsten.

Sie hielten über einen breiten Weg aus weißem Sand auf das offene Tor zu, das mit den Spitzen seines hochgezogenen Gitters ein wenig an das aufgerissene Maul eines Raubtiers erinnerte. Die dicken Mauern durchbrach kein einziges Fenster. Den Stein für diese Festung mussten im Grunde starke Berggeister gehauen haben. Gewöhnlichen Menschen hätte mit Sicherheit die Kraft dafür gefehlt.

»Ich habe gelesen, dass der Turm erbaut wurde, noch ehe Warra überhaupt entstanden war«, sagte Sayunaro, der neben Ray herging und wie dieser den Blick nicht von dem Bau löste. »Eines Morgens stand er mitten im Wald da, als wäre er über Nacht aus dem Boden geschossen.«

»Und ich habe gehört«, murmelte Grizzly, »dass in seinem Fundament dreißig Jungfrauen und sechs Drachen eingemauert sind.«

Obwohl Ray pflichtschuldig grinste, konnte er sich des Eindrucks nicht erwehren, dass dieses Gebäude eine ungeheure Macht verströmte. All die Gerüchte fielen ihm ein, man wolle den Beschwörern ihre traditionellen Vorrechte nehmen. Ja glaubte wirklich irgendjemand, diese Macht in die Knie zwingen zu können?

Das Verhältnis von Orden und Regierung war immer schwierig gewesen, das hatte Ray auch schon gelesen. Einerseits fürchteten die Machthaber die Beschwörer, andererseits wollten sie sich gern deren magische Kraft zunutze machen. In der Vergangenheit war es zu langen Kriegen zwischen den einzelnen Provinzen gekommen, bei denen die Statthalter nicht nur Waffen, sondern auch Magie eingesetzt hatten.

Den Orden hatte es damals im Grunde noch nicht gegeben. Die Beschwörer standen in Diensten eines Statthalters oder Gönners und zitierten bei Bedarf höchst angriffsfreudige Geister herbei, damit sie einen weiteren verhängnisvollen Beitrag in diesen ewigen Gemetzeln leisteten. Unzählige Menschen starben, und zwar nicht nur in Schlachten: Gerieten die Geister erst einmal außer Rand und Band, litten unter ihnen auch Bauern. Die hungrigen Kreaturen aus der jenseitigen Welt tilgten ganze Dörfer vom Erdboden und vernichteten noch die reichsten Ernten.

Selbst Beschwörer fanden den Tod. Um die Reihen wieder aufzustocken, gingen sie daher geradezu auf Jagd nach Kindern mit Gabe. Am liebsten entführten sie den Nachwuchs aus den Nachbarprovinzen oder kauften dort für Unsummen Mädchen und Jungen mit Gabe. Zuweilen scheuten sie sogar vor Mord nicht zurück, nur damit ihr Gegner sich keine neuen Beschwörer heranziehen konnte.

Ein Krieg der Beschwörer tobte also. Ihn gewannen die Magier, deren Zauber stärker waren.

Die Provinz Ogira wurde im Zuge dieser Auseinandersetzungen vollständig vernichtet. Auf ihren Feldern wuchsen Totenschädel, in den Brunnen fand sich kein Wasser mehr, sondern ausschließlich Blut, die Häuser verrotteten. Wer noch lebte, diente einem Geist als neue Heimstatt. Das Schloss des Statthalters war eingestürzt und in den Boden gesackt, an seiner Stelle hatte sich ein tiefer See gebildet.

Die Geschichte behauptete, irgendwann seien die Beschwörer zur Vernunft gekommen und hätten eingesehen, dass es ihre Pflicht war, Menschen vor Geistern zu schützen, aber nicht im Dienste eines Statthalters zu morden. Daraufhin hatten sie alle Kriege beendet.

Wenn Ray vom Orden sein Zertifikat erhalten würde, dann würde er bei dieser Zeremonie den Eid leisten, seine Magie niemals gegen Menschen einzusetzen.

Andere Quellen wussten übrigens von einem weniger einvernehmlichen Lauf der Geschichte zu berichten: Da die Beschwörer aus Warra, die im Dienste der Herrscherfamilie standen, über die stärkste magische Kraft verfügten, konnten sie alle anderen Magier unterwerfen und sie zwingen, fortan auf Fehden untereinander zu verzichten. Dafür wurde dann der Orden gegründet …

Wahrscheinlich, sinnierte Ray, gibt es so viele Geister bei uns, weil wir ihnen einst das Töten beigebracht haben. Das müssen wir heute ausbaden …

Sein Blick huschte zu seinen Freunden hinüber. Wären sie drei ein paar Jahrhunderte früher geboren worden, wären sie einander spinnefeind gewesen. Ray aus der Provinz Sinora hätte gegen Sayunaro aus dem reichen Yugora gekämpft – und Grizzly aus der fernen Küstenprovinz Rossa gegen sie beide.

Allein der Gedanke ließ Ray schaudern.

»Geht ihr nur rein, ich warte hier«, erklärte Sayunaro beim Anblick eines Beschwörers im weißen Gewand, der vorm Turm stand.

Er hat immer noch Angst, dass man den Shiisan in ihm entdeckt, dachte Ray.

»Wusst' ich's doch«, erklärte Grizzly lachend. »Die Vorstellung, die Prüfung zu wiederholen, jagt dir mehr Angst ein als die Begegnung mit irgendeinem Geist.« Er zeigte auf eine Bank im Schatten eines Baumes mit weit ausladender Krone und rosafarbenen Blüten. »Wenn du willst, warte da. Wir legen ein gutes Wort für dich ein.«

Sayunaro nickte schweigend.

Grizzly und Ray hielten auf den wartenden Beschwörer zu. Der Mann war noch sehr jung, höchstens zweiundzwanzig Jahre. Hochgewachsen, dunkelhaarig und lächelnd. Mit seinen rosigen Wangen hätte er einen völlig sorglosen und unbeschwerten Eindruck gemacht, wären da nicht die hellgrünen Augen mit dem durchdringenden, eisigen Blick gewesen.

»Ihr müsst die Schüler Hyeons sein, die durch die Abschlussprüfung gefallen sind«, stellte er lächelnd fest.

»Ja, richtig«, antwortete Grizzly mürrisch.

Ray hüllte sich in Schweigen. Es befremdete ihn, dass der Mann schlicht von Hyeon gesprochen hatte, und es ärgerte ihn, dass er den Reinfall bei der Prüfung erwähnt hatte. Außerdem gefiel ihm der Blick dieses Beschwörers ganz und gar nicht. Sayunaro würde vermutlich behaupten, dies sei der Stempel, den ihr Tun ihnen allen aufdrücke, doch Ray wollte trotzdem nicht, dass ihn ein Kollege ansah, als wäre er ein Geist, bei dem er sich noch nicht klar sei, ob er ihn sofort vertreiben musste.

»Wo ist denn der Dritte im Bunde?«, erkundigte sich der Beschwörer bei Grizzly. »Ihr wolltet doch zu dritt kommen, oder?«

»Unser Freund konnte uns nicht begleiten«, antwortete Ray ausweichend.

»Soll mir auch recht sein. Dann lasst uns gehen«, sagte der Mann und tat so, als würde er den verärgerten Blick Rays nicht bemerken. Vielleicht hatte er das aber auch wirklich nicht. »Ich bin Soburo und bringe euch jetzt zu Meister Sin. Er wird darüber entscheiden, ob ihr in den Orden aufgenommen werdet oder nicht.«

Sie betraten den Turm und durchquerten einen langen, schummrigen Gang mit hoher Decke. Der Boden stieg sanft an, sodass sie fast meinten, einen Berg zu erklimmen.

An den grauen, unverputzten Wänden aus gewaltigen Steinblöcken gab es keine einzige Verzierung, weder Darstellungen von Beschwörern der Vergangenheit noch von Bäumen, wie Ray es aus den Tempeln kannte. Auch flache Schalen mit Blüten der gerade blühenden Blumen fehlten. Wer hier lebte, unterstrich, dass er sein Leben ganz der Geistervertreibung gewidmet hatte und auf alle Ablenkungen verzichtete, die gewöhnliche Menschen gern genossen.

Unter der Decke hingen schwarze Lüster, in denen Kerzen ein trübes Licht spendeten. Sie stellten den gesamten Schmuck dar. Ein kalter, gleichmäßiger Luftzug ging und brachte einen kaum wahrnehmbaren Geruch von Vanille mit.

Aus der Decke ragten in regelmäßigen Abständen die Spitzen von Gittern, die nur darauf zu lauern schienen, sich zu Boden zu stürzen.

»Man könnte ja fast meinen«, bemerkte Grizzly, »die bereiten sich auf einen Angriff vor.«

»Die Zeiten sind glücklicherweise vorbei«, erklärte Soburo.

Er ließ eine Beschwörerin mit einem Stapel Bücher in der Hand vorbei und verbeugte sich ehrfürchtig vor ihr. Die Frau betrachtete die drei ihr unbekannten Männer mit einem freundlichen Blick aus ihren strahlend braunen Augen und neigte ihrerseits den Kopf, ging jedoch weiter, ohne innezuhalten.

Sobald sie sich entfernt hatte, fuhr Soburo fort: »Im letzten Krieg waren wir Beschwörer vom Turm es, die die Menschen in Warra gerettet haben, indem wir ihnen Obdach boten. Damals war die Zahl der Städter natürlich noch wesentlich geringer. Aber das ist mehr als einhundert Jahre her, daran erinnert sich heute kaum noch jemand... Da wären wir!« Er zeigte auf eine schmale Tür, öffnete sie, bedeutete den beiden Bittstellern mit einer Geste einzutreten und schloss die Tür von außen wieder.

Ray und Grizzly fanden sich in einem winzigen Raum wieder, der in grelles Licht getaucht war. Überall türmten sich Schriftrollen, Karten und Bücher, auf dem Tisch blieb nur wenig Platz. Dahinter saß Meister Sin.

Ray hatte einen weisen alten Mann erwartet, weshalb ihn die Erscheinung des Meisters überraschte, erinnerte dieser doch eher an einen Soldaten als an einen Beschwörer. Ein athletischer Körper, ein quadratisches Gesicht mit schwerem Unterkiefer, durchdringende dunkle Augen. Das weiße Gewand umspannte straff seine breiten Schultern, der kräftige Hals schien den Ausschnitt fast zu sprengen.

Der sollte keine Geister beschwören, dachte Ray, sondern im Bergwerk schuften.

Meister Sin sah kurz zu den beiden auf, nickte und wies auf die Schilfmatte vor dem Tisch.

»Setzt euch!«, forderte er sie auf. »Was führt euch zu mir?«

»Wir haben unsere Ausbildung in diesem Jahr abgeschlossen«, begann Ray und blickte dem Mann fest in die Augen. »Die letzte Prüfung haben wir jedoch nicht bestanden, sagt Meister Hyeon jedenfalls, obwohl wir...«

»... obwohl ihr sie eigentlich mit Bravour gemeistert habt?«, unterbrach ihn Meister Sin.

»Das ist schwer zu entscheiden«, räumte Ray offen ein. »Das könnt wohl nur Ihr.«

»Dann erzähl weiter!«, verlangte der Mann, lehnte sich gegen die Wand und verschränkte die Hände vor der Brust, bereit, einen langen Vortrag anzuhören.

Grizzly stieß seinen Freund verstohlen an, um ihm zu bedeuten: Spiel nicht falsch, aber leg auch nicht alle Karten auf den Tisch. Ray begann mit dem Moment, an dem die jungen Beschwörer die Aufgabe erhielten, am Tag der Geister den Haupttempel aufzusuchen. Er versuchte, seine eigene Leistung nicht zu übertreiben und die seiner Freunde nicht zu schmälern. Am Ende hörte es sich so an, als hätte Grizzly sich hervorragend gegen einen Haufen Gayuuren gehalten und Ray ihm nur ein wenig geholfen. Sayunaro war auch nicht in Gefangenschaft der Shiisans geraten. Die drei hatten diese Geister vielmehr in der Nähe eines verlassenen Hauses eingeholt und vertrieben.

»Das Einzige, was wir nicht geschafft haben«, schloss Ray, »war, rechtzeitig wieder im Tempel zu sein. Aber hingekommen sind wir.«

Meister Sin blickte wortlos an den beiden jungen Beschwörern vorbei, die in Erwartung seines Urteils sogar die Luft anhielten.

»Das ist eine klare Angelegenheit«, brachte er schließlich heraus, nahm eine angespitzte Feder vom Tisch und zeigte damit auf Grizzly. »Du bist den Gayuuren in die Hände gefallen und damit eigentlich tot. Euer Freund kann nie im Leben eine Begegnung mit Shiisans überstanden haben und ist damit ebenfalls tot. Um tote Beschwörer kümmern wir uns nicht. Und was dich anbelangt …« Die Spitze der Feder richtete sich auf Ray. »Du hast dich einem Befehl deines Lehrers widersetzt. Der Turm kann jedoch keine rebellischen Beschwörer brauchen. Obendrein hast du anscheinend immer noch nicht begriffen, wie clever, geschickt, wendig und fintenreich ein Beschwörer sein muss und wie – dies vor allem – unbarmherzig er zu Werke gehen muss.«

»Aber ich konnte meine Freunde doch nicht sterben lassen«, erwiderte Ray, den allmählich Verzweiflung, gepaart mit wilder Wut, packte. »Schon gar nicht, nachdem einer von ihnen von einem Mitprüfling an die Shiisans verraten worden ist.«

»Offenbar muss ich mich wiederholen: Du hast noch nicht begriffen, was einen wahren Beschwörer ausmacht, mein Junge.«

»Wir müssen den Menschen helfen, das weiß ich wohl, aber das heißt doch nicht, dass…«, setzte Grizzly empört an, doch Meister Sin gebot ihm mit einer energischen Geste zu schweigen.

»Wie ich bereits gesagt habe«, erklärte er lapidar, »bist du für mich tot. Und mit Toten pflege ich nichts zu erörtern.« Er wandte sich wieder an Ray. »Ihr alle hattet eure Chance. Eine einmalige Chance, wie ich betonen möchte. Die habt ihr nicht genutzt. Bei dieser Prüfung ist es wie beim Kampf mit einem Geist: Es gibt nur einen Versuch. Niemand wird dir deine Abschlussprüfung ein zweites Mal abnehmen.« Meister Sin richtete seinen Blick auf das Pergament, das vor ihm lag. An dem Gespräch mit den beiden Bittstellern hatte er jedes Interesse verloren. »Es ist bedauerlich, dass deine Ausbildung vergeudet war, denn du bist ein fähiger Junge. Aber mir bleibt nur, euch alles Gute zu wünschen.«

Er beugte sich wieder über eine Schriftrolle.

»Aber was sollen wir denn jetzt machen?«, fragte Grizzly, der offenbar bereits vergessen hatte, dass er in diesem Raum als Leiche galt.

»Sucht euch irgendeine weniger anspruchsvolle Arbeit«, antwortete Meister Sin, ohne auch nur aufzusehen.

Ray erhob sich ruckartig, stieß Grizzly an und stapfte zur Tür, obwohl er Meister Sin zu gern noch ein paar Worte an den Kopf geknallt hätte. Bevor er den Raum verließ, drehte er sich jedoch noch einmal um.

»Was, wenn unser Lehrer es sich überlegt?«, fragte er. »Wenn er erklärt, dass wir die Prüfung bestanden haben? Erhalten wir dann unser Zertifikat?«

»Nein«, antwortete Sin kategorisch. »Meine Entscheidung steht fest. Wenn er es sich überlegt, soll er sich weiter um euch kümmern. Aber leider«, bemerkte er, wobei er sich kurz von seinen Aufzeichnungen losriss und Ray angrinste, »weißt du ja nicht einmal, wo er sich aufhält.«

»Wisst Ihr es denn?«, fragte Ray, in dem mit einem Mal Hoffnung aufkeimte.

Meister Sin sah ihn einen ausgedehnten Moment lang an, dann streckte er die Hand aus, griff nach einer staubigen Schriftrolle, entrollte sie und ließ seinen Blick über die Zeilen wandern.

»Meister Hyeon hat Warra verlassen«, teilte er ihnen mit. »Er beabsichtigt, in einer Provinz fernab von hier einen eigenen Orden zu gründen.«

»Wo genau?«, fragte Ray mit hämmerndem Herzen.

»In diesem Schriftstück ist von Agosima die Rede«, antwortete Sin. »Du kannst versuchen, ihn dort aufzuspüren, aber diese Provinz ist riesig und sehr einsam. Da findet man wohl noch eher den berühmten Floh in der Mähne eines Manmo.«

»Ich weiß«, räumte Ray kleinlaut ein. »Habt dennoch Dank.«

»Gern geschehen«, antwortete Meister Sin und erkundigte sich dann: »Wie bist du mit den Shiisans fertig geworden?«

»Ich habe einen Ohnlitz in eine Yari gesteckt«, antwortete Ray. »Er hat mir geholfen, die Geister zu töten.«

Meister Sin schüttelte den Kopf und presste die Lippen aufeinander. Ob er dieses Vorgehen billigte oder ablehnte, war nicht ersichtlich.

»Gut, Ray«, sagte er schließlich und sprach diesen damit erstmals mit Namen an. »Geh jetzt! Ich wünsche dir Glück in Agosima.«

Ray nickte nur noch einmal, und sie verließen endgültig den Raum.

»Was für ein Blödsinn!«, ereiferte sich Grizzly. »Ich bin also ein Toter! Nicht mal geredet hat der mit mir! Der hätte mal sehen sollen, wie ich den Fugoru im Teehaus erledigt habe! Von den Shiisans ganz zu schweigen! Mit denen bin ich spielend fertig geworden! Du bist mein Zeuge! Und die Ombragi? Wer bitte hat die denn verjagt?!«

Ray hüllte sich jedoch in Schweigen. Nun war auch diese Hoffnung dahin. Er hatte nicht die geringste Vorstellung, wie es weitergehen sollte. Wut und Verzweiflung hätten wohl endgültig die Oberhand gewonnen, wenn Meister Sin ihnen nicht verraten hätte, wo Hyeon sich aufhielt. Blieb die Frage, wie sie ihn in der riesigen Provinz finden sollten.

»Aber das schaffen wir schon«, murmelte Ray.

Grizzly hörte diese Worte in seinem Gezeter nicht einmal.

Soburo stand vor dem Turm neben einer Heckenkirsche und wartete augenscheinlich auf jemanden. Ein Blick in ihre Gesichter genügte ihm, um jeden Zweifel über den Ausgang des Gesprächs zu zerstreuen.

»Eure Bitte wurde wohl abgelehnt«, bemerkte er. »Das tut mir sehr leid.«

»Das sollte es aber nicht«, erwiderte Ray bissig. »Als Beschwörer muss dir nämlich egal sein, was mit deinen Freunden geschieht, von gescheiterten Beschwörern wie uns, die du noch dazu zum ersten Mal in deinem Leben siehst, ganz zu schweigen. Gleichgültigkeit gegenüber anderen ist in unserem Metier das A und O.«

»Nun mach mal halblang«, widersprach Soburo lachend, »so schlimm ist das alles nicht.«

»Falsch«, konterte Grizzly. »Ohne Zertifikat werden wir nie anständig verdienen, denn niemand nimmt uns ohne diesen Wisch ernst!«

Soburo erwiderte nichts. Er steckte aber die Hand in die Tasche, zog ein Stück Papier heraus, besah es sich und schaute sich ängstlich um.

»Hört mal«, wandte er sich an die beiden. »Ein Zertifikat kann ich euch zwar nicht besorgen, aber helfen kann ich euch vielleicht trotzdem. Ich habe gerade zwei Aufträge, das schaffe ich nicht. Einen könnte ich euch daher abtreten.«

»Woher diese Großzügigkeit?«, wollte Ray wissen.

»Reiner Eigennutz, das ist doch klar«, antwortete Soburo lachend. »Die Hälfte eures Verdienstes gehört mir. Wenn diese Vereinbarung euch behagt, kommen wir in Zukunft vielleicht öfter ins Geschäft.«

»Hört sich ganz gut an«, sagte Grizzly, der nach dem Misserfolg beim Orden nun neue Hoffnung schöpfte.

»Und wenn andere Kollegen davon erfahren, dass du uns hilfst?«, erkundigte sich Ray.

»Das werden sie nicht«, versicherte Soburo. »Was ihr treibt, interessiert sie nämlich gar nicht. Als Beschwörer existiert ihr für sie ja nicht mehr.«

»Aber wir haben kein Zertifikat«, rief Grizzly ihm in Erinnerung.

»Das ist kein Problem, die Auftraggeber sind ein wenig … eigenwillig«, versicherte ihm Soburo. »Die wollen kein Zertifikat sehen. Ich bin mir nicht einmal sicher, ob sie davon je gehört haben.«

»Trotzdem würde mich interessieren, warum du uns hilft«, bohrte Ray weiter.

»Betrachte es als Laune meinerseits«, sagte er, und das ewige Lachen kroch von seinen Lippen, sodass er für einen flüchtigen Moment kalt und fast feindselig wirkte. »Und falls es dir nicht schmeckt, lass es!«

»Wir sind ja einverstanden«, versicherte Grizzly rasch und nahm den Zettel mit der Adresse an sich. »Danke! Damit hast du uns wirklich aus der Patsche geholfen.«

»Dann sind wir uns also einig«, erwiderte Soburo, und das Lächeln kehrte auf seine Lippen zurück. Er entnahm seiner Tasche ein weiteres Stück Papier und reichte es Grizzly. »Hier könnt ihr mich finden oder eine Nachricht für mich hinterlassen. Dann braucht ihr nicht ständig im Turm nach mir zu fragen.«

»Guter Gedanke«, sagte Grizzly.

»Dann viel Glück!«, verabschiedete sich Soburo, drehte sich um und verschwand im Turm.

»Nun können wir wirklich nicht meckern«, behauptete Grizzly.

Ray murmelte nur etwas, das nicht allzu hoffnungsvoll klang.

Sayunaro saß immer noch auf der Bank unter dem Baum und beobachtete einige Blütenblätter, die trudelnd zu Boden fielen.

»Wir haben zwei Neuigkeiten«, rief Grizzly ihm schon von Weitem entgegen. »Eine gute und eine schlechte. Welche willst du zuerst hören?«

»Habe ich es euch nicht gleich gesagt?«, bemerkte Sayunaro gelassen. »Und warum wurde unsere Bitte abgelehnt?«

»Oh, weil wir beide für den Orden als Leichen gelten«, antwortete Grizzly lachend. »Mich haben die Gayuuren ermordet, dich die Shiisans. Wie gefällt dir das?«

»Kommt der Wahrheit recht nahe«, murmelte Sayunaro und richtete den Blick auf Ray. »Und was hat man gegen dich?«

»Er war aufmüpfig«, antwortete Grizzly anstelle seines Freundes. »Sind doch überzeugende Gründe, dass wir keine Beschwörer werden können, oder? Aber nun zur guten Nachricht. Wir können ein hübsches Sümmchen verdienen.«

Begeistert legte er Sayunaro den Vorschlag Soburos dar. Sein Freund hörte jedoch nur mit halbem Ohr zu. Seine ganze Aufmerksamkeit galt Ray.

»Ich war mir sicher, dass du am Ende das Zertifikat bekommst«, erklärte er, sobald Grizzly fertig war. »Wir zwei haben die Prüfung ja wirklich nicht bestanden, aber du bist sogar zweimal hintereinander bis zum Tempel gekommen. Wenn jemand sein Zertifikat verdient hätte, dann du.«

»Was soll das denn bitte heißen?!«, polterte Grizzly los. »Wenn du so überzeugt von der Aussichtslosigkeit des Unternehmens warst, warum bist du dann nicht mit der Sprache rausgerückt?! Dann hätten wir uns den Weg nach Warra sparen können!«

»In Warra kannst du es immerhin noch mal in dem Teehaus versuchen«, erwiderte Sayunaro, dessen Aufmerksamkeit erneut nur dem Flug der Blütenblätter galt. »Und ich ...« Er schüttelte den Kopf, als wollte er einen unangenehmen Gedanken vertreiben.

»Wisst ihr was?«, rief Ray da aus. »Wir suchen Nara. Wo sie ist, da ist auch Meister Hyeon.«

»Wie willst du sie denn bitte finden?!«

»Der Giin ...«, antwortete Sayunaro an Rays Stelle. Plötzlich funkelte es in seinen Augen auf. »Sie hat ihn selbst herbeizitiert, sodass es eine enge Verbindung zwischen beiden gibt. Er muss wissen, wo sie ist.«

»Mhm«, stieß Grizzly aus, »also mal angenommen, wir finden sie und Meister Hyeon tatsächlich. Wie weiter? Was, wenn er uns nur sagt, wir sollen abziehen, weil wir seine Prüfung nicht bestanden haben?«

»Ich denke, darauf hätten wir eine Antwort parat«, sagte Sayunaro nach einem kurzen Blick auf Ray. »Und mit Kazumi würde ich auch gern ein Wörtchen reden.«

»Wir können es zumindest versuchen«, entschied Ray. »Ich will nämlich nicht mein Leben lang durch die Lande ziehen und auf eine Gelegenheitsarbeit hoffen und mir dabei von jedem Provinzscharlatan, der noch nicht einmal halb so viel weiß wie ich, mit seinem Zertifikat vor der Nase herumfuchteln lassen!«

»Oho!« rief Grizzly da. Seine Begeisterung galt allerdings nicht Rays flammender Rede, sondern Soburos Zettel. »Wisst ihr, wohin unser Auftrag uns führt?« Sein leuchtender Blick wanderte von dem Papier zu Ray. »In den Zirkus!«

»Wen oder was sollen wir denn da beschwören?!«, murmelte Sayunaro skeptisch.

»Das steht hier nicht«, antwortete Grizzly und reichte ihm den Zettel mit der Adresse. »Das müssen wir vor Ort in Erfahrung bringen.«

»Gut, dann nichts wie hin«, entschied Ray. »Erledigen wir erst diesen Auftrag, dann überlegen wir uns, ob wir nach Agosima gehen. Im Moment würde ich jedenfalls zu gern den einen oder anderen Geist vertreiben. Und zwar gründlich!«

Die grellen, bunten Zelte standen auf dem Platz, in den die Straße des Handels mündete. In der Mitte war das riesige Zelt aus gestreifter Plane aufgebaut, in dem die abendlichen Veranstaltungen stattfanden.

Der Geruch von Sägespänen, wilden Tieren und Dung schwängerte die warme Luft. Bunte Bänder und Fahnen knatterten im Wind. Auf der einen Seite des Platzes bildeten die Wagen der Zirkusleute, die mit grellen Ankündigungen beklebt waren, einen regelrechten Zaun, auf der anderen standen und lagen unter einem breiten Zeltdach gut genährte Ochsen, die gemütlich ihr Heu wiederkäuten.

Schaulustige gab es kaum. Nur ein paar Kinder, die unbedingt einen Tiger sehen wollten, drückten sich hier herum. Ein alter Mann behielt sie mit finsterer Miene im Blick, während er den Platz fegte. Als er die drei Beschwörer sah, die entschlossen auf ihn zukamen, hielt er inne und stützte sich auf seinen Besen.

»Ob er uns weiterhelfen kann?«, flüsterte Grizzly seinen beiden Freunden zu. »Oder sollen wir doch besser gleich zum Direktor gehen, dem Herrn Keitar? Meist sind Alte wie er ja wunderbare Informationsquellen …«

Munter hielt er auf den Alten zu.

»Bis zur Aufführung bleibt noch eine Menge Zeit«, ergriff dieser das Wort und guckte die drei jungen Männer amüsiert an. Offenbar freute er sich über die Gelegenheit zu einem kleinen Schwätzchen.

»Deswegen kommen wir auch gar nicht«, stellte Ray klar. »Wir haben gehört, ihr braucht einen Beschwörer?«

Der Alte schob den breitkrempigen Strohhut in den Nacken, wischte einige einzelne Strohhalme von seinem fadenscheinigen Hemd. Offenbar bereitete er sich auf ein sehr langes Gespräch vor …

»Der Direktor hat tatsächlich nach einem geschickt«, antwortete er. »Ihm gehört das Zelt da drüben.«

»Weshalb denn?«, wollte Grizzly wissen.

»In der letzten Woche ist Tora fast abgestürzt. Aber daran ist sie selbst schuld, denn sie hat vor ihrem Auftritte die Seile nicht überprüft. Sonst fällt mir nichts weiter ein.«

»Weshalb braucht ihr dann einen Beschwörer?«, wollte Sayunaro wissen, während er sich aufmerksam umsah.

»Frag das den Direktor«, antwortete der Mann barsch und setzte seinen Besen wieder in Bewegung. »Er hat nach einem gerufen, da wird er schon wissen, warum.«

Indem er wütend weiterfegte, machte er klar, dass aus ihm kein Wort mehr herauszukriegen war.

»Eine wunderbare Informationsquelle also, ja?«, wandte sich Ray vergnügt an Grizzly.

»Damit habe ich ja nicht gemeint, dass er uns schon auf dem Weg zum Direktor in alle Geheimnisse einweiht.«

»Hattet ihr auch den Eindruck«, mischte sich Sayunaro ein, »dass der Bursche vor irgendetwas Angst hat?«

»Höchstens, dass er achtkantig rausfliegt, weil er mit uns plaudert, statt zu arbeiten«, antwortete Grizzly. »Oder siehst du das anders?«

»Ich gebe zu, dass er völlig ruhig gewirkt hat. Aber ich habe da etwas gespürt … Ach was, vermutlich spielt das gar keine Rolle.«

»Sprechen wir jetzt erst einmal mit dem Direktor«, verlangte Ray. »Er wird uns sagen, was wir wissen wollen.«

Sein dunkelrotes Zelt stand etwas abseits von den anderen und war auch ein klein wenig größer als diese. Grizzly hämmerte gegen eine Holzlatte vorm Eingang. Sobald von innen eine Antwort erfolgte, traten sie ein – und meinten in den Laden eines Händlers von allen möglichen Kostbarkeiten geraten zu sein.

Auf dem Boden lagen golddurchwirkte, weinrote Teppiche, auf aparten Regalen funkelten Becher, Statuetten und Schalen aus Gold. Kissen unterschiedlicher Größe und kunstvoll beschnitzte Stühle luden zum Sitzen ein. An Holztafeln prangten Plakate mit Bildern der Artisten in ihren exotischen Kostümen. Allein die junge Frau, die ihre Nummer als Harpyie verkleidet hoch oben unterm Zirkusdach vollführte, dürfte bereits einen Besuch der Vorstellung wert sein …

Im Zelt war es stickig, es roch nach süßlichen Parfümen und altem, verstaubtem Samt.

Erst als die drei sich aufmerksam umsahen, entdeckten sie den Direktor. Er saß an einem Tisch und betrachtete seine Besucher in aller Gemütsruhe. Auf den ersten Blick hätte man auch ihn der Inneneinrichtung zurechnen können.

Das Äußere dieses Mannes verband in erstaunlicher Weise die markantesten Merkmale von Menschen aus den unterschiedlichsten Provinzen.

In dem dunklen, leicht asymmetrischen Gesicht des typischen Hakatarers saß die Adlernase eines Mannes aus Welessa. Die dunklen Augen unter den buschigen, an der Nasenwurzel fast zusammengewachsenen Brauen trennte ein gewaltiger Abstand vom Mund mit seinen vollen Lippen. Das lange Kinn traf man wiederum meist bei den Bergvölkern aus Ando an. Es ragte über dem Spitzenkragen eines karminroten, über und über mit Blumen und Blättern bestickten Kleidungsstückes auf, einer eigenwilligen Kreuzung aus Frack und Umhang. Dies Stück war eigentlich das bevorzugte Obergewand der Adligen aus Yugora. Das Haar war sorgfältig abrasiert worden, doch Ray hätte sich nicht gewundert, wenn es rot wie bei den Menschen aus Hagura gewesen wäre.

Obwohl der Zirkusdirektor die gesamte Breite des Tisches einnahm, wirkte er nicht beleibt, sondern eher kräftig wie ein Arbeiter aus Datido.

Wundern durfte man sich über sein Äußeres übrigens nicht. Seine Vorfahren waren mit Sicherheit durch ganz Akane gezogen, sodass sich in ihm das Blut von Menschen aus zahlreichen Provinzen vermischt hatte.

Das offene Angegaffe seiner drei Besucher bedachte Herr Keitar mit einem strahlenden Lächeln, das seinen Mund noch breiter und seine Nase noch länger wirken ließ.

»Guten Tag, die Herren«, begrüßte er sie mit einer Stimme, die so sanft war, dass sie eigentlich einem anderen Mann hätte gehören müssen. »Womit kann ich dienen?«

»Die Frage ist eher, womit wir Euch dienen können«, ergriff Sayunaro das Wort, »denn Ihr habt Euch an den Orden der Beschwörer gewandt.«

»Ach ja. Wie gut, dass Ihr so schnell zu uns kommen konntet!«, erwiderte der Mann und zeigte auf die Kissen, die vor dem niedrigen Tisch lagen. »Nehmt bitte Platz!«

Erst nachdem Ray sich gesetzt hatte, fiel ihm das kostbare Teeservice samt den Dutzenden von Schalen mit allerlei Gebäck auf. Er hatte heute Morgen noch nichts gegessen …

»Was ist denn vorgefallen?«, fragte er, während er versuchte, einen möglichst bequemen Platz auf dem etwas steifen Kissen zu finden.

Herr Keitar brach zu ihrer aller Überraschung in schallendes Gelächter aus.

»Die Stimmung ist umgeschlagen«, erklärte er dann ernst. »Eine Zirkusgruppe, das ist ja letzten Endes eine große Familie. Da kommt es immer mal zu Streit. Aber der ist in der Regel schnell wieder vom Tisch. Zumindest war es bisher immer so.«

»Aber jetzt hat sich etwas geändert?«, hakte Grizzly nach, dessen Blick ebenfalls begehrlich über die Naschereien auf dem Tisch wanderte. Es dürfte ihn etliche Mühe kosten, sich auf den Direktor zu konzentrieren …

»Richtig. Meine Leute haben alle irgendwie den Verstand verloren. Es gibt nur noch Zank und Hass. Das ist gefährlich. Bei unserer letzten Vorstellung wäre Tora beinahe vom Trapez gefallen.«

»Und Ihr nehmt an, dahinter stecke irgendein Geist?«, fragte Sayunaro. »Womöglich habt Ihr sogar eine Vermutung, welcher.«

Bitte nicht, seufzte Ray innerlich, der aus dem Ton Sayunaros dieselben Vorbehalte herausgehört hatte, die auch er hegte. Nichts ist schlimmer als ein gewöhnlicher Mensch, der besser als jeder Beschwörer zu wissen glaubt, wer ihm gerade in die Suppe spuckt.

»Ganz recht«, trumpfte Herr Keitar auf. »Dahinter steckt ein Takkar. Ich habe den Burschen mit eigenen Augen gesehen. Vor zwei Tagen. Und gestern auch noch mal, da hat er unter diesem Regal hervorgelugt.« Herr Keitar wies mit seiner auffallend langen Hand auf die gegenüberliegende Wand. »Mir jagt ja niemand so schnell Angst ein, das bestimmt nicht.« Er deutete ein schiefes Grinsen an, das seine Nase zu verrücken schien. Eher bist wohl du es, der allen Angst einjagt, schoss es Ray bei diesem Anblick durch den Kopf. »Aber meine Seiltänzerinnen waren gerade hier drinnen – und sie haben einen furchtbaren Schreck bekommen. Sie weigern sich sogar aufzutreten, solange sich dieses Biest bei uns herumtreibt. Eine Vorstellung ohne sie aber … Kurz und gut, ihr wisst, worum es geht, erledigt also den Takkar, dann ist wieder alles im Lot.«

»Der Takkar ist mit Sicherheit nicht der Grund, sondern die Folge der angespannten Stimmung«, erklärte Ray. »Er taucht nur dort auf, wo es Streit und Feindschaft gibt, denn er lebt von schlechten Gefühlen.«

»Und woher kommen die bitte?«, erwiderte der Direktor.

»War der Geist groß?«, erkundigte sich Ray.

»Nein.« Herr Keitar hielt die Hände im Abstand einer Ratte auseinander. »Aber ausgesprochen widerwärtig.«

»Das sind sie immer«, bemerkte Sayunaro nachdenklich, während sein Blick auf dem Regal ruhte, wo der Takkar aufgetaucht war. »Ihr zieht mit dem Zirkus doch ständig durch die Lande, oder?«

»In der Tat, das tun wir«, antwortete Herr Keitar. Etwas an dieser Frage behagte ihm nicht, sodass er mürrisch am Ärmel seines prächtigen Gewandes zupfte. »Wir fahren von Stadt zu Stadt, bleiben jeweils ein paar Tage, geben unsere Vorstellungen, und schon geht's wieder weiter.«

»Seid Ihr zufällig durch eine gefährliche Gegend gekommen oder an verlassenen, finsteren Orten gewesen?«

Der Direktor dachte kurz nach und schüttelte dann den Kopf.

»Was ist mit aufgegebenen Friedhöfen?«, setzte Sayunaro die Befragung fort – und allmählich ahnte Ray, worauf sein Freund hinauswollte. »Zerstörten Tempeln oder Ruinen im Wald?«

An Orten wie den von Sayunaro genannten lebten Toyis, Geister, die liebend gern in Wagen oder Sänften kletterten. Ray wusste sogar von einer Geschichte, bei der sich eine solche Kreatur in den Satteltaschen eines Reiters eingenistet hatte. Diese Geister fügten den Menschen ständig irgendwelchen Schaden zu …

»Nein«, antwortete Herr Keitar. »Wir sind aus Garuon über eine hervorragende Straße und schöne Alleen hierhergekommen.«

»Und wo wart Ihr davor?«

»In der herrlichen Stadt Yurana«, gab der Zirkusdirektor

Auskunft. Ihm stand auf die Stirn geschrieben, dass er diese Fragen satthatte. Er beugte sich vor, stützte sich auf den Tisch, der unter seinem Gewicht erbärmlich ächzte, und betrachtete seine Gäste mit finsterer Miene. »Junger Mann! Merkt Euch eins! Wir sind nicht irgendeine Stümpertruppe, die durch die hinterste Provinz zieht. Uns kennt man in großen Städten. Und dort liebt man uns. Entsprechend hoch sind unsere Gewinne.«

»Das wissen wir doch«, mischte sich Grizzly ein, der mit einer heimlichen, aber sehr nachdrücklichen Geste von seinen beiden Freunden verlangte, den zukünftigen Geldgeber nicht zu erbosen. »Selbstverständlich vertreiben wir Euren Takkar, das stellt für uns gar kein Problem dar. Alles andere … kann warten.«

»Wir haben heute Abend noch eine Vorstellung«, teilte Herr Keitar ihnen mit, der nun wieder die Ruhe selbst war und hoheitsvoll den Rücken durchdrückte. »Seht sie euch an! Dort macht ihr euch das beste Bild von uns! Im Moment üben meine Leute, da sollten sie besser nicht gestört werden.«

»Erst mal kümmern wir uns um den Geist«, erklärte Ray beim Aufstehen. »Wo habt Ihr ihn zuletzt gesehen?«

Nachdem sie alle nötigen Angaben erhalten hatten, verließen sie nachdenklich das Zelt.

Die Mittagshitze hatte nun selbst die unermüdlichen Kinder und den alten Mann mit seinem Besen vom Platz vertrieben.

Im Schatten eines Zeltes lag ein struppiger Hund, eine echte Promenadenmischung. Es war völlig still, nur ein gleichmäßiges Klacken war zu hören, in größerem Abstand läutete eine Glocke.

»Dann lasst mal eure Vorschläge hören«, verlangte Ray.

»Schnellstens etwas essen«, sagte Grizzly, dessen Magen knurrte, als wollte er die Worte bestätigen. »Ich sterbe vor Hunger, da denke ich nur an mein Überleben, nicht an Geister!«

»Einverstanden«, entschied Sayunaro. »Der Takkar taucht erst wieder auf, wenn irgendwo die Fetzen fliegen. Bei dieser Hitze dürfte aber allen die Lust auf einen Streit vergangen sein.«

»Vielleicht«, erwiderte Ray grinsend, »sollten wir uns ja in die Haare kriegen, um ihn anzulocken.«

»Wenn, dann erst nach dem Essen«, erwiderte Grizzly. »Ich habe übrigens vorhin ein ganz ordentliches Speiselokal gesehen.«

Daraufhin hielten sie auf die Straße des Blauregens zu, die vom Platz abging, blieben dann aber an den Zelten der Zirkusleute stehen. Ein großer, breitschultriger Mann schleuderte Messer um Messer gegen ein Holzbrett, das mit roten und weißen, ineinander liegenden Kreisen bemalt war. Über den nackten Rücken des Athleten rann Schweiß, die kurzen Haare und das Tuch um seine Stirn waren längst klitschnass, dennoch hörte er nicht auf. In seinem Eifer bemerkte er seine Zuschauer nicht einmal.

»Wie kann jemand bei der Hitze noch treffen?«, staunte Grizzly.

Erst bei diesen Worten drehte sich der Messerwerfer um. Er hatte ein offenes Gesicht – und im Moment schlechte Laune. Nachdem er die ungebetenen Gäste mit einem mürrischen Blick bedacht hatte, legte er das Messer von einer Hand in die andere und wischte sich die Wurfhand an seinen kurzen Leinenhosen ab.

»Was wollt ihr?«, fragte er in tiefem Bass.

»Zuschauen«, antwortete Grizzly. »Das war große Klasse!«

Sofort glätteten sich die Züge des Mannes.

»Werdet Ihr auch heute Abend auftreten?«, baute Grizzly seinen Erfolg aus. »Das würde ich zu gern sehen.«

Sayunaro wandte sich ab, um sein Grinsen zu verbergen, aber dem Mann gefiel die offene Schmeichelei.

»Selbstverständlich«, sagte der Athlet und steckte die Messer in spezielle Taschen an seinem Gürtel. »Meine Nummer zählt zu den beliebtesten Attraktionen. Überhaupt bin ich fast die ganze Zeit in der Arena.«

Grizzly erging sich schon wieder in Ausrufen schieren Entzückens und überschüttete den Mann mit Komplimenten für sein Geschick und seine Treffsicherheit.

»Wir haben gehört«, mischte sich Ray ein, »hier würde sich ein Geist rumtreiben.«

»Wer behauptet denn so was?«, fragte der Messerwerfer.

»Herr Keitar«, antwortete Ray. »Wir sind übrigens Beschwörer.«

Der Athlet verschränkte die Arme vor der Brust und maß die drei mit einem neuerlichen Blick aus seinen strahlenden Augen. Offenbar entsprachen sie seinen Vorstellungen von Magiern, denn zum Abschluss der Musterung nickte er.

»Ja, die Frauen haben wohl einen gesehen«, erklärte er. »Ich aber nicht.«

»In letzter Zeit soll es auch Unstimmigkeiten in der Truppe gegeben haben«, fuhr Ray fort. »Die Stimmung soll ziemlich mies sein ...«

»Kein Wunder!«, brummte der Messerwerfer. »Unser Direktor zahlt uns seit Neuestem ein Drittel weniger. Das schmeckt natürlich niemandem.« Die Blicke, welche die drei Beschwörer daraufhin untereinander austauschten, entgingen ihm nicht. Unwillkürlich musste er grinsen. »Das hat er euch wohl nicht erzählt, wie? Ihr wisst nur was von Geistern, die zur Jagd auf uns geblasen haben.«

Der Messerwerfer warf einen unguten Blick hinüber zum Zelt des Zirkusdirektors und drehte sich dann wieder seinem Holzbrett zu.

»In der Tat, das hat er nicht«, sagte Ray. »Habt Dank für diese Auskunft.«

»Damit wäre auch das geklärt«, hielt Grizzly aufgeräumt fest, als sie ihren Weg fortsetzten. »Die Artisten bekommen nur noch schlechtes Geld für gute Arbeit. Da bleibt Streit natürlich nicht aus. Das wiederum lockt unseren Takkar an«, schloss er. »Wir essen jetzt erst einmal was, dann finden wir dieses Biest, vertreiben es ...«

»... und raten dem Direktor, seine Artisten anständig zu bezahlen«, fiel Ray ihm grinsend ins Wort. »Selbstverständlich wird er nicht auf uns hören, sodass er uns schon bald wieder rufen wird, damit wir den nächsten Takkar vertreiben.«

»Das muss er selbst wissen. Ich an seiner Stelle würde aber …«

»Halt!«, rief Sayunaro und blieb stehen. »Hört ihr das?«

Mit einer Kopfbewegung deutete er auf die Wagen rechter Hand.

»Also ich höre nichts«, gestand Ray.

»Diese Stimme, das ist doch …« Sayunaro legte den Kopf auf die Seite und verengte die Augen zu Schlitzen. »Da! Schon wieder.«

Nun hörten auch die beiden anderen das bedrohliche Fauchen eines Mannes, das immer wieder von Schluchzern einer Frau unterbrochen wurde. Mit einem Mal lachte jemand lauthals, danach war wieder Gewimmer zu hören.

Sayunaro deutete auf einen Wagen. Unter ihm kauerte im Schatten zwischen den Rädern ein gewaltiges dunkles Geschöpf, das selbstvergessen die Stimmen von Menschen nachahmte.

»Da hätten wir unseren Freund ja«, stieß Grizzly aus. »Und wie groß der Kleine geworden ist!«

»Hat der Direktor nicht behauptet, er habe die Größe einer Ratte?«, fragte Sayunaro, der bereits einen Zauber vorbereitete.

Ray nickte schweigend und bedeutete den beiden anderen, den Wagen zu umstellen. Der Takkar hatte mittlerweile in der Tat eine beeindruckende Größe vorzuweisen und erinnerte an einen übergroßen Hundertfüßer mit Büscheln von schwarzem Fell.

Ekelhaft, dachte Ray. Allerdings habe ich schon widerlichere Takkare gesehen. Nur waren die viel kleiner. Aber dieser Bursche … Was um alles in der Welt geht in diesem Zirkus vor, dass ein solches Ungeheuer entsteht?!

Der Takkar lag im warmen Sand und verdaute die aufgenommenen Missstimmungen: Voller Vergnügen ahmte er die Stimmen der Menschen nach, die sich vorhin gestritten und ihm damit Nahrung geliefert hatten. Trotz allem bemerkte er jedoch die drei Beschwörer. Ray hatte seinen Zauberspruch noch nicht zu Ende zitiert, da rollte sich der Geist bereits zu einer prallen Kugel zusammen und schoss unter lautem Gezeter davon.

Die drei stürzten ihm über den Platz nach. Irgendwann blieb

der Takkar, umhüllt von aufgewirbeltem Staub, stehen, schnitt ihnen eine Grimasse und streckte ihnen die lange, haarige Zunge heraus.

»Was für ein Mistviech!«, keuchte Grizzly, der neben Ray herrannte.

Der Takkar schlüpfte unter einen Wagen und tauchte auf der anderen Seite wieder auf. Während die drei Beschwörer das Hindernis noch umrundeten, hielt der Geist bereits auf die Zelte zu, wobei er die ganze Zeit ein schadenfrohes Lachen ausstieß, in das sich vereinzelte Schluchzer mischten.

Eine schlanke junge Frau mit kurzem Haar kam auf das Gejammer hin aus dem Zelt gestürzt. Erstaunt nahm sie die unglaubliche Verfolgungsjagd zur Kenntnis, spornte sogleich die drei Beschwörer mit einem Schrei an und stieß einen Pfiff aus, wie man ihn sonst nur von Straßenjungen kannte.

Sofort kam der Messerwerfer herbeigeeilt. Kaum sah er den Takkar, schleuderte er eine seiner Klingen, die jedoch durch den Geist hindurchglitt, ohne Schaden anzurichten. Klirrend landete sie auf dem Boden.

Ray hätte beinahe Herrn Keitar umgerissen, der ebenfalls angerannt kam.

»Was geht hier vor?!«, wollte er wissen.

»Wir fangen den Takkar«, rief Grizzly, ohne die Verfolgung zu unterbrechen.

Ray hatte endlich seinen Zauber parat und feuerte ihn gegen den Geist. Auf der rechten Flanke unterstützte ihn Sayunaro. Der ungebetene Gast war aber längst zu stark. Er jaulte nur empört auf, bedachte die drei Beschwörer dann mit etlichen Flüchen, ausgestoßen mit der Stimme des Zirkusdirektors, und raste zum Unterstand der Ochsen.

Der Takkar war so vollgefressen, dass er sich unglaubliche Frechheiten erlaubte und weder Menschen noch Beschwörer fürchtete. Er musste sich für unverletzlich halten, sodass er die Verfolgungsjagd von ganzem Herzen genoss.

Die Ochsen nahmen ihn überhaupt nicht zur Kenntnis, sondern kauten unverdrossen weiter. Für sie stellte der Geist in der

Tat nicht die geringste Gefahr dar. Dafür schoss der Alte, der friedlich im Stroh geschlummert hatte, wie von der Tarantel geschossen zwischen den Tieren hervor. Der Takkar tat so, als wollte er ihn angreifen, ließ ihn dann aber einfach stehen und stürzte weiter zum großen Zirkuszelt.

Inzwischen hatten sich weitere Artisten auf dem Platz eingefunden, um dieser ungewöhnlichen Jagd beizuwohnen. Der Takkar bedachte die drei Beschwörer noch einmal mit einer ungehörigen Geste, die er sich von Menschen abgeschaut haben musste, und huschte ins Zirkuszelt.

Ray erreichte den Eingang als Erster, schlug die Plane zur Seite und stürzte dem Geist hinterher.

Angenehme Kühle empfing ihn. Die Manege lag in hellem Licht, die Zuschauerbänke wurden von Dunkel geschluckt. Ray erkannte bloß, dass dort jemand saß, aber nicht, wer. Einige Artisten übten ihre Nummern ein. Bunte Bälle flogen durch die Luft, metallene Reifen funkelten … Rays ungeteilte Aufmerksamkeit galt jedoch dem Wesen, das in die Manege hineinjagte.

Der Takkar raste an einem Jongleur vorbei und verschwand hinter einem Stapel silberner Reifen. Ray zog die Yari und jagte den nächsten Zauber durch die Klinge. Die Reifen flogen in alle Richtungen auseinander. Die Artisten brachten sich keifend vor ihren lebendig gewordenen Requisiten in Sicherheit. Ray selbst musste sich ebenfalls vor einem Geschoss ducken. Sayunaro, der inzwischen zu ihm aufgeschlossen hatte, wich in letzter Sekunde einem Zusammenstoß aus, Grizzly stieß beim Anblick eines Reifens, der plötzlich ein Dutzend Klingen ausfuhr, einen wütenden Kampfschrei aus.

»Aus dem Weg!«, verlangte Ray.

Die Zirkusleute folgten dem Befehl umgehend.

Ray packte den Takkar am Schwanz und rammte ihm die Lanzenspitze in den Leib. Grizzly und Sayunaro attackierten das Biest zusätzlich mit Zaubern. Ein Schwall heißer Luft schlug Ray ins Gesicht. Plötzlich peitschte etwas auf seine Finger ein. Danach hielt er nur noch den Schwanz des Takkars in Händen, der Rest war glücklich entkommen.

Ein Takkar verfügte über eine besondere Fähigkeit, die den Kampf gegen ihn zusätzlich erschwerte: Sobald er eine bestimmte Größe erreicht hatte, konnte er wie eine Eidechse den Schwanz abstoßen. Nach dem gelungenen Wachstum bereitete dieser kleine Trick dem Geist selbstverständlich nicht die geringste Mühe.

»Ein hübsches Tierchen habt ihr euch da herangezüchtet«, bemerkte Ray.

Mittlerweile hatte sich die gesamte Zirkustruppe in der Arena versammelt. Ray kannte lediglich die Frau mit dem kurzen Haar, den Messerwerfer und den Direktor. Drei hagere Frauen in eng anliegenden Trikots standen neben einigen kräftigen, großen Männern und einer Frau von etwa dreißig Jahren mit einer beeindruckenden Frisur aus weißen Locken, die wunderbar zu ihrem stupsnasigen, im Grunde hässlichen, dabei aber durchaus anziehenden Gesicht passte. Ein breitschultriger Athlet und ein muskulöser Jüngling mit schwarzem Haar und scharfen Gesichtszügen betrachteten Ray mit offener Neugier.

Sie alle spendeten tosenden Beifall. Ja glaubten die denn, sie bekämen hier eine einzigartige Zirkusnummer geboten?

Obwohl Ray dergleichen noch nie erlebt hatte, begriff er, dass er nun wohl ein strahlendes Lächeln zustande bringen sollte. Sayunaro verbeugte sich elegant, Grizzly winkte huldvoll.

»Bravo«, sagte der Direktor zufrieden, sobald der Applaus verstummt war. »Hervorragende Arbeit. Damit sind wir diesen Burschen ein für alle Mal los, oder?«

Rays Blick huschte über den Takkarschwanz in seiner Hand, der bereits zerfiel. Er wollte dem Direktor schon gestehen, dass zum Aufatmen leider noch kein Grund bestünde, doch da kam Sayunaro ihm mit einer Antwort zuvor.

»Ganz genau«, antwortete er im Brustton der Überzeugung. »Ihr braucht Euch keine Sorgen mehr zu machen.«

»Wunderbar«, mischte sich die Frau mit den weißen Locken ein. »Endlich können wir wieder in Ruhe arbeiten.«

Sie hatte eine bemerkenswerte Stimme, tief und fast ein wenig heiser, aber sehr schön.

Die übrigen Artisten brachten ebenfalls ihre Freude über die erfolgreiche Vertreibung des Takkars zum Ausdruck. Alle wollten den Beschwörern danken, ihnen auf die Schulter klopfen, die Hand schütteln oder sie zumindest genauer in Augenschein nehmen. Die drei antworteten auf alle Fragen mit breitem Strahlen. Wie ein Haufen missgünstiger Streithähne wirken diese Zirkusleute eigentlich gar nicht, ging es Ray durch den Kopf. Wie also konnte in ihrer Mitte ein Takkar von solcher Größe entstanden sein?

Irgendetwas stimmte hier nicht.

Ray suchte Sayunaros Blick. In ihm las er die gleichen Zweifel.

»Jetzt ist es aber genug!«, unterband der Zirkusdirektor irgendwann das Treiben, wobei er gebieterisch mit seinem Umhang fuchtelte. »Der Geist ist erledigt, also Marsch, Marsch an die Arbeit. Heute Abend müssen wir schließlich eine Vorstellung geben … Mädchen, das gilt auch für euch! Die Herren Beschwörer haben im Übrigen selbst noch einiges zu erledigen!«

Er schickte seine Untergebenen höflich, aber entschieden in ihre Zelte. Alle gehorchten, die Frau mit dem kurzen Haar winkte Ray noch zum Abschied zu.

»Folgt mir bitte!«, wandte sich Herr Keitar an die drei und vollführte eine einladende Geste. »Wir müssen uns noch über eure Bezahlung unterhalten.«

Vor dem Zelt ließ Ray Grizzly und dem Zirkusdirektor den Vortritt.

»Was sollte das?«, raunte er Sayunaro zu. »Warum hast du behauptet, wir hätten den Takkar vertrieben?«

»Weil hier Unheilvolles im Schwange ist«, antwortete dieser voller Sorge, und in seinen hellblauen Augen funkelte flüchtig jener rote Schatten, den Ray bereits kannte. »Besser, es glauben alle, wir hätten unsere Arbeit erfolgreich erledigt. Dadurch beruhigen sich sowohl die Menschen als auch die Geister.«

»Wieso *Geister*?«

»Weil ich neben dem Takkar, den wir erledigt haben, noch drei andere Burschen der Art entdeckt habe. Einer saß auf einem Hochseil, der zweite hatte sich zwischen den Zuschauerbänken versteckt, der dritte hinter den Vorhängen am Ausgang.«

»Bei den Bänken habe ich auch etwas bemerkt«, erwiderte Ray, dessen böse Vorahnungen sich verstärkten. »Allerdings habe ich nicht erkennen können, wer oder was das war.«

»Dann wollen wir Herrn Keitar mal mit dieser Neuigkeit entzücken«, knurrte Sayunaro.

Grizzly saß bereits wieder auf der Schilfmatte und wirkte mit der Teeschale in seinen Händen und der Schüssel mit Leckereien vor sich hochzufrieden. Nach getaner Arbeit hielt Herr Keitar die Beschwörer anscheinend für würdig, mit ihm zu speisen. Als er jedoch die Gesichter von Sayunaro und Ray sah, war es vorbei mit seiner Hochstimmung.

»Diese Miene kenne ich«, sagte er. »Die setzen meine Artisten auch immer auf, wenn sie mehr Geld von mir wollen. Worum geht es?«

»Wir haben den Takkar nicht vertrieben«, antwortete Ray unumwunden.

»Einen Moment mal, ich habe doch mit eigenen Augen ...«

»Er hat lediglich wie eine Eidechse den Schwanz abgeworfen«, erklärte Sayunaro und ließ sich auf die Schilfmatte plumpsen. »Er treibt sich also immer noch in der Nähe herum.«

»Wie kann das sein?«, fragte Herr Keitar, nahm Platz und warf Grizzly einen verzweifelten Blick zu.

Dieser seufzte mitleidvoll, nickte und nahm sich eine weitere Nascherei vom Teller.

»Dieses Wesen verkörpert Lüge, Betrug und Verleumdung«, holte Ray aus. »Man zerstört es nie vollständig. Ein winziger Rest bleibt immer in unserer Welt zurück.« Er führte Daumen und Zeigefinger bis auf einen schmalen Spalt zusammen. »Daraus kann leider jederzeit wieder ein echtes Ungeheuer entstehen. Man braucht ihm nur genug schlechte Gefühle zur Nahrung anzubieten.«

»So, wie Ihr das darstellt«, sagte Herr Keitar und blickte noch unzufriedener drein, »müssten diese Geister ja immer in der Nähe von Menschen leben.«

»Das tun sie auch«, bestätigte Sayunaro, der sich angesichts der aufrechten Verwunderung des Mannes ein Lachen verkneifen musste. »Nur sind sie meist so klein wie Ameisen, Flöhe, Wanzen oder Kakerlaken.«

»Zunächst haben wir angenommen, Eure Artisten seien unzufrieden, weil Ihr ihnen das Geld gekürzt habt«, fuhr Grizzly fort. »Aber als wir den Geist gesehen haben, ist uns klar geworden, dass mehr dahinterstecken muss.«

»Außerdem gibt es nicht nur diesen einen Takkar«, ergänzte Ray, »sondern mindestens noch drei weitere. Und sie alle sind von beachtlicher Größe. Allein mit den schlechten Gefühlen von Menschen lässt sich ihr Auftreten also nicht erklären.«

»Ich zahle meinen Leuten in der Tat seit einiger Zeit weniger«, gab Herr Keitar zu. »Aber alle wissen, dass dies bloß eine vorübergehende Maßnahme ist. Wir müssen einige teure Anschaffungen tätigen ... Und wir haben es wirklich mit einer ganzen Horde dieser Geister zu tun?«

»Leider ja.«

»Aber wie kommen diese Biester in meinen Zirkus?!«

In der sanften Stimme des Zirkusdirektors schwang unverfälschter Zorn mit. Sein Gesicht war jetzt fast ebenso rot wie sein Gewand. Er drückte den Rücken durch und schien bereit, den Kampf gegen die feindlichen Geschöpfe aus der jenseitigen Welt sofort aufzunehmen.

»Dahinter steckt ein sehr starker Geist«, erklärte Ray. »Bisher wissen wir allerdings noch nicht, welcher. Er ist wie ein Hai, der seine Kreise zieht, und kleine Aasfresser wie Takkare im Schlepptau hat.«

»Und was beabsichtigt Ihr nun zu unternehmen?«, erkundigte sich der Zirkusdirektor.

»Gründlich nachzudenken«, antwortete Sayunaro sehr zum Erstaunen des Herrn Keitar. »Die Arbeit eines Beschwörers besteht nämlich nicht nur darin, Geistern hinterherzujagen.«

»Und wir müssen etwas essen«, warf Grizzly ein. »Deshalb begeben wir uns jetzt ins nächste Teehaus und ...«

»Nein, ihr bleibt schön hier«, entschied Herr Keitar. »Ich

werde anordnen, dass man euch bringt, was ihr braucht, denn mit euch in der Nähe fühle ich mich wesentlich sicherer.«

»Soll mir auch recht sein«, sagte Grizzly zufrieden.

»Und zu den Artisten kein Wort«, verlangte Ray. »Sie dürfen auf keinen Fall in Panik geraten.«

Der Zirkusdirektor nickte schweigend und verließ sein Zelt.

Eine Viertelstunde später trat ein Junge mit der bunten Schürze eines Laufburschen ein und brachte ihnen Essen aus dem Speiselokal, zu dem sie eigentlich hatten gehen wollen. Er stellte eine Unzahl von Schüsseln, Tellern und Schalen auf dem Tisch ab.

»Seid ihr neu in der Truppe?«, fragte er neugierig.

»Das sind wir. Und wir haben die tollsten Nummern im Angebot«, ätzte Sayunaro kaum hörbar, denn er wollte nur eines: sich so schnell wie möglich an die Arbeit machen.

»Nein, wir sind lediglich Gäste von Herrn Keitar«, antwortete Ray lächelnd.

»Aha«, murmelte der Junge enttäuscht und verlor prompt jedes Interesse an den unbekannten Männern.

Sobald er draußen war, machten die drei sich über das Essen her und versuchten gleichzeitig, Licht ins Dunkel dieser Angelegenheit zu bringen. Sayunaro hielt in einer Hand ein Stäbchen, in der anderen eine Feder, um auf einer Serviette sämtliche Geister festzuhalten, die hinter den Vorfällen stecken konnten.

»Ein Manmo«, schlug Ray vor, obwohl er diese Lösung selbst für wenig wahrscheinlich hielt.

»Nein«, brummte Grizzly mit vollem Mund. »Der hätte nicht so viel Federlesens gemacht, sondern sämtliche Zirkusleute mit Haut und Haar verschmaust.«

»Und die Shiisans hätten sich den Takkar einverleibt«, fügte Sayunaro grinsend hinzu.

»Von einem Gutgreis geht enorme Bosheit aus«, wagte Ray den nächsten Vorschlag, streckte sich auf dem Boden aus und verschränkte die Hände hinter dem Kopf. »Aber den hätten wir längst gespürt.«

»Hokayus leben nur in den Bergen«, sagte Grizzly, während er sich ein weiteres Reisküchlein nahm. »Außerdem ertragen sie Menschen nicht.«

Eine Weile grübelten sie schweigend.

»Wenn ich bloß rasch in die Bibliothek könnte«, stieß Sayunaro aus, während sein Blick über die Stücke in den Regalen wanderte.

»Wir könnten uns an Soburo wenden«, schlug Grizzly vor. »Er hat Zugang zur Bibliothek des Ordens …«

»Auf gar keinen Fall«, entschied Ray und setzte sich wieder auf. »Das ist unser erster richtiger Auftrag, da können wir nicht gleich um Hilfe betteln. Nein, das schaffen wir schon allein!«

Gerade als Grizzly zu Widerspruch ansetzte, wurde die Plane am Eingang förmlich zurückgerissen.

Die drei fuhren herum.

Grelles Licht strömte ins Zelt, dann trat entschlossenen Schrittes eine Frau ein.

Sie war recht hübsch, nach Rays Dafürhalten jedoch ein wenig zu groß, außerdem missfielen ihm die ausgeprägten Muskeln an Armen und Schultern. Sayunaro schien das jedoch nicht zu stören, denn er betrachtete ihre Besucherin geradezu hingerissen. Grizzly schob sofort die Schale mit den Reisküchlein zur Seite und wischte sich den Mund am Hemdsärmel ab.

Die Frau trug eine kurze Hose und eine eng anliegende Jacke. Diese war mit Pailletten besetzt, die das gleiche Rot zeigten wie ihr Haar. Bestimmt ist sie aus Suro, ging es Ray durch den Kopf. Er hatte gehört, dass die Frauen dieser Provinz ebenso selbstständig, kräftig und unabhängig sind wie die Männer. Sie sollten sogar an den endlosen Kriegen teilnehmen, die Suro mit den Nachbarprovinzen führte. Als Ray diese Unbekannte vor sich sah, war er geneigt, all diese Geschichten zu glauben.

»Ihr seid doch die Beschwörer, die den Geist gefangen haben, oder?«, fragte sie mit einem samtenen Kontraalt.

»Ebendie«, antwortete Ray höflich, dem nun aufging, dass die Frau vorhin nicht unter den anderen Artisten im Zelt gewesen war.

»Ich muss mit euch reden.«

»Setz dich doch erst einmal«, sagte Sayunaro und stand auf, um ihr seinen eigenen Platz zu überlassen.

Mit einem Nicken und elegant wie eine Königin ließ sie sich auf der Schilfmatte nieder.

»Ich heiße Tora«, stellte sie sich vor und strich eine rote Locke aus der hohen Stirn.

»Dann bist du diejenige, die bei der letzten Vorstellung beinahe vom Trapez gestürzt wäre?«, hakte Grizzly nach.

Tora bedachte ihn mit einem arroganten Blick. Auf diese taktlose Frage erwartete er ja wohl keine Antwort …

»Ich war es, die darauf bestanden hat, dass Keitar einen Beschwörer hinzuzieht«, fuhr sie an Ray gewandt fort. »Und zwar nicht, wie er glaubt, weil ich Angst vor dem Takkar habe.« Sie deutete ein Lächeln an. Dass sie nicht ängstlich war, glaubte ihr Ray sofort – nicht bei dem Gesicht mit dem willensstarken Kinn und den fest aufeinandergepressten Lippen. Obendrein gaben ihre türkisfarbenen Augen nicht den geringsten Hinweis darauf, was in ihrem Innern vorging.

»Warum wolltest du denn dann einen Beschwörer rufen?«, fragte Sayunaro, der die Frau aufmerksam anschaute. Die Serviette mit ihren Notizen entzog er jedoch geschickt ihrem neugierigen Blick.

Tora ließ sich mit der Antwort Zeit.

»Weil hier etwas Merkwürdiges vor sich geht«, rückte sie schließlich mit der Sprache heraus. »Damit meine ich nicht bloß meinen Unfall … Während der Vorstellung habe ich mich völlig erschlagen gefühlt, mir hat jede Kraft gefehlt.«

»Und das ist ungewöhnlich?«, erkundigte sich Ray sanft. »Du übst doch ständig, irgendwann muss dich die Erschöpfung einholen und …«

»Falsch«, fiel sie ihm ins Wort. »Bei einer Vorstellung werden so viele Gefühle freigesetzt, da fühlst du dich immer gut. Voller Schwung. Die Begeisterung der Zuschauer verleiht dir jede Menge Kraft.« Tora hing ganz kurz ihren Erinnerungen nach, dann verlor sich das Strahlen in ihren Augen wieder. »Zumindest war es bisher so … Seit einiger Zeit gelingt mir in der Manege dagegen kaum noch etwas. Bei der letzten Vorstellung ist mir sogar schwarz vor Augen geworden. Alles um mich herum hat sich plötzlich gedreht. Ich habe mich wie ausgewrungen gefühlt.« Die Frau schüttelte angeekelt den Kopf.

Sie ist daran gewöhnt, stark zu sein, hielt Ray für sich fest.

»Manchmal«, fuhr Tora fort, »komme ich morgens kaum aus dem Bett, weil ich mich fühle, als hätte ich die ganze Nacht kein Auge zugetan.«

»Nachttänzer«, murmelte Sayunaro.

»Bitte?«, wandte diese sich an ihn.

»Das sind Geister, die schöne Frauen und Männer auffordern, mit ihnen im Mondlicht zu tanzen«, erklärte er und schrieb etwas auf eine weitere Serviette. »Am nächsten Morgen fühlt man sich wie erschlagen und erinnert sich an nichts. Diese Geister treten allerdings meist in der Provinz in Erscheinung, nicht in der Stadt.«

»Seit wann hast du das denn schon?«, fragte Grizzly.

»Es hat vor drei Wochen angefangen«, antwortete Tora. »Da waren wir in Garuon. Danach sind wir hierhergekommen.«

»Dann hast du diese Mattigkeit an dir also zum ersten Mal auf dem Weg in die Hauptstadt beobachtet?«, bohrte Ray weiter.

»Ja.« Tora fuhr sich durch ihr leuchtendes Haar. »Keitar nimmt das nicht ernst. Seiner Ansicht nach bräuchte ich bloß mal ordentlich auszuschlafen, und alles wäre wieder in Ordnung. Ich aber sehe das anders, deshalb habe ich euch diese Geschichte auch erzählt.«

»Das war völlig richtig von dir«, sagte Ray.

»Und wie fühlst du dich jetzt?«, erkundigte sich Sayunaro. »In dieser Minute?«

»Hervorragend«, antwortete sie und schenkte ihm ein betörendes Lächeln. »Überzeugt euch doch heute Abend in der Vorstellung davon.«

Sie stand geschmeidig auf und verließ das Zelt wieder.

Ray streckte sich erneut auf dem Boden aus, schloss die

Augen und dachte über das nach, was er eben gehört hatte. Zu einem Gesamtbild wollten sich die einzelnen Bruchstücke jedoch nicht fügen …

Riesige Takkare, eine entkräftete Artistin, ein geheimnisvoller Geist hinter allem, friedfertige Menschen, die aus heiterem Himmel aufeinander losgehen …

»Er tritt während der Vorstellung in Erscheinung«, sagte Ray und öffnete die Augen.

»Wer?«, fragte Grizzly.

»Der Geist«, antwortete Ray. »Deshalb spüren wir ihn auch noch nicht. Etwas bei der Vorstellung muss ihn anziehen. Dann tritt er auf, zieht alle Kraft aus Tora und füttert mit seinen negativen Gefühlen die Takkare.«

»Willst du etwa behaupten, er kommt nur in den Zirkus, um dieser Frau ein bisschen Energie abzuzapfen?«, erwiderte Grizzly. »Und wenn ja, warum dann nur ihr?«

»Sie ist sehr schön«, bemerkte Sayunaro, ohne auf die Grimasse zu achten, die Grizzly ihm schnitt. »Vielleicht haben wir es also tatsächlich mit einem Nachttänzer zu tun …«

»Diese Geister sind zwar nicht gerade freundlich«, hielt Ray dagegen, »aber auch nicht so böse, dass ein paar Takkare in ihrer Nähe wachsen und gedeihen.«

»Wir sind also keinen Schritt weiter«, brachte Grizzly die Sache auf den Punkt. Er ließ seinen Blick durch das Zelt schweifen, als hoffte er, an seinen Wänden Antworten auf alle Fragen zu finden, die ihnen so zusetzten. »Aber wenn ein kurzer Auftritt im Zirkus ausreicht, um unseren Freund von Monstertakkar heranzuziehen, dann sollten wir uns auf einen echten Widerling gefasst machen.«

»Am besten besuchen wir wirklich heute Abend die Vorstellung«, entschied Ray. »Vielleicht taucht er ja auf.«

»Na hoffentlich«, murmelte Grizzly.

Am Abend wimmelte der Platz von fröhlichen Menschen. In der Dunkelheit leuchteten bunte Laternen, Fahnen flatterten, Musik spielte, die Menge lärmte, die Verkäufer von Naschwerk und gesüßtem Wasser boten mit lauten Rufen ihre Waren feil. Kinder tobten herum und beschossen einander lachend aus langen Röhren mit Pailletten.

Fröhlich strömten die Menschen ins Zelt. Der Alte, der heute den Platz gefegt hatte, trug nun ein weinrotes langes Gewand und stand mit gewichtiger Miene vorm Eingang, um die Eintrittskarten zu kontrollieren.

Ray, Grizzly und Sayunaro hatten am Nachmittag den ganzen Platz abgelaufen und mit den Artisten gesprochen, die ihnen Rede und Antwort stehen wollten, die übrigen lehnten dies vor der Vorstellung strikt ab. Die drei hatten weder über die Takkare noch über den mysteriösen Geist im Hintergrund mehr erfahren. Jetzt saßen sie in drei verschiedenen Bereichen des sich rasch füllenden Saals, behielten das Geschehen aufmerksam im Auge und verständigten sich mit Blicken.

Bisher hatte jedoch keiner von ihnen etwas beobachtet, das für sie von Interesse gewesen wäre.

Wie viel Zeit wir damit zubringen, einen feindlich gesinnten Geist aufzuspüren, überlegte Ray. Die eigentliche Vertreibung ist danach ja meist im Nu erledigt. Aber diese Art von Jagd hat durchaus ihren Reiz …

Ein paarmal war sein Blick zum strengen Gesicht des Zirkusdirektors hinübergewandert, der immer wieder in der Menge auftauchte und nach ihnen Ausschau hielt. Er war der Einzige, der in ihren Plan eingeweiht war. Deshalb wünschte er sich nichts sehnlicher, als dass sie Entwarnung geben würden.

Sobald alle saßen, stellten die Händler mit ihren Bauchläden voller Naschwerk den Verkauf ein. Es wurde kurz mucksmäuschenstill, dann aber erhob sich ungeduldiges Gemurmel.

Ray fing Sayunaros ruhigen Blick auf und schüttelte den Kopf. Sein Freund bedeutete ihm, dass er ebenfalls nichts beobachtet hatte.

Mit einem Mal setzte laute Musik ein. Kräftige Trompeten brachten die Zuschauer zum Schweigen. Als Ray diese Töne hörte, rieselte ihm eine Gänsehaut über den Rücken. In ihnen schwang etwas völlig Disharmonisches mit, das aber bestens zu

Rays gegenwärtiger Gemütslage passte. Wahrscheinlich ging es den meisten Zuschauern ebenso, denn die Menschen um ihn herum erstarrten förmlich, sperrten die Ohren auf und guckten mit großen Augen in die Manege.

Die Artisten hielten in den denkbar unwahrscheinlichsten Kostümen ihren feierlichen Einzug. Die kann man ja glatt mit Geistern verwechseln, schoss es Ray durch den Kopf. Ob sie vielleicht aus einem verfallenen Schloss ausgebüxt sind? Da gab es Wesen, die ein wenig an Reiher erinnerten, sowie große, bunte oder mottenzerfressene Kreaturen. Zwischen ihnen schritt mit hoch erhobenem Haupt die weißlockige Frau einher, deren gewinnende Hässlichkeit Ray heute morgen so bestaunt hatte. Jetzt glich sie einer Königin. Das paillettenbesetzte weiße Kleid funkelte im hellen Licht, in den Haaren glitzerten zwei Nadeln, die Rays Blick fast gegen seinen Willen in ihren Bann zogen.

Und dann fing sie zu singen an. Ihre eigenartige, ein wenig heisere Stimme klang kräftig und gebieterisch. Nie zuvor hatte Ray etwas gehört, das betörender gewesen wäre. Der Gesang verband sich in einer Weise mit der Musik, dass nicht mehr zu entscheiden war, wo das Orchester einsetzte, wo die Stimme. Kurz darauf lagen beide Parteien im Widerstreit, was ihn fast noch mehr fesselte.

Die Artisten boten nicht nur ihre akrobatischen Kunststücke dar, sondern führten gleichsam eine alte Legende auf, in der es um Wesen ging, die in Ruinen lebten, um alte und böse, junge und schöne, um einsame und verzweifelte Geschöpfe. Sie alle aber einte ihr Unwissen: Welcher Zauberer hatte sie einst geschaffen? Und in welcher Absicht?

Mit jeder einzelnen Kreatur verband sich eine eigene Geschichte. Da gab es Harpyien, die das Fliegen verlernt hatten, aber auch ein Gespenst, das dazu verdammt war, schwere Steine zu schleppen, oder Meeresdrachen und Feuer verschlingende Untiere.

Die Artisten flogen, sprangen und schwebten hoch oben unter der Kuppel. Sie schossen durch die Manege, verschwanden hinter aufzüngelnden Flammen und ließen Silberreifen kreisen.

Zu alldem sang die weißlockige Frau ihr Lied, begleitete mit ihrer weichen und zugleich so gebieterischen Stimme bald schluchzend, bald juchzend das Tun in der Arena.

Irgendwann vergaß Ray sogar den mysteriösen Geist, dessentwegen sie hier waren. Für ihn zählte jetzt nur noch eines: Wie endete diese alte Legende? Und auch was dem Wandersmann widerfuhr, der eines Nachts in diese zerfallenen Burgmauern gelangte, wollte er gern erfahren …

Irgendwann aber schüttelte Ray seine Benommenheit ab und hielt nach seinen Freunden Ausschau. Grizzly genoss die Vorstellung, Sayunaro hatte nur Augen für Tora, die gerade in ihrem roten Kostüm in die Arena kam und sofort die Aufmerksamkeit aller gewann. Sie griff nach dem Trapez und wirbelte hoch hinauf in die Luft.

Anfangs schaukelte sie bloß zu der beschwingten Melodie hin und her, flog wie eine blutrote Flammenzunge über die Köpfe der Zuschauer hinweg. Eine starke, kühne Frau mit keckem Lächeln. Nach einer Weile aber ließ sie sich kopfüber fallen und baumelte am Trapez. Ein Raunen ging durch die Menge. Schon schlang Tora ein Seil um ihre Knöchel und glitt an diesem über die Köpfe der Menge hinweg, bis sie schließlich wieder auf ihre Stange zurückkehrte. Die Zuschauer klatschten, doch Tora schien den Beifall gar nicht zu hören, spielte weiter mit sich selbst Fangen, jagte sich immer schneller und schneller.

Was für eine Figur sie eigentlich darstellte, wusste Ray nicht, doch sie sah einfach umwerfend aus. Sayunaros Blick klebte förmlich an ihr. Allmählich begriff er ihn …

Nun vollführte Tora einen Salto und schwebte durch die Luft. Erst in der allerletzten Sekunde griff sie wieder nach der Stange. Ray spendete ihr ebenso begeistert Beifall wie alle anderen Zuschauer – bis er unmittelbar unter der Kuppel einen langen schwarzen Schatten bemerkte, der die Form einer Schlange oder eines Hundertfüßers zu haben schien. Der Takkar hielt sich an einem der Seile fest und warf der Frau einen gierigen Blick zu.

Gleichzeitig vernahm Ray ein Geräusch, ein sehr fernes Echo. Es musste von diesem mysteriösen Geist kommen … Grizzly schnellte hoch und ließ Tora nicht mehr aus den Augen. Auch er spürte, was sich in der Manege tat: Der unbekannte Geist hatte gar nicht im Zirkus gelauert, sondern war in Tora selbst erwacht.

Alle Farbe wich aus ihrem Gesicht, sie verdrehte die Augen und stürzte in die Tiefe. Eine gepflückte rote Mohnblume. Die Zuschauer schrien wie aus einem Munde. Ray stellte sich bereits auf den Aufschlag des toten Körpers ein, als Sayunaro aufsprang und etwas durch die Luft schleuderte: Ein golden schimmerndes Netz spannte sich, kurz bevor Tora aufschlug. Es verhinderte den Aufprall nicht, milderte ihn jedoch ab. Trotzdem blieb Tora reglos liegen.

Ray raste zum Ausgang. Unzufriedenes Gemurmel klang ihm hinterher, weil er den Zuschauern kurz die Sicht versperrt hatte. Grizzly und Sayunaro kamen ebenfalls herbeigeeilt.

Man trug Tora aus der Manege, damit die Vorstellung weitergehen konnte.

»Habt ihr das auch gehört?«, fragte Grizzly.

»Ja«, antwortete Ray. »Aber mir ist schleierhaft, was für ein Geist das eigentlich war … Wen hast du Tora zu Hilfe geschickt?«, wandte er sich an Sayunaro. »Einen Uddo?«

»Ja«, brummte dieser. »Zwei Dutzend Uddos, alle, die ich herbeirufen konnte. Ein Gaujuon wäre mir lieber gewesen, aber für ihn fehlte mir die Zeit. Immerhin haben die Uddos dafür gesorgt, dass Tora unverletzt geblieben ist.«

»Du brauchst dir keine Vorwürfe zu machen«, sagte Grizzly, als sie aus dem Zelt traten. »Ich bin nicht mal auf die Idee gekommen, einen Geist um Hilfe zu rufen. Dann lasst uns mal zu ihrem Zelt gehen!«

Dort hatten sich einige Aristen eingefunden, die gerade nicht beschäftigt waren. Geschminkt und kostümiert wirkten sie fast wie eine Schar von Geistern, die sich am Bett einer Sterbenden versammelt hatten. Alle redeten nur mit gesenkter Stimme …

»Lasst uns durch!«, verlangte Sayunaro mit eisiger Stimme. »Sofort!«

Die Artisten wichen so gehorsam auseinander, als wären sie wirklich Geister, die sich dem Befehl und der Magie eines Beschwörers zu beugen hatten.

Das Zelt war sehr bescheiden eingerichtet, Plakate und Zierrat fehlten zu Rays grenzenloser Verwunderung völlig. Liebte dergleichen denn nicht jede Frau? Das eine fast leere Regal, den kleinen Schrank und die Matratze musste man wohl fast schon als armselig bezeichnen. Tora war nicht mehr ohnmächtig, begriff aber noch nicht ganz, was vorgefallen war. Der Zirkusdirektor neben ihr nahm sich in dieser Geisterversammlung wie das Obergespenst aus. Er redete sanft auf seine Artistin ein und hielt ihre Hand. Die Frau mit dem kurzen Haar legte ein feuchtes Tuch auf Toras Stirn. Auf dem Boden sah Ray eine Schale mit Wasser stehen.

»Schickt die Leute weg!«, verlangte Sayunaro von Herrn Keitar und flüsterte ihm dann zu: »Wir haben den Geist, der hinter allem steckt, aufgespürt.«

»Das war's, meine Freunde, geht nun bitte!«, wandte sich der Zirkusdirektor an die Artisten. »Tora ist in Sicherheit, die drei jungen Männer verstehen ihr Handwerk und kümmern sich um alles Weitere. Musa, Ayu, ihr müsst beim Finale anwesend sein! Raus mit euch! Die Zuschauer dürfen keinen Verdacht schöpfen!« Er wartete, bis alle draußen waren, und fragte dann: »Wo steckt dieser Geist?«

Rays Blick huschte zu der blassen Tora hinüber. Sofort verfinsterte sich die Miene des Zirkusdirektors.

»Sie hat mir ja gesagt, dass mit ihr etwas nicht stimmt …«, brachte er heraus. »Darf ich bei ihr bleiben?«

»Besser nicht«, antwortete Ray und führte ihn sanft, aber entschlossen zum Ausgang. »Sorgt bitte dafür, dass uns niemand stört.«

»Und Ihr werdet …?«

»Wir werden mit allem fertig«, mischte sich Grizzly ein. »Nach getaner Arbeit rufen wir Euch.«

Tora beobachtete sie mit ängstlichem Blick.

»Verratet ihr mir jetzt endlich, was los ist?«, fragte sie, sobald Herr Keitar draußen war.

»Du bist abgestürzt«, antwortete Sayunaro, der die Symbole eines aufwendigen Verteidigungszaubers vor dem Futon auf den Boden zeichnete.

»Das ist mir klar«, erwiderte sie und besah sich ihre Hände, die sie so schändlich im Stich gelassen hatten. »Aber warum? Hat dieser Geist, den ihr erwähnt habt, etwas damit zu tun?«

Tora sah Ray an. Die Schminke an ihrem rechten Auge war verwischt, eine lange schwarze Linie zog sich gleich einer Narbe vom Lid über die Schläfe, die vollen Lippen waren fest zusammengepresst. Trotzdem war sie noch immer eine schöne Frau.

»Wir vermuten, dass sich unser Geist in dir eingenistet hat«, sagte Grizzly, der die Symbole eines zweiten Zaubers vorm Eingang auf den Boden zeichnete. »Die meiste Zeit über …« Er verstummte. Offenbar überlegte er, wie er Tora die Feinheiten der jenseitigen Welt möglichst anschaulich erklärte. »Also, er hat irgendwie geschlafen, ist zu einem bestimmten Zeitpunkt aufgewacht und hat dir dann allerlei Schwierigkeiten eingebrockt.«

»Was soll das heißen?«, fragte Tora scharf und stemmte sich auf den Ellbogen hoch. »Bin ich von einem Geist besessen?«

»Nein, ganz im Gegenteil«, antwortete Sayunaro und stieß sie sanft zurück. »Der Geist ist von dir besessen.«

»Bitte?!«, stieß Tora aus. »Was um alles in der Welt soll das denn für ein Geist sein?«

Ray, der auf einem Stück Papier die Formel eines Herbeirufungszaubers festhielt, schaute seine Freunde fragend an.

»Der Name des Geistes wird dir nichts sagen«, antwortete er schließlich.

»Trotzdem will ich ihn wissen«, sagte Tora stur und zog die dunklen Augenbrauen zusammen. »Verrat mir also, mit wem ich es zu tun habe!«

»Mit dem Schwarzen Kodsu«, antwortete Ray, damit Tora endlich Ruhe gab.

»Wir nennen ihn auch den Gedankenfresser und Schöpfer von Albtraumwelten«, fügte Sayunaro hinzu.

Tora ballte die Hände zu Fäusten. Ihr Gesicht, ohnehin weiß geschminkt, wurde noch bleicher. Offenbar wusste sie, um wen es ging.

»Den gibt es doch gar nicht. Das sind doch bloß Ammenmärchen«, hauchte sie. »Bei uns im Dorf hat man den kleinen Kindern mit diesem Geist Angst eingejagt. Wenn du schreist oder nicht brav bist, hieß es, dann holt dich der Schwarze Kodsu.«

»Und bei uns im Dorf«, sagte Grizzly, »hat man den hübschen Mädchen gesagt: Wenn du zu lange in den Spiegel guckst und dich immer so fein machst, dann verwandelt dich der Schwarze Kodsu in eine Puppe und steckt dich in seine Schatztruhe.«

»Er jagt keine Kinder«, versicherte Ray, der gerade die letzten Zeichen aufs Papier warf. »Ihm gefallen schöne junge Männer und Frauen. Aber niemand weiß, was genau er für schön hält.«

»Aber wozu braucht er sie?«, fragte Tora und stemmte sich abermals hoch. »Wozu braucht er mich?«

»Für seine Sammlung«, sagte Sayunaro, der seine Zeichnung gerade beendete und sich vor Tora auf eine Schilfmatte setzte, nach ihrem Kinn griff und ihr Gesicht zu sich drehte. »Er stiehlt den Menschen, die ihm gefallen, ihre Lebenskraft.« Er streckte die Hand aus und zeichnete auf Toras Stirn einige Schutzzeichen. »Daraus erschafft er einen Doppelgänger dieses Menschen, einfach für sich, zum Zeitvertreib. Dieser Doppelgänger verlangt ständig nach neuer Kraft. Wenn dein Leben dann ganz in diese … in diese Puppe übergegangen ist, stirbst du.«

Tora sah ihn fest mit ihren erstaunlich türkisfarbenen Augen an und hörte ihm aufmerksam zu. Sie zeigte weder Angst noch Bestürzung. Das Wissen, wer ihr Feind war, schien ihr neue Kraft gegeben zu haben.

»Wie hat er mich gefunden?«

»Das wissen wir nicht«, gab Sayunaro zu und bedeckte auch

die Wangen Toras mit einigen Zeichen. Dann rückte er von ihr ab, betrachtete sein Werk und nickte zufrieden.

»Er lebt also in mir?«

»Nein, er ist in seiner Schatzkammer, wo er seine Puppen aufbewahrt. Aber zwischen dir und ihm ist eine Art Faden gespannt, über den deine Kraft zu ihm fließt. Er selbst sitzt wie eine Spinne in ihrem Netz und beobachtet dich, um zu wissen, wann du besonders glücklich bist und starke Gefühle freisetzt.«

»Das ist während einer Vorstellung«, hielt sie fest. Sie berührte ihre Wange, auf der daraufhin ein Zeichen in Form einer schwarzen Spirale aufloderte. »Könnt ihr den Kerl vertreiben?«

»Das ist unsere Arbeit«, antwortete Ray. »Die Einzelheiten müssen wir jetzt besprechen.«

Sofort stand Sayunaro auf und ging zu ihm. Auch Grizzly gesellte sich zu ihnen, wobei er es vermied, auf eines der Zeichen zu treten.

»Ich bin so weit, dass ich den Takkar herbeizitieren kann«, teilte Ray den beiden anderen mit und legte sich die Lanzenspitze bequem in die Hand. »Er muss mich von hier wegbringen. Dafür bleiben nur wenige Sekunden. Ihr müsst derweil für ihre Deckung sorgen!«

Grizzly nickte schweigend. Er würde den Hauptschlag abfangen. Sayunaro wäre wohl am liebsten an Rays Stelle mit dem Takkar aufgebrochen. Niemand von ihnen wusste aber, wie der Shiisan in ihm darauf reagieren würde.

Ray trat an Tora heran.

»Ich gehe jetzt in die Schatzkammer des Schwarzen Kodsu, um dich von ihm zu befreien«, erklärte er ihr. »Meine Freunde passen hier auf dich auf.«

»Schaffst du das allein?«

»Zu zweit oder gar zu dritt würden wir niemals dorthin gelangen. Dieser Ort ist von einem Geist geschaffen worden, und ganz bestimmt nicht für Menschen gedacht.«

»Und ich brauche währenddessen Schutz?«

Es stand Tora auf der Stirn geschrieben, dass ihr die Rolle der hilflosen Frau nicht behagte, denn sie war daran gewöhnt, selbst auf sich aufzupassen.

»Über dich führt für uns der einzige Weg in die Welt des Schwarzen Kodsu«, sagte Sayunaro. »Sobald der Kerl begreift, dass ein Beschwörer bei ihm eingedrungen ist, wird er versuchen, dich zu töten, damit dieser Weg blockiert ist. Wenn ihm das gelingt, verlieren wir dich und Ray.«

Schweigend kaute Tora auf ihrer Unterlippe.

»Was muss ich tun?«, fragte sie nach einer Weile.

»Nichts«, sagte Grizzly, krempelte seine Ärmel hoch und setzte sich in der Mitte des Zelts auf den Boden. »Aber du darfst nicht in Panik geraten oder uns in die Quere kommen!«

Ray gab Sayunaro sein Blatt, das dieser sofort halblaut vorlas. Grizzly zeichnete mit dem Finger einige Zeichen auf den Boden.

Diesmal tauchte der Takkar in Gestalt einer stachligen Kugel auf. Sie hing in der Luft und stieß merkwürdige Laute aus, vielleicht Schluchzer, vielleicht auch Gelächter, abgerissene Töne, die gleichzeitig sehr melodisch waren.

»Das ist die Stimme von Musa«, flüsterte Tora, verstummte aber auf eine Geste von Sayunaro hin sofort.

»Du weißt, wen ich suche«, wandte sich Ray an den Takkar. »Um das zu begreifen, ist nämlich nicht viel Verstand nötig.«

Er streckte die Hand aus, presste die Kugel zusammen und setzte einen Zauber ein. Der Takkar zuckte vor Schmerz und feuerte eine Salve anscheinend zusammenhangloser Schreie mit den Stimmen von Männern und Frauen ab. Toras Miene ließ darauf schließen, dass sie wusste, wessen Streit der Takkar gerade nachstellte. Diesmal sagte sie jedoch nichts. Sie hatte Sayunaros Warnung nicht vergessen.

Dann gab der Takkar ein tiefes Heulen von sich, in das sich ganz leise noch andere Töne mischten. Ray hatte sie schon im Zirkus gehört – und sie bildeten die Stimme des Schwarzen Kodsu, an die sich der Takkar ebenso erinnerte wie an die Stimmen der Artisten.

»Bestens«, lobte Ray ihn und presste die Stachelkugel noch fester zusammen. »Und jetzt bring mich zu ihm! Du weißt doch, wo er sich gerade aufhält, nicht wahr?«

Der Takkar verwandelte sich in Rays Hand in einen langen weißen Wurm, der den Beschwörer mit sich fortzog. Ray wurde durch einen engen, schwankenden Tunnel geschleift, der aus Rauch zu bestehen schien und den er, ein Mann aus Fleisch und Blut, beinahe aufgerissen hätte.

Die Zeit dehnte sich erst, dann verdichtete sie sich abrupt. Ray wurde aus seiner Welt in die des Schwarzen Kodsu geschleudert – die indes nicht weniger real war.

Er fand sich in der Mitte eines riesigen Kreises wieder. Über sich machte er vage eine Kuppel aus, rechts und links dräuten kolossale, nach oben führende Stufen. Ein Zirkus, schoss es ihm durch den Kopf. Oder vielmehr der verzerrte Abklatsch eines Zirkus.

Der Takkar war verschwunden, hatte auf Rays Hand nur einige Streifen hinterlassen, die an verheilte Kratzer erinnerten. Ray hatte sich den Weg jedoch eingeprägt und war sich sicher, auch ohne die Hilfe des Geistes zurückzufinden.

»Das also ist die Schatzkammer des Schwarzen Kodsu«, murmelte er, als er sich umsah.

Von der Kuppel hingen dicke Taue herab. Bei einigen von ihnen schimmerten in den Fasern große Perlen, die mit flackerndem Licht gefüllt zu sein schienen.

Diese Seile führen sicher zu den Menschen, von denen der Schwarze Kodsu Doppelgänger anfertigt, überlegte Ray weiter. Vielleicht verspüren diese Menschen noch nicht einmal die ersten Anzeichen von Mattigkeit. Sie ahnen also gar nicht, dass ihnen ihre Lebenskraft bereits abgezapft wird.

Ray umfasste die Lanzenspitze fester. Das Metall wurde umgehend warm. Vielleicht heizte aber auch die Magie, die durch die Klinge selbst strömte, die Yari auf. Entschlossen kappte er ein Seil nach dem nächsten. Dabei entstand ein kaum hörbarer Laut. Danach waren die Perlen verschwunden.

Dafür machte Ray nun einen verschwommenen Schatten

aus, dem sich bald ein zweiter zugesellte. Ray ging auf sie zu – bis er erstarrte, völlig gebannt von dem Bild, das sich ihm bot.

Eine Frau. Dazu eine lange rote Stoffbahn, die an der Decke des Zirkus befestigt war und immer wieder in Bewegung geriet. Die blasse, nackte Frau kletterte daran hinauf, rutschte herunter, schlang sich den Stoff um die Taille, ließ sich dann fallen und blieb knapp überm Boden in der Luft hängen. Daraufhin zog sie sich wieder hinauf und setzte ihr Tun fort wie eine Aufziehpuppe, die stets lächelt.

Als Ray sich ihr näherte, stellte er erschaudernd fest, dass die Handgelenke der Frau Wunden aufwiesen. Der Stoff war bereits über und über mit dem Blut verschmiert, das den Wunden der Artistin während ihres grausamen Reigens bislang entströmt war.

Ray stieß einen Fluch aus und schickte einen Zauber hinüber zu dem Opfer des Schwarzen Kodsu. Die Frau hielt in ihrem Tun inne und glitt kraftlos nach unten. Diesmal berührte sie den Boden. Sie sah Ray an, und dieser meinte, sie lächelte. Dann löste sich das Gaukelbild auf – und zusammen mit der Frau verschwand auch die rote Stoffbahn.

Ray wusste nicht, ob diese Frau in der Wirklichkeit noch lebte oder ob der Schwarze Kodsu sie nicht längst getötet hatte. Die Befreiung ihrer Doppelgängerin führte er indes voller Schadenfreude aus. Entschlossen, niemandem in diesem grausigem Zirkus dem Widerling zu überlassen, stapfte er weiter.

Schon bald entdeckte er die nächsten drei Puppen des Schwarzen Kodsu. Zwei Männer und eine Frau, alle drei noch blutjung. In ihrer Brust klaffte ein rundes Loch, durch das ihr heftig hämmerndes Herz zu erkennen war. Die weiße Haut dieser drei war mit einem feinen abstrakten Muster bemalt. Die Artisten baumelten in drei Ringen, die übereinander an einer langen Kette von der Decke hingen.

»Du Untier!«, schrie Ray, vernichtete kurzerhand auch diese widerwärtige Gaukelei und brüllte abermals: »Wo steckst du?! Zeig dich! Schluss mit dem Versteckspiel!«

Doch der Schwarze Kodsu hüllte sich in Schweigen – und Ray sah sich dem nächstem Trugbild gegenüber.

Tora saß auf dem Trapez, eine wunderschöne nackte Puppe, die sich nicht rührte, sondern mit weit aufgerissenen, leeren Augen ins Nichts starrte. Der Schwarze Kodsu hatte sie noch nicht vollendet. Einzig die langen roten Locken, die mit den Seilen des Trapezes verflochten waren, bewegten sich, als wären sie echt.

»Rot gefällt dir wohl?«, ätzte Ray. »Dann komm nur raus – ich verwandle dich mit Vergnügen in ein paar hübsche blutrote Streifen.«

Toras Doppelgängerin zuckte kurz mit den Lidern. Doch gerade als Ray die Yari hob, um einen Zauber auf sie zu lenken, schoss aus dem Dunkel der Kuppel der Schwarze Kodsu auf ihn zu.

Ray konnte sich erst in letzter Sekunde in Sicherheit bringen. Er hielt die Lanzenspitze vor sich wie einen Dolch, der Schwarze Kodsu indes ließ sich mit dem Angriff Zeit. Er sah tatsächlich wie eine Spinne aus. Fett, schwarz, mit Dutzenden von Gliederfüßen. Das schöne, wenn auch leblose Gesicht gehörte jedoch einem Menschen. In den riesigen schmalen Augen, die Ray unverwandt ansahen, loderte Hass.

Diese Kreatur zog lange bleiche Fäden hinter sich her. Die meisten von ihnen waren gekappt und schleiften über den Boden, nur wenig führten noch hinauf zur Decke. Das ist mein Werk, frohlockte Ray innerlich. Die losen Fäden – das sind die Gefangenen, die ich bereits befreit habe.

In diesem Augenblick fiel der Schwarze Kodsu ihn an.

Mit einem Zauber hackte Ray ihm eines der langen Beine ab, sodass er auf die Seite kippte. Knurrend rappelte er sich wieder hoch, katapultierte sich in die Luft und brachte sich im Dunkel der Kuppel in Sicherheit. Ray legte den Kopf in den Nacken, versuchte, den Geist zu erspähen, und schickte auf gut Glück einen Zauber hinauf. Da ging der Schwarze Kodsu zum Gegenangriff über. Ray brachte sich mit einem Salto rückwärts gerade noch in Sicherheit und trieb seinem Gegner danach die Lanzenspitze in den Rücken.

Sofort schickte er einen Zauber durch die Klinge, der dem

Schwarzen Kodsu möglichst starke Schmerzen zufügen sollte. Eigentlich hätte er längst wieder in seine Welt verschwinden müssen, doch das brachte er nicht über sich. Diese Kreatur, die mit den Menschen ihr schändliches Spiel trieb, sollte leiden.

Meister Hyeon hatte ihnen immer eingeschärft, ein Beschwörer müsse frei von Zorn sein. Die meisten Geister würden ja gar nicht begreifen, dass sie Böses anrichteten, sie würden bloß ihr Leben leben, auf die Jagd gehen und ihre Häuser bauen. Raubtiere wüssten schließlich auch nicht, dass sie anderen Tieren Leid zufügten. Deshalb müsse ein Beschwörer Geister stets ohne Hass oder Rachelust vertreiben.

In dieser Sekunde aber ließ Ray beiden Gefühlen mit Freuden freien Lauf.

Dem Schwarzen Kodsu gelang es zwar noch einmal, sich zur Kuppel hinaufzukatapultieren, er vermochte sich dort aber nicht mehr zu halten: Der letzte Faden, der ihn mit diesem Zirkus verband, war gerissen. Die Welt um Ray herum begann zu zerfließen. Der Schwarze Kodsu jaulte, dies vermutlich in einem Anfall von Raserei, nicht vor Schmerz – und floh aus seinem vernichteten Unterschlupf.

Ray packte die abgerissenen Fäden, die der Geist hinter sich herzog, hörte erst ein verebbendes Fauchen, dann einen ohrenbetäubenden Knall – und schließlich verstummte alles.

5

Der Abgang

Ray hob den Kopf und blinzelte, um den Schleier vor seinen Augen zu zerreißen. Jemand musste ihm mit aller Kraft eins über den Schädel gezogen haben …

Er lag auf einer hohen, längst ausgetretenen Treppenstufe. Graue Schatten huschten durch die dunkle Nacht, ein fahles Licht bohrte sich durch die Wolken. Die blassen Strahlen entrissen der Finsternis vereinzelte Bäume und Ruinen. Fast wie im Zirkus, dachte Ray.

Als er sich genauer umsah, machte er tatsächlich ein großes Zelt aus. Die Kuppel war allerdings halb zerstört. Ein schwarzes Loch klaffte weithin sichtbar im Zeltdach. Die eine Hälfte der Anlage befand sich in undurchdringlichem Schatten, die andere wurde vom Mond hinter den Wolken sanft beschienen. Immer wieder streifte Ray eine frische Brise, die einen bitteren Geruch herantrug.

Er war nicht in seiner Welt! Er war immer noch in der Schatzkammer des Schwarzen Kodsu! Sie musste riesig sein, weitaus größer, als er angenommen hatte.

Als er einen Zauber wirkte, der ihn aus der Welt dieses Geistes herausbringen sollte, versagte die Magie. Die Verbindung mit Rays eigener Welt war gekappt.

Ihm fiel ein, wie Grizzly, Sayunaro und er aus der Welt der Shiisans entkommen waren, aber auch der Vertreibungszauber, den sie damals eingesetzt hatten, richtete hier nichts aus.

Offenbar bin ich für immer in dieser Welt gefangen, schoss es Ray durch den Kopf.

Plötzlich hörte er eine Art Kratzen ganz in seiner Nähe. In der Stille, die ihn umgab, nahm es sich bedrohlich laut aus. Ray wirbelte herum. Erst nach einer Weile erspähte er den gewaltigen Brüng. Sein brauner Körper bestand aus Dutzenden von scharfkantigen Chitinplatten. Sobald der Geist an den Felsblöcken entlangschrammte, entstand dieses unangenehme Geräusch. Eigentlich griff ein Brüng niemals Menschen an, doch als diesem Geist klar wurde, dass Ray ihn bemerkt hatte, hielt er kurz inne – nur um sich dann mit einem einzigen Satz auf den Eindringling zu stürzen. Sein langer Körper stieg steil in die Luft auf, knallte auf Ray und brachte ihn zu Fall. Die Chitinplatten bohrten sich in Rays Seite, der schwere, harte Leib drückte ihn zu Boden. Ray war völlig rätselhaft, was diesen sonst doch recht friedlichen Geist zu seinem Angriff bewogen hatte. Um sein Leben zu retten, trieb er ihm die Yari zwischen die gezahnten Platten, wobei er selbst einen schmerzhaften Kratzer davontrug. Der Brüng versuchte hartnäckig, seine Hauer in Rays Arm zu rammen, obendrein presste er ihn immer stärker nach unten. Ja wollte er ihn denn zerquetschen? Ray stach ihm die Lanzenspitze ins Kinn. Mit diesem wütenden Geist werde ich niemals fertig, dachte er verzweifelt – doch dann stieß der Brüng endlich ein langes Stöhnen aus, wie es auch von einem Menschen hätte stammen können. Der Spuk war vorbei …

Voller Mühe schob Ray den schlaffen Körper von sich, stand auf und atmete tief durch. Auf seinem hellen Hemd prangte ein dunkelroter Fleck, der im trüben Licht des gespenstischen Mondes schimmerte. Seine Arme wiesen etliche tiefe Kratzwunden auf.

Ray sah zum Zirkuszelt hinüber. Seine innere Stimme riet ihm, dorthin zu gehen.

Warum war er noch hier, in der Welt des Schwarzen Kodsu? Warum war er nicht wieder in seine eigene zurückgekehrt? Er wusste es nicht.

Aber wo es einen Eingang gibt, überlegte er, da gibt es auch einen Ausgang.

Jeder Schritt fiel ihm schwer. Seine Wunde schmerzte, außerdem hatte der Weg seine Tücken. Überall lagen Steine und Felsbrocken herum, gab es mitunter gewaltige Löcher. Wollte er nicht fallen, musste er genau darauf achten, wohin er seine Füße setzte. Das fahle Mondlicht ließ den Weg obendrein trügerisch harmlos erscheinen. Es versilberte die grauen Steine, verbarg jedoch alle Schlaglöcher hinter ihnen. Dann waren da noch die Schatten, die er nicht aus den Augen lassen durfte, schließlich wollte er kein zweites Mal unter einem von ihnen begraben werden.

Denn auch wenn er durch die Ruinen einer rätselhaften Stadt streifte, die vor langer Zeit zerstört worden war, musste das nicht heißen, dass auch der letzte Bewohner sie verlassen hatte. Den schwarzen Bäumen beispielsweise, die etwas abseits standen und ihre langen Äste nach Ray ausstreckten, sollte er wohl besser nicht zu nahe kommen …

Linker Hand bildeten die Überreste von Säulen einen Halbkreis. Ein schmaler Pfad, der sich fast zwischen Steinen und Unkraut verlor, führte zu ihnen.

Mit der Lanzenspitze fest in der Hand näherte sich Ray der Anlage. Schon glaubte er, eine Bewegung auszumachen, etwas, das weiß in der blauen Nacht schimmerte.

Möglichst lautlos schlich er weiter.

Dort war eine junge schwarzhaarige Frau, deren blasser Körper im Mondschein fast leuchtete. Sie trug nur einen roten Rock, der ihre Schenkel kaum bedeckte. Wenn sie sich bewegte, spielten Licht und Schatten auf dem feinen Samt Haschen. Auf dem Boden lagen matt schimmernde Gegenstände. Die Frau betrachtete sie nachdenklich und murmelte dabei die ganze Zeit vor sich hin. Ray sah allerdings nur, dass sie die roten Lippen bewegte. Noch vernahm er kein einziges Wort.

Über dem Kopf der Unbekannten schillerte ein spinnwebfeines Netz, das zwischen den Säulen gespannt war. Wie gebannt von diesem merkwürdigen Bild ging Ray weiter. Schlagartig begriff er, dass die Frau überhaupt keinen Rock trug. Das war eine Sinnestäuschung, hervorgerufen von tiefen Schnittwunden, die sich von der Taille bis hinunter zu den Schenkeln zogen.

Ray presste die Zähne aufeinander und unterdrückte einen Fluch. Entschlossenen Schrittes marschierte er auf die Frau zu, hob die Lanzenspitze und wollte schon einen Zauber wirken, hielt dann aber jäh inne. Diese Frau war keine seelenlose Puppe. Mit gerunzelter Stirn betrachtete sie die Gegenstände auf den Steinen. Immer wieder lächelte sie. Nun konnte Ray auch ihre leise, weiche Stimme hören. Er senkte die Yari.

»Welchen nehme ich bloß?«, murmelte sie, hob den Kopf und sah Ray mit strahlenden blauen Augen an. »Ich soll mir doch einen aussuchen.«

Und als wollte sie den ihr unbekannten Mann in ein Geheimnis einweihen, fügte sie nun hinzu: »*Er* will das.«

»Wer will was?«, fragte Ray barsch und ließ den Blick nun seinerseits über die Gegenstände wandern. Eine grauenvolle Ahnung befiel ihn.

Auf dem Boden lagen Reifen. Requisiten aus dem Zirkus. Einer wies einen kurzen Krummsäbel auf, ein zweiter war mit spitzen Dornen besetzt, der nächste hatte einen rasiermesserscharfen Rand ...

»Du musst dir überlegen, wie du ihn anlockst«, fuhr die Frau fort, als hätte sie Rays Frage nicht gehört. »Sonst guckt er gar nicht her.«

»Von wem redest du denn bloß?«, hakte Ray nach, obwohl er die Antwort bereits kannte.

Lächelnd deutete die Frau auf den roten Fleck, der sein Hemd verunstaltete.

»Das reicht nicht«, erklärte sie. »Nicht für ihn.«

Sie ergriff einen von Klingen gesäumten Reifen und begann mit ihm zu tanzen – sofern man die ebenso gleichmäßigen wie entschlossenen Bewegungen Tanz nennen konnte. Sie wand sich, drehte sich um die eigene Achse, stellte sich auf Zehenspitzen und sprang. Sie berührte den Boden kaum noch mit ihren nackten Füßen, und der funkelnde Reifen kreiste unablässig um ihre Taille und um ihre Schenkel, wanderte ihren Arm hoch – und hinterließ dabei tiefe Wunden in ihrer Haut. Die Artistin warf das Requisit in die Luft, fing es wieder auf und schleuderte es noch einmal nach oben. Angst versteinerte ihr Gesicht, Schmerz verzerrte es. Längst keuchte sie, ihr Körper glänzte vor Schweiß, Blut lief in feinen Strömen an ihm herab. Als sie in ihrem Tun innehalten wollte, war sie dazu schon nicht mehr in der Lage. Sie umkrampfte den Reifen nur noch fester. Was für ein widerlicher, grauenerregender und gleichzeitig betörender Tanz – der an den dunkelsten Seiten in Ray rührte. Am liebsten hätte er diese Vorstellung auf der Stelle unterbunden, zugleich wollte ein Teil in ihm dieses Schauspiel unbedingt weiterverfolgen.

Irgendwann hielt die Frau abrupt inne und krümmte sich, als kämpfte sie gegen einen unsichtbaren Gegner.

»Lass mich frei!«, schrie sie verzweifelt. »Ich kann nicht mehr! Lass mich frei!«

Da endlich brach der Bann. Ray stürzte auf die Tänzerin zu und packte sie bei der Hand, die vom Blut glitschig war.

»Hör auf damit!« Ray sah ihr in die Augen. Aus Schmerz geboren, hatte sich Wahnsinn in ihrem Blick eingenistet. Er wollte ihr den Reifen entreißen. »Tanz nicht weiter!«

Sie stöhnte und versuchte, sich Ray zu entwinden.

»Wir sind in der Welt des Schwarzen Kodsu! Weißt du noch, wie du hierhergekommen bist?«

»Nein, lass mich los!«

»Wer bist du? Wie heißt du?«

Der glühende Körper dieser Frau lebte doch! Er war stark und biegsam. Waren die anderen Puppen also bloß aussortiertes Spielzeug gewesen? Oder noch unvollendetes?

Nach einer Weile unterließ die Frau jeden Versuch, sich ihm zu entwinden.

»Lass mich los…«, wimmerte sie noch einmal.

»Nur wenn du versprichst, dich nicht noch einmal zu verletzen.«

»Ist gut«, hauchte sie.

Daraufhin gab Ray ihre Hand frei. Sie wich zurück, ließ den Reifen fallen und fuhr sich mit beiden Händen durchs Haar. Danach glänzten dort feuchte Streifen. Einige Sekunden stierte sie nur vor sich hin, dann beugte sie sich lächelnd über einen anderen Reifen. Sie nahm ihn an sich und presste ihn gegen die Brust.

»Das hört nie auf«, murmelte Ray.

Er wusste, dass er die Frau in der Welt des Schwarzen Kodsu töten musste, damit sie diesem Fluch entkam. Aber sie war echt, keine Puppe …

Er wirkte einen Vertreibungszauber. Ein unsichtbarer Strom warf die Frau zu Boden. Sie schrie auf, ließ den Reifen fallen, tastete nach ihm, fand ihn aber nicht. Mühevoll stand sie auf. Ihr Körper brachte nur noch ruckartige Bewegungen zustande, eine Marionette, die an Fäden zappelt. Ihr Gesicht war bis zur Unkenntlichkeit verzerrt, während die Kraft, die sie in dieser Welt hielt, aus ihr herausströmte.

Irgendwann erstarrte sie, ließ sich zu Boden sinken, seufzte schwer und zerfloss. Zusammen mit ihr löste sich der Fleck des Mondlichts auf, der die Frau dem Dunkel entrissen hatte. Als ob im Zirkus alle Lichter ausgegangen wären …

Ich muss Tora finden, schoss es Ray durch den Kopf, während er beobachtete, wie dieser Teil der Welt des Schwarzen Kodsu in die Finsternis einging. Sein Blick wanderte hinüber zum Zirkuszelt. Mit Sicherheit ist sie noch dort.

Er lief zurück.

Der Schwarze Kodsu hat also bereits wesentlich mehr zusammengerafft, als ich zunächst vermutet hatte, sinnierte Ray weiter. Aber warum hat er sich gerade Zirkusleute ausgesucht? Kraft könnte er doch aus jedem beliebigen Menschen saugen. Befolgt er ein bestimmtes Muster? Oder gefällt es ihm, wie ein verrückter Widerling schöne junge Männer und Frauen zu beobachten? Was ist das für ein Geist?!

Unvermittelt tat sich vor Ray ein Krater auf. Viel hätte nicht gefehlt, und er wäre in die Tiefe gestürzt. Fahle Lichtstrahlen erhellten nun einige grob behauene Säulen am Boden, deren quadratische Spitzen bis zu Ray hinaufreichten.

Die dicken Silberfäden eines gewaltigen Spinnennetzes spannten sich zwischen den Säulen, darin schaukelten zwei

Menschen, ein Mann und eine Frau. Im ersten Moment meinte Ray, sie wären mit roten Blumen bestreut, die ihnen unsichtbare Zuschauer zugeworfen hätten, doch dann wurde ihm klar, dass die purpurroten Rosen auf ihren Schenkeln, Brüsten und Schultern aus ihrer eigenen Haut herausgeschnitten und geformt worden waren. Ein ekelhafter, zugleich aber betörender Anblick.

Mit einer Mischung aus Abwehr und Erregung betrachtete er die Szene. Immer mehr Einzelheiten schälten sich heraus. Der Mann wirkte, als schliefe er. Auf seinem Gesicht lag ein starrer, gleichgültiger Ausdruck. Er sah und fühlte nichts, dabei tat seine Partnerin alles, um ihn wach zu rütteln: Sie klammerte sich an ihn, umarmte ihn, presste ihn an sich und flüsterte ihm etwas ins Ohr – eine verzweifelte Leidenschaft, die Ray beinahe den Verstand raubte. Dergleichen hatte er schon einmal beobachtet … irgendwann an der Grenze zwischen Schlafen und Wachen …

»Hilf mir!«, flüsterte die Frau Ray mit letzter Kraft zu und gab ihren Partner frei, um sich zum Rand des Spinnennetzes zu hangeln.

Sie klammerte sich mit beiden Händen am Rand des Kraters fest und sah Ray aus grauen Augen an, die durchscheinend wie die Herbstluft waren. Um ihre Handgelenke wanden sich zwei blutige rote Rosen.

»Ich kann ihn nicht wecken«, gestand sie. »Hilf mir!«

Ray sah zu dem Mann hinüber. Als wollte er ein Trugbild vertreiben, schüttelte er den Kopf. Er wusste längst nicht mehr, ob er wachte oder schlief.

»Das kann ich nicht«, erwiderte er.

»Dann klappt unsere Nummer nicht«, flüsterte sie, und ihre Pupillen weiteten sich, als empfände sie heftigen Schmerz. »Weck ihn oder nimm seinen Platz ein!«

Die schmale Hand mit den roten Fingernägeln packte seine Hosenbeine, und die Frau presste ihr Gesicht gegen seine Unterschenkel. Die roten Rosen lagen wie ein breiter Schmuck über ihren Schultern und auf ihrem Rücken, gleich Tau schimmerte Blut an den Blütenblättern.

»Ersetze ihn!«, flüsterte sie.

Mit einem Mal verspürte Ray einen stechenden Schmerz in seiner Seite – und da endlich war der Bann gebrochen.

Er stieß die Frau weg, sie fiel auf ihren Partner, und Rays Vertreibungszauber traf sie beide. Das silberne Netz barst, und die zwei Artisten fielen in die Tiefe, gingen in Tausenden von purpurroten Blumen auf.

Immer wieder ausrutschend, stürzte Ray davon.

»Ich habe genug von diesen Bildern«, murmelte er, während er durch die Ruinen eines Hauses eilte, in dem fahle Lichtflecken tanzten. »Ich will gar nicht wissen, was hier vor sich geht.«

Dennoch spähte er in seiner unbezwingbaren Neugier auch hinter die Fassade des nächsten halb zerstörten Gebäudes.

»Was willst du von mir?«, fragte Ray hoch zum wolkenbezogenen Himmel. »Worauf hoffst du?!«

Doch der Schwarze Kodsu antwortete ihm nicht.

Der Wind trug den bitteren Geruch von Blumen und trockenem Straßenstaub heran. Der Zirkus war noch immer weit weg, unerreichbar und tot.

Noch einmal versuchte Ray, mit einem Zauber dieser Welt zu entkommen, noch einmal scheiterte er.

Der Pfad schlängelte sich zwischen Felsbrocken dahin. Ray kam zunächst besser voran, stieß dann aber auf eine nicht sehr hohe, teils bereits eingestürzte Mauer aus rauem grauem Stein – die es eine Minute zuvor noch nicht gegeben hatte. Oder sollte er so in Gedanken versunken gewesen sein, dass er sie nicht bemerkt hatte?

Gerade als er sich anschickte, das Hindernis zu umrunden, verdichteten sich die blauen Schatten um ihn herum. Aus ihnen trat ein seltsames, schauriges Wesen heraus.

Das Geschöpf glitt von Stein zu Stein. Eine Morna. Ray kannte diese Kreatur bislang nur von den Darstellungen in alten Schriften. Auf dem langen, mit unzähligen Pfoten versehenen Körper einer Echse saß ein Frauenkopf. Die Lippen in dem ausnehmend schönen Gesicht umspielte ein Lächeln – was die Morna jedoch nicht daran hinderte, an den vorderen Pfoten lange Krallen auszufahren.

Die Kreatur stürzte sich auf ihn, doch Ray rettete sich mit einem Sprung zur Seite, sodass der glatte Schlangenkörper ihn lediglich streifte. Ein Schauder lief über seine Haut.

Schon holte die Morna zum nächsten Schlag aus.

Ein grauenvolles Duell entspann sich. Ray parierte, wich aus und attackierte die Morna, doch diese brachte sich vor der Yari stets geschickt in Sicherheit und ging ihrerseits zum Gegenangriff über, dies jedoch in einer Weise, als wollte sie vorerst nur seine Geschicklichkeit erproben. Als sie dessen überdrüssig war, schlitzte sie ihm mit ihren Krallen den Rücken auf. Ray wurde schwarz vor Augen. Zunächst wegen des Schmerzes, dann ob der wilden Wollust, die ihn erfasste und die irgendwie mit diesem Schmerz verbunden war. Nur mit letzter Kraft schaffte er es, zum nächsten Schlag auszuholen. Die Morna wich der Yari erneut aus und grinste ihn an, als wüsste sie ganz genau, was er gerade empfand.

Obwohl Ray begriff, dass er diesen Kampf auf der Stelle beenden musste, war er dazu einfach nicht in der Lage. Etwas hatte sich seines Willens bemächtigt und zwang ihn, den grausamen Tanz mit der Morna fortzuführen.

Bereit, die nächste Attacke abzuwehren, hob Ray die Lanzenspitze, doch der Angriff unterblieb, denn von den Überresten der Mauer sprang eine blasse, nackte Gestalt mit zerzauster roter Mähne auf die Morna.

»Töte sie!«, befahl ihm eine vertraute Stimme.

Tora umklammerte von hinten den Hals der Morna, doch die Geistererscheinung schüttelte die Frau mit unerwarteter Kraft ab und wandte sich wieder Ray zu. Er griff sie mit einem besonders starken Zauber an und trieb ihr die Yari in den langen, sich wie im Wahn windenden Körper.

Die Morna zuckte ein letztes Mal, dann blieb sie reglos liegen.

Ray schüttelte den Kopf, um seine Benommenheit zu überwinden, und eilte zu Tora. Sie hatte sich bereits wieder erhoben und stand gegen die Mauer gelehnt da. Ihre langen Haare fielen ihr ins Gesicht. Das war kein eisiger, toter Körper. Als er Toras bleiche Schulter berührte, spürte er ihre Wärme.

»Wie kommst du hierher?«

Sie sah ihn verständnislos an und runzelte die Stirn, als wollte sie sich an etwas erinnern.

»Du brauchst doch Hilfe…«, stammelte sie nach einer Weile. »Denn du bist allein hier, da brauchst du Hilfe.«

In der Welt des Schwarzen Kodsu erinnerte sich Tora eigentlich an nichts aus ihrem wirklichen Leben. Ob sie einen derart starken Willen besitzt, fragte sich Ray, dass sie ihre Doppelgängerin in dieser Welt hier veranlassen kann, mir zur Seite zu stehen?

»Ich brauche keine Hilfe«, beteuerte Ray, zog das Hemd aus und warf es Tora zu. »Aber ich bin froh, dass du hier bist.«

Sie zuckte mit den Schultern, schlüpfte ins Hemd und sah sich um. Ihr Blick blieb an der toten Morna hängen, die langsam zu grauem Staub zerfiel.

»Weißt du, wie ich hierhergekommen bin?«, fragte sie. »Und wo wir überhaupt sind…?«

»Das ist die Welt des Schwarzen Kodsu«, sagte Ray. »Wir müssen schnellstens von hier verschwinden.«

Sie nickte, als hätte sie gerade eben den gleichen Gedanken gehabt.

»Dann nichts wie weg«, erwiderte sie. »Bevor er auftaucht.«

»Komm!« Ray reichte ihr die Hand. »Wir müssen zurück zum Zirkus.«

»Warte mal!« Tora zog sich die Ärmel über die Hände und fuhr ihm damit übers Gesicht. »Du blutest.«

»Das ist nicht schlimm«, versicherte er. »Wunden verheilen bei mir im Nu.«

»Er wird wütend auf dich sein«, behauptete Tora, ohne auf ihn einzugehen. »Er hat dir eine einmalige Möglichkeit gegeben, dein Können unter Beweis zu stellen, aber wir haben alles verdorben.«

»Wovon sprichst du da?«, fragte Ray scharf nach.

»Du bist doch ein Beschwörer«, antwortete sie. »Du tötest, jagst, kämpfst. Das wollte er von dir sehen. Es hätte ein großartiges Schauspiel werden können«, schloss sie nachdenklich, fast als müsste sie über eine Nummer für den Zirkus urteilen.

»Woher weißt du das?«

»Keine Ahnung«, räumte sie ein und schüttelte den Kopf, schlang ihr Haar zusammen und legte es über eine Schulter. »Ich spüre es einfach. Du hast ihm gefallen. Was hast du getan, damit der Schwarze Kodsu auf dich aufmerksam wird?«

»Nichts, denn seine Aufmerksamkeit kann mir gestohlen bleiben.« Ray verspürte die gleiche Bestürzung wie damals, als Meister Hyeon von ihnen verlangt hatte, die Stadt am Tag der Geister zu durchstreifen. »Gehen wir! Wir müssen hier endlich weg!«

Sie lief neben ihm her. Eine starke, geschmeidige, anmutige Erscheinung. Aber eine Puppe. Die wirkliche Tora befand sich, beschützt von Sayunaro und Grizzly, in ihrem Zelt und hoffte auf ihre Rettung. Ray schüttelte ein weiteres Mal den Kopf. Für den Bruchteil einer Sekunde hatte er geglaubt, seine Freunde gäbe es überhaupt nicht. Sie wären lediglich Traumgespinste, ganz genau wie seine eigene Welt, und es existierte eigentlich nur diese seltsame nächtliche Welt, durch die er stolperte, mit einer rothaarigen Frau fest an der Hand.

»Glaubst du etwa, er lässt dich so ohne Weiteres gehen?«, fragte sie leise.

Ray blickte zum Zirkuszelt hinüber, das nun bereits recht nah war.

»Nein, bestimmt nicht«, antwortete er. »Deshalb muss ich ihn töten.«

»Und wenn er nicht kommt?«

»Er wird kommen«, versicherte Ray im Brustton der Überzeugung, obwohl er tief in seinem Innern die gleichen Zweifel hegte. »Schließlich will er ja nicht, dass wir seinen Zirkus zerstören. Nicht bei der Mühe, mit der er ihn geschaffen hat.«

»Bist du dir sicher?«

»Ja, das bin ich.«

Sie nickte schweigend, doch Ray war nicht klar, ob sie seine Worte glaubte oder nur nicht mit ihm streiten wollte.

»Sieh mal!« Sie packte seine Hand fester, und Ray drehte sich in die Richtung, in die sie zeigte. »Da vorn!«

Einige überhohe Bäume schälten sich aus der Dunkelheit heraus. Ihre Stämme und Zweige waren so knorrig, dass Ray fast meinte, sie wären verdreht worden, damit sie als eine Art Zirkusrequisit dienen konnten.

Eine weitere Falle.

Ein weiteres Spielzeug des Schwarzen Kodsu.

In Ray lieferten sich Ekel und Neugier ein Gefecht.

In den stangenartigen Zweigen blitzte der Körper eines jungen Mannes auf, der vielleicht etwas älter war als Ray. Er vollführte die kompliziertesten akrobatischen Kunststücke und flog gekonnt durch die Luft. Sein brauner, muskulöser Körper wies keine einzige Schramme und keinen einzigen Blutstropfen auf, nur ein Ornament aus dunklen Rhomben auf der Brust. Zunächst konnte Ray sich das nicht erklären. Sollte der Schwarze Kodsu für diesen Mann wirklich keine Qualen ersonnen haben? Als er jedoch näher kam, erkannte er, dass es sich auch bei den Rhomben um Wunden handelte.

»Da«, flüsterte Tora.

Nun sah auch Ray die Piken, die in den Boden gerammt waren. Im Mondlicht schimmerten einige Spitzen fast wie durchscheinende Feuer, andere wirkten trüb, als wären sie rostig.

Der Mann zeigte Salto um Salto. Mal flog er in schwindelerregender Höhe über die Waffen hinweg, mal lief er Gefahr, aufgespießt zu werden.

»Ein guter Salto mortale«, urteilte Tora mit einer Stimme, die nicht ihre eigene zu sein schien.

»Bitte?«, hakte Ray nach, der den Mann unverwandt im Auge behielt.

»Dieses Kunststück«, erklärte sie. »Was er da gerade gezeigt hat.«

Der Mann umklammerte einen Ast, überschlug sich mehrmals und ließ seine Stange dann los.

Tora presste Rays Hand, bis es schmerzte. Der Akrobat breitete die Arme aus und knallte auf eine Pike. Sie durchbohrte seine Brust. Als die Spitze austrat, war sie gänzlich rot. Wie purpurnes Konfetti spritzten Blutstropfen durch die Luft. Ray vernahm ein kurzes Stöhnen. Der Mann erstarrte, aufgespießt auf den Holzschaft, seine Arme und Beine hingen kraftlos herab. Langsam drehte er seinen beiden Zuschauern sein Gesicht zu. Ein glückseliger Ausdruck vertrieb jeden Schmerz daraus.

»Der Abgang«, brachte Tora mit lebloser Stimme hervor. Ehe Ray nachfragen konnte, erklärte sie: »Das ist das Kunststück am Ende, das Finale.« Sie atmete krampfhaft durch.

Ray legte ihr schweigend den Arm um die Schulter. In der anderen Hand hielt er die Yari, durch die er den Vertreibungszauber jagte. Der Akrobat löste sich auf, eine weiße Rauchspirale schlängelte sich die Pike hoch und driftete davon.

»Gehen wir!«, verlangte Ray. »Wir tun uns keinen Gefallen, wenn wir uns weitere Schauspiele dieser Art ansehen.«

»Er nimmt nur die besten, stimmt's?«, fragte Tora, die Ray langsam folgte.

»Ich weiß es nicht.«

»Anders kann es gar nicht sein«, fuhr sie fort. »Warum haben die größten Talente es immer am schwersten?«

»Das stimmt doch gar nicht.«

Wirklich nicht? Hatte nicht auch er als besonders begabter Schüler Meister Hyeons gegolten? Und nun irrte er durch die Welt des Schwarzen Kodsu, noch dazu ohne Zertifikat! Unwillkürlich musste er grinsen. Er drohte für immer in dieser Welt zu bleiben. Was spielte dieser Schrieb da noch für eine Rolle?

»Was ist so komisch?«, fragte Tora.

»Nichts.«

Der Weg wurde immer beschwerlicher. Sie rutschten auf kleinen Steinen aus, obendrein mussten sie hohen grünen Trieben ausweichen, die über und über mit Dornen besetzt waren.

»Soll ich dich tragen?«, bot Ray Tora an, denn diese musste die peinsame Hindernisstrecke auch noch barfuß bewältigen.

»Nicht nötig«, erwiderte sie, während sie ihren nackten Fuß

auf eine Wunde hin untersuchte. »Außerdem hältst du dich selbst kaum noch auf den Beinen, da könnte ich also ebenso gut dich tragen. Übrigens hatte ich mal eine Nummer, da musste ich…« Tora verstummte, wischte bloß noch den Staub ab und lief weiter. Der Wunsch, über ihre Zirkusauftritte zu sprechen, war ihr offenbar schlagartig vergangen.

Der Mond schickte sein Licht in die fahlen Lachen, die sich in den Unebenheiten einzelner Felsbrocken gebildet hatten. Der Pfad führte geradenwegs auf die nächste Überraschung zu, die der Schwarze Kodsu für sie bereithielt.

Vor ihnen ragten bizarre Steingebilde auf, die mit spitzen Klingen, Nadeln und Dornen versehen waren. An ihnen hatte man Trapeze befestigt. Zwei Männer, einer im weißen, einer im roten Trikot, baumelten an den Stangen und warfen sich einen dritten zu.

Tora rollte die Schultern in einer Weise, als wäre ihr Rays Hemd plötzlich zu klein, sagte jedoch kein Wort, sondern verfolgte nur angespannt das Tun der Akrobaten. Die Klingen warfen das Mondlicht zurück, sodass über die Körper der Männer Lichtflecken tanzten. Es schien, als wären unzählige Silberspiegel um sie herum aufgestellt…

»Eine Pirouette«, sagte Tora, als der dritte Akrobat sich drehte und dann auf einen seiner Partner am Trapez zuflog.

Dieser packte ihn bei den Armen, und sie schaukelten zusammen weiter, nur damit der eine dann erneut den Weg durch die Luft antrat.

Ray stockte der Atem, fast als wohnte er tatsächlich einer Zirkusvorstellung bei, mit lebenden Menschen und echten Zuschauern, nicht einem Schauspiel, das ein widerwärtiger Geist mit seinen Puppen veranstaltete.

»Alle Achtung«, flüsterte er, während der Mann erneut von einem Trapez zum anderen wechselte.

»Bei uns sagt man *gekonnt*«, bemerkte Tora lächelnd. »Das heißt, virtuos und fehlerfrei. Eine Aufführung wie aus dem Lehrbuch.«

Sie sah Ray an, als wollte sie noch etwas hinzufügen, grub

dann aber ihre Finger in seinen Arm und starrte fassungslos zu den Akrobaten hinüber.

Nach einem Salto flog der Mann auf seinen Partner zu, und beide schaukelten auf der Stange.

»Töte ihn!«, verlangte Tora, als der Akrobat gerade den Weg zurück zum anderen Trapez antreten wollte.

»Wen?«

»Den Fänger!«

»Wen?!«

»Den Mann auf dem rechten Trapez.«

Ray wollte seinen Ohren nicht trauen. Wenn er den Mann jetzt tötete, würde der Akrobat doch in die Tiefe stürzen …

Der Artist flog nach seinem nächsten Salto bereits auf seinen Partner zu. Dieser streckte jedoch nicht die Arme nach ihm aus, sondern verschränkte sie vor der Brust. Der Akrobat schoss an ihm vorbei, knallte gegen das Steingebilde mit den Klingen und glitt langsam zu Boden, dabei einen rubinroten Streifen hinterlassend.

Im Gesicht des Fängers flackerte eine irrsinnige Freude auf, die sogleich höchster Zufriedenheit wich. Der Mann weidete sich geradezu am Anblick seines aufgeschlitzten Partners. Nun jagte Ray seinen Zauber durch die Yari.

»Deshalb solltest du ihn töten«, sagte Tora gelassen, doch ihre türkisfarbenen Augen funkelten zornig. »Wie kann man seinem Partner so etwas nur antun?!«

»Woher wusstest du, was geschieht?«, fragte Ray, den mit einem Mal große Müdigkeit überkam.

»Der Ausdruck in seinem Gesicht …« Tora presste die Lippen aufeinander, sodass nur noch ein schmaler Strich zu erkennen war.

»Wäre der Akrobat nicht in jedem Fall zerschellt?«

»Nur hätte ihn sein Partner dann nicht verraten!«

»Wir befinden uns nicht in der realen Welt, Tora. All das ist eine Gaukelei, die der Schwarze Kodsu ausgeheckt hat. Er zwingt die Menschen, Dinge zu tun, die sie im wahren Leben nie getan hätten.«

»Weißt du denn so viel von der realen Welt?«, fragte Tora, ohne ihn anzusehen.

Eine Weile liefen sie schweigend weiter. Sie mussten einen Hügel erklimmen, der mit stachligen Pflanzen bewachsen war. Zwischen ihnen ließen sich rissige Stufen erkennen. Tora ging nun voran. Wie Ray sie so vor sich sah, fiel ihm ein, dass er einmal gehört hatte, man erkenne die wahre Anmut einer Frau daran, wie sie eine Treppe hinaufgehe oder dem Meer entsteige. Tora bestand diese Prüfung mit Bravour, ihre Bewegungen waren ebenso elegant wie ungezwungen und kraftvoll.

»Er hat es auf uns Luftakrobaten abgesehen«, hielt sie überraschend fest und unterbrach damit Rays Überlegungen.

»Mir ist aber auch eine Frau mit Reifen begegnet«, sagte Ray. »Gleich zu Beginn. Dann noch ein Pärchen in einem Netz. Ob sie eigentlich einen Seiltanz aufführen sollten …? Die Frau wirkte echt, der Mann wie eine Puppe.«

Aus unerfindlichen Gründen schilderte Ray Tora das Erlebnis.

Nachdenklich hörte sie ihm zu.

»Diese Nummer heißt Moto foso. Der Akrobat stellt dabei eine Puppe dar, die du nach Belieben verbiegen kannst. Mit einem Mal erwacht sie. Erst da erkennen die Zuschauer, dass es ein echter Mensch ist.« Sie sah Ray mit einem angedeuteten Lächeln an. »Nur gut, dass du das nicht erlebt hast.«

»Was hätte mich denn in dem Fall erwartet?«

»Ich weiß es nicht, Ray«, versicherte sie. »Und ich will es auch gar nicht wissen. Um eines möchte ich dich jedoch bitten.« Sie blieb auf der Stufe vor ihm stehen und sah ihn an. »Töte sie alle, bevor sie fallen. Oder kannst du das nicht?«

»Doch, das kann ich.«

»Warum tust du das dann nicht?« Sie versengte Ray mit ihrem Blick. »Gefällt es dir, ihren Sturz zu beobachten? Dann wärst du am Ende auch nicht besser als der Schwarze Kodsu!«

Tora trat die Stufe zu Ray hinunter, ihre Augen funkelten zornig. Ein Gedanke formte sich in seinem Kopf, wenn auch ein noch unausgegorener.

»Die Gefühle«, sagte er dann leise.

»Bitte?«

»Er genießt nicht bloß dieses Schauspiel«, fuhr Ray fort. »Er ernährt sich von den Gefühlen der Darsteller. Von ihrer Angst, ihrem Schmerz, ihrer Begierde und ihrem Zorn.«

Ray setzte sich auf die Stufe. Mit einem Mal schienen sich all seine Wunden bemerkbar zu machen.

»Als ich den Schwarzen Kodsu vertreiben wollte, habe ich vor Wut gekocht. Ich wollte mich für den Schmerz rächen, den er den Menschen zufügt. Doch ich hätte ihn kaltblütig umbringen müssen. Denn als der Geist meine Wut gespürt hat, da hat er Macht über mich gewonnen – und mich gleich in seine Sammlung gesteckt.«

Tora setzte sich neben ihn und sah ihn aufmerksam an.

»Du darfst also nicht wütend werden?«, fragte sie.

»Aber das schaffe ich nicht. Ich versuche es, aber es gelingt mir nicht.«

»Streng dich an! Denn du willst doch nicht hierbleiben und zu seinem Spielzeug werden!« Sie erhob sich und streckte ihm die Hand entgegen. »Gehen wir!«

Ray berührte ihre warme Hand. Plötzlich zischte etwas durch die Luft. Sofort zog er Tora an sich. Trotzdem streifte sie der Gegenstand an der Schulter. Blut spritzte Ray ins Gesicht, Metall landete klirrend auf der Steinstufe. Ein Schatten fiel auf sie, von jemandem, der sich noch im Dunkel verbarg – und der ausholte, um ein weiteres Messer nach ihnen zu werfen.

Ray brachte Tora hinter sich in Deckung. Ein Mann hielt auf sie zu. Er wirkte wie ein Stier, der sich seinen Weg durch Dornensträucher gebahnt hatte. Die dunkle Haut war von Dornen aufgeschlitzt, in den blutunterlaufenen Augen funkelte Wahnsinn. Der Blick des Mannes irrte ziellos umher, ohne etwas oder jemanden zu sehen. Mit starren Fingern tastete ihr Angreifer seine Brust ab, bis er innehielt, als hätte er gefunden, was er gesucht hatte. Er ballte die Hand zur Faust und zog ein kurzes Wurfmesser aus seinem Körper. Sein Blick hakte sich an Ray fest. Der Mann holte aus und schleuderte seine Klinge. Ray duckte sich weg und griff seinen Gegner mit einem Zauber an, dem er sofort weitere hinterherjagte.

Es waren etliche Attacken nötig, bis sein Gegner schwankte, und noch mehr, bis er fiel, die Treppe hinunterpolterte und sich auflöste.

Ray drehte sich Tora zu, die eine Hand auf ihre blutende Schulter presste.

»Alles in Ordnung?!«

»Ich habe schon Schlimmeres überlebt«, sagte sie. Mit gerunzelter Stirn betrachtete sie die Wunde. »In einem anderen Zirkus habe ich bei der letzten Probe mal einen Flickflack vorgeführt … das sind mehrere Handstände mit Überschlag … Da hatte eine Frau vorher den Boden mit Glasscherben ausgelegt …«

»Du erinnerst dich an einen anderen Zirkus?«, fragte Ray zurück, während er die Wunde verband.

»Ja. Aber nach dieser Geschichte habe ich ihn verlassen und bin zu Herrn Keitar gegangen. Er mochte mich sehr.«

Mit dieser Geschichte wollte sie sich ohne Frage von ihren Schmerzen ablenken, besonders gut klappte das aber nicht.

»Mir hat in der Ausbildung mal ein Segrimi zwanzig Nadeln in den Rücken gerammt«, berichtete Ray aus dem gleichen Wunsch heraus. »Es hat eine Woche gedauert, bis ich alle wieder herausgezogen hatte.«

»Ein Segrimi?«, hakte Tora nach. »Von Geistern, die so heißen, habe ich schon gehört. Sie sehen wie Hunde aus, haben aber sechs Pfoten, oder? … Als ich noch ein Kind war, hat mal jemand eine Trommel nach mir geworfen. Das ist ein Requisit bei uns. Du legst ein Brett darauf und dann balancierst du damit«, erklärte sie. »Jedenfalls hat er das Ding direkt auf meinen Fuß fallen lassen. Es ist eigentlich nicht schwer, aber ich war halt noch klein.«

»Und stell dir vor, ich hab mal statt den Zauber zur Vertreibung den für die Herbeirufung gewirkt. Danach hatte ich es nicht mit einem, sondern gleich mit zwei Mashuggen zu tun.«

»Und ich …« Tora verstummte. »Tischst du mir hier eigentlich irgendwelche Märchen auf?«

»Kannst du laufen?«, fragte er.

»Natürlich«, sagte sie und ging los.

In dieser Sekunde begriff Ray, dass er sie gern bei der Hand gehalten hätte.

Sie lief forsch voran, wenn auch mit etwas abgehackten Schritten, und sah sich ständig um.

Auf ihrem weiteren Weg zum Zirkuszelt musste Ray noch eine Frau vernichten, die durch einen messerbesetzten Reifen sprang, einen Mann, der über ein Seil balancierte, während ihm Klingen um die Ohren flogen, und ein schmächtiges Mädchen, das der Schwarze Kodsu in eine Glaskugel gestopft hatte. Was sein Zauber bei der Kleinen anrichtete, sah sich Ray gar nicht erst an.

Irgendwann brauchte er eine Verschnaufpause. Die letzten Minuten hatten ihn völlig ausgelaugt, ihn innerlich stumpf werden lassen. Er ließ sich zu Boden plumpsen und lehnte sich gegen einen Felsbrocken. Tora setzte sich neben ihn, zog die Beine an und bettete ihren Kopf auf die Knie. Ray betrachtete ihre kräftigen Hände, ihr Haar, das ihr über die Schultern fiel, ihren Rücken.

»Findest du nicht auch, dass der Messerwerfer vorhin wie Tigor ausgesehen hat?«, fragte sie Ray. »Er hat übrigens ein Auge auf Musa geworfen, die Sängerin, sie aber macht sich gar nichts aus ihm. Sie kokettiert mit jedem, nur nicht mit ihm. Schon merkwürdig: Jemanden zu lieben, der sich nach allen möglichen Menschen umschaut, nur nicht nach dir.«

»Und wer gefällt dir?«, fragte Ray und musste unwillkürlich lächeln.

»Im Zirkus? Niemand, würde ich sagen. Sonst würde ich mich bestimmt an ihn erinnern.«

Ray sah sie aufmerksam an, aber Tora sprach nicht weiter, sondern hing ihren Gedanken nach.

»Ob ich nach alldem noch auftreten kann?«, brachte sie irgendwann heraus.

»Du wirst dich an nichts erinnern, was du hier gesehen hast«, versprach Ray, bedauerte diese Worte jedoch sogleich.

Über Toras Gesicht huschte ein Schatten.

»An nichts?«, hauchte sie. »Rein gar nichts?«

»Ja würdest du dich denn gern an etwas von hier erinnern?«

»An das eine oder andere schon«, antwortete sie mit spöttischem Lächeln. Sie streckte sich aus und legte ihren warmen, feuerroten Hinterkopf auf sein Bein. »Lass mich mal kurz ausruhen, ja?«

»Schlaf ruhig etwas«, erwiderte Ray. »Ich wecke dich, wenn Gefahr droht.«

Sie nickte, und schon in der nächsten Minute hörte Ray ihre tiefen und gleichmäßigen Atemzüge.

Er selbst schloss die Augen und dämmerte ein wenig vor sich hin. Stimmen drangen an sein Ohr, noch dazu sehr laute, doch das waren nur seine verworrenen Gedanken. Grelle Bilder zogen vor seinem inneren Auge vorbei, die sich zu keinem Ganzen fügen wollten. Seine Wunde an der Seite schmerzte. Irgendwann spürte er einen eisigen Blick auf sich gerichtet. Er schlug die Augen wieder auf.

Tora war verschwunden. Ich hätte nicht einschlafen dürfen!, schalt er sich, sprang auf – und sah sie.

Schwebende Takkare umkreisten sie, griffen jedoch nicht an, sondern brabbelten bloß und fielen sich gegenseitig ins Wort.

»Warum ist Toras Nummer die Hauptattraktion?«, empörte sich eine Frauenstimme. »Wieso nicht meine?«

»Weil ihre Nummer nun mal die beste ist«, antwortete ein Mann mit erhobener Stimme. »Du wirst ihr nie das Wasser reichen, Ayu, sieh das endlich ein!«

»Ich hasse sie! Aus tiefster Seele! Warum hast du sie bloß in die Truppe genommen?!«

»Die hält sich für besonders klug!«, warf ein Mann in verärgertem Ton ein. »Aber wir werden schon noch sehen, ob ihre Seile halten! Dieses rothaarige Luder!«

»Warum probt sie gerade?!«, mischte sich eine junge Frau ein. »In dieser Zeit gehört die Arena mir. Und kommt mir jetzt nicht mit dem Direktor! Mir ist völlig egal, was er gesagt hat!«

»Haltet endlich den Mund! Alle!«, verlangte eine andere

Frau. »Tora hat dies gesagt und das getan! Tora hier, Tora da! Allein der Name hängt mir schon zum Hals raus!«

»Du wirst ja wohl nicht eifersüchtig auf Tora sein?!«, entgegnete ein Mann. »Die ist doch flach wie ein Brett und hat Schultern wie ein …«

»Ich kann sie nicht ausstehen!«

»Wenn sie bloß endlich ihre Siebensachen packen würde!«

»Ich hasse sie!«

Ray wollte diesen Unsinn nicht länger anhören. Rasch ging er zu Tora.

»Sie können mich einfach nicht ausstehen«, bemerkte sie nachdenklich.

Die Takkare stoben auseinander.

»Das stimmt doch gar nicht«, entgegnete Ray.

»Aber was haben sie gegen mich?«

»Du bist eine selbstbewusste, wunderschöne Frau. Begabt …«

»Trotzdem mag mich bis auf den Schwarzen Kodsu niemand.«

»Doch, ich.«

Tora schaute ihn an, als sähe sie ihn zum ersten Mal.

»Aber du hast doch gehört, was man über mich redet.« Sie nickte ins Dunkel, wo irgendwo die Takkare lauerten.

»Du bist stark und betörend«, antwortete Ray ehrlich. »Und du hast sehr schöne Schultern.«

Über Toras rote Lippen huschte ein Lächeln, ihre Augen blitzten auf.

»Gehen wir«, sagte sie und strich sich eine rote Locke hinters Ohr. »Gleich haben wir es ja geschafft.«

Während sie ihren Weg fortsetzten, grübelte Ray verzweifelt über seine nächsten Schritte nach. Wenn er wollte, dass die echte Tora lebte, musste er die Tora vor sich vernichten. Genau wie alle anderen Puppen, die der Schwarze Kodsu geschaffen hatte. Dann musste er diese schöne, lebendige Tora, die ihm zu Hilfe geeilt war, töten.

Sie gefällt mir wirklich, gestand er sich, während er ihr Profil und das rote Haar betrachtete. Und das ist noch untertrieben.

Aber sie ist nicht echt. Die wahre Tora aber … die ist nicht … wie sie …

Unwillkürlich verlangsamte er seinen Schritt. Er wollte Toras Gegenwart so lange wie möglich genießen. Vielleicht fand er ja sogar noch einen Ausweg …

Ich wünschte, die echte Tora würde sich daran erinnern können, was diese Tora hier für mich getan hat, sinnierte er, während er Tora half, über ein paar Steine zu klettern. Wenn es doch bloß irgendeinen Zauber dafür gäbe!

Reiß dich jetzt endlich zusammen, rief er sich innerlich zur Ordnung. Du bist in der Welt des Schwarzen Kodsu. Vielleicht kommst du hier nie wieder raus. Zerbrich dir also nicht darüber den Kopf, woran sich die echte Tora erinnert, sondern unternimm lieber was. Wenn du das nicht tust, wird es nämlich überhaupt keine echte Tora mehr geben.

Tora selbst lief ebenfalls mit gerunzelter Stirn neben ihm her. Auch sie schien tief in Gedanken versunken zu sein.

Der Zirkus ragte dräuend vor ihnen auf. Das schwarze Loch in der Kuppel setzte sich als tiefer Riss in der Zeltwand fort.

Tora blieb jäh stehen und starrte auf die gewaltige Kuppel. Ein besorgter und trauriger Ausdruck lag in ihrem Blick.

»Ich will nicht wieder dahin«, sagte sie mit leiser, aber fester Stimme.

»Keine Bange«, erwiderte Ray und nahm sie abermals bei der Hand. »Wenn er auftaucht, bin ich ja da.«

Sie schüttelte den Kopf, ohne den Blick vom Zirkus zu lösen.

»Bevor wir reingehen, tötest du mich, nicht wahr?« Sie sah ihn an, doch Ray schwieg. Deshalb fuhr sie fort: »Die anderen Artisten … die hast du doch auch nur getötet, damit sie in der richtigen Welt leben können, oder? Und mit mir musst du das auch machen, stimmt's?«

»Ja«, gab Ray widerwillig zu. »Die echte Tora, die Akrobatin, die im Zirkus auftritt, wartet in der wirklichen Welt auf mich. Du bist ihre Doppelgängerin … genau wie sie und doch ein wenig anders.«

Er erzählte ihr in allen Einzelheiten, wie der Schwarze Kodsu sich die Puppen für seine Welt beschafft. Tora hörte ihm aufmerksam zu, ihre Augen wurden immer dunkler.

»Du hättest mir das von Anfang an sagen müssen! Und du hättest mich auf der Stelle töten müssen! Wir hätten niemals so lange zusammen…« Sie verstummte. In ihren Augen las Ray, was er selbst fühlte.

»Ich wollte dich nicht verlieren«, gestand er.

»Und ich will dich nicht vergessen.«

Sie trat an ihn heran, schlang ihre Arme um seinen Hals und schmiegte ihre Stirn an seine Wange. Ray drückte sie fest an sich. Das rote Haare nahm ihm die Sicht auf den Zirkus. Es roch nach trockenem Gras, frischem Heu und ein ganz klein wenig auch nach sonnengewärmtem Harz. Toras Körper war kräftig und warm, und Ray meinte, ihren Herzschlag zu spüren.

Sie gehört nur mir, schoss es ihm durch den Kopf. Nicht dem Schwarzen Kodsu, nicht den Zuschauern, nicht einmal der anderen Tora.

»Tu es jetzt!«, flüsterte sie.

»Ich kann es nicht«, antwortete er und grub sein Gesicht in die warme, duftende Wolke ihrer Haare.

»Doch, du kannst es«, widersprach Tora. »Du bist stark, und du bist ein Beschwörer. Du musst deine Arbeit verrichten.«

Du bist nicht meine Arbeit, wollte Ray schon erwidern. Du bist eine erstaunliche, einmalige Frau. Du bist noch so viel mehr.

Doch er brachte keinen Ton heraus, denn Worte änderten in diesem Fall rein gar nichts.

Ray strich langsam über ihren Rücken und zog die Yari blank. Tora erschauderte, als berührte die kalte Klinge bereits ihren Rücken.

»Ich will dich nicht vergessen! Ich will es einfach nicht!«, sagte sie und schmiegte sich noch fester an ihn. »Und falls ich in der echten Welt tatsächlich alles, was hier geschehen ist, vergessen haben sollte, dann erinnere du mich bitte daran.«

»Das werde ich.«

Er schlang einen Arm um sie. Mit der anderen Hand hob er

die Yari in die Höhe und trieb sie Tora in den Leib. Sie presste noch ihre Lippen auf die seinen, dann löste sie sich auf.

Ray schloss die Augen.

Als er sie wieder aufschlug, stand der Schwarze Kodsu vor ihm.

»Bravo«, sagte er, und die Spinnengestalt fiel nach und nach von ihm ab.

Das Wesen, das sich darin verborgen hatte, richtete sich auf, als wäre es bisher zusammengefaltet gewesen. Es streckte die langen, mehrgliedrigen Arme und Beine, drückte den Rücken durch und drehte den Kopf auf dem gelenkigen Hals. Ray beobachtete all das ohne Zorn und ohne Furcht.

Diesem Knochenmann haftete selbst jetzt noch etwas Spinnenhaftes an. Es war eine ekelhafte und gefährliche Kreatur.

»Ihr zwei habt mir Unmengen von Kraft beschert«, stellte er mit einer Stimme fest, die genauso widerwärtig war wie sein Äußeres. »So viele Gefühle ... da kam nicht einmal mein Zirkus mit.«

»Wie hast du Tora gefunden?«, fragte Ray, der nach wie vor nur Leere in sich fühlte. »Warum wolltest du ausgerechnet sie für deine Welt?«

»Wenn irgendwo eine Frau wie sie auftaucht, kochen die Gefühle immer hoch. Da gibt es Eifersucht, Leidenschaft, Gier und Neid.« Er bleckte die Zähne. Sollte das ein Lächeln sein? »Menschen wie Tora wittere ich geradezu. Die sammle ich. Um sie zu retten.«

»Du rettest sie?! Wovor denn bitte?!«

»Vor euch Menschen«, antwortete der Schwarze Kodsu, der Ray nun langsam umrundete. Dieser ließ ihn nicht aus den Augen. »Vor euch dummen, neidischen und grausamen Menschen. Erst in meiner Welt konnten Toras Talent und ihre Schönheit zu voller Entfaltung gelangen. Bei dir wird es nicht anders sein.«

Der Geist näherte sich Ray ein wenig und schaute ihn mit trüben, von der Stirn verschatteten Augen an.

»Wenn du willst, bleibe hier, fern von allem Verrat und

Betrug. Du hast dich doch mittlerweile vom Zauber meiner Welt überzeugen können… Außerdem könnte ich dir Tora zurückgeben. Ihr beide würdet ein wunderbares Paar bilden.«

Ray hüllte sich in Schweigen. Innerlich bereitete er bereits den Zauber vor, mit dem er diesen Geist vernichten würde.

»Stell dir das nur vor: Du und sie und kein Hindernis zwischen euch«, säuselte der Schwarze Kodsu weiter. »Wie glücklich ihr sein könntet, denn bei mir wärt ihr frei von dem Neid und der Bosheit der Menschen. Ihr bräuchtet nicht einmal zu arbeiten. Und du willst bleiben, das weiß ich.«

Für den Bruchteil einer Sekunde erlag Ray der Verlockung, sich ein Leben mit Tora auszumalen, dann jedoch bezwang er diese Schwäche.

Der Schwarze Kodsu fasste Rays Zögern jedoch auf seine eigene Weise auf und trat noch näher an ihn heran. Da ließ Ray die Yari sprechen. Zusammen mit dem Geist wollte er auch seine eigene unsinnige Hoffnung auslöschen. Sein Gegner jaulte. Ein schwarzes Loch klaffte in seinem Körper. Es ließ Ray an die Zirkuskuppel denken. Ausgeschaltet war der Schwarze Kodsu damit aber noch nicht. Er warf sich auf Ray und fuchtelte mit seinem langen, mit Stacheln besetzten Unterarm vor dessen Kehle herum. Ray wich zurück, trieb dem Widerling dabei aber die Yari in die Knochenhand.

Der Schwarze Kodsu fauchte und setzte alles daran, Ray zur Raserei zu treiben, doch diesmal ließ dieser sich nicht von seinen Gefühlen mitreißen.

Ray behielt seinen Gegner fest im Auge und wehrte alle Attacken ab. Unterdessen fügte er in Gedanken verschiedene Symbole zu einer Kette zusammen. Diese musste sehr lang sein, denn der Zauber sollte nicht nur den Geist, sondern auch dessen Welt vernichten.

Sobald das letzte Glied in die Kette eingefügt worden war, meinte Ray, aus der Lanzenspitze würde eine Garbe greller Blitze schießen, über den Schwarzen Kodsu zucken, weiter zu den Steinen, Bäumen und dem Sand gleiten, um dann die Zeltwand des Zirkus hochzuzüngeln.

Noch während sich der Schwarze Kodsu auf Ray stürzte, erstarrte er. Die graue Haut platzte und rieselte zu Boden. Unter diesen Fetzen aber krabbelte der zusammengeschrumpfte Geist hervor, der nun wieder in seiner Spinnengestalt steckte. Ray wollte ihn sich schnappen, doch der Widerling entschwand ins Dunkel. Die Welt des Schwarzen Kodsu jedoch fing wie irrsinnig zu kreiseln an, Bäume barsten, Hänge rutschten ab, sämtliche Farben verblassten. Vom Himmel regnete es Wolkenfetzen. Einzig das gelbe Auge des Mondes verharrte im ausbrechenden Chaos unversehrt an seinem Platz. Eine Windhose erhob sich und wirbelte Schatten, Blätter und Steine durcheinander, riss die Welt des Schwarzen Kodsu in einen Abgrund.

Dann erfasste der Wirbel Ray, fegte ihn davon, trug ihn weiter und weiter weg von dem Zirkus, den der Geist geschaffen hatte…

Er lag auf dem Boden und hörte aufgebrachte Stimmen. Sanftes Licht fiel auf sein Gesicht, seine nackten Schultern und sein Rücken nahmen die Wärme der rauen Schilfmatte auf. Ihm war ein wenig schwindlig, aber immerhin schmerzten seine Wunden nicht mehr. Ray hob den Kopf. Sayunaro massierte sich die Hand, Grizzly wirkte leicht mitgenommen. Dann war da noch die zerfetzte Hülle des Schwarzen Kodsu… Ein paar Takkare wanden sich mehr tot als lebendig in Lachen weißen Schleims. Tora blickte ihn mit zerzaustem, rotem Haar fragend an. Die echte Tora…

Grizzly und Sayunaro bestürmten Ray mit Fragen und konnten nicht glauben, dass er voller Blut war. Ray überging sie jedoch und suchte Toras Blick, um in ihren Augen das zu finden, was er dort bei ihrer Doppelgängerin gefunden hatte. Er entdeckte jedoch bloß aufrichtige Dankbarkeit und einen letzten Nachhall der Sorgen, die sie seinetwegen ausgestanden hatte.

Diese Tora wusste nicht, was ihre Doppelgängerin empfunden hatte. Und sie sollte es besser auch nie erfahren.

»Der Abgang…«, fragte Ray sie dennoch, »… erinnerst du dich noch an den Abgang?«

Sie zog fragend eine Augenbraue hoch. Vermutlich hielt sie ihn für verwirrt. Daraufhin erhob sich Ray und trat die Hülle des Schwarzen Kodsu beiseite.

»Das war's«, erklärte er Tora. »Du wirst nie wieder vom Trapez fallen.«

Die Akrobatin nickte, deutete ein Lächeln an und drehte sich Sayunaro zu.

Schon in der nächsten Sekunde stürmten mehrere Artisten ins Zelt. Als sie die Hülle des Schwarzen Kodsu sahen, stießen sie Rufe aus, in denen sich Entsetzen und Begeisterung mischten. Es folgten die unvermeidlichen Fragen und Gratulationen. Der Zirkusdirektor drückte Grizzly die Hand und sagte Ray etwas, das dieser aber nicht mitbekam, weil er nach wie vor nur Augen für Tora hatte. Sie war ebenso schön, schillernd und betörend wie ihre Doppelgängerin – und doch war sie nicht die Frau, die er eben noch in seinen Armen gehalten hatte.

Ich bin vernarrt in ein Gespenst, dachte er amüsiert und fing den besorgten Blick Sayunaros auf. Sofort bedeutete er seinem Freund, dass alles in Ordnung sei. Dann stahl er sich aus dem Zelt.

Der Platz lag in grellem Sonnenlicht. Ray und Grizzly hatten sich ein schattiges Plätzchen beim Unterstand der Ochsen gesucht. Von dort aus beobachteten sie Sayunaro und Tora, die sich vor dem Zelt der Frau unterhielten. Der Besuch in der Welt des Schwarzen Kodsu setzte Ray noch immer zu: Um ihn herum gab es ausschließlich echte Menschen, niemand von ihnen starb, fiel auf Piken oder musste sein Blut vergießen, die Welt war fröhlich und ganz so, wie er sie kannte – und dennoch musste er sich erst wieder an sie gewöhnen.

»Was hast du dort gesehen?«, fragte Grizzly.

»Wo denn?«, entgegnete Ray und fummelte an den Ärmeln seiner frisch erstandenen Jacke herum. Das Stück war noch etwas starr, die Schnallen an den Ärmeln ließen sich nur mit Mühe verstellen.

»In der Schatzkammer des Schwarzen Kodsu.«

»Da gibt's nichts Besonderes zu sehen«, erklärte Ray, um rasch hinzuzufügen: »Hat der Zirkusdirektor uns eigentlich anständig bezahlt?«

»Das kannst du laut sagen«, vergaß Grizzly seine ursprüngliche Frage sofort. »Aber weißt du was? Meiner Ansicht nach sollten wir Soburo nicht die Hälfte davon abgeben. Ein Viertel reicht völlig. Schließlich ging es hier um einen Schwarzen Kodsu und …«

Grizzly setzte zu einem längeren Vortrag über ihre spärlichen Mittel an. Ray nickte in gleichmäßigen Abständen, ohne ihm zuzuhören. Die Bilder, die er aus der Welt des Schwarzen Kodsu mitgebracht hatte, würde er nicht so schnell vergessen, das wusste er. Immer wieder blitzten sie vor seinem inneren Auge auf. Jedes Mal kostete es ihn unfassbare Mühe, sie zu vertreiben. Noch schwieriger gestaltete es sich freilich, die dortige Tora zu vergessen.

Einmal mehr huschte Rays Blick zu Sayunaro und Tora hinüber.

Die Akrobatin setzte seinem Freund mit ernster Miene etwas auseinander, bis sie unvermittelt lächelte, ihm einen Kuss auf die Wange hauchte, sich zu Grizzly und Ray umdrehte, ihnen zuwinkte und in Richtung Zirkuszelt verschwand. Sayunaro sah ihr noch eine Weile nach, dann gesellte er sich zu ihnen.

»Was wollte sie denn von dir?«, fragte Grizzly ihn.

»Sie hat uns für unsere Hilfe gedankt und mich gebeten, euch die besten Wünsche auszurichten«, antwortete Sayunaro. Ob Tora ihm noch mehr gesagt hatte, ließ sich seiner steinernen Miene nicht entnehmen.

»Das war alles?«

»Was hast du denn erwartet?«

Grizzly seufzte enttäuscht. Sayunaro würde ihm nicht mehr verraten, das war klar.

»Dann lasst uns mal Soburo aufsuchen und ihm erzählen, was hier vorgefallen ist«, wechselte er das Thema. »Im Übrigen denke ich, dass wir drei hervorragende Arbeit geleistet haben. Vielleicht hat er ja noch weitere Aufträge für uns.«

Als er losstapfte, hielt Sayunaro Ray zurück.

»Ich habe mit dem Zirkusdirektor gesprochen«, weihte er Ray ein. »Er weiß jetzt, warum der Schwarze Kodsu sich ausgerechnet Tora geholt hat, und hat mir versprochen, dass diesen Feindseligkeiten endlich der Garaus gemacht wird.« So musste sich Herr Keitar ausgedrückt haben, denn Sayunaro setzte eines seiner seltenen Lächeln auf. »Sie selbst hat mir versprochen, mir zu schreiben, um mir zu berichten, wie sich die Dinge entwickeln. Ich habe ihr einen Uddo dagelassen, der kann mir ihren Brief bringen.«

Ray nickte schweigend.

»Ist mit dir alles in Ordnung?«, erkundigte sich Sayunaro dann und sah Ray forschend an. »Nach diesem Besuch in der Welt des Schwarzen Kodsu scheinst du nicht mehr der Alte zu sein.«

»Es ist alles bestens«, versicherte Ray, der auch mit Sayunaro nicht über seine Gefühle sprechen wollte. »Ich bin nur etwas erschöpft.«

»Ich kann mir ungefähr vorstellen, was du dort gesehen hast«, ließ Sayunaro jedoch nicht locker. »Vergiss nie, dass das alles bloß Trugbilder waren.«

»Das ist mir völlig klar.«

»Ist er entkommen?«, fragte Sayunaro leise.

»Leider. Ich habe seine Welt zerstört, aber nicht ihn selbst.«

»Du hattest es mit einem Schwarzen Kodsu zu tun, den vernichtest du nun einmal nicht so leicht«, sagte Sayunaro. Diese Worte sollten Ray nicht trösten, sie spiegelten einzig und allein Sayunaros sichere Überzeugung wider. »Du kannst von Glück sagen, dass du aus seiner Welt zurückgefunden hast.«

Ray nickte schweigend und sah sich noch einmal nach dem Zirkus um. Gerade verschwand Tora im Zelt.

Dann eilten die beiden Grizzly nach, der bereits in die Straße des Blauregens eingebogen war.

6

Das leere Haus

Das zweistöckige Haus reihte sich in eine Front absolut gleich aussehender Gebäude ein, fiel aber durch die purpurroten Fensterrahmen auf. Die Farbe war allerdings bereits großteils abgeblättert. Die Wände und die Rahmen der benachbarten Häuser machten im Übrigen keinen besseren Eindruck. Wie die Gebäude einst ausgesehen hatten, ließ sich heute kaum noch erahnen.

An einigen winzigen Balkons hingen Kästen, aus denen vertrocknete Blumen hervorlugten. Über den leicht schrägen Dächern kreisten mit aufgeregtem Geschrei Schwalben.

Dieses Viertel hätte längst abgerissen gehört, damit man neue Häuser bauen konnte, saubere und solide Steingebäude. Bei der Gelegenheit hätte man auch gleich breitere Straßen anlegen können. Doch die Stadt schien die Gegend völlig vergessen zu haben.

Auf der Straße spielten dreckige Kinder. Im Schatten einer alten Alatane lag ein grauer, räudiger Hund, dem in der Hitze die Zunge aus der Schnauze hing. Er hob kurz den Kopf, bedachte die zwei Fremden mit einem trägen Blick aus nur einem Auge und bettete die Schnauze anschließend wieder auf seine Pfote.

»Hier müsste es sein«, sagte Grizzly und legte den Kopf in den Nacken, um zu einem Fenster im obersten Stockwerk hinaufzusehen.

Ray betrachtete die verfallenen Häuser. In all den Jahren, seit sie hier standen, hätten sich in ihnen eigentlich etliche Geister eingenistet haben müssen. Er nahm jedoch nichts Bedrohliches wahr. Diese Bauten schienen vom Dachboden bis zum Keller sorgfältig durchkämmt und alle bösen Geister vertrieben worden zu sein. Nur komisch, hielt Ray für sich fest, dass sich auch kein Hinweis auf Geschöpfe feststellen lässt, die den Menschen wohlgesinnt sind. Diese Häuser sind wie tot.

»Eigenartig«, murmelte er, schüttelte den Kopf, als wollte er einen unangenehmen Eindruck vertreiben, und folgte Grizzly, der bereits die wenigen Stufen zur Haustür hinaufstieg.

Im Innern empfing sie schummriges Licht. Auf dem Weg nach oben hörten sie hinter einer der dünnen Türen gedämpfte Stimmen, offenbar ein Streit, hinter einer anderen Kinderlachen. Die üblichen Geräusche ...

Im obersten Stock klopfte Grizzly an die morsche Tür. Schlurfende Schritte antworteten ihm. Der Riegel wurde zurückgeschoben, die Tür geöffnet. Vor ihnen stand eine hagere Alte in einem weiten Kittel, der einst dunkelrot, jetzt aber genauso ausgeblichen war wie die Farbe der Fensterrahmen abgeblättert. Sie musterte ihre Gäste mit einem mürrischen Blick aus ihren trüben Augen.

»Seid gegrüßt, werte Dame«, sagte Grizzly höflich. »Wir sind gekommen ...«

Sie ließ ihn nicht aussprechen, sondern fuchtelte verärgert mit der Hand, damit sie endlich eintraten. Dann schlurfte sie, ohne sich weiter um die zwei zu kümmern, zu ein paar Matratzen.

Grizzly sah Ray fragend an, dieser zuckte nur schweigend die Achseln. Sie traten ein und schlossen hinter sich die Wohnungstür.

In dem fünfeckigen Zimmer mit der niedrigen Decke war es recht dämmrig. Vor den Fenstern hingen bunte Fetzen voller Staub, die kaum Licht durchließen. Auf dem Boden lagen zerschlissene Schilfmatten, bei denen an allen Enden einzelne Halme hervorstanden. Die reinsten Stachelschweine ... Die Alte hantierte in einer Ecke mit allerlei Lumpen auf den Matratzen herum. Zwischen den Fenstern stand an der Wand eine Statue, eigentlich ein Schutzgeist, doch in seiner Schale befanden sich nicht einmal Kohlen. Eine dicke Staubschicht hatte sich darin abgelagert. Offenbar hatte man dort schon lange kein Feuer mehr angezündet.

Die Zimmermitte nahm ein flacher Teetisch mit Perlmutteinlagen ein, der einen scharfen Kontrast zu seiner Umgebung bildete.

Es roch nach Alter, Staub und Einsamkeit.

»Wir wollen zu Soburo«, teilte Ray der Alten mit, die ihm den Rücken zugekehrt hatte und weiter ihre Lumpen ordnete.

»Er hat gesagt, wir könnten ihn hier treffen«, fuhr Grizzly fort. »Wenn er noch nicht da ist, sollen wir auf ihn warten …«

Ohne sich umzudrehen, deutete die Frau auf den Fußboden. Das sollte wohl eine Einladung sein, Platz zu nehmen …

»Danke schön«, sagte Grizzly. »Zum Glück haben wir ja Zeit mitgebracht.«

Ray ließ sich auf einer Schilfmatte nieder und sah sich um. Der Tisch zog seinen Blick geradezu magisch an. Ein solches Stück hätte zu einem Adligen gepasst, beispielsweise zu Sayunaro. Auf welchem Wege es wohl zu dieser Bettlerin gelangt war?

»Warum zündet Ihr kein Feuer für Euren Schutzgeist an?«, fragte Grizzly.

»Wieso sollte ich?«, brummte die Alte.

»Und wie soll er dann den Weg zu Euch finden, wenn Ihr Hilfe braucht?«

Nun drehte sich die Frau zu ihm um und schaute ihn abfällig an.

»Auf Geister kann ich getrost verzichten«, fauchte sie, wandte sich wieder ab und stieß ein paar unverständliche Worte aus.

Grizzly schaute Ray ratlos an. Dieser zuckte nur die Schultern. Er hatte nicht die Absicht, sich mit den Verschrobenheiten der Alten zu befassen.

Nach einem letzten tadelnden Blick in die leere Kohlenschale ließ Grizzly sich ebenfalls auf der Schilfmatte nieder. Niemand sagte ein Wort. Die Alte fuhrwerkte mit ihren Lappen herum und dachte gar nicht daran, sich um ihre Besucher zu kümmern. Vorm Haus schrien ein paar Schwalben. Treppen knarzten, Türen schlugen, Menschen unterhielten sich …

Ray lauschte all diesen Geräuschen und fand das Haus dennoch unnatürlich still. Irgendwie leer, als ob etwas fehlte …

Schließlich eilten Schritte zu ihnen herauf, der Riegel wurde zurückgeschoben, und Soburo trat ein. Heute trug er nicht das weiße Gewand eines Beschwörers, sondern die Kleidung eines gewöhnlichen Mannes: Hosen, weiche Stiefel und ein dunkles Hemd. Er wirkte abgespannt, als hätte er in letzter Zeit zu wenig geschlafen. Sein Blick war jedoch ebenso hart und unnachgiebig wie bei ihrer ersten Begegnung. Er sah flüchtig zu der Alten hinüber, die sich jedoch nicht einmal nach ihm umdrehte.

»Wo ist der Dritte im Bunde?«, wandte er sich ohne jede Begrüßung an seine beiden Besucher.

»Er ist verhindert«, antwortete Ray.

»Ach ja?« Verärgert runzelte Soburo die Stirn. »Schade, ich habe nämlich eine Nachricht für ihn.« Er zog einen schmalen Umschlag aus seiner Tasche, auf der die aparte Darstellung von zwei Drachen prangte, einem roten und einem weißen. »Der ist im Turm eingetroffen, kurz nachdem ihr gegangen wart. Meister Sin wollte den Boten eigentlich abweisen, aber ich habe mir den Brief aushändigen lassen.«

»Ich werde ihn Sayunaro geben«, versprach Ray und streckte die Hand aus. »Danke!«

»Habt ihr euren Auftrag erledigt?«

»Selbstverständlich«, antwortete Grizzly leichthin. »War ein Kinderspiel, die paar Takkare und den Schwarzen Kodsu haben wir im Nu erledigt.«

»Da war ein Schwarzer Kodsu?«, hakte Soburo ungläubig nach. »Und ihr seid mit ihm fertig geworden? Zu dritt?«

»Ganz genau«, bestätigte Ray.

Der Blick, mit dem Soburo ihn daraufhin bedachte, erinnerte Ray ein wenig an den von Meister Sin.

»Alle Achtung«, stieß Soburo schließlich aus. »Dann will ich hoffen, dass Ihr auch gutes Geld dafür bekommen habt.«

»Das haben wir«, sagte Grizzly und zog ein verknotetes Tuch mit einer Handvoll Münzen aus seiner Tasche und warf es Soburo zu. »Das ist dein Anteil.«

Dieser fing das Bündel auf, wog es in seiner Hand und steckte es weg. Auf das Münzgeklimper hin hatte sich die Alte umgedreht. Ihre Augen funkelten gierig, das war selbst durch die grauen Strähnen, die ihr über die Stirn fielen, deutlich zu erkennen. Sofort setzte sie jedoch wieder eine Miene auf, als wäre sie voll und ganz mit ihren eigenen Belangen beschäftigt.

»Sag mal«, wandte sich Ray an Soburo, »was ist das eigentlich für ein Haus? Warum gibt es hier keine Geister?«

»Das hast du gespürt?«, fragte Soburo grinsend zurück und nahm endlich gegenüber den beiden Platz. »Das liegt daran.«

Er klopfte auf den Tisch. Ein dumpfer, hölzerner Laut erklang.

»Du hast sie nicht zum Tee eingeladen«, spöttelte Ray, »und jetzt sind sie eingeschnappt?«

»Etwas in der Art«, antwortete Soburo und betrachtete nachdenklich die Perlmutteinlagen. »Lange vor eurer Geburt«, fuhr er in einem Ton fort, als wäre er ihr Ururgroßvater, »hat man geglaubt, mit Geistern auch ohne uns Beschwörer fertig zu werden. Damals ist viel Geld und noch mehr Zeit aufgewendet worden, um Artefakte zu schaffen, die Geister vertreiben. Böse, gute und gleichgültige, einfach alle eben. Dieser Tisch ist so ein Stück.« Er drehte sich der Frau zu. »Das stimmt doch, oder?«

Diese schnaubte bloß. Grizzly dagegen erschauderte. Er musste offenbar an die Maschinen denken, von denen Kazumi am Tag vor ihrer Prüfung erzählt hatte.

»Nie wieder sollte es einen Tag der Geister geben«, fuhr Soburo fort und strich sanft mit der Hand über die Tischplatte. »Nie wieder sollten uns die Geschöpfe aus der jenseitigen Welt das Leben schwer machen.«

»Nur haben sie es uns dann auch nicht mehr leichter gemacht …«, warf Ray ein.

»Zunächst waren alle hochzufrieden«, berichtete Soburo weiter. »Allerdings hat man dann sehr schnell begriffen, dass man sozusagen im luftleeren Raum lebte. Die Häuser, in denen solche Artefakte zum Einsatz kamen, muteten tot an. Unsere Welt ist nun einmal eng mit Geistern verbunden, schließt man sie aus, verwandelt sich ringsum alles in tote Ödnis. Genau wie dieses Zimmer.«

»Wer hat diese Stücke denn angefertigt?«

»Einige Beschwörer, auf persönliche Bitte des Kaisers. Vor langer Zeit schon.«

»Hört, hört«, bemerkte Grizzly. »Und warum habt ihr den Tisch nicht einfach fortgeschafft?«

»Er ist zusammen mit diesem Haus entstanden«, antwortete Soburo vage und rückte von dem Tisch weg, als wollte er seinen Gästen damit zu verstehen geben, dass es zu diesem Thema nichts mehr zu sagen gäbe. »Ihr habt im Zirkus gute Arbeit geleistet. Ich habe inzwischen noch weitere Aufträge erhalten. Wenn ihr wollt, trete ich euch den einen oder anderen ab.«

»Nein danke«, sagte Ray rasch, bevor Grizzly am Ende doch noch einwilligte. »Wir können leider keine weiteren Aufträge annehmen, weil wir die Stadt verlassen.«

»Lass mich raten«, stieß Soburo lachend aus. »Ihr wollt nach Agosima, um dort Meister Hyeon zu suchen. Hofft ihr noch immer auf ein Zertifikat?«

»Ja«, bestätigte Ray. »Was ist daran so lustig?«

»Nichts«, antwortete Soburo ernst, auch wenn es in seinen Augen immer noch spöttisch funkelte. »Wenn du nicht so stur wärst, würde ich versuchen, dich von dieser Idee abzubringen. Ihr müsst dem Orden nämlich gar nicht angehören, um gute Aufträge zu erhalten …«

»Die Erfahrungen haben wir bereits gemacht«, brummte Grizzly. »Entweder verdienst du bloß einen Hungerlohn, oder du musst dich für jemand anders ausgeben.«

»Ist das nicht etwas vorschnell geurteilt?«, entgegnete Soburo. »Es gibt genug Menschen, die für die Dienste eines Beschwörers anständig zahlen, selbst wenn er kein Zertifikat vorzuweisen hat.«

»Diese Menschen musst du mir erst mal zeigen!«

»Es sind alle, die nicht auf gesiegeltes Papier und ein weißes Gewand achten«, erwiderte Soburo leichthin, »sondern einzig und allein auf eure Fähigkeiten Wert legen.«

»Geht das vielleicht noch etwas genauer?«

»Wozu sollte ich Namen nennen? Ihr wollt Warra doch eh verlassen«, erwiderte Soburo und stand auf. »Solltet ihr allerdings keinen Erfolg haben, kommt zurück. Dann finden wir einen Ausweg.«

Er zog Grizzlys Säckelchen mit dem Geld wieder heraus und warf es auf den Tisch.

»Nehmt das!«, sagte er. »Bis Agosima ist es ein weiter Weg. Da dürften ein paar zusätzliche Münzen nicht schaden.«

Ein frischer Wind war aufgekommen, der eine gewisse Abkühlung mitgebracht hatte. Der Hund lag nach wie vor unter dem Baum und beobachtete ein paar Kinder. Als er die Beschwörer sah, wedelte er freudig mit dem Schwanz und wollte sich erheben, um auf sie zuzuspringen, überlegte es sich in letzter Sekunde aber anders.

Die Abendsonne malte lange Streifen auf die Straße. Die Häuser rechter Hand leuchteten rot, die linker Hand versanken im Schatten.

»Was für einen Auftrag Soburo wohl noch für uns gehabt hätte?«, durchbrach Grizzly das Schweigen. »Und wer bitte schert sich nicht um ein Zertifikat?«

»Keine Ahnung«, brummte Ray, der ahnte, worauf dieses Gespräch hinauslaufen würde.

»Wir hätten ihn ausquetschen sollen! Wenn bei der Sache gutes Geld für uns herausspringt, könnten wir sie doch noch übernehmen. Soburo hat recht, uns steht eine lange Reise bevor, da wäre es schön, nicht mit leeren Taschen aufzubrechen.«

»Pass mal auf!«, verlangte Ray. »Niemand zwingt dich mitzukommen. Weder ich noch Sayunaro. Ich weiß nicht, warum … Aber meine innere Stimme sagt mir, dass wir uns von Soburo besser fernhalten.«

»Wenn deine innere Stimme dir das sagt …«, entgegnete

Grizzly. »Aber der Auftrag im Zirkus, den er uns zugeschanzt hat, der war doch nicht schlecht …«

»Sprichst du gerade von dem Auftrag, bei dem wir das Vergnügen hatten, einen Schwarzen Kodsu zu erledigen?«

»Das konnte er ja schließlich nicht wissen!«

»Legst du dafür deine Hand ins Feuer?«

Ray stapfte entschlossenen Schrittes durch die Straße, denn er wollte das geisterfreie Haus Soburos möglichst schnell hinter sich lassen. Vor allem aber wollte er nicht über den Schwarzen Kodsu reden.

Die Gebäude sahen nun noch verfallener aus, waren aber wenigstens nicht mehr so tot. Gerade huschte durch das verdörrte Gras am Straßenrand irgendein kleiner Geist. Und hinter einem dunklen Fenster glitt der Schatten eines Sumi vorbei, eines harmlosen, aber grauenvoll anzusehenden Geistes.

»Was denkst du, weshalb hat Soburo auf seinen Anteil verzichtet? Das hätte er doch nicht …«

Ein lauter Pfiff gellte durch die Straße.

Ray fuhr herum. Aus einem dunklen Hauseingang traten zwei Gestalten. Drei weitere Burschen standen mit einem Mal vor ihnen. Ohne Frage hegte keiner von ihnen die Absicht, einen gemütlichen Abendspaziergang zu unternehmen.

»Was ist, Freunde, habt ihr euch verlaufen?«, fragte der größte Kerl unter ihnen, der eine einst teure, mittlerweile aber abgetragene dunkelgrüne Samtjacke trug. »Sollen wir euch vielleicht nach Hause bringen?«

»Wir finden den Weg schon selbst«, brummte Grizzly.

»Dabei hätten wir euch diesen kleinen Gefallen zu gern erwiesen«, entgegnete der Mann mit breitem Grinsen. Er hatte ein völlig durchschnittliches Gesicht, eines, das man schon in der nächsten Sekunde wieder vergessen hatte.

»Dann leert mal eure Taschen!«, ergriff nun ein anderer Bursche das Wort, auch er eine äußerst schillernde Erscheinung, mit Schielaugen und einem schmallippigen Mund. »Mach schon, Fettwanst, raus damit!«

Grizzly, der es nicht ausstehen konnte, wenn man ihn mit

dieser Bezeichnung bedachte, schickte dem Kerl einen finsteren Blick zu.

»Zieh ab!«, fauchte er.

»Nur nicht so hastig!«, mischte sich nun der Dritte ein und zauberte ein Messer hervor. »Wir wollen euch ja gar nicht lange aufhalten.«

Ray fügte Menschen nie Schaden zu. Während seiner Ausbildung hatte er sich zwar gelegentlich mit seinen Mitschülern gebalgt, doch dabei wollte niemand den anderen verletzen. Ihr eigentlicher Gegner waren die Geister, für die Kämpfe gegen sie mussten sie ihre Kräfte schonen. Obendrein sollten Beschwörer die Menschen beschützen, sich aber nicht mit ihnen prügeln.

»Lasst uns durchgehen«, verlangte er deshalb in ruhigem Ton. »Dann geschieht euch auch nichts.«

Diese Worte veranlassten zwei der Männer zu einigen Bemerkungen über die heutige Jugend, die doch ausgesprochen frech geworden sei. Die anderen wieherten bloß.

Wie kann man nur derart hirnlos sein?, überlegte Ray. Wieso sind diese Burschen auf eine Prügelei aus, wenn sie selbst jederzeit von Geistern überfallen werden können?

»Ihr wollt euch also nicht im Guten einigen …«, bemerkte der Kerl mit dem Messer grinsend.

Dann überschlugen sich die Ereignisse. Zwei Kerle stürzten sich auf Grizzly und wollten ihn packen, doch er sprang geschickt zur Seite.

»Jetzt reicht es aber!«, brüllte er. »Habt ihr völlig den Verstand verloren?!«

Ray wich einer Faust aus und konnte immer noch nicht glauben, dass diese Dummköpfe sie angriffen. Ihn traf ein Schlag in den Rücken, doch er ging nicht zu Boden, sondern wirbelte herum. Vor seiner Nase blitzte ein Messer auf. Den ersten Angriff wehrte er ab, dann aber ritzte ihm die Klinge den Arm auf. Dadurch wurde irgendein Hebel in seinem Kopf umgelegt. Er sah nicht länger Menschen vor sich, sondern ein Rudel Gayuuren. Kreuzdämliche, aber gefährliche Geister.

Er zog die Yarispitze blank, wehrte einen Angriff ab und trieb die Klinge seinem Gegner in den Leib. Sofort zog er sie wieder heraus, drehte sich dem nächsten Dreckskerl zu, der seinem Kumpan unter wildem Geschrei zu Hilfe kommen wollte, und wirkte einen Zauber. Sein Gegner erstarrte unmittelbar vor ihm, erbleichte, fasste sich an die Brust und krachte zu Boden.

Grizzly setzte ebenfalls Magie ein. Danach schrie einer dieser Widerlinge auf, und ein anderer röchelte nur noch. Beim dritten Kerl reichte dagegen ein Fausthieb.

Als ihr letzter Angreifer Fersengeld geben wollte, holte Ray aus und zielte mit einem Zauber auf dessen Rücken. Im selben Moment packte jedoch jemand seine Hand.

»Das lässt du besser!«

Ray fuhr herum. Soburo. In dieser Sekunde erwachte Ray gleichsam. Er sah sich um. Einer der Angreifer kauerte auf dem Pflaster und hielt sich seine blutende Seite, zwei weitere wälzten sich am Boden. Arme und Beine wollten ihnen kaum noch gehorchen. Der vierte rührte sich überhaupt nicht mehr, war also entweder ohnmächtig oder tot.

»Wo kommst du denn her?«, wollte Grizzly von Soburo wissen.

»Eine innere Stimme hat mich hergeführt«, antwortete dieser mit finsterem Grinsen. »Verschwinden wir von hier!«

»Als ob wir uns etwas vorzuwerfen hätten«, knurrte Grizzly. »Wir haben uns nur …«

»… ihr habt nur Vertreibungszauber gegen Menschen eingesetzt«, fiel ihm Soburo ins Wort und wollte Ray mit sich ziehen. »Also nichts wie weg hier!«

»Sie haben uns zuerst angegriffen«, stellte Ray klar. »Außerdem waren sie in der Überzahl. Wir haben uns bloß verteidigt.«

»Glaubst du, das interessiert irgendwen?«, fuhr Soburo ihn an. »Wir dürfen unsere Gabe ausschließlich bei Geistern einsetzen – so lautet nun mal die Regel.«

»Aber wir haben uns wirklich bloß verteidigt«, stieß Grizzly ins selbe Horn und wischte sich mit dem Ärmel das Blut von der

Wange. »Woher hätten wir wissen sollen, was der Zauber bei Menschen anrichtet?«

»Teilweise oder vollständige Lähmung der Muskeln bis hin zum Herzstillstand«, setzte ihn Soburo ins Bild, indem er eine Zeile aus einem Lehrbuch zitierte. »Aber diese Burschen hatten mehr Glück als Verstand, denn ihr habt nicht mit voller Wucht zugeschlagen. Sie werden schon bald wieder zu sich kommen.«

»Aber ich habe die Yari eingesetzt«, gab Ray zu. »Was, wenn er zu viel Blut verliert?«

Soburo spähte die Straße hinunter. In der Ferne waren Schritte zu hören. Rasch zitierte er einen Zauber, um einen Geist zur Heilung verletzter Menschen herbeizurufen und lenkte einen Strahl warmer Energie auf den Körper am Boden.

»Gehen wir davon aus, dass der Geist den Schmerz des Mannes gespürt hat und ihm von sich aus zu Hilfe gekommen ist«, murmelte er. »Gelegentlich geschieht das sogar tatsächlich. Und der Kerl, der entkommen ist, verpfeift euch bestimmt nicht.«

Mit diesen Worten wollte er nicht nur die andern beruhigen, sondern auch sich selbst.

»Übertreibst du jetzt nicht?«, fragte Grizzly, erhielt aber nur einen strengen Blick zur Antwort, der ihm Schweigen gebot.

Sie liefen raschen Schrittes die Straße hinunter. Grizzly brummte mürrisch, sah sich aber immer wieder um. Doch niemand folgte ihnen, niemand verlangte unter lautem Geschrei, dass sie stehen blieben. Auch von der Stadtwache polterte kein einziger Mann mit beschlagenen Sohlen über das Pflaster hinter ihnen her.

Ray riss am Straßenrand ein Büschel Gras aus und versuchte, das Blut von seinen Händen und der Klinge zu wischen. Noch nie hatte er sich so mies gefühlt. Ich hatte doch gar keine andere Wahl, versicherte er sich selbst. Doch diese Beteuerungen fruchteten nicht.

»Wir haben uns völlig richtig verhalten«, wandte sich Grizzly erneut an Soburo. »Ich krauche doch nicht irgendeinem Dieb oder Räuber in den Hintern, nur weil ich ein Beschwörer bin.«

»Unsere Aufgabe besteht darin«, antwortete dieser so kalt, wie es Meister Hyeon wohl auch getan hätte, »die Geister im Zaum zu halten, aber nicht darin, Menschen zu ermorden.«

»Spar dir diese Worte für ein Schwätzchen im Turm des Ordens«, fuhr Grizzly ihn an. »In den Straßen einer Stadt kann dir sonst was passieren, und da musst du dich wehren.«

»Wenn man dich so hört, dann begreift man, warum etliche Menschen Vorbehalte gegen den Orden hegen«, entgegnete Soburo. »Warum sie ihn abschaffen oder wenigstens strenger im Auge behalten wollen. Wir sind in der Lage, Menschen zu töten. Ist euch eigentlich klar, was ihr da angerichtet habt?«

»Das ist es durchaus«, räumte Ray ein, während er einen Sumi vertrieb, den der Blutgeruch angelockt hatte. »Aber ich hätte nie … keiner von uns beiden hätte je einem Menschen etwas zuleide getan. Das wird uns von der ersten Sekunde unserer Ausbildung an ausgetrieben. Wir kämpfen gegen Geister und beschützen Menschen, dafür ist unsere Gabe da. Aber sie haben uns angegriffen, da mussten wir uns wehren. Unter anderen Umständen wäre das nie geschehen.«

»Niemand weiß, was im Kopf eines Beschwörers vor sich geht«, konterte Soburo. »Oder nur sehr wenige Menschen. Deshalb begegnet man uns in der Regel mit Misstrauen, gelegentlich sogar mit Angst.«

»Aber wenn wir so gefährlich sind«, brummte Ray, »warum nimmt der Orden uns dann nicht unter seine Fittiche? Wenn wir das offizielle Wappen eines Beschwörers am Hemd tragen würden, dann würde uns bestimmt niemand mehr angreifen. Aber weil wir ja angeblich diese letzte Prüfung nicht bestanden haben, müssen wir …«

»Früher wurden alle, die durch die Prüfung gerasselt sind, getötet, damit Probleme dieser Art gar nicht erst entstehen«, erwiderte Soburo mit sanftem Lächeln. Er weidete sich offen am Anblick seiner Zuhörer. »Inzwischen ist es allerdings schon eine ganze Weile her, dass man davon abgekommen ist, denn es schien allen Beteiligten zu grausam, unbescholtene junge Männer und Frauen umzubringen. Seitdem müssen Beschwörer zum Abschluss ihrer Ausbildung am Tag der Geister durch die Stadt in den Haupttempel gelangen. Dabei sterben die Nichtsnutze, die wahren Beschwörer erhalten anschließend ihr Zertifikat.«

»Das war also der Grund«, murmelte Ray.

»Ja hast du etwa angenommen, Meister Hyeon wollte sich lediglich einen Scherz mit euch erlauben?«, fragte Soburo lachend. »Nein, das ist, wie gesagt, mittlerweile eine alte Tradition.«

»Und warum wussten wir dann nichts von dieser Tradition?«

»Weil sie geheim gehalten wird. Kein Lehrer wird seinen Schülern je im Laufe der Ausbildung erzählen, was sie am Ende erwartet.«

»Aber viele Menschen würden den Weg des Beschwörers gar nicht wählen, wenn sie davon wüssten.«

»Dann würden sie erst recht sterben«, stellte Soburo klar. »Unsere Gabe verlangt nach Beherrschung, sonst wendet sie sich gegen uns.«

»Was geschieht denn sonst mit denjenigen, die den Tag der Geister überleben und trotzdem durch die Prüfung fallen?«, mischte sich Grizzly ein. »Beschwörern wie uns oder auch Rekar?«

Soburo starrte eine Weile zum Himmel hoch.

»Ich sage das nicht gern«, antwortete er schließlich, »aber Burschen wie ihr sterben in der Regel im ersten Jahr nach ihrer Ausbildung. Ohne Unterstützung des Ordens ist es für Beschwörer äußerst schwierig, in dieser Welt zu überleben. Meist bedeutet ein dummer Zufall das Ende. So wie die Geschichte heute. Ihr hattet Glück, dass ihr nur an eine gewöhnliche Bande von Randalierern geraten seid, es hätte auch wesentlich schlimmer kommen können.«

»Du meinst, wenn wir einen Beschwörer getroffen hätten, der es nicht billigt, dass Menschen wie wir noch am Leben sind?«, hakte Ray nach.

»Leider ist es nahezu unmöglich zu beweisen, dass ein Beschwörer mit seiner Gabe einen Menschen absichtlich getötet hat«, sagte Soburo nach langem Schweigen. »Vielleicht hat er ja nur einen bösen Geist aus dem Menschen verjagen wollen … Aber wie ich schon sagte, man findet meist einen spendablen Gönner, der die Dienste eines Beschwörers benötigt.« Er bedachte Ray mit einem beredten Blick. »Solche Dienste entsprechen allerdings nicht immer dem geltenden Recht …«

Grizzly schnaufte, verkniff sich aber jeden Kommentar.

»Verstehe«, sagte Ray. »Danke für diese Erläuterungen.«

»Gern geschehen«, erwiderte Soburo. »Meiner Ansicht nach solltet ihr die Stadt jetzt aber wirklich besser verlassen.«

Ihnen begegneten nun immer mehr Menschen. Keiner der drei sagte ein Wort. Sie gelangten zu einem kleinen Platz, den Ray nicht kannte und in dessen Mitte ein Springbrunnen plätscherte. Die Lichter der umliegenden Häuser spiegelten sich in seinem Wasser.

»Hier trennen sich unsere Wege«, sagte Soburo. »Ich muss dort lang.« Er zeigte auf das eine Ende des Platzes. »Ihr dort.« Sein Finger schnellte in die entgegengesetzte Richtung. »Viel Glück!«

»Dir auch«, rief Ray, doch da war Soburo schon davongestapft.

Die Dämmerung sank auf die Stadt herab. Hinter den spitzen Dächern kroch langsam ein bleicher Mond hervor. Als Ray zu ihm hochblickte, erinnerte er sich unwillkürlich an etwas, das zu vergessen er sich eigentlich geschworen hatte: die Welt des Schwarzen Kodsu. Die Arenen, die in das Licht eines bleichen Mondes getaucht waren … Tora. Diese unechte Tora, die doch wirklicher war als jede andere Frau auf der Welt.

Laternen wurden entzündet.

Ein paar Kinder mit weißen Flammen an langen Stöcken huschten vorbei, ihnen folgte eine Schar junger Menschen in farbenfrohen Gewändern und mit Blumengirlanden um den Hals. Sie lachten und schwatzten. Eine Frau bewarf die Beschwörer mit duftenden Blütenblättern, die an ihrer Kleidung haften blieben.

»Ist heute irgendein Feiertag?«, erkundigte sich Grizzly bei Ray.

Ray zuckte nur schweigend die Schultern.

Sayunaro wartete auf einer Bank vor dem Kanrin, in dem sie seit einer Woche Quartier genommen hatten.

»Wie seht ihr denn aus?«, empfing er sie.

»Das ist nichts weiter«, antwortete Grizzly und fuhr sich mit dem Ärmel über die bereits heilende Wunde an seiner Wange. »Wir mussten mit ein paar Burschen eine kleine Meinungsverschiedenheit austragen.«

»Ich soll dir diesen Brief geben«, kam Ray allen weiteren Fragen zuvor. »Von Soburo. Er ist eigentlich an den Orden gegangen.«

Die Freude, die in Sayunaros Augen aufblitzte, erlosch sofort, als er die beiden Drachen auf dem Papier sah.

»Du hast angenommen, er wäre von Tora, oder?«, meinte Grizzly voller Mitgefühl.

»Nein«, antwortete Sayunaro abwesend. »Sie weiß ja, dass sie mich nicht über den Orden erreichen kann.« Er erbrach das Siegel, drehte sich zum Licht der nächsten Laterne und versenkte sich in die Lektüre.

»Warum hast du dich dann überhaupt erst gefreut?«

Aber Sayunaro überhörte ihn. Seine Augen glitten rasch über die Zeilen. Sein Gesicht blieb völlig ungerührt.

Hört das denn heute Abend gar nicht mehr auf?, schoss es Ray durch den Kopf. Sayunaro muss lesen, was in diesem Brief steht, obwohl er nicht mag, ich muss hören, was Grizzly über Tora zu sagen hat, obwohl ich nicht mag.

»Also?«, brachte Grizzly neugierig heraus. »Was gibt's?«

»Nichts Besonderes«, antwortete Sayunaro und stopfte den Brief in seine Tasche.

»Wer hat dir denn überhaupt geschrieben?«

»Das spielt doch wirklich keine Rolle.«

Damit war klar, dass Grizzly sich jede weitere Nachfrage sparen konnte.

In der Ferne war ein dumpfes Geräusch zu hören, eine Art Donnerschlag, danach erblühte eine Lichtkugel über der Stadt.

Sie hing kurz in der Luft, funkelte über den Dächern, dann zerfiel sie in einen goldenen Funkenregen. Ein weiterer Knall, und in der Dunkelheit explodierte die nächste glitzernde Kugel. Der Wind trug Freudenschreie, Gesang und Musik heran.

»Was wird heute bloß gefeiert?«, murmelte Grizzly.

Er stellte sich auf Zehenspitzen und reckte den Hals, als wollte er unbedingt in Erfahrung bringen, was auf dem Marktplatz geschah.

»Der Sommerbeginn«, teilte Sayunaro ihm mit und betrachtete die Feuerblumen am Himmel.

»Schon?«, fragte Grizzly verwundert zurück. »Wirklich?«

»Was ist denn nun geschehen?«, wandte sich Sayunaro an Ray.

»Für die paar Stunden recht viel«, antwortete dieser grinsend. Seine Gedanken wanderten zu dem Haus ohne Geister. »Und leider nichts Erfreuliches.«

Rays Bericht wurde vom Feuerwerk untermalt sowie von den Schreien der Menge, die mal anschwollen, mal verebbten, von Gesang und Gelächter. Fröhliche Menschen sprangen an ihnen vorbei und musterten sie neugierig, als ob sie sich fragten: Wieso erörtern diese drei mit gewichtiger Miene etwas, statt zu feiern?

Sayunaro hörte Ray aufmerksam zu. Ein finsterer Ausdruck grub sich in sein Gesicht.

»Ihr habt euch wirklich nichts zuschulden kommen lassen«, hielt er schließlich fest. »Ich an eurer Stelle hätte genauso gehandelt.«

»Das sagst du«, brummte Grizzly. »Soburo rät uns aber dringend, die Stadt zu verlassen.«

»Das hatten wir ja ohnehin vor«, erwiderte Sayunaro, der, wie Ray wusste, Soburo nicht ausstehen konnte, obwohl er ihm nie begegnet war.

Dann stand er auf und wollte ins Kanrin gehen.

»Heute ist doch ein Feiertag«, hielt Grizzly ihn zurück. »Und morgen verlassen wir die Stadt. Wollen wir da nicht zum Abschied noch ein Gläschen trinken?«

»Ohne mich«, antwortete Sayunaro.

»Was ist mit dir, Ray?«

»Ich weiß nicht.« Er stellte sich die lärmende Menge vor. Nein, er verspürte nicht den geringsten Wunsch, Teil von dieser zu werden. »Lieber nicht.«

»Dann geh ich eben allein«, entschied Grizzly. Seine sture Miene gab den beiden anderen zu verstehen, dass er sich von diesem Vorhaben nicht abbringen lassen würde. »Wer weiß, wann wir das nächste Mal in eine richtige Stadt kommen. Wahrscheinlich gibt es Bootsfahrten und Luftschaukeln …«

»Reichen dir die Abenteuer des heutigen Abends noch nicht?«, fragte Ray lächelnd.

»Ich habe nicht die Absicht, mich mein Leben lang hinterm Ofen zu verkrauchen. Mir passiert schon nichts«, sagte er im Brustton der Überzeugung. »Das Geld lasse ich hier, bis auf ein paar Münzen versteht sich. Und ich werde mich nicht prügeln. In einem Stündchen habt ihr mich wieder.«

»Dann viel Spaß«, wünschte Ray. »Berichte uns später, wie es war!«

»Mach ich«, versprach Grizzly aufgeräumt, drückte Sayunaro den Geldbeutel in die Hand, winkte den beiden kurz zu und eilte davon.

In dem Kanrin war es so ruhig, als fände in der Stadt kein Fest statt. Nur im Speisesaal standen weiße Chrysanthemen und brannte ein kleines Licht.

Im Zimmer roch es muffig. Sayunaro öffnete ein Fenster, Ray ließ sich auf seine Matratze plumpsen und krempelte die Ärmel hoch, um nach seiner Wunde zu sehen. Sie verheilte bereits, nur ein langer roter Streifen zeugte noch von ihr.

»Von wem ist der Brief?«, erkundigte er sich.

»Von meinem Vater«, antwortete Sayunaro, nachdem er lange geschwiegen hatte.

»Und was schreibt er?«

»Er bittet mich, nach Hause zurückzukehren, da mir die Zukunft als Beschwörer ja verschlossen ist.«

»Wirst du das tun?«

»Wie stellst du dir das vor?« Er breitete die Arme aus, als sollte Ray ein Urteil über seine äußere Erscheinung fällen. »Wer bin ich jetzt denn schon?«

»Woher kommen eigentlich seine Vorbehalte gegen dich? Deine Gabe wurde dir in die Wiege gelegt, für sie kannst du doch nichts.«

»Er ist enttäuscht«, erklärte Sayunaro. »Er hat angenommen, ich würde der Familie dienen, ihren Einfluss ausbauen und ihren Reichtum mehren. Ich sollte in seine Fußstapfen treten und ein offizielles Amt bekleiden, ihn später sogar als Statthalter ablösen. Dann zeigte sich, dass ich die Gabe besaß, woraufhin man mich zur Ausbildung in einen Tempel gab. Oh, selbst da hätte ich noch gut Wetter machen können – wenn ich unsere Interessen im Orden vertreten hätte.«

Sayunaro stierte ins Leere. Wahrscheinlich sah er gerade seinen Vater vor seinem inneren Auge.

»Aber das habe ich von vornherein abgelehnt. Wenn Beschwörer sich in den Dienst von Statthaltern stellen, endet das stets damit, dass wir Magier aufeinander losgehen. Der Provinzorden von Yugora gegen den von Warra, die Magier aus Ando gegen die aus Hagura und so weiter und so fort. Wie viel Landstriche und Städte wurden in der Vergangenheit deswegen schon dem Erdboden gleichgemacht, wie viele Menschen sind bereits gestorben …«

Voller Wut verstummte er und rieb sich, ohne es selbst zu bemerken, die linke Hand.

»Er hätte mich garantiert vor seinen Karren gespannt«, fuhr er nach einer Weile fort. »Ich hätte Menschen erpressen und meine Gabe zum Nutzen der Familie einsetzen müssen. Gegen ihre sogenannten Gegner. Da ich mich diesen Wünschen unter gar keinen Umständen hätte entziehen können, habe ich mich ganz von meiner Familie losgesagt. Hätte ich das nicht getan, würde mich mein Vater noch heute am Gängelband führen.«

Rays Gedanken wanderten zu dem Gespräch, das sie am Fluss in der Provinz Hakatu geführt hatten.

»Ich dachte, dein Vater hat grundsätzlich etwas gegen uns Beschwörer.«

»Nein, er würde nur gern den Orden zerschlagen und die Beschwörer damit zwingen, sich wieder den Wünschen der Politiker zu fügen. Würde ich in den Schoß der Familie zurückkehren, würde er bei mir damit den Anfang machen. Da begebe ich mich halt lieber nach Agosima.«

»Dann wollen wir nur hoffen, dass du deine Entscheidung später nicht bereuen wirst.«

»Du sprichst schon wie ein Wunscherfüller.«

»Wie wer?«

»Kennst du diesen Geist etwa nicht?«

»Ich habe noch nie von ihm gehört.«

»Er spielt ein schlimmes Spiel mit den Menschen«, sagte Sayunaro und schaute in den Widerschein der Festlaternen, der ins Zimmer fiel. »Er verspricht ihnen die Erfüllung all ihrer Wünsche, verlangt im Gegenzug aber einen Beweis dafür, dass ein Wunsch für jemanden von grundlegender Bedeutung ist.«

»Was soll das denn für ein Beweis sein?«, fragte Ray und stemmte sich, neugierig auf die Antwort, sogar auf den Ellbogen.

»Oh, das kann ein Mord oder der Verlust eines Körperteils sein. Auch ein Selbstmord wurde schon verlangt.«

»Gibt es allen Ernstes Narren, die darauf hereinfallen?«

»Du malst dir nicht aus, wie viele«, antwortete Sayunaro gähnend und blies die Kerze aus.

Ray blinzelte ein paarmal, um sich an die Dunkelheit zu gewöhnen.

»Woher weißt du das überhaupt?«, fragte er.

»Ich habe es irgendwo gelesen.«

»Und dieser Geist kann wirklich jeden Wunsch erfüllen?«

»Keine Ahnung. Aber meiner Ansicht nach sollten wir die Erfüllung unserer Wünsche ohnehin nicht einem Geist überlassen.«

Das konnte man auch anders sehen, aber gut, Ray wollte sich nicht streiten, dazu beschäftigte ihn viel zu sehr, was Soburo ihnen erzählt hatte. Einst wurden die Beschwörer, die an der letzten Prüfung gescheitert waren, also umgebracht… All die Jungen und Mädchen, die sich über ihre Gabe freuten, die lernten, damit aus ihnen eines Tages gute Beschwörer wurden, die den Menschen halfen – und dann drohte ihnen womöglich der Tod! Hinterhältig war das Mindeste, was Ray in diesem Zusammenhang einfiel.

Doch als er mit Sayunaro darüber sprechen wollte, war dieser schon eingeschlafen. Was soll's, dachte Ray. Die finsteren Gedanken können bis morgen warten.

Und auch er drehte sich um.

Ein Kratzen riss Ray aus dem Schlaf, ein Flüstern und Fauchen. Er hob den Kopf, um zu sehen, ob da irgendein Geist durchs Zimmer polterte, doch es war nur Sayunaro, den erneut Albträume heimsuchten. Sein Freund wälzte sich auf der Matratze herum, als müsste er eine unsichtbare Last von sich stoßen. Die Schilfmatte war unter seinen Fingernägeln schon fast zerfetzt worden. Sayunaro stieß immer wieder Wörter in einer Ray unbekannten Sprache aus.

Grizzly war noch nicht zurückgekehrt. Von draußen drang das Donnern der Salutschüsse herein, und bunte Lichter tanzten über die Wände. Auf Sayunaros Hand fiel ein dunkelroter Widerschein. Im ersten Schreck hielt Ray es für Blut…

Er setzte sich auf und zitierte leise einen Zauber. Kurz darauf trat lautlos ein kleines Wesen durch die Wand, das wie eine Katze aussah. Das pelzige Geschöpf mit dem buschigen Schwanz und den in der Dunkelheit lodernden Augen schnupperte, zuckte mit einem Ohr und lief schnurstracks zu Sayunaros Futon hinüber, sprang auf den Beschwörer, trat sanft auf ihm herum und schmiegte sich dann wie eine warme Pelzmütze an den Kopf des schlafenden Mannes. Ein gleichmäßiges Schnurren erfüllte den Raum, das Sayunaro gleichsam streichelte und wiegte.

Schon bald atmete dieser gleichmäßiger, und die Anspannung in seinem Gesicht löste sich. Er presste die Stirn gegen die vermeintliche Katze und fiel in ruhigen, tiefen Schlaf. Dieser gute Geist war ein Kujun. Er vertrieb jeden Albtraum, wie grauenvoll dieser auch sein mochte.

Mit einem Lächeln auf den Lippen lauschte Ray dem tiefen, samtigen Schnurren, suchte sich selbst eine bequeme Lage und schloss die Augen.

Grizzly kehrte erst gegen Morgen heim. Er brachte den Geruch von frisch gebackenen Waffeln, Äpfeln und Duftölen mit herein. Auf dem Weg zu seinem Futon stolperte er einige Male, beim Anblick des Kujun stieß er einen erstaunten Pfiff aus.

»Ja wen haben wir denn da?«, hörte Ray ihn im Halbschlaf ausrufen.

Der Geist fauchte, weil Grizzly ihn bei der Arbeit störte und Sayunaro schon wieder anfing, sich herumzuwälzen.

»Ich hab's ja begriffen und lass dich in Ruhe«, murmelte Grizzly. »He, Ray, schläfst du?«

»Ja.«

»Morgen – oder besser heute – geht ein Wagen nach Otawa, der nimmt uns mit. Danach ist es bis Yugora nur noch ein Katzensprung, denn wir könnten gleich über die Grenze rüber nach Saido. Damit haben wir schon die erste Etappe hinter uns.«

»Wunderbar«, murmelte Ray.

Grizzly ließ sich auf seine Matratze plumpsen. Kurz darauf erfüllte sein lautes Schnarchen den Raum, vermischt mit dem wieder aufgenommenen Schnurren des Kujun.

Der nächste Morgen überraschte sie mit seinem grauen Licht. Der Himmel war bewölkt, immer wieder ging ein leichter Schauer nieder. Ein für den Sommer viel zu frischer Wind pfiff durch die Straßen, blies durch die Fenster, fuhr in offene Türen und in Hemdkragen. Ob die Geister der Luft den Menschen das Feuerwerk und den Lärm der letzten Nacht übel genommen und aus Rache die Regenwolken zusammengetrieben hatten? In den Abwassergräben trieben Blütenblätter und Blumen der Girlanden. Die Straßenkehrer sammelten träge bunte Bänder,

Papierfetzen, Essensreste, verbrannte Knallkörper und zerknitterte Laternen ein. Das Fest war vorüber, nun hielten wieder gewöhnliche Arbeitstage Einzug.

Vor ihr klappriges Fuhrwerk waren zwei Ochsen gespannt. Kaum dass sich der Wagen in Bewegung gesetzt hatte, wussten die drei, was sie in den nächsten Tagen erwartete: Bei jedem Stein rumpelte das Vehikel, die ganze Zeit über quietschte es beängstigend.

Irgendwann brach dann die Vorderachse. Zusammen mit dem zeternden Kutscher zogen die drei Freunde den alten Wagen aus einer Grube. Es dauerte zwei Tage, bis der Schaden behoben war. Dann hielt sie eine Straßensperre auf: Eine wichtige Prozession musste passieren. Und schließlich riss auch noch das Zaumzeug.

»Womit haben wir die Geister nur so gegen uns aufgebracht?«, stöhnte der Kutscher, als er die Ochsen abschirrte. »Welche Unbill wird noch auf meinen armen Kopf niederprasseln?«

Die drei Beschwörer hüllten sich in Schweigen. Wesen aus der jenseitigen Welt waren hier bestimmt nicht im Spiel. Nicht alle Misslichkeiten ließen sich Geistern in die Schuhe schieben …

Danach hörten die Schwierigkeiten zum Glück auf, und sie kamen leidlich voran. Ihre Mitreisenden wechselten einander ab. Eine Frau mit einem Kind auf dem Weg zu ihrem Mann, eine Alte mit einem Korb voller Hühner, ein Mann in abgenutzter Kleidung und mit einem tief in die Stirn gezogenen Hut, zwei Greise … Sie alle entlohnten den Kutscher, kletterten in den Wagen, grüßten und stiegen wieder aus. Meist wurde ihr Platz gleich von anderen Menschen eingenommen.

All diese Menschen verband jedoch eines: Früher oder später fühlten sie sich in Gegenwart der drei Beschwörer unbehaglich. Dann verstummten sämtliche Gespräche, und eine angespannte Stille breitete sich aus. Und wer besonders empfindlich war, stieg sogar vor seinem Ziel aus.

»Deshalb hat man wohl unsere Wagen ersonnen«, vermutete

Ray, der einer Frau nachsah, die nach fünf für sie sehr langen Stunden aus dem Wagen sprang, ihr weinendes Kind fest im Arm.

»Und ich dachte immer, die sollen uns bloß schneller ans Ziel bringen«, gestand Grizzly und massierte sich das Kreuz. »Außerdem hoffe ich inständig, dass ich die nächste Reise in einem bequemeren Fuhrwerk antreten kann.«

»Diese Frau stürzt aber sehr schnell davon…«, murmelte Sayunaro.

»Sie spürt, dass wir nicht wie sie sind, und das behagt ihr nicht«, antwortete Ray. »Das geht gewöhnlichen Menschen immer so, vor allem auf so engem Raum wie in diesem Karren hier. Außerdem sind wir zu dritt, vergiss das nicht.«

Grinsend dachte er an ein Experiment zurück, das Kanrinin und er einmal durchgeführt hatten: Sie hatten sich in einem einfachen Teehaus an einen Spieltisch gesetzt. Schon nach kurzer Zeit gab es deutlich weniger Gäste in dem Raum, nach ein paar Stunden unterliefen auch den besten Spielern unglaubliche Fehler, weil sie sich nicht mehr zu konzentrieren vermochten. An dem Abend hatte Kanrinin ein hübsches Sümmchen gewonnen. Allerdings hatte man ihnen beiden danach Hausverbot erteilt…

»Unsere Gabe erdrückt die Menschen«, fuhr Ray fort. »Man ruft uns nur, wenn man unsere Hilfe braucht, meidet uns ansonsten aber. Deshalb hätte Grizzly wohl so oder so in der *Azalee* keine Zukunft gehabt.«

Wie so oft antwortete Sayunaro nichts, sondern hing seinen Gedanken nach.

Sie fuhren an Dörfern und Feldern vorbei. Die goldenen Ähren konnten sich in ihrer Reife kaum mehr aufrecht halten, der Wind strich unablässig über dieses endlose gelbe Meer dahin.

Grizzly streckte sich aus, schob sich seinen Reisesack unter den Kopf und schlummerte ein. Der Kutscher ließ regelmäßig die Peitsche knallen. Irgendwann stimmte er ein wehmütiges Lied an, das er sich offenbar selbst ausgedacht hatte. Sayunaro und Ray schnappten sich je einen Fetzen Papier und spielten etwas gelangweilt Zwei Provinzen.

Nach kurzer Zeit unterlief Ray ein Fehler, der ihn den Sieg kosten könnte, doch selbst das focht seinen Kampfgeist nicht an.

Da an einer Seite des Wagens die Plane hochgeschlagen war, streiften immer wieder hohe Gräser Sayunaro und Ray. Deshalb achteten sie auch nicht darauf, als plötzlich etwas raschelte. Erst als ein leises Fiepen erklang und eine Frau in den Wagen sprang, lösten sie sich von ihrem Spiel. Sie war nicht mehr jung, aber unglaublich schön. Ihr weites hellgelbes Kleid wirkte ein wenig ausgeblichen, die schweren goldenen Zöpfe hatte sie im Nacken zusammengesteckt. In der Hand hielt sie einen Korb, der mit weißem Tuch abgedeckt war, ganz die gewöhnliche Bäuerin, die ihre Verwandten im Nachbardorf besucht.

»Einen guten Tag wünsche ich«, sagte sie mit melodischer Stimme und bedachte die zwei Beschwörer mit einem strahlenden Blick aus ihren blauen Augen. »Gestattet ihr, dass ich bis zum nächsten Feld mitfahre?«

»Das ist nicht unser Wagen«, antwortete Ray vage. »Aber über deine Gesellschaft freuen wir uns.«

Grizzly schreckte aus dem Schlaf und machte der Frau sofort Platz. Diese setzte sich lächelnd, strich ihr Kleid glatt und stellte ihren Korb vor sich.

»Gab es dieses Jahr eine gute Ernte?«, erkundigte sich Sayunaro.

»Ich kann nicht klagen«, antwortete die Frau und lüftete das Tuch. Ihr Korb war voller Mäuse. Die grauen Tiere verhielten sich ruhig, rissen bloß ihre schwarzen Perlaugen auf.

Die Frau breitete das Tuch wieder über sie.

»Hervorragende Arbeit«, brachte Grizzly mit ehrlicher Bewunderung heraus.

Sie lächelte ihn an. Eine Yarra. Damit diese Geistererscheinung einem Feld ihre Gunst schenkt, müssen sich die Menschen sehr ins Zeug legen, denn die Beschützerin von Wald und Flur duldet keinen Betrug, kein Geschrei und Geschimpfe, keine Trägheit und keine Nachlässigkeit gegenüber dem Boden.

Doch wenn sie Gefallen an einem Menschen findet, sorgt sie dafür, dass weder Mäuse noch Maulwürfe oder Heuschrecken der Saat Schaden zufügen. Meist sehen die Menschen sie gar nicht, doch gelegentlich tritt sie in Gestalt eines Mädchens mit einem Kranz geflochtener Ähren im Haar, als große Wachtel mit gelben Flügeln oder eben als in die Jahre gekommene, aber immer noch bildschöne Frau auf.

»Brauchst du Hilfe?«, fragte Ray vorsichtig.

»Jemand müsste sich um die Rüben am Wald kümmern«, sagte sie ernst. »Wollt ihr das übernehmen?«

Bei diesem Vorschlag entglitten den dreien die Gesichtszüge. Ratlos sahen sie sich an.

»Das war ein Scherz«, gestand die Yarra lachend. »Ihr habt eure Aufgaben, ich meine. Auf eure Hilfe bin ich dabei nicht angewiesen, aber habt Dank für das Angebot.«

Ihre strahlenden Augen verdüsterten sich, verengten sich zu Schlitzen, aus denen ein böses, gefährliches Wesen herauszulugen schien.

»Ihr selbst solltet angebotene Hilfe allerdings nicht ablehnen«, fuhr sie dann fort, erhob sich abrupt, schnappte sich ihren Korb und sprang vom Wagen, wobei der Ärmel ihres Kleides Rays Stirn streifte, als wäre er ein Flügel. Sie ließ den Geruch frisch gemähten Heus zurück.

Die Verwunderung hatte allen dreien die Sprache verschlagen. Eine Weile war außer dem Rascheln der Ähren, dem Zirpen der Heuschrecken und dem Lied des Kutschers nichts zu hören.

»Was war das denn?«, fragte Grizzly schließlich. »Wollte sie uns vor etwas warnen?«

Eine Antwort erhielt er nicht.

Nicht einmal Beschwörer wurden immer aus den Grillen von Geistern schlau …

Sayunaro faltete das Papier mit der unvollendeten Partie der Zwei Provinzen zusammen und steckte es in seinen Reisesack, Grizzly starrte auf die Felder, Ray lauschte aufmerksam, nahm jedoch nichts Verdächtiges wahr.

Eine geschlagene Stunde verbrachten sie in völligem Schweigen, dann erreichten sie eine Weggabelung. Der Kutscher bog links ab.

»He!«, rief Grizzly sofort. »Musst du nach Otawa nicht rechts rum?«

»Nee«, brummte dieser und wandte Grizzly sein rundes, gutmütiges Gesicht zu. »Ich muss noch ein paar Dörfer abklappern und die Post abliefern.« Er klopfte gegen den prallen Sack zu seinen Füßen. »Den Weg nehm ich also immer.«

»Dauert das lange?«, fragte Ray.

»Einen Tag bloß«, antwortete der Kutscher. »Danach geht es sofort weiter nach Otawa.«

Die drei sahen sich unzufrieden an. Keiner von ihnen wollte seine Zeit mit diesem Umweg verschwenden.

»Aber wir hatten doch abgemacht, dass du uns direkt nach Otawa bringst«, wandte sich Grizzly wieder an den Kutscher. »Außerdem haben wir schon genug Zeit verloren.«

»Wisst ihr was?«, erwiderte der Mann und kratzte sich mit der Peitsche den Rücken. »Wenn ihr es eilig habt und einen Fußmarsch von zwei, drei Stündchen nicht scheut, würde ich euch den Weg empfehlen, der da durchs Feld führt. Folgt ihm, dann kommt ihr in einen Wald, danach müsst ihr noch mal über ein Feld – und schon habt ihr den Stadtrand von Otawa vor euch.«

»Was ist?«, fragte Ray die beiden anderen. »Schlagen wir uns zu Fuß weiter durch?«

»Das tun wir«, entschied Sayunaro. »Andernfalls sind wir vermutlich in einem halben Jahr noch nicht in Agosima.«

»Na toll, treten wir uns also die Füße platt«, brummte Grizzly. »Warum können die Menschen die Karten bloß nie offen auf den Tisch legen? Da sagt er, er bringt uns direkt nach Otawa – und dann zieht er irgendwelche Dörfer aus dem Ärmel, wo er die Post austrägt!«

Sobald die drei abmarschbereit waren, zuckelte der Karren weiter.

Der schmale Pfad zog sich über ein Feld mit leuchtend grünem Getreide. Die schweren Ähren schaukelten sanft im Wind und raschelten mit ihren langen, schmalen Blättern. Die Yarra hatte wahrlich gute Arbeit geleistet, das Korn reichte den dreien fast bis zur Brust.

Die Sonne sengte vom Himmel, heiße Luft flirrte über der Erde. In einiger Entfernung lag vor ihnen ein Hain.

Grizzly zog seine Jacke und Stiefel aus, um in Hose und Hemd weiterzuwandern. Immer wieder blinzelte er zufrieden. Sayunaro dachte angestrengt über etwas nach und würdigte seine Umgebung nicht eines Blickes. Ray sog den Geruch des warmen Bodens tief in sich ein. In Warra habe ich fast vergessen, wie schön es auf dem Land ist, dachte er bei sich. Zurück in mein Dorf zieht es mich aber trotzdem nicht …

Zuweilen blitzte auch die Gestalt der Yarra auf, die zwischen den Ähren umherstreifte, sie aber gar nicht beachtete, weil sie nur Augen fürs wogende Grün hatte.

»Wovor wollte sie uns wohl warnen?«, wandte sich Sayunaro bei ihrem Anblick an Ray.

»Das werden wir wissen, wenn wir im Schlamassel drinstecken.«

Das Getreide stand nach einer Weile nicht mehr ganz so hoch, zwischen den Ähren zeigten sich vereinzelte blaue Blumen. Sogar ein Tierchen huschte auf dem Feld umher. Bis hierhin war die Yarra offenbar nicht vorgedrungen.

Sie gelangten zu dem Hain, der ihnen kühlere Luft spendete. Nachdem sie ihn durchquert hatten, erreichten sie das nächste Feld. Dahinter sollte dem Kutscher zufolge bereits Otawa liegen. Der Pfad wurde noch schmaler, das Korn jedoch höher, sodass sie nur noch kräftige grüne Stängel links und rechts, den Boden unter sich und den Himmel über sich sahen.

Bis auf das Rauschen der Ähren und das Wispern des Windes war kein Laut zu hören. Trotzdem beschleunigten die drei unwillkürlich ihren Schritt und rechneten jeden Moment damit, dass auf diesem schnurgeraden Weg unmittelbar vor ihrer Nase ein Feind auftauchen würde.

Irgendwas stimmt hier nicht, dachte Ray.

»Wir bewegen uns im Kreis«, bemerkte Sayunaro da, fast als hätte er Rays Gedanken gelesen.

»Das kann nicht sein«, hielt Grizzly dagegen. Sein Gesichtsausdruck besagte jedoch das Gegenteil. »Wir sind schließlich nirgendwo abgebogen.«

»Trotzdem kommen wir nicht vom Fleck.«

»Den Eindruck habe ich auch«, bestätigte Ray und sprang in die Höhe, um über die Ähren hinwegzusehen. Sie waren jedoch zu hoch für ihn.

»Das ist doch ein ganz alter Trick«, erklärte Grizzly, packte ein paar Ähren und verknotete sie. »Da sitzt irgendein mieser Spaßvogel von Geist auf dem Feld und pudert allen, die den Pfad benutzen, das Hirn. Aber bei uns wird er kein Glück haben.«

Er trat einen Schritt zurück, um sein Werk mit Kennermiene zu prüfen, und murmelte etwas.

»Nur gut, dass die Bauern dich nicht sehen«, sagte Ray grinsend. »Sonst würden sie am Ende glatt annehmen, du wolltest ihre Saat verhexen.«

Grizzly schnaubte bloß, denn er wusste, worauf Ray anspielte. Bei solchen Knoten wurde stets vermutet, sie seien das Werk böser Hexen. Wenn die Bauern aber jemanden in Verdacht hatten, ihnen die Ernte zu verderben, machten sie in der Regel kurzen Prozess mit ihm.

Sayunaro schüttelte schweigend den Kopf. Offenbar versprach er sich nicht viel von Grizzlys Vorgehen.

Während sie weitermarschierten, sahen sie sich aufmerksam nach allen Seiten um. Anscheinend half Grizzlys simpler Zauber doch, denn der Eindruck, im Kreis zu laufen, verflüchtigte sich allmählich.

Irgendwann überragte die drei das Getreide nicht mehr, und sie machten vor sich eine Baumfront aus, eine grüne Insel, inmitten dieses goldenen Meeres von Ähren.

»Hat der Kutscher nicht gesagt, dass wir bloß zwei Felder durchqueren müssen?«, brummte Grizzly, der die Augen mit der Hand abschirmte und zu dem Wald hinüberspähte. »Aber ich sehe nicht die geringste Spur einer Stadt.«

»Vielleicht hat er sich getäuscht«, erwiderte Ray, der ebenfalls angespannt zu den Bäumen hinüberschaute.

»Oder dein Zauber hat versagt, und wir sind doch im Kreis gelaufen«, ergänzte Sayunaro.

»Ich habe noch nie gehört, dass sich jemand auf einem schnurgeradem Weg verlaufen hat, schon gar nicht, wenn es da nicht einen einzigen Abzweig gibt.«

Auf den Feldern um sie herum wurde die junge Aussaat fast von Unkraut verschlungen. Hier und da hatten Maulwürfe ihre Hügel hinterlassen. Die Yarra musste diese Gegend sträflich vernachlässigen. Oder der Bauer verdiente es in ihren Augen nicht, dass sie sich um sein Land kümmerte.

»Das ist Sumpfgras«, sagte Grizzly mit einem Blick auf ein paar borstige Stängel mit kleinen zartrosaroten Blüten.

»Mhm«, brummte Ray.

Eine halbe Stunde später glitten sie das erste Mal fast aus. Grizzly zog sich die Stiefel wieder an.

Sie liefen schweigend weiter. Jeder Schritt wurde von einem Schmatzen des matschigen Bodens begleitet. Ihrem schnaufenden Atem gesellte sich irgendwann das Sirren von Mücken hinzu. Die Sonne verschwand hinter Wolken, ihre Strahlen büßten ihre sengende Kraft ein.

Der Abstand zu den Bäumen vor ihnen schmolz merklich. Plötzlich aber meldete sich Rays innere Stimme. Sie wurde immer lauter, doch er verstand nicht, was sie ihm sagen wollte. Nirgends war ein Geist zu entdecken. Der sumpfige Abschnitt des Feldes, der kleine Hain – das war eine ganz gewöhnliche Landschaft. Hier lauerte keine Gefahr. Trotzdem rieselte ihm eine Gänsehaut über den Rücken. Gleichzeitig bemächtigte sich seiner Gedanken eine leichte Benommenheit.

Er schielte zu seinen Freunden hinüber, um festzustellen, ob es ihnen ähnlich erging. Sie wirkten jedoch völlig gelassen. Das beruhigte auch ihn selbst wieder.

Der Pfad schlängelte sich nun in den Wald hinein. Es wurde noch kühler, aber immerhin war der Boden wieder trocken. Welke Blätter vom Vorjahr bedeckten ihn, dazwischen lugten einzelne Grashalme hervor. Es roch nach Pilzen. Unter anderen Umständen hätte Ray sicher welche gesammelt, aber jetzt wollte er diesen Hain bloß möglichst schnell hinter sich bringen.

Hinter den Bäumen lag eine Wiese voller schwarzer Erdhügel, auf denen hohes, stechendes Gras wuchs. Es sah aus, als hätte hier jemand Köpfe mit zotteligem Haar auf dem Boden verteilt.

Ray bekam abermals eine Gänsehaut. Wie hat Meister Hyeon doch immer gesagt: »In bestimmten Momenten muss man seine Vorstellungskraft zügeln, sonst lässt sie uns einen Yurgu sehen, wo keiner ist, und am Ende sehen wir ihn tatsächlich herbei.«

Dann machten sie ein paar niedrige Häuser aus. Sie standen dicht zusammengedrängt wie eine Schafherde und starrten die drei mit den leeren Augen ihrer Fenster an.

»Sieht mir nicht gerade wie eine Stadt aus«, sagte Ray. »Aber vielleicht finden wir dort jemanden, der uns den Weg beschreiben kann.«

Doch das war nicht der Fall. Die Häuser waren längst aufgegeben worden, die Zäune standen schief, graue Flechten krochen die dunklen Holzwände hoch, das Gras wucherte auf den Stufen vorm Eingang, die Türen fehlten meist, dahinter gähnte dann Schwärze. Ein paar Bauten hatten sich sogar in echte Ruinen ohne Dach verwandelt.

Eine merkwürdige Bedrohung lag in der warmen Luft und schien alle Geräusche zu verschlingen.

»Dieser Ort gefällt mir nicht«, stieß Ray leise aus.

»Glaubst du etwa, uns?«, erwiderte Grizzly ebenso leise, während er sich aufmerksam umsah.

»Trotzdem dürfte der Eine oder Andere Gefallen an dieser Ödnis finden«, sagte Sayunaro.

Sie liefen die leere Straße hinunter, kamen an einem Teich vorbei, der längst unter wuchernden Pflanzen begraben lag, an einem versiegten Brunnen …

»Warum die Menschen ihr Dorf wohl verlassen haben?«, fragte Ray – und wirbelte herum, denn er hatte eine Bewegung im Rücken gespürt.

Es war nur ein Fensterladen, der halb aus den Angeln gerissen war und im Wind hin und her schaukelte.

»Warum wohl?«, brummte Grizzly. »Na, wegen eines Feuers oder einer Seuche, vielleicht auch wegen einer Missernte. Gründe gibt es genug.«

»Oder ein Fluch hat sie vertrieben«, ergänzte Sayunaro.

Aus unerfindlichen Gründen mieden die drei es, in die Schatten der Häuser zu treten. Als Ray zum Himmel hinaufblickte, stellte er fest, dass die Sonne weitergewandert war. Der Abend rückte heran ...

»Stand die Sonne nicht gerade noch im Zenit?«, fragte Grizzly, der Rays Blick gefolgt war. »Wie lange trödeln wir denn hier bloß schon herum?«

Mindestens vier Stunden – wollte Ray antworten, als ein lang gezogenes Quietschen die Stille zerriss. Als ob eine ungeölte Pforte oder die Winde eines Brunnens betätigt würde ...

»Vielleicht gibt es hier ja doch noch Menschen«, sagte Sayunaro und eilte auf das Geräusch zu.

Bald hatten sie das Dorf durchquert. Hinter den letzten Häusern erwartete sie erneut weites, mit hohem Gras bewachsenes Land. Jemand hatte zwei Pfeiler in den Boden gerammt und sie oben mit einer Querlatte verbunden. Daran baumelten zwei Seile, die ihrerseits an ein Brett geknüpft waren. Eine Schaukel.

Ein Junge von etwa sieben Jahren saß in grauem Hemd und grauen Hosen mit dem Rücken zu den Beschwörern darauf. Er schaukelte, ohne je innezuhalten. Vor, zurück. Vor, zurück. Jedes Schwungholen wurde von einem lauten Quietschen begleitet.

»He«, rief Grizzly.

Die Schaukel kam zum Stehen, das Quietschen verstummte.

Die drei näherten sich dem Jungen. Sein Haar hätte mal wieder geschnitten werden müssen, und im Hemdsärmel klaffte ein Riss.

»Guten Tag«, sprach Grizzly den Jungen freundlich an. »Bist du ganz allein hier?«

Erst da drehte sich der Kleine ganz langsam um und ließ Ray

damit ausreichend Zeit, sich anstelle eines Gesichts irgendeine grauenvolle Visage auszumalen. Eine eingeschlagene Nase, leere Augenhöhlen oder einen konturlosen weißen Fleck …

Doch Ray schaute in ein gewöhnliches Jungengesicht. Gerade als er sich für seinen Verfolgungswahn schelten wollte, richtete der Kleine das Wort an sie.

»Ihr habt euch verlaufen«, sagte er.

Diese Stimme konnte keinem Jungen gehören. Sie konnte überhaupt keinem Menschen gehören. Dazu war sie zu tief, zu bedrohlich … zu jenseitig.

»Guten Tag, Yarudo«, begrüßte Sayunaro ihn mit unerschütterlicher Ruhe.

Sofort verzogen sich die Lippen des Geistes zu einem bösen Grinsen, das scharfe Zähne entblößte. Die Augen schienen in die Höhlen zu sinken, in denen ein wildes Feuer züngelte.

»Woher weißt du, wer ich bin?«, maulte der Yarudo. »Damit hast du mein schönes Spiel kaputt gemacht.«

Die Enttäuschung des Geistes war verständlich, denn selbst erfahrene Beschwörer erkannten ihn nicht immer. Ein Yarudo streifte durch zerstörte Städte, aufgegebene Dörfer und Ruinen. Er trat mal als Kind auf, mal als Greis, aber immer allein. Und immer grausam.

Denn ein Yarudo ergötzte sich am Schrecken der Menschen. Dafür gaukelte er ihnen Wege vor, die zu seinem Versteck führen.

Zuvor aber hatte jeder Yarudo als Schutzgeist eines Hauses gedient. Verfiel dieses, verwandelte er sich in eine dunkle Kreatur, die für immer an die Ruinen gebunden war.

»Weißt du, wie wir nach Otawa gelangen?«, fragte Ray, der dem kleinen Tunichtgut nicht verübelte, sie von ihrem Weg abgebracht und zu sich gelockt zu haben, sondern nur noch tiefes Mitleid mit ihm empfand.

»Ja«, sagte er. »Aber ich verrate es euch nicht.«

»Dann heb deinen Zauber auf, danach finden wir den Weg allein!«

»Ich denk ja nicht dran«, erklärte der Yarudo und fing wieder an zu schaukeln. »Und ihr könnt mich nicht dazu zwingen.«

»Das wollen wir ja mal sehen«, stieß Grizzly aus, der stinkwütend auf den Yarudo war, weil sie seinetwegen einen ganzen Tag verloren hatten.

»Gönn ihm doch sein kleines Vergnügen«, bat Ray.

»Ist dir eigentlich klar, wie viele Menschen er mit seiner Gaukelei in diese Einöde lockt, um sich an ihrer Angst zu weiden?«

Ray konnte sich durchaus vorstellen, wie völlig entkräftete Wanderer in dieses verlassene Dorf gelangten und auf diesen Jungen trafen, der sie mit einer Stimme aus dem Jenseits ansprach – nur damit sie voller Panik Hals über Kopf davonstürzten.

»Sein Zauber hat sich morgen früh aufgelöst«, stellte Sayunaro mit einem Blick auf das Dorf fest. »Schlafen wir also in dem Haus da drüben! Morgen finden wir unseren Weg dann mühelos.«

»Die Häuser dürft ihr nicht betreten«, mischte sich der Yarudo ein. »Die gehören alle mir. Und einen Shiisan lasse ich da bestimmt nicht rein.«

Bei den letzten Worten fuhr Sayunaro zusammen. Seine Augen verengten sich zu Schlitzen.

»Achte nicht auf ihn!«, sagte Ray, obwohl dieser Geist wirklich keinen Schutz verdient hatte. »Suchen wir uns besser einen Schlafplatz! Und essen wir endlich etwas.«

»Du und dein Mitleid!«, knurrte Grizzly.

In dem Haus richteten sie sich dann aber tatsächlich nicht ein, allerdings nicht aus Rücksicht auf den Yarudo, sondern weil es ihnen zu feucht und zu tot war.

Daher wählten sie für ihr Nachtlager eine kleine Wiese zwischen zwei noch halbwegs intakten Gebäuden. Nachdem sie ihre Umhänge auf dem Boden ausgebreitet hatten, kramten sie ihren spärlichen Proviant hervor. Grizzly sammelte ein paar trockene Zweige und entfachte ein Feuer. In einem Haus fanden sie sogar einen noch ganz passablen Topf, sodass Ray etwas Wasser aus dem Bach holen konnte. Sayunaro entdeckte etwas Minze und Salbei, daraus würde er Tee kochen. Als die Sonne am Horizont versank, saßen die drei einigermaßen zufrieden um ihr Lagerfeuer.

»Wir hätten nicht so ungeduldig sein dürfen«, meinte Grizzly, der mit einem Zweig im Topf rührte. »Jetzt sind wir auch nicht schneller in Otawa.«

»Du weißt genau, dass Geister uns anziehen«, erwiderte Sayunaro, der es sich auf seinem Umhang bequem machte. »Deshalb hat uns vermutlich gar nicht unsere Ungeduld aus dem Wagen getrieben, sondern der Yarudo.«

»Dann hat die Yarra uns vor ihm gewarnt«, hielt Ray fest, streckte sich aus und guckte zum ersten Stern hinauf, der sich gerade am Himmel zeigte. »Aber so gefährlich ist dieser Bursche im Grunde ja gar nicht.«

»Sag das nicht«, widersprach Grizzly, klopfte den Zweig am Topfrand ab und legte ihn beiseite. »Einige dieser Biester erschrecken die Menschen derart, dass sie panisch davonstürzen und sich dabei fast das Genick brechen. Wenn wir den kleinen Mistkerl nicht durchschaut hätten – wer weiß, welches Ende wir dann genommen hätten.«

»Dieses *wir* gefällt mir«, konterte Ray grinsend.

»Na gut, das haben wir Sayunaro zu verdanken«, erwiderte Grizzly und brach ein paar Engelwurzstängel ab, damit sie Trinkhalme für ihren Tee hatten. »Woran hast du ihn eigentlich erkannt?«

»Das konnte doch gar nicht anders sein«, antwortete dieser widerwillig.

»Also, ich bin auf seinen Zauber reingefallen. Was ist mit dir, Ray? Wärst du ihm auf die Schliche gekommen?«

Doch Ray antwortete nicht, sondern lauschte angespannt auf ein Geräusch. Jemand näherte sich ihnen mit leisen Schritten. Der Yarudo ... Ohne sich um das ablehnende Schweigen zu scheren, ließ er sich neben Ray zu Boden plumpsen.

»Feuer«, brachte er heraus und starrte wie gebannt in die Flammenzungen. »Wie lange habe ich das nicht mehr gesehen.«

Er wirkte so klein und verloren, so gehetzt und einsam, dass Ray abermals Mitleid mit ihm empfand. Dieses Wesen trug keine Schuld an der Zerstörung des Dorfes, und erst sie hatte ihn in eine böse und rachsüchtige Kreatur verwandelt …

Ray brach ein Stück vom Reisbrot ab und reichte es dem Yarudo.

»Hast du Hunger?«

Sayunaro stieß ein Schnauben aus, Grizzly schüttelte den Kopf, der Yarudo schaute mit großen Augen auf Rays bescheidene Gabe – und griff mit eiskalten Fingern danach.

Er hielt das kleine Stück Brot in beiden Händen und mit großer Ehrfurcht fest. Sein Gesicht wirkte jetzt beinahe wie das eines gewöhnlichen Jungen, erstaunt und begeistert. Schließlich presste er das Brot gegen die Brust und rührte sich nicht mehr. Mit entrücktem Blick starrte er ins Feuer.

»Da hast du dir ja den Richtigen für deine Gastfreundschaft ausgesucht«, fuhr Grizzly ihn an.

»Das war unklug von dir«, bemerkte auch Sayunaro. »Den wirst du jetzt nicht mehr los. Und die Gesellschaft eines Yarudo ist nicht unbedingt angenehm.«

»Wen lädst du denn das nächste Mal zum Abendbrot ein?«, brummte Grizzly weiter. »Einen Manmo? Oder einen Gayuur?«

»Er kann doch nichts dafür, dass er ist, wie er ist«, widersprach Ray. »Ihr wisst selbst, wie viele Beschwörer Schutzgeister in eine Wand bannen, sodass sie ein Haus nicht einmal dann verlassen können, wenn es zusammenkracht oder in Flammen aufgeht.« Er schüttelte den Kopf, um Grizzly das Wort abzuschneiden. »Oder denkt an das Kanrin! Dort wurden die Ruya und der Giin zusammengesteckt, obwohl sie sich nicht ausstehen können und die Ruya Qualen gelitten hat. Euch brauche ich doch nicht zu sagen, wie viele Beschwörer sich überhaupt nicht um die Gefühle von Geistern scheren.«

»Reich doch beim Orden deswegen Beschwerde ein«, riet ihm Grizzly grinsend. »Im Namen aller Geschöpfe aus der jenseitigen Welt. Weil wir es an Respekt gegenüber den Geistern fehlen lassen. Dein neuer Freund unterschreibt bestimmt als Erster.« Er nickte zu dem Yarudo hinüber. »Und der Schwarze Kodsu vertritt vermutlich auch die Ansicht, dass wir Beschwörer mehr Achtung vor ihm haben sollten, schließlich ist er eine schöpferische Natur.«

»So dämlich bin ich nun auch wieder nicht«, entgegnete Ray. »Außerdem hat mein Mitleid dich nicht im Geringsten gestört, als es mich veranlasst hat, dich vor den Gayuuren zu retten!«

Diese Worte bereute er sofort, doch sobald jemand den Schwarzen Kodsu erwähnte, sah er wieder diese schrecklichen Bilder vor sich.

Grizzly starrte ihn erstaunt und ein wenig gekränkt an: Er hatte sich doch nur einen harmlosen Scherz erlaubt – warum dann gleich dieser Ausbruch?

»Ich halte dich doch nicht für …«

Er hatte den Satz noch nicht beendet, da erhob sich der Yarudo und stapfte in die Dunkelheit davon, das Brot noch immer fest an seine Brust pressend.

»Offenbar hat er nicht die Absicht, sich an mich zu kletten«, sagte Ray, streckte sich aus, hüllte sich in seinen Umhang und schloss die Augen. »Schon vergessen, Grizzly. Gute Nacht! Morgen müssen wir früh raus.«

Als Grizzly zu einer Erwiderung ansetzte, unterband Sayunaro das.

»Lass ihn in Ruhe«, sagte er. »Und hatte ich dich nicht gebeten, den Schwarzen Kodsu ihm gegenüber nicht zu erwähnen?«

»Er soll sich nicht so anstellen, sonst muss er den Kampf gegen die Geister bleiben lassen.«

»Du weißt nicht, was er in der Welt dieses Widerlings gesehen hat«, widersprach Sayunaro. »Welchen Schrecken er begegnet ist …«

»Es werden bestimmt nicht die letzten gewesen sein«, konterte Grizzly unerbittlich, noch dazu so laut, dass Ray ihn hören musste. »Wenn er nicht lernt zu vergessen und seine Gefühle im Zaum zu halten, macht er sich das Leben nur selbst schwer und dreht irgendwann durch.«

Im Grunde wusste Ray, dass sein Freund recht hatte. Man musste böse Geister voller Entschlossenheit, ganz ohne jedes Mitleid vernichten und durfte sich nicht um ihre Schmerzen kümmern. Aber wenn alle so dächten – was würde dann aus Sayunaro, der auf dem schmalen Grat zwischen diesseitiger und jenseitiger Existenz wandelte?

Die Geräusche der Nacht erfüllten das Dunkel um sie herum. Das Lagerfeuer knisterte, durch das Gras huschten Tiere, irgendein Vogel stieß einen traurigen Schrei aus. Die verfallenen Häuser seufzten, die Schaukel quietschte.

Grizzly und Sayunaro verstummten. Sie hatten einander nicht überzeugt und auch Ray nicht, der vorgab zu schlafen. Vielleicht war er aber mittlerweile tatsächlich eingeschlafen, denn plötzlich sah er eine Frau, die in den Lichtkreis ihres Feuers trat, bekleidet lediglich mit einem Männerhemd, das an der Schulter eingerissen war. In ihrem langen, zerzausten Haar tanzte der rote Widerschein des Feuers. Auf dem schönen, blassen Gesicht lag ein bedrückter und nachdenklicher Ausdruck. Sie streckte sich neben Ray aus, bettete den Kopf in ihre Armbeuge und lächelte ihn an.

»Ich wollte dir einen Brief schicken«, flüsterte sie. »Aber ich wusste ja nicht, wohin.«

»Ich habe kein Zuhause«, antwortete Ray und berührte ihre Schulter.

Sie war warm, lebendig und echt. Das war nicht die Tora aus der Wirklichkeit, sondern die aus der Welt des Schwarzen Kodsu. Die, die du umgebracht hast, dachte Ray sofort.

»Dann erfährst du ja nie, was ich dir sagen wollte«, bemerkte sie traurig.

»Lies mir deinen Brief doch vor«, bat er.

»Nein, lies ihn besser selbst!«, entgegnete Tora, und in ihrer Hand erschien eine schmale weiße Schriftrolle mit roten Sprenkeln.

Ray langte danach. Es war blutige Haut. Sein Blick schnellte zu Toras Gesicht. Es wirkte völlig ruhig.

»Was …?«, fragte er.

»Ich hatte kein Papier«, gestand sie und rückte näher an ihn heran, um mit ihren Fingerspitzen seine Stirn zu berühren.

Sie waren eisig.

Und nicht nur sie.

Ray fuhr aus dem Schlaf hoch.

Er stemmte sich auf den Ellbogen und versuchte zu verstehen, was ihn geweckt hatte. Sayunaro und Grizzly schliefen friedlich. Das Lagerfeuer war fast heruntergebrannt, nur ein paar Holzscheite glommen noch. Davor saß der Yarudo. Die Augen in seinem bleichen Gesicht blickten besorgt und ein wenig verängstigt drein.

»Sie kommen bald«, hauchte er.

»Wer?«

»Komm mit, ich verstecke dich.« Der Geist spähte angespannt ins Dunkel und sah anschließend wieder zu Ray. »Sie werden dich nicht finden.«

»Von wem redest du da?«

»Von den Garugi.«

»Das ist nicht dein Ernst!«

»Sie haben schon alle in diesem Dorf getötet.«

Vor diesen Geistern hatte die Yarra sie also gewarnt. Garugi waren rachsüchtige Kreaturen, die nach Blut gieren und nicht eher Ruhe gaben, als bis sie auch den letzten Menschen in ihrem Umkreis getötet hatten. Seine innere Stimme hatte ebenfalls von diesem Unheil gekündet, nur hatte er sie nicht verstanden.

»Wie viele sind es?«

»Sehr viele. Zwanzig, dreißig, ich weiß es nicht.«

Ray sprang auf und rüttelte seine Freunde.

»He! Aufgewacht! Rasch!«

Er packte seine Sachen zusammen und löschte mit dem Wasser, das noch im Topf war, den letzten Rest des Feuers. Die Scheite fauchten wie ein Dutzend wütender Hirudis.

»Was ist jetzt schon wieder los?«, brummte Grizzly. »Lass mich doch wenigstens einmal eine Nacht durchschlafen! Wenn du schlecht geträumt hast, zitiere einen Kujun herbei!«

»Wenn du nicht gleich aufstehst, wachst du das nächste Mal im Magen eines Garugu auf.«

Daraufhin schälte sich Grizzly sofort aus seinem Umhang.

Sayunaro war längst auf den Beinen und schnupperte in der Nachtluft.

»Ich wittere nichts«, sagte er. »Bist du sicher, dass …«

»Komm mit!« Die Eisfinger des Yarudos umschlossen Rays Handgelenk. »Ich verstecke dich.«

»Hat er dir dieses Märchen aufgetischt?«, fragte Grizzly. »Als Gutenachtgeschichte?«

»Rasch«, verlangte der Yarudo, ohne auf die Worte Grizzlys einzugehen. In seiner Stimme schwang echte Verzweiflung mit. »Sie sind gleich hier! Nun komm schon!«

»Er täuscht dich nicht«, behauptete Sayunaro, nachdem er den Geist aufmerksam gemustert hatte. »Er will dir wirklich helfen, Ray.«

Grizzly musterte den Yarudo mit mürrischer Miene.

»Dann haben die Garugi das Dorf ausgelöscht?«, fragte er.

»Ein Beschwörer hat sie herbeigerufen«, berichtete der Yarudo, sah Grizzly dabei aber nicht ins Gesicht. »Er war wütend auf jemanden, deswegen hat er das ganze Dorf verflucht. Sie sind nachts gekommen und haben alle umgebracht. Seitdem bin ich allein. Heute kommen sie wieder. Sie sind sehr hungrig. Und sehr böse«, flüsterte er mit brechender Stimme und wandte sich wieder an Ray. »Aber ich verstecke dich, dann finden sie dich nicht.«

»Aber allein komme ich nicht mit«, sagte Ray und versuchte, sich aus dem Griff der eisigen Finger zu winden. »Ich lasse meine Freunde nicht im Stich.«

»Dann stirb halt mit ihnen!«, keifte der Yarudo und huschte davon. Kurz darauf seufzte er wie ein Mensch, rammte die Hand in die Hosentasche, holte das Stück Reisbrot heraus, sah es an, seufzte noch einmal und rief. »Von mir aus! Helfe ich eben allen! Aber rasch!« Er lief weiter, blieb jedoch nach ein paar Schritten stehen und drehte sich zu den dreien zurück. »Worauf wartet ihr denn noch?!«

»Also gut«, brachte Grizzly widerwillig heraus und hob seinen Umhang auf. »Aber wenn er uns anschwindelt, lernt er mich kennen, Ray, egal, was du dazu sagst.«

»Abgemacht«, erwiderte Ray und brachte ein Grinsen zustande, auch wenn ihm nicht nach Scherzen zumute war. Sein Traum eben und das Auftauchen des Yarudos – all das verflocht sich in seinem Kopf zu einem unentwirrbaren Knäuel.

Der Yarudo lief voran, sah sich aber ständig nach ihnen um und murmelte etwas. Seine Augen funkelten wütend.

»Wohin bringst du uns?«, fragte Ray, nachdem er ihn eingeholt hatte.

»Hierhin.« Er blieb vor einem Haus mit eingestürztem Dach stehen. »Hier habe ich früher gewohnt. Im Keller könnt ihr euch verstecken. Da finden sie euch nie. Meine Magie schirmt euch ab, deshalb werden sie euch gar nicht wittern ... Ich selbst verstecke mich hier auch immer vor ihnen«, gab er kleinlaut zu.

»Ich verstecke mich nicht gern«, stellte Grizzly klar, ging aber trotzdem die durchgebrochenen Stufen zur Haustür hoch. »Schließlich sind wir Beschwörer, keine feigen Tattergreise. Diesen Biestern muss man entgegentreten! Die muss man erbarmungslos vernichten!«

»Aber nicht jetzt«, wandte Sayunaro ein. »Morgen früh lässt ihre Kraft nach, dann vertreiben wir sie.«

»Wir sollten Fallen im ganzen Dorf aufstellen«, sagte Ray. »Damit sie uns nicht entwischen können.«

»Dafür fehlt uns die Zeit«, erwiderte Sayunaro.

»Hättest du uns nicht früher warnen können?«, fuhr Grizzly den Yarudo an.

»Vorher hat Ray ihm ja kein Brot gegeben«, bemerkte Sayunaro lächelnd, runzelte dann aber die Stirn und legte den Kopf auf die Seite, um zu lauschen. Über sein bleiches Gesicht huschte ein Schatten. »Sie kommen.«

»Dann nichts wie runter in den Keller!«, befahl Grizzly.

Sämtliche Möbel im Haus waren zerschlagen, die Überreste zu einem Haufen zusammengeschoben worden. Das eingestürzte Dach versperrte ihnen fast den Weg durch das Zimmer. Mit einiger Mühe überwanden sie das Hindernis.

Der Yarudo bewegte sich dagegen so flink, als gäbe es für ihn keine Hürden. Ungeduldig sah er sich immer wieder nach den Beschwörern um. Irgendwann blieb er stehen.

»Das ist die Luke zum Keller. Versteckt euch da bis morgen früh. Ich gebe dir …« Als er Rays Blick auffing, verbesserte er sich sogleich. »… euch Deckung. Rasch jetzt! Sie sind nah!«

Ray nahm die Geister inzwischen ebenfalls wahr. Es war eine Welle roten, brennenden Feuers, die auf das Dorf zubrandete. Er öffnete die quadratische Abdeckung, ließ seinen Freunden den Vortritt, sprang dann selbst hinunter und schloss die Luke.

Der Keller war trocken, recht groß und völlig leer. Durch einige Ritzen in der Decke fiel fahles Licht zu ihnen nach unten. Die Wände bestanden aus Erdreich, aus dem hier und da Baumwurzeln hervorlugten.

Die Magie des Yarudos breitete sich wie eine schwere Decke über ihnen aus, durchströmte dann das ganze Haus und flutete durchs Dach nach draußen.

»Wer hätte das gedacht? Er hilft uns wirklich«, sagte Grizzly leicht keuchend. »Und alles wegen eines Stücks alten Brots.«

»Du weißt ganz genau, dass es nicht an diesem Brot liegt«, bemerkte Sayunaro leise und setzte sich auf den Fußboden. »Sondern um sein altes Leben, das es für ihn symbolisiert.«

Mit der Yari ritzte Ray einige Schutzzeichen in die Luke. Als Metall über Metall fuhr, entstand ein lautes Geräusch – das jedoch sogleich von draußen übertönt wurde: Ein einzelnes Heulen, das umgehend aufgegriffen wurde, bis es schließlich ringsum stöhnte, jammerte und schrie.

Was müssen die Menschen in diesem Dorf damals ausgestanden haben?, durchfuhr es Ray. Als sie dieses Jaulen in der Nacht vor ihren Fenstern hörten …

»Womit haben sie diesen Beschwörer bloß so aufgebracht«, flüsterte er, »dass er Garugi auf sie gehetzt hat?«

Der Yarudo tauchte völlig zerzaust und ein wenig verängstigt wieder auf, legte den Finger an die Lippen und schaute zur Decke hoch, als könnte er die wütenden Geister durch sie hindurch ausmachen.

Die Garugi stürmten wie eine Herde tollwütiger Hunde durch

das Dorf. Die Menschen, die sie gewittert hatten, schienen wie vom Erdboden verschluckt …

Die drei verharrten völlig reglos im Keller, lauschten und malten sich das Grauen über ihnen aus.

Grizzly zeichnete die Symbole eines weiteren Schutzzaubers in den erdigen Boden des Kellers.

Wie konnte man nur so ein Narr sein, Garugi herbeizuzitieren?, empörte sich Ray erneut. An wem hatte dieser kreuzdämliche Beschwörer Rache nehmen wollen?

Der Yarudo neben ihm zitterte.

»Hab keine Angst«, flüsterte ihm Ray fast lautlos zu. »Morgen früh haben sie ihre Kraft eingebüßt, dann vernichten wir sie.«

Der Yarudo sah ihn bloß mit schreckgeweiteten Augen an, legte den Kopf wieder in den Nacken und starrte nach oben. Plötzlich vernahmen sie alle von der Eingangstür her ein Knirschen und ein lautes Schnaufen. Kräftige Zähne nagten die Hauswand durch, Krallen rissen die Erde auf.

»Hast du nicht gesagt, die würden uns nicht finden?«, fuhr Grizzly den Yarudo an.

»Das hätten sie auch nie im Leben«, fauchte dieser, obwohl er immer noch vor Angst zitterte. »Aber einen Shiisan – den finden sie immer!« Er drehte sich Ray zu. »Töte ihn! Oder wirf ihn den Biestern zum Fraß vor! Sonst geben sie keine Ruhe …«

»Kein schlechter Gedanke«, brachte Sayunaro mit schiefem Grinsen heraus. »Dann erfahren wir endlich, wozu meine verborgenen Talente taugen.«

»Vielleicht sollten wir den Garugi besser den kleinen Widerling zum Fraß vorwerfen«, brummte Grizzly.

»Haltet endlich den Mund!«, zischte Ray. »Sie können nicht geschlossen hier unten einfallen, das verhindern unsere Zauber. Und einzeln werden wir mit ihnen fertig, wenn wir …«

Ein triumphierendes Heulen erstickte seine Worte. Unter lautem Gekeife stürmte die Horde das Haus. Der Yarudo fiepte noch etwas, dann löste er sich in Luft auf.

Ray packte die Yari, Sayunaro zitierte einen Zauberspruch.

Magie wogte durch den Raum. Grizzly zeichnete in aller Eile die Symbole weiterer Schutzzauber in den Boden.

Abermals brandete Geheul auf, flutete durch das ganze Haus – und verstummte. Grabesstille machte sich breit. Die drei starrten angespannt zur Decke hoch. Sie alle spitzten die Ohren … Die Sekunden dehnten sich endlos aus. Eins, zwei, drei … Eine Minute verging.

Sayunaro suchte Rays Blick und las in seinen Augen die gleiche Frage, die auch ihn beschäftigte: Sollten sie wirklich weg sein? Doch Sayunaro schüttelte den Kopf. Ein solches Glück wäre unwahrscheinlich.

Und da krachte es über ihnen. Als hätte jemand einen sehr schweren Gegenstand mit aller Wucht auf den Boden geknallt, um so ein Loch in diesen zu reißen. Das Poltern wiederholte sich. Die ersten Späne und kleineren Holzstücke segelten von der Decke. Dann gab das Brett neben der Kellerluke nach. Durch das runde Loch schob sich eine augenlose Visage. Sie ähnelte zwar dem Gesicht eines Menschen, war insgesamt jedoch völlig verzerrt: Die Stirn war viel zu hoch, der Mund spannte sich von einem Ohr zum anderen und wies zwei Reihen schiefer Zähne auf. Geräuschvoll sog der Garugu die Luft durch die breiten Nüstern ein.

Ray griff als Erster mit einem Zauber an, richtete jedoch nichts aus. Die Kreatur arbeitete sich weiter nach unten vor, ohne auf den Kragen aus roten Funken zu achten, der sich um ihren Hals gelegt hatte. Sayunaro und Grizzly schickten ihre Zauber hinterher. Die vereinte Kraft der drei zwang den Geist dann unter unwilligen Geknurre zum Rückzug. Daraufhin versuchten allerdings vier lange knöcherne Pfoten, das Loch zu vergrößern.

»Noch einmal!«, verlangte Ray. »Alle zusammen!«

Abermals schoss Magie zur Decke hinauf.

Gleich mehrere Garugi schrien und jaulten und waren wie von Sinnen. Wieso leisteten diese Menschen Widerstand? Wie konnten sie ihnen Schmerzen zufügen?

»Aufgeben werden die bestimmt nicht«, murmelte Ray, als

plötzlich alles verstummte. »Eher hecken die Biester einen neuen Plan aus.«

»Die haben doch überhaupt kein Hirn«, höhnte Grizzly. »Die wittern Futter und stürmen los, aber die …«

Über ihnen knarzte erst eine Diele, dann noch eine, und schließlich knackte es im ganzen Boden. Die Bretter erzitterten, Mulm und Späne segelten in den Keller. Alles um sie herum bebte, als wollten die Garugi das Haus zu Kleinholz zerlegen.

»Was tun sie jetzt schon wieder?!«, schrie Grizzly.

»Sie gönnen sich einen kleinen Spaß«, antwortete Sayunaro gelassen, während er bereits einen Zauber vorbereitete.

Was sollen wir bloß tun?, überlegte Ray krampfhaft. Ihm fiel jedoch gar nichts ein.

Und dann verwandelte sich eines der Bretter über ihm in eine Visage, beugte sich runter und wollte nach ihnen schnappen. Ray ließ die Yari sprechen. Feine Holzraspel hagelten auf seinen Kopf. Der Garugu verschwand – doch an seiner Stelle erschien ein Dutzend neuer Fratzen. Die gesamte Decke bestand nun aus Geistern und gierte nach ihnen, um sie zu zermalmen und sich einzuverleiben. Um sie zu vernichten.

Ray setzte abermals die Yari ein, gleichzeitig schickte er durch die Klinge einen Vertreibungszauber. Staub und Mulm hingen so dicht in der Luft, dass er seine Freunde nicht mehr ausmachte. Ihre Magie spürte er jedoch. Plötzlich schrie er auf. Eines dieser Biester hatte ihm eine Art Wildschweinhauer ins Bein gebohrt. Blindlings schlug er mit der Yari auf die Kreatur ein. Sobald er sie erledigt hatte, sah er, wie immer mehr Späne und Holzstücke zu Boden regneten und sich zu hungrigen Schlünden formten. Er griff sie mit einigen Spiralzaubern an. Sayunaro stieß einen wütenden Schrei aus. Schon wurde Ray erneut gebissen, diesmal in die Schulter. Bis morgen früh halten wir nie durch, schoss es ihm durch den Kopf, doch diesen Gedanken verbot er sich sofort.

»Wir müssen hier raus!«, schrie er und knallte die Lanzenspitze mit aller Wucht gegen die Kellerluke.

Ein roter Strom ergoss sich auf ihn, hüllte ihn ein, ließ ihn blind und taub werden und schlug ihm die Klinge aus der Hand.

Das von oben herabtosende Wasser oder Blut drückte ihn zu Boden, spaltete ihn beinahe … Es gab kein Entkommen mehr, er würde ertrinken.

Da packte ihn in letzter Sekunde jemand am Arm und riss ihn zur Seite.

Sayunaro. Seine Kleidung schimmerte auf der einen Seite rot von dem Blutstrom, die hellen Haare klebten links in purpurnen Strähnen an seinem Kopf. Seine Hand hatte sich in ein Schwert verwandelt, das er nun gegen die Luke rammte.

Danach war alles vorbei.

Sämtliche Geräusche verstummten, die hungrigen Mäuler verschwanden, der Keller war trocken, obwohl er eigentlich hätte in Blut schwimmen müssen.

Ray wollte sich das Gesicht abwischen, hielt aber mitten in der Bewegung inne: Da gab es nichts abzuwischen, sein Gesicht war ebenso sauber wie seine Kleidung. Grizzly sah völlig mitgenommen aus. Er war von Bisswunden übersät und rappelte sich nur mit Mühe vom Boden hoch.

»Sie spielen mit uns«, brachte Sayunaro heiser heraus. »Den Rachegeistern gefällt es, Menschen in Panik zu treiben und ihnen Schmerz zuzufügen.«

Da sah Ray das Blut auf dem Hemd seines Freundes. Auch über seine Stirn rann welches …

»Bist du verletzt?«, fragte Grizzly, dem das Blut offenbar auch nicht entgangen war.

»Nein, das ist nichts weiter«, versicherte Sayunaro rasch, blickte kurz auf seine Hand, die wieder ihre gewöhnliche Form angenommen hatte, und vergrub sie in seiner Tasche.

Ray hielt nach der Lanzenspitze Ausschau. Sie hatte sich in den Boden gebohrt. Als er sie herauszuziehen versuchte, scheiterte er. Was ist das denn?, dachte er. Die Yari steckt doch nicht in Holz oder Stein, sondern in Erdreich …

»Brauchst du Hilfe?«, fragte Sayunaro.

»Nein.« Ray packte die Lanzenspitze mit beiden Händen,

stemmte sich mit den Beinen fest gegen den Boden und zog. Irgendwann hatte er die Klinge befreit. Und nicht nur sie …

»Oho«, staunte Grizzly. »Was ist das? Ein weiterer Scherz der Garugi?«

»Nein«, sagte Sayunaro, »die ist echt.«

Um die Yari hatte sich eine vermoderte Knochenhand geschlossen, die ihren überraschenden Fang nicht wieder hergeben wollte.

»Allmählich schwant mir, was hier vorgefallen ist«, sagte Ray.

Die Garugi fingen bereits wieder mit ihrem Spektakel an, doch Ray achtete gar nicht darauf. Er löste die Klinge aus der Hand und machte sich daran, den dazugehörigen Körper auszugraben. Nach kurzem Zögern schlossen sich ihm Grizzly und Sayunaro an.

»Wisst ihr, wie man einen Schutzgeist für ein Haus oder ein ganzes Dorf schafft?«, wandte Ray sich an sie.

»Man ruft ihn herbei«, brummte Grizzly.

»Oder …?«

»Oder man tötet einen Menschen, der über die Gabe eines Beschwörers verfügt«, antwortete Sayunaro und wischte sich das Blut von der Stirn. »Dann mauert man ihn in dem Haus ein, das geschützt werden soll.«

»Oder vergräbt ihn im Keller«, erwiderte Ray und betrachtete den freigelegten Körper.

Er war sehr klein.

»Aber das …«, stieß Grizzly aus. »… das muss ein Kind gewesen sein.«

»Das ist er«, sagte Ray und stierte das von Stofffetzen umhüllte Skelett an. »Der Yarudo. Die Dorfbewohner wollten sich offenbar einen Schutzgeist zulegen, dafür haben sie einen Jungen mit Gabe getötet und ihn hier begraben. Aber woher wussten sie von dieser Möglichkeit?«

»Oh, da brauchst du bloß einen Blick in die alten Chroniken zu werfen«, bemerkte Sayunaro. »Vor ein paar Jahrhunderten wurden gleich Dutzende von Mädchen und Jungen in den Fundamenten von Häusern eingemauert, weil die Bewohner Schutz wünschten. Hier haben wir es immerhin nur mit einem einzigen Jungen zu tun.«

»Er hat dieses Haus also beschützt«, hielt Ray fest. »Und dann …«

»Dann ist das Haus niedergebrannt«, erklang da plötzlich die kalte Stimme des Yarudos. Der Junge stand neben ihnen und betrachtete gelangweilt seinen einstigen Körper. »Damit war ich frei. Aber das wussten die Menschen nicht. Sie haben ein neues Haus gebaut und weitergelebt wie bisher. Aber ich habe die Garugi herbeigerufen.«

»Das warst du?«, stieß Sayunaro aus. »Den Beschwörer hast du dir also ausgedacht …«

Damit fügte sich eins zum anderen. Garugi konnte jeder Mensch herbeizitieren, der verraten, verflucht oder ermordet worden war. Ob die Geister dem Ruf folgten, stand auf einem anderen Blatt. Wenn sie aber auftauchten und den Rachedurst des Menschen stillten, starb dieser meist ebenfalls. Es sei denn, er war ein Beschwörer. Oder ein Geist.

»Sie sind eines Nachts gekommen und haben das ganze Dorf vernichtet. Niemand konnte sich retten, nur ich«, berichtete der Yarudo genüsslich. »Danach wollte ich von hier weggehen, aber das klappte nicht, denn etwas bannt mich an diesen Ort. An dieses Haus. Seitdem locke ich die Menschen hierher. Und dann kommen nachts die Garugi.«

»Du wolltest uns ihnen also zum Fraß vorwerfen«, zischte Grizzly.

»Genau.« Er grinste schadenfroh, blickte Ray an und wandte sich sofort wieder ab, als hätte er ein schlechtes Gewissen. »Aber dann habe ich versucht, sie aufzuhalten. Bisher habe ich das geschafft, aber sie werden immer stärker.«

»Wenn du sie gerufen hast, kannst du sie auch wieder vertreiben«, stellte Ray klar und sah dem Jungen fest in die Augen. »Wenn du ihnen klarmachst, dass dein Rachedurst gestillt ist.«

»Das kann ich eben nicht«, fauchte der Yarudo. »Ich kann sie ja nicht mal heute Nacht verscheuchen.«

»Dann werden die Garugi uns also alle töten«, sagte Ray.

»Das bedeutet, dass wir dir nicht helfen können und du für immer in diesem verlassenen Dorf bleibst.«

»Vielleicht halten wir aber auch bis morgen früh durch. Dann erledigen wir die Garugi und ziehen weiter«, ergänzte Grizzly. »Während du ganz allein hierbleibst!«

»Ich kann die nicht verjagen!«, schrie der Yarudo wütend. Als seine Stimme durch das Haus hallte, heulten die Garugi wie eine Herde Mornas los. »Ich weiß ja nicht mal, wie das überhaupt geht«, flüsterte er und wandte sich wieder ab. »Ich wollte doch nur, dass es meinen Mördern schlecht geht. Sehr schlecht. Und auch allen Menschen, die hierherkommen.«

»Dann solltest du jetzt mal wollen, dass diese Geister abhauen«, knurrte Grizzly und sah zur Decke hoch, die schon wieder bedrohlich vibrierte.

Der Yarudo zischte nur wütend.

»Wir könnten sie vertreiben«, wandte sich Ray an ihn. »Aber dafür bräuchten wir deine Hilfe. Es ist gar nicht schwer, du musst dir bloß von ganzem Herzen wünschen, dass sie verschwinden.«

Der Yarudo steckte die Hand in die Tasche, holte das Stück Brot heraus und sah es nachdenklich an.

»Einverstanden«, murmelte er. »Ich versuche es. Aber beeilt euch, sonst kann ich nicht verhindern, dass sie runter in den Keller kommen. Und grapscht meinen Körper nicht an!«, befahl er ihnen und warf Ray einen letzten wütenden Blick zu.

Eine feine Rauchsäule schlängelte sich hoch zu dem Loch in der Decke. Noch in derselben Sekunde flog die Luke auf.

»Das ist eine einzige unverbrüchliche Kette«, erklärte Ray. »Die Garugi, der Körper des ermordeten Jungen, das Haus, der Rachedurst des Yarudos. Wir müssen alle Glieder dieser Kette zerstören.«

»Ich gehe rauf«, entschied Grizzly und schätzte mit einem Blick hinauf zur Luke ab, wo er sich am besten festhielt, um sich hochzuhangeln. »Ich leite das Vertreibungsritual ein. Du kümmerst dich um den Körper des toten Jungen, Ray! Der Yarudo vertraut nur dir, der würde bestimmt niemand anders an seine kostbaren Knochen ranlassen. Du begleitest mich, Sayunaro! Falls diese Biester auftauchen, musst du ihnen den Kopf abhacken.«

»Du traust mir ja einiges zu.«

»Ich habe dich vorhin beobachtet«, erwiderte Grizzly und zog sich bereits durch die offene Luke nach oben.

»Und seit wann führt er hier das Kommando?«, wandte sich Sayunaro an Ray.

Die bevorstehende Auseinandersetzung schien Sayunaro nicht im Geringsten zu beunruhigen, im Gegenteil, in seinen leuchtenden Augen war zu lesen, dass er töten wollte. Geradezu beschwingt folgte er Grizzly nach.

Ray ging zu der Leiche des Jungen.

Der Zauber, den er vorbereiten musste, war recht schlicht, aber der Spruch dafür sehr lang. Außerdem brachte er für den Beschwörer einige Unannehmlichkeiten mit sich. Ray hockte sich vor das Skelett, rammte die Yari neben sich in den Boden und fing zu zitieren an. Gleichsam als Antwort auf seine Worte erklangen von oben Gepolter, Gejaule und Geknirsche. Grizzly und Sayunaro hatten sich ans Werk gemacht.

Ray durfte sich weder durch den Tumult noch durch all die Späne, die auf ihn niederprasselten, ablenken lassen, sondern musste seinen Text stur aufsagen. Zusätzlich zogen vor seinem inneren Auge Symbole vorbei. Schließlich fingen die Knochen zu leuchten an. In der Dunkelheit des Kellers nahm sich ihr Strahlen greller aus, als es eigentlich war. Ray kniff die Augen zusammen.

Von oben strömte Magie herunter und streifte ihn leicht, doch er verbat sich jeden Gedanken an seine Freunde. Er musste seinen Zauberspruch beenden …

Plötzlich wurde es um ihn herum so dunkel, als hätte jemand eine Kerze ausgeblasen. Während er sich noch an die neuen Lichtverhältnisse gewöhnte, schoss von oben etwas auf ihn zu. Ein rasiermesserscharfer Flügel kappte eine Haarsträhne, schlug ihm gegen die Wange und die Schulter.

Ray rührte sich nicht, sondern flüsterte unbeirrt weiter. Dem

Eindringling folgte ein zweiter, dann noch einer, schließlich war Ray von einem ganzen Schwarm umgeben.

Die Geschöpfe begriffen sehr schnell, dass Ray weder fliehen noch sich verteidigen wollte. So flogen sie dicht an ihn heran. Da holte er aus und trieb einer der Kreaturen die Lanzenspitze in den Leib. Flügel schlugen gegen sein Handgelenk, aus der Ferne hörte er einen Schrei des Yarudos: Er litt, weil Ray die Verbindung zu seinem Zuhause durchtrennte.

Von der Decke knallte ein Brett herunter und landete unmittelbar neben Ray. Ihm folgte ein zweites. Grizzlys Zauber wogte durch den Keller. Sayunaro schrie etwas, doch Ray verstand ihn nicht. Der Geruch von Rauch kitzelte ihm in der Nase. Feine graublaue Säulen bildeten unter der aufgerissenen Decke Wolken.

»Gleich«, flüsterte er, ohne recht zu wissen, wem die Worte galten, ihm oder dem Yarudo.

Ray bekam kaum noch Luft. Dicker Qualm biss ihm in die Augen und schnürte ihm die Kehle zu. Die Wesen mit den scharfkantigen Flügeln gingen als graue Staubwolken zu Boden.

Die Nase mit den Händen abschirmend, sprach Ray in Gedanken die letzten Worte des Zauberspruchs.

»Ray!«, rief Sayunaro von oben. »Komm hoch!«

»Dein Yarudo steckt das Haus an!«, brüllte Grizzly. »Lass sofort alles stehen und liegen und komm da raus!«

Das Heulen der Garugi, die nun in den Mauern eingeschlossen waren, verflocht sich mit dem Fauchen des Feuers. Die Flammen fielen über die Mauern her und verschlangen die Geister.

»Gleich«, sagte Ray und unterdrückte einen Hustenanfall. »Gebt mir noch ein paar Sekunden!«

Der Rauch formte sich über dem Skelett zur Gestalt eines kleinen Jungen.

»Ray!«, schrie Sayunaro erneut.

»Gleich«, wiederholte dieser leise und trieb mit aller Wucht die Yari in den Rauch.

Graue Asche wirbelte auf und drohte ihn zu ersticken. Er

wich zurück. Die Knochen schmolzen. Ray hielt den Atem an und zog sich durch die Luke nach oben.

Hier lag alles in ein flackerndes rotes Licht getaucht. Die Feuerzungen erklommen die Wände. Die letzten Garugi krümmten sich in den Flammen und schlugen wild um sich. Der Yarudo war nirgends zu entdecken.

»Jetzt nichts wie weg hier!«, schrie Grizzly.

Sayunaro, der über und über mit Blut und Ruß beschmiert war, zeichnete die noch fehlenden Symbole eines Zaubers auf den Boden. Er sah mit blindem Blick kurz zu Ray auf. Sobald er einen großen Kreis gezogen hatte, stürzte er den Gang hinunter und bedeutete den beiden anderen, ihm zu folgen.

Unter dem Hagel von Feuerbällen kämpften sie sich durch den Rauch zur Haustür.

Kaum dass sie aus dem Haus waren, stieg eine kohlschwarze Säule zum Himmel empor, in der wilde Schatten herumwirbelten. Die Wände, nun nicht mehr von der Kraft der Geister zusammengehalten, krachten ein. Garben roter Funken stoben auf, kochender Wind trug sie zu den anderen Häusern. Binnen Minuten stand das ganze Dorf in Flammen. Sämtliche Gebäude loderten, selbst der versiegte Brunnen fing Feuer. Die brennende Schaukel flog durch die Luft, ohne dass jemand auf ihr saß …

Die drei betrachteten den seltsamen Tanz der Flammen aus sicherem Abstand.

»Anscheinend«, murmelte Ray, um das Schweigen zu durchbrechen, »hat er sich doch sehr gewünscht, dass sie verschwinden.«

»Das hat er nicht, im Gegenteil«, widersprach Sayunaro. »Er hat sie im Haus eingesperrt und ihnen befohlen zu bleiben, wo sie sind. Dann hat er das Haus angezündet und sich selbst gleich mit.«

»Nichts anderes hat er verdient«, stieß Grizzly voller Genugtuung aus.

»Aber ich habe ihn befreit. Bestimmt hat er sich in letzter Sekunde gerettet.«

»Selbst wenn«, sagte Grizzly. »Das kann uns doch egal sein.«

Sie blieben noch eine Weile sitzen und beobachteten, wie die Häuser niederbrannten. Das Feuer griff weder auf den Wald noch auf das trockene Gras über, obwohl der Wind wie verrückt auf die Flammen einpeitschte. Fast hätte man meinen können, das Dorf läge in einem Zauberkreis, aus dem nicht ein Funken herausfliegen, aus dem nicht eine Rauchwolke ausbrechen konnte.

Nur ein kleiner Schatten, da war Ray sich ganz sicher, stahl sich aus diesem Kreis und huschte Richtung Wald davon.

7

Folge dem Frosch

»Ich muss mit dir reden, Ray.«

Bei dem ernsten Gesicht, das Grizzly machte, brannten ihm bestimmt nicht die Feinheiten der Zusojagd unter den Nägeln.

Sie liefen einen Pfad entlang, der steil zum Wasser hin abfiel. Immer wieder rutschten sie in dem vom Regen aufgeweichten Boden aus.

Warra und seine Umgebung litten noch unter der sommerlichen Hitze, doch hier in der Provinz Datido lauerte hinter den düsteren Tannen bereits der Herbst. Über den Berggipfeln hingen Wolken, die langsam ins Tal krochen. Von den trüben Bächen wehte es eisig herüber, obendrein regnete es ständig, sodass die drei nur mit Mühe ein Feuer entzünden konnten, wenn sie eine Rast einlegten. Dies brachte dann vor allem dunklen Rauch mit sich, denn die Flammen züngelten kaum in die Höhe.

Gerade gab der Regen Ruhe, aber von den Bäumen am Wegesrand rieselten noch immer schwere, eiskalte Tropfen. Rays Hemd und Hose waren bereits völlig durchnässt, seine Gemütsverfassung entsprechend. Und da wollte Grizzly mit ihm ernste Probleme erörtern?

»Geht das nicht ein andermal?«, fragte er denn auch.

»Nein, dass muss jetzt sein«, erklärte dieser. »Ich will nämlich nicht, dass Sayunaro etwas davon mitbekommt.«

»Weil es ihn betrifft?«

»Ja.«

Vor ihnen blitzte der rote Schwanz des Sharru auf, der gestern Abend versucht hatte, sich an ihren Ochsen heranzupirschen. In der Nacht hatte Ray ihn vertrieben, aber leider nicht endgültig, sodass er und Grizzly nun über einen Waldpfad hetzten, um den Geist einzufangen.

Ray duckte sich unter einem Ast weg, der weit in den Pfad hineinragte.

»Und worum geht es?«

»Tu nicht so!«, fuhr Grizzly ihn an, während er ebenfalls unter dem Zweig durchlief und gar nicht auf die Tropfen achtet, die ihm von den Tannennadeln in den Kragen fielen. »Er ist anders, und das gefällt mir nicht.«

»Er war immer etwas anders als wir, sogar während unserer Ausbildung. Aber wer von uns hätte nicht seine Macken?«

»Und zu diesen Macken zählt wohl auch sein Wunsch, ungebratenes Fleisch zu essen!«, fauchte Grizzly. »Oder die Fähigkeit, frisches Blut schon aus großer Entfernung zu riechen! Die Hunde bellen los, sobald er sich nähert, und sogar die Geister nehmen Reißaus. Bind mir doch keinen Bären auf! Ich bin ein Beschwörer, kein dahergelaufener Nichtsnutz!«

Der Sharru ging jetzt zum Gegenangriff über, indem er stehen blieb, seine beiden Verfolger anfauchte und bespuckte. Das nutzte Ray, um ihn mit einem Zauber niederzustrecken. Der Geist landete im Matsch, zappelte noch und wollte wieder auf die Beine kommen, doch vergeblich.

Als er sich nicht mehr rührte, trat Grizzly an ihn heran, packte ihn beim Schwanz und hob ihn hoch.

»Sieht eigentlich aus wie ein Eichhörnchen«, sagte er.

»Allerdings eines, mit dem nicht gut Kirschen essen ist«, bemerkte Ray grinsend und hoffte inständig, über diesen Fang würde Grizzly ihr Gespräch vergessen.

Die Hoffnung platzte.

»Außerdem tötet er«, fuhr Grizzly fort, während er beobachtete, wie sich der Sharru in eine dünnbeinige Kreatur mit einem Saugnapf anstelle des Mundes verwandelte.

»Das tun wir auch.«

»Wir vertreiben Geister«, hielt Grizzly mit Nachdruck dagegen und schleuderte den Sharru in die Büsche.

»Als ob das nicht das Gleiche wäre, nur mit anderem Namen. Denk doch bloß mal an all die Geister, die wir mit unseren Zaubern in Staub oder Rauch verwandeln. Danach können sie nicht mehr in unsere Welt zurück. Deshalb ist Sayunaro nicht anders als …«

»Sayunaro findet Gefallen am Morden. Blut kann er gar nicht genug sehen, Schmerzen liebt er, jeder Tod ist ihm ein Vergnügen. Als er die Garugi vernichtet hat … Glaub mir, das war kein gerechter Zorn.«

»Worauf willst du eigentlich hinaus?«

»Die Shiisans damals …«, flüsterte Grizzly. »Ob er mittlerweile selbst einer ist?«

Stille breitete sich aus. Nur der Wald am Berghang flüsterte, und der Bach murmelte, während in den Bäumen Kreuzschnäbel pfiffen.

Als Beschwörer fiel Grizzly selbstverständlich nicht auf die Beteuerung herein, Sayunaro hätte an diesem oder jenem Tag einfach eine Stinklaune gehabt. Deshalb hatte Ray ja auch nicht mit ihm darüber sprechen wollen, was mit Sayunaro vor sich ging. Denn dann hätten sie den Shiisan in ihm vertreiben müssen, was letztlich bedeutete: Sie hätten Sayunaro töten müssen!

»Er hat sich unter Kontrolle«, behauptete Ray schließlich. »Und er ist allen Herausforderungen gewachsen.«

»Noch«, brummte Grizzly. »Aber wie es mit ihm weitergeht, wissen nicht einmal wir. Ich jedenfalls nicht. Besser gesagt, wir wissen es – und zumindest mir gefällt das nicht.«

»Was schlägst du denn vor?«

»Das Biest muss raus.«

»Und wie? Wie willst du etwas aus einem Menschen schneiden, das zu ihm gehört?«

»Irgendeine Möglichkeit muss es doch geben«, erwiderte Grizzly und wischte sich die Hand an seiner Hose ab. »Meister Hyeon kennt bestimmt eine.«

»Was bitte kennt Meister Hyeon?«, erklang da Sayunaros Stimme.

Er trat auf den Pfad und sah sie angespannt an.

»Einen Weg, wie wir an das verfluchte Zertifikat kommen, denn ich habe nicht die geringste Lust, noch länger umsonst zu arbeiten!«, antwortete Grizzly, was ebenso ausweichend wie wahr war. »Nimm doch nur den Sharru, den wir gerade vertrieben haben! Was kriegen wir dafür? Eben!«

Das Misstrauen in Sayunaros Blick verschwand.

»Wir sollten jetzt weiter«, sagte er, ohne auf Grizzly einzugehen. »Es wird Zeit.«

Er machte auf dem Absatz kehrt und stapfte zurück zur Straße, wo der Kutscher mit dem Wagen wartete. Grizzly sah Ray nur vielsagend an, dann folgten die beiden ihrem Freund.

Sie waren mittlerweile etliche Wochen unterwegs, hatten Wagen gewechselt, immer wieder neue Menschen kennengelernt und die unterschiedlichsten Landschaften gesehen. Mal waren sie über breite Straßen voller Karren, Ochsen und Menschen gezogen, dann wieder über eine im Gras kaum erkennbare schmale Fahrrille.

Bisher waren ihnen bereits allerlei Geister begegnet. Zwei Gutgreise, die in den alten Speichern einer kleineren Stadt ihr Unwesen trieben, Nocturniter, die sich in einem Wald versteckten, eine Sayna, die als zarter Schatten über eine Wiese huschte …

Damit jedoch nicht genug.

Als sie nun an eine alte Furt gelangten, weigerte sich der Ochse vor ihrem Wagen, seinen Weg fortzusetzen. Die drei stiegen aus und entdeckten unter einer Baumwurzel in den sanften Wellen einen Wasserlil.

»Der frisst nur Fisch, du Dummkopf«, redete Ray auf den sturen Ochsen ein. Dieser schnaufte und warf einen misstrauischen Blick auf das unruhige Wasser. »Dich rührt er bestimmt nicht an.«

»Lass gut sein, Ray, der setzt keinen Fuß mehr vor den anderen, solange wir dieses Mistviech nicht erledigt haben«, mischte sich Grizzly ein und watete ins kalte Wasser. »Was für ein Sümmchen uns hier wieder durch die Lappen geht! Und nur weil ich mich wegen Soburo kaum noch traue, mich als Beschwörer zu erkennen zu geben. Nicht, dass mich am Ende noch jemand abmurkst, weil ich kein Zertifikat vorzuweisen habe!«

»Glaub mir, Soburo erzählt viel, wenn der Tag lang ist«, warf Sayunaro ein und beugte sich zu der Baumwurzel hinunter. »Dann wollen wir uns den Burschen mal schnappen!«

Er zog ein hechtgroßes Wesen aus dem Wasser, das an eine grüne Hydra voller Schlamm und Entengrütze erinnerte.

»Gut!«, stieß Grizzly aus.

Er stapfte herbei. Der Wasserlil umschlang mit seinen langen Tentakeln die Beine des Beschwörers und zog ihn nach unten.

Grizzly landete im Wasser. Eine eisige Fontäne spritzte hoch.

Ray unterlief daraufhin glatt ein Fehler in seinem Zauberspruch. Der Ochse brüllte und zerrte am Zügel. Der Kutscher, ein einsilbiger Alter, den die Sonne fast schwarz gebrannt hatte, saß auf einem Stein in der Nähe und schmauchte eine kurze Pfeife. Ungerührt beobachtete er das Tun der drei jungen Männer.

»He!«, rief Ray ihm zu. »Du könntest dich ruhig um deinen Ochsen kümmern!«

»Du machst das doch ganz gut«, entgegnete er und stieß eine Rauchwolke aus. »Und wenn's nach mir gegangen wäre, wären wir eh zur neuen Brücke. Aber ihr musstet ja unbedingt zu dieser alten Furt.«

Ray brummte ungehalten und hielt den Zügel des Ochsen krampfhaft fest. Endlich erledigte Grizzly den Wasserlil mit einem Zauber, woraufhin der Geist nur noch wie ein nasser Lappen in Sayunaros Händen hing. Er warf ihn achtlos zur Seite.

In dieser Sekunde war von der Straße her Hufgetrappel zu hören. Eine von zwei Pferden gezogene Kutsche näherte sich dem Fluss.

Pferde waren eine Seltenheit in Akane. Während ihrer ganzen Reise hatten sie diese Tiere nur ein einziges Mal zu Gesicht bekommen. Nun trabten ein paar stämmige Graue mit buschigen Mähnen und Schweifen auf sie zu und beäugten ihre Kutsche äußerst unfreundlich. Von der überragenden Höhe seines Bocks aus weidete sich der frisch eingetroffene Kutscher am Anblick der drei: Sayunaro voller Entengrütze, Grizzly mit klatschnassen hochgekrempelten Hosen und Ray im Kampf mit dem Ochsen.

»Will das Tier etwa nicht?«, säuselte er und knurrte dann: »Ihr versperrt den ganzen Weg!«

»Wir fangen gerade Fische«, mischte sich ihr betagter Kutscher ein und klopfte seine Pfeife an dem Stein aus, auf dem er saß.

»Macht Platz, mein Herr hat es eilig!«, verlangte der Fuhrmann der Pferdekutsche.

Als Echo auf diese Worte flog die reich beschnitzte Tür auf. Ein Seidenvorhang geriet in Bewegung, und ein hochgewachsener, dunkelhaariger Mann in kostbarem Gewand stieg aus. Kaum dass Ray ihn sah, ließ er den Zügel des Ochsen los. Unter wütendem Gebrüll wich dieser vom Fluss zurück. Sayunaro erstarrte, Grizzly stieß einen Freudenschrei aus.

»Rekar!«, rief er. »Was machst du denn hier?«

Er stürmte auf seinen ehemaligen Mitschüler zu, um ihn zu umarmen. Dieser wollte seinen Augen kaum trauen. Dann versuchte er sich der Umklammerung des klatschnassen Grizzlys zu entwinden, doch erfolglos.

»Was hat dich denn hierher verschlagen?«, bohrte Grizzly weiter und klopfte Rekar immer wieder begeistert auf Rücken und Schultern. »Wir haben uns schon gefragt, was aus dir wohl geworden ist. Ein ganz feiner Herr offenbar!«

Rays Freude über das Wiedersehen erlosch rasch. Ihm entging das verkrampfte Lächeln Rekars nicht. Immer wieder schielte ihr einstiger Gefährte zu seinem Kutscher hinüber. Ohne Frage behagte es ihm nicht, dass dieser Zeuge einer Begegnung mit so wenig gesellschaftsfähigen Burschen wurde.

Als Ray zu Sayunaro hinübersah, las er in dessen Blick, dass es ihm ähnlich erging.

»Guten Tag, Rekar«, sagte Sayunaro.

»Wir haben uns lange nicht gesehen«, ergriff Ray das Wort.

Rekar hatte die erste Überraschung bereits überwunden.

»Stimmt, mit euch hätte ich in dieser Gegend wirklich nicht gerechnet«, erwiderte er. »Warum blockiert ihr hier die Furt?«

»Weil unser Ochse nicht weiterwollte«, teilte Grizzly ihm mit, der immer noch über beide Wangen strahlte. »Er hatte Angst vor einem Wasserlil. Da mussten wir das Biest erst mal ausschalten. Wohin willst du denn?«

»Ich habe hier in der Gegend zu tun«, antwortete Rekar ausweichend. »Und wohin führt euch euer Weg?«

»Der geht noch ein schönes Stück weiter«, antwortete Ray vage.

»Wie kommst du eigentlich dazu?«, wechselte Grizzly das Thema und deutete auf den pelzbesetzten Kragen von Rekars samtenem Übergewand, an dem das goldene Wappen eines Beschwörers funkelte. »Du bist doch nicht mal zur letzten Prüfung …«

»Passt auf, ich nehm euch mit!«, unterbrach Rekar ihn mit lauter Stimme. »Mein Wagen ist größer und schneller.« Bei diesen Worten sah er seine einstigen Gefährten mit einem Blick an, der um Schweigen flehte. »Mit diesem Klapperkasten seid ihr ja morgen noch nicht da.«

»Da sagen wir doch gern zu«, entschied Sayunaro freundlich, obwohl seine hellblauen Augen kalt blieben.

»Habt ihr einen Freund getroffen?«, erkundigte sich ihr Kutscher, als die drei ihr Gepäck holten.

»Mhm«, brummte Ray mit einem Blick auf Rekar, der sich gerade mit Grizzly unterhielt.

»Vielleicht sehen wir uns ja mal wieder«, meinte der Kutscher, klopfte dem Ochsen auf den Rücken, der nun brav zur Seite trat, um den Weg für die prachtvolle Kutsche freizugeben. »Zur nächsten Angelpartie …«

Rekars Wagen war mit Seide ausgekleidet. Die Sitze hatten weiche Rückenlehnen, auf dem Boden lag ein dicker Teppich.

»Nicht übel«, bemerkte Grizzly pfeifend und ließ sich genüsslich auf die Bank fallen. Er hatte sich in aller Eile umgezogen und die nasse Kleidung in seinen Reisesack gestopft. »Du musst es gut getroffen haben.«

»Ich kann nicht klagen«, erwiderte Rekar bloß. »Allerdings hätte ich eine Bitte an euch. Behaltet für euch, dass ich meine Abschlussprüfung nicht abgelegt habe.«

»Wie bist du eigentlich an das Wappen der Beschwörer gekommen?«, wollte Sayunaro wissen.

»Da hat mir jemand geholfen«, gestand Rekar und klopfte gegen die Trennwand. Als hätte sein Kutscher nur auf dieses Zeichen gewartet, ließ er sofort die Peitsche knallen.

Der Wagen fuhr sanft an.

»Wer?«

»Ein einflussreicher Mann.«

»Du hast einen reichen Gönner?«, fragte Ray. »Dem du Dienste leistest?«

Diese Fragen waren Rekar ebenso unangenehm wie die Begegnung mit seinen einstigen Gefährten, denn den Tempel und sein früheres Leben wollte er am liebsten vergessen.

Die Pferde durchquerten den Fluss. Wasser spritzte auf, und der Wagen rumpelte ein wenig, fuhr am anderen Ufer aber sofort ruhig weiter.

»Ja, und man schätzt mich sehr«, antwortete Rekar. »Und das wird gewürdigt. Was ist mit euch? Habt ihr diese letzte Prüfung bestanden?«

»Daran scheiden sich die Geister«, antwortete Grizzly und schilderte Rekar, wie es ihnen am Tag der Geister ergangen war.

Rekar unterbrach Grizzly kein einziges Mal. Seinem Gesicht war nicht zu entnehmen, was er dachte. Wahrscheinlich trägt er diese würdevolle, kalte und ein wenig herablassende Miene auch im Gespräch mit seinem einflussreichen Herrn zur Schau, dachte Ray. Damit der Mann, mochte er auch noch so reich sein, niemals vergisst, dass er es mit einem Beschwörer zu tun hat, einem Gebieter über die Wesen aus der jenseitigen Welt. Einen Riss gab es in Rekars Maske allerdings: Sein Blick huschte immer wieder nervös zu Sayunaro hinüber.

»Deshalb wollen wir nach Agosima«, schloss Grizzly.

»Vermutlich eine kluge Entscheidung«, bestätigte Rekar.

»Wie weit kannst du uns mitnehmen?«, fragte Ray.

»Bis zur nächsten Stadt.«

Offenbar wollte Rekar sie wirklich nicht in seine Pläne einweihen. Angespannte Stille breitete sich aus.

Obwohl sie so viele Jahre Seite an Seite verbracht hatten, wollten sich keine gemeinsamen Gesprächsthemen finden. Mit Kanrinin hätte Ray nun in Erinnerungen schwelgen können: Wie sie nachts Pflaumen aus dem Garten stibitzt oder einen Zuso an einem Brunnen ausgesetzt hatten. Was hatte das für ein Tohuwabohu gegeben, als das vielbeinige Wesen mit der regenbogenfarbigen Blase anstelle des Kopfs über den Platz huschte. Selbst jetzt musste Ray noch lachen, wenn er daran zurückdachte. Dennoch gab er dieses Erlebnis nicht zum Besten, denn Sayunaro strahlte eine eisige Kälte aus, Grizzly blickte finster drein, und Rekar zog ein in Seide gebundenes Buch heraus und versenkte sich in dessen Lektüre.

Ray schaute zum Fenster hinaus. Sie fuhren durch eine enge Schlucht, in der es dämmrig und feucht war. Von einigen Berggipfeln zogen sich wie feine Fäden Wasserfälle in die Tiefe. Die Tannen neigten sich über den Weg, als wollten sie diejenigen im Auge behalten, die da in ihr Reich vordrangen. Ein unwirtlicher Landstrich.

Irgendwann schmiegte sich Grizzly gegen die Rückenlehne, verschränkte die Arme vor der Brust und schloss die Augen. Ob er tatsächlich eingenickt war oder dies nur vorgab, vermochte Ray nicht zu entscheiden. Sayunaro stierte unverwandt auf die vorbeiziehenden Berge. Als Rays Blick erneut zu Rekar wanderte, fiel ihm ein, was Soburo über reiche Gönner gesagt hatte. Wenn Rekar ihnen nicht unmissverständlich zu verstehen gegeben hätte, dass er darüber nicht zu sprechen wünschte, hätte Ray seinen einstigen Gefährten zu gern nach seinem heutigen Leben befragt.

Endlich klapperten die Hufe wieder über eine gepflasterte Straße, und die Stadt kam in Sicht. Prachtvolle Häuser mit herrlichen Gärten lösten die tristen Schluchten ab. Fast jedes Dach wurde von einem Blechvogel bekrönt, der auf einem Bein stand, den spitzen Schnabel zum Himmel gereckt und die Flügel gespreizt.

»Ein Reiher«, brachte Sayunaro in einem Ton heraus, als hätte er eben ein schwieriges Rätsel gelöst.

Rekar schielte zu ihm hinüber, verkniff sich aber jede Bemerkung.

Die wenigen Menschen in den Straßen machten der Kutsche sofort Platz und sahen dem Fuhrwerk lange nach.

Jenseits der fröhlichen roten Hausdächer ragte ein Berg auf, über den sich ein dunkelgrüner Teppich aus Bäumen zog. Ausgefranste Wolken verhüllten den Gipfel. Etwas an diesem Bild störte Ray, was genau, hätte er jedoch nicht zu sagen gewusst.

»Wie heißt dieser Berg?«, erkundigte er sich bei Rekar.

Dieser schlug sein Buch erst nach einer ganzen Weile zu.

»Gihar«, antwortete er leise.

»Der Giharwald …«, murmelte Sayunaro.

Rays Unbehagen wuchs sich zu eisiger Starre aus.

»Du willst dahin, oder?«, stieß Grizzly aus. »Das ist dein Auftrag, stimmt's?«

»Ja.«

Über diesen Wald waren schlimme Gerüchte im Umlauf. Wer einen Fuß in ihn setze, so hieß es, komme nie mehr zurück, denn die bösen Geister, die dort hausten, würden sich alle Menschen schnappen. Vor vielen, vielen Jahren war es in der Gegend zu einer Hungersnot gekommen. Damals hatten die Menschen ihre Greise und neugeborenen Kinder in diesen Wald gebracht und sie dort ihrem Schicksal überlassen. Kein Wunder also, dass es dort heute von bösen Geistern nur so wimmelte.

»Weshalb tust du das?«, fragte Ray. »Du weißt doch, wie gefährlich dieser Wald ist.«

»Oder hat dein Herr verlangt, dass du dort für Ordnung sorgst?«, warf Sayunaro ein und deutete ein Lächeln an. »Nun spuck schon alles aus, wir tratschen nicht.«

Rekar hüllte sich zunächst in Schweigen, gab sich am Ende aber einen Ruck.

»Der Mensch, für den ich arbeite, vermisst seinen Sohn«, holte er aus. »Alles deutet darauf hin, dass er in den Giharwald gegangen ist.«

»Warum das?«, fragte Ray. »Er muss doch wissen, dass er damit sein Leben riskiert.«

»Gerade deshalb ist Sel meiner Ansicht nach in diesen Wald gegangen.«

»Wie alt ist er?«

»Fünfzehn.«

»Das erklärt einiges«, knurrte Grizzly. »Entweder ist er auf Abenteuersuche, oder er will seinem Vater beweisen, was für ein tapferer Kerl er ist. Vielleicht ist auch ein Mädchen im Spiel. Und seine Familie darf den Nichtsnutz jetzt wieder auftreiben!«

»Brauchst du Hilfe?«, fragte Ray.

Rekar schüttelte den Kopf.

»Nein danke. Der Giharwald ist wirklich gefährlich, da kann ich nicht für eure Sicherheit garantieren, zumal mich die Suche nach Sel voll und ganz in Anspruch nehmen wird.«

Ray sah Sayunaro an. Dieser grinste. Da waren sie also eben als kleine Jungen abgestempelt worden. Aber Rekar hatte ja schon immer so getan, als wäre er deutlich erfahrener als sie.

Ohne ein Wort zu erwidern, wandte sich Ray ab und schaute zum Fenster hinaus.

Doch auch Rekar schien mit einem Mal die tiefere Bedeutung seiner Worte aufzugehen. Verstohlen schielte er zu den dreien hin. Und da fiel ihm die Veränderung an ihnen auf.

Mittlerweile führte bestimmt niemand mehr Grizzly, den er immer für ein wenig begriffsstutzig gehalten hatte, an der Nase herum. In seine Mundwinkel hatte sich eine tiefe Falte eingegraben, hinter der Maske des gutmütigen Bären funkelte nun immer wieder der kalte Blick eines scharf kalkulierenden Geschäftsmannes auf.

Sayunaro, den Rekar stets für seine bedächtige Art, seine Wissbegier und Höflichkeit geschätzt hatte, schien inzwischen völlig in sich verkapselt zu sein und sekündlich mit einem Angriff zu rechnen. Obendrein hatte sich etwas in ihm eingenistet, dem Rekar lieber gar nicht erst auf den Grund ging. Wenn er im Orden etwas zu sagen hätte, dann hätte ihn dieser rote Schatten, der in Sayunaros Pupillen funkelte, allerdings durchaus interessiert. Als persönlicher Beschützer einer angesehenen Familie aber gehörte es nicht zu seinen Aufgaben, sich um die Geister von anderen zu kümmern. Zum Glück nicht …

Nur Ray war noch ganz der Alte, ein ebenso selbstbewusster wie sturköpfiger junger Mann. Die weiße Flamme der Magie brannte in seinen grauen Augen noch ein wenig heller als früher, und sein Gesicht hatte etwas von der alten Offenheit und Weichheit eingebüßt. Ray legt es zwar nie darauf an, irgendwo das Kommando zu übernehmen, sinnierte Rekar, aber früher oder später überträgt man es ihm dennoch. Ich könnte mir gut vorstellen, dass die Idee, nach Agosima zu reisen, von ihm stammt.

Dann beendeten Schritte und eine gebieterische Stimme seine Überlegungen. Sie wurden aufgefordert anzuhalten. Der Kutscher leistete dem Befehl umgehend Folge.

Jemand riss die Tür auf. Ein berittener Offizier, in dessen Gefolge sich etliche Fußsoldaten mit Lanzen befanden. Der Mann spähte in den Wagen hinein und runzelte die Stirn.

»Wir haben Euch schon heute früh erwartet«, wandte er sich an Rekar.

»Ich wurde aufgehalten, Herr Kado«, erwiderte dieser.

»Wen bringt Ihr da mit?« Die Augen unter den buschigen Brauen blieben auf Ray ruhen.

»Das sind meine Freunde«, antwortete Rekar. »Wir haben gemeinsam unsere Ausbildung absolviert.«

»Dann sind es auch Beschwörer?«, fragte der Offizier, und sein strenges Gesicht entspannte sich ein wenig. Er sah Sayunaro an, runzelte abermals die Stirn und schien in seinem Gedächtnis nach etwas zu suchen. »Bestens. Folgt mir!«

»Müsstet Ihr uns da nicht erst höflich drum bitten?«, erwiderte Grizzly. »Vielleicht haben wir ja andere Pläne.«

Doch er erhielt keine Antwort. Die Tür wurde wieder zugeschlagen, der Mann ritt davon.

»Die Straße nach Agosima ist gegenwärtig gesperrt«, teilte Rekar ihnen mit. »Solange Sel verschwunden ist, kommt da niemand durch. Ihr müsst also in der Stadt bleiben, ob ihr wollt oder nicht. Ich bringe euch in ein sehr gutes Kanrin. Ruht euch ein paar Tage aus, danach zieht ihr weiter.«

»Wieso sperrt man die Straße ab?«, wollte Grizzly wissen. »Als ob man diesen jungen Mann dadurch schneller findet! Damit schürt man doch nur Panik …«

»Der Mann, für den du arbeitest, ist nicht zufällig der Statthalter von Datido?«, erkundigte sich Sayunaro.

»Wie kommst du denn darauf?«, fragte Rekar zurück.

»Zum Wappen dieser Familie gehört der Reiher. Den siehst du hier an jedem Haus und auch an den Uniformen der Soldaten.«

»Ich stehe nicht in Diensten des Statthalters«, antwortete Rekar widerwillig, »sondern in denen seines Bruders, des Herrn Garru.«

»Das erklärt, warum alle so aus dem Häuschen sind«, stieß Grizzly aus. »Wenn irgendein Bauernlümmel verschwunden wäre, würde vermutlich kein Hahn danach krähen … Aber alle Achtung, du hast es gut getroffen. Wie hast du das geschafft?«

»Ich hatte Hilfe«, gab Rekar zu.

Die Kutsche steuerte auf einen prachtvollen Garten zu. Hinter Bäumen ragte das spitze Dach des Kanrins auf.

»Bist du sicher, dass wir dir nicht helfen sollen?«, hakte Ray noch einmal nach.

»Ich weiß dein Angebot zu schätzen«, erwiderte Rekar lächelnd. »Aber wenn ich ganz offen sein darf: Von uns vieren bin nun mal ich der Beschwörer mit der größten Erfahrung. Und ich würde mir niemals verzeihen, wenn euch etwas zustoßen sollte. Abgesehen davon komme ich bestens selbst mit allem klar.«

In der Frage der Erfahrung vertrat Ray zwar eine etwas andere Auffassung, gab diese aber nicht kund.

Sie hielten vor einem mit Reihern verzierten Tor. Die Vögel führten einen Tanz auf, bei dem sie die Hälse graziös nach hinten bogen und die langen Beine vorstreckten. Blühendes Geißblatt wand sich um die beschnitzten Säulen. Auf dem kurz geschnittenen Rasen standen steinerne Pyramiden, Symbole für Schutzgeister. Ein Weg aus gelbem Sand führte zum Kanrin. Vor der offenen Eingangstür stand eine prachtvolle Sänfte mit purpurnem Stoffdach und goldenen Quasten. Zwei Soldaten hielten mit Lanzen in der Hand Wache. Ohne Frage weilte hier gerade ein Gast, der besonderen Schutzes bedurfte.

Ein Diener in leuchtend grüner Uniform kam bereits auf sie zugeeilt, riss den Schlag auf und warf einen neugierigen Blick auf die Gäste.

Rekar stieg aus, ohne auf diese Höflichkeitsbekundungen einzugehen, die drei anderen folgten ihm.

Angesichts der gepflegten Anlage vermochte man sich kaum vorzustellen, dass der Giharwald gleich um die Ecke lag. Vogelgezwitscher und das abendliche Läuten der Glocken erfüllten den Garten. Vor Kurzem musste es geregnet haben, denn vom Dach fielen noch einzelne Tropfen in eine Holzschale, die neben einem Pflaumenbaum stand. Das Platschen fügte sich harmonisch in das Lied der Natur ein. Über den Bäumen zog ein Vogel seine Bahn, um dann im satten Grün zu landen.

Verglichen mit der friedlichen Stimmung, die im Garten herrschte, war es im Kanrin selbst geradezu unruhig. Diener liefen geschäftig hin und her, aufgebrachte Stimmen waren zu hören, das Klappern von Geschirr sowie das verängstigte Getschilpe eines Vogels, der die Gäste eigentlich mit seinem Gesang hätte unterhalten sollen. An der Tür zum Ostflügel standen abermals zwei Soldaten. Sie beäugten die Neuankömmlinge misstrauisch und hätten sie wohl aufgehalten, wenn Rekar nicht vorher abgebogen wäre.

»Wann willst du in den Giharwald aufbrechen?«, erkundigte sich Sayunaro, als sie den langen Gang zum anderen Ende des Hauses durchquerten.

»Auf der Stelle«, antwortete dieser und winkte einen Diener heran. »Bringe meine Gäste bitte in ein freies Zimmer und sorge dafür, dass es ihnen an nichts mangelt.«

»Wenn du mich fragst«, sagte Grizzly, »sollten wir dich begleiten.«

»Nein!«, erwiderte Rekar unwirsch, dem die wiederholten Hilfsangebote allmählich zum Hals heraushingen. »Das geht nur die Familie meines Herrn etwas an. Niemand von ihnen will, dass Außenstehende ihre Nase in ihre Angelegenheiten stecken. Abgesehen davon wird mich eine bewaffnete Einheit begleiten. Macht euch um mich also keine Sorgen.« Er deutete ein Lächeln an. »Wenn ich wieder da bin, finden wir sicher Zeit für ein kleines Schwätzchen.«

Es folgte ein letztes Nicken, dann war er weg.

Der Diener führte sie durch ein wahres Labyrinth zu einer Tür, schob sie zurück, verneigte sich und zog ab. Grizzly betrat den Raum als Erster – und stieß einen anerkennenden Pfiff aus. Ein riesiger Saal mit großem Fenster zum Garten und drei weiteren Türen zu kleineren Nebenräumen. In der Mitte sprudelte ein kleiner Springbrunnen, in dessen Becken Goldfische schwammen.

Sie hatten noch gar nicht alles bewundert, als bereits weitere Diener einen flachen Tisch hereintrugen, auf dem Schalen voller Essen standen. Nachdem sie ihn neben dem Brunnen abgestellt hatten, zogen sie sich lautlos zurück.

»Von mir aus soll Rekar ruhig allein nach diesem verschwundenen Tunichtgut suchen«, stieß Grizzly aus, machte es sich auf den Kissen bequem und griff nach dem Essen. »Er schafft das schon. Schließlich hat er wirklich viel Erfahrung.«

»Trotzdem ...«, hielt Ray dagegen und trat ans Fenster. »Der Giharwald lädt nicht gerade zum Spazieren gehen ein.«

»Sie brauchen einen persönlichen Beschwörer, damit kein Außenstehender von ihren Belangen erfährt«, murmelte Sayunaro. Er hatte sich auf den Beckenrand des Springbrunnens gesetzt und beobachtete die Fische, die in Erwartung von Futter auf ihn zugeschwommen kamen. »Das sieht dem verehrten Herrn Garru mal wieder ähnlich ...«

»Du kennst ihn?«, fragte Ray.

Das Leben, das Sayunaro geführt hatte, bevor er in den Tempel gekommen war, lag für ihn immer noch im Dunkeln. Deshalb sog er jede Einzelheit gierig auf.

»Ich habe ihn ein paarmal gesehen. Er verkehrt im Haus meines Vaters.«

Schweigen breitete sich aus. Ray beobachtete durchs Fenster, wie Rekar in Begleitung des Offiziers eilig aufs Tor zuhielt, wo die Lanzenträger warteten.

Der Wirt des Kanrins – wie alle Männer aus Datido ein breitschultriger Riese – suchte die Beschwörer persönlich auf, um sich zu erkundigen, ob alles zu ihrer Zufriedenheit sei.

Der Mann wirkte ausgesprochen bedrückt. Grizzly lud ihn sofort ein, Platz zu nehmen, und fragte ihn seinerseits nach seinem Befinden.

Zunächst wollte der Wirt nicht recht mit der Sprache herausrücken, antwortete nur einsilbig und schielte immer wieder ängstlich zur Tür hinüber, doch Grizzly wusste jede Nuss zu knacken und brachte selbst den verschlossensten Menschen zum Reden.

Eine Schale mit leichtem Pflaumwein in der einen Hand, Essstäbchen in der anderen, redete sich der Mann seinen Kummer vom Herzen.

»Dieser Junge war für mich ein Gast wie jeder andere auch!«, klagte er. »Da nehm ich ihn doch nicht ins Verhör, weshalb er mein Kanrin aufsucht! Als ob ich nichts Besseres zu tun hätte!«

Grizzly nickte bekräftigend: In der Tat, das durfte niemand von dem armen Mann verlangen.

»Erst hat er bloß in seinem Zimmer gehockt«, fuhr der Wirt fort, angespornt von Grizzlys Anteilnahme. »Dann war er plötzlich weg. Natürlich habe ich angenommen, er würde durch den Garten spazieren oder sich die Stadt ansehen. Außerdem haben wir ein recht bekanntes Freudenhaus, die *Zwei Reiher*, da verbringen meine Gäste gelegentlich nicht nur eine Nacht, sondern eine geschlagene Woche. Woher hätte ich also wissen sollen, dass er in den Wald geht?!«

Grizzly nickte eifrig und schenkte ihm Wein nach.

»Und jetzt wirft man mir vor«, lamentierte der Wirt weiter, dessen Gesicht bereits rot vom Wein leuchtete, »ich hätte ihn besser im Auge behalten sollen! Aber hat mir der junge Herr vielleicht verraten, wer er ist oder was er vorhat?! Was, wenn er seinem Leben ein Ende setzen wollte?! Das kommt hier oft genug vor ...« Er biss sich auf die Zunge.

Sayunaro warf Ray einen vielsagenden Blick zu.

»Ihr zieht einen Selbstmord in Betracht?«, wandte sich dieser an den Mann. »Warum das?«

Der Wirt sah ihn finster an.

»Wir werfen Euch bestimmt nicht das Geringste vor«, beteuerte Grizzly. »Solche Geschichten tragen sich in jeder Stadt zu. Mal gehen die Menschen in den Wald, mal ins Wasser. Es zieht sie geradezu magisch an Orte, die sie besser meiden sollten. Und hier begibt man sich also in den Giharwald?«

Der Wirt schielte abermals zur Tür. Er wollte unbedingt über das reden, worüber man sonst nur hinter vorgehaltener Hand sprach.

»Das ist eine alte Geschichte. Ich kenne sie von meinem Großvater. Da gab es mal sehr bittere Zeiten. Erst ein Winter mit schlimmen Frösten, dann ein Sommer mit furchtbarer Hitze, über das ganze Jahr kaum Regen. Von Ernte konnte da keine Rede sein. Deshalb haben viele Familien ihre Alten und kleinen Kindern in den Giharwald gebracht. Damit sie nicht noch mehr Mäuler stopfen mussten. Wahrscheinlich habt Ihr davon gehört. Einige Menschen sind damals auch freiwillig in den Wald gegangen, weil sie niemandem zur Last fallen wollten. Und später dann ... da ist man nur noch in diesen Wald gegangen, um seinem Leben ein Ende zu setzen. Angeblich kommen sogar Menschen aus anderen Provinzen her, um dort ...«

Er verstummte und stierte traurig in seine leere Schale. Grizzly war jedoch so in Gedanken versunken, dass ihm dieser Blick entging.

»Wirkte der junge Mann denn wie jemand, der seinem Leben ein Ende setzen wollte?«, erkundigte sich Ray.

»Würde ich eigentlich nicht behaupten«, antwortete der Wirt.

»Aber wer kann schon sagen, was in einem Menschen vorgeht. Vielleicht ist er ja einfach im Giharwald spazieren gegangen und dann haben ihn sich die Geister geschnappt. Angeblich sollen die dort ihr Unwesen treiben. Nach der Geschichte damals …«

»Möglich wäre es«, bemerkte Sayunaro, der unverwandt ins Wasser des Springbrunnens schaute.

»Dann werd ich mal wieder«, kündigte der Wirt an.

»Habt Dank für alles, guter Mann«, sagte Grizzly und erhob sich ebenfalls. »Ich begleite Euch noch ein Stückchen, ich muss mir die Füße vertreten.«

Er schnitt im Rücken des Mannes eine Grimasse und verließ das Zimmer.

»Und?«, wandte sich Sayunaro an Ray. »Was sagst du dazu?«

»Keine Ahnung. Rekar wird uns mehr erzählen können, wenn er den jungen Mann zurückbringt.«

»Das meine ich nicht«, unterbrach ihn Sayunaro. »Aber Grizzly hat doch mit dir über mich gesprochen, oder?«

»Er macht sich Sorgen, denn ihm ist aufgefallen, dass du dich verändert hast. Diese Entwicklung behagt ihm genauso wenig wie mir. Nun hofft er drauf, dass Meister Hyeon dir helfen kann.«

»Was meinst du? Kann er das?«

»Zunächst hatte ich meine Zweifel, aber inzwischen habe ich darüber nachgedacht. Warum eigentlich nicht? Der Shiisan lässt sich zwar nicht aus dir vertreiben, aber bestimmt kann man ihn in die Knie zwingen. Es gibt keinen Geist, dem wir Beschwörer nichts entgegenzusetzen hätten.«

Sayunaro schüttelte lächelnd den Kopf.

»Bleibt die Frage«, sagte er, »ob Meister Hyeon mir überhaupt helfen will.«

»Das will er mit Sicherheit.«

»Warten wir's ab«, entgegnete Sayunaro und starrte wieder ins Wasser. »Danke übrigens für den Kujun neulich. Er hat mir sehr geholfen.«

»Gern geschehen«, erwiderte Ray.

Grizzly blieb ziemlich lange weg. Als er zurückkehrte, schien er vor Aufregung zu platzen.

»Stellt euch das vor!«, rief er. »Der Bruder des Statthalters weiß von der ganzen Geschichte noch gar nichts. Er weilt zurzeit in Warra. Seine Frau ist mit dem Sohn in ihrem Palast auf dem Land geblieben. Irgendwas muss den Jungen dann bewogen haben, diesen zu verlassen, sich hier ein Zimmer zu nehmen und dann in den Wald zu gehen.« Er sah seine Freunde verschwörerisch an. »Meint ihr nicht auch, wir sollten uns dieses Zimmer einmal ansehen? Vielleicht entdecken wir ja etwas, das uns verrät, warum er verschwunden ist.«

»Hat man uns nicht deutlich zu verstehen gegeben«, erwiderte Sayunaro, »dass wir uns nicht in diese Sache einmischen sollen?«

Das Leuchten in seinen Augen strafte diese Bedenken freilich Lügen.

»Wir mischen uns ja auch gar nicht ein«, hielt Grizzly vergnügt dagegen. »Wir vertreiben nur unsere Langeweile.«

»Zu schade, dass uns das kein Geld einbringt«, bemerkte Ray mit theatralischem Seufzer. »Einmal mehr soll uns unsere Arbeit nicht in klingender Münze entgolten werden.«

»Wenn ihr nicht wollt, lassen wir es halt«, brummte Grizzly. »Dann bleiben wir eben brav auf unserer Schilfmatte hocken und legen die Hände in den Schoß.«

»Ist ja schon gut«, meinte Ray lachend. »Wie willst du denn in das Zimmer kommen?«

Grizzly schnalzte triumphierend mit der Zunge und zog aus seiner Tasche einen Schlüssel, der an einer langen Kette baumelte.

»Ich verkneife mir die Frage, woher du den hast«, sagte Ray.

Um nicht irgendwelchen Dienern oder gar den Wachtposten in die Arme zu laufen, kletterten die drei aus dem Fenster in den Garten. Der Wind fegte die letzten Regentropfen von den Ästen und brachte die Glöckchen zum Bimmeln. Zwischen feinen Rissen in der Wolkendecke bohrten sich scheu einige Sonnenstrahlen hindurch, die in den kleinen Teichen und in den Brunnen leuchtende Punkte entstehen ließen. Sobald sich diese Risse schlossen, erloschen die Funken. Es war fast, als lächelte der Garten kurz, nur um dann wieder mit finsterer Miene dreinzuschauen.

Im Schutz der vielen dichten Büsche umrundeten die drei das Haus. Grizzly hatte sich mit der Anlage bereits vertraut gemacht und blieb vor einem breiten Fenster stehen. Er sah sich um, öffnete den Laden und kletterte übers Fensterbrett ins Haus. Sayunaro und Ray folgten ihm.

Sie fanden sich in einem schmalen Gang wieder, unmittelbar vor einer Tür, die mit Lilien und Schilf bemalt war. Rechts lag der Saal mit den Schwimmbecken, links standen zwei Posten, die ihnen den Rücken zugekehrt hatten.

Mit einem angespannten Blick auf diese Männer zog Grizzly vorsichtig den Schlüssel aus der Tasche, schloss auf und schob die Tür lautlos zur Seite. Die drei huschten in den Raum und schlossen die Tür sofort wieder.

Das Zimmer war recht klein. Wieso hat ein junger Mann aus einer reichen Familie sich für eine solche Abstellkammer entschieden?, überlegte Ray.

Das Hab und Gut des Jungen musste man entweder längst fortgebracht haben, oder er hatte ohne Gepäck hier Quartier genommen.

Vor einer Wand hatte ein Tisch mit Schreibutensilien seinen Platz: Wachs, ein Stapel Papier und ein unangespitzter Griffel. Nichts davon war benutzt worden. Die gegenüberliegende Wand zierte ein Bild in dunklem Blau, eine nächtliche Gartenszenerie, davor standen in einer Vase einige weiße Lilien. Das war's.

Ray öffnete den Schrank – und fuhr zurück. Aus dem Dunkel sahen ihn zwei runde traurige Augen an, die von langen geschwungenen Wimpern umrandet wurden.

»Du hast mir vielleicht einen Schrecken eingejagt!«, stieß Ray leise aus. »Hättest du dir nicht ein anderes Plätzchen suchen können?«

Der Hausbold fauchte und spielte sich auf wie ein wütender Kater: Er hämmerte mit seinen winzigen, kräftigen Pfoten derart auf das Regalbrett ein, dass ein einsamer grauer Anzug auf seinem Bügel ins Schaukeln geriet.

»Hör mit dem Gepolter auf, Ray!«, knurrte Grizzly, der gerade den Tisch untersuchte. »Sonst haben wir gleich das ganze Kanrin hier!«

»Das bin ich gar nicht«, entgegnete Ray, während er mit einem Lachanfall kämpfte. »Das ist ein Hausbold.«

Bei diesen Worten zog der Geist eine Grimasse und fing an, die Wand zu zerkratzen.

»Wieso bist du denn so aufgebracht?«, murmelte Ray und wollte das pelzige Wesen beiseiteschieben.

»Wenn du mich fragst«, sagte Sayunaro, »missfällt ihm dieses Brett in der Wand.«

Sayunaro drückte sacht dagegen. Ein Geheimfach. Es enthielt ein altes Buch. Als Ray es herauszog, spürte er eine schwache, aber unangenehme Kraft. Eine solche Aura bildet sich nur, wenn ein Stück lange an einem verfluchten Ort oder bei der Leiche eines ermordeten Menschen gelegen hat.

Der Hausbold fauchte noch lauter und wollte mit seinen spitzen, kleinen Zähnen über den Band herfallen. Mit aller Entschiedenheit verlangte Ray, er solle jetzt Ruhe geben.

»Umfassende Handreichung nebst Illustrationen, wie dem eigenen Leben ein Ende zu setzen ist«, las Sayunaro den Titel vor.

»Was für eine Sauerei!«, stieß Grizzly angewidert heraus.

»Wer hat das hier versteckt?«, wandte sich Ray an den Hausbold, der mit gesträubtem Schwanz durchs Zimmer stolzierte und für das Buch nur finsterste Blicke übrig hatte.

Auf Rays Frage hin sprang er zurück in den Schrank und fing an, den Anzug zu zerfetzen.

»Also der Neffe des Statthalters selbst«, übersetzte Sayunaro dieses Treiben. »Ich fürchte, Rekar wird zu spät kommen.«

»Verschwinden wir jetzt besser!«, verlangte Grizzly.

Sie schlossen die Schranktür, stahlen sich in den Gang hinaus und kletterten abermals durchs Fenster.

Sobald sie wieder in ihrem Zimmer waren, blätterte Ray das nach Schimmel riechende Buch durch. Schon auf den ersten

Seiten begegnete ihm eine Beschreibung, in welcher der Giharwald als malerischer und romantischer Ort gepriesen wurde, der hervorragend geeignet sei, um vom Leben Abschied zu nehmen.

»Kein Wunder, dass der Hausbold so aufgebracht war«, sagte er und reichte das Buch an Sayunaro weiter. »So ein Machwerk wollte ich auch nicht im Haus haben. Fast könntest du ja meinen, aus dem elenden Werk würde in ein paar Monaten irgendeine widerliche Kreatur herauskriechen.«

»Wer schreibt denn solchen Schund?«, entfuhr es Grizzly. »Und dieser Tunichtgut liest den auch noch! Und dafür darf Rekar nun sein Leben im Giharwald aufs Spiel setzen!«

»Das ist eine uralte Abhandlung«, stellte Sayunaro fest, der sich nahezu unbeteiligt die Abbildungen besah, die in allen Einzelheiten verschiedene Möglichkeiten des Selbstmords veranschaulichten. »In der Vergangenheit erfreute sich dergleichen einer gewissen Beliebtheit.«

»Wir riskieren unser Leben, um Menschen zu retten«, knurrte Grizzly nur, »und solche Narren werfen sich dem Tod freiwillig in den Rachen.«

»Ob wir diesen Fund melden sollten?«, fragte Ray.

»Rekar ist doch längst aufgebrochen.«

Vor der Tür war ein taktvolles Hüsteln zu vernehmen. Sayunaro steckte das Buch in seinen Reisesack, auch wenn er damit Gefahr lief, sich erneut den Zorn des Hausbolds zuzuziehen. Schon wurde die Tür zur Seite geschoben, und ein Diener betrat den Raum.

»Wenn Ihr mir bitte folgen würdet«, sagte er. »Man wünscht mit Euch zu reden.«

»Das wird ja immer hübscher«, murmelte Grizzly und erhob sich. »Da dürfen wir wohl gespannt sein, wer uns sehen möchte.«

Der Diener brachte sie in den Teil des Kanrins, wo die Posten aufgestellt waren. Die Soldaten beäugten die drei misstrauisch.

Der Bediente schob eine mit Vögeln und Blumen bemalte Tür zur Seite, ließ sie eintreten und schloss die Tür wieder.

In der ersten Sekunde meinte Ray, hinaus in den Garten geführt worden zu sein. Die golden schimmernden Dielen ließen Platz für einen Teich, um ihn wuchsen weiße Lilien. Auf dem Wasser schwammen zwei Reiher. Die langen Zweige einer Weide schaukelten sanft im Wind und hinterließen auf der spiegelglatten Oberfläche silbrige Streifen. Von der hohen Decke hingen Efeuranken voller kleiner Blüten herab. Der Teetisch versank nahezu im Gras. Hier wuchsen Trollblumen, die ein wenig wie Glockenblumen aussahen. Ein starker Duft von Magnolien hing in der Luft.

Inmitten dieser Pracht machte Ray die Frau, die in einem blendend weißen, weitärmeligen Kleid auf einem Kissen neben der Weide saß, nicht auf Anhieb aus. Das dicke rötliche Haar war aufwendig frisiert worden, darauf thronte ein kleiner Hut mit zwei zarten Federn. Das einnehmende Gesicht mit den klaren Augen gab das Alter der Dame nicht preis. Sie hielt den Kopf leicht geneigt, der schmale Hals wirkte wie ein spröder Ast. Als sich die drei vor ihr verbeugten, lächelte sie ihnen herzlich zu.

»Ihr seid also die Beschwörer, die Herr Rekar mitgebracht hat?«, fragte sie mit melodischer Stimme, während ihr trauriger Blick von einem zum anderen wanderte. »Es freut mich, euch kennenzulernen.«

Als sie erneut lächelte, machte Ray in ihren Augen zu seiner Überraschung ein kleines Feuerchen aus. Ihre Zerbrechlichkeit ist bloß eine Maske, schoss es ihm durch den Kopf. Dahinter versteckt sich eine willensstarke, unerschrockene Frau. Die gegenwärtig äußerst besorgt ist, dies aber um jeden Preis verbergen will.

»Ihr dürftet im Bilde darüber sein, was sich hier zugetragen hat«, fuhr sie fort. »Und noch immer hat Herr Rekar mir meinen Sohn nicht zurückgebracht.«

»Gebt ihm noch etwas Zeit. Eine solche Suche kann länger dauern, als Ihr annehmt«, sagte Ray.

»Möglich«, erwiderte sie und strich eine Locke zurück, die sich gelöst hatte. »Dennoch würde ich mich gern auch eurer

Dienste versichern. Falls Herr Rekar scheitert, müsst ihr mir meinen Sohn zurückbringen.«

»Wisst Ihr«, fragte Sayunaro zurück, »dass Euer Sohn die *Umfassende Handreichung nebst Illustrationen, wie dem eigenen Leben ein Ende zu setzen ist* gelesen hat?«

»Nein«, antwortete die Frau. Auf ihrer Stirn bildete sich eine tiefe Falte. Sie ist doch nicht mehr ganz so jung, hielt Ray für sich fest. »In unserer Bibliothek gibt es ein solches Buch ganz bestimmt nicht.«

»Wir haben es hier in seinem Zimmer gefunden. Da drängt sich der Verdacht auf, dass er in den Giharwald gegangen ist, um sein frisch erworbenes Wissen in der Praxis anzuwenden.«

»Herr Sayunaro«, erwiderte die Frau mit leiser, aber stahlharter Stimme. »Dergleichen würde meinem Sohn mit Sicherheit niemals einfallen.«

Grizzly warf Ray einen fragenden Blick zu: Woher bitte weiß diese Dame Sayunaros Namen?

»Er ist ein glücklicher junger Mann, der keine Sorgen kennt. Er hat überhaupt keinen Grund …« Sie verstummte, überwand ihre Schwäche aber augenblicklich. »Was Ihr da andeutet, ist einfach undenkbar.«

»Und weshalb ist er dann in den Giharwald gegangen?«

»Das kann ich Euch beim besten Willen nicht sagen.«

»Verzeiht mir, Herrin Azinami, aber das kann ich nicht glauben. Ihr kennt Euren Sohn besser als jeder andere Mensch, Euch muss doch etwas an ihm aufgefallen sein …«

»Ihr seid noch sehr jung und unerfahren, Sayunaro«, entgegnete sie mit einem angedeuteten Lächeln. »Allein aus diesem Grund seid Ihr zu einem solchen Schluss gelangt.« Sie atmete tief durch und fügte dann in hartem Ton hinzu: »Helft Rekar, meinen Sohn zu finden! Eure Unterstützung werde ich Euch großzügig entgelten. Solltet Ihr jedoch recht haben, und mein Sohn hat seinem Leben ein Ende gesetzt, dann bringt mir zumindest seine Leiche.«

»Warum vertraut Ihr Eurem Beschwörer nicht?«, hakte Ray nach.

»Oh, ich vertraue ihm vorbehaltlos, sonst würde er niemals in unseren Diensten stehen«, antwortete sie ruhig. »Laut Rekar seid ihr jedoch sehr junge und unerfahrene Beschwörer. Deshalb dürfte er aus purem Stolz auf eure Hilfe verzichtet haben. Doch die Zeit läuft uns davon. Je länger mein Sohn verschwunden bleibt, desto geringer sind die Aussichten … auf Erfolg.«

»Das stimmt«, bemerkte Ray. »Die Zeit ist in der Tat das, was wir vor allem im Auge behalten müssen.«

»Deshalb wende ich mich auch nicht an den Orden. Jede Hilfe von dort käme zu spät. Ihr seid also meine letzte Hoffnung.« Sie sah Ray an, anscheinend hielt sie ihn für den Sprecher ihrer Gruppe. »Darf ich auf euch zählen?«

»Ja.«

Sie neigte den Kopf zu einem schweigenden Dank.

»Ich hätte darauf wetten sollen, dass wir am Ende doch in den Giharwald krauchen«, stieß Grizzly aus.

»Diese Ahnung hatten wir wohl alle, und leider hat sie uns nicht getrogen«, erwiderte Sayunaro, während sie ihr Zimmer betraten. »O nein!«, stieß er wütend aus. »Der hat mir jetzt gerade noch gefehlt!«

Der Hausbold fauchte in einem fort und zerrte an Sayunaros Reisesack.

»He, du Dummkopf, hältst du Sayunaros Gepäck vielleicht für einen Hund?«, brachte Grizzly unter schallendem Gelächter heraus. »Schaffen wir das Buch aus dem Haus, sonst gibt dieser Rabauke nie Ruhe!«

Sayunaro löste den störrischen Geist behutsam von seinem Reisesack, zog den Band heraus, schnappte sich eine Stoffserviette vom Tisch, wickelte ihn darin ein und stopfte ihn in seinen Hosenbund. Der Hausbold fauchte noch ein wenig weiter und wollte schon durch die Wand ins Nebenzimmer verschwinden, als eine Stimme und rasche Schritte erklangen. Neugierig, wie dieser Geist war, überlegte er es sich anders. Er verwandelte sich in einen grauen Fleck, der für einen gewöhnlichen Menschen kaum zu erkennen war.

Die Tür wurde zur Seite geschoben, und ein Mann in Uniform betrat das Zimmer. Er hatte ein noch junges Gesicht, doch in seinem kurz geschnittenen, dunklen Haar schimmerten bereits die ersten grauen Strähnen. Das Zeichen an seinem Ärmel wies ihn als Offizier aus.

»Mir wurde mitgeteilt, dass ihr die zweite Einheit in den Giharwald begleitet«, sagte er.

Ray, der seine Jacke aus dem Reisesack gefischt hatte, hätte zu gern erst einmal gewusst, was es mit dieser zweiten Einheit auf sich hatte.

»Nein«, erklärte er aus einer Laune heraus, »wir gehen mit der dritten.«

»Falsch«, fuhr der Offizier fort. »Meine Männer und ich, wir begleiten euch.«

»Das ist nicht nötig«, verkündete Sayunaro, der verstohlen den Hausbold von sich stieß, weil dieser bereits wieder in seiner alten Gestalt das Buch mit den Krallen bearbeiten wollte. »Wir brauchen keine Begleitung.«

»Denn Ihr wollt ja wohl nicht behaupten«, wandte sich Grizzly an den Mann, »dass Ihr uns gegen Geister schützen könnt?«

»Im Wald gibt es nicht nur Geister«, erwiderte der Offizier. »Ihr erledigt euren Teil der Arbeit, wir unseren.«

Ohne weitere Nachfragen zuzulassen, machte er auf dem Absatz kehrt und stiefelte hinaus.

»Was zieht die bloß alle in den Wald?«, fragte Ray verärgert.

»Ich würde viel lieber wissen, welche Wesen sich dort noch herumtreiben sollen«, bemerkte Sayunaro.

Sie brachen umgehend auf und hielten unter den neugierigen Blicken der Diener auf den Ausgang des Kanrins zu.

Der Offizier gab gerade fünf Soldaten letzte Anweisungen. Die Männer – große, kräftige Kerle aus Datido – trugen Schwerter, Lanzen und Wurfmesser. Ihre schwarzen Lederjacken waren mit Riemen gegürtet, die eng anliegenden Hosen steckten in hohen Stiefeln. Ihren Kopf schützte ein Lederhelm, den sie tief in die Stirn gezogen hatten. Sie alle machten einen bedrohlichen Eindruck. Diese Männer würden ihr Leben ohne Frage teuer verkaufen. Trotzdem meldete sich Rays innere Stimme zu Wort.

»Herr …«, wandte er sich an den Offizier.

»Montaro.«

»Herr Montaro, wir haben weder die Zeit noch die Möglichkeit, Euch und Eure Männer zu schützen«, fuhr Ray fort. »Deshalb würde ich es begrüßen, wenn Ihr hierbliebet.«

Fast die Worte Rekars …

»Ich habe meine Befehle«, entgegnete Herr Montaro in einem Ton, der keinen Widerspruch duldete. »Daran halte ich mich.«

»Dann sei es eben so«, brummte Grizzly. »Vielleicht ist das ja tatsächlich nicht das Schlechteste.«

Sayunaro zuckte die Achseln, als wollte er sagen: Was streitest du mit einem Soldaten. Er hat seine Befehle, die führt er aus.

»Gut«, strich Ray die Segel, denn er wollte auf keinen Fall noch mehr Zeit verlieren.

Die Straße zum Giharwald führte vorbei an prachtvollen Gärten. Hinter aufwendig gearbeiteten Zäunen ragten die weißen, gelben und violetten Kronen von Bäumen auf. Hier und da gab es auch Gemüsebeete, in denen Bauern arbeiteten. Sobald sie den kleinen Trupp sahen, hielten sie in ihrem Tun inne und musterten ihn neugierig. Grizzly beäugte sie misstrauisch, Sayunaro bemerkte sie gar nicht, denn er war in die Lektüre des Buches über die Selbstmordmöglichkeiten vertieft. Wie er das schaffte, ohne zu stolpern oder jemanden anzurempeln, hätte er wohl selbst nicht zu sagen vermocht.

»Was für Wesen hausen denn nun noch im Giharwald?«, wollte Ray von Montaro wissen.

»Wesen, die keine Magie fürchten«, antwortete dieser.

»Ihr sprecht von wilden Tieren?«

»Unter anderem.«

»Von welchen sonst noch?«

»Von noch anderen.«

»Wir müssen wissen, mit wem wir es zu tun bekommen«, entgegnete Ray nun nicht mehr ganz so geduldig. »Ihr stillt also keine unangebrachte Neugier.«

Nach diesen Worten lief Montaro eine ganze Weile schweigend neben Ray her.

»Wir nennen sie Todesstimmen«, rückte er schließlich mit der Sprache heraus. »Es sind gefährliche Kreaturen, aber keine Geister. Diese Kreaturen locken die Menschen in den Wald, um sie dort zu fressen ...« Er zeigte auf einen Abzweig. »Hier lang!«

»Todesstimmen, sagt er?«, wandte sich Sayunaro in zweifelndem Ton an Ray. »Hast du je von solchen Geschöpfen gehört?«

»Nein.«

Die kleine Einheit musste nun allerdings einen schmalen Abschnitt im Gänsemarsch bewältigen, sodass jedes Gespräch erstarb. Zu beiden Seiten des Weges wuchsen Johannisbeersträucher, deren Blätter im Wind zitterten. Dazwischen machte Ray winzige Äuglein aus, die sie neugierig beobachteten. Etwa entenkükengroße Geister, die in den Büschen herumkletterten und sich versteckten, sobald man sie entdeckte.

Als einer der Soldaten einen Strauch streifte, antwortete ihm aufgewühltes Geschmetter, das an das Zirpen von Zikaden erinnerte. Sie folgten nun einem breiteren Pfad, der in einen gewöhnlichen Wald mündete. Fahrrillen bewiesen, dass ihn früher auch Wagen genutzt hatten, doch diese Zeiten waren längst vorbei.

»Hör auf, diesen Mist zu lesen!«, fuhr Grizzly nach einer Weile Sayunaro an, der die Seiten so geschmeidig umblätterte, als säße er in einer Bibliothek.

»Vielleicht stoße ich ja auf etwas, das uns von Nutzen ist«, erwiderte er, ohne den Blick von den Zeilen zu lösen.

»Klar«, brummte Grizzly und drehte sich Ray zu. »Wie er sich am besten die Gedärme rausreißt, das findet er heraus. Nützlicher geht es ja gar nicht! Und die rechte Umgebung für seine Leserei hat er sich auch ausgesucht. Wenn wir erst mal im Giharwald sind und ihm dann allerlei Gedanken in den Kopf krauchen, wird er ...«

»Mir krauchen keine Gedanken in den Kopf«, fiel Sayunaro ihm ins Wort. »Niemals.«

Die Soldaten warfen ihnen immer mürrischere Blicke zu.

»Ich sag es euch gleich!«, warnte Montaro sie, der eigens auf sie gewartet hatte. »Im Giharwald wird weder gepoltert noch geschwatzt. Wir wollen da nicht auffallen. Niemand stürmt voraus, niemand bleibt zurück. Habe ich mich klar und deutlich ausgedrückt?«

»Wer von uns ist denn hier eigentlich der Beschwörer?«, flüsterte Grizzly Ray zu. »Als ob wir nicht wüssten, was bei einem Haufen Geister ringsum zu tun ist.«

Doch Ray ging nicht auf ihn ein.

»Selbstverständlich werden wir uns ruhig verhalten«, antwortete Sayunaro für sie alle, unterbrach seine Lektüre aber nicht einmal.

»Dann fangt am besten gleich damit an!«, schloss Montaro und stürmte wieder an die Spitze des kleinen Zuges.

Die drei sahen ihm amüsiert nach, verkniffen sich aber jede Bemerkung.

Mittlerweile nahmen Bäume den Weg fest in die Zange. Die Luft roch feucht, irgendwo rauschte Wasser. Der Himmel bezog sich wieder, sodass die dunkelgrüne Wand des Waldes noch finsterer wirkte.

Plötzlich traten einige bewaffnete Männer mit Hunden aus dem Schatten der Bäume heraus. Die grauen Tiere mit den kräftigen Pfoten und dem breiten Brustkorb wurden zu ihrem offenkundigen Verdruss an kurzen Leinen gehalten. Sie schnupperten eifrig, sträubten das Nackenfell und musterten die Fremden misstrauisch. Vor allem Sayunaro erregte ihr Missfallen. Dieser klappte in aller Gemütsruhe sein Buch zu und steckte es wieder hinter seinen Gürtel.

Montaro befahl, stehen zu bleiben, ritt der Patrouille entgegen, besprach etwas mit einem der Soldaten und nickte seinen Männern zu. Daraufhin setzten sich alle wieder in Bewegung.

Als sie an dem Trupp vorbeizogen, fielen Ray die erschöpften Gesichter der Männer auf.

»Viel Glück!«, wünschte ihm einer, als er seinen Blick auffing.

Ray nickte wortlos.

Sie marschierten mindestens eines Stunde weiter, ohne dass sich der Wald um sie herum irgendwie verändert hätte. Tannen, Kiefern und Espen, allesamt mit Moos überwachsen. Dann wurde es schlagartig noch düsterer. Ihre Schritte hallten laut wider. Die Anspannung war förmlich mit Händen zu greifen.

Montaro wandte sich zu ihnen zurück.

»Wir nähern uns der Grenze zum Giharwald«, erklärte er.

»Nein, wir sind schon da«, widersprach Ray, den eine immer stärkere Unruhe packte.

Das klang vermutlich sehr überzeugend, denn Montaro entgegnete nichts darauf. Er erteilte seinen Soldaten knappe Befehle und schärfte den drei Beschwörern dann noch einmal ein: »Keinen Ton!«

»Sie werden uns trotzdem hören«, erklärte ihm Sayunaro, der die kalte Luft tief einsog. Sie roch nach Tannennadeln, feuchter Erde und weit zurückliegendem Tod.

»Wer soll uns hören?«, fragte der Soldat, der neben Ray herlief. Er versuchte, möglichst ruhig zu wirken, aber seine Augen funkelten besorgt unter seinem Lederhelm hervor.

»Diejenigen, denen nicht mit Stahl beizukommen ist«, antwortete dieser. Er wollte die Angst des Mannes zwar nicht schüren, doch eine andere Antwort fiel ihm auf die Schnelle nicht ein. »Da drüben steht zum Beispiel eine solche Kreatur.«

Die Männer verlangsamten den Schritt, legten die Hand auf den Schwertgriff und spähten in den Schatten zwischen den Tannen. Doch sie sahen nichts.

»Was soll da sein?«, flüsterte Montaro.

»Ein alter Mann«, antwortete Sayunaro ihm. »Er beobachtet Euch.«

»Mich?«

»Ist aus Eurer Familie vielleicht jemand hierher in den Giharwald gebracht worden, damit er elendig verhungert?«, erkundigte sich Grizzly geradezu beiläufig.

»Nein«, fauchte Montaro.

Ray sah noch einmal zu dem Geist hinüber, doch der war bereits verschwunden.

»In meiner Familie ist das vorgekommen«, bemerkte ein Soldat, der noch breitere Schultern besaß als Grizzly. »Und was heißt das jetzt für mich?«

»Nichts weiter«, beruhigte ihn Ray. »Aber sie sind vielleicht nicht unbedingt einverstanden damit gewesen, dass man sie in diesem Wald hat sterben lassen.«

»Soll ich jetzt etwa für das Verhalten meiner Vorfahren büßen?«

»Psst!«, verlangte Montaro. »Könnt Ihr dieses Geschöpf vertreiben?«

»Es ist bereits weg«, erklärte Ray.

»Wenn Ihr Euch einen Spaß mit uns erlauben wollt«, fauchte Montaro mit finsterer Miene, »dann merkt Euch eins: Das ist weder der Ort noch die Zeit dafür!«

Er setzte sich wieder an die Spitze und bedeutete seinen Männern, ihm zu folgen.

»Ja glaubt der etwa, wir würden scherzen?«, ereiferte sich Grizzly.

»Was regst du dich auf? Wir sehen Geister, diese Männer nicht«, erwiderte Sayunaro. »Und sie haben keine Möglichkeit zu überprüfen, ob wir die Wahrheit sagen. Deshalb sind sie misstrauisch.«

»Verliert nicht den Anschluss!«, zischte Montaro.

»Gehen wir«, sagte Ray. »Die Zeit läuft uns wirklich davon.«

Der schmale Weg führte bald kleinere Hügel hinauf, bald in Senken hinunter. Äste, Laub und Moos überzogen den Boden. Auch Baumwurzeln hatten sich hier und da ihren Weg ins Freie gebohrt. Verschlungen, wie sie teils waren, erinnerten sie an Taue. Die knorrigen Stämme zeigten sich in ein Moosgewand gekleidet.

Die Stille drückte auf ihre Ohren. In diesem Wald gab es keine Geräusche, kein Vogelgezwitscher, kein Rascheln von Eichhörnchen. Nicht einmal Wind ging hier.

Sie alle meinten, in ihrem Rücken lauere jemand, schleiche ihnen nach, verstecke sich hinter den Bäumen, beobachte sie …

Die Soldaten sahen sich immer wieder um, ihre Hand schien nun mit dem Schwertgriff verwachsen zu sein.

»Wohin führt dieser Pfad eigentlich?«, fragte Ray, und seine Stimme vertrieb für einen flüchtigen Augenblick die Anspannung.

»Zu einer Kreuzung mit einem großen Felsbrocken«, antwortete Sayunaro. »Da müssen wir nach links.«

»Hast du das in deinem Buch gelesen?«, höhnte Grizzly.

Ray überlegte kurz, ob er sich an den Soldaten, dessen Vorfahren in diesem Wald gestorben waren, wenden sollte. Der Mann musste die hiesigen Bräuche doch kennen und daher wissen, wohin Selbstmörder sich begaben. Er sprach ihn darauf an.

»Ja«, antwortete der Soldat, »in der Regel nehmen sie diesen Weg.«

Nach diesem kurzen Wortwechsel kroch die Anspannung wieder heran. Der Wald schwieg erneut und beobachtete sie argwöhnisch mit Tausenden von unsichtbaren Augen.

Plötzlich knackte etwas unter Rays Füßen. Er blickte zum Boden. Ein gelblicher Ast. Erst auf den zweiten Blick erkannte er, dass es kein Ast, sondern ein Knochen war.

Sayunaro hatte ihn ebenfalls bemerkt, zuckte aber nur mit den Achseln: Wir sind im Giharwald, was erwartest du da?

Einer der Soldaten betrachtete den Fund genauer, rührte ihn aber nicht an.

»Sieht aus«, murmelte er, »als würde er von einem Menschen stammen.«

»Ich könnte mir vorstellen, dass wir von der Sorte noch mehr finden«, sagte Grizzly.

»Sind Geister in der Nähe?«, erkundigte sich Montaro.

Ray lauschte.

»Schon, aber sie zeigen sich nicht«, antwortete er und fügte nach kurzer Überlegung hinzu: »Sie schlafen.«

»Dann wollen wir sie mal nicht wecken.«

Der Pfad verschwand immer wieder unter abgerissenen Ästen.

Den Wegrand säumten Steine, die von Flechten überzogen waren, im Boden klafften zahllose Eingänge zu Höhlen auf. Wer dort wohnte, wollte seinen Bau nicht verlassen, während Menschen durch den Wald stapften.

»Was für Tiere leben hier?«, fragte Ray den Soldaten neben sich.

»Blindschlangen«, antwortete er und spähte zu einem Bau hinüber. »Die haben kräftige Zähne, verlassen ihr Nest aber nur nachts. Tagsüber sehen sie nichts.«

Ray sah zum Himmel hoch. An ihm hingen noch immer Wolken. Bei diesem Wetter wäre es kein Vergnügen, die Nacht im Wald zu verbringen. Doch wenn sie bis zum Einbruch der Dunkelheit nichts erreicht hätten, bliebe ihnen wohl nichts anderes übrig. Er sollte sich schon einmal die nötigen Schutzzauber in Erinnerung rufen.

Plötzlich blieb Sayunaro so abrupt stehen, dass Ray beinahe in ihn hineingelaufen wäre.

»Was ist?«, fragte er leise.

»Hier sind viele Leichen. Viel Aas«, antwortete Sayunaro, der ununterbrochen schnupperte. »Bald werden sie da sein ...«

»Was meint er damit?«, wollte Montaro wissen.

Ray wollte schon etwas antworten, das der Wahrheit einigermaßen nahe kam, als ihm ein schwerer Tropfen auf die Schulter fiel. Ihm folgte ein zweiter. Jetzt fängt es auch noch an zu regnen, stöhnte er innerlich. Ein dunkler Fleck breitete sich auf seiner Jacke aus. Als Ray ihn berührte, färbte sich sein Finger rot. Sofort schnellte sein Blick nach oben: An einem Ast hing kopfüber die Leiche eines Mannes.

Jemand hatte ihn mit den Füßen in einer engen Astgabel verkeilt. Ein bleiches Gesicht, ein aufgerissener Mund, zerzaustes nasses Haar, ein dünnes Blutrinnsal an der Hand.

Die Soldaten zückten sofort ihre Schwerter, doch um sie herum blieb alles ruhig. Nicht einmal die Blätter an den Zweigen raschelten.

»Hier ist niemand«, sagte Ray zu Montaro. »Die Mörder dieses Mannes sind längst verschwunden.«

»Aber das ist doch Roha«, flüsterte da einer der Männer. »Von der ersten Einheit. Die hat Herrn Rekar begleitet.«

»Mikio, Kenyo!«, rief Montaro. »Nehmt die Leiche ab!«

Während die beiden Soldaten widerwillig auf den Baum kletterten, behielten ihre Kameraden die Schwerter in der Hand und schauten sich immer wieder ängstlich um.

»Wer hat das Eurer Meinung nach getan?«, fragte Grizzly in die Runde.

»Ich spüre nur Blut«, sagte Sayunaro in einem Ton, als ärgerte er sich über sich selbst, weil ihm etwas entging.

Als die beiden Soldaten die Leiche vom Ast holten, landete sie so unglücklich auf dem Boden, dass sie wie eine zerfetzte Strohpuppe aussah. Ray ging neben ihr in die Hocke.

»Die Gedärme und der Kopf sind noch immer da, wo sie sein sollen, das ist schon mal gut. Ein Garugu hätte von dem Mann nicht einen Knochen übrig gelassen, und ein Manmo hätte ihn in Stücke zerrissen.«

»Und wenn der Geist satt war?«, gab Grizzly zu bedenken, der sich ebenfalls hinhockte und dem Mann die Jacke aufknöpfte.

»Satt sind die Geister in diesem Wald nie«, widersprach Sayunaro und stellte sich etwas abseits, um zu lauschen.

»Das war überhaupt kein Geist«, stieß Grizzly da aus.

Unter der Jacke des Toten prangte auf dem weißen Unterhemd ein kleiner, bereits eingetrockneter Blutfleck. Darunter klaffte eine schmale, sehr tiefe Wunde. Um sie herum ließen sich einige leicht verwischte Symbole erkennen.

»Direkt ins Herz«, bemerkte Montaro.

Die Soldaten bildeten sofort einen Kreis um die Leiche, als gälte es, gleich den nächsten Angriff abzuwehren.

»Mit einem Pfeil«, fuhr Montaro fort. »Der wurde wieder herausgezogen.«

Grizzly drehte die Leiche schweigend auf den Bauch und riss das Hemd am Rücken auf. Die Haut unter dem Schulterblatt zeigte die gleichen Symbole wie auf der Brust, auch hier grob und in Eile ausgeführt.

»Was ist das?«, wollte Montaro wissen.

»Da fragt Ihr mich zu viel«, antwortete Ray, der auf gar keinen Fall mit der Wahrheit herausrücken wollte.

Montaro sah ihn an, als wollte er alles Wissen aus Ray herausschütteln, begriff dann aber, dass er damit auch keinen Erfolg haben würde.

»Lassen wir die Leiche hier«, befahl er seinen Männern. »Auf dem Rückweg nehmen wir sie dann mit.«

»Wir müssen ihn wieder aufhängen«, sagte Sayunaro, der bereits zu den Bäumen hochspähte.

»Warum das?«, brummte einer der Soldaten.

»Damit er uns nicht verfolgt.«

Sofort schnellten die Blicke der Soldaten zu der reglosen Leiche. Montaro setzte zu Widerspruch an, doch Ray brachte ihn mit einem Nicken in Richtung der Männer zum Schweigen: Er wollte sie doch wohl nicht noch weiter beunruhigen, indem er in ihrer Gegenwart Feinheiten der Magie erörterte?

»Hängt ihn zurück!«, befahl Montaro.

Die Soldaten traten zögernd an den Toten heran. Das war wahrlich kein Befehl nach ihrem Herzen.

»Ich pack am besten mit an«, sagte Grizzly. »Mir ist ja klar, dass euch das komisch vorkommt, aber für unsere Sicherheit geht es nun mal nicht anders.«

Sein sachlicher Ton verfing umgehend. Die finsteren Mienen der Soldaten hellten sich ein wenig auf.

»Wir binden seine Füße zusammen. Das Seilende werfen wir dann über den Ast, da ist er im Nu wieder oben. Und niemand braucht in den Baum raufzuklettern«, erklärte Grizzly. »In der Vergangenheit hat man das in etlichen Provinzen überhaupt nur so gehalten. Ausschlaggebend dabei ist, dass es zwischen den Toten und der Erde keine Verbindung mehr gibt. Dadurch wird denjenigen, die von uns gegangen sind, die Möglichkeit genommen zurückzukehren.«

Montaro machte Ray ein Zeichen, dass er mit ihm unter vier Augen zu sprechen wünsche.

»Was ist hier los?«, flüsterte er. »Sagt mir die Wahrheit! Womit haben wir zu rechnen?«

»Ich denke, in Roha hatte sich irgendeine Kreatur aus der jenseitigen Welt eingenistet«, antwortete Ray. »Deshalb musste Rekar ihn töten. Bei den Zeichen auf seinem Körper handelt es sich um Schutzzauber, die verhindern, dass sich der Geist dieses Mannes in eine bösartige Kreatur verwandelt.«

»Droht uns das gleiche Schicksal?«

»Nicht wenn wir zusammenbleiben«, sagte Sayunaro, der an sie herangetreten war. »Ich würde Euch zwar gern nach Hause schicken, aber ohne uns würdet Ihr wohl nie dort ankommen.«

»Wir würden sowieso nicht umkehren«, stellte Montaro in barschem Ton klar. »Wir ziehen weiter, bis wir Herrn Sel gefunden haben.«

Der Wald wirkte jetzt noch bedrohlicher, schweigsam, voller feindlicher Blicke und voll von altem Tod. Die knorrigen Stämme erinnerten immer stärker an Gestalten aus Schauermärchen.

Um die Soldaten zu beruhigen, trug Ray eine Miene zur Schau, als unternähme er einen harmlosen Spaziergang in einem Wald, in dem es nicht einen einzigen Geist gab.

Dabei wimmelte es hier von ihnen.

Mit toten Gespensteraugen folgten sie dem Trupp. Ihre Schemen standen am Pfad Spalier oder huschten zwischen den Bäumen umher. Gekrümmte Schatten streckten ihre fleischlosen Hände nach den Männern aus, flehten um die Nahrung, die ihnen zu Lebzeiten vorenthalten worden war. Diese Schatten luden die Fremden ein, mit ihnen über das Moos zu tollen oder sich in den Höhlen auszuruhen, die im Gras kaum zu erkennen waren – und die sie dann bestimmt nie wieder verlassen würden.

Ein kleiner Geist grapschte nach der Jacke eines Soldaten und wollte den Mann mit sich fortziehen. Dessen Blick trübte sich, als würde er gleich einschlafen, und sein Schritt wurde immer wackliger.

Ray streckte die Hand nach dem Geist aus. Sobald dieser die Magie spürte, sprang er murrend zur Seite, um nach einem neuen Opfer Ausschau zu halten. Doch kaum hatte er sich den nächsten Soldaten ausgesucht, verscheuchte ihn Grizzly.

Montaro wischte sich den Schweiß von der Stirn. Dabei war es im Wald eigentlich recht frisch …

»Wir brauchen eine Pause«, sagte er mit einer Stimme, die nicht ihm zu gehören schien.

In dieser Sekunde wollte den Offizier von hinten ein Geist anspringen, in dessen Gesicht Krater anstelle von Mund und Augen klafften. Doch Ray brauchte bloß die Yari zu ziehen, und schon verschwand das Geschöpf wieder hinter den Bäumen.

»Nein, wir marschieren weiter«, entschied Grizzly, der mehrere aufdringliche Kreaturen auf einen Streich vertrieb.

»Sind hier Geister?«, fragte Montaro.

»Ja«, antwortete Sayunaro, der jetzt an der Spitze lief. »Jede Menge.«

Von ihm hielten sich die Biester jedoch fern. Vermutlich spürten sie den Shiisan in ihm. Dem Soldaten in seiner Nähe erging es daher etwas besser als den übrigen Männern.

»Könnt Ihr sie nicht vernichten?«, wandte sich Montaro an Ray.

»Wir könnten es, aber wir werden es schön bleiben lassen«, antwortete dieser, während er zwei Geister fortscheuchte.

»Ist das nicht Eure Aufgabe?«

»Bevor diese Kreaturen zu dem wurden, was sie heute sind, wurden sie aus ihren Häusern gejagt, um in diesem Wald zu sterben. Damit haben sie sich das Recht auf Rache erworben.«

»Auf Rache?!« Das Schwert, das mit einem Mal in Montaros Hand funkelte, war auf Rays Brust gerichtet. »Wollt Ihr uns diesen Kreaturen etwa zum Fraß vorwerfen?!«

Was für ein Unsinn!, dachte Ray bloß. Vor allem, da sich Montaro mit seinen Männern ja ihnen an die Fersen geheftet hatte, nicht umgekehrt. Aber gut, der Mann war nicht mehr er selbst. Nicht im Giharwald.

»Nun dreht ihm mal nicht das Wort im Mund um!«, mischte sich Grizzly lachend ein und drückte Montaros Klinge nach unten. »Wenn wir wahllos alle Geister umbringen würden, wären die, die wir noch nicht erwischt haben, bald so wütend auf uns, dass sie in Horden über uns herfielen. Dann wären selbst wir machtlos. Wir Beschwörer könnten unseren Hals noch retten, gewöhnliche Menschen wie Ihr jedoch nicht. Deshalb sorgen wir lediglich dafür, dass diese Kreaturen niemanden von uns die Lebenskraft absaugen. Das klappt auch, weil sie schon zufrieden sind, wenn Ihr vor Angst schlottert. Sie genießen ihre Macht, danach beruhigen sie sich von selbst wieder.«

Montaro fuhr sich erneut mit der Hand über das schweißnasse Gesicht.

»Dann braucht ihr uns, damit ihr hier leichter durchkommt?«, fragte er weiter. »Denn ihr habt ja keine Angst vor diesen Wesen …«

Auch zu diesem Unsinn verkniff sich Ray jede Erwiderung.

»Rekar und die erste Einheit sind bereits hier gewesen«, antwortete Sayunaro an seiner Stelle, während er gleichzeitig eine Schnalle vom Boden aufklaubte. »An denen haben sich die Geister gewissermaßen schon ausgetobt.«

»Gewissermaßen?!«

»Gewissermaßen«, echote Grizzly. »Wir können weitgehend unbehelligt hier durchmarschieren.«

Aber Rekar dürfte gewaltige Schwierigkeiten mit den Geistern gehabt haben, schoss es Ray durch den Kopf. Ob er ihnen ganz allein etwas entgegensetzen konnte?

Sayunaro bildete nun die Spitze. Er sah sich häufig um, entdeckte jedoch nie etwas Verdächtiges. Die Schnalle behielt er in der Hand und warf sie gelegentlich in die Luft.

Irgendwann blieben die Geister zurück. Den Soldaten schien eine unsichtbare Last von den Schultern genommen worden zu sein. Sie schritten beherzter aus und blickten wieder zuversichtlicher drein. Der Wald kam ihnen nicht mehr ganz so bedrohlich vor.

Mit einem Mal hörte Ray ein Winseln. Sofort blieb er stehen. Auch Sayunaro lauschte.

»Was ist?«, wollte Montaro wissen. »Lauert hier irgendwo Gefahr?«

Das Gras um die Bäume herum geriet in Bewegung, als hätte

eine sanfte Brise es erfasst. Von den Ästen segelten einige trockene Blätter.

»Dort drüben«, sagte Ray und verließ den Pfad. Sayunaro und Grizzly folgten ihm.

Nach ein paar Schritten hielten sie an.

Ein blutüberströmter Körper lag bäuchlings im Gras, die Finger in die Erde gebohrt. An dem Mann hingen nur noch wenige Fetzen, die obendrein so dreckig waren, dass sich in ihnen kaum noch eine Uniform erkennen ließ. Durch das Moos zog sich eine Blutspur. Ob der Mann hierher gekrochen war, weil er zum Pfad zurück wollte? Nur dass ihn seine Kräfte dann noch vor Erreichen seines Ziels verlassen hatten?

Ray bedeutete den Soldaten, zu bleiben, wo sie waren, und zog die Yari.

»Er lebt noch«, murmelte Sayunaro.

Grizzly berührte die Schulter des Mannes, doch dieser rührte sich nicht.

Behutsam drehte er ihn um.

Ein blutverschmiertes Gesicht blickte ihnen entgegen. In den Augen des Soldaten loderte der Wahnsinn.

»Es ist alles gut«, versicherte Ray, auch wenn er nicht wusste, ob der Mann ihn überhaupt hörte. »Wir helfen dir.«

Da packte der Mann Rays Handgelenk. Er setzte alles daran, einige Worte herauszupressen, doch sie blieben ihm in der Kehle stecken. Ray hielt sein Ohr an die Lippen des Soldaten.

»Folge ... dem ... Frosch!«, röchelte er. »Folge ... dem ... Frosch!«

Ein letzter Krampf schüttelte ihn, dann blieb er reglos liegen.

Die drei sahen einander an. Worte waren hier nicht nötig. Das war nun schon der zweite Tote aus Rekars Begleittrupp. Bald würden ihnen Leichen den Weg weisen, ganz wie im Märchen die Kinder auf der Suche nach der Waldfee ihren Weg mit Brotkrumen kennzeichneten. Nur erhielten die Kinder im Märchen am Ende zahllose Geschenke, das wahre Leben dürfte dagegen durchaus weniger angenehme Überraschungen für sie bereithalten.

Grizzly richtete sich auf. Die Soldaten spähten ängstlich zu ihnen herüber.

»Er ist tot.«

»Wer hat ihn ermordet?«, erkundigte sich Montaro, der bereits näher treten wollte.

»Bleibt, wo Ihr seid«, verlangte Sayunaro. »Wir führen jetzt erst ein Ritual durch, danach beschäftigen wir uns mit den näheren Umständen seines Todes.«

Die Männer reckten die Hälse, um zu verfolgen, was die Beschwörer taten. Ihr unzufriedenes Gemurmel war deutlich zu hören.

Wann sie wohl bedauern werden, mit uns aufgebrochen zu sein?, überlegte Ray, der die toten Finger des Mannes von seinem Handgelenk schob. Der Geist des Toten löste sich daraufhin vom Körper.

Sayunaro befahl diesem, sich nicht von der Stelle zu bewegen, und zitierte den nötigen Zauberspruch, Grizzly zeichnete mit einem Ast Symbole in den Boden. Sie würden verhindern, dass der Geist ihnen folgte. Ray wirkte ebenfalls einen Zauber. Ein warmer Wind erhob sich, eine feine Rauchsäule stieg auf und driftete davon, brachte einen immer größeren Abstand zwischen sich und den Giharwald.

»Mit denen kann er sich jetzt nicht mehr zusammentun«, sagte Grizzly und nickte zu den Geistern hinüber, die hinter den Bäumen kauerten und sie beobachteten. »Aber was hat er da von einem Frosch gefaselt? Wieso sollen wir dem folgen?«

»Er wird im Wahn gesprochen haben«, vermutete Sayunaro und wischte sich die Hand am Gras ab.

»Was machen wir mit der Leiche?«, wollte Montaro wissen.

»Diesmal können wir sie ruhig liegen lassen«, sagte Ray, »denn wir haben dafür gesorgt, dass sein Geist uns nicht folgt.«

»Wenigstens etwas«, murmelte einer der Soldaten.

»Ziehen wir weiter!«, befahl Montaro.

»Wolltet Ihr nicht wissen, was diesen Mann umgebracht hat?«, fragte Grizzly, während er seine Zeichen auf dem Boden verwischte. »Und wer er überhaupt gewesen ist?«

»Dafür ist keine Zeit.«

Einen eigentlichen Pfad gab es nun kaum mehr, nur noch einen schmalen Moosstreifen. Espenblätter lagen darauf wie goldene Münzen. Die Steine glänzten inzwischen schwarz. Vermutlich hatte es vor Kurzem geregnet, denn in der Luft hing ein feuchter Geruch.

Die Soldaten sahen sich noch eine ganze Weile um. Wahrscheinlich befürchteten sie, der Tote würde ihnen doch hinterherstiefeln.

»Es ist alles in Ordnung«, beruhigte Ray den Mann neben sich, als dieser sich wieder einmal umdrehte. »Da wird niemand auftauchen.«

Der Mann nickte zwar schweigend, schaute sich nach ein paar Minuten aber erneut um. Ray wollte ihn schon bitten, das zu unterlassen, als er mit einem Mal ein Pfeifen hörte. Das Geräusch kam rasch näher. Der Soldat stieß ihn im letzten Moment zur Seite. Ein weißes Wesen schoss knapp an Ray vorbei. Von hinten erscholl ein Warnschrei – doch zu spät: Das Wesen, das an eine Eidechse mit langen, schillernden Flügeln erinnerte, hatte sich schon in Montaro verbissen. Dieser schwankte und verlor beinahe das Gleichgewicht, bewies dann aber seine rasche Auffassungsgabe. Er zerrte an der Kreatur, um sie von seiner Uniformjacke zu lösen, doch das Wesen trieb seinen spitzen Kopf wie ein Messer in Montaros Schulter hinein. Blut spritzte auf.

Ray attackierte die Kreatur mit einem Zauber, der allerdings nichts ausrichtete. Sofort setzte auch Grizzly Magie ein, ebenfalls vergeblich. Einer der Soldaten eilte zu Montaro, packte das Geschöpf bei den Flügeln, ein zweiter Mann zog ein Messer und köpfte es. Die Kreatur knallte auf den Boden, färbte das Moos mit seinem leuchtend purpurnen Blut und erstarrte fast sofort.

Montaro presste eine Hand auf die Wunde und ließ sich gegen einen Baum sacken. Seine Männer verlangten, er möge sich setzen, und halfen ihm, die Jacke auszuziehen. Einer band die Wunde mit einem Gürtel ab. Anscheinend wusste man in dieser Gegend, was man beim Biss eines solch geflügelten Untiers zu tun hatte.

»Braucht ihr Hilfe?«, erkundigte sich Ray trotzdem, als einer der Männer vorsichtig an dem knöchernen Hals des Wesens zog, denn der Kopf steckte noch immer in Montaros Schulter.

»Geht aus dem Licht!«, verlangte er bloß und riss das Andenken an die Begegnung mit der fliegenden Eidechse mit einer einzigen Bewegung heraus.

Montaro zischte, griff nach der Flasche, die ihm ein Soldat hinhielt, und nahm einen kräftigen Schluck.

»Was ist das für ein Wesen?«, wollte Sayunaro wissen, während er die Überreste des Viechs mit der Stiefelspitze umdrehte.

»Ein Schlangenkopf«, presste Montaro hervor, spritzte ein etwas Wasser auf seine Wunde und setzte die Flasche noch einmal an die Lippen.

»Der Bursche lebt in Bäumen«, fuhr der Soldat fort, der Montaro den Arm verband. »Er tritt immer einzeln auf. Der hier war noch jung und nicht giftig.«

»Von einer solchen Kreatur habe ich noch nie gehört«, gab Grizzly zu, der die beiden Teile des angriffsfreudigen Waldtiers neugierig betrachtete.

»Er ist immer da, wo es viel Aas gibt.«

»Der Geruch von seinem Blut …«, Ray beugte sich zu Sayunaro vor und deutete auf Montaro, »… könnte leider auch ein paar Geister anlocken.«

»Wir können ihn aber nicht hierlassen.«

Daraufhin spähte Ray zum Himmel hoch, der durch die Baumkronen jedoch kaum zu erkennen war, und trat an Montaro heran.

»Ihr solltet befehlen, eine Rast einzulegen.«

»Meinetwegen ist das keinesfalls nötig«, stellte Montaro klar und lockerte die Finger des verletzten Arms.

»Könnt Ihr nicht einen hilfreichen Geist für ihn herbeizitieren?«, fragte der Soldat, der den Verband anlegte.

»In diesem Wald würde ich nicht mal ein Glühwürmchen

herbeizitieren«, antwortete Ray. »Wer weiß, in was sich das plötzlich verwandeln würde.«

»Was wollt Ihr dann mit Eurer Magie überhaupt ausrichten?!«, knurrte der Mann und verzog sich.

Ray überging das unzufriedene Gebrumm einfach und setzte sich auf einen Felsbrocken. Grizzly kam mit den Überresten des Schlangenkopfes an, legte sie auf den Boden und musterte das Viech eingehend. Sayunaro steckte die Nase bereits wieder in das Buch. Einer der Soldaten spähte kurz auf die Seiten, verzog das Gesicht und wandte sich ab.

Die Stille des Waldes setzte den Männern zu. Die Angst kroch von allen Seiten an sie heran, umstellte sie und griff mit kalter Hand nach den Soldaten. Die Bäume schienen ebenfalls gegen sie vorzurücken. Geräusche, die niemand von sich gab, waren zu hören. Leise Schritte, das Knacken von Ästen, keuchender Atem. Die Soldaten meinten, hinter den Felsbrocken blutverschmierte Gesichter mit gierigem Grinsen, wenn nicht gar noch Grauenvolleres auszumachen.

Als Ray abrupt aufstand, fuhren alle Köpfe zu ihm herum.

»Ich glaube, da ist jemand«, erklärte er, machte damit aber alles nur noch schlimmer.

Die Soldaten langten wieder nach ihren Schwertern.

»Nichts, von dem Gefahr ausgeht«, schob Ray sofort hinterher.

Er bewegte sich etwas vor, spähte zu drei Tannen hinüber, die eng beieinanderstanden. Etwas zog ihn dorthin. Hinter den Bäumen huschte eine schmächtige Gestalt vorbei. Eine, die er nur zu gut kannte.

»Wartet hier!«, bat er seine Freunde, die ihm nachgeeilt waren. »Ich bin gleich wieder da.«

»Wo willst du denn hin?«, fragte Grizzly erstaunt.

»Halt!«, befahl Montaro ihm.

»Ich bin gleich wieder da. Rührt Euch nicht vom Fleck!«, schrie er, bevor er dem Schatten in die Tiefe des Waldes nachstürzte.

Schiefe Bäume, niedrige kahle Büsche, Steine voller Moos …

Ein paarmal wäre Ray beinahe gefallen. Das Wesen vor ihm sah sich immer wieder nach ihm um. Irgendwann zog Ray die Yari und jagte der kleinen Gestalt einen Zauber in den Rücken. Als er einen unterdrückten Schrei vernahm, wusste er, dass er getroffen hatte.

Mit der Klinge in der Hand näherte er sich dem Wesen. Der Geist saß am Boden, schnitt eine Grimasse und rieb sich den Hinterkopf, fast als wäre er tatsächlich ein Junge, der hingefallen wäre.

»Seit wann habe ich dich im Schlepptau?«, fragte Ray.

»Seit einer ganzen Weile schon«, antwortete der Yarudo grinsend. »Als das Haus in Flammen aufgegangen ist, bin ich euch gleich nach. Und so, wie du mit Zaubern um dich schmeißt, war es ja ein Kinderspiel, dich im Auge zu behalten.«

Der Yarudo schnaufte und stand auf.

»Warum hast du dich dann nicht schon früher gezeigt?«

»Weil du bisher nicht in den Giharwald gestürmt bist.«

»Aha! Und was willst du von mir?«

»Da drüben«, erwiderte der Yarudo nebulös und schnitt schon wieder eine Grimasse, als litte er unter unglaublichen Schmerzen. »Da hätte ich was für dich.«

Nach diesen Worten huschte er davon, sah sich noch einmal nach Ray um – und verschwand. Erst jetzt hielt Ray nach der Stelle Ausschau, die der Yarudo erwähnt hatte.

Ein Oribaum. Er schien aus einem Garten oder Park hierher verpflanzt worden zu sein, so fremd nahm er sich inmitten dieses kranken und feindlichen Waldes aus. Ray trat langsam an ihn heran. Die glatte weiße Rinde verströmte einen kräftigen frischen Geruch.

»Wie kommst du denn hierher?«, flüsterte er und berührte mit seiner Hand einen Zweig. »Was hat dich bloß in diesen Wald verschlagen?«

Der Baum schwieg. Nur die dünnen, langen Blätter raschelten leise, als wollten sie ihn begrüßen.

Mit einem einzigen Streich der Yari hackte Ray einen Ast ab.

»Tut mir leid«, sagte er. »Aber ich brauche einen Schaft für diese Klinge. Dagegen hast du doch bestimmt nichts einzuwenden, oder?«

Das hatte der Oribaum nicht, denn sein Geist war immer bereit, seine Kraft zu teilen.

»Vielen Dank«, sagte Ray und sah zum Wald zurück. Diese Worte waren nicht nur an den Baum gerichtet, sondern auch an den Yarudo, der ihn hierhergeführt hatte.

Doch weder der eine noch der andere antwortete ihm.

Ray zupfte die wenigen Blätter ab, kürzte den Ast noch etwas, wog ihn in der Hand und war zufrieden. Genau das brauchte er. Jetzt musste er nur noch die Klinge anpassen, und schon hätte er wieder eine vollständige Lanze. Seine eigene. Er hatte selbst nicht bemerkt, wie sehr er sich bereits an Naras Yari gewöhnt hatte.

Raschen Schrittes kehrte Ray zu den anderen zurück. Grizzly zog beim Anblick des Astes erstaunt eine Augenbraue hoch, Sayunaro lächelte wissend und versank wieder in die Lektüre seines Buches. Die Soldaten bemerkten ihn gar nicht, da sie gerade empört auf Montaro einredeten.

»Dieser Marsch steht unter keinem guten Stern«, erklärte einer der Männer. Mit einem Mal ging Ray auf, dass er nur Montaros Namen kannte, die aller anderen nicht. »Das war bereits die zweite Leiche. Und es wird mit Sicherheit nicht die letzte sein. Herr Montaro, ich denke, wir sollten umkehren, bevor wir auch noch an den Ästen baumeln.«

»Wir haben drei erfahrene Beschwörer dabei«, hielt Montaro dagegen. »Wir hatten bisher keinen einzigen Toten zu beklagen, wir werden es auch nach diesem Zwischenfall nicht haben.«

»*Erfahren* sagt Ihr?«, fragte der älteste Soldat mit einem Blick auf Ray. »Diese Kinder?«

Die Männer senkten die Stimmen, flüsterten nun beinahe.

Ray setzte sich auf den Boden und passte den Schaft in die Yari ein.

»Wo hast du denn den her?«, fragte Grizzly, als er ihm sein Messer reichte.

»Der Baum stand ganz in der Nähe.«

»Du hättest dir schon längst einen neuen Schaft besorgen sollen«, bemerkte Sayunaro, blätterte eine Seite um und wedelte ein Blatt weg, das von einem Baum heruntersegelte. »Hier steht übrigens nirgends etwas über Frösche, weder über echte noch über sonstige. Was wollte uns der Mann bloß sagen?«

»Ich gebe nichts auf diese Worte, der Mann hat sich in seiner Todesangst doch nur irgendwas zusammenfantasiert. Vergiss diesen Frosch also ruhig«, meinte Grizzly, während er Ray half, die Klinge einzupassen. »Aber ich würde darauf wetten, dass unsere wackeren Beschützer demnächst rebellieren und verlangen umzukehren. Wenn ihr mich fragt, wirken die überhaupt nicht wie Soldaten. Die reden zu gern … und denken zu viel.«

»Das sind Männer der Stadtwache«, bemerkte Sayunaro. »An die stellt niemand hohe Anforderungen.«

»Auch nicht, wenn es um einen Verwandten des Statthalters geht?«, konterte Grizzly, während Ray gerade die Arbeit an der Yari beendete. »Nicht schlecht.«

Ray stand auf und ließ die Lanze kreisen, um sich mit ihr vertraut zu machen. Er zielte auf einen Ast über den Köpfen der Soldaten und schickte einen harmlosen Zauber durch die Klinge. Daraufhin zuckten zwar keine Blitze durch die Luft, der Baum büßte auch nicht seine Rinde ein, doch die Männer beendeten ihre Auseinandersetzung, und sämtliche Köpfe drehten sich zu Ray um.

»Könnten wir jetzt weiter?«, fragte dieser Montaro.

»Ja.« Als der Offizier sich erhob, war das für die Soldaten ein klares Zeichen, dass es keine weiteren Auseinandersetzungen über eine Umkehr geben würde. »Ihr werdet nicht noch einmal auf uns warten müssen.«

Ray musterte ihn aufmerksam. Er war bleich, seine Züge traten scharf hervor, um die Augen lagen dunkle Ringe. Er sollte eigentlich besser hierbleiben, ging es Ray durch den Kopf. Aber wir können ihn nicht allein im Giharwald zurücklassen, das wäre sein sicherer Tod.

»Dann los«, sagte Ray.

Der Pfad schlängelte sich nun zwischen Steinen entlang. Um sie herum wuchsen nahezu blattlose Sträucher. Die dürren Zweige konnten die Last der dunkelblauen Beeren kaum tragen.

Ray hing seinen Gedanken nach. Wie meine neue Lanze wohl eine echte Herausforderung meistert? Natürlich wäre es besser, ich bräuchte sie überhaupt nicht einzusetzen. Aber sie liegt wirklich wunderbar in der Hand. Außerdem stellt sie einen recht passablen Stock dar. Der Yarudo hat mir einen guten Dienst erwiesen. Ich hätte ja nicht geglaubt, dass er sich mir wirklich an die Fersen heftet. Bleibt abzuwarten, was er eigentlich von mir will.

Er sah zum Himmel hinauf, doch das dichte Geäst versperrte ihm die Sicht. Als er seinen Blick dann wieder auf den Mann vor sich richtete, meinte er, der Abstand zwischen ihnen beiden sei größer geworden. Ray beschleunigte den Schritt, begriff mit einem Mal aber, dass er den Mann nicht würde einholen können. Der Abstand zwischen ihnen wuchs, er selbst wurde unendlich müde, obwohl ihr bisheriger Marsch gar nicht so anstrengend gewesen war.

Als er sich umsah, fiel ihm auf, dass sich der Mann hinter ihm ebenfalls kaum noch auf den Beinen hielt.

»Bleibt nicht zurück«, hörte er aus weiter Ferne Montaros Stimme.

Ray setzte alles daran aufzuschließen. Der Soldat vor ihm pflückte gerade ein paar Beeren. Unwillkürlich tat Ray es ihm nach, warf dann aber einen Blick auf die kleinen dunklen Perlen – und erstarrte. Das waren winzige Menschenschädel. Sie bleckten die Zähne, zwinkerten ihm zu und streckten ihm eine gespaltene Zunge heraus.

Sofort warf Ray die vermeintlichen Beeren fort, eilte mit neuer Kraft zu dem Mann vor ihm, stieß ihm den Holzschaft seiner Yari gegen den Arm und verhinderte damit, dass dieser die Früchte aß.

Er wollte Ray gerade anfahren, da wuchsen den kleinen Kugeln Beine. Sie liefen freudig auf den Soldaten zu. Dieser wich schreiend zurück und landete in einem Strauch. Daraufhin kam auch in die Beeren an dessen Zweigen Leben. Sie eroberten den Ärmel des Mannes und huschten in seinen Kragen.

»Grizzly! Sayunaro!«, schrie Ray. »Mormokken!«

Einen Zauber durch die Yari in Strauch schickend packte er den Soldaten beim Arm und befreite ihn aus der albtraumhaften Umklammerung. Die Zweige, die sich in einem unsichtbaren Feuer krümmten, verwandelten sich in Knochen. Der Mann riss sich die Jacke vom Leib, warf sie zu Boden und trat auf ihr herum. Gleichzeitig fegte er sich die bissigen Perlen vom Körper.

Sayunaro und Grizzly hatten den Kampf gegen die Mormokken ebenfalls aufgenommen. Ein Mann schrie wie am Spieß, weil Zweige ihn packten.

»Rühr dich nicht!«, brüllte Ray.

In derselben Sekunde brach der Soldat zusammen. Sayunaro wirbelte herum. Von seiner Hand löste sich ein Zauber, der eine Schneise in die gierigen Büsche schlug und den Mann am Boden überströmte. Sofort vermochte dieser wieder aufzustehen.

Grizzly zog mit einer unsichtbaren Schnur einen Busch nach dem nächsten samt Wurzeln aus dem Boden. Montaro und zwei seiner Männer schlugen wie wild mit ihren Schwertern auf die Sträucher ein, aber die dürren Äste leisteten hartnäckig Widerstand. Als sie endlich doch brachen, sickerte eine stinkende braune Flüssigkeit aus ihnen heraus. Sofort hing der widerliche Geruch von Fäulnis und verbrannten Knochen in der Luft. Die abgeschlachteten Sträucher fluchten und stöhnten fast wie sterbende Menschen. Die Beeren am Boden fielen den Stiefeln der Soldaten zum Opfern. Ray unterstützte sie mit seiner Magie, und die Yari stimmte ein melodisches Lied an.

Irgendwann hatten sie den Weg endlich freigelegt. Das, was noch von den Sträuchern zeugte, rauchte. Der Boden war aufgerissen. Nun ließ sich auch erkennen, wohin die Wurzeln reichten: hinunter zu menschlichen Skeletten.

»Was ist das für ein Mist?«, krächzte Montaro, der die Hand

auf seine verletzte Schulter presste. Während des Kampfes hatte er sich nicht geschont.

»Sind alle wohlbehalten? Hat jemand die Beeren gegessen?«, überging Ray Montaros Frage und musterte sämtliche Soldaten.

Vier Männer schüttelten den Kopf, einer jedoch wurde kreidebleich. In seinen Augen spiegelte sich blankes Entsetzen. Damit hatte Ray seine Antwort.

Er holte mit der Lanze aus und schlug dem Soldaten den Holzschaft vor die Knie. Der Mann krachte schreiend zu Boden, eine gewaltige Staubwolke wirbelte auf. Als der Soldat aufstehen wollte, drückte Grizzly ihn nach unten.

»Bleib liegen!«, verlangte er.

»Wir haben es mit Mormokken zu tun, das sind sehr seltene Geschöpfe. Im Grunde keine Geister«, erklärte Sayunaro, der den Mann umrundete und dabei einen Schutzzauber wirkte. »Sie entstehen zuweilen auf einstigen Schlachtfeldern. Sofern dort ausreichend Leichen zurückgeblieben sind.«

»Was bedeutet das für ihn?«, erkundigte sich Montaro.

»Dass ihm ein Strauch aus dem Bauch wächst«, brummte Grizzly, der in aller Eile mit dem Finger einige Symbole auf die Stirn des Mannes zeichnete. »Das wird euch eine Lehre sein! Das nächste Mal denkt ihr vielleicht nach, bevor ihr euch irgendwelche Beeren ins Maul stopft!«

»Wir holen das Gift aus ihm raus«, sagte Ray und richtete die Lanze auf den Oberkörper des Soldaten. »Bisher hat seine Wirkung nämlich noch nicht eingesetzt.«

»Und glaubt Ihr«, fragte Montaro leise, »dass Ihr schnell genug sein werdet?«

Ray sah ihn bloß schweigend an: Wer wollte das in diesem Wald schon sagen?

»Ich hab das ... doch ... nicht gewusst«, stammelte der Mann am Boden und schluckte immer wieder nervös seinen Speichel hinunter. »Bei uns im Dorf ... da gibt es auch ... solche Beeren ... Jeden Sommer haben wir die ... gesammelt ... Woher sollte ich ... wissen, dass ... die giftig sind? ... Ich ...« Er verstummte, riss die Augen auf, stöhnte dann vor Schmerz, wand sich und wollte aufstehen.

»Haltet ihn fest!«, befahl Grizzly.

Sofort drückten die anderen vier Soldaten Arme und Beine ihres Kameraden nach unten, sodass er sich nicht mehr bewegen konnte.

Ray berührte mit der Yari den Bauch des Mannes, schloss die Augen und versuchte, ein Echo der Mormokken wahrzunehmen. Der Zauber zur Heilung rieselte wie Sand über den Mann und zerstörte die fremden Wesen, die bereits eine Rinde um den lebenden Körper gebildet hatten. Sobald die Mormokken begriffen, dass sie entdeckt worden waren, begannen sie, den Mann von innen her zu zerstören. Dieser schrie nun ununterbrochen und wollte sich mit aller Kraft losreißen.

»Hol die Biester raus!«, sagte Sayunaro zu Ray.

Dieser pikte den Mann sanft mit der Lanze. Aus der winzigen Wunde rann nur ein wenig Blut. Sofort hielt Sayunaro die Hand wie eine Schale unter die Wunde und wirkte einen Herbeirufungszauber. Zusammen mit dem Blut traten daraufhin winzige weiße Erbsen aus.

»Die glauben wohl, sie könnten uns entkommen«, knurrte Grizzly mit einem Blick auf die Mormokken.

Doch da schloss Sayunaro bereits die Hand, drehte sich um und knallte seine Faust mit aller Wucht auf einen Felsbrocken. Es knackte. Er öffnete die Hand. Auf dem Stein prangten schmutzig braune Flecke mit winzigen weißen Tupfen darin.

Der Mann am Boden hörte nun auf zu zappeln und fiel förmlich in sich zusammen. Seine Gefährten ließen ihn los und wichen zurück.

»Das war's«, verkündete Ray.

»Er wird gleich wieder auf den Beinen sein«, sagte Sayunaro, der sich die Hand am Gras abwischte. Als ein Soldat ihm eine Flasche mit Wasser reichte, damit er sich das Blut abwaschen konnte, nickte er ihm dankbar zu.

»Eure Arbeit möchte ich nicht haben«, stieß einer der Männer mit unverhohlenem Respekt aus.

Der Mann am Boden hob bereits den Kopf und sah sich verwundert um. Er betastete seine Stirn, als spürte er die Zeichen, die ihm Grizzly aufgemalt hatte.

»Jemand soll ihn verbinden«, verlangte Ray. »Wir müssen weiter!«

Der Pfad stieg nun merklich an, und sie kamen immer schlechter vorwärts. Während Ray über den weichen Teppich aus Tannennadeln vom letzten Jahr marschierte, fiel ihm zu seiner Überraschung auf, dass er nur noch einen Fuß vor den anderen setzte, ohne über irgendetwas nachzudenken. Sogar den Neffen des Statthalters hatte er fast vergessen. Ob das an der toten Aura dieses Waldes lag?

»Vielen Dank«, sprach ihn der gerettete Soldat an, der nun zu ihm aufgeschlossen hatte. »Dass Ihr mich nicht zurückgelassen habt.«

»Es ist unsere Aufgabe, Menschen zu helfen«, erwiderte Ray, den dieser Dank überraschte. »Wie fühlst du dich?«

»So weit ganz gut. Nur die Wunde juckt ein wenig. Aber das halte ich aus«, antwortete er. »Ich habe immer angenommen, Beschwörer machen erst einen Finger krumm, wenn sie vorher Geld sehen.«

»Du verdienst mit deiner Arbeit ja auch Geld«, erwiderte Ray, der beobachtete, wie Sayunaro sich bei diesen Worten nach ihnen umdrehte.

»Das ist doch was ganz anderes«, entrüstete sich der Soldat. »Ich bin ein gewöhnlicher Mensch, aber Ihr verfügt über Eure Gabe.«

Sayunaro fing leise zu lachen an. Diese merkwürdige Mischung aus Bewunderung und Geringschätzung begegnete ihnen immer wieder. Was für ein Bild hatten diese Menschen bloß von Beschwörern?

Kurz darauf ragte ein Zweig wie ein langer Arm über den Pfad. An ihm baumelte ein Stück Schnur, die ganz sacht in der Luft schaukelte, obwohl nicht das geringste Lüftchen ging. Rays Blick hakte sich geradezu an dieser Schnur fest. Sobald er an dem Baum vorbei war, hörte er hinter sich ein Knacken. Er drehte sich um und erblickte ein Skelett. Die einst kostbare Kleidung hing in Fetzen an ihm. Es saß unter dem Baum mit dem Strick – und war eben ganz bestimmt noch nicht da gewesen.

Ray meinte, die leeren Augenhöhlen würden ihn aufmerksam mustern und der Mund wäre zu einem hämischen Grinsen verzogen.

Mit einem Mal fröstelte er. Ein eisiger Wind strich ihm übers Gesicht.

»Spürst du Geister?«, fragte Sayunaro ihn.

»Nein.« Ray lauschte. »Nichts.«

»Ich schon«, erwiderte Sayunaro merkwürdig vergnügt. »Einen einzigen Geist.«

»Welchen?«, wollte Grizzly wissen.

»Nachdem ich etliche Seiten in diesem Buch über Selbstmorde gelesen habe, ist mir endlich ein Licht aufgegangen.« Er funkelte Ray mit Augen an, die vor Vergnügen leuchteten. »In diesen Wald wurden kleine Kinder und alte Menschen, Kranke und Schwache geschickt. Alle wussten, dass sie hier sterben würden. Diese Menschen sind aber nicht zu vielen bösen Geistern geworden, die hinter Bäumen lauern, nein, sie haben sich zusammengetan und sind zu einem einzigen Geist verschmolzen. Zum Gihar.«

Mit einer weit ausholenden Geste erfasste er den ganzen Wald. »Und je weiter wir gehen, desto stärker ist dieser Geist.«

Ray sah sich um – und mit einem Mal fiel es ihm wie Schuppen von den Augen. Der Pfad, über den sie liefen, wurde zunehmend vom Gras verschlungen. Die Steine hatten sich zusammengerottet. Aus dem Boden krochen die blassvioletten Hüte giftiger Pilze heraus, auf denen jeweils ein zänkisches Greisengesicht prangte. Unter der Rinde der Bäume schwollen die Adern an, die Blätter grinsten und streckten nach allen Seiten winzige Knochenfinger aus, die Zweige verflochten sich knarrend miteinander, um den Menschen die Sicht auf den Himmel zu nehmen. Nur der Schaft seiner Yari war noch immer der alte, sauber und hell, und er verströmte nach wie vor eine gute Kraft.

»Diesen Geist können nicht einmal wir vertreiben«, hielt

Sayunaro mit trockenem Lachen fest. »Vermutlich würde das selbst dann nicht gelingen, wenn sich sämtliche Beschwörer des Ordens hier zusammenfänden, um gemeinsam zu Werke zu gehen.«

Grizzly sah sich um und presste die Zähne aufeinander, damit ihm ja kein Fluch entschlüpfte.

Die Soldaten schienen nun, da den Beschwörern die Augen aufgegangen waren, aus der echten Welt herausgeschnitten und in diesen wahnsinnigen Wald eingefügt worden zu sein.

»Was ist?«, fragte Montaro. Im Unterschied zu den Beschwörern nahm er seine Umgebung wie bisher wahr.

»Nichts, es ist alles in Ordnung«, antwortete Ray, der hoffte, dass seine Stimme möglichst überzeugend klang.

»Seht Ihr etwas?« Montaro schaute sich um, machte aber nur gewöhnliche Bäume aus.

»Mit so einer Erscheinung hatten wir es noch nie zu tun, stimmt's?«, raunte Sayunaro Ray zu. »Es ist, als ob wir im Magen eines Manmos gelandet wären. Jetzt können wir nur abwarten, ob er uns verdaut.«

»Notfalls wird uns schon was zu diesem Geist einfallen«, meinte Grizzly zuversichtlich, der bis eben einer Kette von Ameisen nachgesehen hatte, die rasch irgendwohin marschierte. »Aber zunächst einmal sollten wir Rekar und Sel finden.«

»Könntet Ihr uns vielleicht sagen, was hier vor sich geht?«, mischte sich Montaro erneut in ihr Gespräch ein.

Statt zu antworten, zog Sayunaro den Band über die Selbstmorde aus dem Hosenbund und hielt ihn seinen Freunden hin. Auch dieses Werk sah nicht länger wie ein gewöhnliches Buch aus, sondern hatte jetzt die Form einer Magnolienblüte und verströmte einen zarten Duft. Obendrein bewegte es seine zahllosen Blütenblätter, als wäre es ein Lebewesen.

»Ich weiß nicht, wo Sel dieses Buch herhat, aber es muss sehr lange hier im Giharwald gelegen und dessen giftige Aura aufgenommen haben. Wer dieses Buch heute in Händen hält, den verlangt es unweigerlich danach, sich in diesen Wald zu begeben. Kein Mensch kann sich dieser Magie widersetzen.«

Sayunaro drehte sich Montaro zu.

»Ihr habt den Wald gut gefüttert und ihm dann von einem Tag auf den anderen die Nahrung vorenthalten. Aber er hat eine Möglichkeit gefunden, für sich selbst zu sorgen.«

»Sie tragen daran doch keine Schuld«, hielt Ray dagegen. »Ihre Vorfahren wollten um keinen Preis verhungern …«

»Deshalb müssen wir uns jetzt etwas einfallen lassen, denn sonst sind wir diejenigen, die sterben. Ich bin mir nicht einmal mehr sicher, dass wir Sel, Rekar oder wenigstens einen einzigen Mann von der ersten Einheit finden.« Sayunaro drehte sich den Soldaten zu, die seinen Worten mit finsterer Miene gelauscht hatten. »Man darf keine Kinder ermorden oder in Kellern einmauern. Das muss euch doch auch klar sein!«

Ray legte ihm die Hand auf die Schulter, damit er schwieg. »Es hat jetzt keinen Sinn, nach den Schuldigen von damals zu suchen.«

»Wir müssen weiter«, griff Montaro ein. Es war nicht klar, ob er sich die Vorwürfe zu Herzen genommen oder ob er sie leichthin abgetan hatte, weil sie ihn nicht betrafen.

»Folge dem Frosch!«, wiederholte Grizzly die rätselhaften Worte, kratzte sich die Stirn und verzog verärgert das Gesicht.

»Seht Ihr den Pfad?«, wollte Ray von Montaro wissen.

»Aber sicher.«

»Dann müsst Ihr uns den Weg zeigen. Auf uns hat dieser Wald eine besondere Wirkung, sodass wir in ihm jetzt Dinge sehen, die Ihr nicht einmal ahnt, während wir nicht mehr wahrnehmen, was für Euch offenkundig ist.«

»Gut«, erwiderte Montaro. »Arat, du gehst voran! Minoro, du bildest den Abschluss. Alle anderen bleiben dazwischen.«

Nach diesen Worten setzte sich die kleine Einheit wieder in Bewegung.

Für die Beschwörer standen die Bäume nun nicht mehr still da, sondern zerrten an ihren dicken Wurzeln. Diese schickten ihr rotes Licht durch den Boden und auf die Menschen. Vor dem Trupp brachte ein langer Tausendfüßer mit seinen feinen weinroten Füßen das Moos zum Wogen. Seinen Rücken schmückte ein Geflecht aus menschlichen Knochen. Über ihnen schwirrten einige geflügelte Kreaturen, die ein dünnes Pfeifen ausstießen. Einmal duckte Ray sich, um einem Angriff der Flatterer zu entgehen. Sogleich fuhren die Köpfe der Soldaten zu ihm herum. Angst war in ihren Blicken zu lesen. Doch die Kreatur über ihm sahen sie nicht.

Habe ich mir dieses wütende Biest eben nur eingebildet?, fragte sich Ray, der strikt darauf achtete, den Rücken des Mannes vor sich im Auge zu behalten. Greift der Wald uns wirklich an, oder gaukelt mir meine Vorstellungskraft das lediglich vor?

Ein paarmal blinzelte er, um die schrecklichen Bilder zu vertreiben, aber das klappte nicht. Schon stieg hinter den Sträuchern ein Schwarm kleiner Mücken mit bunt schillernden Flügeln auf und hielt auf den Soldaten vor ihm zu.

Und jetzt?, fragte Ray sich erneut. Umkreisen diese Biester gerade den Kopf des Mannes oder nicht? Immerhin fuhr sich der Soldat mit der Hand über die Stirn. Die bunte Wolke schraubte sich kurz hoch in die Luft, nur um dann auf dem Lederhelm des Mannes zu landen und diesen wütend zu zerkratzen.

Ray wollte schon einen Zauber durch die Yari schicken, als ihm einfiel, dass er den Mann damit verletzen könnte, weshalb er die Lanze unverrichteter Dinge wieder senkte.

»Wenn ich nur wüsste«, murmelte er, »ob es diese Mücken überhaupt gibt.«

In dieser Sekunde fuchtelte der Soldat mit den Armen, als wollte er jemanden von sich stoßen, und fiel zu Boden. Als Ray zu ihm rannte, zog der Mann ein Messer, dem Ray nur im letzten Moment entging.

»Achtung!«, schrie Grizzly, wenn auch zu spät.

Ray riss seine Yari hoch, auch wenn er nicht wusste, mit welchem Zauber er den Mann zur Vernunft bringen sollte. Dieser richtete völlig unvermittelt das Messer gegen sich selbst, rammte es sich mit voller Wucht in die Brust, fiel auf die Seite und blieb reglos liegen. Rotes Blut troff auf den purpurnen Boden.

Grizzly und zwei Soldaten eilten herbei, drehten den Mann

auf den Rücken und versuchten, seinen Puls zu ertasten, fanden jedoch keinen mehr.

Schweigend stand Ray neben der Leiche, von diesem überraschenden Tod völlig benommen. Er machte sich in einem fort Vorwürfe. Warum hatte er zugelassen, dass diese Männer sie begleiteten? Warum hatte er Montaro nicht widersprochen, als dieser sie drei als erfahrene Beschwörer gepriesen hatte?

Sayunaro schien ihm etwas sagen zu wollen, schwieg dann aber doch.

Das Gesicht des Soldaten wirkte ruhig und zufrieden, als hätte er endlich etwas sehr Wichtiges begriffen.

»Er ist tot«, stellte Montaro fest.

Die Baumwurzeln zappelten stürmisch, als wollten sie am liebsten zu dem neuen Opfer eilen, würden aber von den wuchtigen Stämmen daran gehindert.

»Müsst Ihr ein Ritual durchführen?«, erkundigte sich Montaro.

»Wie heißt er doch noch gleich?«, sagte Ray und sah Montaro fragend an. »Ich weiß, Ihr habt seinen Namen bereits mehrfach genannt.«

»Spielt das für Euer Ritual eine Rolle?«, entgegnete dieser.

»Ich erinnere mich an keinen einzigen Namen Eurer Soldaten«, fuhr Ray fort, der plötzlich eine ganz trockene Kehle hatte. Das war noch nicht die Lösung, aber er wusste, dass er auf der richtigen Spur war.

»Ja und?«, fragte Montaro.

Sayunaro fing Rays Blick auf, legte den Kopf auf die Seite und trat unbemerkt ein Stück zur Seite, um Grizzly lautlos etwas zuzuflüstern. Diesem gingen fast die Augen über, dann aber setzte er eine zu allem entschlossene Miene auf.

»Eure Männer sind längst tot«, teilte Ray Montaro mit und umfasste die Yari fester.

»Was?!«

»Es sind keine Menschen mehr.«

Ray ließ die Yari über seinem Kopf kreisen. Noch bevor die Masken von den vier Soldaten abgefallen waren, griff Sayunaro nach dem Schwert eines der Männer und bohrte es in den Soldaten daneben, um anschließend dem eigentlichen Besitzer die Kehle aufzuschlitzen. Grizzly duckte sich vor einem Messer weg und erledigte mit Faust und Magie den dritten Gegner.

Derweil stieß Ray Montaro zur Seite und spießte den letzten Soldaten, der den Offizier gerade attackieren wollte, mit der Lanze auf. Über den weißen Schaft sickerte Blut, das jedoch sogleich zur Erde tropfte, ohne auch nur eine einzige rote Stelle am Holz zu hinterlassen. Einer der Soldaten am Boden streckte noch einmal seinen Arm aus, um Ray am Fuß zu packen. Doch Montaro hatte schon sein Schwert gezogen, hackte den Arm ab und rammte seinem Mann die Klinge in den Rücken. Er würde nie wieder aufstehen …

Grizzly schaltete mit einigen Zaubern die feindliche Kraft in all diesen Geschöpfen aus.

Diejenigen, die noch bis eben wie Menschen ausgesehen hatten, lagen nun in völlig verkrümmten Positionen da. In gewisser Weise erinnerten sie an die Bäume, die in diesem Wald wuchsen. Ihre Arme und Beine umspannten dicke Adern, die langen knöchernen Finger waren ineinander verflochten, die Haut im Gesicht ähnelte trockener Rinde, die an Mund und Augen bereits abgeplatzt war.

»Was sind das für Kreaturen?«, wollte Montaro keuchend wissen. Sein Verband leuchtete inzwischen rot.

»Ausgeburten dieses kranken Waldes«, antwortete Ray. »Ich weiß nicht, wie Gihar sie nennt.«

»Und wann sind meine Männer gestorben? Wann haben sie sich in diese … wann haben sie sich verwandelt?«

»Als wir immer tiefer in den Wald vorgedrungen sind«, antwortete Grizzly und besah sich seine blutverschmierte Hand. »Gihar hat uns alle mit seiner Magie getäuscht und abgelenkt. Deshalb haben wir nicht mitbekommen, als er sich Eure Soldaten einverleibt hat.«

»Und warum bin ich noch am Leben?«

»Wegen Eurer Verletzung«, sagte Sayunaro und deutete auf die Schulter. »Ihretwegen hält Gihar Euch vermutlich für minderwertig.«

»Und Ihr habt durchschaut, was hier vor sich geht, weil Ihr Euch die Namen meiner Männer nicht merken konntet?«

»Das ist ein alter Aberglaube von uns Beschwörern«, antwortete Ray. »Solange du dich an den Namen eines Menschen erinnerst, lebt er. Es hätte mir längst auffallen müssen ...«

»Aber wie konnten sie uns derart gelungen täuschen ...?«

»Dieser Wald hat bereits genug Menschen gesehen, da fällt es Gihar nicht schwer, welche nachzuahmen.«

»Erinnert Ihr Euch immer noch an meinen Namen?«

»Ja«, sagte Ray lächelnd. »Ihr könnt ganz beruhigt sein.«

Montaros Blick wanderte über die Leichen, die allmählich in die Erde einsackten.

»So viel Tod«, wandte er sich wieder den Beschwörern zu, »nur weil ein dummer Junge in den Wald gerannt ist ...«

»Bedauert Ihr jetzt, mit uns gekommen zu sein?«, fragte Sayunaro und nahm einem der verwandelten Soldaten den Schwertgürtel ab, bevor dessen Körper endgültig im Boden versunken war.

»Nein. Ich stehe in Diensten dieser Familie und würde meine Pflicht ihr gegenüber stets erfüllen.«

»Dann sollten wir weiter«, erklärte Grizzly und hob eine Lanze auf. »Seht Ihr den Pfad immer noch? Dann führt uns! Wir gehen weiter, bis ...«

»Der Frosch«, fiel ihm Sayunaro da ins Wort.

»Bitte?«, stieß Ray aus.

»Da drüben!« Sayunaro zeigte auf ein paar Sträucher, und einen ausgedehnten Moment lang spähten alle drei zu ihnen, um das grüne Tier auszumachen. »Seht Ihr ihn nicht?«

»Ich sehe nichts.«

»Dann guckt genauer hin!«

Mit einem Mal erkannte Ray, dass Licht und Schatten in den grünen Zweigen zwei Glupschaugen formten, in deren Mitte ein kleines Feuer flackerte. Darunter lag das breite Maul.

»Folge dem Frosch!« Sayunaro lachte leise. »Das dürfte dann wohl unser Weg sein.«

»Wenn wir da mal nicht geradenwegs auf Gihars Festtafel

landen!«, stieß Grizzly aus, der die Lanze von einer Hand in die andere warf.

»Wenn wir Rekar und Sel finden wollen«, stieß Ray im Brustton der Überzeugung aus, »dann müssen wir da lang!«

»Das sagt dir vermutlich mal wieder deine innere Stimme«, brummte Grizzly.

»Darf ich erfahren, worum es hier eigentlich geht?«, mischte sich Montaro ein.

»Wir werden den Zeichen folgen, die Gihar uns gibt. Er ist nämlich ein unglaublicher Spaßvogel, müsst Ihr wissen«, antwortete Ray. »Was seht Ihr da drüben?«

»Was schon?«, entgegnete Montaro, der den Wald mit den Augen eines gewöhnlichen Menschen aufnahm, »Bäume, Steine, Gras ...«

»Mehr nicht?«

»Nein. Was seht Ihr denn?«

»Einen Strauch, der wie ein Frosch aussieht«, antwortete ihm Grizzly. »Gut, gehen wir da lang. Montaro, warnt uns bitte, falls Gefahr droht! Ich habe keine Lust, in die nächste Schlucht zu fallen.«

Ray ging nun voraus. Das Froschgesicht verschwand, sobald er die Zweige berührte, um sich ins Dickicht vorzukämpfen. Dabei hefteten sich die Zweige wie Blutegel an seine Beine und wollten ihn kaum wieder freigeben. Nur unter Einsatz der Yari vermochte er sich seinen Weg zu bahnen. Sayunaro hielt mit dem Schwert für Montaro die Triebe zurück.

Hinter dem Strauch machten sie die Spuren eines gewaltigen Kriechtiers aus.

»Wir haben den Pfad jetzt verlassen«, teilte Montaro den dreien mit, »und erklimmen einen Hügel.«

»Ach was«, brummte Grizzly, der sich bei jedem Schritt schwerer auf seine Lanze stützte. »Ich mag das zwar nicht sehen, spüren tu ich es!«

Ray hatte für den Bruchteil einer Sekunde den steinernen Hang voller Tannen vor sich gehabt, dann aber gaukelte ihm Gihar wieder grellgrünes Gras vor, das unter seinen Füßen schmatzte, und verkrüppelte Bäume, die ihre dürren Äste nach ihnen ausstreckten. Der schwindelerregende Wechsel von Bildern rief in Ray das Gefühl hervor, sich verirrt zu haben. Wenn er bloß einen Zauber wüsste, der stärker wäre als die Macht des Gihars!

»Wir nähern uns einer Schlucht«, sagte Montaro.

»Was ist auf ihrem Grund?«, wollte Ray wissen.

»Kann ich noch nicht erkennen«, berichtete Montaro, machte nun ein paar Schritte bis zum Rand und spähte in die Tiefe. Sofort wich er zurück. »Knochen. Offenbar sehr alte.«

»Dann sind wir vermutlich auf dem richtigen Weg«, stellte Grizzly fest. »Achtet alle darauf, wo ihr hintretet!«

»Pst!«, fuhr Sayunaro ihn an.

Sie alle spitzten die Ohren. Es surrte, knackte, murmelte und schrie. Dann setzte ein klares und zartes Lied ein – und alles andere verstummte.

»Sind das die Todesstimmen?«, wandte sich Ray an Montaro, der wie erstarrt dastand, und hob die Yari.

Der Mann nickte und zog sein Schwert blank.

Wie er als Mensch diese Wesen sah, wusste Ray nicht, die Beschwörer aber blickten in einen grauen Nebel, der wabernd hinter den Bäumen hervorquoll und dabei weinrote Schlieren bildete.

Dieser Nebel zerfiel in Flockengebilde, von denen jedes einzelne sich in eine riesige Heuschrecke verwandelte. Die gigantischen Insekten knatterten mit ihren Flügeln, quietschten und jaulten, landeten auf den Bäumen und schlugen ihre gewaltigen Kiefer in diese. Unter der Rinde quoll dickes rotes Harz hervor, und die Stämme erzitterten, als litten sie Schmerzen.

»Man sollte diesen Wald kurzerhand niederbrennen«, erklärte Grizzly und wich einen Schritt zurück.

»Lauft!«, befahl Ray entsetzt, denn er kannte keinen einzigen Zauber, der gegen diese Biester etwas ausrichten würde.

Alle vier rasten davon.

Vorbei an lebenden Bäumen und gierigen Sträuchern. Gewaltige Asseln schossen quer über den Weg, die Taue eines Spinnennetzes hingen von den Ästen und drohten ihnen ins Gesicht zu schlagen. Unter ihren Stiefeln knirschten kleine Steine, barsten die Knochen all der unglücklichen Menschen, die in diesem Wald den Tod gefunden hatten.

Ein rascher Blick zurück machte Ray klar: Die hungrigen Heuschrecken verschlangen, was immer ihnen begegnete, waren aber nicht satt, sondern schwirrten unerbittlich weiter hinter ihnen her.

Sayunaro schickte ihnen einige Zauber entgegen, die jedoch nicht die geringste Wirkung zeigten. Die Insekten veranstalteten mit ihren Flügeln einen ohrenbetäubenden Lärm. Früher oder später würden sie die Menschen einholen.

Grizzly warf die Lanze weg, die ihn nur beim Rennen behinderte. Montaro stolperte immer öfter. Auch die Wunde verlangte ihren Tribut, er wurde langsamer und langsamer. Als Ray sich nach ihm umdrehte, sah er, dass der Mann kreidebleich war und kaum noch Luft bekam.

»Schneller!«, rief Ray ihm zu.

Montaro schüttelte nur den Kopf. Er war am Ende seiner Kräfte. Die Heuschrecken kamen unablässig näher, längst schon ließ sich das hungrige Funkeln in ihren Facettenaugen erkennen.

Eine der Todesstimmen hatte es auf Montaros Kopf abgesehen, aber Ray griff sie mit der Yari an. Die Kreatur fiel zu Boden und zappelte mit den Beinen, fauchte wild, erhob sich aber kurz darauf erneut in die Luft, als wäre überhaupt nichts geschehen. Schon wollte das Insekt ein weiteres Mal auf den Offizier losgehen.

Stahl richtete bei diesen Biestern also ebenfalls nichts aus. Es half nur die Flucht …

Die Bäume wiesen einen schwarzen Rindenpanzer auf, die Zweige glichen spitzen Piken, vor denen sie sich in Acht nehmen mussten.

Wir sind zu langsam, dachte Ray verzweifelt. Wenn wir weiter so krauchen, erwischen sie uns am Ende.

»Ich halte euch auf«, bemerkte Montaro da, als hätte er Rays

Gedanken gelesen. »Schlagt euch ohne mich durch! Ich werde versuchen, die Todesstimmen abzulenken.«

»Die paar Sekunden, die sie brauchen, um Euch bis auf die Knochen abzunagen, retten uns auch nicht«, erwiderte Ray, packte den entkräfteten Mann bei seinem unverletzten Arm und zog ihn weiter.

Mit einem Mal wogte das bedrohliche Geknatter von allen Seiten auf sie zu.

»Ray! Schneller!«, rief Sayunaro, der einige Zauber gegen die Heuschrecken schleuderte. Doch die Magie driftete an den Biestern vorbei wie ein eisiger Windhauch.

»Halt!«, schrie Montaro in dieser Sekunde. »Da ist eine Schlucht!«

Aber Grizzly, der sich an ihrer Spitze befand, war bereits stehen geblieben. Diese Schlucht sah auch er. Am Rand wuchsen Bäume, die sich kopfüber in die Tiefe zu stürzen schienen. Ihre Wurzeln hatten den Boden aufgerissen und schlingerten teils in der Luft. Vom Abgrund her war das leise Rauschen von Wasser zu hören.

»Da führt ein Pfad runter«, brachte Grizzly keuchend heraus, während er sich die schweißnasse Stirn abwischte. »Nehmen wir ihn!«

Die Todesstimmen hatten sie fast erreicht. Das ist unser Ende, schoss es Ray durch den Kopf. Der hungrige Schwarm hat uns in die Enge getrieben. Wenn wir in die Schlucht hinunterkraxeln, legen sich die Insekten über uns wie ein Deckel auf einen Topf.

Schon meinte Ray die Kiefer dieser Biester zu spüren, die sich in ihn rammten. Zögernd drehte er sich um und ging einige Schritte zurück

»Ray!«, schrie Grizzly, der sich bereits darangemacht hatte, in die Schlucht hinunterzusteigen. »Wo willst du denn hin?«

Doch Ray stapfte bloß wortlos weiter und rammte die Yari so in den Boden, dass die Spitze zum Wald wies.

»Wenn wir jetzt sterben«, wandte er sich an Gihar, »dann entgeht dir das Beste.«

Die graugelbe Wolke kam aus dem Wald geflogen und schoss auf Ray zu. Er behielt die Insekten fest im Blick, blinzelte kein einziges Mal, obwohl der Wind, der die Heuschrecken vorwärtstrug, ihm Tränen in die Augen trieb.

»Wenn du uns wie gewöhnliche Sterbliche verschlingst, erhältst du weder unsere Kraft noch unsere Hilfe.«

Was tu ich hier?, fragte sich Ray. Biete ich allen Ernstes einem wahnsinnigen Wald Hilfe an? Doch das Gefühl, richtig zu handeln, verfestigte sich zunehmend in ihm. Ray wandte sich nicht nur mit Worten an den Wald, sondern wirkte auch einen Zauber der Herbeirufung und einen, der Gihar mit Bildern veranschaulichen sollte, was ihm entginge, wenn er sie sofort umbringen würde: das Vergnügen einer langen Hatz, die Verzweiflung bei den Gejagten, die in diesem Wald unbedingt zwei Menschen retten wollten, die überwältigende Freude, wenn er, Gihar, seine Beute dann schließlich erwischte, wenn er sich ihre magische Kraft einverleibte, die den Wald stärker und immer stärker machen würde ... Wollte er wirklich auf dieses Spiel verzichten? War es nicht viel reizvoller, sich auf die Jagd einzulassen, ihnen Hinweise zu geben, wo sie ihre Freunde fanden?

»Ray!«, brüllte da auch Sayunaro.

In der Stimme seines Freundes schwang Wut mit, doch Ray achtete nicht darauf.

»Du bist doch nicht einzig auf unser Fleisch erpicht«, fuhr er fort und blickte unverwandt auf die näher kommenden Heuschrecken. »Sonst hättest du uns längst verschmaust.«

»Ray!«

»Wenn wir jetzt sterben, entgeht dir das Beste!«

Die knatternde Wolke hielt unverändert auf ihn zu, formte sich zu einer breit grinsenden Visage mit Glupschaugen. Er kniff die Augen zusammen. Flügel hämmerten auf seinen Kopf ein, Pfoten zerrissen ihm die Kleidung, schwere Körper schlugen ihm gegen die Brust. Doch nicht ein Insekt biss ihn, der Schwarm flog lediglich erbarmungslos über ihn hinweg.

Ray atmete tief durch und öffnete die Augen. Der Schwarm verwandelte sich in eine Nebelwolke und zog über die Schlucht ab. Mit zitternden Händen fuhr Ray sich über die Stirn, ehe er sich nach seinen Freunden umsah.

»Das glaub ich einfach nicht!«, stieß Grizzly aus – was keineswegs wie ein Lob für eine überraschende Finte klang.

Selbst Sayunaro, sonst stets besonnen, funkelte Ray nun an, als wollte er ihm gleich eine saftige Ohrfeige verpassen.

»Wie hat er es geschafft«, fragte Montaro, »dass sie uns nicht verschlingen?«

»Er hat einen Handel mit Gihar geschlossen«, antwortete Sayunaro.

»Einen Handel?«, hakte Montaro nach.

»Ich habe ihm vorgeschlagen, uns nicht gleich zu töten, sondern erst, wenn wir Sel und Rekar gefunden haben.«

»Und darauf hat er sich eingelassen?«

»Geister lieben solche kleinen Geschäfte«, erklärte Sayunaro. Die roten Feuer in seinen Augen offenbarten, wie sehr er Ray diesen Schritt verübelte. »Sie sind Spieler. Das weiß jeder Beschwörer. Aber man muss schon völlig …« Offenbar lag ihm das Wort *bekloppt* auf der Zunge, das er jedoch hinunterschluckte, schließlich war er ein gut erzogener junger Mann, »… durcheinander sein, um etwas auf Gihars Wort zu geben.«

»Wir wären ihm und seinen Kreaturen nie im Leben entkommen«, hielt Ray dagegen.

»Das ist nicht gesagt. Außerdem wäre uns vielleicht noch etwas eingefallen, das nicht blankem Selbstmord gleichkäme.«

»Mich hat die Idee halt überzeugt …«

»Was geschieht denn mit uns, wenn wir die Herren Rekar und Sel gefunden haben?«, mischte sich Montaro ein. »Was hält dieser Wald dann für uns bereit?«

»Das wissen wir noch nicht. Aber bis dahin finden wir eine Möglichkeit, Gihar ein Schnippchen zu schlagen«, erwiderte Ray im Brustton der Überzeugung. »Vorerst droht uns keine Gefahr mehr, und das ist alles, was zählt.«

Grizzly schnaubte, verkniff sich aber jede Bemerkung. Sayunaro zuckte die Achseln: Er würde sich nicht mit Ray streiten, nicht, wenn dieser so uneinsichtig war.

Ray drehte sich um und stiefelte allen voran zur Schlucht zurück. Verzweifelt dachte er darüber nach, wie er aus dieser Lage wieder herauskäme, in die er sich und die anderen gebracht hatte. Gleichzeitig hielt er nach einem Orientierungspunkt Ausschau, denn Gihar musste sich nun an die Regeln des Spiels halten, und die besagten nun mal, dass er ihnen den Weg weisen musste.

Montaro, der neben ihm herlief, sah sich immer wieder um.

»Da quakt ein Frosch«, brachte er schließlich geradezu wütend hervor. »Aber hier ist nirgends ein Sumpf oder Teich! Hier gibt es noch nicht mal eine Pfütze! Der Boden ist stocktrocken!«

»O nein!«, widersprach Grizzly und zeigte auf einen Punkt im dichten Riedgras, das zwischen den Bäumen wuchs. »Da drüben ist ein See, schaut nur einmal genau hin!«

Der winzige See voller Entengrütze funkelte grün. Schon als sie darauf zuhielten, stieg ihnen der Geruch von Schlamm und jungen Trieben in die Nase. An einer Stelle war das Gras niedergetreten, und eine feuchte Spur führte vom See in den dahinterliegenden Wald. Hier war jemand dem Wasser entstiegen und davongekrochen.

»Ich nehme an, wir müssen dieser Spur folgen«, sagte Grizzly und eilte bereits weiter. »Vermutlich stammt sie von besagtem Frosch.«

»Sollten wir uns nicht erst einen Plan überlegen?«, fragte Sayunaro, setzte ihm aber trotzdem nach. »Bevor wir uns ins nächste Abenteuer stürzen, meine ich?«

»Es dämmert bald«, bemerkte Montaro mit einem Blick hinauf zum Himmel, der jedoch weitgehend vom Blätterdach abgeschirmt wurde.

Ray erinnerten die bleichen Äste einmal mehr an Rippen, während die fast graue Blätterdecke gleichsam das Fleisch dazwischen bildete.

»Was schlägst du denn vor?«, wollte Grizzly von Sayunaro wissen. »Fliehen können wir nicht. Gegen Gihar kämpfen genauso wenig. Es wäre nicht schlecht, wenn wir unsichtbar wären, aber auch das scheidet leider aus.«

»Unsichtbar«, griff Ray das Wort auf. »Das ist ein hervorragender Gedanke…«

Von seiner neuen Idee begeistert, sonderte er sich von seinen Freunden ab und rief ganz leise einen Namen. Verzweifelt hoffte er, dass er gehört würde.

»Yarudo!«

Nichts geschah. Gerade als Ray sich damit abfinden wollte, dass sich sein Plan nicht in die Tat umsetzen ließ, lugte hinter einem Busch ein mageres Jungengesicht hervor, das ihn finster anblickte.

»Was willst du?«, brummte der Yarudo.

»Du kannst Menschen doch von ihrem Weg abbringen, oder?«

»Nichts leichter als das«, antwortete er. »Oder hast du über deinem kleinen Spaziergang hier vergessen, wer ich bin?«

»Kannst du auch Gihar von unserer Spur abbringen?«

Der Yarudo schielte zu den knorrigen Baumstämmen hinüber, die die niedrige Decke der Äste trugen.

»Er ist sehr stark.«

»Ich weiß. Aber könntest du es trotzdem?«

»Vermutlich schon«, sagte der Yarudo nach einer Weile. »Jetzt gleich?«

Im Grunde schmeichelte ihm Rays Bitte, sodass er am liebsten sofort zur Tat geschritten wäre.

»Nein, erst wenn ich es dir sage.«

Der Yarudo beäugte Rays Gefährten, die ihn ihrerseits musterten.

»Na gut, einverstanden.«

Daraufhin drehte er sich um, stapfte ein kleines Stück davon und löste sich dann in Luft auf.

»Wusst ich's doch, dass du den nicht mehr loswirst!«, trumpfte Grizzly auf.

»Hat er dir den Oribaum gezeigt?«, erkundigte sich Sayunaro.

»Ganz genau«, antwortete Ray und wandte sich dann an alle. »Er ist bereit, uns zu helfen.«

»Und Gihar?«, fragte Montaro leise. »Er wird das doch niemals zulassen …«

»Er würde niemals zulassen, dass ein freundlicher Geist uns hilft, das stimmt«, antwortete Grizzly. »Aber ein Yarudo? Das ist kein besonders angenehmer Zeitgenosse. Er ist böse und hilft den Menschen eigentlich nicht, im Grunde steht er also auf Gihars Seite. Das ist kein schlechter Plan, Ray.«

»Warten wir's ab«, entgegnete dieser und folgte der feuchten Spur, die vom See zum Wald führte.

Noch stellte ihn sein eigener Plan zufrieden. Wenn Gihar Wort hielt und sie nicht hinterrücks tötete, könnten sie vielleicht am Ende doch lebend aus diesem Wald herauskommen.

Gihar ahnt nicht einmal, dass wir einen Yarudo bei uns haben, überlegte Ray. Ich habe keinen Zauber zur Herbeirufung gewirkt, denn den hätte er spüren können. Außerdem ist der Geist nicht ständig bei uns …

Die Spur wurde immer schmaler. Vermutlich hatte sich der Frosch – oder was auch immer das für ein Wesen war – aufgerichtet und bewegte sich jetzt auf seinen Pfoten fort, nicht mehr kriechend. Kurz darauf riss die Spur ab, doch zum Glück entdeckten sie sie bald wieder. Sprang das Geschöpf jetzt etwa?

»Das ist jedenfalls kein kleiner Frosch«, stellte Grizzly fest. »Wenn ihr mich fragt, hat der mindestens die Größe eines ausgewachsenen Ebers.«

Plötzlich wurde die Spur so breit, als hätte jemand einen dicken Baumstamm hinter sich hergeschleift, dessen spitze Astvorsprünge den Boden aufgeschlitzt hatten.

»Wenn der uns mal nicht auf die falsche Fährte lockt …«, murmelte Sayunaro, der in die Hocke gegangen war und mit seinen Fingern über die Erde fuhr. »Was hast du ihm versprochen, damit er uns zu unserem Ziel bringt?«

»Unseren langen und peinsamen Tod«, antwortete Ray.

In dieser Sekunde bemerkte er einen Blutfleck im Gras. Die Bäume um sie herum sahen wieder wie gewöhnlicher Wald aus. Tannen, Kiefern und Espen, die von Moos überzogen waren. Zwischen Steinen ragte verdorrtes Gras auf. Der wolkenbezogene Himmel erinnerte an einen trüben Opal. Dichte Schatten verschlangen das letzte Abendlicht.

In den Zweigen der Kiefern um sie herum riss ein Geist Nadeln und Rinde ab, verließ sein Versteck aber nicht. Gihar hielt Wort und ließ sie Rekar und Sel suchen.

Ray beschleunigte nun seinen Schritt, denn er wollte den entscheidenden Zusammenstoß mit Gihar nicht in völliger Finsternis erleben.

Abermals ging es bergauf, anschließend hinunter in eine kleine Senke. Das Gras sprenkelten weiße Blumen, deren süßer Duft fast den Geruch von Blut und altem Tod überlagerte.

Ray erspähte die Leichen als Erster. Einem Mann war der Schädel eingeschlagen worden, aus der Brust eines anderen ragten mehrere Pfeile heraus, ein dritter war von einem Schwert durchbohrt worden. Der vierte saß gegen einen Baumstamm gelehnt da und hielt mit beiden Händen das Messer umklammert, das in seinem Bauch steckte.

»Das sind Männer der ersten Einheit«, flüsterte Montaro und zog sein Schwert blank. Aber es war niemand da, den er für deren Tod hätte bestrafen können.

Stille belauerte sie. Die weißen Blüten wippten auf ihren schmalen Stängeln, als nickten sie beifällig zu etwas, das nur sie hörten.

Grizzly fluchte leise. Selbst Sayunaro stieß einige wütende Worte aus. Erst da begriff Ray, wohin die beiden sahen.

An einem Kieferast baumelte ein schmaler Strick. Ein Ende umschlang Rekars Hals. Ihr einstiger Gefährte ... Um den Baum herum lagen weitere Leichen.

Als Ray sein totes, blaues Gesicht betrachtete, fielen ihm Soburos Worte ein: »Ich sage das nicht gern, aber Burschen wie ihr sterben in der Regel im ersten Jahr nach ihrer Ausbildung.« Der Schluss hallte wieder und wieder in Rays Kopf nach. »... im ersten Jahr nach ihrer Ausbildung.«

»Wer hat das getan?«, fragte Montaro.

»Ich weiß es nicht«, sagte Ray, der seine eigene Stimme kaum wiedererkannte.

»Als Beschwörer hat er sich doch bestimmt nicht selbst getötet, oder?«

»Ich weiß es nicht.«

Rekar hatte sich damals als Einziger Meister Hyeon offen widersetzt. Er hatte sein Leben nicht leichtfertig am Tag der Geister aufs Spiel setzen wollen und den Tempel lieber ohne Zertifikat verlassen. Am Ende hatte er dennoch eine Stellung bei einer angesehenen Familie gefunden. Und jetzt hing er an einer Kiefer wie ein Straßenräuber oder Selbstmörder.

Wer trug die Schuld daran? Sel, der ein verbotenes Buch gelesen hatte? Die Bauern früherer Generationen, die ihre Verwandten in diesem Wald dem sicheren Tod überlassen hatten? Der Wald selbst, der sich in einen wahnsinnigen Mörder verwandelt hatte?

Ray umfasste die Yari so fest, dass sich ihm das Holz schmerzhaft in die Hand bohrte.

Warum lebe ich dann noch?, schrie er innerlich. Was unterscheidet mich von Rekar? Warum habe ich dieses Glück? Und bin ich dessen überhaupt wert?

Schwärzeste Verzweiflung riss ihn mit. Er bekam kaum noch Luft. Müdigkeit und Schmerz lasteten derart auf ihm, dass er sich am liebsten zu Boden geworfen und das Gesicht im Gras vergraben hätte, um nie wieder aufzustehen, nirgendwo mehr hinzugehen, für niemanden mehr Verantwortung zu übernehmen. Die Verlockung, zwischen diesen weißen Blumen zu liegen, mit niemandem zu kämpfen, niemanden zu retten, hatte etwas nahezu Magisches …

Doch dann bohrten sich Finger in seine Schultern, und er wurde geschüttelt.

»Ray!«, hörte er es hinter sich. Er drehte sich um und sah Sayunaro. Neben ihm stand Grizzly.

»Das ist Gihar. Überlass dich nicht der Verzweiflung! Er will dich töten oder um den Verstand bringen. Montaro!« Sayunaro ließ ihn los und stürzte zu Montaro, der vor seinen Augen zusammengebrochen war. »Steht auf! Schlaft nicht ein, sonst kommen wir hier nie mehr raus!«

Ray schüttelte den Kopf. Allmählich lichtete sich der Nebel in seinem Hirn.

»Was glaubst du – wer hat Rekar getötet?«, wandte er sich mit heiserer Stimme an Sayunaro. »Gihar oder die Soldaten, die ihn begleitet haben?«

»Als ob das nicht aufs Gleiche hinausliefe«, antwortete sein Freund. Als er einen Blick hinüber zu Rekar warf, verzerrte Wut sein Gesicht, und es kostete ihn enorme Kraft, nicht die Beherrschung zu verlieren. »Weiter! Wir müssen Sel finden!«

»Wartet!« Grizzly räusperte sich. »Wir können ihn doch nicht … so hängen lassen …«

Ray kappte den Strick mit der Yari. Der schwere Körper krachte zu Boden. Grizzly zupfte Rekars Hemd zurecht, damit das Symbol des Beschwörers am Kragen zu erkennen war, zog dann seine Jacke aus und bedeckte mit ihr das leblose Gesicht.

Mehr konnten sie für Rekar nicht tun. Sie mussten weiter.

Die Dämmerung verdichtete sich zunehmend, unter den Bäumen ballte sich bereits undurchdringliche Dunkelheit zusammen. Die im Gras kauernde Gestalt hatten sie daher zunächst für einen Baumstumpf gehalten. Erst als sie den Glanz in den Augen und das Schwert auf den Knien ausmachten, wussten sie, dass sie einen Mann vor sich hatten. Nun bemerkten sie auch die tiefe Grube, die neben ihm im Boden gähnte. Der Geruch von aufgerissener, feuchter Erde vermischte sich mit dem Duft der Blumen.

»Herr Kado?«, fragte Montaro erstaunt.

»Montaro«, erwiderte dieser und fuhr mit den Fingerspitzen über die funkelnde Schneide seiner Klinge. »Hast du es also bis hierher geschafft …«

»Ihr seid ja nicht einmal verletzt …«

»Wie du siehst. Und tot bin ich auch nicht.«

»Habt Ihr den Sohn unserer Herrin gefunden?«

»Ja«, antwortete er und grinste verschlagen.

»Und ist Sel noch am Leben?«, fragte Ray.

»Noch ja.«

»Wo ist er?«

»Dieser feine Herr erfreut sich bester Gesundheit«, überging Kado die Frage. »Im Unterschied zu allen meinen Männern.« Kado deutete mit dem Kinn in die Richtung, aus der sie gekommen waren. »Habt Ihr sie gesehen?«

»Ja«, antwortete Grizzly. »Was ist hier geschehen?«

»Sie haben den Verstand verloren«, sagte Kado. »Und sich gegenseitig abgeschlachtet.«

»Und Rekar?«

»Der Beschwörer hat versucht, sie wieder zur Vernunft zu bringen, aber das hat Gihar nicht zugelassen.« Kado sah die drei Beschwörer unverwandt an. »Ihr wisst, dass der Wald lebt? Dass er selbst Gihar ist?«

»Wo ist Sel?«, wollte Sayunaro wissen, wobei er Kado nicht eine Sekunde aus den Augen ließ. »Wir müssen hier weg. Schnellstens.«

»Keine Sorge, Euch bleibt genug Zeit. Zunächst müssen wir nämlich noch etwas anderes erledigen.«

»Was?« Als Ray auf den Mann zugehen wollte, hob dieser das Schwert und richtete es auf ihn.

»Wegen eines dummen Jungen sind alle meine Männer zu Tode gekommen. Genau wie deine, Montaro. Und wir zwei werden auch nicht mehr lebend aus diesem verdammten Wald herauskommen!«

»Wo ist Sel?«, fragte Ray barsch. Seine innere Stimme machte sich bereits wieder bemerkbar.

Kados Blick wanderte hinüber zu der Grube. Unverzüglich stürzte Ray zu dem Loch.

Sel saß am Boden, gegen die Erdwand gelehnt, ausgelaugt, schmutzig und in zerrissenem Hemd. Doch selbst in diesem Zustand war er seiner schönen Mutter noch wie aus dem Gesicht geschnitten. Neben ihm lag ein Mensch, der in weißen Stoff gehüllt worden war.

»Sel«, sprach Ray den jungen Mann an.

Dieser legte den Kopf in den Nacken und betrachtete Ray mit völlig leerem Blick. Dann aber flackerte etwas in seinen Augen auf, und er sprang auf.

»Sayunaro? Bist du das?! Bist du das wirklich?«

»Ja«, antwortete dieser völlig gelassen. »Wir holen dich da jetzt raus.«

»O nein, das werdet ihr nicht!« Kado war ebenfalls zu ihnen gekommen und trat nun etwas Erde vom Rand los. Schwere Brocken fielen in die Grube. Sel riss die Arme hoch, um seinen Kopf zu schützen. »Er ist freiwillig in diesen Wald gegangen. Jetzt soll er auch hierbleiben. Gihar hat mich nämlich davon überzeugt, dass dies nur recht und billig wäre.«

»Und deswegen«, fragte Grizzly barsch, »habt Ihr ihn gezwungen, sein eigenes Grab auszuheben?«

»Er hatte längst damit angefangen«, entgegnete Kado grinsend. »Ich habe ihn nur dazu gebracht, etwas schneller zu Werke zu gehen.«

»Herr Kado«, sagte Montaro und behielt das Schwert in der Hand des Mannes fest im Blick. »Wir alle sind in diesem Wald, um Sel vor dem Tod zu bewahren, nicht, um ihn zu töten.«

»Er ist wegen eines Mädchens in den Wald gegangen. Die Kleine hat verbotene Bücher gelesen und wollte ihrem Leben daraufhin ein Ende setzen«, erläuterte Kado in einem Ton, als glaubte er, die drei Beschwörer auf seine Seite ziehen zu können. »Sie hat bekommen, was sie verdient hat. Gihar hat ihr die Arbeit sogar noch abgenommen. Sollen die zwei also ruhig zusammen begraben werden, damit sie nie wieder etwas trennt.«

»Ich erhebe Einspruch«, erwiderte Montaro erstaunlich sanft. »Herr Sel trägt keine Schuld am Tod unserer Männer. Wenn jemand anzuklagen ist, dann Gihar, denn er hat ihnen den Verstand geraubt. Herr Kado, wir beide dienen der Familie des Statthalters. Wenn Ihr dem Jungen etwas vorzuwerfen habt, dann bringt ihn in die Stadt, damit man ihn vor Gericht stellt, spielt Euch aber nicht selbst als sein Richter auf.«

Montaro redete noch weiter auf Kado ein, Sayunaro legte die Hand auf den Gürtel, um jederzeit das Schwert ziehen zu können, Grizzly rückte an den Offizier heran, in dessen Augen fraglos Wahnsinn schimmerte. Ray behielt sie alle im Auge – und ließ gleichzeitig den Schaft seiner Yari in die Grube hinunter.

»Halt dich fest, ich ziehe dich raus!«

Sel packte die Yari.

In dieser Sekunde wollte sich Kado wild schreiend auf Ray stürzen, doch Montaro hinderte ihn mit seinem Schwert daran.

Das Duell dauerte nicht lang. Das Waffengeklirr hallte in diesem Wald geradezu ohrenbetäubend wider. Gihar verfolgte den Kampf dieser Männer neugierig mit den Augen, welche die hier wachsenden weißen Blumen bildeten. Dazu grinste er mit den Astlöchern in den Baumstämmen. Wartete begierig auf frisches Blut.

Montaro wehrte eine Attacke auf seinen Bauch ab, sprang zur Seite, schlitzte seinem Gegner den Arm auf und trieb ihm, als dieser bereits schwankte, die Klinge in die Brust. Eine Hand auf die Wunde gepresst, fiel Herr Kado zu Boden. Leben und Tod lieferten sich in seinen Augen ein letztes Gefecht, dann brach der Blick des Mannes, und er blieb reglos am Boden liegen.

»Ihr wisst Eure Klinge zu führen«, stellte Grizzly fest.

Ray und Sayunaro halfen unterdessen Sel aus der Grube.

»Danke«, murmelte dieser und starrte auf den toten Kado, der doch eigentlich sein Beschützer hätte sein sollen. »Ich habe niemandem gesagt, dass ich in den Giharwald gehe, denn ich wollte nicht, dass jemand meinetwegen stirbt.«

»Aber genau das ist geschehen«, entgegnete Sayunaro unerbittlich. »Die Männer beider Einheiten sind tot, und auch unseren Freund, einen Beschwörer, hat dieses Schicksal ereilt.«

»Das tut mir aufrichtig leid.«

»Ich habe dein Buch gefunden …«

»Das ist nicht mein Buch. Laelia hat es gelesen. Danach ist sie in diesen Wald gegangen. Ich wollte sie unbedingt zurückholen, bin aber zu spät gekommen.« Er blickte zu dem Grab hinüber. »Dann wollte ich sie beerdigen, aber nicht einmal das habe ich geschafft.«

Sel fuhr sich mit beiden Händen über das schmutzige Gesicht, das danach noch dreckverschmierter war.

»Ich weiß nicht, wie all das gekommen ist. Aber sie ist gestorben, und ich lebe.«

»Weil du als Köder gedient hast«, erklärte ihm Ray. »Gihar hat gespürt, dass dir viele junge Männer folgen würden, deshalb hat er dich nicht gleich umgebracht.«

»Da ist etwas«, flüsterte Grizzly mit einem Mal.

Sofort brach das Gespräch ab. Und dann hörten und sahen sie es alle.

Über die Lichtung legte sich ein schwarzer Schatten, den Hunderte von Heuschrecken mit ihren Flügeln schufen. Er veränderte seine Konturen und kroch von allen Seiten heran.

»Weg hier! Rasch!«, befahl Ray und stieß Sel vorwärts. »Yarudo!«

Der Geist tauchte aus dem Nichts auf. Verglichen mit dem gewaltigen Heuschreckenschwarm über den Bäumen nahm er sich geradezu winzig aus.

»Rennt!«, schrie er. »Einfach geradeaus!«

Und sie alle stürzten davon.

Als Ray eine leichte Benommenheit spürte, als es kurz in seinen Ohren rauschte und vor seinen Augen Rauch waberte, da wusste er, dass der Yarudo seine Magie tatsächlich eingesetzt hatte.

Selbst für die Beschwörer war es nicht leicht, durch den düsteren Wald zu fliehen. Der Yarudo tauchte ab und an für einen flüchtigen Moment auf und lauschte. Jedes Mal wirkte sein blasses Gesicht durchscheinender.

Irgendwann begriff Gihar, dass seine Beute auf unerklärliche Weise verschwunden war. Da erzitterten die Bäume und warfen mit Blättern und Ästen um sich, da schossen fledermausartige Schemen durch die Luft, barst die Erde, und aus den Spalten krochen Wurzeln, die den Boden abtasteten und sich dann unverrichteter Dinge wieder ins Dunkel zurückziehen mussten.

Sel wäre beinahe über einen Stein gestürzt, aber Grizzly fing ihn noch rechtzeitig auf. In einem fort krachten Bäume ein. Jedes Mal erhob sich danach ein wildes Heulen, das ihnen allen eine Gänsehaut über den Rücken jagte, sodass sie sich am liebsten die Ohren zugehalten und unter der nächsten Tanne versteckt hätten.

Aber nein, vor den Tannen sollten sie auch besser hüten! Immer wieder streckten diese nämlich ihre Zweige nach ihnen aus, um sie in ihre pikenden Arme zu schließen.

Was wohl die Menschen in der Stadt bei diesem Getöse denken?, schoss es Ray durch den Kopf. Oder hören sie es überhaupt nicht?

Er selbst fühlte sich längst in die Enge getrieben und am Ende seiner Kräfte. Die Stiefel klebten schier am Boden, die Yari in seiner Hand war viel zu schwer für ihn … Er blieb stehen und sah sich nach den anderen um. Sayunaro und Grizzly wirkten völlig ausgelaugt, bei Sel und Montaro fehlte nicht viel, und sie würden zusammenbrechen. Ob Gihar sie doch entdeckt hatte? Nein, das konnte nicht sein, der Lärm klang immerhin nicht mehr ganz so nah.

Dann sind wir wohl einfach erschöpft, dachte Ray erleichtert – bis ihm klar wurde, dass sie sich verirrt hatten. Er selbst hatte völlig die Orientierung verloren. Kein Wunder, schließlich hatten sie diesen Wald gewissermaßen blind durchquert, weil sie die gewöhnliche Welt ja gar nicht mehr wahrgenommen hatten. Montaro musste bei dieser Dunkelheit ebenfalls verloren sein. Selbst der Yarudo vermochte ihnen momentan nicht den Weg zu weisen, denn er war vollauf damit beschäftigt, Gihar abzulenken.

Sayunaro blieb keuchend neben ihm stehen.

»Was ist?«, fragte Montaro in scharfem Ton. »Warum halten wir an?«

»Wir brauchen eine kurze Verschnaufpause«, erklärte Ray.

»Verschnaufen können wir, wenn wir aus diesem Wald raus sind«, entgegnete Montaro, obwohl er sich selbst kaum noch auf den Beinen hielt.

»Wir müssen dort lang«, sagte Grizzly, zeigte auf ein paar Büsche, setzte sich wieder in Bewegung und schleifte den entkräfteten Sel praktisch hinter sich her.

»Bist du sicher?«, hakte Sayunaro nach.

»Eben war ich das noch«, gab Grizzly zu. »Aber jetzt, wo du fragst …«

Die Zweifel waren rasch verflogen, als in der Nähe eine Kiefer ins Schwanken geriet und langsam umkippte. Die kleine Gruppe rannte weiter, ohne noch darüber nachzudenken, wohin. Hauptsache weg.

Sie irrten durch den Wald, bis Ray, der voranging, beinahe in eine Schlucht gestürzt wäre. Sayunaro packte ihn in letzter Sekunde beim Arm.

»Das war genug Gerenne!«, verkündete Grizzly. »Sonst brechen wir uns am Ende noch alle den Hals!«

»Aber wir müssen doch …«, setzte Ray an.

»Wir müssen die Hand vor Augen erkennen können.«

»Da!«, rief Sel. »Seht doch!«

Die Nacht wurde von einem schwachen Licht durchbrochen – das sich langsam auf sie zubewegte.

Kurz vor der kleinen Gruppe hielt es inne, sodass die Zweige eines Strauchs, zertretenes Gras und ein paar Kieselsteine dem Dunkeln entrissen wurden. Von diesem Licht ging keine Gefahr aus, das begriffen sie alle. Plötzlich meinte Ray, das Licht fordere ihn auf, ihm zu folgen, mal nachdrücklicher, fast mit einem Befehl, mal sanfter in Form einer Bitte. Vor seinem inneren Auge sah er eine breite Straße, Laternen, leuchtende Fenster. Das Bild verblasste schnell, hinterließ in Ray aber ein Gefühl von Wärme und Behaglichkeit.

Nach einer Weile driftete das Licht zur Seite.

Mit der gleichen Sicherheit, mit der Ray sich an Gihar gewandt hatte, verkündete er jetzt: »Wir müssen ihm folgen.«

»Was, wenn das eine Falle ist?«, hielt Montaro dagegen.

»Dieses Licht bringt uns hier heraus, glaubt mir.«

»Stimmt«, sagte Sayunaro und machte als Erster einen Schritt auf das Licht zu. »Folgen wir ihm!«

Sie erkannten nun eine verschwommene Silhouette. Diese Figur schickte ein schwaches Licht auf den Boden und die Bäume, von ihr ging eine Ruhe und Freundlichkeit aus und sogar eine leichte Wärme, die die nächtliche Kälte vertrieb.

Auch wenn sie es noch nicht wagten, an ihr Glück zu glauben, marschierten sie tapfer durch den Wald.

Gihar wütete unverdrossen, fauchte und spuckte Steine, entwurzelte Bäume und riss die Erde auf, doch das konnte ihnen nun einerlei sein. Die silbrige Silhouette vor ihnen wies ihnen den Weg, ohne auf die Raserei des Waldes zu achten.

»Ist das ein Geist?«, wollte Sel wissen. »Und warum hilft er uns?«

»Weil es Gihar schadet«, antwortete Sayunaro, ohne sich in weiteren Erklärungen zu ergehen.

Sie bewegten sich einen steilen Hang hinunter. Der Abstieg verlangte ihnen trotz des Lichtes höchste Aufmerksamkeit ab. Sogar die Bäume, die hier wuchsen, krallten sich geradezu verzweifelt in den Boden. Ein paarmal erspähte Ray die Gestalt des Yarudos, der mit weit ausgebreiteten Armen vor ihnen umherlief und, wie Ray meinte, fröhlich lachte. Obwohl die knorrigen Äste ihn zu fangen versuchten, blieb er nie stehen, sondern duckte sich stets früh genug weg, um sein gefährliches Spiel fortsetzen zu können.

Die Heuschrecken fielen irgendwo hinter ihnen wütend mit ihren Kiefern über die Bäume her, als hinderten diese sie daran, die Menschen zu erspähen. Sie kreisten auch immer wieder hoch über den Kronen, landeten dann auf den schmalen Zweigen – und machten ihre Opfer doch nie aus.

Ein paar Gespenster stolperten blind zwischen den Tannen umher, ohne die Menschen in ihrer Nähe wahrzunehmen. Gelegentlich blieben sie stehen, stierten vor sich hin und irrten dann wieder durch die Gegend …

Ray hatte keine Ahnung, wie viel Zeit inzwischen vergangen war, er spürte nicht länger Müdigkeit oder Verzweiflung, er lief bloß weiter und weiter, fest davon überzeugt, dem richtigen Weg zu folgen.

Mit einem Mal verstummte der Wald. Um sie herum standen nach wie vor die gleichen Bäume, zu ihren Füßen wuchs das gleiche Gras, doch die Schwere, die bisher auf ihrer aller Schultern gelastet hatte, war von ihnen genommen worden. In der feuchten Nachtluft lag kein Hinweis auf Tod mehr. Und der Wald lichtete sich allmählich.

»Sollten wir es tatsächlich geschafft haben?«, fragte Grizzly, der seinen Augen nicht zu trauen schien. »Haben wir diesen Wald wirklich hinter uns gebracht?«

Die Silhouette aus Licht erlosch langsam, fast als wüsste sie, dass ihre Hilfe nun nicht mehr nötig war.

»Hier endet die Macht Gihars«, behauptete Sayunaro im Brustton der Überzeugung. »Ich spüre ihn nicht mehr.«

»Ich weiß jetzt wieder, wo wir sind. Da vorn verläuft die Straße«, rief Montaro aus. »Kommt, rasch, bevor sie noch eine dritte Einheit in den Wald schicken.«

An das geheimnisvolle Wesen, das ihnen mit seinem Licht den Weg gewiesen hatte, verschwendete er keinen einzigen Gedanken. Jetzt, da die Rückkehr in seine vertraute Welt nah war, fühlte er sich nicht länger von den Beschwörern und ihrer Magie abhängig, sondern schien wie neugeboren zu sein.

Sel war viel zu müde, um irgendwelche Fragen zu stellen. Grizzly spähte noch zu dem Licht zurück, folgte dann aber den anderen.

Nur Ray blieb stehen. Zunächst geschah gar nichts. Erst nach einer Weile machte er am Fuß einer Kiefer das schwache Licht aus, aus dem sich die Gestalt eines Menschen herausschälte. Im trüben Licht ließ sich ein strenges Gesicht ausmachen, gut genähte Hosen, die in hohen Stiefeln steckten, eine teure Jacke mit Pelzkragen und das Zeichen des Beschwörers.

Ray wollte Rekar etwas zurufen, schwieg am Ende aber doch.

Es tut mir sehr leid, was mit dir geschehen ist, ließ er ihn bloß in Gedanken wissen. Was wirst du jetzt tun? Alle aus diesem Wald herausführen, die in ihn hineingeraten sind? So wie uns eben? Rache üben?

Irgendwann wandte sich die Figur von Ray ab und driftete langsam in den Wald zurück, der den Menschen in ihm umgebracht hatte.

Rekar würde diesen Wald nie wieder verlassen können, dieses Schicksal teilte er mit allen Menschen, die von Gihar getötet worden waren. Als Einziger all dieser Unglücklichen aber würde er sich niemals in eine hungrige, blutdürstige Kreatur verwandeln, denn ein Beschwörer bleibt selbst nach seinem Tod noch ein Beschwörer.

Damit sickerte in dieses Dunkel erstmals ein lichter Geist ein.

»Gihar weiß nicht, was er sich mit diesem Mord eingehandelt hat«, stellte Sayunaro fest, der an Ray herangetreten war. »Wenn er auch nur geahnt hätte, mit wem er es da zu tun bekommt, hätte er Rekar nicht ein Härchen gekrümmt. Nun wird unser alter Gefährte mit Sicherheit alles daransetzen, dass Gihar nie wieder einem Menschen Schaden zufügt.«

»O ja, das wird er!«

Die beiden sahen noch ein letztes Mal zum Wald hinüber, ehe sie den anderen hinterher zur Straße eilten.

Über ihnen leuchteten Sterne, die vom Regen gewaschen zu sein schienen.

8

Die Brücke

»Wusst ich's doch!«, brummte der Yarudo, der in der Ecke des Wagens kauerte. »Am Ende heimst den ganzen Ruhm mal wieder ein lichter Geist ein! Aber wenn ich nicht gewesen wäre, hätte Gihar euch gefressen, ohne mit der Wimper zu zucken! Wer hat ihn denn von eurer Spur weggelockt?! Wer hat euch denn die ganze Zeit Rückendeckung gegeben?!«

»Ist ja gut«, bemerkte Grizzly freundlich. »Als ob wir nicht wüssten, was wir dir zu verdanken haben!«

»Und zwar nur mir! Ihr hattet euch doch schon verlaufen wie blinde Segrimis!«

»Wir haben dir doch schon hundertmal für deine Hilfe gedankt.«

»Aber nicht gut genug«, erklärte der Yarudo, reckte stolz das Kinn in die Höhe und funkelte wild mit den Augen.

»Besser können wir's halt nicht, tut mir leid.«

Der miesepetrige Geist schaffte es heute einfach nicht, Grizzly die Stimmung zu verhageln. Selbst das Hundewetter, das ihnen ewig nasse Kleidung bescherte, brachte das nicht fertig. Nein, die Summe, die sie für Sels Rettung erhalten hatten, war so hoch, das Lob ihrer Fertigkeiten so aufrichtig ausgefallen, dass allein der Gedanke daran Grizzly jedes Ungemach vergessen ließ.

Dafür klagte der Yarudo in einem fort darüber, dass Rekar in dieser Geschichte überhaupt erwähnt wurde. In dieser üblen Laune hatte er sich den Beschwörern an die Fersen geheftet.

»Wer hat dir denn den Oribaum gezeigt?«, grummelte er und

stierte Ray an, der versuchte, trotz dieses endlosen Lamentos zu schlafen. »Eben!«

»Um Rekar tut es mir leid«, bemerkte Sayunaro leise, der den Blick zwar auf den Geist gerichtet hielt, sein Gemaule aber offenbar überhörte. »Was für ein dummer Tod …«

»Gibt es denn einen anderen?«, fragte Ray, ohne die Augen zu öffnen. »Kannst du mir auch nur einen Tod nennen, der gerecht wäre? Schön?«

»Lies mal einen Roman«, sagte Grizzly. »Da ist jeder zweite Tod umwerfend schön.«

Der Yarudo sah Ray ernst an – dieser spürte den sengenden Blick sogar durch die geschlossenen Lider – und meinte: »Der Tod ist ein Duell mit dem Unvermeidlichen. Und der Mensch verliert dieses Duell immer.«

Diese Worte berührten Ray seltsam, doch da der Wagen gerade über einen Stein fuhr und ordentlich durchgerüttelt wurde, verflog das unangenehme Gefühl sogleich wieder.

»Da fällt mir eine Geschichte ein«, stieß Grizzly lachend aus, »die passt genau zu diesem Thema.« Er räusperte sich und begann im Ton eines erfahrenen Märchenerzählers: »Es war einmal eine wunderschöne Ayuola, die streifte eines Tages im finsteren Wald umher und …«

»Was ist eine Ayuola?«, unterbrach ihn der Yarudo und zupfte Ray am Ärmel.

Diesem wurde endgültig klar, dass an Schlaf gegenwärtig nicht zu denken war.

»Eine Blitzesammlerin«, antwortete er. »Eine Geistererscheinung, die bei einem Gewitter sämtliche Himmelspfeile einsammelt, die auf die Erde gefallen sind, und sie zurück zum großen Himmelsgeist bringt, der sie in die Tiefe geschleudert hat.«

»Du flunkerst doch«, brachte der Yarudo im Brustton der Überzeugung heraus und kräuselte seine kurze Nase. »Von solchen Sammlerinnen habe ich noch nie gehört.«

»Dürfte ich jetzt bitte weitererzählen?«, murrte Grizzly, wartete, bis ihm die Aufmerksamkeit der anderen sicher war, und setzte seine Geschichte fort, wenn auch nicht mehr im bisherigen Ton. »Die Ayuola ist also in diesen Wald geraten. Die Blitze funkelten in den Wolken und fielen dann zu Boden. Und der Himmel öffnete geradezu seine Schleusen. Es donnerte so laut, als wäre ein ganzes Dutzend Eichen geborsten.

Die Ayuola sammelte alle weiß glühenden Pfeile ein. Das war eine gefährliche Aufgabe, denn wenn sie nicht achtgab, konnte so ein Pfeil selbst sie verletzen. Deshalb fasste die Ayuola die Dinger immer nur ganz oben an der Spitze an und steckte sie möglichst schnell in ihre Tasche.

Sie war so in ihr Tun vertieft, dass sie gar nicht bemerkte, wie ein riesiger hungriger Wolf auf einen Strauch ganz in ihrer Nähe zutrottete, um sich darunter zu verstecken. Jeder Donnerschlag ließ ihn erschaudern, denn auch er wusste, dass die Himmelspfeile keine Gnade kennen. Als er jedoch die Ayuola sah, dieses hilflose kleine Mädchen, siegte der Hunger über seine Angst, und er wollte sich auf dieses Geschöpf stürzen. Die Ayuola erschrak so sehr, dass sie einen der Blitze fallen ließ. Dessen glühender Schweif peitschte sofort auf ihre Hand ein. Eine tiefe Wunde klaffte an ihrem Gelenk. Fassungslos starrte der Wolf die Ayuola an, dann sagte er: ›Es gibt auf der Welt nichts Entsetzlicheres als ein Gewitter. Ich habe Riesenangst davor, du aber hast mehr Angst vor mir als vor dem Gewitter. Sollte ich tatsächlich schlimmer als Blitz und Donner sein?‹ Daraufhin versank er tief in Gedanken, die Ayuola jedoch durfte ihres Weges gehen.«

Ein paar Minuten herrschte Stille im Wagen, die nur vom Quietschen der Räder und dem Pladdern des Regens durchbrochen wurde.

»Und was soll uns diese Geschichte sagen?«, fragte der Yarudo schließlich.

»Um es für ungebildete Dorfgeister mit einfachen Worten auszudrücken«, knurrte Grizzly. »Der Wald steht für das Leben eines Menschen, das Gewitter für all die Gefahren, Entdeckungen und Risiken, die dieses Leben erst interessant machen und ihm Sinn geben. Der hungrige Wolf ist der Tod, der nur eines fürchtet, nämlich das Leben in seiner schillernden Größe. Die

Ayuola wiederum versinnbildlicht den Menschen, der Schmerzen durchaus ertragen kann, etliche Schwierigkeiten überwindet und nur eines fürchtet: den Tod.«

»Das Ende deiner Geschichte hinkt aber«, stellte der Yarudo fest. »Es müsste so lauten: ›Wenn du ein Gewitter nicht fürchtest, obwohl es das Schlimmste ist, was es in der Welt gibt, dann bist du stärker als ich.‹ Und vom Mut und der Stärke der Ayuola überwältigt, zog der Wolf ab.«

»Wenn du so ein Schlaukopf bist«, fuhr Grizzly ihn an, »erzähl beim nächsten Mal halt selbst eine Geschichte.«

»Auf jeden Fall«, hielt Ray fest, »bedeutet diese Geschichte, dass ein Mensch, der doch so viele Prüfungen des Lebens meistert, keine Angst vorm Tod zu haben braucht.«

Der Yarudo nahm diese Worte schweigend zur Kenntnis, zog die Knie an die Brust und dachte nach.

Der Weg in die ferne Provinz Agosima schien nicht enden zu wollen. In Rays Kopf waren all die Wagen, Städte und Herbergen längst zu einem einzigen Ganzen verschmolzen. Die Eindrücke prasselten so schnell auf ihn ein, dass er sich kaum noch daran zu erinnern vermochte, wo sie vor ein paar Tagen gewesen waren.

Und es wurde immer einsamer, denn mittlerweile durchquerten sie das bergige Ando.

Auf dem höchsten Gipfel ragten weithin sichtbar die steinernen Türme der Burg auf, die den Harumos einst als Stammsitz gedient hatte. Die Truppen dieses Statthalters hatten jahrelang die Provinzen Suro, Hagura und Welessa geplündert. Sie hätten sich auch Agosima vorgenommen, hätten dorthin nicht bloß schwer passierbare Bergpässe geführt. Irgendwann hatten sich dann die Gegner Andos vereint und Widerstand geleistet. Sämtliche Männer aus dem Hause Harumo wurden niedergemetzelt, die Burg in Schutt und Asche gelegt. Angeblich lebten die Nachfahren des Statthalters bis heute in Armut.

Der Abstand zwischen den einzelnen Dörfern wurde immer größer, und die Häuser tauchten stets so überraschend auf wie Pilze im Moos: Wenn es am Waldboden lediglich alte Tannennadeln zu geben schien – bis plötzlich ein weißer oder roter Hut aufragte. So war es auch in dieser unwirtlichen Gegend, durch die ihre schmale Straße führte. Weit und breit nichts – bis sie plötzlich Rauch und ein bemoostes Dach ausmachten.

Sämtliche Häuser in der Gegend besaßen dicke Wände und winzige Fenster und lagen hinter soliden Steinumfriedungen. Fremden begegneten die Menschen hier anders als in Warra mit Misstrauen, auf alle Fragen antworteten sie nur einsilbig. Von Statthaltern, Beschwörern und Soldaten hielt man grundsätzlich nur wenig. Die Bergbewohner wollten ihre Ruhe, mehr nicht. Im Zweifelsfall nicht einmal Hilfe.

Selbst die Hunde bellten Fremde nicht an, sondern versteckten sich vor ihnen …

An den Berghängen glitzerte hier und da bereits Schnee. Rays Blick wanderte unwillkürlich zu diesen Felsgiganten. Um nach Agosima zu gelangen, mussten sie einen Kamm überwinden. Sie würden jemanden brauchen, der sie führte.

Abermals polterte der Wagen über ein paar Steine, was Rays Überlegungen beendete. Der Yarudo nutzte die Gelegenheit, um sich in Luft aufzulösen.

Als Ray zum Fenster hinausblickte, sah er eine schwarze Säule mit einem Schild, die ihn ein wenig an einen Geist erinnerte, der Blutiger Schirm hieß und der seine einzige Hand jedem Menschen entgegenstreckte. Außerdem kam ein Mann in einem Umhang durch den Regen auf die Kutsche zugeeilt. Er hatte die Kapuze tief ins Gesicht gezogen und gab dem Kutscher ein Zeichen. Daraufhin wurde er zum Einsteigen aufgefordert.

Kaum hatte der Mann den Wagenschlag geöffnet, presste sich Sayunaro gegen die Lehne.

»Das ist ein Beschwörer des Ordens«, zischte er.

»Wie kommst du denn darauf?«, erwiderte Grizzly. »Und selbst wenn …«

Kalte Luft quoll herein und brachte auch ein paar Regentropfen mit. Der Umhang des Mannes triefte, seine Stiefel waren völlig verdreckt.

»Einen schönen guten Tag wünsche ich«, sagte er aufgeräumt

und streifte die Kapuze nach hinten. »Was ist das bloß für ein Sauwetter!«

In seinem braun gebrannten Gesicht funkelten sehr helle Augen, ein Netz feiner Falten durchzog seine Haut. Mit Sicherheit war er bei Wind und Wetter unterwegs. Auf den ersten Blick wirkte er wie ein nicht mehr ganz junger Handwerker oder Händler. Einer von vielen. Seine Hände mit den langen, feingliedrigen Fingern waren gerötet, was man auf die Kälte hätte schieben können, doch Ray spürte die Magie, die noch in ihnen steckte. Offenbar war der Mann vor nicht allzu langer Zeit mit einem Geist aneinandergeraten.

Der Unbekannte nahm neben Grizzly Platz. Die Yari betrachtete er mit ausgesprochenem Interesse, dann huschte sein Blick zu Sayunaro.

»Wohin geht die Reise denn?«, erkundigte er sich.

»Nach Agosima« antwortete Grizzly.

»Geschäftlich? Oder zieht euch euer Herz dorthin?«

»Wir wollen zu unserem Lehrer. Meister Hyeon. Vielleicht habt Ihr schon von ihm gehört?«

»Nein, noch nie. Und wenn doch, erinnere ich mich nicht mehr an den Namen«, erklärte der Mann und fing an, in seiner Tasche zu kramen. Nach einer Weile zog er eine große Flasche heraus, schraubte sie auf, trank etwas und hielt sie dann Sayunaro hin. »Bei diesem Wetter ist das unverzichtbar.«

Dieser schüttelte jedoch den Kopf und stierte den Mann nur unverwandt an. Ray dagegen griff nach der Flasche. Sie enthielt gewürzten Wein. Nach nur wenigen Schlucken wurde ihm in der Tat sofort warm.

»Und wohin seid Ihr unterwegs?«, fragte Grizzly, ehe der Mann weitere Fragen stellen konnte.

»Ich habe einen Auftrag«, erwiderte dieser lächelnd.

»Und wohin führt er Euch?«, bohrte Grizzly weiter nach, während er von Ray die Flasche entgegennahm.

»Die Frage lässt sich am besten mit einer guten alten Weisheit beantworten: Wohin ein Beschwörer geht, dahin auch der Wind sich dreht.«

Was für ein alberner Geheimniskrämer, schoss es Ray durch den Kopf. Aber was kümmert's mich! Wenn er nicht mit der Sprache herausrücken will, ist das seine Angelegenheit.

Als Nächstes erkundigte sich Grizzly danach, warum der Herr Beschwörer nicht seinen Wagen nehme, denn mit dem diesem käme er doch bestimmt viel schneller voran, erhielt jedoch abermals bloß eine mehr als vage Antwort, weshalb er das Gespräch schließlich aufs Wetter brachte. Er schilderte in grellen Farben die Hitze Warras, die Kälte Datidos, die Stürme Welessas und das angenehme Klima Haguras. Der Unbekannte lauschte mit einem wissenden Lächeln. Vielleicht hatte er ähnliche Erfahrungen gemacht, vielleicht hing er über Grizzlys Wortschwall aber auch seinen eigenen Gedanken nach und gab nur vor, dass ihn außerordentlich interessiere, wie dieses Jahr die Reisernte in Yugora ausgefallen sei.

Immerhin stellte er keine weiteren Fragen.

Das nächste Dorf spähte mit finsterer Miene und winzigen, halb blinden Fenstern aus dem Wald hervor. Ihre Kutsche hielt vor einem ebenerdigen, verfallenen Gebäude, das in einem verwilderten Garten lag und selbst mit gutem Willen kaum als Kanrin bezeichnet werden konnte.

»Das ist Unterweiden«, sagte der Beschwörer. »Hinter der Wiese da drüben liegt Oberweiden, das ist etwas größer.«

»Ihr kennt die Gegend?«, fragte Ray.

»Ja, durchaus«, sagte der Mann. »Bei der Gelegenheit fällt mir ein, dass ich mich ja noch gar nicht vorgestellt habe. Wie unhöflich! Ich bin Morten. Und ihr?«

Ray und Grizzly nannten ihre Namen, Sayunaro aber tat so, als hätte er die Frage nicht gehört.

Morten bestand nicht auf einer Antwort, stieg als Erster aus, zahlte und lief ihnen voran auf die Herberge zu.

»Ihr beide hättet ruhig auch mal etwas zur Unterhaltung beitragen können«, beschwerte sich Grizzly. »Aber nein, ich darf mir mal wieder allein den Mund fusselig reden.«

»Darin bist du nun einmal Meister«, erwiderte Ray, bevor er ebenfalls aus der Kutsche kletterte.

Der Regen hatte zugenommen. Die drei eilten schnurstracks durch den Garten zur Veranda, um dort unter dem Schindeldach Schutz zu finden. Ein zotteliger Hund steckte die Nase aus seinem Verschlag und beobachtete sie aufmerksam. Bei Sayunaros Anblick fing er leise zu knurren an.

Das Kanrin hatte nur drei Zimmer. An den dunklen Wänden, die mit nachlässig entrindeten Brettern verkleidet waren, hingen einige Bilder. Erst bei genauerer Betrachtung stellte Ray fest, dass sie recht grausig waren.

Der unbekannte Maler hatte aus verschiedenen Blickwinkeln eine durchhängende Brücke auf die Leinwand gebannt. Sie spannte sich über eine tiefe Schlucht, aus der ein drachenähnliches Monster herauskroch, das einzig aus Knochen bestand. Am Rand wuchsen verkrüppelte Bäume, über allem wogte blutroter Nebel.

Der Wirt muss einen merkwürdigen Geschmack haben, wenn er sich solche Gemälde an die Wand hängt, dachte Ray bloß. Aber kein Wunder, so finster und ungesellig, wie er selbst aussieht.

In der Tat brachte der Mann die drei Beschwörer auf ihr Zimmer, ohne auch nur ein Wort zu sagen, und zog sich anschließend sofort zurück.

»Was ist – gehen wir etwas essen?«, fragte Grizzly munter, sobald sie ausgepackt hatten.

»Auf mich musst du verzichten«, antwortete Sayunaro. »Ich habe keinen Hunger.«

Daraufhin machten sich Ray und Grizzly allein auf den Weg zum Speisesaal.

»Er will diesem Morten nicht über den Weg laufen«, behauptete Grizzly. »Warum eigentlich nicht?«

Ray wusste allerdings selbst noch nicht ganz, was er von diesem Beschwörer halten sollte. Und er musste zugeben, dass auch er dem Mann lieber nicht noch einmal begegnen würde.

Unter den wachsamen Augen des Wirtes nahmen die beiden ihr Abendbrot ein. Der Yarudo ließ sich nicht wieder blicken. Vielleicht wollte ja auch er diesen Morten meiden. Anschließend brachte Grizzly noch in Erfahrung, wo er Proviant kaufen konnte, während Ray sich bereits zurück zu ihrem Zimmer begab.

Noch ehe er es erreicht hatte, wurde die Tür eines der beiden anderen Zimmer aufgerissen, und Morten trat mit der geschulterten Reisetasche heraus.

»Was für ein glücklicher Zufall«, sprach er Ray an. »Ich muss mit Euch reden.«

»Ach ja?«, erwiderte Ray. »Und worum geht's?«

»Nicht hier«, sagte Morten und nickte zur Ausgangstür.

Ray folgte ihm widerwillig hinaus auf die Veranda.

Es regnete noch immer. Die Tropfen klatschten auf die Blätter, die Pfützen funkelten. Über den Handlauf der Treppe rannen kleine Bäche, die auf den Steinweg prasselten. In dem bläulichen Dämmerlicht meinte Ray, er bräuchte bloß die Hand zum Himmel auszustrecken, und schon könnte er die zauseligen Wolken berühren.

Morten sog die frische Luft tief ein.

»Diese Ruhe, die ein solcher Regen mit sich bringt«, bemerkte er dann. »Die meisten Geister schlafen, und in der Natur hält Frieden Einzug.«

Ray nickte. Ihm ging es ähnlich. Allerdings erstaunte ihn diese Eröffnung des Gesprächs ein wenig.

»In solchen Augenblicken möchte man gar nicht glauben, dass womöglich ganz in der Nähe eine Gefahr lauert«, fuhr Morten fort. »Die hervorgekrochen kommt, sobald der Regen aufhört.«

»Wovon redet Ihr eigentlich?«

»Von Eurem Freund. Ihr wisst, dass sich in ihm ein Geist eingenistet hat?«, fragte Morten. Die Laterne, die hier draußen baumelte, warf einen dunklen Schatten auf sein Gesicht.

»Welchen von beiden meint Ihr denn?«, erwiderte Ray und sah Morten mit dem ehrlichsten Gesicht der Welt an.

»Das wisst Ihr ganz genau.«

»Leider nicht.«

»Mir ist klar, dass Ihr alles daransetzt, ihn zu schützen, aber die Sache liegt auf der Hand.«

»Tut sie das?«, brachte Ray gegen seinen Willen heraus, denn eigentlich hätte er an dieser Stelle in schallendes Gelächter ausbrechen und danach gehen müssen.

»Ihr wollt mir doch nicht weismachen, man habe Euch nicht beigebracht, die entsprechenden Hinweise zu erkennen? Er weigert sich, einen Schluck aus einer angebotenen Flasche zu nehmen, er nennt seinen Namen nicht, und er sieht seinem Gegenüber nicht in die Augen. Ausschlaggebend ist aber seine dunkle Aura.« Morten sah einem Falter nach, der erst um die Laterne herumschwirrte und dann davonflog. »Damit dürfte doch jeder Zweifel ausgeräumt sein, oder?«

Sayunaro fürchtet ihn also mit gutem Grund, hielt Ray für sich fest.

»Nicht unbedingt«, entgegnete er. »Aber nehmen wir einmal an, in einem meiner Freunde würde sich irgendwann einmal tatsächlich ein Geist einnisten. Gäbe es dann eigentlich eine Möglichkeit, ihn von diesem ungebetenen Gast wieder zu befreien?«

»Die gibt es«, antwortete Morten. »Man muss Euren Freund töten. Eure Yari wäre übrigens hervorragend dafür geeignet.« Ein Lächeln stahl sich auf seine Lippen, fast als wollte er seine harten Worte abschwächen. »Das ist eine exzellente Klinge, und für den Schaft habt Ihr wirklich gutes Holz gewählt. Habt Ihr sie selbst angefertigt?«

»Ihr wollt uns schon wieder verlassen?«, überging Ray die Frage.

»Ja, leider, denn ich hätte unser Gespräch nur zu gern fortgesetzt.«

Er nickte Ray zum Abschied zu, zog sich die Kapuze über den Kopf und stieg die wenigen Stufen zum Garten hinunter.

Kurz darauf war seine Gestalt hinter dem grauen Vorhang des Regens verschwunden.

Ray ging zurück zu seinen Freunden.

»Wären wir den also los!«, stieß Grizzly aus, als Ray ihnen vom überraschenden Aufbruch Mortens erzählte. »Am Ende hat halt jeder seine eigenen Sorgen, er seine, wir unsere. Und jetzt lasst uns schlafen!«

Sayunaro spähte vom Fenster aus in die Dunkelheit hinaus,

konnte jedoch nichts Verdächtiges entdecken, sodass er sich ebenfalls irgendwann auf seiner Matratze niederließ.

Von dem eigentlichen Gespräch, das er mit Morten geführt hatte, hatte Ray absichtlich noch nichts erwähnt. Das konnte bis morgen warten. Vielleicht würde er Sayunaro auch gar nichts davon erzählen. Sein Freund war sich vollauf darüber im Klaren, was mit ihm vor sich ging. Und noch wusste keiner von ihnen, was sich dagegen tun ließ …

Ray schloss die Augen, begriff jedoch recht schnell, dass er keinen Schlaf finden würde. Weißes, hartes Licht schlug ihm ins Gesicht. Wie immer er sich auch drehte, er meinte den kalten Blick des Mondes auf sich zu spüren. Gelegentlich nickte er kurz ein. Dann aber zogen wieder Wolken an dem Himmelskörper vorbei und warfen Schatten auf Rays gesenkte Lider, was ihn erneut aus dem Dämmerzustand riss.

Irgendwann hörte er ein surrendes Geräusch. Ray öffnete die Augen. Ein Lichtfleck glitt mit mürrischem Brummen durchs Zimmer, wanderte von Grizzly über den Fußboden zu Sayunaros leerem Bett. Auf ihm ließ sich das Glühwürmchen schließlich nieder, um sich in einen stattlichen Käfer mit einer schmalen Schriftrolle zwischen den Zähnen zu verwandeln. Der Uddo lief über die Matratze, drehte sich um die eigene Achse und brachte durch aufgebrachtes Summen seine Unzufriedenheit zum Ausdruck.

»Mach das Licht aus!«, knurrte Grizzly verschlafen und zog sich die Decke über den Kopf.

»Komm her«, wandte sich Ray mit leisem Lachen an den Geist. »Ich geb ihm den Brief.«

Dieser konnte nur von Tora stammen. Mit einem Mal packte Ray die Neugier: Was sie Sayunaro wohl schrieb?

Aber ich werde ja wohl keine fremden Briefe lesen, schalt er sich, als er dem Uddo den Brief abnahm. Der breitete daraufhin zufrieden die Flügel aus, erhob sich in die Luft und wurde noch auf dem Weg zum Fenster unsichtbar.

Worüber sich eine Artistin und ein Aristokrat wohl austauschen?, grübelte Ray weiter. Was verbindet sie?

Der Brief brannte in seiner Hand. Einerseits wäre es ihm unsagbar peinlich, wenn Sayunaro ihn erwischte, wie er seine Post las, andererseits war die Neugier schier übermächtig. Er wollte das Papier schon entrollen, als ihm etwas gleichsam auf die Finger schlug. Vermutlich sein Gewissen.

Das geht dich überhaupt nichts an, schärfte er sich wieder und wieder ein. Weder Sayunaros Probleme noch die von Tora. Der echten Tora übrigens, die du nicht mit ihrer Doppelgängerin verwechseln solltest. Lass die beiden also gefälligst in Ruhe!

Voller Wut auf sich selbst ging er zu Sayunaros Futon und schob den Brief unter dessen Kopfkissen. Da durchzuckte ihn ein Gedanke. Wo steckte sein Freund eigentlich? Obwohl es für sein Verschwinden eine völlig natürliche Erklärung geben konnte, packte Ray wilde Sorge. Rasch zog er sich an, schnappte sich die Lanze, die neben seinem Futon lag, schlich aus dem Zimmer und schloss leise die Tür hinter sich.

Nach wenigen Schritten traf ihn ein stechender Schmerz. Eben musste jemand einen sehr starken Vertreibungszauber gewirkt haben.

Ray raste los. Die Haustür stand offen, die Laterne auf der Veranda war erloschen. Es war kalt. Wenigstens hatte der Regen aufgehört.

Schon wogte ein zweites Mal Magie über Ray hinweg.

Er hastete weiter. Der Hund steckte seinen Kopf aus seinem Verschlag. Sobald er Ray erkannte, gähnte er herzhaft und zog sich wieder zurück.

Der Pfad führte immer weiter vom Kanrin weg. Unter Rays Stiefeln schmatzte Schlamm. Über einen kleinen Bach hatte jemand ein schmales Brett gelegt, das nun einem kleinen Geist als Fluchtweg diente, der verzweifelt vor der Magie Reißaus nahm.

Irgendwann erreichte Ray jene Wiese, hinter der Oberweiden liegen sollte.

Zwei Männer trugen hier einen Kampf aus.

Der eine vermochte sich kaum noch auf den Beinen zu halten, das Schwert in seiner Hand – oder vielmehr die Hand selbst, die sich in ein Schwert verwandelt hatte – loderte purpurn. Funken sprühend wehrte Sayunaro die Attacken seines Gegners ab.

Nachdem Ray die nächsten Meter hinter sich gebracht hatte, fiel ihm das Blut auf, das über Sayunaros Stirn und Wangen rann. Sein Freund hatte die Zähne gebleckt, in seinen Augen hatte sich der Schmerz als wahnsinniges Funkeln eingenistet. Derweil führte Morten Schlag um Schlag mit exakter Berechnung aus.

»Morten!«, schrie Ray. »Lasst das!«

»Ah, Ray«, erwiderte dieser freundlich, wobei er die Hand ausstreckte, um den nächsten Zauber zu wirken. »Wie ich's mir gedacht habe, wir haben es mit einem Shiisan zu tun.«

Sayunaro parierte die Attacke mit dem Schwert, verlor dabei jedoch den Halt und fiel zu Boden.

»Hört sofort auf!«, brüllte Ray noch einmal.

»Mischt Euch da nicht ein«, erwiderte Morten. »Schließlich erledige ich gerade Eure Arbeit.«

»Er ist kein Shiisan!«

»Noch nicht, aber das ändert sich bald.«

»Ihr werdet ihn nicht töten!«

Ray hob die Yari, ohne selbst zu wissen, was er mit dieser Geste bezwecken wollte.

»Verschwindet von hier!«, befahl Morten und wirkte bereits den nächsten Zauber.

Dieser sollte Sayunaro verschlingen, der noch immer nicht wieder auf den Beinen war. Ray stürzte vor und brachte die Yari zwischen seinen Freund und den Zauber. Die Klinge verleibte sich die fremde Kraft ein, der Schaft begann zu glühen.

»Verschwindet endlich!«, keifte Morten.

Da begriff Ray, dass er ihn nicht von seinem Vorhaben abbringen würde. Der Wunsch, den Shiisan in Sayunaro zu töten, hielt diesen Beschwörer fest gepackt. Wutentbrannt wollte er Ray zur Seite stoßen, um sein Werk zu vollenden, doch da holte Ray aus und ließ seine Lanze sprechen. Mortens Augen weiteten sich ungläubig, als sich die Klinge mühelos durch seinen Körper bohrte. Sobald Ray den Schaft losließ, sackte der Mann ins feuchte Gras.

Ray stürzte zu Sayunaro.

»Bist du in Ordnung?«, fragte er.

Sayunaros Hand war noch immer in ein Schwert verwandelt und schoss nun hoch, um auf Ray zu zielen.

»He, ganz ruhig, ich bin's! Ray!«

Sayunaro zischte etwas, das nicht zu verstehen war, und packte seinen zum Schwert gewordenen Arm mit der anderen Hand. Ray konnte nur tatenlos zusehen, wie Sayunaro auf die Rückverwandlung wartete. Gerade zuckte ein greller Funke über die knöcherne Waffe.

»Blut«, krächzte Sayunaro. »Gib mir … wenigstens ein bisschen!«

Ray drehte sich um und zog die Lanze aus dem toten Morten.

Von der Spitze fielen einige Tropfen auf Sayunaros Hand und sickerten sofort ein. Daraufhin nahm diese, wenn auch geradezu unwillig, ihre gewöhnliche Form wieder an.

»Danke«, hauchte Sayunaro, der auf seine zitternden Finger blickte.

Ray spähte derweil zu Morten hinüber. Erst jetzt wurde ihm bewusst, was er eben getan hatte.

»Ich habe einen Menschen getötet …«

»Genau dafür habe ich dir gerade gedankt«, erklärte Sayunaro und wischte sich mit dem Ärmel das Blut vom Gesicht.

»Darauf würde ich lieber verzichten«, entgegnete Ray, der keinen weiteren Gedanken an den Mord verschwenden wollte. »Aber was machen wir mit der Leiche? Die darf schließlich niemand finden!«

Sayunaro ballte mehrmals hintereinander die Hand zur Faust und schüttelte die Finger aus.

»Ich rufe einen Geist herbei … einen, der immer Hunger hat. Der verschlingt den Körper mit Haut und Haar.« Er versuchte aufzustehen, sackte jedoch zurück und schloss die Augen. Unter dem eingetrockneten Blut war sein Gesicht kreidebleich.

»Bleib noch liegen«, verlangte Ray. »Ich mach das schon.«

»Aber lade bitte nicht unbedingt Garugi ein.«

Ray zitierte einen kurzen Zauberspruch und zuckte dabei vor Schmerz zusammen. Wenn er einen bösen Geist herbeirief, löste das stets ein Stechen in seinem Brustkorb aus.

Die Unagi waren zwar nicht besonders gefährlich, aber Ray hatte einmal gelesen, dass schon etliche Beschwörer die Qualen des Herbeirufungszaubers nicht ertragen hatten.

Kaum hatte Ray die letzten Worte gesprochen, geriet das Gras in Bewegung. Aus den Augenwinkeln heraus nahm er die Geister wahr, die ein wenig an Meeraale erinnerten. Jeder von ihnen riss sein Maul auf, das mit spitzen Zähnen gespickt war, und während sie Ray wütend anfunkelten, glitten sie zu Morten und verbissen sich in dessen Arm. Erst ein Unago, dann alle anderen.

Ray ließ sich neben Sayunaro im Gras nieder, mied aber jeden Blick auf dieses Gelage. Es blieben jedoch die widerlichen Geräusche: Die Biester zerfetzten Mortens Kleidung, brachen seine Knochen und schmatzen eifrig.

Das rief Ray in Erinnerung, dass er einen Mann getötet hatte. Einen Beschwörer. Im Vergleich dazu war die Schlägerei mit den Straßenräubern in Warra, bei der er ein paar Zauber eingesetzt hatte, durch und durch harmlos gewesen. Oder ob er, wenn Soburo nicht gewesen wäre, schon damals getötet hätte?

Heute jedenfalls war niemand da gewesen, um ihn aufzuhalten.

Ray betrachtete seine Lanze. Jetzt, da sie mit dem Blut eines Menschen in Berührung gekommen ist, so sinnierte er, müsste sie doch eigentlich schwarz anlaufen. Oder schlagartig verrosten. Etwas müsste doch verraten, dass sie sich von einer magischen Klinge in eine echte Mordwaffe verwandelt hatte.

Aber die Yari sah aus wie immer, denn sie traf keinerlei Schuld. Sie hatte nur getan, was Ray von ihr verlangt hatte.

»Es tut mir leid, dass du ihn umbringen musstest«, sagte Sayunaro leise. »Wenn ich allein mit ihm fertig geworden wäre …«

»Das konntest du doch gar nicht«, fiel ihm Ray ins Wort, der schon jetzt spürte, wie sein Gewissen ihm zusetzte. »Was hast du überhaupt hier draußen gewollt?«

Sayunaro sah ihn bloß an – und Ray fiel die abgrundtiefe Verzweiflung in den Augen seines Freundes auf.

»Ich weiß es nicht mehr«, gestand Sayunaro dann. »Ich habe geträumt, von Regen und nassem Gras, von Bäumen und einem Mann. Dann stand ich plötzlich auf dieser Wiese, schon als ... da war ich bereits kein richtiger Mensch mehr. Und ein Zauber schoss auf mich zu. Da habe ich mich verteidigt.« Er blickte auf seine Hand und ballte sie zur Faust. »Auf diese Weise ist es zum Kampf mit Morten gekommen.«

»Soll das heißen, er hat dich auf diese Wiese gelockt?«

Sayunaro hätte jetzt bloß zu behaupten brauchen, Morten habe für den Shiisan in ihm einen Herbeirufungszauber gewirkt, und er wäre entlastet gewesen.

»Ich weiß es nicht«, gab Sayunaro jedoch offen zu. »Vielleicht.«

Kurz lauschten beide dem nicht enden wollenden Schmatzen der Unagi. Ihm gesellte sich bald ein leises Gezänk hinzu. Wahrscheinlich stritten sich die Geister um die letzten Happen.

»Morten hat mich auf dich angesprochen«, berichtete Ray. »Er wollte wissen, ob mir klar sei, dass du ... nicht ganz du selbst bist.«

»Und was hast du ihm geantwortet?«

»Ich habe so getan, als wüsste ich nicht, wovon er redet.«

Sayunaro hüllte sich in Schweigen. Selbst wenn ihm noch Fragen unter den Nägeln brannten, stellte er sie nicht.

Mortens Leiche war verschwunden. Nur das niedergedrückte Gras und die aufgewühlte Erde zeugten noch davon, dass auf dieser Wiese heute Nacht jemand gewesen war. Blut oder Kleidung von Morten gab es nicht mehr.

Sayunaro wirkte einen Vertreibungszauber für die Unagi und erhob sich.

»Gehen wir!«, sagte er. » Niemand wird je erfahren, was hier geschehen ist. Und es wäre ja nicht das erste Mal, dass ein Beschwörer gleichsam vom Erdboden verschluckt worden ist, entweder weil er sich klammheimlich davongemacht oder weil er im Kampf gegen einen bösen Geist den Kürzeren gezogen hat. Man wird Morten also kaum suchen. Sollten doch irgendwann Gerüchte aufkommen, dass wir etwas mit seinem Verschwinden zu tun haben, wird es eine Weile dauern, bis sie Warra erreichen. Bis dahin sind wir längst über alle Berge.«

Mit diesen Worten wollte Sayunaro seinen Freund ohne Frage beruhigen und ihm neue Zuversicht einflößen.

»Weißt du eigentlich«, erwiderte Ray und stand ebenfalls auf, »welche Strafe für die Tötung eines Beschwörers vorgesehen ist?«

»In der Regel wird der Schuldige dem Orden übergeben. Was genau dieser mit ihm macht... Nein, das weiß ich nicht. Hör mal, mir ist ja klar, dass das ein sinnloser Rat ist... Aber glaub mir, du solltest vergessen, was hier geschehen ist, denn du hast dir nicht das Geringste vorzuwerfen. Das ist alles meine Schuld.«

»Jeder muss wohl sein eigenes Päckchen tragen.«

Sie stapften zurück. Nach ein paar Schritten fielen die ersten Tropfen vom Himmel. Das kam wie gerufen. Der Regen würde auch noch die letzten Spuren fortspülen. Am Horizont flackerte es kurz auf, vielleicht ein nahendes Gewitter, vielleicht aber auch ein Wetterleuchten. Kurz darauf zuckte es noch einmal hell über den Himmel.

»Du musst das Blut von deiner Kleidung abwaschen«, sagte Ray. »So kannst du dich auf gar keinen Fall im Kanrin sehen lassen.«

Sie gingen zu dem kleinen Bach hinunter.

Sayunaro schöpfte mit der hohlen Hand etwas Wasser. Ob der Shiisan in Sayunaro die Gefahr, die von Morten für ihn ausging, am Ende tatsächlich gespürt hat?, überlegte Ray. Dann wäre es gut möglich, dass sich der Geist auf den Beschwörer gestürzt hätte...

Allerdings hieße das auch, dass der Geist längst die Kontrolle über Sayunaro übernommen hatte, und diese Vorstellung behagte Ray überhaupt nicht. Dennoch hatte er nicht die Absicht, die Augen vor der Wahrheit zu verschließen, mochte diese auch noch so bitter sein.

»Ein Uddo hat einen Brief für dich gebracht«, teilte er Sayunaro mit.

Dieser nickte, fragte aber nicht, von wem das Schreiben komme. Sobald er sich das Gesicht trocken gewischt hatte, gingen sie zum Kanrin zurück.

Der Regen prasselte auf die Bäume und trommelte auf die niedrigen Sträucher. Ray sah sich mehrmals um, konnte aber nirgends etwas Verdächtiges entdecken. Wer würde bei diesem Wetter auch schon nachts durch die Gegend spazieren? Sämtliche Bewohner des Dorfes dürften in ihren Betten liegen und tief schlafen. Auch im Kanrin brannte kein Licht mehr …

Der Hund steckte abermals die Schnauze aus seinem Verschlag, knurrte leise, kroch aber nicht in den Regen hinaus.

Die beiden betraten das Haus nahezu geräuschlos und begaben sich auf ihr Zimmer. Grizzly drehte sich bei ihrem Eintreten lediglich im Schlaf um und zog sich die Decke über den Kopf.

Sayunaro ging mit dem Brief zum Fenster.

Ray zog seine nasse Kleidung aus und streckte sich auf der Matratze aus. Er sehnte den Schlaf inständig herbei, doch jedes Mal, wenn er die Augen schloss, sah er Mortens verzerrtes Gesicht vor sich, seine weit aufgerissenen Augen. Und dann spürte er wieder, wie mühelos die Yari den menschlichen Körper durchbohrt hatte.

Er drehte sich auf die Seite, folgte Grizzlys Beispiel und zog sich die Decke über den Kopf. Doch auch diese schwüle Dunkelheit bewahrte ihn nicht vor seinen Erinnerungen.

Daraufhin versuchte er, seine Gefühle mit kühlem Verstand niederzukämpfen.

Wenn du das Rad der Zeit zurückdrehen könntest, fragte er sich, würdest du dann etwas anders machen? Eben! Du würdest dich genauso verhalten. Denn tätest du das nicht, würdest du dir das nie im Leben verzeihen.

Diese Überlegungen beruhigten ihn tatsächlich. Er schob die Decke weg. Sayunaro kicherte leise, während er seinen Brief las. Tora tat ihm gut …

Am nächsten Morgen weckte Grizzly sie, kaum dass es tagte.

»Könntet ihr mich nicht wenigstens einmal in Ruhe schlafen lassen?«, brummte er sie an. »Warum müsst ihr mitten in der Nacht Licht anmachen? Und warum lauft ihr ständig rein und raus?«

»Sayunaro hat einen Brief von Tora bekommen«, sagte Ray, als wäre das eine erschöpfende Erklärung.

»Wirklich?« Grizzly strahlte über beide Backen. »Und was schreibt sie?«

»Der Zirkus hat Warra längst verlassen«, antwortete Sayunaro. »Sie haben ein neues Programm, in dem mein Uddo seinen festen Platz hat. Der arme Kerl würde sich ja sonst bloß langweilen. Offenbar findet er großen Gefallen an seinem neuen Leben. Herr Keitar lässt anfragen, ob ich nicht noch mehr Geister an der Hand hätte, die er in die Manege schicken kann.«

»Zitier ihm doch ein paar Segrimis herbei«, schlug Grizzly grinsend vor. »Vielleicht schafft er es ja, sie zu dressieren und bringt ihnen bei, durch einen Ring zu springen.«

»Besser einen Gayuur, der jedes Ziel mit seiner Spucke trifft«, warf Ray ein. »Dann dürfte das Publikum in Scharen herbeiströmen.«

Während sie sich anzogen, alberten sie weiter herum. Auf dem Weg zum Speisesaal klangen ihnen von dorther trotz der frühen Stunde laute Stimmen entgegen.

Beim Eintreten mussten sie den Kopf einziehen, sonst hätten sie ihn sich gestoßen. An einem Tisch saßen der Wirt und einige Gäste, die tüchtig dem hiesigen Bier zusprachen und sich ständig gegenseitig ins Wort fielen.

»Damit muss endlich Schluss sein!«

»Wir dürfen nicht länger warten!«

»Wie oft sollen wir ihm das denn noch sagen?! Und jetzt hat es auch noch den Beschwörer erwischt!«

Ray fing Sayunaros finsteren Blick auf.

»Guten Morgen, verehrte Herren«, begrüßte Ray die Runde. »Was kann nicht länger warten?«

»Die Hexe! Heute Abend wird dieses Weibsbild endlich verbrannt!«, antwortete ein Mann, dessen Stupsnase überhaupt nicht zu dem quadratischen Gesicht passen wollte. »Das werdet Ihr Euch doch sicher nicht entgehen lassen, oder?«

»Was für eine Hexe?«, fragte Grizzly.

Daraufhin wollte jeder Mann am Tisch die Geschichte am liebsten selbst erzählen.

»In unserer Gegend gibt es einen Unglücksort, die Hasenbrücke heißt er, da sterben ständig Menschen«, setzte sich schließlich ein breitschultriger Mann mit Stiernacken durch, in dessen Pranken sich der schwere Bierkrug wie ein Fingerhut ausnahm.

Wahrscheinlich ist das der Dorfschmied, dachte Ray. Dafür würden auch die kleinen schwarzen Punkte an seinen Händen sprechen.

»Früher sind dauernd welche runtergestürzt und haben sich das Genick gebrochen. Oder sie haben sich da oben geprügelt und gingen aus der Keilerei als Krüppel hervor. Deshalb haben wir vermutet, irgendein Geist hause da. Den wollten wir natürlich gnädig stimmen, und eine Weile war auch wirklich alles ruhig. Aber dann ging es wieder los, und zwar noch viel schlimmer als vorher. Irgendwas zieht die Menschen dorthin. Wenn wir sie dann finden, hängen sie kopfüber in den Bäumen, über und über mit Blut beschmiert. Zuerst haben wir unseren Dorftrottel im Verdacht gehabt, der Kerl brabbelt nämlich ständig von Toten und prahlt immer damit, wen er als Nächstes abmurkst. Nur war er selbst dann der nächste Tote.«

»Inzwischen benutzen wir die Brücke schon gar nicht mehr«, ergänzte ein etwas älterer Bauer, der ein wenig besser gekleidet war als die anderen Männer am Tisch. »Aber natürlich konnten ein paar junge Burschen der Versuchung nicht widerstehen. Wahrscheinlich wollten sie vor den Mädeln angeben. Und so wurden abermals zwei Tote an der Brücke entdeckt. Danach hat der Dorfvorsteher einen Beschwörer zu Hilfe gerufen und die Hexe ins Gefängnis gesteckt.«

»Was denn nun für eine Hexe bitte?«, wollte Ray wissen und nahm am äußersten Rand der Bank Platz. »Wann und wie kommt sie hier überhaupt ins Spiel?«

»Die sammelt da immer ihre Kräuter, außerdem kocht sie Mäuse und Echsen.«

»Aber weshalb sollte sie Menschen töten?«

»Na wegen der Gedärme!«, antwortete der Mann, den Ray für den Schmied hielt. »Weiß doch jeder, dass die für jeden schlimmen Zauber nötig sind.«

»Was hat der Beschwörer denn dazu gesagt?«, fragte Sayunaro.

»Er hat allen Ernstes angeordnet, dass wir die Hexe wieder freilassen. Angeblich hat sie nämlich mit alldem überhaupt nichts zu tun«, antwortete der Mann mit der Stupsnase. »Gestern Abend ist er kurz bei uns in Oberweiden gewesen, danach hat ihn keiner mehr gesehen, obwohl er bei Tagesanbruch wiederkommen wollte. Das ganze Dorf hat auf ihn gewartet, aber er ist wie vom Erdboden verschluckt. Daraufhin ist die Hexe wieder ins Gefängnis gewandert. Und heute Abend wird der Spuk ein Ende haben! Da wird sie verbrannt und ihre Asche von der Brücke gestreut.«

»Warum seid ihr so sicher, dass sie dahintersteckt?«

»Wir haben sie heute Morgen in der Gegend herumschleichen sehen. Mit Händen voller Blut! Das reicht ja wohl als Beweis!«

Ray suchte Sayunaros Blick.

»Wo finden wir euren Dorfvorsteher?«, erkundigte er sich dann.

»Der sollte zu Hause sein.«

»Gehen wir«, wandte sich Ray an seine Freunde.

»Welche Mücke hat dich denn gestochen?«, brummte Grizzly, eilte Ray aber trotzdem hinterher.

»Sie wollen eine Frau verbrennen, die sich nichts hat zuschulden kommen lassen.«

»Woher willst du das wissen?«

Weil ich weiß, was mit Morten geschehen ist, beantwortete Ray die Frage für sich. Sein schlechtes Gewissen meldete sich zurück, und diesmal ließ es sich nicht mehr beruhigen. Seinetwegen durfte nicht auch noch eine unschuldige Kräuterfrau auf dem Scheiterhaufen landen. Doch Grizzly in die Geschichte einweihen, die sich gestern Nacht zugetragen hatte – das wollte er auf gar keinen Fall.

»Glaubst du allen Ernstes«, wollte Sayunaro nun von Grizzly wissen, »dass eine Kräuterfrau vom Dorf imstande wäre, einen Beschwörer vom Turm zu ermorden?«

»Na, wenn der nicht mit einem Angriff gerechnet hat, warum nicht?«, antwortete dieser. »Außerdem … wer sagt denn, dass es sich bei dieser Kräuterfrau tatsächlich um ein Wesen aus Fleisch und Blut handelt und nicht um einen Geist in Menschengestalt?«

»Genau deshalb will ich sie mir mal ansehen.«

»Wenn das so weitergeht, kommen wir nie nach Agosima«, murmelte Grizzly, erhob aber keine weiteren Einwände.

Sie holten ihre Umhänge, Ray nahm auch noch die Yari an sich. Unwillkürlich huschte sein Blick über die Klinge. Daran klebte nicht ein Tropfen Blut.

Der Regen hatte die Straße in eine regelrechte Schlammbahn verwandelt. Die drei stapften am Rand entlang. Als ihnen die ersten Tropfen auf den Kopf fielen, sahen sie finster zum Himmel hinauf. Dieser würde heute sicher noch seine Schleusen öffnen.

Erst jetzt, bei Tage, bemerkten sie die zahllosen Vorkehrungen, welche die Menschen getroffen hatten, um sich gegen böse Geister zu schützen: Vor allen Häusern wuchsen Alatanen. Jeder einzelne Zweig verströmte einen frischen Duft. Ob man diese Bäume erst gepflanzt hatte, nachdem an der Hasenbrücke die ersten Menschen gestorben waren?

Alle paar Schritt waren Schutzgeister aufgestellt worden, grob behauene Steinfiguren, um die sich frische Blumen wanden. Über einem Zaun ragte sogar eine Maske auf, die eine fürchterliche Fratze zeigte. Der Bauer, der sie angefertigt hatte, musste über eine enorme Vorstellungskraft verfügen. Bestimmt glaubte er fest, das Ding werde jeden Geist, der sich nachts an sein Haus anzuschleichen versuchte, zu Tode erschrecken.

Ansonsten nahm das Leben in diesem Dorf seinen gewohnten Gang. Eine junge Frau trug einen Eimer, zwei Jungen sprangen barfuß durch die Pfützen. Ein Mann zog einen weißen Ochsen hinter sich her, der über und über mit Schlamm bespritzt war.

Rays Gedanken weilten bereits bei der Hexe. Willst du der Frau wirklich helfen? Oder willst du nur mit ihr reden, um herauszufinden, ob sie dich gestern Nacht gesehen hat?, nahm er sich selbst ins Verhör. Und wenn sie tatsächlich etwas beobachtet hat, was tust du dann?

Noch hatte er auf all die Fragen keine Antwort.

Das Haus des Dorfvorstehers schützte ein wahrer Hain aus Alatanen. Bei ihrem Anblick schnalzte Grizzly beeindruckt mit der Zunge. Um das Grundstück zog sich eine Mauer, die Pforte war verschlossen. Ray klopfte mit einem Eisenring dagegen. So wie das Metall funkelte, war das Stück bestimmt erst vor Kurzem angebracht worden. Genau wie der Riegel.

Schritte eilten herbei, im Sichtspalt zwischen den Brettern tauchte ein neugieriges hellblaues Auge auf und musterte sie lange.

»Öffnet bitte!«, verlangte Grizzly. »Wir beißen nicht.«

Dieser Bitte wurde tatsächlich entsprochen.

Vor ihnen stand eine junge Frau mit einer Schürze, an der Hühnerfedern klebten.

»Zu wem wollt ihr?«, fragte sie und musterte die drei erneut.

»Wir möchten mit dem Dorfvorsteher sprechen«, antwortete Ray.

»Dann kommt rein!«

Das Grundstück wirkte ausgesprochen gepflegt. Die jungen Alatanen erhielten noch durch Stützpfosten Halt, sämtliche Wege waren sorgfältig gefegt. Im feuchten Boden ließen sich noch Spuren des Besens erkennen. An den blauen Glockenblumen glänzten Regentropfen. Das flache Haus mit dem breiten, schiefen Dach wirkte alt, aber solide.

»Herr!«, rief die Frau von der Veranda aus. »Ihr habt Besuch!«

Anschließend zog sie sich sofort wieder zurück.

Kurz darauf quietschte die Tür. Gemessenen Schrittes trat ein kräftiger Mann mit hoher Stirn und Halbglatze auf die Veranda. Der Blick aus seinen aufmerksamen Augen huschte zunächst über seine Besucher, blieb dann auf Rays Lanze ruhen, wanderte von dort aus langsam zu Sayunaro weiter, sprang zu Grizzly und kehrte schließlich zu Ray zurück. Ob er sich jetzt sicher ist, überlegte Ray, dass wir keine Geister sind, die sich hinter der Maske von Menschen versteckt haben?

»Ich würde gern mit der Hexe reden«, sagte Ray, nachdem er den Mann begrüßt hatte.

»Und wer bist du?«, fragte der Mann, während er ihn von der untersten Stufe der Verandatreppe aus ansah.

»Ein Beschwörer«, antwortete Ray.

Und damit der Dorfvorsteher sich gar nicht erst nach seinem Zertifikat erkundigte, richtete er die Yari auf die Glockenblumen. Der Geist, der dort lebte, huschte sofort davon, die blauen Blüten verblassten und fielen ab, die schmalen Blätter rollten sich ein.

»Das reicht, ich glaub dir ja«, stieß der Dorfvorsteher aus. »Was willst du noch von der Hexe? Heute Abend wird sie verbrannt, dann richtet sie keinen Schaden mehr an.«

»Vermutlich trägt sie am Tod all dieser Menschen nicht die geringste Schuld.«

»Das hat der andere Beschwörer auch behauptet«, erwiderte der Dorfvorsteher. »Und was hatte er davon?«

»Können wir nun mit der Frau sprechen oder nicht?«, zeigte sich Ray stur.

»Von mir aus.«

»Wo ist sie?«

»In meinem alten Schuppen hinterm Haus. Der hat eine Gittertür, ihr könnt sie also mühelos befragen.«

»Wie heißt die Frau?«

»Imari, sagt sie jedenfalls. Aber ob das stimmt? Geboren wurde sie hier nämlich nicht.«

Ray nickte und ging bereits vor.

»Habt Ihr selbst denn gar keine Angst«, wollte Sayunaro

noch von dem Dorfvorsteher wissen, »eine solch gefährliche Frau in Eurer unmittelbaren Umgebung zu haben? Was, wenn sie Euch den Tod anhext?«

»Das wird ihr nicht gelingen«, entgegnete der Dorfvorsteher genüsslich. »Wir haben nämlich Engelwurz im Schuppen ausgestreut – und der lenkt jeden ihrer Zauber auf sie zurück.«

Sayunaro rang sich ein Lächeln ab, verkniff sich aber jede Bemerkung. Menschen zweifelhaften Rufs liebten Engelwurz seiner hakenmesserartigen Samen und der weißen, schlangengleichen Wurzeln wegen. Und fast alle Menschen glaubten, bei Neumond risse sich diese Pflanze aus dem Boden, um eine Hexe oder einen Zauberer zu suchen und ins Moor zu schleifen. Am Ende verursachte Engelwurz jedoch lediglich Kopfschmerzen bei allen Menschen, die seine Zweige zerknackten oder seine Blüten abbrachen, mehr nicht. Aber kein Beschwörer dieser Welt dachte auch nur im Entferntesten daran, diesen Irrtum aufzuklären.

Hinter dem Haus des Dorfvorstehers lagen verschiedene Schuppen, doch nur einer hatte ein Eisengitter. Ray spähte hindurch. Ein paar Stufen führten weiter in die Tiefe. In der Kälte da unten würde sich frisches Gemüse lange halten.

»Imari«, rief Ray.

Doch niemand antwortete ihm.

»Imari«, wiederholte Ray. »Wir wissen, dass Euch an dem Tod dieser Menschen keine Schuld trifft, und wollen Euch helfen.«

Nun war ein Rascheln zu hören, und die Frau näherte sich dem Gitter. Ray hatte erwartet, eine verhärmte Vettel mit grauer Zottelmähne zu sehen, doch vor ihm stand eine junge Frau mit goldenen Zöpfen, einem freundlichen Gesicht und müden grauen Augen. Nicht einmal die angeschwollene Nase und die Schramme an der Stirn entstellten sie. An ihrem zerrissenen Kleid klebten trockenes Blut und Schlamm, über ihre Hände zogen sich lange Kratzer.

Selbstverständlich war das eine Frau, kein Geist. Und sie sollte nun für Taten büßen, die sie nicht begangen hatte.

»Wie geht es Euch?«

»Ich habe Herrn Morten nicht getötet«, erklärte sie, ohne Rays Frage zu beantworten. »Und auch niemanden sonst.«

»Warum halten die Leute im Dorf Euch für eine Hexe?«, fragte Sayunaro, der gerade mit Grizzly zu Ray stieß.

»Weil ich etwas von Kräutern verstehe«, erwiderte Imari. »Weil ich Heilaufgüsse braue und kranke Tiere wieder auf die Beine bringe. Aber ich habe nie …« Ihre leise Stimme schwoll vor Zorn sogar an. »… niemals irgendwem ein Leid zugefügt.«

Grizzly nahm seinen Umhang ab und stopfte ihn durch die Gitterstäbe hindurch.

»Zieht den über, Ihr bibbert ja.«

Die Frau sah ihn ungläubig an, nahm das Kleidungsstück dann aber an sich und hüllte sich in den warmen Stoff.

»Vielen Dank«, sagte sie und lächelte Grizzly freundlich an.

»Wo wart Ihr heute Nacht?«

»Auf der Wiese«, antwortete Imari und sah Ray fest in die Augen. »Ihr seid doch ein Beschwörer, oder?«

»Ja«, antwortete er und blickte sie ebenso unverwandt an. »Woher wisst Ihr das?«

»Als *Hexe*«, antwortete sie leise, »werde ich dergleichen doch erkennen.«

Sie hat uns gesehen, schoss es Ray durch den Kopf. Sie hat beobachtet, wie ich Morten getötet habe.

Dieser Gedanke löste in ihm weder Panik aus, noch den Wunsch, sich zu verteidigen. Er hielt lediglich fest, was auf der Hand lag: Sie weiß alles.

»Ist Euch bekannt, wie der Beschwörer zu Tode gekommen ist?«, fragte Sayunaro in scharfem Ton. Offenbar nahm auch er an, dass Imari etwas gesehen hatte.

»Ihn haben Geister ermordet.«

»Was für Geister?«, bohrte Sayunaro weiter und beugte sich sogar vor, als wollte er die Wahrheit – oder vielmehr die Worte, die er gern hören wollte – aus ihr herauspressen.

Obwohl das Gitter sie vor Sayunaro schützte, wich Imari furchtsam zurück.

»Ich weiß es nicht.«

»Was genau wisst Ihr nicht?« In Sayunaros Augen loderte ein rotes Feuer, und Imari senkte den Blick. »Wie sie ausgesehen haben oder wie sie heißen?«

»Ich habe sie mir nicht angeschaut. Ich hatte solche Angst, dass ich weggelaufen bin und sie deshalb gar nicht richtig gesehen habe.«

»Dann wisst Ihr also nicht mit Sicherheit, wer Morten umgebracht hat? Oder ob er überhaupt tot ist?«

»He!« Grizzly packte ihn am Arm. »Nun mach mal halblang! Du hast doch gerade eben gehört, dass sie weggerannt ist. Lass sie also in Ruhe!«

»Halten wir mithin fest«, bemerkte Sayunaro, »dass Ihr überhaupt nichts gesehen habt!«

»Imari«, wandte sich Ray nun wieder an die Frau, »wir wissen, dass Ihr nichts mit der Angelegenheit zu tun habt. Deshalb werden wir nicht zulassen, dass man Euch für einen Mord bestraft, den Ihr nicht begangen habt.«

Die Frau sah ihn abwartend an.

»Könnt Ihr uns etwas zu den Ereignissen erzählen, die sich an der Hasenbrücke zugetragen haben?«

Einen ausgedehnten Moment lang hüllte sich Imari in Schweigen. Gut möglich, dass sie abwägte, ob die Beschwörer ihr, einer des Mordes angeklagten Hexe, wirklich helfen wollten.

»Dort sind Menschen gestorben«, brachte sie schließlich heraus.

»Sind sie immer zur gleichen Tageszeit zu Tode gekommen?«

»Nein, man wusste nie, wann mit dem nächsten Todesfall zu rechnen war. Und die Morde waren immer sehr blutig.«

»Was glaubt Ihr«, schaltete sich Sayunaro wieder ein, »wer könnte das getan haben?«

Sie antwortete nicht, sah ihn nicht einmal an. Ray hatte jedoch den Eindruck, über ihr Gesicht würde ein flüchtiger Schatten des Ekels und der Angst huschen. Sayunaro bemerkte ihn entweder nicht – oder wollte ihn nicht bemerken.

»Sind in der Gegend böse Geister aufgetaucht?«, wollte Grizzly nun wissen.

»Vor langer Zeit hat sich wohl mal ein Marmuch ins Dorf verirrt, auch allerlei nicht gerade freundliche Waldgeister treiben sich hier herum, aber sie töten keine Menschen.«

»Völlig richtig«, erwiderte Ray. »Hat Morten Euch zufällig verraten, was er von diesen Morden hält?«

»Nein. Aber er hat vor einer Weile eine Tasche bei mir untergestellt, weil er noch zur Brücke wollte. Die hat er nicht wieder abgeholt …«

»Und Euch fällt auch nichts ein, das uns weiterhelfen könnte?«

Sie schüttelte den Kopf und zog den Umhang fester um sich.

»Wenn ich etwas gewusst hätte, dann hätte ich es Herrn Morten längst gesagt.«

»Es ist auch ansonsten nichts geschehen, das irgendwie auffällig gewesen wäre?«, bohrte Ray weiter.

»Ihr meint, von diesen viehischen Morden abgesehen?« Imari rang sich ein Lächeln ab. »Nein.«

»Er denkt an etwas wirklich Außergewöhnliches«, stellte Sayunaro klar. »Etwa einen Einfall von Insekten, kahle Stellen auf den Feldern, missgestaltete Pflanzen oder seltsame Geräusche. Euch als Hexe wäre das doch bestimmt aufgefallen …«

»In dieser Gegend gibt es immer reichlich Insekten, vor allem Mücken«, antwortete sie, wobei sie Sayunaro mit einem Blick bedachte, der keinen Zweifel daran ließ, dass sie ihn nicht gerade in ihr Herz geschlossen hatte. »Die Felder geben nicht viel her, weil der Boden karg ist«, fuhr sie fort. »Und der Wald bringt andauernd merkwürdige Geräusche hervor. Aber missgestaltete Pflanzen habe ich noch nie gesehen.«

»Uns wurde berichtet, Ihr seid mit blutigen Händen nachts herumgeschlichen«, sagte Ray.

»Das war kein Blut«, erklärte sie mit einem Stoßseufzer, »sondern der Saft der Purpurnen Wegwarte. Der ist genauso rot und dick. Diese Pflanze muss man bei Regen sammeln. Deshalb bin ich aus dem Haus …«

Sie holte tief Luft. Mehr wusste sie offenbar wirklich nicht.

»Hättet Ihr etwas dagegen, wenn wir uns in Eurem Haus umsehen würden?«, fragte Ray. »Ihr sagtet doch, Mortens Tasche stünde noch dort. Womöglich finden sich darin ja Aufzeichnungen oder irgendein anderer Hinweis, der uns auf die richtige Spur bringt.«

»Nur zu, die Tür ist nicht abgeschlossen. Hinter der Brücke über den Bach müsst Ihr auf die alte Kiefer zuhalten, von dort führt ein Pfad geradenwegs zu meinem Haus.«

»Handelt es sich bei dieser Brücke um die Hasenbrücke?«, hakte Sayunaro nach.

»Nein«, antwortete Imari. »Die Hasenbrücke ist weiter weg, da geht heute niemand mehr hin.«

»Wir werden herausfinden, wer diese Menschen getötet hat«, sagte Ray. »Und wir werden dafür sorgen, dass Ihr wieder freikommt.«

Imari erwiderte nichts. Wahrscheinlich glaubte sie ihm nicht.

»Sie hätte uns wenigstens danken können«, stellte Sayunaro kalt fest, während sie zum Dorfvorsteher zurückliefen.

»Wofür? Schließlich haben wir noch nichts für sie getan«, hielt Grizzly dagegen. »Obendrein hast du sie ins Verhör genommen, als wolltest du ein Geständnis erzwingen.«

»Das habe ich überhaupt nicht.«

»Was für eine verworrene Geschichte! Wer hat nun Morten getötet? Und wer diese Dorfbewohner? Haben wir es mit einem Mörder zu tun oder mit mehreren?«

Ray hielt schweigend auf das Tor zu. Was sollte er auch sagen? Er kannte die Antwort auf Grizzlys letzte Frage – die er jedoch auf gar keinen Fall preisgeben wollte.

Sayunaro sagte ebenfalls keinen Ton.

»Was ist nun?«, rief der Dorfvorsteher, der auf der Veranda auf sie gewartet hatte.

»Sie hat mit diesen Vorfällen nicht das Geringste zu tun«, erklärte Ray. »In dieser Gegend muss sich ein gefährlicher Geist herumtreiben, der Menschen anfällt. Er hat auch Herrn Morten getötet.«

»Und was soll das für ein Geist sein?«

»Das werden wir mit Sicherheit bald wissen.«

»Solange ihr diesen Geist nicht ausgeschaltet habt, werde ich Imari aber auf keinen Fall freilassen«, verkündete der Dorfvorsteher. »Für meine Leute könnte ich die Hand nämlich nicht ins Feuer legen.«

»Das ist vermutlich ein kluger Gedanke«, erwiderte Ray. »Könnt Ihr mir sagen, wann genau es zum letzten Mord auf der Brücke gekommen ist?«

»Vor etwa einem Monat«, antwortete der Dorfvorsteher. »Einem Hirten und seinen beiden Jungen wurde die Kehle aufgeschlitzt, dann wurden sie an dieser verfluchten Brücke aufgehängt.«

»Habt Ihr danach sofort nach einem Beschwörer gerufen?«

»Ja.«

»Imari hat erwähnt, dass Herr Morten sie aufgesucht hat«, sagte Grizzly. »Bisher dachten wir, er wäre mit uns im Dorf angekommen. Aber das kann nicht stimmen, oder?«

»Nein, er ist schon vor ein paar Tagen angekommen, aber viel unterwegs gewesen. Wir sind hier ja nicht in Warra. Uns erreicht nicht einmal jeden Tag eine Kutsche«, antwortete der Dorfvorsteher. »Da können wir schon froh sein, wenn sie einmal im Monat den Weg zu uns findet.«

»Wurden die Menschen am Tage oder bei Nacht ermordet?«, wollte Ray dann noch wissen.

»Kann ich nicht sagen. Wir haben sie zu allen möglichen Zeiten gefunden, morgens, abends und auch mittags.«

»Waren noch alle Körperteile vorhanden? Hatte man die Leichen ausgeweidet?«

»Denke schon«, murmelte der Dorfvorsteher und fuhr sich durch sein schütteres Haar. »Bei all dem Blut haben wir sie uns aber nicht näher angeschaut, sondern bloß beerdigt und Schluss.«

»Hat Herr Morten sich bei Euch nach bestimmten Dingen erkundigt?«

»Nach dem Wetter hat er gefragt und nach der Ernte. Aber was sollen wir schon für eine Ernte haben, bei unserem Boden!

Die reicht gerade für den Winter. Dann wollte er noch wissen, ob wir in letzter Zeit einen Todesfall zu beklagen hatten.«

»Verstehe«, brummte Ray enttäuscht. »Habt vielen Dank!«

Sie waren keinen Schritt weitergekommen. Im Dorf würde man sicher darauf drängen, Imari so schnell wie möglich als Hexe zu verbrennen. Die Menschen wollten nämlich nicht voller in Angst warten, dass sie drei ihre Arbeit erledigten und den Geist fingen.

»Wir sollten schnellstens Licht in dieses Dunkel bringen«, verlangte Grizzly, den offenbar die gleichen Sorgen quälten. »Nicht, dass unsere Bauern am Ende noch die Geduld verlieren und Imari doch auf dem Scheiterhaufen landet!«

Die Wiese, auf der Morten den Tod gefunden hatte, wirkte bei Tage ausnehmend malerisch. Das hohe Gras mit den leuchtenden Blumen darin wogte sanft im Wind, nichts zeugte von den nächtlichen Ereignissen. Ray wollte diesen Ort möglichst schnell hinter sich bringen, aber Grizzly schaute sich unablässig um.

»Vielleicht sollten wir uns diese Wiese mal genauer ansehen?«, schlug er vor. »Wenn ich Imari richtig verstanden habe, ist dieser Morten hier ermordet worden.«

»Das können wir uns sparen«, antwortete Sayunaro sorglos. »Der Regen hat doch längst alle Spuren weggespült.«

»Aber was, wenn ein Geist die Tat beobachtet hat? Außerdem müssten wir mit etwas Glück noch Hinweise auf Magie entdecken.«

»Lass uns erst mal zum Haus von Imari gehen«, entgegnete Ray.

»Nein«, gab sich Grizzly stur. »Warum das Pferd von hinten aufzäumen?«

Er stapfte quer über die Wiese davon. Sayunaro warf Ray einen vielsagenden Blick zu: Sie beide teilten die gleichen Sorgen.

»Wir hätten einen anderen Weg nehmen sollen«, meinte Ray.

»Kennst du einen? Ich nämlich nicht. Abgesehen davon, hätte Grizzly uns früher oder später eh zu dieser Wiese geschleift.«

»Hier wurden gleich mehrere Zauber eingesetzt«, rief Grizzly, der mit unfehlbarer Sicherheit auf die Stelle zusteuerte, an der es zum Zweikampf gekommen war. »Wenn ihr mich fragt, hat sich Morten gegen …«

»… gegen einen Shiisan gewehrt«, führte Sayunaro den Satz zu Ende.

»Wahrscheinlich schon«, murmelte Grizzly und bedachte Sayunaro mit einem Blick, als sähe er ihn zum ersten Mal.

Auf einmal hing eine gefährliche Spannung in der Luft.

»Ein Shiisan hat Morten also getötet«, hielt Grizzly fest, der sich unvermittelt von einem gutmütigen, etwas behäbigen Zeitgenossen in einen gefährlichen, jederzeit zum Angriff bereiten Beschwörer verwandelt hatte.

»Ich habe ihn getötet«, sagte Ray.

»Was?!« Grizzlys Blick schoss zu Ray.

»Ich habe ihn getötet«, wiederholte Ray. »Er hat Sayunaro mit einem Zauber auf diese Wiese gelockt und wollte ihn umbringen. Das habe ich verhindert.«

Grizzly starte ihn bloß wortlos an. Zum ersten Mal in seinem Leben wusste er offenbar nicht, was er sagen sollte. Sayunaro legte den Kopf ein wenig auf die Seite und beobachtete die beiden mit zu Schlitzen verengten Augen. Ein gieriger Schatten huschte über sein Gesicht. Ohne Frage rechnete er damit, dass Grizzly gleich eine Dummheit begehen würde: entweder Ray angreifen oder lauthals verkünden, er würde ihn beim Orden anschwärzen. Das würde er, Sayunaro, nicht zulassen. Niemals.

»Ist dir überhaupt klar, was du da getan hast?«, presste Grizzly schließlich heraus.

»Nur zu sehr«, sagte Ray. »Aber was hätte ich sonst tun sollen?«

»Ihn aufhalten.«

»Und wie hätte ich das anstellen sollen?« Ray machte einen Schritt auf Grizzly zu. Er wollte wirklich gern hören, welche Möglichkeit es noch gegeben hätte. Auf leere Worte, welch Frevel ein Mord sei, konnte er dagegen getrost verzichten.

»Zum Beispiel mit ihm reden«, sagte Grizzly.

»Danach stand ihm nicht der Sinn, glaub mir«, mischte sich Sayunaro ein. »Morten wollte töten.«

»Was geschehen ist, tut mir leid«, versicherte Ray. »Aufrichtig leid sogar. Aber ich kann meine Tat nicht rückgängig machen. Und was wäre mir sonst übrig geblieben? Hätte ich zusehen sollen, wie er Sayunaro abschlachtet? Ihm dabei vielleicht noch zur Hand gehen?«

»Wann gedachtet ihr zwei eigentlich, mich ins Bild zu setzen?«, fragte Grizzly immer noch in kaltem Ton.

»Niemals«, legte Sayunaro die Karten auf den Tisch. »Mir tut nur leid, dass ich Morten nicht selbst töten konnte und sich Ray deshalb die Hände schmutzig machen musste.«

»Du hältst jetzt lieber den Mund!«, fuhr Grizzly ihn an. »Deine Art, Schwierigkeiten aus der Welt zu schaffen, ist mir bekannt. Darüber unterhalten wir uns später noch.«

Sayunaro murmelte etwas, das völlig unverständlich, mit Sicherheit aber nicht gerade freundlich war. Als Ray ihn daraufhin streng ansah, wandte er sich ab, um sich wieder zu beruhigen.

»Gut«, stieß Grizzly schließlich aus. »Natürlich halte ich den Mund. Aber ich lasse auf gar keinen Fall zu, dass eine unschuldige Frau für diesen Mord büßt.«

Er warf Ray noch einen wütenden Blick zu, wandte sich dann brüsk ab und stapfte weiter zum Bach. Die anderen beiden schauten sich kurz an und folgten ihm. Schon bald sahen sie Erlen, Weiden und Riedgras.

»Imari hat also alles mit angesehen, verrät Ray aber nicht«, nahm Grizzly das Gespräch nach einer Weile wieder auf. Inzwischen machten sie bereits die Brücke aus. »Bleibt die Frage, warum nicht.«

»Weil sie weiß, dass ihr niemand glauben würde«, entgegnete Ray. »Morten hat gegen einen Shiisan gekämpft …«

»Würdest du bitte darauf verzichten«, fragte Sayunaro höflich, »mich als Shiisan zu bezeichnen?«

»Tut mir leid. Morten hat also gegen einen gefährlichen Geist gekämpft. Dann tauche ich auf. Statt Morten zu helfen, töte ich ihn. Hört sich doch wirklich nicht gerade überzeugend an, oder?«

»Trotzdem!«, brummte Grizzly. »Ihr Leben steht auf dem Spiel…«

Die kleine Brücke war fast neu, das helle Holz ließ noch immer Harzspuren erkennen. Unter ihr sprudelte munter der Bach dahin.

Auf dem Brückengeländer hockte eine schmächtige Kreatur. Der Yarudo ließ die Beine baumeln und warf Erlenzapfen ins Wasser.

»Der hat uns gerade noch gefehlt!«, maulte Grizzly.

»Gestalten gibt es hier«, sagte der Geist und seufzte schwer.

»Was für Gestalten?«, fragte Ray.

Doch der Yarudo antwortete nicht, sondern bettete das Kinn in echter Denkerpose auf seine Hand, spähte zu den Bäumen hinüber und seufzte erneut schwer.

»Gehen wir weiter!«, verlangte Sayunaro. »Unser kleiner Freund wird uns nicht mehr verraten.«

»Würd mich trotzdem interessieren«, entgegnete Grizzly, »was der zu seufzen hat.«

Sie sollten es recht schnell erfahren. Der Pfad führte an Brennnesseln vorbei zu der besagten alten Kiefer.

Die kleine Hütte sah auf den ersten Blick ungemein anheimelnd aus. Als die drei näher kamen, erkannten sie jedoch, dass hier jemand furchtbar gewütet hatte: In den kleinen Teich neben dem Haus hatte man die hölzerne Figur eines Schutzgeistes geworfen, um ihn herum sprenkelten weiße Lilien das reglose Wasser. Jemand war wütend durch die Beete getrampelt und hatte alle Pflanzen herausgerissen. Die Haustür war aus den Angeln gehoben und zertrümmert worden, die Fenster standen Wind und Regen offen. Auf den hellen Verandaböden prangten Spuren, die dreckige Männerstiefel hinterlassen hatten.

Das Erste, was Ray beim Betreten des Hauses auffiel, war der zerbrochene Spiegel in dem fein gearbeiteten Rahmen. Vor der Wand lag ein Stein, wahrscheinlich war man mit ihm zu Werke gegangen. Nun blickte Ray in ein zerstückeltes Antlitz mit von der Sonne gebleichtem Haar und einer feinen weißen Narbe an der Schläfe. Die Augen wirkten in dem braun gebrannten Gesicht sehr hell. Ihr Ausdruck gefiel Ray nicht. Diese Sturheit, diese Verkniffenheit. Diesen Ausdruck kannte er. Von Soburo, von Meister Sin und von Meister Hyeon. Und auch von dem toten Morten. Dann war da noch die Yari, die in seiner, Rays, Hand sanft leuchtete. Und seinen grauen Umhang zierten Regenflecken sowie ein versponnenes Muster aus Dillsamen.

Hinter Ray huschte Sayunaro vorbei, der seinem Spiegelbild auf keinen Fall ins Auge blicken wollte. Grizzly dagegen blieb stehen und füllte fast den ganzen Spiegel aus.

»Was gibt's da bloß so lange zu glotzen?«, fragte er.

»Nichts weiter, nur einen Beschwörer.«

Die Möbel und das Geschirr waren zerschlagen worden, die Sträuße aus getrockneten Blumen lagen in ramponiertem Zustand auf den zerfetzten Schilfmatten. In den Regalen mit den Elixieren und Kräutern hatte man ebenfalls wild gefuhrwerkt, sodass der Fußboden der kleinen Küche einen Teppich aus zerschlagenem Glas, allerlei Pülverchen, gepressten Pflanzen und bunten Lachen erhalten hatte. Im Herd lag eine tote Dohle.

»Wundert mich ja fast, dass die ihr nicht noch 'ne tote Kuh angeschleppt haben«, knurrte Grizzly, packte den Vogel an einer Kralle und warf ihn zum Fenster hinaus.

»Bestimmt haben sie angenommen«, giftete Sayunaro, »der tote Vogel würde dafür sorgen, dass Imari von ihrem eigenen Hexenwerk dahingerafft wird.«

Ray bemerkte in einer Ecke eine Tasche.

»Das könnte die von Morten sein.«

»Es gehört sich ja eigentlich nicht, in den Sachen eines Toten herumzukramen«, bemerkte Grizzly.

Ray zuckte nur die Schulter, lehnte die Yari gegen die Wand, schnappte sich die Tasche, knöpfte sie auf und schüttete ihren Inhalt ohne falsche Ehrerbietung auf dem Boden aus. Auf den ersten Blick schien sie nichts Ungewöhnliches zu enthalten: ein wenig Kleidung, eine Packung Kerzen, einen Feuerstein, ein kleines Messer mit beinernem Griff, ein Notizbuch und eine Schnur. Als er Letztere genauer untersuchte, stellte Ray fest, dass sie aus einzelnen Schlangenlederstücken von unterschiedlicher Länge gefertigt worden war.

»Abfall von Häutungen«, meinte Grizzly. »Wozu Morten die wohl gebraucht hat?«

»Wahrscheinlich zum Zeitvertreib«, antwortete Sayunaro und verzog angewidert das Gesicht, während er das Buch durchblätterte.

»Welche Geister hätten wir denn, die mit Schlangen verbunden sind?«, fragte Ray, während er die Schlangenschnur durch seine Finger gleiten ließ. »Da wäre der Shu, der selbst wie eine Schlange aussieht. Aber er greift keine Menschen an.«

»Ich denke wirklich«, stieß Sayunaro nachdrücklich aus, »dass er diese Schnur einzig und allein zur Erinnerung aufbewahrt hat.«

»Hat er etwas festgehalten, das uns weiterhilft?«, fragte Grizzly.

»Nein, das sind lediglich Gedichte, noch dazu recht ungelenke. Vermutlich stammen sie von ihm selbst.« Sayunaro runzelte die Stirn und fing dann an vorzutragen: »*Du versteckst dich hinter der Maske des Menschen, versteckst dich im Schatten des Menschen, aber du kannst nicht verstecken die Zähne des Shiisans hinter einem Lächeln*. Er scheint eine Vorliebe für diese Geister zu haben …«

»Steht da auch noch was Nützliches drin?«

Sayunaro schlug die letzten Seiten auf.

»Wortreiche Auslassungen über das Gute und das Böse«, sagte er. »Naturbeschreibungen, eine Erzählung, in der Imaris Schönheit gepriesen wird … nichts, was uns weiterhilft.« Er klappte den Band zu und steckte ihn in seine Tasche. »Trotzdem nehmen wir das Werk mit, vermissen wird es ja wohl kaum jemand.«

»Dann sind wir hier wohl fertig«, hielt Grizzly fest, der einen letzten Blick auf Mortens Sachen warf. »Er hätte uns ruhig einen Hinweis auf den Geist hinterlassen können. Aber nein, wir dürfen mal wieder alles selbst erledigen. Immerhin wissen wir, wer

Morten umgebracht hat.« Die letzten Worte hatte Grizzly in völlig sachlichem Ton herausgebracht. Ray wusste das durchaus zu schätzen.

»Gehen wir!«, verlangte er und steckte die Schlangenschnur ein. Vielleicht half ihnen dieses Stück doch noch irgendwann weiter. »Wir sollten uns jetzt noch die Hasenbrücke genauer ansehen.«

Auf dem Weg zur Tür hielt er noch einmal inne, weil er im Spiegel eine Bewegung wahrgenommen hatte. Als er herumwirbelte, meinte er, einen Schatten zu erspähen, der davonhuschte. Rasch guckte er erneut in den Spiegel.

»Was gibt's jetzt schon wieder zu gaffen?«, fragte Grizzly.

»Nichts«, antwortete Ray.

Er hatte eben tatsächlich gemeint, Imari gesehen zu haben.

Um zur Hasenbrücke zu gelangen, mussten sie sich durch Hexenseide schlagen, die hier überall wuchs.

Die schmale Brücke war uralt, die Bretter im Laufe der Jahre längst dunkel geworden. Jeder Schritt löste ein Knarzen aus. Das Geländer war recht hoch. Den Bach unter der Brücke hatte Unkraut fast verschlungen, sein Rauschen klang arg gedämpft.

Vögel zwitscherten, Mücken surrten, ab und an schwirrten mit tiefem Brummen dicke Hummeln an ihnen vorbei. Nichts in dieser Landschaft verströmte einen Hauch von Gefahr. Es war ein friedliches Plätzchen mitten im Wald.

Ray stützte sich aufs Geländer. Ein paar leuchtende Flecken fesselten seinen Blick.

»Das ist Goldiris«, erklärte Sayunaro, der dem Blick seines Freundes gefolgt war.

Die Blumen beäugten die Menschen mit ihren prächtigen Blüten und bewegten ganz leicht die spitzen Blätter.

»Sie sind sehr selten. Selbst im kaiserlichen Garten findest du diese Blumen nicht. Und hier wachsen sie wild an einer alten Brücke ...«

»Nur sind wir nicht wegen der Blumen hier«, grummelte Grizzly.

»Lasst uns mal zum Bach runtergehen«, schlug Ray vor und überquerte die Brücke.

Am anderen Ufer hatte sich der Boden in einen einzigen schwarzen Schlammstreifen verwandelt. Im Nu sanken sie knöcheltief in den Matsch ein, der ihre Stiefel kaum wieder hergeben wollte. Das trübe Wasser sprudelte um entwurzelte Sträucher, Äste und Steine herum und überwand sogar einen Erlenstamm, der quer im Bach lag.

Ray blickte zur Brücke hoch. Von hier unten machte er den Schimmel und die weißen Pilze am Holzboden aus. Ein Querbalken wies kaum erkennbare Furchen auf.

Grizzly streckte einen Arm aus. Mühelos schaffte er es, einen langen Span vom Holz abzubrechen. Nachdenklich besah er ihn sich und schnupperte daran. Doch dem Stück haftete kein Blutgeruch an.

»Ein ganz gewöhnliches Stück morsches Holz«, stellte er fest. »Diese Brücke hätte man schon vor langer Zeit abreißen sollen. He, Sayunaro, spürst du hier irgendwas?«

»Nein«, antwortete dieser. Knietief im Schlamm versinkend, versuchte er verzweifelt, an eine Iris zu gelangen.

»Und deswegen pflückst du jetzt lieber Blumen?«, fragte Ray lachend.

»Klar«, stieß Grizzly ins selbe Horn. »Die schickt er dann Tora … Wirklich, Sayunaro, wir haben Besseres zu tun!«

Sayunaro achtete indes gar nicht auf die beiden, sondern zog mit einiger Anstrengung eine der Pflanzen aus dem Schlamm. Dabei lief er Gefahr, seine Stiefel an den Matsch zu verlieren. Kaum hatte er wieder festeren Grund unter den Füßen, untersuchte er eingehend die Wurzeln.

»Was versprichst du dir denn davon?«, erkundigte sich Grizzly, der allmählich die Geduld verlor.

Sayunaro antwortete jedoch nicht. Nachdem er die Blüte gnadenlos abgeknickt und den Stängel achtlos weggeworfen hatte, wusch er seine Beute im Bach. Anschließend zupfte er behutsam die Blütenblätter ab. Ein Büschel feiner, heller Haare trat zutage.

»Wo kommen die denn her?«, fragte Grizzly.

Sayunaro hielt seinen Fund mit zwei Fingern fest, kramte mit der anderen Hand in seiner Tasche und zog Mortens Buch heraus, das er mühselig auf einer der letzten Seiten aufschlug.

»*Schenk mir eine deiner Locken von der Farbe der goldenen Iris, und ich werde jeden Tag zu dir kommen! Gib mir dein Blut zu trinken, und ich werde auf deiner Schwelle liegen! Überlass mir dein Herz, und du wirst nie wieder Schmerz, Kummer und Not kennen!*« Sayunaro sah seine Freunde an. »Anfangs habe ich das nur für einen weiteren von Mortens lyrischen Ergüssen gehalten, aber jetzt …«

»Das ist ein Zauber«, stieß Ray aus. »Um einen Kummerbündler herbeizurufen, wenn ich mich nicht irre. Allerdings sind da ein paar Fehler drin. Eigentlich müsste es heißen: *Schenke mir eine Iris von der Farbe deiner goldenen Haare, gib mir Quellwasser zu trinken, überlass mir deinen Kummer!*«

»Stimmt«, sagte Sayunaro. »Damit passt alles zusammen.«

»Was passt alles zusammen?«, fragte Grizzly.

»Diesen Geist können auch gewöhnliche Menschen herbeirufen, die großen Kummer haben«, holte Ray aus. »Manchmal übernimmt das auch ein naher Verwandter für sie. Der Kummerbündler verlangt Goldiris und Quellwasser, dafür nimmt er alles Leid von einem unglücklichen Menschen.«

»Jemand hat also einen Kummerbündler gerufen«, hielt Grizzly fest, »dabei aber den Zauber falsch zitiert?«

»Wenn du mich fragst«, erwiderte Sayunaro und legte die Haare zwischen die Seiten des Buches, »hat er schon die richtigen Worte gesprochen, aber neue Gaben dargebracht. Das hat Morten in der ihm eigenen, leicht merkwürdigen Art festgehalten. Was aber bedeutet das? Wenn man einen Geist mit menschlichem Fleisch füttert, fängt er irgendwann an, Menschen zu jagen. Deshalb vermute ich, dass sich auch ein Kummerbündler in ein Ungeheuer verwandelt, wenn man ihm statt der Goldiris und des Quellwassers eine goldene Locke und warmes Blut anbietet.«

»Deshalb hat Morten sich also danach erkundigt, ob jemand

im Dorf den Tod eines nahen Verwandten zu beklagen hatte«, sagte Ray. »Er wollte herausfinden, wer den Kummerbündler gerufen haben könnte.«

»Aber wer hätte etwas davon, aus diesem guten Geist ein Untier zu machen?«, hielt Grizzly mit äußerster Skepsis dagegen.

»Das werden wir gleich wissen«, antwortete Ray und packte die Yari dicht unter der Klinge. »Rufen wir den Geist herbei und fragen ihn!«

»Hier und jetzt?«

»Worauf willst du denn noch warten? Je eher wir die Wahrheit herausfinden, desto besser.«

»Und wie stellst du dir diese kleine Plauderei mit einem Geist vor, der blind vor Wut Menschen abschlachtet?«

»Da fällt uns schon etwas ein.«

Ray wickelte sich eine Strähne seines Haars um den Finger und schnitt sie ab. Sayunaros Haar hätte farblich noch besser gepasst, doch er wollte lieber keinen blutdürstigen Geist herbeirufen, indem er jemanden ins Spiel brachte, der in sich einen Shiisan beherbergte.

Sayunaro steckte das Buch in die Tasche, nahm seinen Umhang ab und warf ihn zur Seite. Grizzly suchte nach einer möglichst festen Stelle in dem matschigen Boden, damit er bei einem Kampf einen sicheren Stand hatte.

Ray ließ die Haare zu Boden segeln. Anschließend schlitzte er sich vorsichtig die Hand auf und gab ein paar Tropfen seines Blutes hinzu. Der Zauber, den er in Gedanken sprach, ließ ihn frieren und rief einen stechenden Schmerz hervor. Alle Geräusche der Natur verstummten. Eine bedrohliche Stille senkte sich herab.

Der Kummerbündler tauchte erst nach einer ganzen Weile auf. Wie dieser Geist normalerweise aussah, wusste Ray nicht, aber er konnte sich beim besten Willen nicht vorstellen, dass er sonst Armreife und ein Gewand aus blutigen Fleischbrocken trug. Dieser Kummerbündler war etwa anderthalbmal so groß wie Grizzly und stapfte auf elefantenartigen Beinen zwischen den Bäumen hervor. Seine schweren Schritte ließen die Erde erbeben. Seine Arme waren so lang, dass die Hände über den Boden schleiften, wobei die spitzen Krallen tiefe Furchen in der feuchten Erde hinterließen. Leichenfahle Haare hingen ihm vorm Gesicht, in dem allerdings wunderschöne Augen leuchteten. Sie waren alles, was von dem einst guten Geist geblieben war.

»Vorsicht«, flüsterte Sayunaro. »Er ist sehr wütend.«

Und dann vernahm Ray plötzlich eine tiefe, äußerst angenehme Stimme, die von überall her zu erschallen und gleichzeitig nur in seinem Kopf zu erklingen schien.

»Willst du mir deinen Schmerz überlassen?«, fragte der Kummerbündler.

»Nein«, sagte Ray und richtete die Yari auf den Geist. »Aber willst du mir vielleicht den deinen überlassen?«

Dieser Vorschlag ließ den Kummerbündler erstarren. Kurz darauf stapfte er jedoch mit neuer Entschlossenheit auf Ray zu, ohne Frage, um ihn anzugreifen.

Ray wehrte den ersten Schlag des Geistes mit der Yari ab, doch ihr Schaft leitete eine Art Brennen in seine Schulter.

»Ich bin gekommen, um mir deinen Schmerz zu holen«, stellte der Kummerbündler klar, und seine langen Krallen flirrten vor Rays Nase herum.

Grizzly und Sayunaro überzogen den Geist nun mit ihren Zaubern, sodass er sich vorübergehend nicht mehr zu bewegen vermochte.

»Und ich habe dich gerufen«, entgegnete Ray, »um mit dir zu reden.«

Der Geist jaulte nur voller Wut auf und zerrte verzweifelt an den unsichtbaren magischen Stricken. Die Goldiris verwelkten schlagartig – und schon war der Kummerbündler wieder frei. Er stürzte auf Ray zu, der sich jedoch rasch wegduckte, denn noch durfte er den Geist nicht töten. Erst brauchte er Antworten.

»Wer hat dich gerufen?«, fragte Ray, während er einen weiteren Angriff parierte.

Doch der Kummerbündler schwieg.

Inzwischen ahnte Ray, dass er keine Antworten erhalten würde. Den Geist verlangte es nach Blut, nicht nach Worten. Und trotz seiner vermeintlichen Behäbigkeit erwies er sich als ausgesprochen flink …

Sayunaro wirkte einen weiteren Zauber, woraufhin sich abermals ein unsichtbares Band um den Kummerbündler wand. Diesmal befreite er sich jedoch geradezu mühelos davon. Wütend holte er aus und fegte Grizzly mit einem Schlag seiner Hand zur Seite.

»Tötet ihn!«, schrie dieser, während er sich bereits wieder hochrappelte. »Er verrät uns doch nichts!«

»Ich brauche deinen Schmerz«, zischte der Geist Ray zu und griff ihn abermals an.

»Wer hat dich gerufen?«, wiederholte Ray seine Frage, während er sich den Geist mit der Yari vom Leib hielt.

»Aus dem kriegst du wirklich nichts raus«, meinte nun auch Sayunaro, der bereits den nächsten Zauber wirkte. »Wir vergeuden bloß unsere Zeit mit ihm.«

Da hatte er recht. Der Kummerbündler konnte Menschen töten und Iris züchten, mehr nicht. Wenn sie etwas von ihm erfahren wollten, mussten sie ihm die Erinnerung an die Zeit zurückgeben, als er noch kein Ungeheuer war.

»Wirkt einen Vertreibungszauber!«, verlangte Ray und hob die Yari. »Aber nur einen leichten.«

»Willst du den bösen Geist aus dem guten Geist vertreiben?«, fragte Grizzly, während er versuchte, in den Rücken des Kummerbündlers zu gelangen.

»Ja.«

Als spürte der Geist, was hier gegen ihn ausgeheckt wurde, stürzte er sich auf das Haarbüschel am Boden. Hätte er dieses, hätte er den Spender in der Hand. Die drei Zauber erwischten ihn in der Sekunde, als er gerade die blutigen Strähnen aufklaubte. Jäh ließ der Kummerbündler die Gabe fallen und stürzte in den Schlamm. Über seinen Körper züngelte ein gelbes Feuer. Das blutige Fleisch seines Gewandes erzitterte, verkohlte und fiel in trockenen Brocken von ihm.

Wie gebannt beobachteten die Beschwörer den Geist, der sich im Dreck krümmte.

»Damit hätte ich jetzt nicht gerechnet«, gab Grizzly offen zu und rieb sich die Schulter.

Die hässliche Larve fiel von dem Geist ab, und zum Vorschein kam ein großer, schlanker Mann mit fahlen Haaren, die ihm bis zur Taille reichten. Einzig seine leuchtenden Augen verrieten ihn als Geschöpf aus der jenseitigen Welt.

Der Kummerbündler sah Ray an.

»Willst du mir nun endlich deinen Schmerz überlassen?«, fragte er mit klarer, unveränderter Stimme. Er weidete sich ganz offen an dem angespannten Schweigen der drei, dann lächelte er freundlich. »Schon gut, das war ein Scherz.« Er erhob sich. Jetzt war er nur noch so groß wie Grizzly. »Denn keiner von euch dreien empfindet etwas, das mein Erscheinen nötig gemacht hätte.«

»Wer hat dich gerufen?«

Der Geist sah zu den verwelkten Iris hinüber.

»Wie schade«, murmelte er nachdenklich. »Es waren wirklich wunderschöne Blumen.«

»Wer hat dich gerufen?«, wiederholte Ray.

»Namen merke ich mir nie«, antwortete der Kummerbündler. »Meist stellen sich die Menschen nämlich sowieso nicht vor. Sie bitten mich lediglich um meine Hilfe. Es war eine junge Frau. Goldene Zöpfe, ein freundliches Gesicht und ein sehr starker Schmerz. Schwärzeste Trauer mit gelegentlichen grellen Entladungen. Einfach wunderschön.«

»Die Frau oder der Schmerz?«, wollte Sayunaro wissen.

»Das ist für mich ein und dasselbe.«

»Wann ist das geschehen?«, fragte Ray verzweifelt.

Dieser Geist dachte in ganz eigenen Kategorien. Wie sollten sie wissen, was er meinte?

Der Kummerbündler grübelte eine Weile über die Antwort nach.

»Die Brücke war damals jünger. Die Iris hat nicht geblüht, aber das tut sie jetzt ja auch nicht mehr.«

Letzteres trieb ihn offenbar in tiefe Verzweiflung. Grizzly schüttelte nur den Kopf: Da hatte Ray ja mal wieder eine blendende Idee gehabt.

»Wer hat dich gezwungen, Menschen zu töten?«, fragte dieser stur weiter.

»Ich habe niemanden getötet. Ich habe mir nur geholt, was ich brauchte. Wenn sie dabei gestorben sind ... was hätte ich denn tun sollen?«

Sayunaro gickelte bei dieser Darlegung bloß. Der Kummerbündler sah ihn fragend an.

»Das ist mein Ernst. Ich hole mir von den Menschen immer, was ich brauche. Ihren Schmerz und auch ihre Erinnerungen.«

»Soll das heißen«, hakte Grizzly nach, »ein Mensch vergisst nach deinem Besuch nicht nur seinen Kummer, sondern alles, was damit zusammenhing?«

»Ja.«

»Wunderbarer Trost!«, stieß Grizzly aus. »Wenn ihr mich fragt, sollten wir unseren Prachtburschen jetzt wirklich schleunigst vertreiben. Der kann uns ja doch nichts sagen, wir verschwenden bloß unsere Zeit mit ihm, und am Ende verdirbt er mir auch noch die Laune.«

»Eines will ich erst noch wissen«, sagte Ray. »Wer ist auf die Idee gekommen, dir nicht Blumen und Wasser zu geben, sondern Haare und Blut? Warum wollte derjenige aus dir einen bösen Geist machen?«

»Als ob dieser Dieb vorher ein Waisenknabe gewesen wäre«, knurrte Grizzly.

»Halt deinen Mund!«, fuhr Ray ihn an. »Sonst finden wir nie heraus, wie es zu diesen Morden gekommen ist.«

»Das ist auch gar nicht nötig!«, erklang da hinter ihnen eine Stimme, die vor Wut zitterte.

Sayunaro hatte sich noch nicht umgedreht, als ihn eine unbekannte Kraft rücklings gegen einen Brückenpfeiler schleuderte. Grizzly landete in einem Gebüsch, Ray konnte den Angriff immerhin mit der Yari abfangen. Dabei bohrte sich etwas in die Lanze, das geradezu mit Händen greifbar war. Dann sah er, wie aus dem Nichts eine schmale Frau in einem schlichten Bauernkittel heraustrat, mit schweren Zöpfen, die über ihre Brüste fielen.

»Imari?«

»Nein!«, schrie sie. »Dieses Bauernweib ist nur ein kläglicher Abklatsch von mir!«

»Und wer bist du?«

»Eine Kummerbündlerin«, antwortete die Frau und grinste Ray verschlagen an. Erst jetzt spürte er ihr Wesen: In der Tat, er hatte ein Geschöpf aus der jenseitigen Welt vor sich. »Du hast nicht gewusst, dass ich zweigestaltig bin? Er sammelt den Schmerz …«, Ihr Blick schnellte zu ihrer gleichgültigen anderen Hälfte hinüber, die den ausgeschalteten Sayunaro völlig teilnahmslos beobachtete. »… ich die Erinnerung.«

»Und warum siehst du wie Imari aus?«

»Ich sehe immer aus wie der Mensch, dessen Erinnerung ich mir hole.«

Die Geistererscheinung tänzelte leichtfüßig auf sie zu.

»Dann hat *sie* dich gerufen?«, fragte Ray.

»Ja. Ihre ganze Familie ist umgekommen, diesen Verlust hat sie nicht verkraftet. Sie hatte keine Goldiris. Diese Blume ist, wie du ja sicher weißt, ungeheuer selten.« Die Kummerbündlerin grinste und behielt Ray mit ihren lodernden purpurnen Augen fest im Blick. »Deshalb hat diese Närrin beschlossen, mich mit ihrem Haar zu bezahlen. Als sie es abgeschnitten hat, hat sie sich am Finger verletzt. Rein zufällig. Mir hat das so gut gefallen, dass ich mehr davon haben wollte.«

»Und warum weiß Imari nichts von dir?«

»Weil dieser Teil ihrer Erinnerungen mir gehört, du Dummkopf!«

»Aber warum tötest du die Menschen ausgerechnet hier an dieser Brücke?«

»Hier hat sie mich zum ersten Mal gerufen. Anscheinend hat ihr dieser Ort gefallen.«

»Und warum hast du sie nicht getötet?«

»Warum sollte ich?«, entgegnete die Geistererscheinung.

»Wozu etwas töten, das es gar nicht gibt? Wie soll man das überhaupt anstellen?«

»Imari ist offenbar nur noch eine leere Hülle für unsere Kummerbündlerin«, bemerkte Sayunaro da. »Wahrscheinlich sieht diese Geistererscheinung Menschen ohne Trauer nicht einmal mehr.«

»Ich sehe euch!«, zischte die Kummerbündlerin. »Und mit eurem Blut werde ich neue Goldiris heranziehen.«

Die Kreatur stürzte sich auf Ray. Sie bewegte sich außergewöhnlich schnell. Ray handelte, ohne nachzudenken. Seine Lanze bohrte sich in die Seite der falschen Imari. Ein Zauber Sayunaros schlug direkt daneben in das Wesen ein. Auch Grizzly war wieder auf den Beinen und mischte sich ins Geschehen ein und gab ihr mit seiner Magie den Rest. Die Kummerbündlerin stieß einen durch Mark und Bein gehenden Schmerzensschrei aus, der sich rasch in ein langes Klagelied verwandelte, wie es ein Mensch nie zustande brächte.

Ganz langsam sank die Kummerbündlerin zu Boden, um dort genauso zu verwelken wie kurz zuvor die Iris.

»Wie dumm von euch«, sagte der Kummerbündler, der sogar das Dahinscheiden seiner anderen Hälfte völlig teilnahmslos beobachtet hatte. »Jetzt erhält die Frau ihr Gedächtnis zurück.«

Ohne jede Hast ging er an Ray vorbei, umrundete Sayunaro, dessen Finger noch zitterten und blieb neben den Überresten der Kummerbündlerin stehen.

»Darf ich sie mitnehmen?«, fragte er Ray mit einem Blick aus seinen überirdisch schönen Augen. »Wenn dieser Teil von mir sterben würde, wäre ich nicht mehr vollständig. Das wäre vermutlich sehr unangenehm für mich.«

»Nur wenn an dieser Brücke nie wieder ein Mensch von euch getötet wird«, antwortete Grizzly, der sich von den Büschen her humpelnd näherte.

Der Geist lächelte, nickte Ray zu, verbeugte sich und hob das Wesen auf, das nun kaum noch an Imari erinnerte. Es sah überhaupt nicht mehr wie ein Mensch aus. Der Kummerbündler presste die Kreatur an seine Brust, ohne sich darum zu kümmern, dass schwarzer Schleim aus ihrem Körper trat und sein schneeweißes Gewand beschmutzte. Nach einem letzten Blick auf die drei Beschwörer löste er sich langsam in der Luft auf.

Nun waren sie wieder allein an diesem Ort mit der alten Brücke und dem trüben Bach. Einzig eine leichte Brise streifte sie noch und bezeugte das Verschwinden dieses Paars aus der jenseitigen Welt.

Ray atmete tief durch. Am liebsten hätte er sich in den Matsch fallen lassen, kämpfte jedoch tapfer gegen diese Versuchung an. Sayunaro verrenkte sich fast den Hals, um einen blutigen Span aus seiner Schulter zu ziehen. Keiner von ihnen sagte ein Wort.

Ray ließ seinen Blick schweifen. Dort, wo die Goldiris gestanden hatten, war jetzt alles überschwemmt. Die Brücke, diese stumme Zeugin all der Morde, würde in Zukunft keine böse Kraft mehr erhalten. Sie schien förmlich in sich zusammengesackt, war nun bloß noch eine morsche Brücke. Dafür spreizten die Bäume geradezu ihre Äste und raschelten fröhlich mit ihren Blättern, weil sie das alte Joch ablegten.

»Imaris Unschuld können wir aber immer noch nicht beweisen«, brummte Grizzly da, bevor er sich etwas Wasser über den Kopf spritzte. »Die Bauern werden sie also nach wie vor auf den Scheiterhaufen werfen wollen.«

»So unschuldig ist sie nun auch wieder nicht«, stieß Sayunaro aus. »Schließlich hat sie den Kummerbündler gerufen.«

»Du weißt genau, was ich meine«, erwiderte Grizzly. »Außerdem wollte sie doch bloß ihren Kummer loswerden, hatte aber nie die Absicht, Menschen zu töten.«

»Man sollte sich nie auf Geschöpfe einlassen, die man nicht kennt.«

»Und was schlägst du jetzt vor? Sie dafür auf dem Scheiterhaufen zu verbrennen?«

»Ich schlage lediglich vor, ihre Schuld nicht kleinzureden«, sagte Sayunaro und machte sich mit schmerzverzerrtem Gesicht daran, sein Hemd auszuziehen.

»Gerade du solltest den Mund nicht zu voll nehmen«, zischte Grizzly. »Vor allem nicht, wenn es um Schuld geht.«

»Dann nenn mir doch bitte auch nur eine Sache, die ich mir habe zuschulden kommen lassen! Weißt du überhaupt, was es mich kostet, bisher keine Schuld auf mich geladen zu haben?! Wenn nicht, kannst du gern mal mit mir tauschen. Und? Was hältst du von diesem Angebot?«

»Ich glaube, wir haben doch ein paar Beweise«, ging Ray dazwischen.

»Und welche?«, fragte Grizzly scharf.

Ray deutete auf Sayunaros Brust. Dort prangte klar erkennbar der rote Abdruck einer dreifingrigen Pfote. »Das da stammt eindeutig von der Hand der Kummerbündlerin.«

»Die hat es dir aber ordentlich gegeben«, bemerkte Grizzly mit einem Anflug von Mitleid. »Das verheilt nicht so schnell.«

»Und du glaubst, dieser Abdruck reicht dem Dorfvorsteher?«, fragte Sayunaro, der den immer leuchtender werden Bluterguss vorsichtig berührte.

»Wenn wir uns eine schöne Geschichte zu dem Geist einfallen lassen, der hier gewütet hat und den wir so tapfer bezwungen haben, dann schon«, erklärte Grizzly kategorisch. »Lasst uns erst mal von dieser Brücke verschwinden, denn hier haben wir nichts mehr verloren!«

Während sie zur Straße zurückliefen, suchten sie nach einer möglichst überzeugenden Fassung ihrer Schlacht an der Hasenbrücke. Ray und Sayunaro schlugen etwa ein Dutzend Möglichkeiten vor, darunter auch einen Manmo und einen Maor, aber Grizzly lehnte all diese Vorschläge unerbittlich ab.

»Zeigt mir doch mal einen Maor mit einer solchen Pfote!«, verlangte er. »Und jedes Kind weiß doch, dass ein Manmo sein Opfer mit Haut und Haar verschlingt! Ein Hokayu scheidet ebenfalls aus, für diesen Geist ist es selbst hier nicht hügelig genug. Und Yurgi treten immer in Rudeln auf, die hätte also irgendjemand bemerken müssen.«

»Dann schieben wir eben alles auf einen Shiisan«, brummte Sayunaro.

»Wir könnten ja behaupten, dass es eine verrückt gewordene Hega gewesen ist«, erwiderte Grizzly in deutlich sanfterem Ton.

»Die wollten wir einfangen, um zu erfahren, wo sie ihren Schatz versteckt hat. Leider hat sie uns drei dabei tüchtig vermöbelt.«

»Nur wird der Dorfvorsteher in dem Fall von dir verlangen, dass du ihm den Topf voll Gold zeigst«, gab Ray zu bedenken. »Sonst glaubt er dir niemals, dass wir die Hega besiegt haben und sie uns ihr Versteck verraten musste.«

»Da ist was dran «, räumte Grizzly ein.

»Lasst uns doch behaupten, in der Brücke selbst hätte sich ein Geist eingenistet«, sagte Ray. »Deshalb haben sich auch schon früher Menschen von ihr gestürzt und sich das Genick gebrochen. Vielleicht saß dieser Geist sogar schon in einem der Bäume, die für ihren Bau gefällt worden sind«, spann Ray den Faden weiter und zog dabei Mortens Schlangenschnur heraus. »Morten ist diesem Geist auf die Schliche gekommen und hat ihn mit dieser Schnur aus seinem Versteck locken wollen. Geister sind schließlich auf die sonderbarsten Dinge erpicht. Bei uns hat er jetzt angebissen, und wir haben ihn vernichtet.«

»Das hört sich schon ganz gut an«, lobte ihn Grizzly. »Allerdings müssen wir uns noch etwas für Morten einfallen lassen. Wohin ist er verschwunden? Verratet ihr mir eigentlich, was ihr mit ihm gemacht habt?«

Wie der Zufall es wollte, erreichten sie gerade die Wiese, auf der Morten den Tod gefunden hatte.

»Ich habe ihn mit der Yari getötet«, gab Ray widerwillig zu, »und seine Leiche den Unagi überlassen.«

»Einfallsreichtum kann man dir jedenfalls nicht absprechen«, schnaubte Grizzly. »Mortens Tod schieben wir dann wohl am besten auch gleich dem Brückengeist in die Schuhe. Und verschmaust hat dieser Widerling den armen Beschwörer auch noch. Wir werden dem Dorfvorsteher raten, die Brücke abzureißen, damit sind die Leute erst mal beschäftigt. Bei der ganzen Plackerei denken sie bestimmt nicht weiter über unsere Geschichte nach.«

Auf das, was auf dieser Wiese geschehen war, wollte er offenbar nicht noch einmal zurückkommen.

Der Dorfvorsteher trank gerade im Kreise seiner Familie auf der Veranda Tee. Als er die drei Beschwörer sah, wandte er sich an seine Frau, flüsterte ihr etwas zu, erhob sich und kam ihnen entgegen.

»Gibt es etwas Neues?«, fragte er.

»Wie wir Euch bereits gesagt haben, hat Imari nichts mit diesen viehischen Morden zu tun. Die hat ein Geist verübt«, antwortete Grizzly und erzählte dann die Geschichte, die sie sich eben ausgedacht hatten.

Der Dorfvorsteher hörte ihm aufmerksam zu. Nach und nach verschwand der finstere Ausdruck aus seinem Gesicht. Der Pfotenabdruck auf Sayunaros Brust machte ungeheuren Eindruck auf ihn. Am stärksten überzeugte ihn seltsamerweise aber die Schlangenschnur, die Ray ihm zeigte.

»Es besteht also keine Gefahr mehr?«, fragte er noch einmal, nachdem Grizzly geendet hatte.

»Reißt die alte Brücke am besten ab«, riet dieser ihm nachdrücklich. »Dann braucht Ihr Euch wirklich überhaupt keine Sorgen mehr zu machen.«

»Ich schicke noch heute ein paar Männer dorthin«, versicherte der Dorfvorsteher, zog einen Schlüssel aus seiner Tasche und warf ihn Ray zu. »Ihr könnt die Frau freilassen. Und richtet Ihr aus, dass niemand sie daran hindern wird, dieses Dorf zu verlassen.«

Während Ray zu dem alten Schuppen ging, hörte er noch, wie Grizzly das Gespräch auf ihre Bezahlung brachte. Sayunaro war bei ihm geblieben, mischte sich aber nicht ein.

»Imari!«, rief Ray die Frau. »Es ist alles in Ordnung. Ihr seid frei.«

Sie antwortete nicht. Ray schloss die Tür auf, bückte sich und betrat das behelfsmäßige Gefängnis. Der Boden war mit Stängeln vom Engelwurz ausgelegt.

Imari saß zusammengekrümmt da.

»Wir haben den Geist vertrieben, der die Menschen getötet hat«, sagte Ray. »Ihr dürft diesen Schuppen wieder verlassen.«

»Ich kann mich wieder an alles erinnern, was geschehen ist«, hauchte sie. »Meine ganze Familie ist tot …«

»Woran sind Eure Verwandten gestorben?«, fragte Ray.

»Am roten Fieber.« Imari sah ihn kurz mit leeren Augen an. »Wir lebten damals in einem Dorf jenseits des Passes. In Agosima.« Sie brachte die Worte nur stockend hervor und stierte ins Leere. Vermutlich standen ihr die Bilder ihrer Vergangenheit vor Augen. »Das ganze Dorf ist ausgelöscht worden. Ich war die Einzige, die überlebt hat. Warum, weiß ich nicht.« Sie brachte die Worte nur stockend hervor und stierte ins Leere. Vermutlich standen ihr die Bilder ihrer Vergangenheit lebhaft vor Augen. »Vor all der Krankheit, dem Tod und der Einsamkeit bin ich dann hierher geflohen. Irgendwann habe ich an der Hasenbrücke einen Kummerbündler gerufen, obwohl ich keine Goldiris hatte. Aber ich wollte unbedingt vergessen, deshalb habe ich es trotzdem versucht. Und dieser Geist hat all die Menschen umgebracht?«

»Ja. Weil Ihr ihm nicht die vorgesehenen Gaben dargeboten habt, sind die hässlichsten Seiten in ihm geweckt worden.«

»Dann bin ich also an ihrem Tod schuldig. Dabei wollte ich doch nur vergessen …«

»Ihr dürft Euch keine Vorwürfe machen! Viele Menschen sind in ihrer Verzweiflung zu allem bereit, nur damit ihr Schmerz aufhört.«

»Vielleicht wäre es doch besser, ich würde heute Abend verbrannt werden.«

»Nein, das wäre kein Ausweg!«, erwiderte Ray scharf. »Damit würdet Ihr nur abermals fliehen. Man darf aber weder vorm Leben noch vor sich selbst davonlaufen! Einmal habt Ihr bereits ein Ungeheuer heraufbeschworen, weil Ihr Euch Eurem Kummer nicht gestellt habt. Ihr wollt doch kein zweites schaffen, oder?«

Imaris Augen richteten sich auf ihn. In ihnen funkelten jäh Einsicht und Reue auf.

»Ich wollte meinem Schmerz entkommen«, murmelte sie, »habe dadurch aber anderen Menschen Leid zugefügt …«

»Und ich wollte meinen Freund beschützen – und habe dafür mit meinen eigenen Händen einen Menschen getötet.«

Sie schaute kurz ins Nichts. Als sie Ray dann wieder ansah, lag in ihrem Blick unendliches Mitgefühl.

»Warum habt Ihr mich nicht verraten?«, wollte Ray wissen. »Warum habt Ihr niemandem gesagt, was Ihr gesehen habt?«

»Das habe ich ja versucht«, gestand sie mit einem traurigen Lächeln. »Sobald man mich des Mordes an Herrn Morten angeklagt hat. Aber niemand wollte mich anhören.«

»Weshalb habt Ihr dieses Dorf eigentlich nicht längst verlassen? Wo Euch hier doch alle für eine Hexe halten …«

»Das konnte ich nicht. Ich war geradezu an diese Brücke gekettet.«

»Das ist nun ja vorbei. Und Ihr solltet wohl wirklich nicht länger in diesem Dorf bleiben, denn hier würdet Ihr keinen Frieden finden. Meine Freunde und ich, wir wollen nach Agosima. Könntet Ihr uns nicht über einen Pass führen?«

»Ich denke schon, aber …«

»Ich kann Euch keinen Trost anbieten«, fiel ihr Ray ins Wort. »Niemand kann das, nicht einmal ein mächtiger Geist. Die Kraft, Euren Schmerz zu überwinden, müsst Ihr aus Euch selbst schöpfen. Doch wenn ich Euch einen Rat geben darf: Verzagt nicht und legt die Hände nicht in den Schoß! Tut etwas, aber denkt nicht ständig über Euren Verlust nach!«

Sie deutete ein Lächeln an und sah ihm tief in die Augen.

»Und?«, hauchte sie. »Haltet Ihr Euch auch an diesen Rat?«

»Ich versuche es«, antwortete Ray lächelnd, streckte ihr die Hand hin und half ihr hoch.

9

Vergeltung unter freiem Himmel

Der schmale Pfad stieg so steil an, dass sie zuweilen das Gefühl hatten, eine Leiter zu erklimmen, deren Sprossen durch vorspringende Steine ersetzt worden waren. Obendrein verschwand der Weg immer wieder unter Sträuchern. Ohne Imari hätten die drei ihn niemals gefunden.

»Gibt es eigentlich keinen anderen Pass?«, fragte Grizzly stöhnend, der noch einmal tief durchatmete, bevor er den nächsten schweren Abschnitt in Angriff nahm.

»Doch, schon«, antwortete Imari, die sich eine Haarsträhne hinters Ohr schob. »Aber den sollten wir besser meiden.«

»Warum das?«, wollte Ray wissen.

Für besseren Halt hangelte er gerade mit der Hand nach einem Stein – nur dass dieser plötzlich seine Schuppen spreizte, knirschte und knackte. Sofort gab Ray den Steingeist frei. Der huschte zur Seite und vergrub sich im Boden, sodass nur noch sein grauer Rücken zu erkennen war.

»Es gibt einen Pass, der nicht so steil ist«, fuhr Imari fort. »Aber dafür ist es dort äußerst unruhig.«

»Was heißt das?«, hakte Sayunaro sofort nach.

Da Imari seine Gesellschaft unangenehm war, hielt er sich meist hinter ihr.

»Im Dorf haben Gerüchte die Runde gemacht«, antwortete sie, »dass man auf dieser Strecke seines Lebens nicht mehr sicher ist.«

»Weil Geister am Pass ihr Unwesen treiben?«, fragte Grizzly.

»Nein, da lauern wohl Räuber. In den letzten Jahren ist die

Ernte in Hagura furchtbar schlecht ausgefallen. Das ganze Volk leidet deshalb Hunger. Einige Menschen sind daher in die Berge gegangen, passen dort die Händler ab, töten sie und stehlen die Ware. Diesen Pfad hier kennt aber kaum jemand.«

»Aber Ihr scheint ihn recht gut zu kennen.«

»Ich sammle hier ... habe hier Kräuter gesammelt.«

Nun tauchten auch noch hohe Pflanzen mit breiten, scharfkantigen Blättern auf. Ihre runden, pikenden Blüten erinnerten ein wenig an Regenschirme.

»Seid vorsichtig!«, warnte Imari und zog die Ärmel ihres Hemdes so weit wie möglich nach unten. »Das ist Berglolch. Er darf eure Haut nicht berühren, denn er ist giftig und brennt vor allem nach Regen fürchterlich.«

»Den kenne ich«, sagte Ray. »Der Geist, der mit ihm verbunden ist, ist ein besonders unangenehmer Zeitgenosse.«

Imari lächelte ihn scheu an. Wie unterschiedlich die Menschen die Welt doch wahrnehmen, dachte sie. Ein Beschwörer achtet überall auf Geister, ich präge mir den Nutzen oder Schaden von Pflanzen ein.

Während Imari die drei durch unwegsames Gelände nach Agosima führte, richtete sie kaum das Wort an sie, sondern antwortete meist nur auf Fragen, die ihr gestellt wurden. Anscheinend durchlitt sie noch einmal den Verlust ihrer Familie. Immerhin hatte sie jetzt wieder ein Ziel im Leben, wenn auch nur ein kleines: Sie wollte den Pass überqueren.

Der Pfad erklomm unverdrossen den Berg, tauchte unter Sträuchern hindurch und schlängelte sich zwischen den Wurzeln mächtiger Kiefern und Tannen entlang. Die Bäume nahmen ihnen häufig die Sicht auf den Himmel, und ihre Stämme glichen Säulen, die eine träge raschelnde dunkelgrüne Kuppel trugen. Im schummrigen Licht, das durch die dichten Kronen fiel, bewegten sich die unterschiedlichsten Geister.

In Gestalt winziger Käfer schwirrten sie mit schillernden Flügeln über ihren Köpfen. Einige besonders neugierige Burschen versuchten sogar, in ihrem Haar zu landen, eindeutig in der Absicht, die Beschwörer näher kennenzulernen. Als kecke kleine

Schlangen glitten sie hinter Steinen hervor und betrachteten die Menschen mit aufmerksamen Augen. Ein Geist schnarchte laut. Als sie sich ihm näherten, begann er, sich auf dem Fallholz herumzuwälzen, sobald sie an ihm vorbei waren, beruhigte er sich wieder.

Von einem Ast hing an einem langen Seidenfaden ein dicker orangefarbener Wurm, der verzweifelt versuchte, auf den Baum zurückzufinden, von dem er gefallen war. Imari ging an ihm vorbei, ohne diesen Geist zu bemerken, der um ihre Hilfe bat. Wütend spuckte er ihr nach.

Ray lachte leise und hielt ihm seine Lanze hin, damit er über sie in die Blätter kriechen konnte.

An einer Stelle etwas weiter unten am Hang stießen sie auf Bäume, die aussahen, als hätte ein Riese sich an ihnen ausgetobt: Einige waren in der Mitte durchgebrochen, andere samt den Wurzeln herausgerissen oder zu einer Spirale verdreht. Bei manchen fehlte auch die Rinde. Dieser Streifen zog sich in ein grünes Tal hinunter.

»Ist hier ein Hokayu Schlitten gefahren, oder was?«, brummte Grizzly.

»Hier ist eine Lawine runtergegangen«, erklärte Imari. »Im Winter stand uns der Schnee buchstäblich bis über beide Ohren. Der hat gewaltigen Schaden angerichtet.«

Die Gipfel der Berge waren dagegen noch hinter den Bäumen verborgen. Diese Felsen stellten Agosimas Schutz dar, ganz wie die Postengeister aus den alten Sagen, die mit steinernen Schilden und Piken bewaffnet waren.

Ray hatte einmal gelesen, das zwischen Agosima und Ando einst eine gute Straße bestanden habe. Bei einem schrecklichen Erdbeben sei dieser Weg jedoch verschüttet worden. Der Krieg zwischen Ando und Hagura, in den später auch Welessa eingriff, band damals alle Kräfte, sodass es niemanden gab, der den Pass hätte wieder freilegen können. Und Warra hatte sich von jeher nicht um diese Provinz geschert. Obendrein hatte es sich zu diesem Zeitpunkt mit Hakata auseinanderzusetzen, dessen Statthalter meinte, er sei weit bedeutender als der Kaiser. Über viele Jahrzehnte war Agosima damit praktisch vom Rest der Welt abgeschnitten. Wer dennoch mit dem Gedanken spielte, diese Provinz aufzusuchen, den schreckten meist die Gerüchte, die sich hartnäckig hielten und die von blutdürstigen Geistern handelten, welche durch die Berge streiften.

Ein Aufschrei Grizzlys bereitete Rays Überlegungen ein Ende. Sein Freund hatte eine Wurzel übersehen, die aus der Erde herausragte, war gestolpert und aufs Knie gefallen.

»Ich wollte euch schon lange etwas fragen«, sagte Imari, während Grizzly aufstand und Tannennadeln von seiner Hose klopfte. »Mir ist aufgefallen, dass ihr nie flucht. Eben ja auch nicht. Ihr benutzt einfach keine unflätigen Ausdrücke. Gibt es dafür einen bestimmten Grund?«

»Sechs Schläge auf die Finger bei namentlicher Erwähnung eines bösen Geistes«, zitierte Sayunaro eine allen Beschwörern bekannte Regel. »Jedenfalls beim ersten Mal. Beim zweiten erwarten uns zwölf Schläge, beim dritten achtzehn und so weiter und so fort.«

»Man hat das Fluchen aus uns herausgeprügelt«, sagte Ray und lächelte, als er den entsetzten Ausdruck in Imaris Gesicht sah. Zum ersten Mal seit ihrem Aufbruch spiegelte sich in ihm etwas anderes als Trauer wider. »Wenn ein Mensch mit unserer Gabe den Namen eines Geistes nur nachdrücklich genug ausspricht, kann er ihn nämlich allein dadurch herbeizitieren.«

»Und wenn wir jemanden verfluchen, wird dieser Mensch krank«, fügte Grizzly hinzu. »Manchmal stirbt er sogar. Wenn wir sehr wütend sind. Deshalb haben wir gelernt, unsere Gefühle im Zaum zu halten.«

Imari lächelte, sah Grizzly fest in die Augen und ging weiter.

Nach einer Weile begegneten ihnen nur noch gedrungene Bäume, die sich förmlich an die Erde zu klammern schienen. Um sie herum wuchsen hohe Gräser und dichte Sträucher. Das Grün auf den Hängen wich nach und nach grauem und schwarzem Gestein.

Seit einiger Zeit schon rauschte es in ihrer aller Ohren, außerdem bekamen sie nicht mehr so gut Luft. Sie mussten eine beachtliche Höhe erreicht haben, die Luft klirrte fast. Langsam zog die Nacht herauf.

Sie schlugen ihr Lager auf einem Plateau auf. Die Berge um sie herum trugen mittlerweile weiße Hauben, die Büsche bildeten eine Art Teppich.

»Da drüben können wir Wasser holen«, sagte Imari, zeigte auf eine Stelle weiter unten und ließ ihren Rucksack erschöpft zu Boden fallen.

Etwas tiefer lagen zwei Seen in geringem Abstand voneinander da. Einer wurde weitgehend von Schilf überwuchert, beim anderen schimmerte jedoch das Wasser sanft im Dunkel.

»Ich kümmere mich darum«, sagte Ray, legte seinen Reisesack ab und lockerte seine Schultern. »Habt Ihr schon einmal hier übernachtet?«

»Ja.«

»Ich sorge fürs Feuer«, verkündete Grizzly, der schon jetzt in Erwartung der nächtlichen Eiseskälte die Hände gegeneinander rieb.

Imari bot an, zusammen mit ihm nach Reisig zu suchen.

»Ich sehe mich mal hinter diesen Bäumen um«, sagte Sayunaro und hielt auf einen kleinen Hain am Rand des Hanges zu.

Der Pfad zu den beiden Seen war kaum noch zu erkennen. Wer ihn wohl getrampelt hat?, fragte sich Ray. Er achtete penibel darauf, nicht zu stolpern.

In der Senke kroch Nebel an ihn heran, der mit dürren Fingern über die Gräser fuhr und sich nach dem Pfad ausstreckte, sich aber auflöste, sobald er auf Ray traf.

Der reglose See bildete in dem grünen Rahmen eine runde Scheibe. Auch in seiner Nähe spross bereits Schilf. In ein paar Jahren dürfte es auch ihn verschlungen haben.

Mit einem Mal griff eine kleine eiskalte Hand nach der von Ray. Er fuhr herum. Der Yarudo stand vor ihm und blickte ihn finster an.

»Du hättest nicht hierherkommen sollen«, sagte er.

»Warum nicht?«, fragte Ray, der sich darüber ärgerte, dass ihn das Auftauchen des Geistes auch diesmal überrumpelt hatte.

»Weil es mir hier nicht gefällt«, erklärte der Yarudo, zog die Nase hoch und rammte die Hände in die Taschen. »Irgendwas stimmt hier nicht.«

Was genau ihn beunruhigte, verriet der Yarudo jedoch nicht. Trotzdem behielt Ray die Warnung im Hinterkopf.

Im klaren Wasser des Sees ließ sich jeder einzelne Stein am Grund und jedes einzelne Algenbüschel ausmachen. Kurz vorm Ufer hatte sich ein schmaler Schlickstreifen gebildet.

Ray blickte zu ihrem Rastplatz hinauf. Dort brannte bereits ein kleines Feuer. Sein Licht fand selbst durch den Nebel einen Weg zu ihm und blinkte ihn an. Der Yarudo erschauderte. Als Ray sich wieder dem See zuwandte, meinte er, Wind würde ihn streifen. Atem …

Und dann ging ihm auf, wo er sich wirklich befand: Er stand auf dem Körper eines riesigen, reglos schlafenden Wesens. Der Kopf, die Schultern und die Brust waren mit Gras und Bäumen bewachsen. Die beiden Seen waren seine Augen, eines schon blind, von Schilf überwuchert, das andere letzten Endes zum gleichen Schicksal verdammt. Die Arme und die Beine des Riesen aber waren fest mit dem Gestein verwachsen. Dieser Berggeist musste bereits in unvordenklichen Zeiten eingeschlummert sein.

»Irgendwann wacht er auf«, flüsterte der Yarudo und stierte aufs Wasser.

»Und davor hast du Angst?«

»Ich und Angst? Pah! Der ratzt doch tief und fest! Wenn du den wecken willst, musst du schon die Berge zum Wackeln bringen.«

»Warum hast du mich dann vor diesem Ort gewarnt?«

Der Yarudo zuckte die Achseln, wich Rays Blick aus und stapfte schließlich sogar davon. Ray sah ihm hinterher, bis der Nebel die kleine Gestalt geschluckt hatte. Dann zog er die Flasche hinter seinem Gürtel hervor und füllte sie vorsichtig mit Wasser.

Auf dem Weg zurück fand er den Pfad kaum noch. Ray versuchte, sich in den kolossalen Geist, der hier schlief, hineinzuversetzen. Menschen und Tiere krabbelten über ihn wie Ameisen über einen Baumstamm. Aber wahrscheinlich spürt er das nicht einmal, dachte Ray.

Mit einem Mal kam ihm die Legende, derzufolge die Erde ein riesiger, in tiefen Schlaf versunkener Geist sei, gar nicht mehr aus der Luft gegriffen vor.

»Wir wollten dir gerade einen Maor hinterherschicken«, murmelte Grizzly, der bei Rays Anblick sofort aufsprang, ihm entgegenging und die Flasche abnahm.

Imari bereitete über dem Lagerfeuer ein paar Fleischstücke zu. Sayunaro ritzte im flackernden Widerschein mit einem zugespitzten Holz etwas in den Boden.

»Ist etwas vorgefallen?«, fragte er Ray, ohne aufzusehen.

»Ich bin einem Bergerschütterer begegnet«, antwortete Ray und ließ sich auf seinen Reisesack plumpsen.

Die anderen sahen ihn erstaunt an.

»Wo?«, hauchte Imari.

»Wir sitzen gerade auf seinem Kopf.«

Grizzly murmelte etwas und sah sich um. Imari erschauderte. Offenbar hatte sie sich gerade die Ausmaße dieses Geistes vergegenwärtigt. Sayunaro warf seinen Stab weg und verwischte vorsichtshalber sämtliche Zeichen.

»Er schläft«, versicherte Ray. »Und ich kann mir nicht vorstellen, dass er demnächst aufwacht.«

»Früher gab es wohl sehr viele Bergerschütterer«, bemerkte Sayunaro. »Sie streiften umher, bis sie sich irgendwo hinlegten und einschliefen. Wir nehmen sie dann nur noch als Berg wahr. Wenn sie sich aber im Schlaf umdrehen, kommt es zu einem Erdbeben.«

»Eine höchst lehrreiche Geschichte«, knurrte Grizzly. »Aber könnten wir vielleicht trotzdem mit dem Essen anfangen, bevor uns das Fleisch völlig verkohlt.«

Er klaubte sich ein Stück aus dem Feuer, Imari ging ihm sofort zur Hand.

Über diesen alltäglichen Verrichtungen – das Essen verteilen, das Reisbrot in Stücke brechen, Holz ins Feuer geben –, aber auch über ihrem anstrengenden Marsch vergaß Imari sogar immer wieder für kurze Momente ihre düsteren Erinnerungen.

Die Gesellschaft der Beschwörer ertrug sie recht gut, vor allem die Grizzlys. Verglichen mit den beiden anderen wirkte er fast wie ein gewöhnlicher Mensch, fast wie sie selbst. Ob er am Ende nur ein schwacher Beschwörer ist?, fragte sie sich. Wie auch immer, jedenfalls ist er ganz anders …

Unwillkürlich schielte sie zu Sayunaro hinüber, der mit eleganter Lässigkeit sein halbrohes Fleisch verspeiste. Seinen Anblick hielt sie kaum aus. Dabei sah er von den dreien eigentlich am besten aus. Die Farbe seines Haares, die ihrer eigenen sehr ähnelte, galt in Agosima als besonders anziehend. Auf Gemälden wählte man für das Haar sämtlicher guten Geister und der von ihnen gezeugten Helden diesen Ton. Was genau sie an Sayunaro störte, begriff Imari nicht, trotzdem mied sie ihn. Er spürte ihre Abneigung vermutlich, denn auch er suchte ihre Gesellschaft nie. Und dafür war sie ihm aufrichtig dankbar.

Als sie sich später schlafen legten, breitete sie ihren Umhang jedoch neben dem von Ray aus. Dass sie seinetwegen beinahe fast auf dem Scheiterhaufen gelandet wäre, vergaß sie zwar keine Sekunde, fühlte sich aber dennoch in seiner Nähe am sichersten. Warum das so war, hätte sie selbst nicht zu sagen gewusst, denn Grizzly war ohne Frage stärker, Sayunaro unbarmherziger.

Der Nebel versperrte ihnen nun gänzlich die Sicht auf die Seen oder vielmehr die Augen des Geistes. Der Himmel dagegen klarte allmählich auf. Die Wolken krochen gemächlich nach Westen und gaben die Sicht auf Tausende heller Sterne frei.

Sie alle schauten zu diesem Lichtermeer hinauf: Morgen erwartete sie wunderbares Wetter.

In dieser Nacht träumte Ray einmal nicht von Tora. Trotzdem fuhr er irgendwann hoch. Eine sanfte Berührung hatte ihn geweckt. Grizzly lag eingehüllt in seinen Umhang da. Er rührte sich nicht, doch seine Augen funkelten.

Was ist?, wollte Ray schon fragen, als Grizzly mit einer angedeuteten Kopfbewegung verlangte, er möge schweigen. Dann wanderte sein Blick zu ihrem erloschenen Lagerfeuer hinüber.

Ray folgte ihm – und ihm stockte der Atem.

Dort saßen vier Menschen, schwarze Silhouetten, die sich gegen die graue Nacht abhoben. Sie verhielten sich so ruhig, dass sie steinernen Figuren glichen.

Ray tastete unwillkürlich nach der Yari neben sich. Trotz der kalten Nacht verströmte der Schaft eine angenehme Wärme. Vorsichtig drehte er sich um. Imari schlief, doch sobald sie Rays Blick auf sich spürte, öffnete sie die Augen. Ray fasste mit der linken Hand nach ihren Fingern.

»Rührt Euch nicht und tut so, als würdet Ihr schlafen«, flüsterte er. »Wir haben ungebetene Gäste.«

Imari riss die Augen auf. Sie wollte schon etwas fragen, biss sich dann aber auf die Lippe.

Als hätten die Gestalten Rays Stimme gehört, gerieten sie in Bewegung. Sie streckten die Hände über das kalte Feuer, reichten einander Dinge, die es gar nicht gab, steckten sich unsichtbares Essen in den Mund und wiederholten alles, was die vier heute Abend an diesem Feuer getan hatten. Es hatte etwas Grausiges, diesem Schauspiel beizuwohnen.

Nocturniter. Geister, die meist völlig harmlos sind und einzig das Verhalten von Menschen nachahmen wollen. Fühlen sie sich jedoch beobachtet, können sie zu blutdürstigen Kreaturen werden, die blindlings meucheln. Blieb die Frage, was diese vier Geschöpfe in diese einsame Gegend verschlagen hatte?

Einer der Nocturniter wandte sich um. Sein Gesicht zeigte grobe Züge, war aber das eines Menschen. Sein Blick war jedoch ausgesprochen gierig.

Ray packte die Yari fester. Alle vier Nocturniter erhoben sich nun langsam und kamen auf sie zugestapft, beugten sich über sie, starrten sie an und pusteten ihnen ins Gesicht. Ein merkwürdiger Geruch ging von ihnen aus, muffig und fast schon faul.

Ray tat so, als schliefe er, hielt aber mit der rechten Hand fest die Yari, mit der linken nach wie vor Imaris Finger. Als sich ein

Nocturniter über ihn beugte, meinte er, dessen Blick würde ihn versengen. Imari atmete kaum noch, und ihre Finger zitterten. Grizzly schnarchte laut. Was Sayunaro tat, konnte Ray nicht ausmachen.

Der Nocturniter berührte Ray mit einer kalten und schweren Pranke an der Schulter. Als Ray sich nicht rührte, fing er an, sich umständlich neben ihm niederzulassen. Anscheinend wollte er dessen Verhalten bis in die letzten Feinheiten nachahmen.

Da schrie Imari auf und riss ihre Hand los. Das war das Zeichen für sie alle, dieses bizarre Schauspiel zu beenden.

Sayunaro überzog seinen nächtlichen Besucher mit einem Zauber und schlitzte ihm die Kehle auf. Grizzly brachte Imari in Sicherheit und griff danach die beiden anderen Geister ebenfalls mit Magie an. Ray sprang auf und attackierte den Nocturniter, der es sich auf seinem Umhang hatte gemütlich machen wollen, mit der Yari. Die Lanzenspitze schrammte über den schwarzen Körper, als bestünde dieser aus Stein. Daraufhin schlug der Geist Ray mit eisiger Faust gegen die Brust. Dieser krachte zu Boden. Vor seinen Augen verschwamm alles. Doch das reichte dem Nocturniter nicht: Er wollte Ray erwürgen.

Imari schrie wie von Sinnen.

In letzter Sekunde vermochte Ray die Yari hochzureißen. Diesmal spießte sie den schwarzen Körper erbarmungslos auf. Ray musste die Waffe mit beiden Händen festhalten, als der Nocturniter daran heruntersackte und langsam auf ihn zurutschte. Er verkrallte sich in Rays Kleidung, und beide rollten den Hang hinunter.

Zum Glück war der an dieser Stelle recht flach, außerdem ragten keine spitzen Steine aus dem Boden, sonst wäre die Sache für Ray vermutlich übel ausgegangen. Allerdings schlug er wiederholt mit dem Kopf gegen kleinere Felsbrocken. Irgendwann stieß der Geist ein kaum hörbares Seufzen aus und löste sich in Luft auf. Die Yari fiel klirrend neben Ray auf den Stein. Dunkel senkte sich über ihn herab …

Etwas Kaltes, das ihm übers Gesicht rann, ließ ihn wieder zu sich kommen.

»Und?«, fragte Grizzly, sobald Ray die Augen aufschlug. Als er ihm danach weiteres Wasser ins Gesicht spritzen wollte, schob dieser die Hand mit der Flasche weg. »Lebst du noch?«

»Würde ich schon behaupten, ja«, brummte Ray. »Was ist mit euch? Seid ihr wohlauf?«

»Eines der Biester hat Imari böse erwischt, aber Sayunaro hat bereits einen Heilgeist herbeizitiert. Wir beide sind auch nicht ganz ungeschoren davongekommen, haben im Grunde aber Glück gehabt«, sagte er, half Ray hoch und reichte ihm die Yari. »Wie kommen diese Biester bloß hierher?«

»Imari hat mir von ihrem Dorf erzählt, dessen Einwohner vom Fieber dahingerafft worden sind«, sagte Ray. »Wer weiß, was sich seitdem für Gestalten hier oben breitgemacht haben.«

Die beiden gingen zu ihrem Rastplatz zurück. Ray spürte nach dem Kampf mit dem Nocturniter jeden einzelnen Knochen im Leib.

Ihr Lager sah wüst aus. Die Erde war aufgerissen, und überall lagen Steine, fast als hätte es ein Erdbeben gegeben. Sayunaro stand etwas abseits und presste eine Hand auf die Schulter. Sein Arm hing schlaff herab.

»Wir haben nicht die richtigen Zauber eingesetzt«, bemerkte er. »Bei den Biestern hätten wir etwas Ausgefalleneres gebraucht.«

»Das kannst du laut sagen«, erwiderte Grizzly und setzte sich auf den Stamm eines entwurzelten Baumes. Sein Gesicht, in dem sonst selbst bei Gefahr ein Ausdruck von Kraft und Zuversicht lag, wirkte nun eingefallen. Es musste ihn schwerer erwischt haben, als er hatte zugeben wollen.

»Was ist mit deiner Schulter?«, fragte Ray Sayunaro.

»Die ist ausgekugelt«, antwortete dieser und versuchte, den Arm zu bewegen. Schmerz ließ ihn das Gesicht verziehen.

»Lasst mich das mal ansehen«, verlangte Imari, die noch in den goldenen Schein des Heilgeistes gehüllt war.

»Macht es Euch denn gar nichts aus, mich zu berühren?«

»Das schaffe ich schon«, antwortete sie und renkte ihm mit ein paar entschlossenen Bewegungen die Schulter wieder ein.

»Ich musste mich mal um das gebrochene Bein eines Ochsen kümmern, der war mir unangenehmer.«

Sayunaro biss die Zähne aufeinander und ließ sich zu Boden sacken. Der Schmerz nach Imaris Behandlung war im ersten Moment kaum zu ertragen, klang aber recht schnell wieder ab. Als Sayunaro kurz darauf erneut versuchte, seinen Arm zu bewegen, nickte er der Frau dankbar zu.

Imari wandte sich an Ray.

»Tut mir leid«, sagte sie. »Ihr hattet mich ja gebeten, mich ruhig zu verhalten. Hätte ich nicht geschrien, hätten die Geister uns nicht angegriffen.«

»Macht Euch bitte keine Vorwürfe«, erwiderte er und betastete seinen schmerzenden Hinterkopf. »Früher oder später hätten sie sich uns auf alle Fälle vorgeknöpft. Und jetzt können wir immerhin in Ruhe weiterschlafen. Diese Herrschaften werden uns bestimmt kein zweites Mal beehren.«

»Hauptsache, es kommen dafür keine anderen«, knurrte Grizzly, der bereits nach seinem Umhang Ausschau hielt.

Doch der Rest der Nacht verlief friedlich. Sobald es tagte, machten sie sich nach einem raschen Frühstück wieder auf den Weg.

Nebel versperrte ihnen die Sicht auf die Täler. Sie meinten, sich in jenes gespenstische Reich verirrt zu haben, in dem die mächtigsten Geister lebten. Sobald die Sonne jedoch höher am Horizont stand, verflüchtigte sich dieser Eindruck wieder.

Die vier folgten einem Pass, der sie von einem Gipfel zum nächsten führte. In dieser Höhe wuchsen keine Bäume mehr, nur noch Sträucher und Gras, das neben einigen Schneeflecken stand. Die Luft war zum Schneiden kalt. Immer wieder peitschte ein grausiger Wind auf die vier ein und ließ sie mit den Zähnen klappern.

Gegen Mittag machte ihnen allerdings auch noch die sengende Sonne zu schaffen. Nun waren sie Hitze und Kälte gleichzeitig ausgesetzt.

Schon seit dem Aufstehen war Imari wie ausgewechselt. Ab

und an huschte ohne erkennbaren Grund ein Lächeln über ihr Gesicht. Blinzelnd wanderte ihr begeisterter Blick immer wieder über die Hänge. Manchmal bückte sie sich sogar, um behutsam ein paar Gräser zu pflücken und sie in ihren Reisesack zu stecken. Voller Eifer berichtete sie dann von den Eigenschaften der einzelnen Pflanzen und beantwortete alle Fragen, die Grizzly ihr in seiner gutmütigen Art stellte.

Offenbar hatte die letzte Nacht ihren Lebenshunger neu geschürt. Vielleicht freute sie sich aber auch nur, in ihre alte Heimat zurückzukehren.

»Nach der nächsten Senke müssen wir noch einen kleinen Anstieg bewältigen«, sagte sie, ohne sich darum zu sorgen, ob ihr überhaupt jemand zuhörte, »dann können wir hinter diesem Gipfel dort rasten. Danach bleibt uns nur noch ein kurzer Marsch bis Agosima.«

»Wenn wir doch bloß schon da wären«, bemerkte Grizzly und wischte sich das verschwitzte Gesicht ab. »Was werdet Ihr dann eigentlich tun? Wollt Ihr eigentlich wieder nach Ando zurückkehren?«

»Nein«, antwortete sie knapp und schaute auf die Berge, die sich in strahlendem Weiß gegen den blauen Himmel abzeichneten. »Agosima ist groß. Da werde ich schon ein Plätzchen für mich finden.«

Grizzly nickte freundlich und nutzte die Gelegenheit, sie nach der Provinz auszufragen. Da Agosima sich immer abgeschottet hatte, erfuhren sie manche Neuigkeit: Auf den Hochplateaus ließ sich kaum etwas anbauen, doch die Bauern setzten sich irgendwie mit den örtlichen Geistern ins Benehmen, überstanden mit Müh und Not die strengen Winter und wussten vor lauter Arbeit in den kurzen Sommern meist kaum noch, wo ihnen der Kopf stand. Über den Statthalter von Agosima erzählte man sich die tollsten Geschichten, darunter auch die, dass er der Nachfahr irgendeines mächtigen Geistes sei. Unzweifelhaft aber stand seine Burg auf einem der höchsten Berge. Das Schicksal seiner Untertanen rührte ihn kaum, um sie kümmerte er sich nur, wenn es galt, Steuern einzutreiben.

»Was hat Meister Hyeon bloß hierhergezogen?«, fragte Grizzly, als sie die Rast einlegten, die Imari angekündigt hatte.

Auf dem Hochplateau ragten halb zerfallene, von Flechten überzogene Mauern auf. In sie waren Zeichen eingehauen worden, die mittlerweile jedoch kaum noch zu erkennen waren. Was dies einst für ein Bau gewesen war, wusste selbst Imari nicht zu sagen. Immerhin boten die Ruinen ihnen willkommenen Schutz gegen den Wind.

Als Imari in der Nähe ein paar Pflanzen erspähte, die sie unbedingt pflücken wollte, begleitete Grizzly sie, um noch mehr über Agosima in Erfahrung zu bringen.

»Es gibt da etwas«, wandte sich Sayunaro an Ray, sobald die beiden außer Hörweite waren, »über das ich mit dir reden möchte.«

»Nur zu!«

»Was ist in der Welt des Schwarzen Kodsu geschehen?«

Die Frage traf Ray wie ein Schlag. Wieso kam ausgerechnet Sayunaro auf dieses Erlebnis zu sprechen? Sonst war er es doch, der Grizzly verbot, Ray auszuquetschen.

»Daran würde ich gerade nicht so gern denken«, antwortete Ray.

»Ich frage aus gutem Grund.«

»Da gibt es nicht viel zu erzählen«, lenkte Ray ein. »Ich habe den Schwarzen Kodsu gefunden. Als ich ihn vernichten wollte, ist er mir entwischt.«

Diese Erklärung reichte Sayunaro nicht.

»Du bist dort auch der Doppelgängerin von Tora begegnet«, fuhr er fort.

»Ja.«

»Diese Doppelgängerin musstest du aber auslöschen, sonst wäre die echte Tora heute nicht mehr am Leben.«

»Ja.«

»Glaub mir, es ist keine plumpe Neugier, die mich zu diesem Gespräch veranlasst«, versicherte Sayunaro noch einmal. »Aber in jener Welt ist etwas geschehen, das dich in den Grundfesten erschüttert hat. Seitdem bist du nicht mehr derselbe.«

»Geht das auch etwas genauer?«

»Du bist zu einem Mörder geworden.«

»Bitte?!«

»Zunächst waren da die Räuber in Warra. Wenn sich Soburo nicht eingemischt hätte, hättest du sie getötet ...«

»Ist Grizzly dann nicht auch ein Mörder? Er hat sich schließlich genauso verhalten wie ich!«

»Darüber habe ich mit ihm schon gesprochen. Er versichert, er hätte den Kerlen nie auch nur ein Härchen gekrümmt, wenn du nicht als Erster losgeschlagen hättest.«

Wut kochte in Ray hoch. Was dachte Sayunaro sich eigentlich dabei, ihn derart ins Verhör zu nehmen?!

»Was spielt es schon für eine Rolle, wer was zuerst getan hat«, erwiderte er dennoch völlig ruhig. »Sie haben uns angegriffen und Schluss. Du hast doch damals selbst gesagt, dass wir völlig richtig gehandelt haben.«

»Dabei bleibe ich ja auch«, beteuerte Sayunaro. »Aber als Nächstes kam Morten.«

»Und das sagst ausgerechnet du zu mir? Du?!«, fuhr Ray ihn nun an. »Im Übrigen hatte ich bisher nicht den Eindruck, dass du etwas gegen deine Rettung einzuwenden gehabt hättest!«

»Ray, ich werfe dir nichts vor und bin dir nach wie vor dankbar für das, was du für mich getan hast. Aber ich würde gern etwas verstehen. Deshalb frage ich dich noch einmal: Was ist in der Welt des Schwarzen Kodsu geschehen? Du bist Tora begegnet und ...«

»Ich habe sie getötet«, unterbrach Ray ihn. »Damit die echte Tora leben kann. Aber diese andere Tora war nicht nur eine schlichte Doppelgängerin. Diese Frau war anders. Sonst gab es in der Welt des Schwarzen Kodsu nur Aufziehpuppen. Tora aber wirkte wie eine Frau aus Fleisch und Blut. Sie wollte nicht sterben. Und sie hat mir geholfen, obwohl das für sie nicht ungefährlich war ... aber am Ende musste ich sie umbringen.«

»Was für ein raffinierter Plan«, sagte Sayunaro, und in seiner Stimme lag tiefes Mitleid. »Tora ist dir nicht zu Hilfe gekommen, Ray, denn sie konnte gar keine eigenen Entscheidungen treffen. Sie ist lediglich der Köder in der Falle des Schwarzen Kodsu gewesen. Er hat dir eine Frau vorgesetzt, die echt wirkte, vor allem im Vergleich mit seinen anderen Puppen. Vielleicht kannte er auch deine geheimen Sehnsüchte oder unerfüllten Träume. Jedenfalls hat er alles getan, damit du diese Frau in dein Herz schließt. Als du sie am Ende töten musstest, musstest du dann vorher etwas in dir selbst zerstören, sonst hättest du ihr nie ein Leid zufügen können.«

Was spielt Sayunaro sich eigentlich plötzlich so auf?!, ereiferte sich Ray innerlich. In ihm lauert ein Shiisan, da will er mir ja wohl nicht weismachen, dass er auch noch einen Gedanken an mein Schicksal verschwendet und sich um mich sorgt!

Aber wenn er doch recht hat? Denn Sayunaros Beobachtungen ließen sich nicht von der Hand weisen. Dieser mochte sich noch so verändert haben, mit seiner Hand, die sich bei Gefahr in ein Schwert verwandelte, und seiner neuen Vorliebe für rohes Fleisch – dennoch hatte er bisher keinen einzigen Menschen getötet.

»Dann hat der Schwarze Kodsu das also alles absichtlich eingefädelt?«

»Ja«, antwortete Sayunaro. »Offenbar wollte er für seinen Zirkus gern einen Mörder haben. Zunächst hast du Tora in seiner Welt getötet, dann hast du in unserer Welt einen Menschen angegriffen, was für einen Beschwörer eigentlich undenkbar ist, und am Ende hast du Morten ohne große Bedenken umgebracht.«

»Aber wozu? Glaubst du, der Schwarze Kodsu will mich in seine Welt ziehen?«

»Du bist immerhin ein Beschwörer, kein gewöhnlicher Mensch«, erwiderte Sayunaro. »Deshalb wird er mit dir wohl kaum so verfahren wie mit den übrigen Puppen. Ich könnte mir vorstellen, dass er bestimmte Wünsche in dir anfacht, dir das Blaue vom Himmel verspricht oder sonst wie auf dich Einfluss nimmt, nur damit du am Ende Gefallen am Töten findest. Wenn du dieser Leidenschaft dann frönen willst, wird er dir natürlich seine Welt anbieten. Aber in dem Fall kämst du gewissermaßen freiwillig zu ihm. Vermutlich ist das für ihn eine Art Spiel, zumindest aber eine ganz neue Erfahrung.«

»Und was soll ich deiner Meinung nach jetzt machen?«, fragte Ray, dem die Aussicht, den Henker in der Welt des Schwarzen Kodsu abzugeben, geradezu die Kehle abschnürte.

»Nimm dir ein Beispiel an mir«, erwiderte Sayunaro lächelnd. »Bekämpfe die dunkle Seite in dir!«

Daraufhin schwiegen beide eine Weile. Irgendwann hörten sie Grizzly und Imari zurückkommen.

»Nein, so dürft Ihr Euch das nicht vorstellen«, sagte ihr Freund gerade zu ihrer Bergführerin. »Bei Vertreibungszaubern muss man unbedingt in Bildern denken. Das geht viel schneller, als sich jedes Symbol einzeln vor seinem inneren Auge zu vergegenwärtigen oder es gar aufzuzeichnen. Solche Zauber gibt es natürlich auch, aber sie dienen anderen Zwecken. Wenn so ein Segrimi auf dich zukommt, entscheidet sich der Kampf ja in Sekunden.«

»Bringst du Imari gerade die Kunst des Beschwörens bei?«, fragte Ray freundlich, als die beiden sie erreicht hatten.

»Unsinn, wir unterhalten uns bloß ein bisschen«, antwortete Grizzly und warf Sayunaro ein Büschel rot leuchtender Gräser zu. »Die sind für dich. Die helfen bei Wut und Verärgerung.«

»Mein Dank ist dir auf ewig gewiss«, säuselte Sayunaro und betrachtete etwas ratlos die Stängel in seinen Händen. »Und was muss ich damit anstellen?«

»Tragt sie bei Euch«, sagte Imari. »Schaden werden sie Euch auf gar keinen Fall.«

Achselzuckend steckte Sayunaro die Gräser weg.

»Wir sollten jetzt weiter«, meinte Ray. »Ich will auf gar keinen Fall noch eine Nacht in den Bergen verbringen.«

Das galt für die anderen ebenso, denn niemand war auf eine neuerliche Begegnung mit Nocturnitern oder anderen, womöglich noch bösartigeren Geistern erpicht.

Auf dem weiteren Weg ließ Ray sich das Gespräch mit Sayunaro noch einmal durch den Kopf gehen. Ich und ein Mörder!, stieß er innerlich aus. Was ist mir denn anderes übrig geblieben, als zu töten?! Doch da meldeten sich sein Gewissen und sein Verstand. Hatte es wirklich keinen anderen Weg gegeben? Hatte er in der Welt des Schwarzen Kodsu auch nur eine Sekunde gezögert, Tora umzubringen? Und selbst wenn sie nicht aus Fleisch und Blut gewesen war – er hatte in ihr eine lebende Frau gesehen, als er sie umbrachte!

»Da!«, rief Imari und riss ihn aus seinen Grübeleien.

Ray spähte in die Richtung, in die sie zeigte, und rechnete schon mit irgendeinem Geist.

»Kühe!«, rief Grizzly erfreut. »In der Nähe muss ein Dorf sein.«

Dass sie endlich wieder in die Nähe von Menschen kamen, ließ sie alle beschwingter ausschreiten. Schon bald verflüchtigte sich das unangenehme Gefühl, inmitten dieser Berge verloren zu sein.

Nach ein paar Stunden zeigte Imari ihnen einen Pfad, der den Hang hinunterführte. Im ersten Abschnitt wuchsen noch Gräser und Sträucher, weiter unten breitete sich dann wieder Wald aus.

»Gleich haben wir es geschafft!«

Doch sie sollten den Wald erst gegen Abend erreichen, da etliche kleine und größere Bäche das Fortkommen erschwerten. Zwar führten meist schmale Brücken oder bemooste Bretter übers Wasser, manchmal mussten sie aber auch von Stein zu Stein springen. All das kostete Zeit.

Inmitten der Bäume entdeckten sie dann einige alte Steinsäulen, auf die Symbole gezeichnet waren, welche selbst die drei Beschwörer nicht kannten.

»Das ist die alte Grenzmarkierung«, erklärte Imari ihnen. »Vor sehr langer Zeit war Agosima in zwei Provinzen unterteilt. Nachdem sie zu einer einzigen verschmolzen worden waren, hat man die Säulen einfach stehen lassen. Angeblich haben Geister sie einst geschaffen.«

»Damit wären wir also in Agosima«, hielt Sayunaro fest.

»Das wären wir«, erwiderte Imari. »Wohin genau wollt ihr eigentlich?«

»Um Euch diese Frage beantworten zu können, müssen wir erst einmal Brennnesseln finden«, sagte Ray.

»Brennnesseln wachsen weiter unten«, erklärte Imari so ruhig, als hätte Ray ihr eine völlig eindeutige Ortsangabe gemacht. »Wenn ihr dem Pfad folgt, stoßt ihr früher oder später auf sie.«

»Ihr wollt uns aber nicht schon verlassen, oder?«, rief Grizzly aus.

»Doch«, erwiderte sie lächelnd. »Ganz in der Nähe liegen ein paar Dörfer.«

»Sollen wir Euch nicht lieber dorthin begleiten?«

»Ich bin von klein auf daran gewöhnt, allein durch die Berge zu streifen, macht Euch also keine Sorgen um mich!«

Grizzly wollte noch etwas einwenden, überlegte es sich dann aber anders und nickte nur stumm.

»Vielen Dank, dass ihr mir geholfen habt«, sagte Imari. »Nicht nur bei dem Kummerbündler, sondern auch heute Nacht.«

»Wir sind es, die Euch zu danken haben«, erwiderte Ray und drückte ihr zum Abschied die Hand.

Sie trennten sich beinahe wie echte Freunde. Und dennoch schien Imari ein Stein vom Herzen zu fallen, als sie die Beschwörer verlassen konnte.

»Vielleicht hätten wir sie doch begleiten sollten?«, murmelte Grizzly, während er ihr nachblickte.

»Für einen gewöhnlichen Menschen hat sie unsere Gesellschaft schon ausgesprochen lange ertragen«, entgegnete Ray. »Glaub mir, ohne uns ist sie in jeder Hinsicht besser dran.«

»Jedenfalls solange sie nicht wieder auf die Idee kommt, irgendeinen Geist anzulocken«, bemerkte Sayunaro, »und ihr bei den Gaben ein verhängnisvoller Fehler unterläuft.«

»Wenn hier einer Geister anlockt, dann ja wohl wir«, entgegnete Ray. »Und oft sind es nicht die angenehmsten.«

»Ich selbst hätte gar nichts dagegen, wenn du mal deinen alten Freund, den Giin, anlocken würdest«, warf Grizzly ein. »Aber dafür brauchen wir wohl doch Brennnesseln!«

Der bisher recht sanfte Hang fiel plötzlich sehr steil ab. Sie schwitzten Blut und Wasser, als sie hinunterkraxelten und sich dabei an jedem Stein und jeder aus dem Boden hervorlugenden Wurzel festhielten.

»Allmählich wird mir klar, warum niemand in diese Provinz einfällt«, schnaufte Grizzly und wischte sich den Schweiß von der Stirn. »Hier bricht man sich ja nur das Genick!«

Ray, der mit der Yari gerade einen Geist vertrieb, der so tat, als wäre er ein harmloser Stock, konnte ihm nur zustimmen.

Bis zum Einbruch der Nacht sollten sie keine Brennnesseln entdecken. Sie richteten ihr Lager an einem wilden kleinen Fluss her und lauschten dem Konzert der hiesigen Tiere. Die Drosseln riefen sich fröhlich etwas zu, aus den Sträuchern klang ein Knurren heran, das von einem wütenden Tiger zu stammen schien, in Wirklichkeit aber von einem winzigen Vogel hervorgebracht wurde, der sein Nachtlied sang.

Nachdem Ray ihm eine Weile gelauscht hatte, zog er sich die Kapuze über den Kopf. Er hoffte inständig, diese Nacht ungestört schlafen zu können. Irgendwann musste er tatsächlich eingeschlummert sein, denn als er das nächste Mal die Augen aufschlug, war zu seiner Überraschung alles um ihn herum still. Die Vögel waren verstummt, durch die Bäume sprangen keine Streifenhörnchen mehr, selbst der Fluss gab kein Geräusch mehr von sich.

»*Du denkst an mich*«, erklang in dieser unwirklichen Stille eine höchst zufriedene Stimme.

Ray stemmte sich auf die Ellbogen hoch und schaute sich um. Der Geist saß im Mondlicht und sah wieder aus wie ein Mensch. Ein hageres Gesicht mit einer geraden, feinen Nase und gläsern wirkenden Augen. Die zahllosen grauen Zöpfe erinnerten an dünnen Draht. Die Gestalt war in das weiße Gewand eines Beschwörers gehüllt, das allerdings von Blut und Dreck starrte.

Ray griff nach der Yari, deren Schaft seine Wärme an ihn abgab. Sein Blick huschte zu seinen Freunden hinüber, die jedoch tief und fest schliefen. Selbst Sayunaro wurde heute Nacht nicht von Albträumen heimgesucht.

»Du denkst an mich«, wiederholte der Schwarze Kodsu mit ungebrochenem Vergnügen.

»Was willst du von mir?«, zischte Ray.

»Mit dir reden.«

»Ich habe nicht die geringste Absicht, mich auf ein Gespräch mit dir einzulassen.«

Der Geist lachte leise und kam ein bisschen näher, sodass Ray ihn besser in Augenschein nehmen konnte.

»Ich bin gar nicht hier. Du kannst deine Lanze also ruhig zur Seite legen, denn du wirst mich mit ihr weder vertreiben noch vernichten.«

Da fiel Ray auf, dass er durch den Körper des Schwarzen Kodsu hindurch den Fluss sah und nichts wahrnahm, was auf die Gegenwart eines Geistes hindeutete. Es war genau wie damals im Zirkus, als der Geist erst während der Vorstellung aufgetaucht war, um Tora die Lebenskraft abzusaugen.

»Was willst du von mir?«, wiederholte Ray seine Frage.

»Du bist ein äußerst begabter Beschwörer«, antwortete der Schwarze Kodsu. »Du begreifst schnell und findest mit lichten wie mit dunklen Geistern eine gemeinsame Sprache.«

»Hör auf, um den heißen Brei herumzureden«, fuhr Ray ihn an, »und verrat mir lieber endlich, was du von mir willst!«

»Ahnst du das denn nicht?«, brachte der Geist erstaunt heraus. »Hat dein Lehrer … Wie heißt er doch gleich? Ach, ja! Hat Meister Hyeon dir etwa nichts über die besonderen Beziehungen zwischen Geistern und Beschwörern beigebracht?«

»Dazu ist er leider nicht mehr gekommen.«

»Oder er hat es nicht gewollt«, giftete der Schwarze Kodsu, der sein verdrecktes Gewand fest um sich zog. »Ist dir wenigstens die Hierarchie der Geister bekannt?«

»In groben Zügen schon«, antwortete Ray.

»Dann hör mir jetzt gut zu, Ray! Hier hätten wir die Kreaturen untersten Ranges.« Der Geist glitt mit seinen Fingern in den Boden, als bestünde dieser aus Wasser, nicht aus Erdreich und zog ein wurmartiges Geschöpf hervor. Dieses fiepte und wand sich, bis der Schwarze Kodsu eine Faust ballte. Als er die Hand dann wieder öffnete, lag darauf grauer Staub. Achtlos wischte er ihn ab. »Kaum bedeutender sind Hirudis, Bibs, Piwis und ähnliche Geister. Es folgen die Geister, die mit Pflanzen verbunden sind, wie der Giin, aber auch der Anagato. Anschließend hätten wir den Hausbold und den Uddo, danach kommen größere und stärkere Kreaturen wie die angriffsfreudigen, aber hirnarmen Segrimis, die Marmuchen und Gayuuren. Die schwächeren Geister haben dabei stets den stärkeren zu gehorchen.«

Er legte eine Pause ein und sah Ray erwartungsvoll an, doch dieser schwieg vorerst.

»Auf der nächsten Stufe«, fuhr der Schwarze Kodsu daher fort, »stehen Wesen, die wie Menschen aussehen.«

»Du sprichst von dir?«

»Keineswegs«, antwortete der Schwarze Kodsu lachend. »Ich spreche von Kreaturen wie einer Sayna, einer Hega, einem Kummerbündler oder von mir aus auch von deinem Yarudo. Diese Geschöpfe sind nicht unbedingt schwach, aber noch weit davon entfernt, wirklich stark zu sein. Sie alle müssen sich höheren Geistern unterordnen, die man mit gewöhnlichen Zaubern nicht vertreiben kann. Gegen die oft nicht einmal diese hervorragende Lanze etwas ausrichtet.« Er schielte auf Rays Yari. »Einen solchen Geist kennst du mittlerweile von Angesicht zu Angesicht. Im Grunde kennst du sogar schon zwei, aber ich würde nicht unbedingt gern mit einem Shiisan in einen Topf geschmissen werden, denn ich bin weitaus geschickter als so ein Bursche und obendrein nicht so leicht zu verletzen. Über uns kommen dann nur noch die mächtigen Geister der Elemente«, endete der Schwarze Kodsu. »Sie brauchen sich niemandem zu fügen, allerdings halten sie sich auch völlig von den Menschen fern.«

»Dass du praktisch unverletzlich bist, ist mir klar«, bemerkte Ray, der seine Niederlage im Zirkus nicht vergessen hatte. »Aber du bist ja wohl auch nicht hergekommen, um vor mir mit deiner Stärke zu prahlen, oder?«

»Völlig richtig. Ich kann nur noch einmal wiederholen, dass

du ein sehr begabter Beschwörer bist, der sich hervorragend mit allen möglichen Geistern verständigt. Das genügt aber noch lange nicht, um zu einem wirklich außergewöhnlich starken Beschwörer heranzuwachsen.« Der Schwarze Kodsu rückte noch ein wenig näher an Ray heran und fuhr mit gesenkter Stimme fort: »Kein Beschwörer wird wahre Größe erreichen, solange er sich nicht mit einem Geist zusammengetan hat. Solange er keinen Geist auf seiner Seite hat, der ihn unterstützt. Und damit meine ich nicht irgendeinen Handel, bei dem er ein Geschöpf aus der jenseitigen Welt herbeizitiert und vor seinen Karren spannt. Nein, der Geist selbst muss dieses Bündnis wollen.«

»Willst du damit sagen …?«

»Du bist vermutlich über die großen Beschwörer der Vergangenheit im Bilde? Über Yurana aus der Provinz Datido, eine der stärksten Beschwörerinnen aller Zeiten. Sie ist von einem Rugg gefördert worden. Dank der Kraft, die er ihr überlassen hat, konnte sie allein mit ihrem Blick schlafende Bergerschütterer wecken. Oder nimm Orl aus Rossa. Er hat sich mit einer Yarra angefreundet. Als das Land einmal überflutet zu werden drohte, hat er in einer Nacht Tausende von Eichen wachsen lassen, die dem Wasser den Weg versperrt haben. Und Corn aus Welessa hätte nie im Leben mehr als einhundert Jahre gelebt, wenn er nicht einen Iume an seiner Seite gehabt hätte, der ihm Kraft und Jugend geschenkt hat. Weißt du eigentlich, dass dieser Corn den Orden in Warra gegründet hat?«

»Ja«, antwortete Ray, der völlig erschüttert davon war, dass durch das vertraute Bild, das er sich von der Welt gemacht hatte, plötzlich in immer grelleren Farben ein darunter liegendes Gemälde durchschimmerte. »Aber von dem Geist habe ich nichts gewusst.«

»Ein wahrhaft großer Beschwörer träumt davon, einen starken Geist auf seine Seite zu ziehen. Dafür würde er jeden Preis zahlen. Nur ist nicht jeder Geist käuflich.«

»Aber du bietest mir gerade ein solches Bündnis an?«, fragte Ray, der selbst nie im Leben mit jemandem verhandeln würde, der einen Teil seiner Welt in Schutt und Asche gelegt hatte und ihn selbst zu vernichten gedachte. Aber der Schwarze Kodsu hatte wohl seine eigene Logik …

»Ganz genau.«

»Und der Preis, den ich dafür zu entrichten habe, ist ein Auftritt als lebende Puppe in deinem Zirkus?«

»Nein, natürlich nicht«, antwortete der Schwarze Kodsu mit einem leisen Lachen. »Schöne Menschen, die ich zu meinen Puppen machen kann, gibt es schließlich genug, aber einen Beschwörer mit deiner Begabung und Entschlossenheit – den muss man erst einmal finden. Wer außer dir hätte sich denn sonst auf dunkle Geister eingelassen? Mit dem Ohnlitz hat es angefangen. Nachdem du ihn für dich gewonnen und in deine Yari gepflanzt hattest, war es für dich ein Kinderspiel, die Shiisans zu vernichten. Als Nächstes hast du den Yarudo gezähmt. Der mag zwar nicht ganz so stark sein, aber er hat dir immerhin geholfen, den blutdürstigen und ewig hungrigen Gihar zu täuschen.«

»Außerdem habe ich einen Mann getötet!«, stieß Ray aus. »Und das war nur möglich, weil ich in deiner Welt Tora umgebracht habe.«

»Es freut mich zu hören, dass du den Besuch in meiner Welt nicht vergessen hast.« Der Schwarze Kodsu grinste in einer Weise, als wäre ihm nie zuvor derart große Anerkennung gezollt worden. »Damals bist du zum ersten Mal über dich hinausgewachsen. Seitdem bist du noch stärker und kühner geworden. Und du bist lernfähig. Deshalb kannst du zu einem wirklich großen Beschwörer werden. Ganz im Unterschied zu vielen anderen.«

Rays Blick schnellte zu seinen schlafenden Freunden hinüber.

»Ja, genau, nimm ruhig Grizzly! Er möchte viel Geld verdienen und die Wertschätzung der Menschen genießen, gut essen, in einem warmen Bett schlafen und regelmäßig Freudenhäuser aufsuchen. Mehr verlangt er nicht vom Leben«, fuhr der Schwarze Kodsu in solch bedächtigem Ton fort, als läse er etwas aus einem Buch vor. »Sayunaro dagegen ist ebenfalls ein äußerst begabter und gebildeter Beschwörer, aber leider schon vergeben.«

»Wie bitte?!«

»Er hat sich Sharh verpflichtet, dem Gebieter aller Shiisans. Früher oder später wird dieser Geist den Preis für die Kraft verlangen, die er ihm bereits gegeben hat.«

»Er hat ihm Kraft gegeben?! Du meinst wohl eher, er will ihn in den Wahnsinn treiben!«

»Du wirst doch nicht leugnen wollen«, erwiderte der Schwarze Kodsu leichthin, »dass dein Freund viel stärker geworden ist, seit er bei den Shiisans in Gefangenschaft war?«

»Und einen solch starken Beschwörer willst du aus mir auch machen, ja?«, stieß Ray barsch aus. »Darf ich fragen, was mich das kostet?«

»Dich«, antwortete der Schwarze Kodsu. »Das bedeutet, dass ich alles mit dir teilen will. Ich will die Welt mit deinen Augen sehen. Das ist doch nicht zu viel verlangt, oder?«

»Und warum hast du dir dafür ausgerechnet mich ausgesucht?«

»Aber ich bin doch nicht derjenige gewesen, der zu dir gekommen ist«, antwortete der Geist vergnügt. »Du bist aus freien Stücken in meinen Zirkus gekommen! Und du wolltest mir mein Spielzeug wegnehmen!«

»Ich habe diesen Zirkus aufgesucht, um einen Menschen zu retten!«

»Falsch! Nachdem du einen kleinen Teil meiner Welt gesehen und zerstört hattest, da wolltest du dieses Spiel weiterspielen. Du wolltest mich töten oder vielmehr mich zwingen, all den Schmerz zu empfinden, den meine Puppen empfinden. Deshalb bist du nicht aus meiner Welt verschwunden, sondern weiter in sie vorgedrungen, und dort hat es dir noch besser gefallen.«

»Das ist nicht wahr.«

»Das weiß ich besser, denn ich kenne deine damaligen Gefühle und Gedanken. Auch aus diesem Grund schlage ich dir dieses kleine Geschäft vor. Wir sind einander nämlich sehr ähnlich. Du liebst das Risiko, ich ebenfalls. Und du bist eine Art Spiegel. Du verhältst dich wie ein Spiegel, um es einmal so auszudrücken. Deshalb wolltest du mir die Qualen zufügen, die ich meinen Puppen zufüge. Aber was, wenn auch mein Zirkus nur ein Spiegel ist? Wenn er nur zeigt, was echte Menschen sich längst angetan haben?«

Ray starrte den Schwarzen Kodsu bloß wortlos an.

»Damit zum nächsten Punkt! In deinem Kopf herrscht strengste Ordnung. In die eine Schublade packst du die Liebe, in die andere die Arbeit. Meine Tora hat dich bezaubert, deshalb konntest du sie nicht töten. Aber sobald du in ihr bloß noch eine Aufgabe gesehen hast, die es zu meistern gilt, hast du sie kurzerhand umgebracht. Oder nimm diese Straßenräuber damals in Warra. Solange du in ihnen noch Menschen gesehen hast, konntest du ihnen kein Härchen krümmen. Dann aber hast du beschlossen, dass es sich bei ihnen eigentlich um böse Geister handelt – und schon hast du sie attackiert. Nicht anders war es bei diesem Morten. Er musste für dich auch aufhören, ein gewöhnlicher Beschwörer zu sein, er musste zum Ungeheuer werden, damit du ihn töten konntest. Und Sayunaro darf mit Sicherheit nur so lange auf deinen Schutz und deinen Beistand hoffen, wie du ihn noch als Freund betrachtest. Aber was geschieht, wenn du in ihm nur noch jemanden siehst, in dem sich ein Shiisan eingenistet hat?«

»Als ob nicht etliche Menschen so denken würden!«

»Glaub mir, es sind weit weniger, als du annimmst. Ich aber denke in derselben Weise wie du und teile die Welt, die Ereignisse und die Menschen ebenfalls in Kategorien ein. Selbst meine Welt ist in einzelne Bereiche untergliedert … Aber Erläuterungen zu ihrem Aufbau würden jetzt zu weit führen. Erst einmal will ich eine Antwort von dir!«

»Selbst wenn ich mich bereitfinden könnte, mit einem Geist zusammenzuarbeiten, der Freude daran findet, Menschen zu quälen und ihnen langsam die Lebenskraft abzusaugen«, antwortete Ray und sah dem Schwarzen Kodsu unverwandt in die

Augen, »würde ich dir niemals abkaufen, dass dein Preis lediglich die Teilhabe an meinem Leben ist.«

»Du willst dieses kleine Geschäft mit mir also nicht abschließen?«

»Völlig richtig.«

»Gut«, nahm der Schwarze Kodsu diese Entscheidung hin. »Meiner Meinung nach ahnst du allerdings nicht einmal, was du gerade ausgeschlagen hast.«

Er erhob sich und blickte Ray mit seinen durchscheinenden Augen an, in denen sich der Mond spiegelte.

»Solltest du je meine Hilfe brauchen«, fügte er noch hinzu, »dann ruf mich! Dafür reicht ein einziger Gedanke! Merk dir aber eines! Wenn du das tust, gehe ich davon aus, dass du dich auf unseren kleinen Handel einlässt.«

Daraufhin stapfte der Schwarze Kodsu zurück in seine Welt.

Unwillkürlich sah Ray sich um: Hatte er all das geträumt? Nein, bestimmt nicht.

Hat Sayunaro also doch recht gehabt, hielt Ray für sich fest. Aber wenn es um Geister geht, dann täuscht er sich ja nie. Der Schwarze Kodsu heckt irgendetwas aus. Bleibt die Frage, warum Meister Hyeon uns nie etwas von diesen Bündnissen zwischen Geistern und Beschwörern erzählt hat. Weiß er selbst nichts davon? Hielt er es für überflüssig, weil es viel zu selten vorkommt? Oder macht der Orden ein Geheimnis daraus, weil er allzu starke Beschwörer fürchtet? Denn die könnten ja einen neuen Krieg anzetteln… Sayunaro könnte mir sicher mehr dazu sagen, aber ihn will ich jetzt nicht wecken. Zum ersten Mal seit langer Zeit schläft er tief und fest.

Ray streckte sich wieder auf seinem Umhang aus und lauschte den Geräuschen der Nacht, die in Anwesenheit des Schwarzen Kodsu wie ausgelöscht gewesen waren.

Wie wenig wir doch über Geister wissen, sann Ray weiter. Die wirklich mächtigen Geister, meine ich. Von einem Geist wie dem Schwarzen Kodsu… Was für ein Strom aus Kraft und Energie! Wie wollte man gegen eine solche Naturgewalt kämpfen? Wie sie besiegen? Man kann ihr nur ausweichen oder sie umlenken, ihr aber niemals Einhalt gebieten. Ob Meister Hyeon mehr über solche Geister weiß? Oder darüber, was mit den Beschwörern geschieht, die sich auf einen solchen Handel einlassen. Oder welches Schicksal jemanden erwartet, der sich Sharh verpflichtet hat.

Ray spähte zu Sayunaro hinüber. Sollte er seinem Freund etwas von diesem nächtlichen Gespräch sagen oder lieber schweigen?

Ohne sich zu einer Entscheidung durchgerungen zu haben, schloss er die Augen. Doch selbst im Traum kreisten seine Gedanken um den Schwarzen Kodsu, der verkündete: »Ein wahrhaft großer Beschwörer träumt davon, einen starken Geist auf seine Seite zu ziehen. Dafür würde er jeden Preis zahlen. Nur ist nicht jeder Geist käuflich.«

Der nächste Morgen überraschte sie mit einem strahlend blauen Himmel. Ihre Stimmung blieb dennoch gedämpft.

Sayunaro schien tief in Gedanken versunken zu sein. Ray ging noch einmal sein nächtliches Gespräch mit dem Schwarzen Kodsu durch. Hatte er vielleicht doch nur alles geträumt? Nein, mit Sicherheit nicht. Selbst Grizzly musste eine Laus über die Leber gelaufen sein, denn er hatte weder über die kurze Nacht noch über das karge Frühstück geklagt.

Nach einem Marsch von etwa anderthalb Stunden stießen sie endlich auf ein üppiges Dickicht mannshoher Brennnesseln. Wie die Stängel da im Wind schaukelten, schienen sie sich über die Menschen lustig zu machen.

»Was für eine Fettlebe!« stieß Grizzly aus.

Ray wirkte gleich einen Zauber, um den Geist herbeizurufen.

Der Giin schien allerdings nicht besonders erpicht darauf zu sein, ihnen zu begegnen. Es dauerte eine ganze Weile, bis aus den grünen Blättern sein dreieckiger Kopf hervorlugte.

»Guten Tag, Giin, wir haben uns lange nicht gesehen.«

»Was willst du?«, knurrte der Geist, ohne auf Rays Begrüßung einzugehen.

»Ich muss Nara finden. Sie hat dich doch beauftragt, mich zu beobachten.«

»Daran kann ich mich überhaupt nicht mehr erinnern! Dazu laufen mir einfach zu viele Menschen über den Weg!«

»Der weiß ganz genau, was Sache ist«, meinte Sayunaro. »Er will nur nicht mit der Sprache herausrücken.«

»Und wenn ihr sämtliche Brennnesseln niedermäht – ich weiß nichts!«, spie der Giin aus und verschwand wieder.

»Es wäre in der Tat kein schlechter Gedanke, dieses Grünzeug herauszureißen. Und zwar samt Wurzeln«, bemerkte Grizzly versonnen. »Wenn es bloß nicht so brennen würde!«

Was hat der Schwarze Kodsu doch gleich über die Hierarchie der Geister gesagt …?, fragte sich Ray.

»Ich habe eine bessere Idee«, teilte er den anderen mit, um dann leise zu rufen: »Yarudo.«

Der kleine Geist tauchte wesentlich schneller auf als der Giin eben.

»Könntest du vielleicht mit ihm reden?«, fragte Ray und deutete auf die Brennnesseln. »Er muss uns zu Nara …«

»Dieses Dreckszeug ist auch bei meinem alten Zuhause gewachsen«, fiel der Yarudo ihm ins Wort. »Es ist regelrecht durch die Fenster gekrochen … Und ob ich mit dem Burschen rede!«

Schon stob der Yarudo davon. In den Brennnesseln raschelte es, die Drosseln über ihnen schimpften. Dann erscholl ein verzweifelter Schrei. Die Beschwörer sahen sich bloß an.

Das Grün erbebte geradezu. Schmerzensschreie, Geknacke und wütendes Jaulen kündeten von einer gewaltigen Prügelei.

Kurz darauf kehrte in den Brennnesseln wieder Ruhe ein, und der Yarudo trat aus dem Gestrüpp heraus. Den Giin hatte er am Schwanz gepackt und schleifte ihn hinter sich her.

»Bitte sehr!«, trumpfte der Yarudo auf und strahlte über beide Backen, fing dann aber an, seinen freien Handrücken abzulecken. »Der beißt zwar, wird aber gehorchen.«

»Danke schön«, sagte Ray.

Er hockte sich vor den Giin, der ordentlich mitgenommen aussah, ihn aber trotzdem böse anfunkelte.

»Ich muss Nara finden«, erklärte Ray. »Bringst du mich zu ihr?«

Statt zu antworten, versuchte der Giin seinen Schwanz aus der Umklammerung des Yarudo zu befreien. Sobald ihm das gelungen war, sprang er davon, blieb dann jedoch kurz stehen und schüttelte sich aus wie ein Hund.

»Folgt mir!«, knurrte er. »Aber rasch, ich hab nicht ewig Zeit!«

»Das hast du gut gemacht, Yarudo«, brachte Ray noch heraus, bevor sie alle dem Giin hinterhereilten.

So schnell hatten sie sich noch nie durch die Berge bewegt. Der Geist raste vor ihnen her und blieb nur gelegentlich stehen, um sich nach ihnen umzudrehen, die Zähne zu blecken und abermals davonzustürmen.

Über der Rennerei bemerkte Ray nicht einmal, wie sich alles um sie herum veränderte. Hohe Bäume nahmen ihnen nun die Sicht auf den Himmel, die sonnendurchfluteten Wiesen verschwanden. Über einige Felshänge stürzten sich Wasserfälle tosend in die Tiefe. Der Geruch von verfaultem Laub, verwelkten Blumen und Moos schwängerte die feuchte Luft. Hier und da hatte sich Lehm abgelagert und das Gestein seltsame Schichten gebildet. Immer wieder meinte Ray, darin Knochen von Tieren zu entdecken.

Irgendwann wurde der Giin langsamer und sprang nun fast gemächlich vor ihnen her. Das gab den dreien endlich die Gelegenheit, kurz durchzuatmen.

Der Pfad lag nun mehr oder weniger gerade vor ihnen. Ray versuchte Hinweise auf Menschen auszumachen, doch vergeblich. Schließlich spielte er in Gedanken das bevorstehende Gespräch mit Nara durch. Was versprach er sich eigentlich davon? Sie würde ihn anklagen, und er sie. Er hatte sich ihre Yari und ihren Wagen geborgt, aber ihre Freundinnen nicht gerettet. Sie hatte ihm den Giin auf den Hals gehetzt und ihn beinahe getötet. Konnten damit nicht alle offenen Rechnungen zwischen ihnen als beglichen gelten?

Vielleicht sollte ich gar nicht auf all das zu sprechen kommen, überlegte Ray, sondern sie schlicht und einfach bitten, uns zu Meister Hyeon zu bringen?

Auch Sayunaro und Grizzly schienen über irgendetwas nachzusinnen. Ob sie das bevorstehende Gespräch mit ihrem alten Lehrer beschäftigte?

»Ist es eigentlich noch weit?«, fragte Ray den Giin irgendwann.

»Woher soll ich denn wissen, was für euch weit ist«, blaffte dieser ihn an. »Für mich ist alles stets zugleich um die Ecke und unendlich weit weg.«

»Geht das nicht trotzdem etwas genauer?«, wollte Grizzly keuchend wissen. »Müssen wir eine Woche durchmarschieren? Oder haben wir unser Ziel bis zum Abend erreicht?«

»Halt!«, befahl Sayunaro da plötzlich. Er selbst schien wie erstarrt und legte den Kopf auf die Seite. »Hört ihr das?«

In der Stille des Waldes heulte der Wind. Irgendwo schrie ein Eichelhäher, in der Ferne rauschte ein Fluss.

»Da!«, stieß Sayunaro aus. »Schon wieder!«

Nun vernahmen auch die beiden anderen aus der Ferne den Schrei einer Frau.

Alle drei stürmten los.

»Ist sie das?«, fragte Ray den Giin, der aufgeregt schnupperte. »Ist das Nara?«

»Hier lang!«, antwortete dieser bloß.

Der Pfad war so schmal, dass die Äste der Bäume in ihn hineinragten. Von diesen hingen lange Triebe irgendeiner Pflanze, deren Duft ihnen in der Nase kitzelte. Immer wieder blieben die drei zudem an hohen Sträuchern mit glänzenden Blättern hängen.

»Hier gibt es etliche seltene Pflanzen«, teilte der Giin ihnen so stolz mit, als würde er die drei durch seinen privaten Garten führen.

Doch in dieser Sekunde schenkte ihm niemand Beachtung.

Das Rauschen des Flusses übertönte nun fast alle anderen Geräusche. Trotzdem meinte Ray, die Hilfeschreie noch zu hören.

Dann erreichten sie das Ufer. Kiesel glitzerten in der Sonne. Irgendein Wesen, das es sich auf den warmen Steinen gemütlich gemacht hatte, stürzte bei ihrem Anblick ins Wasser und versteckte sich hinter einigen großen Felsbrocken in der Mitte des rauschenden Stroms. Danach zeugte nur noch ein aufdringlicher Fischgeruch von ihm.

Der Giin stellte sich auf die Hinterbeine, schnupperte, riss den Kopf herum und jagte dann neben dem Ufer am Wasserrand entlang, wobei er es darauf anlegte, möglichst ordentlich bespritzt zu werden.

»Schneller!«, rief Sayunaro dem schnaufenden Grizzly zu.

Dieser brummte nur mürrisch.

Nachdem der Giin noch einmal Witterung aufgenommen hatte, bog er in einen Pfad ein, der wieder vom Fluss wegführte. Die Schreie hörten sie nun nicht mehr. Was, wenn wir längst zu spät kommen?, schoss es Ray durch den Kopf. Doch sofort verbot er sich jeden Gedanken dieser Art.

Berge sind immer trügerisch, und so kann sich ein kurzer Abstand als recht weite Strecke entpuppen. Sie hatten das Gefühl, noch eine Ewigkeit weiterzulaufen, bis sie endlich in ein Tal mit etlichen Wasserläufen gelangten. Der Giin trank gierig etwas, rannte dann noch einige Schritte auf eine Bergwand zu und blieb dort stehen.

Ein paar Steinplatten waren lotrecht in die Erde eingebracht worden, auf ihnen lag eine noch größere Platte, die eine Art Dach bildete. Das Ganze stellte offenbar den Eingang in den Berg dar. Ein schwacher Geruch von Magie schlug ihnen entgegen. Ein sehr schwacher Geruch.

»Da drin ist sie«, erklärte der Giin und löste sich in Luft auf. Offenbar meinte er, seine Aufgabe erfüllt zu haben.

Ray wäre am liebsten sofort in dieses Versteck vorgedrungen, doch die Vorsicht gemahnte ihn, nichts zu überstürzen. Sayunaro sah sich aufmerksam um, vermochte jedoch nichts zu entdecken, was ihm verdächtig erschienen wäre. Grizzly lauschte angespannt.

Schließlich packte Ray die Lanze fester und betrat die Anlage. Schon versanken seine Füße in Matsch. Immerhin drang von oben etwas Licht herein.

»Vorsicht!«, raunte Sayunaro ihnen zu.

Noch in derselben Sekunde erklang ein unterdrückter Schrei.

Sie drangen weiter vor ins Innere dieser Höhle, doch schon bald versperrten ihnen Steine den Weg. Zwischen ihnen entdeckten sie dann auch Nara.

Wie eine Fliege in Bernstein steckte sie halb in einer steinernen Ummantelung. Obendrein zog ein äußerst merkwürdiges Wesen seine Kreise um sie.

Diese Kreatur hätte man für einen Gayuur halten können, wenn sein Körper nicht völlig platt gewesen wäre und an den Beinen nicht scharfe Krallen gesessen hätten. Zudem besaß der Geist zwei Gesichter, eines schaute nach vorn, eines nach hinten. Das erste hatte einen langen gebogenen Schnabel und runde weiße Augen, das zweite einen länglichen Mund, um den es ständig zuckte. Aus ihm troff grauer Speichel, der für Nara gedacht war. Trotz ihrer misslichen Lage griff sie die Kreatur immer wieder mit Zaubern an. Ein Großteil der Spucke, die zum steinernen Kokon verhärten sollte, landete daher auf dem Boden.

Über Naras Wangen rannen Tränen, Dreck und Blut. Als sie jedoch die Beschwörer sah, blitzten Unglauben und unsagbare Freude in ihren Augen auf.

»Ray!«, rief sie.

Ihr Bewacher drehte sich abrupt um. Sofort griff Ray den Geist mit dem Zauber an, den er sonst zur Vertreibung von Gayuuren wirkte, doch der Bursche brachte sich höchst geschickt in Sicherheit. Selbst Sayunaro verfehlte ihn mit seinem Zauber, der sich lediglich in einen der grauen Felsbrocken bohrte und diesen zermalmte. Vertrocknete Überreste eines Tieres rieselten zu Boden. Wenn sie Nara nicht rechtzeitig gefunden hätten, wäre auch ihr Schicksal in einem solchen Steinblock besiegelt worden.

»Das ist ein Berghapuro!«, schrie Nara. »Der ist noch stärker als ein Gayuur!«

Der Geist ging sofort zum Angriff über. Grauer Speichel flog auf Grizzly zu, den dieser jedoch mit einem Zauber abwehrte.

Sich vor weiteren Spuckebrocken wegduckend, suchten die drei jeweils hinter einem Stein Deckung. Der Berghapuro stürzte sich auf Sayunaro, da dieser ihm am nächsten war. Dieser empfing ihn mit einem Spinnennetzzauber, der diese Kreatur immerhin etwas langsamer werden ließ.

»Achtet auf seine Krallen!«, schrie Nara. »Die sind giftig!«

Ray tauchte kurz über seinem Stein auf und attackierte den Berghapuro mit einem weiteren Zauber, den er durch die Yari jagte. Damit durchbohrte er den Geist immerhin. Knisternde Flammen züngelten über den Körper ihres Gegners, der nun ins Schwanken geriet. Dennoch gelang es ihm, die Decke über Rays Kopf anzuspucken. Winzige Steine rieselten herab. Unterdessen stapfte der Geist weiter auf Ray zu.

Obwohl Nara am Ende ihrer Kräfte war, versuchte sie, den Berghapuro mit zwei Spiralzaubern aufzuhalten. Als diese in seinen Rücken einschlugen, hielt er wieder auf seine Gefangene zu. Das gab den drei Beschwörern endlich die Gelegenheit, gemeinsam zuzuschlagen.

Der Berghapuro ging zu Boden, Ray gab ihm mit der Yari den Rest und eilte dann zu Nara. Weitere Zauber aller drei und Rays Lanze holten sie aus dem steinernen Kokon.

»Danke«, stieß Nara aus. »Wenn ihr nicht gekommen wärt … Viel hätte nicht gefehlt, und ich wäre völlig versteinert worden. Wie habt ihr mich überhaupt gefunden?«

»Der Giin hat uns hergebracht«, sagte Ray.

»Oh …«

Damit war die Aussprache beendet, noch ehe sie begonnen hatte.

»Wie bist du denn diesem Burschen hier in die Hände gefallen?«, fragte Grizzly, der mit unverhohlener Neugier die Frau musterte, die am Tag der Geister ihre Prüfung bestanden hatte.

»Weil ich so dumm war, mich in eine Falle locken zu lassen!« Sie schüttelte den Kopf, und das Haar, das sie inzwischen kurz geschnitten hatte, klatschte dabei gegen ihre Wangen.

»Seit wann stellen Berghapuros Fallen auf?«, fragte Sayunaro leicht verwundert.

»Das war ja auch nicht der Geist!«, zischte sie. »Das war Kazumi!«

Sie spie den Namen förmlich aus. Und auch in Sayunaros Augen loderte ein wildes Feuer auf, als er ihn hörte.

»Meister Hyeon hat uns die Aufgabe gestellt, einen Berghapuro zu finden und zu vernichten. Kazumi hat den Burschen hier als Erster entdeckt. Als ich dann zu dem Fels gekommen bin, hat er behauptet, dass er sich den Fuß verletzt habe. Dazu ist er höchst überzeugend herumgehinkt und hat jammernd das Gesicht verzogen, dass es mir fast das Herz gebrochen hätte.« Ihre Stimme verriet, wie sehr sie sich nun ihr Mitleid verübelte. »Dann hat er vorgeschlagen, wir sollten den Geist zusammen erledigen.«

»Und darauf hast du dich eingelassen?«, fragte Ray.

Statt zu antworten, machte sich Nara jetzt aber erst einmal daran, die letzten Reste des versteinerten Speichels loszuwerden. Dabei riss sie nicht nur ihr Gewand, sondern auch ihre Haut auf. Schmerz verzerrte ihr Gesicht.

»Ich bin also als Erste hier rein«, fuhr sie schließlich fort. »Meine ungeteilte Aufmerksamkeit galt natürlich dem Berghapuro. Da hat mich dieser Widerling von Kazumi geschubst, sodass ich gestolpert bin. Die Gelegenheit hat sich der Geist selbstverständlich nicht entgehen lassen und mich sofort mit seinen Krallen ausgeschaltet … Als ich wieder zu mir gekommen bin, hatte mich der Kerl schon halb eingemauert.« Sie trat gegen einen kleinen Stein. »Und Kazumi hat die ganze Zeit tatenlos zugesehen. Von da oben.«

Sie sah zur Decke hoch. Ray folgte ihrem Blick und machte einen Riss aus, durch den Licht fiel.

»Hat er jetzt völlig den Verstand verloren?«, empörte sich Grizzly. »Meine Güte, wenn er diese Aufgabe nicht heute gemeistert hätte, dann hätte er es morgen halt noch mal versucht!«

»Nicht dieser Verräter!«, zischte Ray. »Beim letzten Mal ging es ja wenigstens noch darum, seine Haut zu retten, diesmal wollte er aber offenbar bloß vor Meister Hyeon gut dastehen.« Er drehte sich Nara zu. »Wahrscheinlich bist du deutlich besser als er, das hat er nicht verkraftet.«

Nara sah ihn finster an. Anscheinend hatte Ray mit seinen Vermutungen ins Schwarze getroffen.

Wo steckt eigentlich Sayunaro?, schoss es Ray plötzlich durch den Kopf. Er sah sich um, doch sein Freund war nicht mehr bei ihnen.

»Bleib bei ihr!«, bat er Grizzly und stürzte Hals über Kopf zum Ausgang.

Hier war auch niemand.

Da entdeckte Ray einen Pfad, der den Berg hinaufführte, und folgte ihm. Ständig stolperte er über Steine und wäre mehr als einmal beinahe hingefallen. Irgendwann begriff er, dass er die Stufen einer alten, zerfallenen Anlage erklomm. Inmitten des Grüns waren Platten mit Reliefs zu erkennen, die bereits in die Erde abgesackt waren.

Außer Atem erreichte er ein Hochplateau und rannte, ohne anzuhalten zum Abhang. Dort standen sich zwei Männer gegenüber.

Der eine wich langsam vor dem anderen zurück.

Kazumi hinkte tatsächlich, dieser Teil seiner Geschichte war also nicht aus der Luft gegriffen. Sein weißes Hemd war verdreckt und zerrissen. In den grauen Hosen klaffte über einem Knie ein gewaltiges Loch, durch das Blut zu erkennen war.

Sayunaro rückte in aller Ruhe gegen ihn vor. Ohne das helle Haar und die Reisekleidung aus grobem Leder hätte Ray ihn in dieser Sekunde womöglich für einen Shiisan gehalten: Seine Hand hatte sich wieder in ein Schwert verwandelt, purpurnes Blut rann in Strömen über sein Gesicht, die ganze Gestalt strahlte etwas Raubtierhaftes aus.

»Wie lange habe ich schon von dieser Begegnung geträumt!«

»Sayunaro, wir können doch über alles ...«

Ein panischer Schrei beendete den Satz.

Mit einem kaum erkennbaren Streich seines beinernen Schwertes hatte Sayunaro Kazumi die Wange aufgeschlitzt. Aus der feinen Wunde sprudelte Blut. Kazumi wirkte sofort einen Zauber, den Sayunaro jedoch zerschlug, um abermals mit der Klinge anzugreifen.

»Vergiss nicht, dass ich ein Shiisan bin, mein Freund!«, brachte Sayunaro fast freundlich heraus. »Mir kannst du mit Magie nichts anhaben.«

Das war natürlich übertrieben. Morten hätte ihn damals beinahe ausgelöscht, auch jeder andere fähige Beschwörer wäre mit ihm fertig geworden, denn Sayunaro war noch nicht vollends zum Shiisan geworden. Aber der Anblick der zum Schwert verwandelten Hand musste Kazumi in eine solche Panik versetzt haben, dass er kaum noch einen vernünftigen Gedanken zu fassen vermochte.

Während Ray sich den beiden näherte, grübelte er über seinen nächsten Schritt nach. Erst jetzt wurde ihm klar, warum Sayunaro ihn wirklich nach Agosima begleitet hatte. Und der Grund war ganz gewiss nicht Meister Hyeon, der ihm endlich das Zertifikat als Beschwörer aushändigen sollte.

»Ich wollte das alles doch nicht!«, jammerte Kazumi. »Das war nur ein Missverständnis!«

»Ach ja?«

Sayunaro vollführte einen weiteren kaum wahrnehmbaren Angriff. Danach presste Kazumi eine Hand auf die Schulter. Zwischen seinen Fingern sickerte Blut hervor.

»Was geschehen ist, tut mir leid!«, schrie er. »Das war nicht richtig von mir! Aber was ist mir denn anderes übrig geblieben?«

»Sayunaro!«, rief Ray leise.

»Ray!«, stieß Kazumi erleichtert aus. »Du musst ihn aufhalten! Sag ihm, dass …!«

»Dieser Dreckskerl ist es doch nicht wert, dass du dir die Hände schmutzig machst«, fuhr Ray fort.

»Misch dich da nicht ein!«, zischte Sayunaro, ohne Kazumi auch nur eine Sekunde aus den Augen zu lassen. »Ich werde die Erde von diesem Aas befreien, und falls du die Absicht haben solltest, ihn zu beschützen …«

»Der Kerl kann von mir aus elendig verrecken«, erwiderte Ray. »Aber du darfst auf gar keinen Fall zum Mörder werden!«

»Ich sage es dir nur noch einmal: Misch dich da nicht ein!«

»Wenn du ihn umbringst, wirst du endgültig zum Shiisan!«

»Das werde ich sowieso«, entgegnete Sayunaro kalt und hob das Schwert.

Diesen Streich würde Kazumi nicht überleben. Dennoch unternahm ihr einstiger Gefährte nichts, um sich zu verteidigen, sondern warf Ray lediglich einen flehenden Blick zu, der diesen jedoch geradezu anekelte.

»Das wäre das erste Opfer«, sagte Ray. »Und genau darauf wartet er doch bloß.«

»Wer?«

»Der Gebieter über alle Shiisans. Sharh.«

Sayunaros Hand erzitterte, und er löste den Blick von Kazumi, der daraufhin sofort zur Seite huschte – und in die Tiefe sprang.

Sayunaro riss den Kopf wieder herum. Vom Rand der Schlucht aus sahen sie beide, wie Kazumi weit unter ihnen auf einem Nirith davonsegelte.

Sofort schickte Sayunaro ihm einen Zauber hinterher und traf den Geist in Vogelgestalt sogar. Dieser fing an, durch die Luft zu trudeln, doch kurz bevor er in die Baumwipfel geschossen wäre, gelang es ihm, seinen Flug wieder unter Kontrolle zu bringen und mit weit gespreizten Flügen unbeschadet an dem Hindernis vorbeizufliegen.

Sayunaro rammte sein beinernes Schwert gegen den Stamm einer Weißbuche. Kurz darauf hämmerte er bereits mit seiner Faust auf diesen ein: Seine Hand hatte wieder ihre gewöhnliche Form angenommen.

»Warum hast du mich mein Werk nicht vollenden lassen?!« In den hellblauen Augen Sayunaros loderte ein rotes Feuer. »Habe ich dich vielleicht gebeten, dich in diese Angelegenheit einzumischen?!«

»Du darfst kein Blut vergießen.«

»Das sind schöne Worte! Und leere!«, brüllte Sayunaro. »Einen Verräter wie Kazumi muss man töten! Das ist der einzige Grund, warum ich hier bin!«

»In dem Fall bist du nicht besser als Kazumi. Und das bedeutet dein Ende.«

»Ich bin längst am Ende!«

Er wollte schon gehen, doch Ray versperrte ihm mit der Yari den Weg.

»Erinnere dich daran, was du mir gesagt hast, denn diese Worte gelten auch für dich! Wir dürfen nicht zulassen, dass Geister uns in willenlosen Puppen verwandeln! Wir dürfen diesen Wesen, die uns das Leben ohnehin schon schwer genug machen, nicht nachgeben, ihnen nicht auch noch einen Platz in unserer Seele einräumen!«

»Das waren keinesfalls meine Worte.«

»Vom Sinn her schon!«

Sayunaro sah Ray fest in die Augen. Irgendwann wischte er sich mit dem Ärmel das Blut vom Gesicht.

»Woher weißt du denn etwas von Sharh?«

»Ich habe von ihm geträumt.«

Das entsprach zwar nicht ganz der Wahrheit, doch jetzt war nicht der rechte Augenblick, Sayunaro von dem nächtlichen Besuch des Schwarzen Kodsu zu berichten.

»Merkwürdige Träume hast du«, meinte Sayunaro nur. Mit einem Mal lauschte er. Jemand näherte sich ihnen. Schritte und Worte waren zu hören. »Allerdings höchst aufschlussreiche.«

Nun endlich senkte Ray die Yari.

Grizzly kam in Begleitung von Nara auf sie zu, deren Gewand völlig zerrissen war. Bei einem Ärmel fehlte sogar der ganze untere Teil, weshalb sie gerade den Rest abriss und den blutgetränkten Fetzen achtlos zu Boden warf.

Wie Ray nun feststellte, war Nara noch schmaler geworden. Ihre Wangenknochen traten scharf hervor, was durch das kurze Haar noch betont wurde.

»Ihr habt nicht zufällig Kazumi gesehen?«, fragte Nara.

»Doch«, sagte Sayunaro. »Aber leider ist er mir entwischt, bevor ich ihn töten konnte.«

»Sei froh!«, stieß Grizzly erleichtert aus. »Schließlich haben wir schon genug Schwierigkeiten!«

»Was für Schwierigkeiten?«, hakte Nara sofort nach.

Warum kann er nie seinen Mund halten?!, dachte Ray.

»Nur die üblichen Scherereien«, versicherte er lächelnd. »Übrigens habe ich dir etwas mitgebracht. »Er reichte ihr die Yari. »Die wollte ich dir schon lange zurückgeben.«

Nara besah sich die Lanze, runzelte die Stirn und wich einen Schritt zurück.

»Das ist nicht mehr meine Yari.«

»Ich habe den Schaft austauschen müssen. Die Lanzenspitze ist aber immer noch die alte.«

»Sie hat sich längst an dich gewöhnt… Behalte sie also! Zum Dank für meine Rettung.«

»Dann habe ich dir zu danken.«

»Und falls du uns beiden auch danken möchtest«, sagte Grizzly, »kannst du uns zu Meister Hyeon bringen.«

»Was wollt ihr denn von ihm?«, fragte Nara verwundert.

»Mit ihm reden.«

»Ich bringe euch natürlich zu ihm, aber…« Sie biss sich auf die Unterlippe. »Macht euch darauf gefasst, dass er sich nicht unbedingt über euer Erscheinen freuen wird. Er war sehr enttäuscht von dir, Ray, weil du dich ihm widersetzt hast… damals, am Tag der Geister, als du den Tempel wieder verlassen hast, obwohl er dir das verboten hatte.«

»Und ich hätte mir nie verziehen, wenn ich ihm gehorcht hätte«, erwiderte Ray. »Deshalb lass uns jetzt zu ihm gehen. Unterwegs kannst du uns ja erzählen, was euch ausgerechnet in diese entlegene Gegend verschlagen hat.«

Nara blickte ihn noch einmal forschend an, nickte dann aber und hielt auf einen schmalen Pfad zu.

»Nachdem du damals am Tag der Geister den Tempel verlassen hattest«, begann sie ihre Erzählung, wobei sie sich im Grunde nur an Ray wandte, der neben ihr lief, »haben wir noch bis zum Abend auf dich gewartet. Ich hatte den Eindruck, dass Meister Hyeon wirklich sehr darauf gehofft hat, dass du zurückkommst. Aber das bist du nicht…«

»Ein paar Shiisans hatten uns eingeladen und wollten uns partout nicht wieder gehen lassen«, stieß Ray aus. Die Erinnerung an diesen Tag setzte ihm nach wie vor zu.

Bei der Erwähnung dieser Geister schnellte Naras Blick zu ihm, eine Frage stellte sie jedoch nicht.

»Als dann die Nacht anbrach und nur Kazumi aufgetaucht war«, fuhr sie fort, »hat Meister Hyeon verlangt, dass wir gehen. Außerdem hat er verkündet, dass er Warra zusammen mit uns beiden verlassen würde, um sich andernorts weiter mit unserer Ausbildung zu befassen. Er hat gemeint, wir müssten noch sehr viel lernen.«

»Das immerhin kannst du laut sagen«, murmelte Ray verärgert.

»Wir sind sofort aufgebrochen. Anfangs kannten wir noch nicht einmal das Ziel unserer Reise. Meister Hyeon hat uns gebeten, ihm zu vertrauen und keine Fragen zu stellen. Mir gefiel diese Geheimniskrämerei nicht besonders. Und Kazumi ...«, unwillkürlich verzog sie das Gesicht, »... Kazumi war auch nicht gerade glücklich. Er wäre eigentlich gern in Warra geblieben, schließlich hat er dort reiche Verwandte. Stattdessen musste er durch das halbe Land ziehen, noch dazu klammheimlich, sodass keine Rede davon sein konnte, in teuren Kanrins zu übernachten. Bei Meister Hyeon hat er sich natürlich nicht beschwert, aber mir lag er mit seinem Gejammer ständig in den Ohren.«

»Das sieht ihm ähnlich«, bemerkte Grizzly.

»Wie oft habe ich mir gewünscht, dass du an Kazumis Stelle gewesen wärst«, sagte Nara und sah Ray so finster an, als trüge dieser Schuld am unleidlichen Charakter ihres Gefährten. »Von dir hätte ich mir wenigstens nicht ständig anhören müssen, dass das Wasser zu kalt ist, die Kleidung bis zum nächsten Morgen nicht trocken sein wird und von dem neuen Umhang der Goldbesatz abgerissen ist.«

Sayunaro lachte leise, Grizzly schnaubte vergnügt. Sie will uns doch von irgendetwas ablenken, ging es dagegen Ray durch den Kopf.

»Was will Meister Hyeon denn eigentlich hier in Agosima? Wieso konnte er eure Ausbildung nicht in Warra fortsetzen?«

»Das hängt mit den Geistern zusammen.«

»Mit welchen Geistern?«

»Mit allen möglichen. Hier in Agosima gibt es einfach mehr als in Warra. Von manchen habe ich zuvor sogar noch nie etwas gehört.«

Gerade als Ray eine weitere Frage stellen wollte, erspähte er ein Mauerwerk, das weitgehend hinter den Zweigen hoher Sträucher verborgen war. Anscheinend stammte es von einem Haus, das inzwischen aber tief in den Boden eingesunken war. Trotzdem ließ sich noch ein aufwendiges Relief erkennen, das sich aus Figuren von Tieren, Menschen und Geistern zusammensetzte.

»Was ist das?«, fragte Sayunaro.

»Dort liegen die Reste einer alten Stadt«, antwortete Nara so leise, als fürchtete sie, sie könnte die erstarrte Zeit aufwecken. »Weiter hinten stehen noch mehr Häuser. Meister Hyeon hat uns gesagt, dass es in dieser Gegend früher eine große Zivilisation gegeben hat. Dann jedoch hat sich irgendein Unglück zugetragen, und sämtliche Städte wurden zerstört. Die meisten Menschen sind dabei gestorben, ein Teil konnte sich aber retten und ist in die Nachbarländer gezogen, ein paar sind auch in den Ruinen geblieben und haben Ziegen gezüchtet, ihre eigene Vergangenheit jedoch allmählich vergessen. Später sind dann Stämme von weit her in diese Gegend gekommen und haben neue Städte gegründet, allerdings noch höher im Norden.

Als Ray nun genauer ins Grün hineinspähte, machte er tatsächlich noch andere Bauten aus. Sie wurden durch Wandelgänge miteinander verbunden, in denen sich heute jedoch Erdreich und Laub türmten. Sogar die ersten Büsche hatten die Steine bereits erobert. Früher musste all das jedoch sehr schön gewesen sein. Merkwürdig waren allerdings die Geister, die durch die Ruinen huschten. Sie waren selbst für das Auge eines Beschwörers nicht zu erkennen, sondern nur als Erscheinung wahrzunehmen. Und wie sie hießen, wusste Ray auch nicht.

»Das sind Shimaas«, erklärte Nara, als hätte sie seine Gedanken gelesen. »Geister von Toten. Für uns sind sie ungefährlich, aber gewöhnlichen Menschen können sie den Verstand rauben.«

Sie erklommen den Berg weiter, bis sie irgendwann auf Stufen stießen und diese hinaufstiegen.

»Ray, es gibt da etwas …«, sagte Nara sehr leise und schaute kurz zurück, um sich zu vergewissern, dass Sayunaro und Grizzly sie nicht hören konnten. »Weißt du, dass dein Freund … er ist nicht mehr ganz …«

»In mir hat sich ein Shiisan eingenistet«, warf Sayunaro ein, dessen Ohren nur selten etwas entging. »Du bist nicht die Erste, der das auffällt. Möchtest du vielleicht gern mit mir meine … meine Besonderheiten erörtern?«

»Nein«, erwiderte sie und musste unwillkürlich lächeln. »Wenn dich diese Besonderheiten nicht beunruhigen …«

»Das tun sie nicht«, versicherte Sayunaro in einem Ton, der deutlich machte, dass er nicht länger über dieses Thema zu sprechen wünschte.

Nara sah Ray fragend an. Dieser zuckte nur mit den Achseln.

Nach einigen Stunden Marsch durchs Gebirge begegneten ihnen die ersten gepflügten Felder und Häuser, die aus den Steinen der alten Ruinen errichtet worden waren. Die Bauern, die hier lebten, achteten jedoch nicht weiter auf sie.

Allmählich wurde nun auch der Pfad breiter und ging schließlich in eine richtige Straße über, die vor einer breiten Treppe endete, welche einen Berg hinaufführte. Auf seinem Gipfel thronten etliche Gebäude aus weißem und grauem Stein.

»Was ist da oben?«, fragte Ray.

»Der Zehngeistertempel«, antwortete Nara. »Er ist noch vor der Stadt hier gegründet worden.«

»Wie heißt sie eigentlich?«

»Rumung.«

Auf den Stufen saß ein alter Bettler in einem grauen Gewand. Sein langer Bart war orange gefärbt, sein Haar zu einer Art Turban aufgesteckt, in den zur Zier Federn eingebracht worden waren. Neben der Nase und über der Stirn verliefen weiße Streifen. Der Alte schmauchte eine kurze Pfeife und schien sie gar nicht zu bemerken. Als sie jedoch an ihm vorbeiliefen, fielen

Ray die jungen Augen des Mannes auf, die unter den schweren Lidern hervorblitzten.

Der weiße Stein der Treppe wies etliche schwarze Streifen und Risse auf und war von Samen und trockenen langen Tannennadeln bedeckt.

Von oben kam ihnen eine junge Frau in einem langen roten Gewand entgegen, das über die Stufen schleifte. Über ihr schwarzes Haar hatte sie ein feines purpurnes Tuch geworfen. Ein kräftiger Duft von Sandelholz eilte ihr voraus. Die Frau maß sie mit einem kalten Blick aus ihren dunklen Augen, rang sich für Nara aber immerhin ein Lächeln ab.

Ray sah sich noch einmal nach ihr um. Die Frau blieb neben dem Bettler stehen, warf eine Münze in seine Schale, beugte sich zu ihm hinunter und flüsterte ihm etwas zu, wobei sie keineswegs freundlich zu den vieren hochschaute. Als sie Rays Blick auffing, zauberte sie jedoch sofort ein strahlendes Lächeln auf ihre Lippen und neigte höflich den Kopf zum Gruß.

»Wer ist sie?«, wollte Ray von Nara wissen.

»Vermutlich eine Pilgerin.«

»Und ihr wohnt hier?«, fragte Grizzly, der kurz stehen blieb, um Luft zu holen. »In dieser Tempelanlage?«

»Ja«, antwortete Nara. »Sie ist so groß, da gibt es Platz für alle.«

»Sogar für Makos«, bemerkte Sayunaro lächelnd, der beobachtete, wie zwei dieser Tiere voller Schwung das steinerne Treppengeländer hinunterrutschten.

Diese Wesen erinnerten an Affen mit langen, gestreiften Schwänzen. Sie zeigten nicht die geringste Angst vor Menschen, sondern saßen überall auf den Bäumen, stritten sich um Obst, stolzierten über die Stufen oder ließen sich die Sonne auf den Pelz brennen.

»Diese Tiere hat man hier sehr ins Herz geschlossen«, sagte Nara. »Angeblich bringen sie Glück.«

Die Treppe schien endlos. Ihnen allen taten bereits die Füße weh von dem beschwerlichen Anstieg, und allmählich gerieten sie völlig außer Atem. Doch irgendwann schoben sich kuppelförmige Dächer mit einem aufwendigen Muster und eingelegten Symbolen aus Metall in ihr Blickfeld. Ray erkannte die riesige Lanze eines Rugg, die Donnertrommel eines Himmelsgottes und den Korb einer Yarra. Bunte Fahnen säumten die Dächer und knatterten im Wind.

Er drehte sich zurück, um einen Blick auf die grünen Hänge zu werfen, an denen sich Häuser mit flachen Dächern hinaufzogen. Rumung war überraschend groß und verteilte sich über mehrere Berge. Auf jedem stand ein Tempel, die allerdings alle deutlich kleiner waren als der, den sie ansteuerten. Hier und da erspähte Ray auch Ruinen alter Anlagen …

Abermals kamen ihnen von oben zwei Frauen in roten Gewändern entgegen. Sie unterhielten sich lebhaft. Vor ihnen her sprang ein Mädchen von etwa sechs Jahren. Als die Kleine die Beschwörer sah, suchte sie sofort hinter dem Rücken der älteren Frau Schutz. Diese verstummte sofort, und alle drei gingen wortlos und mit finsterer Miene an ihnen vorbei.

»Wir scheinen ja allen die Sprache zu verschlagen«, brummte Grizzly.

»Ich könnte mir durchaus vorstellen«, erwiderte Sayunaro, »dass das keineswegs der Fall wäre, wenn wir nicht in zerrissener Kleidung voller Blut herumlaufen würden.«

Da sie das Ende der Treppe nun fast erreicht hatten, beschleunigten sie unwillkürlich den Schritt.

Schließlich lag der Tempelvorplatz vor ihnen. Seine kleinen weißen Steinplatten gaben sämtliche Unebenheiten des Bodens wieder. Bäume warfen ihren Schatten auf die weiße Kuppel des pyramidenförmigen Baus. Von der Figur auf der Spitze hingen Hunderte von Schnüren mit bunten Fähnchen herunter. Auch hier tummelten sich Makos. Ein Tier saß sogar in Denkerpose auf dem Tempeldach, um sich von der Sonne wärmen zu lassen.

Nara führte sie über den Platz. An den Tempel schlossen sich allerlei Läden an, darunter auch solche, die aus Holz, Eisen oder Knochen gefertigte Figürchen von Geistern, prachtvolle Masken, Ritualgefäße und Musikinstrumente zur Herbeirufung von Geschöpfen aus der jenseitigen Welt feilboten.

Das schwere Aroma unterschiedlicher Düfte, außergewöhnlicher Gewürze und süßer Früchte wogte durch die Straße. Die Händler standen in den offenen Türen ihrer Geschäfte und priesen lauthals ihre Waren an. Eine Gruppe von Kindern vergnügte sich königlich, als sie mit einem Verkäufer feilschte. Von irgendwoher drang Musik, die immer wieder von einem Hämmern übertönt wurde: Handwerker schlugen in kleine Metallschüsseln feine Muster.

In Warra ging es in den Tempelanlagen deutlich stiller zu, und alle Läden befanden sich außerhalb …

Auf Schritt und Tritt begegneten ihnen steinerne Statuen von Geistern, und zwar von lichten wie dunklen gleichermaßen. Neben zähnefletschenden Segrimis stand eine wunderschöne Sayna. Einer gesichtslosen Korrhi schloss sich eine ganze Schar von Bibs an, die aufeinandergeklettert waren und eine mannshohe Pyramide bildeten …

Fast alle Statuen wiesen orangerote Flecken auf. Grizzly vermutete halb im Scherz, dass es sich dabei um Blut handelte, doch Nara lachte bloß auf und erklärte, man bestäube diese Statuen mit Safran und färbe sie mit Ocker. Die Pilger zündeten vor den Geistern, die sie besonders verehrten, Räucherstäbchen an oder hängten ihnen Blumengirlanden um.

Als die vier, nach wie vor von allen misstrauisch beäugt, weitergingen, gelangten sie zu Statuen von Tieren, Menschen und sogar Bäumen. Danach überquerten sie einen Platz mit quadratischen, höchstens mannshohen Bauten, deren Fenster vergittert waren. Darin standen Figuren von Geistern, deren Namen Ray nicht einmal kannte. Sie erinnerten an Menschen, besaßen allerdings völlig entstellte, ungemein hässliche Gesichter. Vor ihnen türmten sich Berge von Obst. Immer wieder steckten Makos ihre Pfoten zwischen den Eisenstäben hindurch, um Pflaumen oder Birnen zu stibitzen, wobei sie sich gegenseitig schlugen und bissen.

»Das ist ja eine ganze Stadt«, stieß Grizzly erstaunt aus.

Ihr weiterer Weg führte sie zu Häusern, die im Unterschied zu allen anderen Gebäuden aus schwarzem Stein errichtet worden waren. Sie wirkten sehr alt. Auf dem kleinen Platz vor dem

Tempel dieses Komplexes standen ebenfalls Statuen, vor ihnen hatte man jedoch weder Gaben niedergelegt noch Kerzen entzündet. Die Steine ließen auch keinerlei Hinweise auf eine Bemalung erkennen.

Inmitten dieser Steinfiguren funkelte allerdings ein gewaltiger Hohlstab aus Gold. Die Enden waren spiralförmig gedreht, der mittlere Teil glatt. Das Stück musste sehr schwer sein, denn die Steine, auf denen es ruhte, zeigten bereits Risse.

»Dieser Stab stammt angeblich vom Wagen eines alten Geistes«, erklärte Nara, noch ehe die drei ihr irgendeine Frage stellen konnten. »Es heißt, der Geist sei gegen den Mond gestoßen, als er seine Bahn am Himmel gezogen habe. Ein Teil seines Gefährts ist daraufhin ins Meer gefallen, und ein anderer fliegt noch immer über der Erde dahin. Dieser Stab jedoch ist hier gelandet. Das hat die Menschen damals veranlasst, an dieser Stelle einen Tempel zu bauen.«

»Ich nehme Magie wahr«, sagte Sayunaro da plötzlich.

»Wie auch nicht?«, entgegnete Nara. »Hier leben wir Beschwörer und …«

»Nein, ich meine etwas anderes.«

Ray versuchte ebenfalls zu spüren, was Sayunaro beunruhigte, doch da war nichts.

»Wahrscheinlich ist es nichts weiter«, meinte Sayunaro, während er den goldenen Stab mit finsterer Miene betrachtete. »Jedenfalls nichts von Bedeutung.«

Aus einer Tür trat in dieser Sekunde ein breitschultriger Mann heraus, der aber auf der Stelle kehrtmachte, sobald er die Beschwörer sah. Wir werden hier wirklich nicht gerade mit offenen Armen empfangen, dachte Ray. Ob es wenigstens mit Meister Hyeon anders wird? Und mit einem Mal begriff er, dass all die Worte, die er sich zurechtgelegt hatte, plötzlich wie ausgelöscht waren.

Nara hielt auf das äußerste Gebäude zu, das unmittelbar am Abhang lag. Durch die Schlucht flog gerade mit einem heiseren Schrei ein Kolkrabe. Vor dem Eingang lächelte Nara Ray noch einmal aufmunternd zu, dann trat sie als Erste ein.

Die Beschwörer fanden sich in einem überraschend großen Raum wieder. Die Wände zierten Reliefs in Gold und Schwarz, die Gesichter von Berggeistern darstellten. Ihre gelben Augen folgten den Menschen munter. Darunter reihten sich auf dem Fußboden Hunderte von Kerzenständern aneinander, und in allen flackerte ein Licht, das sich in dem glänzenden Boden spiegelte. Fast hätte man meinen können, ein Schwarm Glühwürmchen flöge durch den Saal.

»Meister Hyeon!«, rief Nara. »Ich bin wieder da.«

Grizzly atmete geräuschvoll ein, um sich für das Gespräch zu wappnen, Sayunaro betrachtete völlig gelassen die Reliefs, Ray spähte angespannt in einen dunklen Gang, aus dem seiner Ansicht nach gleich ihr alter Lehrer auftauchen musste.

Doch dann vernahmen sie ein leises Knirschen in einer Wand, und eine der Steinplatten glitt zur Seite, um Meister Hyeon den Weg freizugeben.

Als dieser seine drei einstigen Schüler sah, riss selbst er für den Bruchteil einer Sekunde die Augen auf. Mit uns habt Ihr wohl nicht gerechnet, was?!, dachte Ray mit einer gewissen Genugtuung.

Schon in der nächsten Sekunde war Meister Hyeon jedoch wieder ganz der Alte, ein Mann, der sich durch nichts aus der Fassung bringen ließ. Er ging langsam zu den Kerzen hinüber, zündete eine neu an, die erloschen war, und gab vor, die hartnäckigen Blicke seiner Schüler nicht in seinem Rücken zu spüren.

»Hast du deine Aufgabe gemeistert?«, erkundigte er sich bei Nara.

»Ja«, antwortete sie, atmete scharf aus und sah zu den drei schweigenden Beschwörern hinüber. »Aber sie haben mir geholfen. Kazumi hat mir eine Falle gestellt. Die drei haben mich aus dem Kokon des Berghapuros befreit. Wenn sie nicht gewesen wären, wäre ich jetzt tot.«

»Der ewige Retter«, wandte sich Meister Hyeon nun an Ray.

Ihr einstiger Lehrer hatte sich in keiner Weise verändert. Noch immer schien sein Blick jeden Gegenstand, jeden Menschen und jeden Geist mühelos zu durchdringen. Das lange

Haar war sorgfältig gekämmt, das schmale Gesicht verriet weder etwas über das Alter des Meisters noch über seine Gedanken und Gefühle.

»Ja, wir haben Nara gerettet«, beantwortete Ray ihm seine Frage. »Seid gegrüßt, Lehrer.«

Meister Hyeon sah ihn einige Sekunden lang unverwandt an. Schließlich wandte er sich Sayunaro zu und musterte ihn eingehend. Grizzly dagegen beachtete er kaum, was diesem ein unzufriedenes Brummen entlockte.

»Halten wir fest«, sagte Meister Hyeon zu Nara, »du bist an der Aufgabe gescheitert.«

Nara erwiderte kein Wort.

»Du weißt, was du nun zu tun hast. Gehe noch einmal los und kehre erst zurück, wenn du es aus eigener Kraft schaffst, einen Berghapuro zu bezwingen.«

»Ich würde aber gern ...«

Meister Hyeon bedachte sie mit einem strengen Blick, woraufhin sie sofort verstummte und den Raum verließ, ohne sich von den dreien zu verabschieden. Ray vermutete, dass sie zu gern hören wollte, was Meister Hyeon ihnen zu sagen hatte. Doch nun musste sie aufbrechen und womöglich mehrere Tage auf der Suche nach einem neuen Geist außer Haus verbringen, während Meister Hyeon eine Entscheidung über das Schicksal seiner ehemaligen Schüler traf.

Sobald Nara den Raum verlassen hatte, wandte sich Meister Hyeon ihnen wieder zu. Grizzly räusperte sich und wollte ihm darlegen, was sie zu der langen Reise nach Agosima bewogen hatte, doch ihr Lehrer trat entschlossen an Sayunaro heran und forschte noch einmal in seinem Gesicht. Wie sehr die beiden einander doch ähneln!, dachte Ray. Gar nicht so sehr äußerlich, aber in ihre Stärke, ihrer Entschlossenheit und ihrer Willenskraft.

»Du beherbergst einen Shiisan.«

»Ja, Meister.«

»Wie hast du es geschafft, bisher noch ein Mensch zu bleiben?«

»Ich bin mir nicht ganz sicher, ob mir das wirklich gelungen ist«, entgegnete Sayunaro, und sein Blick huschte kurz zu seinen Freunden hinüber. »Ich bin am Tag der Geister in Gefangenschaft der Shiisans geraten, doch die beiden haben mich gerettet, bevor die Geister ihr Ritual vollständig vollzogen hatten.«

»Von einem solchen Fall habe ich noch nie gehört«, gab Meister Hyeon nachdenklich zu. »Und du vermagst der dunklen Seite in dir Einhalt zu gebieten?«

»Bisher schon«, antwortete Sayunaro, wobei ihm auf der Stirn geschrieben stand, dass er dieses Gespräch am liebsten sofort beendet hätte.

Grizzly sah Ray fragend an. Die Begegnung mit ihrem alten Lehrer verlief keineswegs so, wie sie es sich erhofft hatten.

»Du weißt, was diese Vereinigung von Geist und Mensch für dich bedeutet?«

Sayunaro verschränkte sofort die Arme vor der Brust, als würde er befürchten, dass sich seine Hand ausgerechnet jetzt in ein Schwert verwandeln könnte.

»Was soll bei dieser Verbindung schon herauskommen?«, fragte Sayunaro zurück.

Doch als ihr alter Lehrer darauf antworten wollte, hüstelte Grizzly.

»Meister Hyeon«, sagte er, wobei seine Stimme zu ihrer aller Überraschung ein wenig zitterte, »wir sind hierhergekommen, weil wir gern unser Zertifikat erhalten würden. Wir haben unsere Ausbildung schließlich abgeschlossen und wollen jetzt gern als Beschwörer arbeiten.«

Ihm war selbst klar, dass er nicht besonders überzeugend geklungen hatte. Doch obwohl er vor Ärger über seine ungeschickte Rede puterrot anlief, sah er Meister Hyeon weiterhin fest in die Augen.

»Ihr wollt also euer Zertifikat«, erwiderte Meister Hyeon. »Von mir? Habe ich euch vielleicht aufgefordert, mich hier zu besuchen?«

»Nein.«

»Habe ich euch gesagt, wohin ich mich begebe?«

»Nein.«

»Wieso seid ihr dann hier? Wie konntet ihr euch nur blindlings an einen Ort begeben, von dem ihr noch nicht einmal wisst, welche Gefahren dort lauern?«

Die drei sahen sich erstaunt an.

»Hat euch jemand beobachtet?«, wollte Meister Hyeon wissen. »Aber die Frage kann ich mir selbst beantworten, schließlich seid ihr über die Haupttreppe heraufgekommen.«

Was ist das für ein seltsames Verhör?, grübelte Ray. Was hätte es denn geändert, wenn wir eine andere Treppe genommen hätten?!

»Allerdings muss ich zugeben, dass ihr euch als recht clever erwiesen habt«, meinte Meister Hyeon und drehte sich wieder den Kerzen vor den Reliefs zu. »Ihr habt mich gefunden, obwohl das eigentlich ein Ding der Unmöglichkeit gewesen ist.«

Als Grizzly dieses Lob hörte, drückte er unwillkürlich den Rücken durch, was ihn noch beeindruckender erscheinen ließ. Wahrscheinlich malte er sich schon aus, wie ihr alter Lehrer ihnen jetzt doch noch das Zertifikat aushändigen würde. In Ray keimte zwar ebenfalls etwas Hoffnung auf, doch noch konnte er nicht so recht an ihr Glück glauben.

»Meine Entscheidung in eurem Fall steht jedoch fest«, bemerkte Meister Hyeon, nachdem er einige Kerzenständer umgestellt hatte. »Sayunaro, du bleibst! Ihr beiden anderen geht wieder!«

Grizzly klappte der Unterkiefer herunter. Ratlos suchte er Rays Blick. Doch sein Freund schien seinen Ohren ebenfalls nicht zu trauen und starrte abwechselnd Meister Hyeon und Sayunaro an. Diesem wiederum traten rote Flecken auf die Wangen.

»Ich?«, stieß er völlig fassungslos aus. »Warum soll ausgerechnet ich bleiben? Warum nicht Ray? Wenn er nicht gewesen wäre, dann wären Grizzly und ich jetzt überhaupt nicht hier.«

»Ray habe ich damals in Warra angeboten, bei mir zu bleiben«, erklärte Meister Hyeon. »Das hat er abgelehnt.«

»Ich habe nicht abgelehnt, bei Euch zu bleiben!«, widersprach Ray. »Ich wollte bloß meinen Freunden helfen!«

Und dann brach sich plötzlich alles Bahn, was ihm schon so lange unter den Nägeln brannte.

»Was Ihr uns beigebracht habt, stimmt hinten und vorn nicht«, polterte er unhöflich, aber ehrlich los. »Ihr habt uns eingebläut, ein guter Beschwörer vertraue nur auf sich selbst, habe keine Freunde und steuere sein Ziel so unerbittlich an, dass er nicht einmal einem Beschwörer in Not hilft. Aber das ist Unsinn! Ein guter Beschwörer darf seine Gefährten nicht dem Tod überlassen, wenn er sie retten kann. Mitunter ist es sogar höchst sinnvoll, zu mehreren zusammenzuarbeiten. Hätten wir das nicht getan, stünden wir heute nicht vor Euch. Das wollte ich Euch endlich sagen. Unter anderem deshalb bin ich nach Agosima gekommen.«

»Wie unerfahren du doch bist«, erwiderte Meister Hyeon, nachdem er Ray mit ausdrucksloser Miene angehört hatte. »Wie wenig du von der Welt weißt.«

»Ich weiß weit mehr, als Ihr annehmt«, erwiderte Ray so freundlich wie möglich, denn Meister Hyeon sollte nicht mitbekommen, wie verletzt, aber auch verärgert er war.

All die Jahre haben wir nur Unsinn gelernt!, dachte Ray verzweifelt. Und nun zeigt Meister Hyeon uns auch noch die kalte Schulter, nachdem wir seinetwegen eine derart lange und gefährliche Reise auf uns genommen haben!

In dieser Sekunde betrat ein hochgewachsener, breitschultriger Mann in einem roten Gewand den Saal.

»Guten Tag, Hyeon«, begrüßte er ihren alten Lehrer. »Hast du Besuch von neuen Schülern?«

»Nein, von alten«, antwortete Meister Hyeon. »Und sie gehen auch schon wieder.«

»Tatsächlich? Sie sind doch gerade erst angekommen, und da verlassen sie uns schon wieder?«

Der Mann hatte einen äußerst wachen Blick. Die buschigen Augenbrauen waren Ray zunächst grau vorgekommen, doch bei genauerem Hinsehen erkannte er, dass über ihnen lediglich ein weißer Streifen verlief. Die Stirn des Mannes wirkte wegen eines breiten Streifens ausrasierter Haare sehr hoch, der lockige schwarze Bart war in zwei Hälften geteilt. Seine ganze Freundlichkeit schien letztendlich aber nur aufgesetzt zu sein.

Und dieser Mann war ein Beschwörer.

»Ja, diese beiden hier gehen«, erklärte Meister Hyeon kategorisch und deutete mit einem Nicken auf Ray und Grizzly. »Er bleibt.«

»Wegen des Shiisans?«, fragte der Mann. »In der Tat, das ist ein echter Glücksfall!«

»Nein, ich gehe auch«, verkündete Sayunaro überraschend. »Wenn die anderen nicht bleiben dürfen, dann bleibe ich auch nicht.«

»Das nenne ich Treue!«, lachte der Beschwörer in dem roten Gewand und lehnte sich lässig mit der Schulter gegen die Reliefdarstellungen. »Aber du gestattest eine Frage, oder, junger Mann? Wie gedenkst du mit dem dunklen Wesen in dir fertig zu werden? Noch gelingt dir das, das gebe ich zu. Aber das kann sich rasch ändern, das lass dir gesagt sein. Was, wenn sich die dunkle Seite in dir dann ausgerechnet gegen deine Freunde wendet? Verschließ also bitte nicht länger die Augen vor der Wahrheit! Du bist ein Shiisan und stellst eine Gefahr dar!«

Darauf erwiderte Sayunaro kein Wort. Wie oft waren ihm schon dieselben Gedanken durch den Kopf gegangen? Wie oft hatte er sich schon dieselben Fragen gestellt?

»Bei uns könntest du lernen, die Kraft des Shiisans zu nutzen, aber dennoch ein Mensch zu bleiben«, erklärte Meister Hyeon mit aufrichtiger Anteilnahme. »Es steht dir selbstverständlich frei zu gehen, aber in dem Fall wirst du wohl schon sehr bald nach Blut verlangen.«

Grizzly schnaufte ungehalten, wagte es aber nicht, sich in das Gespräch einzumischen.

»Dann wären da noch die Beschwörer außerhalb Rumungs«, fuhr der Mann im roten Gewand fort. »Die werden dich umbringen wollen. Es sei denn natürlich, du beabsichtigst, dich dein Lebtag zu verstecken. Wäre es da nicht wesentlich klüger zu lernen, wie du den Shiisan in dir so tarnst, dass auch ein Beschwörer ihn nicht spürt?«

»Das wäre in der Tat wunderbar«, erwiderte Sayunaro kalt. »Aber verratet mir doch mal, warum Ihr das Risiko, mich auszubilden, überhaupt eingehen wollt? Der Geist, der sich in mir eingenistet hat, könnte Euch schließlich ebenso gefährlich werden wie allen anderen.«

»Kaum, denn wir sind nicht die Beschwörer des Ordens«, erwiderte der Mann. »Sie hatten stets Angst vor den Geistern, deshalb wissen sie fast nichts von ihnen. Sie können sie bezwingen, aber nicht mit ihnen zusammenarbeiten. In der Vergangenheit war das anders, aber heute hat der Turm des Ordens sein Wissen weitgehend eingebüßt. Ganz im Gegensatz zu uns. Ich hoffe, du nimmst mir diese offenen Worte nicht übel, Hyeon.«

Doch offenbar vertrat dieser den gleichen Standpunkt.

»In alten Zeiten sind zahlreiche Beschwörer eigens nach Rumung gekommen, um hier ihre Ausbildung zu vervollkommnen«, erklärte Meister Hyeon nun.

»Doch irgendwann behauptete man in Warra, unser Umgang mit Geistern sei überholt«, fuhr der Beschwörer im roten Gewand fort. »Das hat dazu geführt, dass der Turm einen Magier tötet, in dem ein Shiisan lebt, statt ihm beizubringen, wie er über diese Kraft gebieten kann.« Er schüttelte bedauernd den Kopf. »Es wäre mir eine aufrichtige Freunde, dich bei uns zu behalten, denn es ist unglaublich schwierig, an die Kraft eines Shiisans heranzukommen.«

Sayunaro sah Ray mit einem Blick an, in dem sich Zweifel und Schuldgefühle, aber auch die Hoffnung, dass sein Freund ihn verstehen würde, mengten.

»Du musst bleiben«, sagte Ray, der tapfer versuchte, seine unendliche Enttäuschung zu verbergen. »Du musst lernen, den Shiisan in dir zu beherrschen.«

»Danke«, erwiderte Sayunaro, und in seiner sonst so unerschütterlichen Stimme lag unverfälschte Erregung.

»Du brauchst mir nicht zu danken«, versicherte Ray. »Du hättest an meiner Stelle genauso gehandelt.«

»Eigentlich wäre es nur recht und billig, wenn Ray und ich auch bleiben dürften«, mischte sich Grizzly plötzlich überraschend barsch ein. »Wir hätten das genauso verdient wie er!«

Der Mann in dem roten Gewand lachte auf und zog aus seiner Tasche einen kleinen goldenen Gegenstand. Umstandslos warf er ihn Grizzly zu.

»Ich hoffe, das hebt deine Stimmung«, sagte er. »Wenn dich jemand fragt, woher du das hast, behauptest du einfach, es sei eine kleine Anerkennung von Ruam aus dem Zehngeistertempel. Für deine außerordentlichen Fähigkeiten.«

Grizzly fing das Geschenk auf, besah es sich und lief puterrot an: das Wappen der Beschwörer. Er setzte an, etwas zu sagen, nickte dann aber nur.

»Nun dürften meiner Ansicht nach alle zufrieden sein«, hielt Ruam fest und wechselte rasch einen Blick mit Meister Hyeon. »Der eine hat mit seinem alten Lehrer reinen Tisch gemacht, der andere hält endlich das begehrte Zeichen des Beschwörers in Händen. Und der Dritte wird bei uns den Rat finden, den er braucht, um ein Mensch zu bleiben.«

»Ich wollte nicht einfach reinen Tisch machen«, widersprach Ray. »Ich wollte zeigen, dass man als Beschwörer auch neue Wege gehen und dabei trotzdem gute Erfolge erzielen kann. Ich hatte gehofft, Ihr würdet mich verstehen, Meister, denn für Euch kam es doch stets nur auf den Erfolg an.«

Er sah seinem alten Lehrer fest in die Augen. Dort entdeckte er nur jenen Ausdruck herablassenden Mitleids, den er zur Genüge kannte.

»Und abermals widersprichst du mir«, bemerkte dieser müde. »Alles andere hätte mich allerdings auch gewundert.«

Nach diesen Worten wandte Ray sich abrupt ab und stapfte auf den Ausgang zu.

Grizzly eilte ihm nach.

»Ray!«, erklang da hinter ihm Sayunaros Stimme. »Warte!«

Erstaunt wandte er sich noch einmal um. Sayunaro stürzte auf sie zu, ohne sich um die Missbilligung zu kümmern, die in Meister Hyeons Gesicht lag.

»Ich kann nicht bleiben! Das wäre furchtbar ungerecht! Du hast einen Platz in diesem Tempel verdient, Ray, es wäre nicht anständig von mir, wenn ich euch einfach gehen ließe …«

»Red keinen Unsinn!«, sagte Ray, der sich zwar über den Gefühlsausbruch seines Freundes freute, aber auch begriff, dass es letztlich keine andere Möglichkeit gab, als dass dieser bliebe. »Meister Hyeon will mich nicht, dich aber schon. Und er kann dir beibringen, wie du ein Mensch bleiben kannst. Das zählt viel mehr als jedes Zertifikat des Beschwörers. Nicht nur für dich, sondern auch für mich.«

»Der Junge trägt wirklich zu unserer Kurzweil bei«, bemerkte Ruam. »Welch klare Vorstellung vom Leben.«

Doch Hyeon ging nicht auf ihn ein.

»Bitte bleib hier«, fuhr Ray fort. »Wir hätten auch alle drei leer ausgehen können! Aber so war unsere Reise nach Agosima letzten Endes nicht umsonst!«

»Wohin wollt ihr jetzt überhaupt?«, fragte Sayunaro.

»Keine Sorge, wir finden schon ein Plätzchen für uns«, brummte Grizzly.

»Und ganz bestimmt gehen wir nicht verloren«, erklärte Ray lächelnd. Er streckte die Hand aus, die Sayunaro zum Abschied fest drückte. »Ich hoffe, wir sehen uns einmal wieder.«

Mit einem letzten Blick nahm er Ruam wahr, der ihn vergnügt ansah, aber auch Meister Hyeon, der Sayunaro ins Innere des Tempels geleitete.

»Trotzdem ist das ungerecht«, murrte Grizzly. »Du rettest Sayunaro das Leben – und er kriegt einen Platz im Tempel!«

»Lass es gut sein«, bat Ray müde. »Du weißt doch ganz genau, dass es für ihn wichtiger ist hierzubleiben als für uns.«

Da der Tempelvorplatz in strahlendem Sonnenlicht lag, mussten sie blinzeln, als sie aus dem düsteren Inneren des Gebäudes traten.

»Wenn du meinst«, knurrte Grizzly und befestigte das heiß ersehnte goldene Wappen an seiner Jacke. »Wenigstens kriegen wir jetzt ordentliches Geld für unsere Arbeit. Du hättest übrigens auch ein Zeichen für dich verlangen sollen.«

»Ich werde überhaupt niemanden mehr um irgendwas bitten.«

Mit einem Mal warf der goldene Stab einen Sonnenstrahl geradenwegs in Rays Augen. Kurz darauf legte sich ihm eine unsagbar schwere Last auf die Schultern. Schon ging er in die Knie. Rote Flecken sprenkelten sogleich die weißen Platten. Blut. Die Yari fiel klirrend auf den Stein, doch er konnte seine Hand nicht mehr bewegen, um danach zu greifen. Neben ihm schrie Grizzly auf.

Sein Freund wurde ebenfalls von der geheimnisvollen Kraft nach unten gepresst. Außerdem kamen drei Männer und zwei Frauen gemächlich auf sie zu. Sie alle trugen die roten Gewänder, die ihnen inzwischen bereits vertraut waren, hatten sich die Stirn ausrasiert und das Gesicht mit weißen Streifen bemalt. Nachdem sie sich im Halbkreis um sie herum aufgestellt hatten, spürte Ray deutlich die Magie, die von ihnen ausging.

Eine Frau trat an sie heran. Ihre weiße Hand war mit schweren Goldarmreifen geschmückt und fuchtelte vor Rays Nase herum, grub dann die Finger in sein Haar und zog seinen Kopf hoch, sodass ihm nichts anderes übrig blieb, als in ihr hochmütiges Gesicht zu starren.

»So ein prachtvoller Blondschopf«, hielt sie mit angenehmer Stimme und kaum wahrnehmbarem Akzent fest, während die dunklen, mandelförmigen Augen schelmisch aufblitzten. »Aber hat man dir denn nicht beigebracht, dass Agosima für Jungen wie dich ein gefährliches Plätzchen ist?«

»Für Jungen wie mich?«, brachte Ray mit Mühe heraus.

»Für Kinder mit der Gabe, die jenseits der Berge zu Hause ist«, antwortete die Beschwörerin und verzog ihre vollen, blutroten Lippen zu einem Lächeln. »Für fremde Zauberer.«

»Von wegen fremde Zauberer!«, krächzte Grizzly. »Unser Lehrer hält sich hier auf, den könnt ihr ruhig nach uns fragen.«

»Du bist nicht mehr der Schüler dieses Lehrers«, schaltete sich nun ein junger Mann ein. »Ihr beide seid höchstens noch als Futter für die Geister gut.«

»Wer seid ihr überhaupt? Was wollt ihr von uns?«

»Sie wissen rein gar nichts und sehen noch weniger«, bemerkte die Frau lachend. »Die armen, blinden Hundchen!«

Und dann gab sie Rays eine schallende Ohrfeige. Verzweifelt wand er sich, um sich aus der magischen Umklammerung zu befreien. Das gelang ihm nicht, aber dafür schien ihm jemand eine Art Binde von den Augen gezogen zu haben, denn nun sah er, was ihm vorher entgangen war: Mit den Beschwörern waren auch Geister gekommen.

Sie waren durch starke Zauber an die Menschen gebunden. Hinter der Frau machte Ray einen verschwommenen Schatten aus, ein zweiter lag zu Füßen des Mannes neben ihr, ein dritter hing über dessen Kopf. Shimaas. Die Geister aus den Ruinen. Im Unterschied zu ihren harmlosen Artgenossen waren diese Kreaturen hier aber ausgesprochen hungrig.

»Falls ihr es nicht wisst«, sagte die andere Frau genüsslich, »die Shimaas geben uns einen Teil ihrer Kraft, wir ihnen einen Teil der unseren. Sie wollen sich an den Menschen rächen, weil diese ihre Städte zerstört haben, wir wollen Macht.«

»Aber wie kommt es, dass sie euch dienen?«

»Im Turm des Ordens lernt man dergleichen natürlich nicht«, erwiderte die Frau lächelnd und öffnete ihr Haar. »Dort erfährt man ja noch nicht einmal, wo dieses Wissen heute noch gepflegt wird. Ihr hättet nicht hierherkommen dürfen.« Mit einem Mal klang ihr Ton bedrohlich. »Denn nun führt kein Weg an eurem Tod vorbei.«

»Das wird Meister Hyeon nie zulassen!«, schrie Grizzly.

Für die Beschwörer musste das wie ein gelungener Witz geklungen haben, denn sie lachten einmütig auf.

»Meister Hyeon begehrt dieses Wissen leidenschaftlich«, erklärte ein junger Mann. »Und das kann er nur hier erhalten. Glaubst du da allen Ernstes, er würde sich wegen zwei dummer Jungen mit uns streiten? Ari, lass die beiden frei!«

Plötzlich löste sich die fremde Kraft in Luft auf. Ray griff nach seiner Yari, Grizzly stand mit finsterer Miene auf.

»Wir wollen doch erst mal sehen, an wessen Tod kein Weg vorbeiführt!«

»Red keinen Unsinn!«, fuhr ihn ein Mann an, der einen roten Harnisch trug und daher an einen Soldaten erinnerte. »Ihr seid nicht die Ersten, die wir töten, und ihr werdet nicht die Letzten sein.«

Auf sein Zeichen hin stieg der Shimaa hinter ihm in die Luft auf. Doch noch bevor er sich überhaupt auf Ray stürzen konnte, riss dieser die Yari hoch und schickte einen Zauber gegen den feindlichen Beschwörer, der diesen beinahe von den Beinen holte. Fassungslos sah der Mann ihn an.

»Hier will wohl jemand seine Haut teuer verkaufen!«, bemerkte Ari vergnügt.

Als sie mit der Hand ausholte, brandete ein Strom sengender Luft über den Platz und kesselte die beiden Freunde ein. Ray meinte, ihm würden Ohren und Mund zusammengepresst, weil sein Kopf in die Zange genommen würde.

»Dabei bringen sie reinweg gar nichts zustande! Von ein paar leeren Worten abgesehen«, vernahm er dennoch Aris Stimme. »Nicht einmal das Töten hat man ihnen beigebracht!«

Mit letzter Kraft wirkte Ray einen Zauber, der die Mauer aus heißer Luft zerstörte. Danach schoss er einen weiteren Zauber auf den Beschwörer im Harnisch, der zwar den Shimaa vorschickte, damit dieser den Schlag abfing, aber trotzdem mit dem Rücken gegen eine Statue geschleudert wurde. Wut entstellte sein Gesicht.

Grizzly griff die namenlos Frau mit einem Zauber an. Sie stand etwas vor den anderen und erbleichte nun so stark, dass die weißen Streifen auf ihren Wangen sich kaum noch von der Haut abhoben.

Damit war den feindlichen Beschwörern endgültig die Lust vergangen, die ungebetenen Gäste zu verspotten. Nun rückten sie schweigend vor und warfen sich in ungestilltem Blutdurst auf sie.

Ari wirkte eine ganze Reihe von Zaubern, die Ray im Einzelnen gar nicht erkennen konnte. Zum Glück gelang es ihm aber, sie alle mit der Yari abzuwehren. Der Schaft fing danach sofort zu glühen an, die Klinge sprühte Funken, und Ray wurde nach hinten geschleudert. Dabei fiel ihm auf, dass der Shimaa von Ari langsam in sich zusammenfiel.

Ja, zapft sie dem Geist denn Kraft ab?!, schoss es Ray durch den Kopf. Wie ein starker Geist es bei einem schwachen tut?! Aber dann wäre sie erledigt, wenn wir den Shimaa töten!

Gerade als Ray Grizzly seine Idee mitteilen wollte, wurde er mit zwei Zaubern gleichzeitig attackiert. Sie lähmten ihn abermals, schleiften ihn zur Abwechslung aber auch noch über den Boden. Hin zum Abhang …

»Ray!«

»Ihr elenden Hündchen! Ihr werdet uns nie bezwingen!«

Der nächste Zauber traf Ray mit solcher Wucht, dass ihm kurz schwarz vor Augen wurde. Ein letzter Zauber seinerseits driftete nutzlos ins Nichts. Auf Rays Brust legte sich erneut diese unsagbar schwere Last.

Es ist aus!, dachte Ray. Mit den Shimaas sind sie weitaus stärker als wir.

In ihm schwand jede Hoffnung – bis in seinem gepeinigten Kopf der Gedanke an den Schwarzen Kodsu aufblitzte.

Dieser Geist mag heimtückisch, gefährlich und verschlagen sein, aber er bewegt sich mühelos zwischen den einzelnen Welten hin und her.

Wenn er, Ray, ebenfalls dazu imstande wäre, könnte ihm kein einziger Zauber mehr etwas anhaben. Wenn es doch nur so wäre …

Plötzlich wurde alles um ihn herum still.

Dann rieselte vom klaren Himmel schwarzer Rauch auf die weißen Steinplatten. Aus ihm schälte sich ein hageres Wesen, das doppelt so groß war wie Ray. Obwohl kein Wind ging, flatterte die zerlumpte Kleidung an diesem Geschöpf. Auch sie erinnerte an Rauch. Das hohlwangige Gesicht mit den lodernden Augen darin wandte sich den Beschwörern Rumungs zu.

Diese erstarrten, als sie sahen, wie diese Kreatur leicht in die Knie ging, als setzte sie zu einem Sprung an.

»Verzeiht mir, dass ich mich eingemischt habe«, ergriff der Schwarze Kodsu mit wohlklingender, voller Stimme das Wort. »Aber diese Menschen gehören mir.«

Erst jetzt begriff Ray, dass sich der Schwarze Kodsu gar nicht den Beschwörern Rumungs zugedreht hatte, sondern den Shimaas. Als sich nun ein Geist auf Befehl seines Herrn auf den Schwarzen Kodsu stürzte, fegte dieser ihn mit einer einzigen Bewegung seiner bekrallten Hand zur Seite, wobei der Ärmel dem Mann, der den Befehl erteilt hatte, obendrein ins Gesicht klatschte. Der Beschwörer bedeckte sofort mit beiden Händen seine Augen und krümmte sich vor Schmerz.

»Beide?«, fragte der Shimaa.

»Im Grunde nur er«, antwortete der Schwarze Kodsu und zeigte auf Ray. »Aber wie ich ihn kenne, macht er ohne den anderen keinen Schritt von hier weg. Daher also beide.«

»Das geht nicht«, erhoben mehrere Shimaas Einwände. »Wir haben Hunger! Und die Menschen würden böse auf uns werden!«

Der Schwarze Kodsu richtete sich ein wenig auf. Sein Schatten hüllte den ganzen Platz in graues Dämmerlicht. Plötzlich funkelte der Mond auf.

»Ihr seid dumm und schwach, wenn ihr euch den Menschen fügt – die sich einst uns fügen mussten.«

»Früher war alles anders«, flüsterten die Geister. »Aber dann wurden unsere Städte zerstört …«

»Ihr hättet euch deswegen schon längst etwas überlegen müssen«, erwiderte der Schwarze Kodsu in einem fast freundlichen Ton. »Nehmt euch da ruhig ein Beispiel an mir!«

Er wollte noch etwas hinzufügen, als Magie hinter dem Tempel hervorbrandete, in seinen Ärmel einschlug und ein großes Stück aus dem Rauchgewebe riss. Schon folgte der nächste Zauber. Ein Beschwörer kam auf den Platz gerannt …

»Wie amüsant«, bemerkte der Schwarze Kodsu grinsend.

Ein Schatten schoss vom Himmel herab, verwandelte sich in eine heulende Windhose und überzog alles mit einem Nebel, in dem alle zu ersticken drohten.

Und dann schleifte dieser Nebel Ray davon.

Zog ihn über den Rand der Schlucht, hinterließ dichte Nebelfetzen – und brachte ihn in eine andere Welt.

Die Beschwörer Rumungs folgten ihnen nicht. Die Beschwörer Rumungs flohen. An Ray rauschten die Konturen der Felsen vorbei, die ihn immer mehr an schlafende Bergerschütterer erinnerten. Die Mondscheibe schien zerschlagen. Verzweifelt hielt er die Yari gepackt. Die Lanze versengte ihn zunächst mit Feuer, dann mit Eis.

Als Ray seinen nächsten Atemzug tun wollte, gelang ihm das nicht. Er stürzte ins Nichts … In einen schwarzen Abgrund, der tief wie ein Brunnen war. In seinem Kopf herrschte Leere, sämtliche Gedanken und Gefühle waren daraus getilgt.

Die Falle, die der Schwarze Kodsu für ihn aufgestellt hatte, war zugeschnappt.

Kleine Geisterkunde

Auszug aus der *Enzyklopädie jenseitiger Geschöpfe*, herausgegeben von der Ordensbibliothek Warras, gültig für alle vierzehn Provinzen Akanes (Agosima, Ando, Aroshima, Datido, Hakata, Hagura, Sinora, Suro, Rayun, Relassa, Rossa, Takati, Welessa und Yugora); in der Vergangenheit galt das Werk auch für die heute vernichtete, nur noch als Brache existierende Provinz Ogira.

Anagato – Schutzgeist der Felder, der vor allem von Bauern geschätzt und verehrt wird. Taucht der an ein grünfelliges Wiesel erinnernde A. zwischen jungen Trieben auf und blitzt mit seinen runden smaragdenen Augen, ist dies ein sicherer Indikator dafür, dass weder Hagel die Ernte zerstören, noch ein Heuschreckenschwarm über sie herfallen wird. Wie die Beschwörer versichern, lässt sich ein A. zwar mühelos durch ein Brot anlocken, das aus dem Korn des zu schützenden Feldes gebacken wurde, doch bleibt er nur selten länger, da er äußerst schreckhaft ist. Die Menschen versuchen daher, das Feld weitgehend zu meiden.

Annosu – Beschützer von Kindern, der meist als hochgewachsener, kräftiger junger Mann von etwa achtzehn Jahren auftritt, ein gutmütiges, umsichtiges und stets heiteres Geschöpf, das zahllose vergnügliche Geschichten kennt, jedes Kind tröstet und es bei der Entwicklung seines Talents und seiner Entdeckerfreude unterstützt. Gelegentlich machen sich Beschwörer, die Kinder mit magischer Gabe ausbilden, die Dienste eines A. zunutze, damit er die nächste Generation von Beschwörern in ihrer Kühnheit und ihrem Wissensdurst bestärkt. Schließt ein A. ein Kind besonders in sein Herz, bleibt er ihm lebenslang ein treuer Freund, der auch dem Erwachsenen in der Not beisteht und ihn vor Gefahren warnt.

Aori – außergewöhnlich starker Elementargeist, der mit der Luft verbunden ist. Einzig Meister Corn, der große Beschwörer der Vergangenheit, vermochte ihn zu bändigen und gefangen zu nehmen. Die zwei Schwestern des A. sind ebenfalls stolze Geschöpfe und so stark wie ein → Drache. Als nahezu unbezwingbare Geister leisteten die beiden der kaiserlichen Familie in Akane lange Jahre wertvolle Dienste als Beschützerinnen. In Gegenwart des Kaisers oder der Kaiserin nahmen sie die Gestalt schöner junger Frauen an.

Aruxin – bösartiger Geist, der wie eine Kröte mit struppigem Fell und langem Schwanz aussieht. Er frisst bedenkenlos alles und spuckt seinen Mageninhalt dann dem nächstbesten Menschen ins Gesicht. Wenn man ihn nicht reizt, ist er jedoch ungefährlich.

Berghapuro – entfernter Verwandter des → Gayuur, allerdings mit zwei Köpfen, die in unterschiedliche Richtungen blicken: der mit dem langen, gebogenen Schnabel und den runden weißen Augen nach vorn, der mit dem länglichen, ständig zuckenden Mund nach hinten. Der Speichel eines B. verwandelt sich in relativ kurzer Zeit in Stein. Sollte ein Lebewesen mit diesem in Berührung kommen, solange er noch flüssig ist, erstarrt es ebenfalls. Der B. tarnt sich meist als Stein zwischen Felsbrocken.

Bib – hermelinartiger Geist, der kleine Tiere beschützt, häufig mit ihnen spielt und sogar in ihren Bauten schläft. Wenn aus einem Haus Mäuse oder Ratten vertrieben werden sollen, bitten

Beschwörer den B. gern um Hilfe, damit er die Nager gegen eine kleine Belohnung an einen anderen Ort lockt.

Brüng – widerlich anzusehender, käferartiger Geist, der in unterirdischen Schächten und Höhlen lebt. Sobald Bergleute das lange braune Wesen mit dem Panzer aus scharfkantigen Chitinplatten erblicken, bringen sie ihm ein Opfer dar; bei diesem handelt es sich um Steine, die beim Abbau wertvoller Mineralien angefallen sind. Dafür wacht der B. über sie, warnt sie vor einem Steinschlag und befreit sie notfalls sogar, wenn sie doch unter Steinen begraben werden sollten, indem er ihnen den Weg an die Tagesoberfläche freinagt. Der B. ist ausgesprochen flink und vermag mit seinen fragilen Beinchen in kürzester Zeit große Strecken zurückzulegen.

Callorhinido – Wassergeist, der an einen Silberhecht erinnert und nur in Fließgewässern auftritt. Seine Anwesenheit ist ein sicherer Hinweis auf sauberes Wasser.

Dantaru – Geist in Gestalt eines grauhaarigen, buckligen Alten mit Laterne in der einen und Spitzhacke in der anderen Hand, der durch die Höhlen und Schächte Akanes streift. Im Unterschied zum → Brüng hilft der G. den Menschen jedoch nie, sondern lockt sie tief in die Erde hinein und überlässt sie dann ihrem Schicksal. Nachts ist er häufig vor dem Eingang zu seiner unterirdischen Höhle anzutreffen.

Drache – mächtiger Elementargeist, über den in Akane zahllose Sagen und Mythen in Umlauf sind. Der D. zeichnet sich durch erstaunliche Körperkraft und Wendigkeit aus und ist dem Menschen wohlgesinnt, sofern dieser ihm gegenüber den nötigen Respekt erkennen lässt; andernfalls verhält er sich aggressiv und grausam. Laut Überlieferungen sind alle D. Kinder eines einzigen mächtigen Wesens, das in einem Palast am Hang eines verwunschenen Berges lebt, verborgen hinter einem gewaltigen Wasserfall. Angeblich können D. jeden Wunsch erfüllen und den Menschen Körperkraft, eine prophetische Gabe und ein langes Leben verleihen. In der Vergangenheit glaubte man, ein D. könne auch als Mensch auftreten und unter diesen leben, einzig ihre unbezwingbare Leidenschaft für Edelstein, Gold und Silber, aber auch ihre Vorliebe für schöne Frauen würde sie dann verraten. Das Kind eines D. und eines Menschen ist außergewöhnlich schön und klug, obendrein vermag es, Feuer und Wasser durch Magie zu lenken. Einige der bekanntesten D. sind sogar mit Namen bekannt, z. B. No-ori-ray, ein gigantischer D., der das legendäre Schwert Epetamu bewacht; No-tozumi-ray, der über Wirbelstürme sowie über Ebbe und Flut gebietet; Ray-no, der weiseste D., der im Palast am Meeresgrund lebt; Syu-ray, der blutroten Regen herbeirufen kann; Ka-ray, ein Feuerdrache, dessen Körper von einer Flamme eingehüllt wird; Kin-ray, ein goldener D.

Fugoru – menschengestaltiger Geist, der sich gern in Küchen herumdrückt, im Unterschied zum harmlosen → Naisakanomi jedoch Chaos und Zerstörung mit sich bringt. Ein F. ist sehr schwer zu vertreiben, da er hartnäckig an den einmal gewählten Ort zurückkehrt. Sein Auftauchen wird als Hinweis auf nachlässige Arbeit des Kochs, Restaurantbesitzers oder Teehausinhabers interpretiert.

Gahorn – Geist, der als kleineres Raubtier in Erscheinung tritt und häufig mit dem harmlosen → Bib verwechselt wird. Der G. bereitet den Menschen gern allerlei Unannehmlichkeiten. So handelt es sich bei einem vermeintlichen Iltis im Hühnerstall, der mit Fallen partout nicht zu schnappen ist, meist um einen G. Er wird erst wieder verschwinden, wenn er seiner Späße überdrüssig ist oder einen schwarzen Kater sieht, denn dieses Tier fürchtet er aus unerfindlichen Gründen.

Garugu – blutdürstiger, kannibalischer Geist, der in Rudeln lebt und in Erscheinung tritt, sobald ein verfluchter Mensch oder der Geist eines Ermordeten ihn ruft, damit er ihn rächt. In der Regel vernichtet der G. dann beide Parteien. Äußerlich erinnert er an eine Hyäne mit dem augenlosen Gesicht eines Menschen. Es wird vermutet, dass das Opfer eines G. ebenfalls zu einem solchen Geist wird und sich ihrem Rudel anschließt.

Gaujuon – körperloser Luftgeist, dessen Nähe an einer warmen Windböe zu erkennen ist.

Gayuur – gefährlicher Geist, der an einen schlecht zusammengerafften Heuballen auf kurzen Füßen erinnert. Sein grüner Speichel ist ungewöhnlich klebrig und kann einen Menschen mühelos lähmen. Der G. nistet sich gern in verlassenen Scheunen ein, vergraben in altem, fauligem Stroh oder Heu.

Giin – Schutzgeist von Brennnesseln, dessen Gestalt an einen kleinen Hund erinnert. Der rauchweiße, mit einem pikenden Fell überzogene G. ist allerdings halb transparent. Der dreieckige Kopf sitzt auf einem langen, dünnen Hals, die Beine münden in Füßen von der Form eines Brennnesselblatts. Der G. ist ebenso allgegenwärtig wie die Pflanze, die er schützt.

Grai – gehörntes Wesen, das lediglich aus einem kürbisgroßen Kopf besteht und zur Zeit der Apfelblüte in Warras Gärten auftaucht. Der G. ist mit dunklem Zottelfell überzogen, bewegt sich mit großen Sprüngen vorwärts, späht gern durch Fenster und inhaliert begeistert den Geruch von bewohnten Häusern durch sein einziges, riesiges Nasenloch. Er ist nicht gefährlich, flößt jedoch durch sein schauerliches Äußeres Angst ein. Besucht er einen Garten immer wieder, erwartet man dort eine reiche Apfelernte.

Gutgreis – trotz seines Namens ein bösartiger, aggressiver und stets hungriger Geist, der eine echte Gefahr für den Menschen darstellt, auch wenn er auf den ersten Blick harmlos wirkt: Das plumpe Geschöpf erinnert an einen prallen, oben zusammengeschnürten Sack. Der G. wird durch Blut, Leid und Tod angezogen, weshalb er meist auf Schlachtfeldern anzutreffen ist, wo er Verwundete erschlägt und Leichen vertilgt.

Hamuhi – Schutzgeist aller Tiere am Meeresgrund, der ein wenig an einen Seeigel erinnert.

Hanogi – äußerst aggressiver Geist, der sich von menschlichen Gefühlen ernährt und seinem Opfer Schreckensvisionen vorgaukelt. Einige Beschwörer halten diese Bilder jedoch für Einblicke in die Zukunft. Der H. zapft einem Menschen solange Emotionen ab, bis dieser stirbt, wobei er sich zunächst über die stärksten Gefühle wie Angst, Freude, Entspannung und Hass hermacht. Er nimmt unterschiedliche Formen an, meist gibt er sich als aasfressender Geist aus.

Hausbold – Geist in Gestalt einer dicken Katze mit rundem Kopf und einem fellbedeckten Gesicht, das nur die Augen erkennen lässt. Der H. schützt ein Haus vor Ratten, Feuer und Einbruch und warnt die Bewohner, wenn sich ein gefährlicher Geist oder ein Mensch mit bösen Absichten nähert. Er liebt es, wenn man ihm respektvoll begegnet und ihm am Abend eine Schale mit warmer Milch in die Küche stellt. Dies sorgt für noch größere Beflissenheit beim H.

Hebi – listiger und gefährlicher Schutzgeist von Schlangen, weshalb Beschwörer auch davor warnen, bestimmte Süßwasserschlangen, die Jugis, zu züchten, selbst wenn sich aus ihrer Haut hervorragende wasserundurchlässige Schuhe anfertigen lassen. Der H. ist im Grunde nicht von dem Reptil zu unterscheiden. Wird ein Mensch von ihm berührt oder gar gebissen, stirbt er umgehend.

Hega – Geist in Gestalt einer alten, gebeugten Frau. Eine Begegnung mit einer H. kann einen großen Glücksfall darstellen, sofern ein Mensch mutig genug ist, seine Kraft mit ihr zu messen. Kann er sich unbemerkt an sie anschleichen, sie überwältigen und dazu bringen, ihre Niederlage einzugestehen, führt sie ihn zu einem vergrabenen Schatz oder zu einem Edelsteinvorkommen. Trägt der Mensch allerdings eine Niederlage davon, bringt die H. ihn um.

Hirudi – giftiger, schädlicher Geist, der an einen Blutegel erinnert und in stehenden faulen Gewässern lebt, sich aber auch auf dem Trockenen fortbewegen kann; dann schlingert er durch das Gras am Rand und dringt gelegentlich sogar in ein Haus ein.

Hokayu – wütender, riesiger Berggeist, dessen Erwachen sich durch Steinschläge, Erdbeben und übertretendes Wasser zeigt. Der H. tötet jeden Menschen, der ihm begegnet, und schlägt sämtliche Tiere und Vögel in die Flucht. Wenn er durch die Berge streift, zerbricht er Bäume und wirft Steine von den Felsen, um eine Lawine auszulösen. Der H. sieht wie ein Mensch aus, der aus einem bemoosten und von Flechten überzogenen Felsblock herausgehauen wurde.

Hone-te – zweiköpfiger, menschenähnlicher Geist, den Beschwörer als Wächter herbeizitieren. Er ist genauso stark wie ein → Manmo, allerdings längst nicht so blutdürstig.

Hurii – aggressiver Geist, der sich in Ställe einschleicht und dort unter dem Vieh wütet. Er tötet alles, was sich bewegt, dies jedoch ausschließlich, um sich am Anblick der panischen Geschöpfe zu weiden.

Ino – Schutzgeist, der von einem Beschwörer geschaffen wird und der ein bestimmtes Territorium gegen Diebe, Raubtiere oder Schädlinge verteidigt. Das Äußere eines I. hängt einzig von der Fantasie des Beschwörers ab, meist wird er jedoch als bedrohlicher Mann mit einer Waffe in der Hand, als Riesenschlange oder als wütender Wolf gestaltet.

Irrgleiter – eigenwilliges Geschöpf, das an eine riesige leuchtende Qualle erinnert. Der I. besitzt glitzernde Tentakel, die in der Form Algen ähneln. Er liebt die grenzenlosen Weiten des Meeres und taucht sogar gelegentlich an der Oberfläche auf. Seeleute bezichtigen den I., jedes Schiff, das ihm begegnet, mit seinen langen Tentakeln zu umschlingen und unter Wasser zu ziehen, Beweise für diese Ängste gibt es jedoch nicht.

Iume – höchster Geist der Weisheit und Erkenntnis, dessen Auftauchen jeder Wissenschaftler oder Künstler herbeisehnt, gibt der I. doch Antwort auf ungelöste Fragen, wenn auch in Form von Rätseln. Löst man diese jedoch, ändert sich das eigene Leben auf höchst erstaunliche Weise, und man erzielt Erfolg in den unterschiedlichsten Disziplinen der Wissenschaft und Kunst. Ein I. tritt meist als attraktiver Mann mit Flügeln auf. Er ist der Schutzherr aller Wissenschaftler, schätzt aber vor allem junge, talentierte Menschen.

Kago – Geist, dessen Äußeres nicht bekannt ist. Er saugt Menschen das Leben aus und wechselt mühelos die Behausung, da er sich in jedem beliebigen Lebewesen einzunisten vermag.

Kanashima – Geist in Gestalt einer schönen, blassen Frau, die Verkörperung von Trauer, Enttäuschung, Sehnsucht und Hoffnungslosigkeit.

Kiokame – Geist, der Panik auslöst und Menschen mit Schreckensbildern quält. Diese verspüren dann unvermittelt Angst und Unruhe und werden von Albträumen geplagt. Damit will der K. sie aus ihrem Heim vertreiben. Man vermutet, die Angst der Menschen lasse den Geist noch erstarken, sodass er sie dann noch effizienter zu quälen vermag. Zeigen Menschen indes keine Angst, sondern führen ihr bisheriges Leben unbeeindruckt fort, verlässt er das Haus von sich aus.

Korrhi – gefährlicher und äußerst starker Geist, eine Begegnung mit ihm geht stets tödlich für eine Seite aus. Die K. saugt einem Menschen das Leben aus großer Entfernung ab, sodass dieser die plötzlich auftretende Mattigkeit und das Schwindelgefühl häufig nicht auf ihn zurückführt. Der Geist erinnert auf den ersten Blick an ein kleines, harmloses Mädchen, bei näherem Hinsehen erweist sich jedoch, dass ihm das Gesicht fehlt und an dessen Stelle ein verschwommener, fahler Fleck prangt.

Kuatsu – Geist in Gestalt eines Luchses, der gewöhnlich unter der Erde lebt, gelegentlich aber auch durch die Gegend streift und Spuren von Großkatzen am Boden hinterlässt. Der K. findet sich stets in der Nähe von Schwefelvorkommen, sodass seine Fußabdrücke ein eindeutiger Hinweis auf das wertvolle Mineral sind.

Kujun – ungemein beliebter Geist, der wie ein großer Kater mit flauschigem Fell aussieht. Die Beschwörer zitieren ihn herbei, um Menschen einen ruhigen Schlaf zu garantieren, denn mit seinem lauten Schnurren vertreibt er jeden Albtraum.

Kummerbündler – Geist, den jeder Mensch herbeirufen kann, auch wenn er nicht die Gabe des Beschwörers besitzt, damit er ihm in Fällen großer Betrübnis beisteht. Als Gegenleistung akzeptiert der K. die seltene Goldiris oder Quellwasser

Kurutse – Aasgeist, der sich gern in verfaultem Obst einnistet. Er erinnert an eine Fledermaus, kann allerdings nicht fliegen. Für den Menschen stellt er keine Gefahr dar. Beseitigt man die faulen Früchte aber nicht, kommen diese Geister in großer Zahl zusammen und verderben auch frisches Obst, Beeren und Gemüse.

Kustos – Geist zum Schutz eines Dorfes, einer Stadt, Festung oder eines Schlosses. Fehlt für diese Aufgabe ein Beschwörer oder ein Kind mit entsprechender Gabe, das getötet und vor Ort bestattet wurde, wird dieser Geist in einen beliebigen Gegenstand gesperrt, meist eine Waffe, denn sie gewinnt dadurch ein Vielfaches an todbringender Kraft; zuweilen wählt man auch eine Statue, um die Umgebung zu schützen. Der K. kann sich zudem in einem Menschen einnisten. Je stärker der K. ist, desto zuverlässiger der Schutz. Die mächtigsten K. finden sich in Kaiserpalästen, Residenzen von Statthaltern, Tempeln von Beschwörern und auf Feldern, auf denen namhafte Persönlichkeiten bestattet wurden. Gegenwärtig dürfen in Akane keine K. eingesetzt werden.

Landsirene – s. Sayna.

Manmo – einer der blutrünstigsten Geister Akanes, ein brutales Geschöpf, das einem Riesen ähnelt. Selbst Beschwörer können einen M. kaum bändigen. Grauenvolle Morde an Menschen schreibt man stets ihm zu, in der Regel zu Recht.

Manuro – Müllgeist, der zwischen altem Gerümpel in Kellern und auf Dachböden lebt. Er nimmt gern die Gestalt dreckiger Lappen oder fadenscheiniger Kleidung an und verbreitet eine Aura von Verlassenheit und Schwermut. Sobald Menschen entrümpeln, misten sie auch den M. aus und befreien sich auf diese Weise von der Melancholie in ihrem Heim.

Maor – Geist, der zu träge ist, die Aggressivität eines → Manmos an den Tag zu legen. Ein M. ist leicht zu überlisten und kann dadurch dazu gebracht werden, selbst schwere Arbeiten zu verrichten. Zahlreiche Geschichten berichten davon, wie clevere Bauern oder Handwerker diese Kreatur dazu verleitet haben, für sie zu arbeiten. Der M. sieht wie ein Ochse auf zwei Beinen aus, der das Gesicht eines Menschen besitzt.

Marmuch – Steingeist von der Größe einer Hütte, der an einen grob behauenen Felsbrocken erinnert. Gegner greift er mit zugespitzten Steinen an. Wenn man einen M. erschlägt, zerfällt er in zahllose Pflastersteine, unter denen sich aber auch einige Edelsteine finden, meist Saphire.

Mashugg – schlangenartiger grauer Geist, der sich vor allem in Dampfbädern, Badehäusern und künstlich angelegten Becken einnistet, was dazu führt, dass das Wasser im Nu voller Algen ist.

Medori – höchster Geist der Harmonie, des reinen Denkens und der Kreativität, der die Gestalt einer jungen Frau oder eines jungen Mannes von wunderbarem Äußeren annimmt und als begabter Dichter, Musiker, Architekt oder Bildhauer auftritt. Sein Auftauchen in der Welt der Menschen ist jedoch leider immer seltener zu beobachten.

Modoko – kannibalischer Geist, der eine Zeit lang unbemerkt in einer Menschenfamilie lebt und sie mit Albträumen quält, ehe er seine »Gastfamilie« tötet und verschlingt. In der Regel treten diese Geister nicht einzeln auf. Sie nehmen entweder die Gestalt von zwei Kindern und einer hageren, schwarz gewandeten Frau oder eines jungen Pärchens in weißer Kleidung an.

Morna – wilder, stets hungriger Geist, der in Sümpfen oder Wäldern lebt. Eine M. sieht aus wie eine gigantische, flinke Echse mit einer Unzahl von Füßen und einem wunderschönen Frauenkopf, der auf einem langen Hals sitzt. Sie stellt für Menschen eine große Gefahr dar.

Nabenisho-djoto – Geist in Gestalt einer roten Schlange mit gewaltigem Maul, der gerufen wird, um Ratten und Mäuse zu vernichten. Sein einziger Nachteil besteht darin, dass sein Körper sich immer stärker erhitzt, je mehr Ratten er verschlingt. weshalb er bereits öfter die Aussaat oder den Ort, an dem er auf die Jagd geht, (Feld, Haus, Scheune) in Brand gesetzt hat.

Naisaka-nomi – harmloser Geist, der überall dort zu finden ist, wo Brot oder Kuchen hergestellt wird, da er sich vom Duft frischer Backwaren ernährt. Seine Anwesenheit gilt als Garantie für ein exzellentes Sortiment. Äußerlich erinnert er an einen rohen Mürbeteigklumpen.

Nirith – Geist in Gestalt eines großen Vogels, der den Beschwörer, der ihn herbeizitiert hat, eine kürzere Strecke durch die Luft zu tragen vermag.

Niwatoro – flinker Geist, der in verlassenen Gärten und aufgegebenen Parks lebt. Häufig schließt er sich Spatzen an, deren Gestalt er auch annimmt.

Nocturniter – Geist, der nachts erscheint, an der Tür scharrt und durch die Fenster späht. Er sieht wie ein grobschlächtiger Mann aus und imitiert leidenschaftlich gern Menschen. Wenn man einen N. nicht weiter beachtet, zieht er meist friedlich ab. Signalisiert man ihm jedoch, dass man ihn bemerkt hat und ihn womöglich sogar fürchtet, greift er an.

Ohnlitz – tückisches Wesen, das an ein Gespenst erinnert und sich niemals irgendeinem Lebewesen unterordnet. Der O. steht gern am Ufer eines fließenden Gewässers und stiert lange in dieses hinein. Er kann sich in diversen Gegenständen einnisten, ist stark, gefährlich und sehr grausam.

Oki-no – häufig in der Nähe von Goldminen zu findender Geist, der das Edelmetall vor Menschen und anderen Geistern schützt. Beschwörer haben sich bereits öfter mit diesem Geist ins Benehmen gesetzt oder ihm Gefälligkeiten erwiesen, beispielsweise mit der Vertreibung von → Schwarzruriern, da diese Geister ein Faible für Juwelen haben. Um sich zu revanchieren, bringt der O. den Beschwörer zu einem Goldvorkommen.

Ombrago – heimtückischer Geist, der in aufgegebenen Bergwerken, versiegten Brunnen, zerfallenen Kirchen und Häusern lebt. Er hat keinen Körper und gleicht am ehesten einem verschwommenen schwarzen Schemen. Der O. verschmilzt mit dem Schatten eines Menschen und saugt diesem das Leben ab.

Piwi – Schutzgeist aller Insekten.

Raitoningu – transparenter Geist, der im Herbst auftaucht, sobald die Ernte eingebracht ist und die letzten Blätter von den Bäumen gefallen sind. Er hat das Aussehen eines grauen, ausgemergelten Hundes und streift in großen Rudeln durch Wald und Flur. Der R. verkörpert das winterliche Absterben der Natur und nimmt im ungezügelten Lauf die gesamte, noch verbliebene Sommerwärme mit sich.

Riguri – holzfressender Geist, der häufig an Brandstellen oder in vertrockneten Wäldern zu finden ist. Er benagt ausgetrocknete oder verkohlte Stämme und schafft damit die Fläche für junges Grün. Für Menschen stellt er keine Gefahr dar. Äußerlich erinnert der R. an ein riesiges Insekt mit langem Stachel am Kopf und einem weit vorragenden Hauer im Unterkiefer.

Rugg – Hoher Geist, der bisweilen bei blutigen Kämpfen inmitten des Getümmels auftritt. Der R. trägt stets einen funkelnden Brustpanzer und ist mit einer gewaltigen Lanze bewaffnet. Er wird durch Waffengeklirr angelockt und beobachtet das Geschehen. Gelegentlich mischt er sich ein und ergreift Partei für die Seite, die seiner Ansicht nach die gerechte Sache vertritt. Sein Herz schlägt für kühne und edle Menschen, die bereit sind, zum Schutz der Schwachen ihr eigenes Leben zu opfern. Darüber hinaus ist er der Schutzgeist großer Waffenschmiede.

Rugg-hori – treuer Gehilfe des → Rugg, für den er die Rüstung und die Waffen schmiedet. Er sucht Kontakt zu den talentiertesten Waffenschmieden der Menschen, arbeitet mit ihnen zusammen und weiht sie in seine Geheimnisse ein. Sämtliche magischen Waffen der Beschwörer wurden mithilfe des R. geschaffen.

Ruya – Schutzgeist der Silberakazie, der in Gestalt einer attraktiven, grünäugigen Frau in weißem Kleid auftritt. Deshalb pflanzen Menschen häufig Akazien in der Nähe ihrer Häuser, um böse Geister fernzuhalten.

Sandler – in unterirdischen Höhlen lebender Geist, der Menschen angreift, ihr Fleisch austrocknet und in Staub verwandelt, aus dem er auch selbst besteht. Meist ist er in der Nähe einstiger Wasserreservoirs anzutreffen, beispielsweise in den Betten ausgetrockneter Flüsse oder Seen, zudem tritt er häufig nach einem Steppenbrand auf.

Sayna – auch → Landsirene genannt, ein Geist in Gestalt einer schönen Frau mit langem Haar. Die S. bringt mit ihrem Gesang Menschen vom Weg ab und lockt sie tief in den Wald, wo sie ihr Opfer unter ausgelassenem Gelächter zurücklässt. Sollte die S. allerdings erzürnt sein, kann es durchaus vorkommen, dass sie einen Menschen mit ihrem Haar erwürgt. Gewinnt ein Mensch jedoch das Wohlwollen einer S., hat er fortan eine Gefährtin, wie sie zuverlässiger und treuer nicht sein könnte. Sie schenkt ihm Jugend, Schönheit und Gesundheit. Aus ihren Zöpfen flicht sie Dinge, die magisch aufgeladen sind.

Schlüsselbewahrer – Geist von unbekanntem Äußeren, möglicherweise auch ein reines Fantasieprodukt, das lediglich in etlichen Schauermärchen auftritt. Wie er – so er denn existiert – zu bezwingen ist, weiß niemand, denn alle, die ihm begegnet sein sollen, sind spurlos verschwunden. Den Sagen zufolge öffnet der S. einem Menschen den Zugang in die jenseitige Welt. Um ihn herbeizuzitieren, muss freilich ein aufwendiges, sehr gefährliches Ritual durchgeführt werden. Jeder noch so geringe Fehler dabei soll unweigerlich zum Tod des Menschen führen.

Schwarzer Kodsu – höchst gefährlicher, hinterlistiger und mächtiger Geist, der Gedanken frisst und Menschen mit Albträumen quält; er wird von Hass, Schmerz und Grausamkeit angelockt. Dem S. steht ein ganzes Repertoire an Gestalten zur Verfügung, von denen allerdings keine seine eigentliche darstellt; meist tritt er als riesige schwarze Spinne auf. Er stiehlt Menschen ihre Lebenskraft und hortet diese in seiner eigenen Welt. Gefällt ihm ein Mensch, kreiert er einen Doppelgänger und weidet sich an dessen Anblick, was jedoch nicht verhindert, dass sein ursprüngliches Opfer stirbt, sobald er ihm alle Kraft abgesogen hat. Gelegentlich entführt der S. einen Menschen auch in seine Welt.

Schwarzrurier – große geflügelte Echse, die ähnlich aussieht wie ein → Drache, was immer wieder zu Verwechslungen führt, obwohl der S. eigentlich deutlich kleiner ist. Er ist arglistig, blutdürstig und nachtragend, lebt hoch oben in den Bergen und kann im Flug nur kurze Strecken zurücklegen. Hauptsächlich trägt er Edelsteine und wertvolle Mineralien zusammen, die er in Felshöhlen versteckt.

Schwingan – Luftgeist, der meist mit Möwen über dem Meer dahinsegelt. Sein Auftauchen ist ein untrüglicher Hinweis auf Fischschwärme im Wasser.

Segrimi – wilde Kreatur, die an einen Wolf mit sechs Pfoten erinnert. Der S. geht stets im Rudel auf Jagd und liebt es, seine Beute – einen Menschen oder ein Tier – erst eine Weile vor sich herzutreiben. Er ist sowohl in Wäldern als auch auf Feldern oder an der Meeresküste anzutreffen.

Sharru – gefährlicher Waldgeist, eine Art Kreuzung aus Eichhörnchen und Fuchs. Er schleicht sich an größere Tiere an, wenn sie schlafen, und beißt sie in eine Ader, um sich an ihrem warmen Blut zu laben. Menschen greift er in der Regel nicht an.

Shiisan – hinterhältiges, aggressives Geschöpf, das von den Akanern mehr als jeder andere Geist gefürchtet wird. Gebieter der S. ist der mächtige Geist Sharh, dessen Kraft sich aus der Kraft aller S. ergibt. An Beschwörern, die in Gefangenschaft der S. geraten, wird ein langes, qualvolles Ritual durchgeführt, das alles Menschliche in ihnen tötet und sie ebenfalls zum S. macht. Je stärker ein Beschwörer ist, desto stärker gerät auch der S., zu dem er sich entwickelt. Von allen anderen Geistern unterscheidet sich der S. dadurch, dass er nicht vertrieben, sondern nur vernichtet werden kann. Aus diesem Grund wird ein S. häufig auch als »der Unvertreibbare« bezeichnet. In der Regel treten S. nachts auf, da sie das Tageslicht nicht ausstehen können. Selbst von anderen Geistern werden sie gefürchtet.

Shimaa – Geist bzw. Schatten längst verstorbener Menschen. Ein S. ist harmlos für Beschwörer, aber extrem gefährlich für Menschen ohne Gabe; denn diese verlieren durch eine einzige Berührung oder das Geflüster eines S. den Verstand.

Shimishi – giftiger Geist, der die Gestalt einer Seidenspinnerraupe annimmt. Beschwörer schätzen ihn des silberdrahtartigen Fadens wegen, den er spinnt. Aus ihm fertigt der → Rugghori Schmuckelemente der Scheide und die Ummantelung des Schwertgriffs.

Shiyu – ungelenker Geist, der an einen Eber erinnert. Kahle Stellen und niedergetrampeltes Gras in Feldern und Beeten zeugen davon, dass der S. in der Gegend umherstreift. Da er bleibende Schäden hinterlässt, haben Bauern ihn nicht gerade in ihr Herz geschlossen.

Shu – ausgesprochen starker Wassergeist in Gestalt einer Riesenschlange mit zotteliger Mähne und langem Schnurrbart. Er greift weder Menschen noch Tiere an. Das Wasser, in dessen Nähe der S. lebt, ist stets kristallklar und verfügt häufig auch über Heileigenschaften.

Soyuro – kein Geist im eigentlichen Sinne, sondern ein in einen eigens dafür geschaffenen Körper eingeschlossenes Geschöpf, das einem ihm genannten Menschen Leben abzapft und dieses seinem Herrn zukommen lässt.

Spiegelspenst – gefährlicher Geist, der sich in einem Spiegel einnistet. Nachts verlässt er diesen, um Menschen unbemerkt Energie abzusaugen. Wer nachts bei schwachem Licht in einen Spiegel blickt und dabei bemerkt, wie das eigene Bild seine Form verändert und zu einer grotesken, furchterregenden Fratze wird, muss davon ausgehen, ein S. im Haus zu haben.

Sumi – harmloser Geist, der jedoch durch sein schreckliches Äußeres häufig angsteinflößend wirkt. Der S. lebt in alten Häusern, streift durch die dunklen Räume, bis die Dielen knarren, raschelt unter Teppichen und linst unter Treppen hervor.

Takeo – Geist, der jedes Wasser reinigen und mit Heilkräften aufladen kann, indem er es berührt. Er tritt entweder in Gestalt eines großen weißen Vogels oder als Nebelstreifen bzw. Wolke auf.

Takkar – Geist, der sich in der Nähe von Menschen zeigt, die durch Streit und Auseinandersetzungen auffallen, ernährt er sich doch von negativen Energien. Je mehr er davon aufnimmt, desto größer wird er, bleibt dabei aber ungefährlich. Zur Tarnung nimmt er die Gestalt einer Kakerlake, eines Flohs, einer Ratte, einer Wanze, eines Hundertfüßers oder eines anderen Lebewesens von unangenehmem Äußeren an. Gelegentlich schließt er sich einem starken, bösartigen Geist an und lebt parasitär von dessen Energie.

Toyi – Geist von unbekanntem Äußeren, der in alten Ruinen und auf verlassenen Friedhöfen haust. Er kraucht mit Vorliebe in vorüberfahrende Wagen oder versteckt sich in verlassenen Nachtlagern. Der T. ernährt sich von menschlicher Lebenskraft. Auf den Angriff eines T. lassen einzig Blutergüsse schließen, die wie aus heiterem Himmel am Körper eines Menschen auftreten.

Uddo – kleiner, fast schwereloser Geist, der sich in einen stattlichen Käfer verwandeln kann. Er besitzt erstaunlichem Orientierungssinn, weshalb er von Beschwörern gern als Bote eingesetzt wird, mit dem sie Kollegen eine Nachricht zukommen lassen, denn der U. findet den Adressaten immer, mag dieser sich auch an einem noch so fernen Ort aufhalten.

Unago – ewig hungriges Geschöpf, das an einen Aal erinnert und mit Vorliebe Kadaver frisst. Der U. ist, angelockt vom Aasgeruch, stets als Erster neben einem toten Tier anzutreffen. Auch in Schlachthöfen begegnet man ihm bisweilen. Menschen meidet er aber in der Regel.

Wasserlil – Wassergeist von der Größe eines ausgewachsenen Hechts, der sich gern unter Wurzelwerk und im Schlamm versteckt. Obwohl der W. völlig harmlos ist, fürchten ihn sämtliche Tiere an Land.

Wassupu – kleiner bösartiger Geist, der stets im Schwarm auftritt und an eine Wespe erinnert. Die W. leben in verlassenen Häusern, in der Nähe von den Nestern gewöhnlicher Insekten. Nähert man sich ihnen allzu abrupt, können W. höchst aggressiv werden. Sie greifen sowohl Menschen als auch Tiere an.

Xamiku – aggressiver, unsichtbarer Geist, der herbeizitiert werden kann, indem man Aas bereitstellt, dessen Geruch für ihn unwiderstehlich ist. Seine Anwesenheit lässt sich freilich nur an einem hauchzarten, eisigen Luftzug erkennen. In der Vergangenheit machten sich Beschwörer gelegentlich seine Dienste als Mörder zunutze.

Yarra – weiblicher Schutzgeist von Wäldern und Feldern, der für ein gutes Gedeihen der Saat sorgt. Die Y. duldet weder Betrug, Intrigen, Geschrei oder Schlendrian noch respektlosen Umgang mit dem Boden. In der Regel ist die Y. unsichtbar, gelegentlich tritt sie aber auch als junges Mädchen mit einem aus Ähren geflochtenen Kranz im Haar, als große Wachtel mit gelben Flügeln oder als schöne Frau fortgeschrittenen Alters mit langen goldenen Zöpfen auf.

Yarudo – Geist, der in Gestalt eines Kindes durch verlassene Dörfer streift und verirrten Wanderern auflauert. Allein der Anblick eines Y. löst bei Menschen unkontrollierbare Ängste aus, sodass sie am liebsten Hals über Kopf fliehen würden. Ursprünglich der Schutzgeist eines Hauses, verwandelt sich der Y. in eine unheilvolle Kreatur, sobald das Gebäude, an das er gebunden ist, zerstört wird. In Ausnahmen tritt er auch als Greis oder räudiger schwarzer Köter auf.

Yurgu – Geist in Gestalt eines Fuchses mit prachtvollem rotem Fell, der Menschen durch die Büsche am Wegrand folgt. Dieser Geist des Herbstwaldes ist in den nördlichen Provinzen beheimatet. Da er ausgesprochen neugierig ist, bekommen ihn Menschen relativ häufig zu Gesicht. Setzt man jedoch zur Jagd auf ihn an, wird er aggressiv und greift seine Häscher unerschrocken an.

Yuumo – Feuergeist, der in besonders heißen Jahren über verdörrten Feldern oder in ausgetrockneten Wäldern auftaucht. Er gleicht einem winzigen Vogel, ist kaum größer als ein Fliegenschnäpper und schillert wie ein Edelstein. Der Y. schwirrt über den versengten Boden dahin und bemerkt nicht, dass er allen Lebewesen den Tod bringt, weil er unerträgliche Hitze ausstrahlt; Menschen wie Tiere, aber auch andere Geister meiden ihn deshalb.

Zeidler – Erdgeist, der wilde Bienen schützt und in ihrer Nähe zu finden ist. Der Z. vertreibt alle Tiere und Menschen, die Waben stehlen wollen, und tritt als gelber Salamander auf, der mit kleinen spitzen Schuppen überzogen ist.

Zuso – Schutzgeist aller Amphibien, ein Vielfüßer mit einer regenbogenfarbigen Blase anstelle des Kopfes.

Ein gnadenloser Wettlauf gegen die Zeit

Alexey Pehov

Das Siegel von Rapgar

Roman

Aus dem Russischen von Christiane Pöhlmann
Piper, 592 Seiten
€ 17,00 [D], € 17,50 [A]*
ISBN 978-3-492-70273-7

* Cover- und Preisänderungen vorbehalten

Rätselhafte Verbrechen erschüttern die altehrwürdige Stadt Rapgar. Till er'Cartya, Nachfahr einer alten Magierfamilie, wird zu Unrecht beschuldigt, den Schwiegersohn des Stadtfürsten erstochen zu haben. Auf der Suche nach dem wahren Täter lernt Till die junge Erin kennen, die von finsteren Gestalten gejagt wird. Plötzlich ist auch Tills Leben in Gefahr – denn er und Erin entdecken Hinweise auf eine Verschwörung, die ganz Rapgar ins Verderben stürzen könnte ...

Leseproben, E-Books und mehr unter www.piper.de

ENTDECKE
NEUE WELTEN
MIT PIPER FANTASY
Mach mit und gestalte deine eigene Welt!
PIPER
www.piper-fantasy.de